KB005604

심훈 전집 3

영원의 미소

엮은이 소개

김종욱 金鍾郁

서울대학교 국어국문학과 교수.
저서로는 『한국 소설의 시간과 공간』(2000), 『한국 현대소설의 서사형식과 미학』(2005), 『한국 현대문학과 경계의 상상력』(2012) 등의 연구서와 『소설 그 기억의 풍경』(2001), 『텍스트의 매혹』(2012) 등의 평론집이 있다.

박정희 朴旺熙

서울대학교 교수학습개발센터 연구교수.
대표적인 논문으로 「심훈 소설 연구」(2003), 「영화감독 심훈의 소설 『상록수』 연구」(2007), 「심훈 문학과 3·1운동의 '기억학'」(2016) 등이 있으며 편저로 『송영 소설 선집』(2010)이 있다.

심훈 전집 3
영원의 미소

초판 1쇄 발행 2016년 9월 16일

지 은 이 심 훈
엮 은 이 김종욱 · 박정희
펴 낸 이 최종숙
펴 낸 곳 글누림출판사

책임편집 이태곤
편　　집 문선희 · 박지인 · 권분옥 · 최용환 · 홍혜정 · 고나희
디 자 인 안혜진 · 이홍주
마 케 팅 박태훈 · 안현진

주　　소 서울시 서초구 동광로46길 6-6(반포4동 577-25) 문창빌딩 2층(우06589)
전　　화 02-3409-2055(편집부), 2058(영업부)
팩　　스 02-3409-2059
등　　록 제303-2005-000038호(2005.10.5)
전자메일 nurim3888@hanmail.net
홈페이지 www.geulnurim.co.kr

정가 42,000원
ISBN 978-89-6327-358-7 04810
978-89-6327-355-6(전10권)

* 잘못된 책은 바꿔드립니다.
* 이 도서의 국립중앙도서관 출판예정도서목록(CIP)은 서지정보유통지원시스템 홈페이지(http://seoji.nl.go.kr)와 국가자료공동목록시스템(http://www.nl.go.kr/kolisnet)에서 이용하실 수 있습니다.(CIP제어번호: CIP2016021418)

심훈 전집

영원의 미소

김종욱 · 박정희 엮음

| 일러두기 |

1. 『영원의 미소』는 ≪조선중앙일보≫(1933.07.10.~1934.01.10. 총173회)에 연재된 것을 저본으로 삼았다. 연재가 끝날 때마다 [연재횟수. 연재년월일]의 형식으로 서지사항을 표기했다. 해당 연재일의 연재회수, 소제목 등의 오류는 '정정기사' 내용 등을 반영하여 바로잡았으며, 오류 내용은 〈바로잡은 서지정보〉에 일괄 정리하였다.
2. 이 책의 맞춤법은 1988년 1월 19일 문교부 교시 '한글 맞춤법'에 따르는 것을 원칙으로 삼되, 작품의 분위기와 어휘의 뉘앙스 등을 해치지 않기 위해 방언이나 구어체 표현, 의성어・의태어, 외래어 등은 그대로 두었다.
3. 저본에서 사용하는 부호(×, ○, △ 등)를 그대로 따랐으며, 판독이 불가능한 경우 글자수만큼 □로 표시하였다. 다만 대화를 표시하는 부분은 " "(큰따옴표), 대화가 아닌 생각 및 강조의 경우에는 ' '(작은따옴표)를 바꾸어 표기했으며, 책 제목의 경우에도 『 』로, 시와 단편소설 등의 작품명의 경우 「 」로, 영화・곡명・연극명・그림명 등은 〈 〉로 통일하여 표기했다.
4. 저본에서 한자를 괄호로 병기한 경우는 그대로 따랐으며, 한글 어휘와 한자의 음이 일치하지 않을 경우에는 [ ]로 바꾸어 표기하였다. 저본에 표시되지 않은 외국어(특히 일본어)는 [ ] 안에 번역문을 넣어 독자들의 이해를 돕고자 했다. 그리고 외래어의 경우 방점, 기호 등의 표시 및 장음 표시 등은 모두 생략하였다.

간행사

『심훈 전집』을 내면서

심훈 선생(1901~1936)은 일본제국주의의 지배라는 아픈 역사를 살아가면서도 민족문화의 찬란한 발전을 꿈꾸었던 위대한 지식인이었습니다. 100편에 육박하는 시와 『상록수』를 위시한 여러 장편소설을 창작한 문인이었으며, 시대의 어둠에 타협하지 않고 강건한 필치를 휘둘렀던 언론인이었으며, 동시에 음악·무용·미술 등 다양한 예술분야에 조예가 깊은 예술평론가였습니다. 그리고 "영화 제작을 필생의 천직"으로 삼고 영화계에 투신한 영화인이기도 했습니다.

그런데 오늘날 심훈 선생은 『상록수』와 「그날이 오면」의 작가로만 기억되는 듯합니다. 문학뿐만 아니라 언론과 영화, 예술 등 문화 전반에 걸쳐 있던 다채롭고 풍성했던 활동은 잊혀졌고, 저항과 계몽의 문학인이라는 고정된 관념만이 남았습니다. 이제 새롭게 『심훈 전집』을 내놓게 된 것은 다양한 분야에 걸쳐 있는 선생의 족적을 다시 더듬어보기 위해서입니다.

50년 전에 심훈 전집이 만들어졌던 적이 있습니다. 1966년 사후 30주년을 기념하여 작가의 자필 원고와 자료를 수집하고 간직해 왔던 유족의 노력으로 『심훈문학전집』(탐구당, 전3권)이 간행되었던 것입니다. 여기에는 일기와 서간문, 시나리오 등등 여러 미발표 자료들까지 수록되어 있어 심훈 연구에 있어서 매우 뜻 깊은 사건이었습니다. 그런데, 세월이 흐르면서 이 전집은 일반 독자들이 쉽게 구할 수 없을 뿐더러 새로 발견된 여러 자료들을 담지 못한다는 아쉬움을 남기고 있었습니다. 그래서 심훈 선생이 갑작스럽게 세상을 뜬 지 80년이 되는 2016년에 새롭게 『심훈 전집』을 기획하기에 이르렀습니다.

이번 전집을 엮으면서 다음과 같은 점을 염두에 두고자 했습니다.

이 전집에서는 최초 발표본을 저본으로 삼았습니다. 그동안 우리가 쉽게 접할 수 있었던 여러 소설들은 대부분 단행본을 토대로 한 것이었습니다. 그런데 이 전집에서는 신문이나 잡지에 최초로 발표되었던 텍스트를 바탕으로 삼았으며, 필요한 경우 연재 일자 등을 표기하여 작품 발표 당시의 호흡과 느낌을 알 수 있도록 노력했습니다.

그렇지만 시가의 경우에는 작가가 출간을 위해 몸소 교정을 보았던 검열본 『심훈시가집』(1932)을 저본으로 삼았습니다. 비록 일제의 검열 때문에 출판되지 못했을지라도 이 한 권의 시집을 엮기 위해 노심했을 시인의 고뇌를 엿보기 위해서입니다. 그리고 최초 발표지면이 확인되는 작품의 경우에는 원문을 함께 수록하여 작품의 개작 양상도 함께 검토할 수 있도록 구성하였습니다.

마지막으로 영화감독 심훈의 면모를 최대한 담으려고 노력했습니다. 예컨대 영화소설 「탈춤」의 경우 스틸사진을 함께 수록하여 영화소설적 특성을 확인할 수 있게 했으며, 영화 관련 글들에 사용된 당대의 영화 사진과 감독·배우를 비롯한 영화인들의 사진을 글과 함께 수록했습니다. 그리고 무엇보다 그간 소개되지 않았던 심훈의 영화 관련 글들을 발굴하여 수록했습니다. 이를 통해 영화감독 심훈의 모습은 물론 그의 문학을 더 다채롭게 이해하는 계기가 되길 기대합니다.

이러한 의도와 목적이 실제 전집에서 어떻게 구현될 수 있는가에 대해서 편집자들은 여전히 두려움을 갖고 있습니다. 누구나 그러하겠지만, 전집을 간행할 때마다 편집자들은 자신들의 작업이 정본으로 인정받기를, 그래서 더 이상의 전집이 만들어지지 않기를 꿈꿀 것입니다. 하지만, 전집을 만드는 과정은 어쩌면 원텍스트를 훼손하는 과정이기도 합니다. 하나의 예를 들어보겠습니다.

심훈의 『상록수』에서, 인물들이 대화를 나눌 때에는 부엌을 '벅'이라고 쓰는데 대화 이외의 서술에서는 '부엌'이라고 쓰고 있습니다. 그리고 『대지』를 번역할 때에는 대화 이외에서 '벅'이라는 표현을 사용합니다. 여기에서 '벅'이나 '벅'은 특정 지역에서 사용하는 방언인데, 이것을 그대로 놓아둘 것인가, 일괄적으로 바꿀 것인가에 두고 오랫동안 고민했습니다. 처음에는 작가의 의도를 고려하여 그대로 살려두었는데, 현대 독자의 입장에서 다시 보니 전혀 낯선 단어여서 가독성을 현저히 떨어뜨리고 말았습니다. 결국 전집에서는 '부엌'으로 수정하게 되었습니다.

이런 예들은 무수히 많습니다. 원래의 느낌을 최대한 살리겠다는 원칙을 세워두긴 했지만, 현재의 독서관습을 무시하기도 어려웠습니다. 그래서 편의상 고어나 방언의 경우 『표준국어대사전』의 표제어로 실려 있으면 그대로 살려두긴 했지만, 이 또한 자의적이라는 생각을 떨쳐버릴 수 없습니다. 결국 원본의 '훼손'에 대한 책임은 전적으로 우리 두 사람에게 있습니다. 물론 이 책임을 덜기 위해서 주석을 활용할 수 있겠지만, 이번 전집에는 주석을 넣지 않았습니다. 실제 주석 작업을 진행한 결과 그 수가 너무 많은 것이 이유라면 이유입니다. 어휘풀이, 인명 · 작품 등에 대한 설명, 원본의 오류와 바로잡은 내용 등에 대한 주석이 너무 많아서 독서의 흐름을 방해했기 때문입니다. 대신 이 주석의 내용을 알아보기 쉽게 정리해서 『심훈 사전』으로 따로 간행하고자 합니다.

마지막으로 전집을 준비하는 과정에 도움을 주신 분들에게 감사한 마음을 전합니다. 새로운 자료를 소개해준 분도 있고 읽기조차 힘든 신문연재본을 한 줄 한 줄 검토해준 분도 계셨습니다. 권철호, 서여진, 유연주, 배상미, 유예현, 윤국희, 김희경, 김춘규, 장종주, 임진하, 김윤주 등. 이분들의 도움이 있었기에 이 전집이 나올 수 있었습니다. 이 자리를 빌어 다시 한 번 감사한 마음을 전합니다. 그리고 유난히도 더웠던 여름 내내 어수선한 원고 뭉치를 가다듬고 엮은이를 독려하여 이렇게 멋진 책으로 만들어주신 글누림출판사의 최종숙 대표님과 이태곤 편집장님께 다시 한 번 고마움을 전합니다.

2016년 9월 심훈의 기일(忌日)에 즈음하여
엮은이 씀

차 례

서지사항

『영원의 미소』는 '原名 : 봄의 序曲'이라는 부제를 달고 1933년 7월 10일부터 1934년 1월 10일까지 總173회에 걸쳐 ≪조선중앙일보≫에 연재된 작품이다. 삽화는 심산(心汕) 노수현(盧壽鉉)이 맡았다. 이 작품은 연재 마지막 회차가 171회로 되어있으나 오기를 바로잡으면 總173회이다. 1935년 1월 한성도서주식회사에서 단행본으로 간행했으며 단행본에는 "1933.5.27. 오후 6시 38분 唐津鄕第에서 脫稿"라고 기록하고 있다.

바로잡은 서지정보

연재일	정정 내용
1933.07.23.	15회, 세 동지 ⑧ → 14회, 세 동지 ⑧
1933.07.27.	19회, 세 동지 ⑬ → 18회, 세 동지 ⑫
1933.09.25.	72회 → 73회 * 72회를 두 번 기재하는 오기 때문에 이후 계속 착오발생. 이후 바로잡음.
1933.10.17.	93회, 6 ③ → 95회, 6 ④
1933.11.29.	135회, 8 ㉑ → 135회, 8 ㉒
1933.11.30.	135회, 8 ㉒ → 136회, 8 ㉓ * 135회, 8 ㉒를 두 번 기재하는 바람에 이후 계속 착오발생. 이후 바로잡음
1933.12.18.	150회, 9 ⑩ → 152회, 9 ⑪

1933.12.29.	161회, 10 [10] → 163회, 10 [11]
1933.12.30.	162회, 2 [1] → 164회, 11 [1]
1933.12.31.	163회, 2 [2] → 165회, 11 [2]
1934.01.01.	164회, 12 [3] → 166회, 11 [3]
1934.01.03.	165회, 12 [4] → 167회, 11 [4]
1934.01.04.	166회, 12 [5] → 168회, 11 [5]
1934.01.06.	167회, 12 [6] → 169회, 11 [6]
1934.01.07.	168회, 12 [7] → 170회, 11 [7]
1934.01.08.	169회, 12 [8] → 171회, 11 [8]
1934.01.09.	170회, 12 [9] → 172회, 11 [9]
1934.01.10.	171회, 12 [10] → 173회, 11 [10]

영원의 미소

작자의 말

나는 이 소설에 나오는 지극히 평범한 인물을 통해서 1930년대의 조선의 공기를 호흡하는 젊은 사람들의 생활과 또 그 앞날의 동향을 생각해보았습니다. 그것을 여러 가지 거북한 조건 밑에서 써본 것입니다.

소설의 내용에 들어서는 미리 말씀할 필요가 없겠습니마는, 요새 유행하는 대중적 작품이 아닐는지는 모르나 하여간 작자로서는 끝까지 읽어주시기만 바랄 뿐입니다.

그리고 이 소설은 전부 완편 된 뒤에 발표하는 것이니까 종래에 써오던 소설처럼 결코 중도에 끊치지 않고 게재될 것만은 미리 말씀해둡니다.

≪조선중앙일보≫, 1933.07.09.

밤의 서울

1

서시(序詩)

밤, 깊은 밤
바람이 뒤설레며
문풍지가 운다.
밤, 텅 비인 방안에는
등잔불의 기름 조는 소리뿐…

쥐가 천장을 모조리 쏘는데
어둠은 아직도 창밖을 지키고
내 마음은 무거운 근심에 짓눌려
깊이 몸을 연못 속을 자맥질한다.

아아 기나긴 겨울밤에
가늘게 떨며 흐느끼는,
고달픈 영혼의 울음소리~
별 없는 하늘 밑에 들어줄 사람 없구나!

새로 한 시. 서울의 겨울밤은 깊었다. 달도 별도 없는 음침한 하늘 밑에 갈가리 찢어진 거리거리는, 전신줄에 목을 매다는 밤바람의 비명이 들릴 뿐. 더구나 쓸쓸한 북촌 일대는, 기와집 초가집 할 것 없이 새하얀 눈에 덮여, 땅바닥에 납작이 얼어붙은 듯하다.

통의동(通義洞) 어귀에는 초저녁부터 나이 어린 고구마장수가 외치는, 애처로운 목소리도 끊인 지 오래다. 그때 등불도 켜지 않은 자전거를 몰며 쏜살같이 올라오는 사람이 있다. 잿골 막바지까지 치닫다가 왼손 편으로 꼬부라져서 우중충한 골목 안으로 들어가더니, 어느 야트막한 초가집 들창 밑까지 와서는 성큼 뛰어내린다. 그 사람은 방한모자를 푹 눌러써서 얼굴은 보이지 않으나, 까만 눈동자만 흰 눈에 반사되어, 괴물같이 번뜩인다. 노동복 같은 검정 외투를 입은 작달막하게 생긴 사나이다.

그는 헛기침을 두어 번 하더니, 장갑 낀 주먹으로 들창문을 쾅쾅 두드린다. 그러나 방안에서는 아무 대답이 없다.

"김 군 있나?"

자전거를 타고 온 사나이는 들창 앞으로 바짝 다가서며 굵다란 목소리로 부른다.

"여보게 수영이 자나?"

하고 이웃집에서도 잠이 깰 만큼 문을 두드리며 자분참 부른다. 북악산

꼭대기에 자루를 박고, 석벽을 깎으며 내려지르는 하늬바람은, 그 목소리를 휩쓸어 공중에서 맴을 돌리다가 흩트려버린다.

"게 누구요?"

그제야 모기 소리만큼 새어나오는 것은, 잠에 취한 목소리다.

"날쎄 나야. 어서 좀 일어나게."

그러나 방안의 사람들은 꿈속처럼 외마디 소리로 대답은 했어도, 누가 와서 부르는지 얼핏 알아듣지를 못한 모양이다.

지금 김수영(金壽永)이라고 불린 사람은 ××일보사의 신문 배달부다. 산 입에 거미줄을 칠 수가 없어서, 비록 꽁무니에 방울을 달고 배달부 노릇은 할망정, 어떠한 사건에 앞장을 섰다가, 자유롭지 못한 곳에서 나온지도 얼마 되지 않았고, 그 뒤로는 상관없는 일에 꺼들려 다니기도 한두 번이 아니었다. 두어 달 전에도 어느 날은 밤중에 문을 두드리며 "전보 받우 전보요!" 하는 소리에 '시골집에 무슨 변사나 나지 않았나'하고 깜짝 놀라, 허겁지겁 뛰어나갔었다. 그랬더니 난데없는 자동차가 기다리고 있었다.

그러나 이제 와서는 마음이야 있건 없건 밥벌이를 하려니까, 몸담고 있는 곳을 숨길 수도 없었다. 이래저래 지금처럼 새벽녘에 문을 두드리며 친구나 찾아온 듯이 제 이름을 부르는 소리는, 그야말로 돌림병에 까마귀소리만큼이나 듣기 싫었다.

수영이는 잠을 깨고서도 문을 열지 않았다. 목소리를 다시 징험하느라고 숨을 죽이고 들창 편으로 귀를 기울였다.

창밖의 사나이는 조급한 듯이 왔다 갔다 하다가, 대문 편으로 돌아가더니,

"문 열게. 어서 문 좀 열어!"

목소리를 한층 더 높이며 대문짝을 발길로 걷어찬다. 왈가닥달가닥하고 깊은 밤의 정적(靜寂)을 깨뜨리는 소리는 골목 안이 떠나가리만치나 요란스러웠다.

001회, 1933.07.10.

2 수영이는 며칠 전부터 감기가 들어서 그날 저녁에는 자기가 맡은 구역의 신문을 일찌감치 돌리고 들어왔었다. 남의 집 행랑방에 삼 원짜리 사글세로 들어있는 홀아비살림이라 약 한 첩 달여 먹을 수도 없었다. 온종일 비워두었던 온돌은 빈소방처럼 찬바람이 휘몰아 푼거리 장작 한 단을 지피고는 땀이나 좀 내어 볼 양으로 이불을 뒤집어쓰고 누웠었다. 눕기는 했어도 침침한 남폿불 그림자가 아롱지는 천장에다 부질없는 공상을 그리노라고 잠을 못 이루고 고생고생 하던 끝에 막 첫잠이 들었었다.

대문 소리가 하도 요란하게 나니까 주인집에도 미안한 생각이 나서 그는 마지못해 머리맡을 더듬어 불을 켰다. 바지춤을 추켜 쥐고 일어나 들창문을 열었다. 칼끝 같은 바람이 자던 얼굴을 할퀴며 방안으로 쏟아져 들어와서 진저리가 쳐졌다.

"아, 이 사람아 무슨 잠이 그렇게 깊이 들었더란 말인가?"

하며 창밖의 사람이 좀 골이 난 말씨다. 그는 수영이와 같은 신문사에서 문선직공(文選職工)을 다니는 서병식(徐丙植)이었다. 그는 촌수는 멀지만 외가편으로 척분이 닿아서 수영이가 그의 집에 유숙한 일도 있었다. 나이는 병식이가 두세 살이나 위지만 둘도 없는 막역한 친구였다.

"웬일인가? 이 밤중에 자전거를 타고…."

그제야 수영이는 안심하고 입을 열었다. 병식이는 언 발을 녹이느라고 선 자리에서 체조하듯 발을 구르면서

"신문사에서 시방 호외를 낸다고 야단법석일세. 벌써 연판을 떠 넘겼는데 배달이 몇이나 모였어야지. 자네가 이리로 떠나온 걸 아는 사람이 없기에 내가 통지를 하러 왔네."

"호외? 호외는 또 무슨 호왼구."

"아마 ○○사건이 풀렸나 보네."

그 말을 듣자 수영이의 양미간에는 금세로 내 천(川) 자가 씌워졌다. ○○사건이란 바로 자기 자신이 관계했던 사건이기 때문이었다.

"추운데 미안허이. 곧 나감세."

수영이는 문을 닫고 앉으며 남폿불을 돋았다. 허우대가 크지는 못하나 중키는 확실하고 어깨가 넓고 가슴이 봉긋이 내민 폼이 책상물림 같지는 않다. 콧날이 서서 성미가 좀 까다로울 성싶으나 눈이 크고 서글서글해서 성격과 조화를 이룬다. 입술은 좀 두툼한 편인데 인중은 길어서 한번 입을 다물면 좀체로 말을 새일 것 같지 않다. 수영의 인상을 통틀어 말한다면 이렇다 할 두드러진 특징은 없으나 누가 보든지 순박하고 건실한 시골서 자라난 청년의 모습이다. 다만 스물네댓 살쯤 된 젊은 사람으로 이마와 눈가에 잔다랗게 주름살이 잡힌 것은 어려서부터 고생살이에 찌든 표적일 것이다.

수영이는 부스스하게 일어선 머리털을 손가락으로 빗어 넘기고 캡을 쓴 뒤에 신문사 마크를 새긴 합비를 걸치고 불을 입으로 불어서 끄고 나왔다. 대문 밖에서 양말을 끌어올려 감발을 하면서

"자넨 먼저 타구 가게."
하고 달음질할 채비를 차렸다.
"그럼 곧 따라오게. 얘기는 이따 만나서 하세."
자전거는 병식이의 대답을 싣고 달려갔다.
수영이는 가뜩이나 몸이 찌뿌드드한데다가 밤바람이 목덜미와 소매 속으로 스며들어 졸지에 전신이 으스스해졌다. 그는 신문 배달부의 독특한 걸음걸이로 한달음에 뛰어 큰길로 나섰다. 숨이 턱에 닿아서 신문사 근처까지 오니까 위층에는 불이 환하게 켜졌고 윤전기가 돌기 시작하느라고 전등(電燈)이 몰아드는 듯한 소리가 들렸다. 수영이는 '과히 늦지는 않았군' 하고 판매소로 들어갔다. 그는 난로 앞에 걸터앉은 배달 감독에게,
"인제야 통지를 받았어요."
하고 늦게 와서 미안하다는 인사를 간단히 하였다. 다른 배달부들은 벌써 방울 소리를 요란히 내며 쥐죽은 듯한 길거리의 밤을 깨뜨리며 호기 있게 뛰어나갔다. 수영이는 난로에 몸을 녹일 사이도 없이 기계간으로 들어갔다. 금방 박혀 나와서 석유 냄새가 확 끼치는 호외 한 장을 집어 들고 급히 눈을 달렸다.

002회, 1933.07.11.

3 호외를 뚫어지도록 들여다보던 수영이는 졸지에 흥분이 되어서 얼었던 얼굴이 귀 밑까지 화끈하고 달았다. 잠을 못 자서 뻑뻑한 눈에는 핏줄이 가로질리고 숨까지 가빠졌다.
수영이는 아랫입술을 지그시 깨물고 호외의 내용을 들여다보고 섰다.

여러 가지 가슴 쓰라린 추억의 토막토막이 끊어지려는 활동사진의 필름처럼 머릿속을 휙휙 달렸다. 곁에서 속력을 다해 돌아가는 윤전기의 요란한 소리도 그의 귀에는 들리지 않는 것 같았다.

"이건 무슨 생각을 하느라고 얼빠진 사람처럼 섰는 거야? ○○일보두 지금 나온다는데…."

수영의 어깨를 탁 치며 투덜대는 사람은 얼굴이 험상궂게 생긴 배달 감독이다. 해장술이 얼근히 취해서 술 냄새가 훅 끼쳤다.

수영이는 뒤숭숭한 꿈속에서 소스라치게 깬 듯이 깜짝 놀랐다. 감독이 퉁명스럽게 던져 주는 호외를 한 아름 안고 달려나갔다. 그는 숨이 가쁜 줄을 몰랐다. 살을 에어내는 듯한 찬바람에 코털이 얼어붙건만 추운 줄도 모르는 듯. 그는 자기의 배달 구역인 서대문 밖으로 나서서 행촌동(杏村洞), 현저동(峴底洞) 마루터기로 올라갔다. 산비탈에 판잣집이 닥지닥지 달라붙은 좁다란 골목을 아로새기며 대문 틈으로 혹은 담 너머로 호외를 집어넣었다. 꽁무니에서 딸랑거리는 방울 소리와 함께 기계적으로 달음질을 하면서도 마음의 흥분은 그저 가라앉지 않았다.

인왕산 골짜기로 피어오르는 뽀얀 밤안개 속에 눈[雪]을 뒤집어쓰고 너부죽이 엎드린 것은 서대문 형무소다. 성벽처럼 드높은 벽돌담 죽음의 신호탑(信號塔)인 듯 우뚝 솟은 굴뚝! 수영이는 발을 멈추고 서서 숨을 휘유— 하고 길게 내뿜었다. 한참이나 박아놓은 듯이 섰던 수영의 눈에는 눈물이 핑 돌았다. 그 눈물방울은 금세 고드름이 되어 눈썹에 매달리는 것 같다. 이 추운 겨울밤에 다리에서 자개풍이 나도록 뛰어다녀야만 하는 제 신세가 새삼스러이 가엾은 생각이 들었다.

"아아 하루 밥 세끼를 얻어먹기가 이다지도 구차하단 말이냐."

하고 한숨을 내뿜었다. 그러나 실상 수영의 눈에 눈물까지 맺게 한 것은 다른 까닭이었다. 그것은 아직도 고생을 하고 있는 동지들에게 미안한 생각이었다. 수영의 눈앞으로는 물에 빠져 죽은 시체와 같이 살이 뿌옇게 부푼 어느 친구의 얼굴이 봉긋이 떠오른다. 그 얼굴이 저를 비웃는 듯이 히죽히죽 웃기도 하고 그런 얼굴이 금세 백이 되고, 천이 되어 일제히 눈을 홉뜨고 앞으로 왈칵 달려들기도 한다. 생각만 해도 마음 괴로운 이 얼굴 저 얼굴이 감옥의 하늘을 온통 뒤덮었다가는 또다시 안개 속으로 뿌옇게 사라지곤 한다. 그중에는 그곳에서 죽어 나온 어느 동무의 얼굴도 섞여 있는 것 같다.

수영이는 얼굴을 홱 돌리며 호외 한 장으로 코를 힝 푼 뒤에 송월동(松月洞) 편으로 성을 끼고 내려갔다. 방울은 떼어 합비 속에 넣고 맥이 풀린 걸음걸이로 내려오려니 등 뒤에서 첫닭 우는 소리가 어렴풋이 들렸다.

"무슨 닭이 벌써 우나?"

하고 발길을 평동(平洞) 편으로 돌렸다.

어느 틈에 잿빛 하늘에서는 떡가루 같은 눈이 체로 거른 것처럼 내리기 시작한다. 가루눈에 섞여서 매화송이만큼씩한 눈송이가 휘날리다가는 수영의 모자와 어깨 위에 사뿐사뿐 내려앉는다. 수영이는 옷깃을 세우고 추녀 밑으로 붙어서 걸으려니까 마침 순대를 파는 술집에서 술국이 끓어서 외등(外燈)으로 더운 김이 무럭무럭 서리어 올라간다. 소 뼈다귀를 삶는 구수한 냄새가 콧속으로 스며든다. 수영이는 뜨끈한 술국이라도 한 뚝배기 후루룩 마셨으면 몸이 한결 풀릴 것 같았다. 그러나 수영의 주머니 속은 뒤집어 털어도 먼지밖에 나올 것이 없었다. 그는 술값 외상이나 진 사람처럼 고개를 수그리고 술집 앞을 지나갔다.

그에게는 먹는 것보다도 어한을 하는 것보다도 더 중요한 볼일이 있었다. 그것은 나머지 호외 한 장을 그 근처에 있는 어느 여자의 집에 전하는 것이다. 수영이는 생전 처음으로 교제한 그 여자에게 신문도 매일 넣어 주어 왔었다.

003회, 1933.07.12.

4 그 여자가 하숙하고 있는 집은, 술집과 맞은 편 골목 안인데 길거리로 들창이 뚫린 사랑채가 그가 거처하는 방이 있었다. 수영이는 발자국소리도 내지 않고, 그 들창 밑까지 왔다. 호외를 접어서 쪽문 사이로 넣으려다 말고, 멈칫하고 물러섰다. 그는 다시 들창 앞으로 다가서며 귀를 기울였다. 지금은 기나긴 겨울밤도 지새려는 때다. 여자가 혼자 쓰는 단칸방의 전등불은 으스름하게 가려졌는데, 더군다나 그 방속에서 사나이의 굵은 목소리가 두런두런 새어나온다. 수영의 전신의 신경은 온통 고막(鼓膜)으로만 쏠렸다. 수영이는 몇 번이나 제 귀를 의심하였다. 그러나 방속의 나직나직한 속삭임이 얄따란 들창의 백지 한 장을 격하여 들리는 것은, 분명히 남자의 목소리다. 수영이는

'하룻밤 사이에 이사를 가고 다른 사람이 와서 들었을 리도 없는데….'
하고 억지로 마음을 누르면서 그대로 돌아서려 했으나, 걷잡을 수 없는 호기심이, 등덜미를 끌어당겼다.

'아니다, 내가 오해다. 그녀는 밤중에 저 혼자 쓰는 방으로 사나이를 불러들일 여자가 아니다.'
하고 억지로 머리를 저어도 보았지만, 제 귀로 똑똑히 들리는 사실을 부

인할 수는 없다. 이번에는 "으흠 으흠" 하는 남자의 기침 소리까지 울려 나왔다. 수영이는

'어쨌든지 똑똑히 알고나 말리라.'

하고 도적질이나 하러 들어가는 사람처럼, 행길을 휘휘 둘러보고는, 대문 곁의 쓰레기통으로 발돋움을 하고 올라서서, 벽에다가 몸을 바짝 대이고, 방안의 동정을 살폈다. 방속이 깊고 바람 소리에 말의 허리가 잘려서, 내용은 알 수 없으나, 이번에는 조금 새된 여자의 목소리가 들렸다. 남자의 말 수효가 많고, 여자의 대답이 간간히, 또는 야무지게 들리는 것으로 보아, 사나이는 무엇을 추근추근히 졸라대는 눈치요 여자는 마지못해서 서너 마디에 한마디쯤, 대꾸를 하는 것만은 짐작할 수 있다. 그때 골목 밖에서 발을 탁탁 구르는 소리와, 기침 소리가 들렸다. 수영이는 질겁을 해서 쓰레기통 위에서, 껑충 뛰어내렸다. 그것은 뚝배기를 끼고 술집으로 들어가는 영감쟁이가, 버선등의 눈을 터는 소리였다. 수영이는 뛰어내리자 정신이 아득하였다. 뇌빈혈로 쓰러지려는 순간처럼 머릿속에서 팽이를 돌리는 것 같았다. 그는 정신을 수습하느라고 곁에 선 전봇대를 붙잡은 채, 한참 동안이나 넋을 잃고 섰었다.

…지금 어느 남자와 단 둘이서 밤을 새우는 여자— 수영이가 생후 처음으로 사귀었다는 여성은, 이름을 최계숙(崔桂淑)이라고 부른다. 요사이 그는 신여성들 사이에, 또는 젊은 학생들 사이에, 누구나 모르는 사람이 없을 만치 유명한 여자다. 그가 누구의 입에나 오르고 내리게 된 이유는 대강 이러하다. 최계숙이가 인물이 뛰어나게 잘난 까닭일까? 실상 계숙이는 미인이라느니보담 함박꽃처럼 탐스러운 여자였다. 이목구비가 좀생이별같이 옹기종기 달라붙고, 머리 뒤가 핥아 놓은 것처럼 번지르르하고,

몸집이 앙바틈해서, 씨암탉걸음을 걷는 서울 여자와는 정반대다. 관북의 태생이라, 손발이 좀 큰 대신에 살이 희고, 목이 상큼하게 패이고, 허리가 날씬한데다가, 종아리가 깎아 세운 것처럼 길고 매끈해서, 뒤꿈치 높은 구두를 신으면, 서양 여자와 분간할 수 없을 만치 각선미(脚線美)의 은택을 입었다. 요즈음 젊은 사람들이 몽상하는 육체의 조건이, 선천적으로 구비되었다 할 수 있다. 은행 껍질같이 쌍꺼풀이 진 눈꼬리가, 조금 치켜붙고 콧마루가 오뚝하여서, 성품이 좀 날카로워 보이는 것도, 북관 여자의 특징이었다. 촬영감독이 보았으면 탐을 낼 만큼 영화배우의 소질을 풍부히 가진, 그야말로 모던걸의 타입이었다. 그러나 계숙이가 거의 사회적으로 이름을 드날리게 된 것은, 그의 외화에만 달린 것이 아니었다.

004회, 1933.07.13.

[5] 계숙이는 그 당시에, 어느 사립 여학교의 학생이었다. 하루아침에 일이 일어나자, 그는 팔을 걷고 가두(街頭)로 나서서, 각 여학교와 연락을 취하고, 남자도 따를 수 없을 만치 민첩하게 활동을 하다가, 육체의 자유를 잃은 몸이 되었다.

그 뒤에 감옥으로 넘어가서 여러 달 동안 고초를 겪다가 나왔기 때문에, 여류 투사로서, 경향에 이름이 났다. 그때에 각 민간 신문에서는, 최계숙의 사진을 2단으로 커다랗게 내고, 약력까지 실었다. 그래서 남녀를 물론하고 그 당시의 학생들은 신문을 펴들고는

"에—키, 조선에 잔 다르크가 났군."

하고 빈정거리기도 하고

"아니야, 로자를 외딴치겠는걸."

하고는 제멋대로 품평(品評)하듯 하며 지껄였다. 그러자 최계숙이는 벌써 사랑하는 사람이 생겼다 —하나도 아니요, 둘이나 된다— 삼각연애가 얼크러져서, 죽을 동 살 동 하는 판이란다—

이제나 저제나 남의 일에는, 더군다나 젊은 여자의 일이라면 머리를 싸매고 덤비는 축들의 입에서 입으로, 이런 소문이 옮아다니는 동안에 '최계숙'이란 이름이 슬그머니 유명해졌던 것이었다.

수영이가 계숙이를 알게 된 동기도, 그 사건 때문이었다. 쥐도 새도 모르게 일을 꾸밀 때에, 수영이는 서병식의 소개로 (병식이는 등 뒤에서 많은 활동을 하였고 활자로 박힌 것은 그의 손으로 된 것이다.) ××여학교의 학생 대표인 최계숙이를 처음으로 만나보게 되었다. 계숙이는 병식이가 동경서 고학을 할 때에, 함께 자취생활을 하던 둘도 없는 동지 최용준(崔容俊)이의 누이동생이었는데, 그 친구가 작년에 폐병으로 세상을 떠난 뒤에는, 피차에 고독한 처지라, 의남매를 맺고 지내왔다. 수영이는 병식이가 계숙이란 여자와 가까이 교제를 한다는 이야기를 여러 번 들었고, 두 사람의 관계도 짐작은 하고 있었으나, 기숙사 생활을 하던 터이라, 공교히 만나볼 기회가 없었다.

…청량리(清凉里) 전철역 종점에서 만나보라는 것이 병식의 비밀한 지령이었다. 수영이는 약속 받은 시간보다 삼십 분이나 일찍 나갔다. 난생 처음으로 눈앞에 나타날 여자를 그리어보면서 또는 일종의 호기심을 가지고 오 분 십 분을 기다렸다. 사람의 눈을 피하여 사랑하는 사람이나 기다리는 것처럼 야릇하게 흥분이 되어서 전차가 하나 둘 다녀가는 동안이, 퍽이나 지루하였다.

초겨울의 황혼 때라, 날씨가 쌀쌀하여서, 수영이는 모교 교복에 기다란 망토를 두르고 나왔었다. 그는 기다리기가 무료해서, 구두 부리로 길 바닥의 조약돌을 걷어차기도 하고, 휘파람도 불면서 왔다 갔다 하려니까, 네 번째 나오는 전차가 종점에 와 닿자, 채 정거도 하기 전에, 한 사람의 여학생이 선뜻 뛰어내렸다. 그 여자가 바로 최계숙이었다. 그는 검정 두루마기를 짤막하게 입고 미색 목도리 한 자락을 등 뒤로 멋지게 넘겼다. 계숙이는 내려서면서 왼편 소매를 들추어 팔뚝시계를 보고는 시선을 사방으로 두른다. 부탁받은 남자를 찾는 눈치다. 두 사람의 눈은 마주쳤다. 마침 그 근처에는 문안에서 나무를 팔고 방울 소리를 딸랑거리면서 빈 길마만 지고 나가는 말 한 마리밖에 없었다.

계숙이는 앞에 사람이 없는 것을 살핀 뒤에야, 길쭉한 다리를 활발하게 떼어 놓으며, 수영이를 향하여 다가온다. 수영이도 '저 사람이 틀림없으리라' 하고, 마중하는 의미로 몇 걸음 앞을 질러 걸어왔다.

잎사귀는 다 떨어지고, 가지만 앙상하게 남은 버드나무 그늘로, 걸어갔다. 얼마 안 가자 등 뒤까지 여자의 구두소리가 따라왔다. 이윽고 두 사람은 돌아다보지 않고, 곁눈으로 보일 만치 거리가 가까워졌다. 수영이는 무어라고 말을 붙여야 좋을까 하고 망설이는 판에,

"김수영 씨입니까?"

하고 여자 편에서 먼저 말을 걸어왔다. 계숙이는 수영이와는 반대편으로, 반쯤 얼굴을 돌리고, 혼잣말처럼 물었다. 혹시 등 뒤에서, 주목하는 사람이나 있지 않은가 하고 조심스러웠던 것이다.

"네, 그렇습니다."

수영이는 나직이 대답을 던졌다.

"저리로 걸어가시지요."

여자는 여전히 딴전을 부치듯 하며 앞을 서 간다.

005회, 1933.07.14.

6 뉘엿이 넘는 석양은, 등 뒤에서 무르익은 모과빛의 낙조(落照)를 던져, 두 사람의 그림자를 길바닥에 기다랗게 끌어당겼다. 땅 위에서 바스락 소리를 내며 구르는 낙엽을 밟으면서, 그들은 이야기를 주고받았다. 그 동안에 수영이는 몇 번이나 등덜미와, 귓바퀴와, 혹은 정면으로, 여자의 날카로운 시선을 느꼈다. 그렇건만 수영이는 수줍어서, 계숙의 얼굴을 바로 쳐다볼 수가 없었다. 다만 목소리가 카랑카랑한 것과, 사투리가 섞여서 억양(抑揚)이 명주 고름같이 부드럽지는 못하나, 그 말에는 열이 있고 힘이 있었다. 계숙이는 수영이가 "네, 네" 하고 대답만 하니까, 좀 갑갑한 듯이 대들며 선동이나 하는 태도였다. 수영이는

'얘— 이 여자야말로, 어지간하구나.'

하고 어느 정도까지 탄복을 하면서도, 여전히

"네, 알겠습니다. 잘 알아들었으니까 틀림없겠지요."

피동적으로 대답할 뿐이었다. 그러다가 끝으로 일의 방침을 토론 비슷이 할 때, 피차에 긴장된 얼굴을 정면으로 대하였다. 계숙의 눈동자는, 흑진주같이 빛나고, 두 뺨은 능금처럼 빨갛게 혈조(血潮)에 타올랐다. 그 순간의 인상이, 지금까지도 수영의 머릿속에, 심령술(心靈術)로 사진이나 찍은 듯이, 또렷이 남았고, 계숙이도

'침착하고도 믿음직한 남자다.'

하고는, 매우 호감을 갖게 되었다. 그러나 이야기는 아주 사무적이었고, 서로 사사로운 환경을 물어볼 처지도 아니었다. 두 사람은 거사할 날짜

와, 시간을 다시 한번 다지는 것으로, 작별의 인사를 대신하고, 목례를 나눈 뒤에 헤어졌다. 그러나 전차를 타며 내려다보는 계숙의 눈과, 기숙사로 돌아가며 돌려다보는 수영의 눈이, 두 번 세 번이나 의미 있게 마주쳤었다.

며칠 후, 모든 남녀 학교의 공기가 위룽튀룽하는 그 전날에 수영이는 안국동 큰길에서 계숙이를 만났다. 계숙이는 여러 동무들 틈에 섞여서 오기 때문에 수영의 손은 모자챙까지 올라가다가 말았다. 계숙이는 수영이를 먼저 알아보고 곁눈으로 은근히 인사를 하였다. 머리를 숙이는 듯 마는 듯 눈썹만 지긋이 끌어 올렸을 뿐이었다.

그 이튿날 저녁 때 수영이는 경찰서에서 계숙이를 보았다. 유치장이 대만원이라, 순사들이 유도와 격검을 하는, 마룻방까지 콩나물을 길렀는데 거기서는 창살을 붙잡고 매어달리면 행길을 내어다볼 수가 있었다. 계숙이는 여전히 활발한 걸음걸이로 동무들보다 몇 걸음 앞장서서, 아는 집으로나 찾아오는 것 같았다. 수영이는 입술을 깨물며 내어다보다가, 고개를 푹 수그렸다. 그러나 어쩐지 제 신변이 든든해진 것 같기도 하였다.

그러다가 서대문 밖으로 넘어간 뒤에는, 피차에 소식이 끊어졌다. 한 솥에 지은 콩밥을 먹고 같은 담 안의 공기를 호흡하면서도 그야말로 지척이 천리였다. 그러나 두 사람은 서로 은연중에 마음이 켕기어

'몸이나 성한가? 과히 괴로워하지나 않나?'

하다가 계숙이가

'그이가 먼저 나갔으면….'

하면 수영이는

'여자들이나 먼저 나가야 할 텐데….'

이렇게 서로 빌어주고, 염려해 주는 마음만은 극성맞은 간수의 눈을 피할 필요도 없이, 철창 사이를 새어서, 남감과 여감의 담을 넘어 다녔다. 잡혀오던 날 병식이가 뒤를 따라오며 수영이도 검거되었다는 말을, 전했기 때문에, 계숙이 역시 김수영이도 한 집에 들어와 있거니 하면, 마음 한 모퉁이가 든든해져서 정신적으로 적지 않게 위안을 받는 것 같았다.

006회, 1933.07.15.

세 동지

1 그러다가 두 달쯤 뒤에 하루는 최계숙의 이름으로 세수수건과 잇솔이 들어왔다. 수영이는 그제서야 계숙이가 먼저 출옥한 것을 짐작하였다. 무사히 나간 것이 여간 반가운 것이 아니요, 비록 작은 물건이나마 차입해 준 것이 여간 고맙지 않았다. 부모의 자애와 친구의 우정 이외에 저와는 아무 인연이 없었던 여자의 따뜻한 정을 받아 보기는 뜻밖이요 또한 처음이었다.

수영이가 손가락으로 이를 닦으면서도 그 잇솔과 수건을 쓰지 않고, 보물이나 되는 듯이 꼭꼭 싸두는 것을 보고,

"아주 불천지위 위하듯 하군."

하고 같은 방에 있는 동무에게 놀림까지 받았다.

석 달 뒤에 수영이는 뜻밖에 보석이 되었다. 나오던 날은 감옥 문 앞까지 마중을 나와 준, 병식의 등 뒤에서, 또한 뜻밖에 계숙이가 서 있는 것을 발견하였다.

그들은 변호사에게서, 수영의 보석 허가가 나왔다는 소식을 듣고 나와서, 세 시간이나 기다렸었다. 계숙이는 병식이와 작반을 하기 위해서 나

왔을 리는 없다. 물론 저 혼자라도 마중을 나와 주었으리라고 생각하니, 더 한층 고마웠다. 옥문을 나서자 수영이는,

"고마워이, 고마워! 잘들 있었나?"

하면서 병식이와 두 번 세 번 혈관이 떨리도록 악수를 하였다. 감격하기 쉬운 병식이는 수영의 어깨를 얼싸안고 잠깐 동안은, 말문이 막혔었다. 그는 눈물까지 글썽글썽해가지고, 동지의 얼굴을 쳐다볼 뿐이었다. 수수하게 차렸으나 봄옷을 깨끗하게 입은 계숙이는 수영의 앞으로 다가서며

"얼마나 고생을 하셨어요?"

하고 여학생 식으로 예를 꼬박하였다. 수영의 머리가 길어서 귀 밑까지 덮은 것과, 구레나룻이 시꺼멓게 난 것이 우스웠다. 그러나 입모습에는 미소를 띠면서도, 영채가 도는 눈은, 이슬을 머금고 남자를 쳐다본다. 수영이는 걸어메었던 옷 보퉁이를 내려놓면서

"고맙습니다. 차입해 주신 것 받구서 먼저 나오신 줄 알았지요."

병식이와 쥐었던 그의 손은 얼떨김에 계숙의 손을 옮아 쥐었다. 반가움에 겨워서 계숙에게도 악수의 차례가 간 것이요, 잠깐 쥐었다 놓은 것이지만 수영이가 장성한 여자의 육체와 접촉해 본 것도, 또한 난생 처음이었다. 악수를 하고 나서는 계면쩍어서 두 사람의 얼굴이 붉어지는 것을 보고는

'둘이 꽤 가까워졌구나.'

하고 병식이는 속으로 웃었다.

시골 아버지는 출옥한다는 통지를 미처 받지 못했기 때문에 나오기는 했어도 수영이는, 당장 갈 곳이 없었다. 병식이는 수영이를 데리고, 계숙이도 함께 누각골 막바지 저의 집으로 갔다.

병식의 집이란 시골 두메 구석에서나 볼 수 있는, 게딱지같은 초가집이었다. 대문은 최경례를 하고 들어가지 않으면 이마를 들이받을 지경이다. 지붕은 여러 해 개초도 못해서 찌들대로 찌들고, 벽은 허물어져 흙이 떨어지는 대로 내버려 두었다. 안방 칸 반, 마루 한 칸에다가 반 칸 남짓한 건넌방이 다붙었는데 그나마 팔 원씩 또박또박 월세를 치러 나가는 집이었다.

한 달에 겨우 사십 원을 받는 인쇄 직공의 살림인데다가, 그 속에서 집세를 제하고, 이태 전에 돌아간 아버지의 상채를 그저 까나간다. 그뿐인가 술잔이나 먹는 사람이라, 친구와 얼리면 술추렴이 적지 않게 돌아가니, 객비용까지 따지고 나면, 이십 원도 못 남는다. 그것을 가지고 해수병으로 골골하는 늙은 어머니와 아내와 아들 딸 삼남매를 길러 나가는 병식의 살림살이야말로 구차한 것으로는 남 부러울 것이 없다. 게다가 병식이는 아내와 처음부터 의초가 좋지 못하였다. 부지중에 자녀는 연달아 났으니까, 울며 겨자 먹기로 한 집에 살기는 해도 그는 제 아내를 밥 지어 주는 '부엌어멈'이라고 부른다. 술이나 얼큰해 취해 가지고 들어와야

"네나 내나 이 집구석에서 종신징역 하기는 마찬가지다."
하면서 아내의 팔을 끌어당기고 머리를 마주 부비고 하는 것이, 그래도 남 보기에는 가장 탐탁해 보이는 장면이었다.

007회, 1933.07.16.

2 병식이는 동경에서 여러 해 고학을 하던 사람이었다. 처음에는 우유 배달을 하다가 나중에는, 인력거까지 끌었다. 그러면서도 그는 어느

사립대학 문과에 학적을 두었었다. 어려서부터 문학에 취미를 가지고, 그 방면의 책을 많이 읽었기 때문이었다. 그는 시도 짓고, 소설도 썼다. (지금도 신문 잡지에 익명(匿名)으로 발표하는 그의 수필이나 평론을 볼 수 있다.)

그러다가, 불행하게도 세상을 떠난, 최영준의 영향을 받아서, 그 사람과 어느 주의를 선전하는 팸플릿을 맡아 가지고, 일 년 동안이나 출판을 하였다. 병식이는 워낙 눈썰미가 있는 사람이라, 그 당시에 활자를 뽑고, 식자(植字)하는 기술을 배워서, 얼마 뒤에는 기술자로 한 몫을 볼 만큼이나 익숙해졌다.

그러나 알코올중독자인 아버지가, 중풍으로 덜컥 돌아가시고 보니, 병식이가 돌아와 벌어대지 않으면, 식구들은 백판 굶어 죽을 지경이었다. 모든 것을 내던지고 돌아와 보니 아버지의 유산이라고는 잡혀먹은 집 한 채와, 천 원도 넘는 빚이, 새로운 채무자를 기다리고 있을 뿐이다.

그는 '언제 집 지니고 살 팔잔가' 하고 제일 착수로 집을 팔았다. 이백 원밖에 안 남는 돈을 가지고, 장마통의 원뚝[堤防] 모양으로 터져 나오는 빚 구녕을, 이 귀퉁이 저 귀퉁이 틀어막았다. 급한 것만 간신히 마감은 했으나 이제는 길거리로 나앉을 수밖에 없었다. 그래서 이 집을 사글세로 얻어 들었던 것이다. 그러나 굶어 죽으란 법은 없는지, 요행으로 ×× 일보사의 문선직공으로 들어가게 되어서, 여섯 식구가 오늘날까지 입에 풀칠만은 겨우 해왔던 것이다.

…세 사람이 들어서자 병식의 아내는, 부엌에서 불을 때다가

"아이고 나오셨어요? 얼마나 고생을 하셨어요?"

하고 수영이를 반기며 내닫다가 계숙이가 뒤에 따라오는 것을 보고, 금세 샐쭉해서 물러섰다. 병식의 아내는 계숙이와 아주 옹치였다.

"말만한 계집애가 남의 집 사내의 꽁무니를 뭘 하자구 저렇게 엉덩판을 흔들며 따라 댕기는 거야."

하고 계숙이가 병식을 찾아올 적마다 혀를 끌끌 차며 종알거리는 것이 한 버릇이 되었다. 그러다가 어느 때는

"의누이란 다 뭣 말라죽은 거람. 요새 계집애들은 걸핏하면 의남매도 잘합디다. 난 진정이지 그런 꼬락서닌 보기 싫어요."

하고 조그마한 몸집을 뒤흔들면서 남편에게 투정을 부렸다. 남편이 계숙하고 가까이 추축하는 것을 볼 때마다 두 눈에서 쌍심지가 돋는 듯이 강짜를 하였다. 어쩌다가 단 둘이 건넌방에서 이야기를 하는 때면 안방에서 바느질을 하다가도 시어머니 머리맡의 미닫이를 홱 열어젖히고 공연히 헛기침도 칵칵 하고 청하지도 않은 자리끼를 떠가지고 건너가기도 한다. 건너가서는 두 사람의 가운데를 터고 앉아서, 얼토당토않은 말참례를 하다가, 남편에게 구박을 받고서야 고양이 낙태한 상을 하고 일어섰다. 계숙이도 "형님, 형님" 하면서도 병식의 아내가 달라는 것 없이 싫었다. 첫째 수다스러운 것과 사람이 쫄쫄이 때가 묻은 것과, 저만 똑똑한 체하는 것이 마땅치 않았다. 아주 찰구식이면서도, 신식 경우도 아는 체하고, 게다가 사람을 깔보는 것이 얄밉기도 해서

'난 조따위 서울 여자는 깜찍해서 꿈에도 보기 싫더라.'

하고 속눈을 흘겼다. 그렇건만 이런 일 저런 일로 병식이를 만나게만 되니까, 이 집에 발을 들여 놓지 않을 수도 없었다. 그래서 얼마 전부터는 병식을 찾아올 때면 반드시 과자나 과일을 사 가지고 왔다. 어린애들부

터 입을 씻기고 나서, 너스레를 떨면서 얼러주고 추어주는 바람에 병식의 댁내는

'흥 네가 사탕발림을 시키는구나.'

하면서도 그때만은 좀 사그라졌다.

또 어떤 때는 계숙이로 해서, 내외간에 대판으로 싸움이 벌어질 뻔하였다. 병식이도 어지간한 신경질이요, 살림에 쪼들려 악만 남은 사람이라, 성미만 건드리면 물불을 가리지 않고 달려들건만, 계숙이와의 관계에 들어서는 입을 다물었다. 그러는 것이 더욱 수상쩍어서, 아내가 달려들어 종주먹을 대면

"그만 하면 입도 아플 테니 고만 좀 닥쳐 둬."

하고는 돌아누우며 무슨 생각엔지 깊이 잠기는 것이었다.

008회, 1933.07.17.

3 세 사람은 건넌방으로 들어갔다. 오랫동안 콩밥을 먹다가 나온 사람을 찬 없는 밥을 먹일 수도 없는데, 아내가 또 뾰로통해진 눈치를 보고 병식이는 손수 설렁탕을 받아가지고 들어왔다. 계숙이는

"조섭이나 잘 하세요. 내일 또 오겠어요."

하고 일어서는 것을, 간신히 붙들어 앉히고, 세 사람이 솥발같이 겸상을 하였다.

"얼굴은 과히 상하지 않았네만 아직 얼떨떨헐걸."

"햇빛에 눈이 부신데다가, 별안간 시끄러워서…."

"어쨌든 경험 잘 했네. 우리가 아니면 그런데 구경이나 하겠나?"

"인간 세상을 알려면 감옥 생활이 제일인데 두말할 것 없이 감옥은 인

생 생활의 축도(縮圖)야. 난 겨우 유치원 졸업도 못하구 나왔네만, 한 삼 년 복역이나 하면 소득이 상당히 많겠던걸.”

“그렇구 말구요. 삼 년은커녕 일 년만 독방에 갇혔으면 아주 철학자가 돼 나오겠어요.”

이번에는 계숙이가 공기에 밥을 담아 수영의 앞에다 놓으면서 말참례를 하였다.

“그래도 나오시니까 언제 그런 세상에 살았었던가 싶지요?”
하고 설렁탕을 마시느라고 구슬땀이 숭숭 내배인 수영의 얼굴을 쳐다보면서 다시 말을 이었다.

“뭘요, 그저 좁은 데 있다가 좀 넓은 데로 나왔을 뿐이지요.”

수영이는 쓸쓸히 웃었다.

“난 그렇게 쉽게 나오려니 생각도 안했었지만 나올 때는 어찌나 섭섭한지 도로 들어가고 싶더군요.”

“섭섭한 것만이 아니야요. 저만 먼저 나온 게 큰 죄나 진 것 같어요.”

수영이는 물러앉으며 소매로 얼굴의 땀을 씻었다. 이야기를 하는 동안에 한두 가닥 나풀거리는 계숙의 앞머리털이 몇 번이나 수영의 이마를 간질었다. 병식이도 상을 물리면서

“난 아직 큰 집엔 못 가봐서 얘기 참례를 할 자격이 없네만….”
하고 손가락을 꼽더니

“동경서 네 번. 부산서 사흘. 서울에서 두 번이로군. 유치장 밥맛이야 나만큼 알겠나?”

한 편 입모습만 끌어올리며 웃는다.

세 사람은 그 동안의 세상의 변동과, 동지들의 소식을 묻고 들려주고

하느라고, 시간이 가는 줄을 몰랐다. 그러나 신통한 소식이라고는 하나도 없었다. 요새는 서울바닥이 폭풍우가 지나간 바다와 같이 잔잔해져서, 이야기할 만한 거리도 없거니와, 그 일에 관계했던 사람들은 밥벌이 구녁을 찾느라고, 눈이 벌게서 다닌다는 것과 수영의 동무 가운데 가장 열렬하게 날뛰던 사람들도 혹은 군청 고원이 되고, 혹은 면 기수로 취직을 하였다는, 찐덥지 않은 소식뿐이었다.

수영이는 감옥에서 둘러메고 나온 옷 보퉁이를, 훔척훔척하면서

"자, 인젠 목간이나 허구 머리나 좀 깎아야지. 원 터분해서…."

하고는 세수수건과 잇솔을 꺼내어 들었다. 그 수건은 한번도 쓰지 않은, 분홍실로 C자를 수놓은 것이었다. 계숙이는 수영의 손을 유심히 내려다보았다.

그것은 제가 차입해 주었던 물건임에 틀림없었다. 병식이는 비스듬히 기대어 앉아서 담배를 피우며, 두 사람의 얼굴을 번갈아 보고 싱글싱글 웃더니,

"그동안에 자네가 유명해진 걸 좀 보려나?"

하고 책상 서랍에서 묵은 신문 한 장을 꺼내어 놓았다. 수영이는 눈이 둥그레지지 않을 수 없었다.

계숙이는 병식이를 곁눈으로 살짝 흘겨보면서

"아이 오빠두, 그걸 뭐라고 입때 뒀다가 내놓서요."

하고 그 눈을 옮겨서 수영이를 할끔 쳐다본다.

그 신문에는 수영의 사진과 계숙의 사진이, 커다랗게 났다. 타원형으로 두 어깨가 겹치다시피, 나란히 박혀있다. 그리고 이 두 사람이 중심인물이라는 것을 은연중에 비친 기사까지 실린 것이 있다.

"아주 여부없는 신랑 신부지?"
하고 병식이는 껄껄 웃어젖혔다. 계숙의 얼굴은 수영에게 손을 잡혔을 때보다도, 더 빨개져서 석류꽃처럼 피었다.

009회, 1933.07.18.

4 세 사람은 함께 큰길로 나갔다. 목욕탕 앞에서 계숙과 작별하고 둘이서 목욕을 하러 들어갔다.

시간이 일러서 목욕탕 속에는 새로 끓인 깨끗한 물이 연기 같은 김에 서리어서, 조탕 밖으로 찰찰 넘쳐흐른다. 수영이는 조탕 속으로 안간힘을 쓰며 들어갔다. 조금 있으니까 온 겨우내 얼어서 오그라들고 옥죄었던 혈관과 신경줄이 가닥가닥 풀리고, 세포까지 따끈한 물속으로 녹아드는 것 같았다.

조탕 속에서 나오자, 조금 아찔하면서도 나른한 피곤이 전신을 흘렀다.

병식이는 수영의 등을 밀어주면서 이런 이야기 저런 이야기를 하던 끝에, 수영에게 꼭 들어보라는 것도 아닌 것처럼, 계숙의 신상에 대한 걱정을 하였다.

"난 요새 계숙이 때문에 큰 걱정일세."

"왜?"

비누칠을 하얗게 한 수영의 얼굴이 돌려다본다.

"자네두 알다시피 계숙이는 용준 군이 살았을 때부터 나를 오빠 오빠 하구 따랐구, 나 역시 오늘날까지 친누이처럼 알구 지내지만 감옥에 댕겨 나온 뒤로는 당최 맘을 잡지 못하구 돌아다니니 큰 걱정일세."

"당분간 시골집에 내려가 있을 게지. 아무 수입도 없이 서울서 어떻게

배기누?"

수영이는 속으로는 슬그머니 계숙의 일이 궁금하건만 빗대어 놓고 묻듯 한다.

"아니야. 시골집엔 못 가 있을 사정이 있어. 저의 아버지는 밥은 굶지 않는다지만, 계숙이는 어려서 친어머니를 잃어서 부모의 정을 모르는데다가, 모발이 허—연 아버지가 기생첩을 데리고 산대. 그래서 그 계모두 아니요, 서모두 아닌 여편네 밑에서 눈칫밥을 먹기가 싫어서 죽어라구 시골집엔 아니 내려가는 모양야."

병식이는 여러 달 견디기 어려운 고생을 하고 나와서도, 여전히 거무스름한 근육이 울퉁불퉁한 수영의 건장한 몸을 속으로 부러워하면서, 희고 가냘픈 자기의 팔과 다리를 북북 문지른다.

"그럼 계숙 씨는 아직 무남독녀가?"

수영이는 될 수 있는 대로 화제가 다른 데로 달리지 않도록 경계를 하면서, 뒤미처 물었다.

"첩한테 소생은 있다는데 아직 대면도 못했데."

"그래두 아버지는 딸 하나를 아주 모른 체하진 않겠지?"

"응, 노인은 두어 달에 한번쯤은 딸을 보러 올라오는데, 같이 내려가재두 세상 말을 들어야지."

"과년한 계집애가 서울 바닥에서 굴러다니면 사람 버린다구 암만 달래구 꾸짖구 해두 '딸 하나 안 나신 셈만 치세요' 하고는 벗퉁기니, 송아지가 아닌 담에야 목을 메어 끌겠나?, 계숙이는 여간 고집이 세질 않거든."

"여자두 고집이 있어야지. 서울 계집애들처럼 요리 휘뚝 조리 휘뚝 해서야 쓰겠나."

"그래두 계숙이는 너무 만만치기 않어. 저의 아버지는 올라만 오면 꼭 나를 찾아와서 사정사정을 하다가 나중엔 날더러 친부형 대신으로 감독을 잘하다가 신랑감까지라도 골라 달라구 신신부탁을 하구 내려가지만…. 내 코가 석 자나 빠진 사람이, 남의 일까지 참견할 겨를이 있어야지."

수영이는 물을 퍼서 어깨 위로 끼얹고 나서

"그럼 요새 지내기도 어렵겠네그려?"

"벌써 두 달째 동전 한 푼 아니 부친대. 저의 아버지두 인제는 격이 난 눈치야. 어느 부모들 무작정하구 돈을 올려 보내겠나?"

"우리 아버지하구 한가지로군. 우리 집에선 보내려야 보낼 돈두 없지만…."

"생활 문제두 문제지만 계숙이의 다른 방면의 생활이 걱정일세. 그 애가 감옥엘 다녀나온 뒤에는 무슨 명사나 된 것처럼, 학생 퇴물은 말할 것도 없구, 나중엔 소위 신사축까지 뒤를 대서, 그 애 하숙엘 무상시로 출입을 한다니, 이 말썽 많은 사회서 소문이 사납지 않겠나? 그것들은 다 계숙이한테 무슨 볼 일이 있이 있어서 다니겠나? 그 축들은 다 에로 청부업잘세. 어느 놈한테 낙찰(落札)이 될는지 모르지만…."

하고 병식이는 수건질을 하면서 억지로 껄껄 웃는다.

"자네두 우스운 소린 여전허이그려."

수영이도 따라 웃었다.

계숙이의 이야기는, 목욕간에서 나와서 옷을 입을 때까지, 두 사람 사이에 계속되었다. 수영이는 어쩐지 계숙의 일이 남의 일 같지가 않았다.

'단 둘이만 만나서, 조용히 이야기할 기회가 있었으면' 하였다.

"자, 그럼 오늘은 실컷 잠이나 자게. 일찍 다녀나옴세."

병식이는 수건과 비누를 수영에게 맡기고 그 길로 신문사로 향하였다.

수영이는 병식의 집 건넌방으로 돌아와서 네 활개를 벌리고 누워서 시골집 생각! 저의 장래, 게다가 계숙의 일까지 생각하느라고 피곤한 머릿속이 또다시 무거운 근심에 짓눌리는 것이었다.

010회, 1933.07.19.

5 그 뒤로 수영과 계숙은 병식의 집에서 종종 만났다. 수영이는 임시로 병식의 집 건넌방에서 묵고 있었기 때문이다. 병식이가 신문사에서 늦게 나오는 날이면 단 둘이 마주 앉아서, 이야기할 기회도 있었다. 이야기를 한대도 수영이는 원체 입이 무겁고 말 수효가 적은 사람이라, 잗다란 사정이나 제 의견을 길게 늘어놓는 법이 없지만 계숙이는 수영이와 나날이 친해질수록, 제 생각이나 지내는 형편을 아무 가림새 없이 양념을 쳐가며 이야기하였다. 얼마 전에는 급한 볼 일이나 있는 듯이 찾아와서

"제가 취직운동을 한다는 건 병식 오빠한테 들으셨겠지만 ××백화점에서 오라는 통지가 왔겠지요. 그래, 가 보았더니 내일부터라도 와서 견습을 하라니 어쩌면 좋을까요? 처음엔 십오 원밖에 못 주겠다구요. 그렇지만 밥값은 버는 셈이 아니야요?"

수영이는 손톱여물을 썰고 앉았다가

"글쎄요. 여자두 직업을 갖는 건 물론 좋은 일이지만 객지에서 한 달에 십오 원을 가지구서, 생활을 해나갈는지도 의문인 걸요."

하는 대답이 신신치 않으니까

"그럼 어떡해요? 집에선 돈 한 푼 안 보내주지요. 그러니 학교엔 댕길 수도 없지만, 가고 싶은 학교나 어디 있어요? 시골에 내려가 있자니 이해 없는 사람들하구 그 궁벽한 데서 귀양살이가 아닌 담에야 갑갑해서 어떻게 견디겠어요?"

계숙이는 한숨을 짤막하게 내쉬고 나서

"뭐 옛날버텀 개처럼 벌어서, 정승처럼 살랬다는데 생활전선(生活前線)에 나서는 것이 천하거나 창피하게 여기는 건, 수영 씨버텀도 봉건사상(封建思想)에서 벗어나지 못하신, 생각이 아니세요?"

도리어 둘러씌우듯 하면서 여기지름을 한다. 그러나 수영이는 어쩐지 계숙이를, 그런 번잡한 곳에 상품처럼 내놓기가 싫었다. 사정 여하를 불구하고 계숙이가, 그런 데 한번 발을 들여 놓으면, 다시는 자주 만날 수 없겠고, 자기와는 차차로 거리가 멀어질 것만 같았다. 수영이는 백화점 양품부나 화장품 파는 진열장 앞으로 계숙의 얼굴을 기웃거리며, 어슬렁 어슬렁 돌아다니는, 히야카시꾼들을 눈앞에 상상해 보았다. 동시에 그런 자들에게 일종의 질투까지 느꼈다.

"암만 생각해 봐두 재미적은 걸요. 나 역시 서울에서 부벼대야 무슨 끝장이던지 날 성싶어서, 시골에서 내려오라는 재촉이 성화 같어두, 목에 넘어가지 않는 병식 군의 밥을 얻어먹고 있지만, 여자는 남자와도 달라서…."

하고 머리를 흔들었다. 그러나 계숙이가

"그러면 어떡해요?"

하고 대어드는 데는, 무어라고 대답할 말이 없고, 또는 억지로 우겨댈 권리가, 자기에게 있는 것도 아니었다. 그렇기 때문에 표면으로 모지게 반대는 할 수 없었다.

그날은 병식이도 기다리지 않고, 일어서면서 계숙이는, 애처로운 이별이나 하는 것처럼, 옷고름을 만지작거리더니 그 매력 있는 곁눈으로 수영이를 내려다보고

"인제부터 물건을 사시려거든, 나한테루 오세요. 특별히 와리비키해 드릴께요."

입을 뾰족하게 오므리며 '요'자를 길게 뽑고 나서는, 구두 단추를 끼울 사이도 없이, 총총하게 돌아갔다. 작별한 지 사흘 만에

…아무리 곰곰 생각해 보아도 별 도리가 없어서, 오늘 아침부터 ××백화점에 출근했습니다. 수영 씨는 저의 사정을 동정하시는 터이니까 잘 양해해 주실 줄 믿습니다. 저 있는 집으로 한번 꼭 놀러 오세요. 병식 오빠에게는 이제는 안 가겠어요.

이런 내용의 편지가 조그만 자회색 봉투에 담겨 왔다. 그리고 끝에는 '어느 세일즈걸에게서'라고 쓰여 있었다.

그 뒤로 수영에게는 몹시도 우울한 날이 계속되었다. 빵 문제를 해결하려는 고민도 형용키 어려웠다. 그러다가 두 달 뒤에 신문 배달부가 되었다. 직업을 얻으려고 얼마나 힘이 들었는지 그것은 다음 날 이야기할 기회가 있거니와, 그나마도 병식을 졸라서 간신히 한 자리를 부비고 들어간 것이었다.

그는 신문 배달부가 되던 며칠 뒤부터 계숙이가 사숙하고 있는 집에,

신문 한 장씩을 몰래 넣어주었다. 그래서 오늘날까지 꾸준히 계속해 왔던 것이었다—.

011회, 1933.07.20.

6 …전봇대를 붙잡고 서 있던 수영이는

'에익! 내가 여기 무엇 하러 서있단 말이냐.'

하고 홱 돌아섰다.

독한 술에나 진흙같이 취한 사람처럼 간신히 몸을 가누어 가지고 큰길로 나섰다. 골목 밖에는 눈보라가 벼르고 있었던 것처럼 수영의 가슴에 벅차게 안기다가 길바닥을 휩쓸고 지나갔다. 수영이는 흑흑 느껴져서 소매로 얼굴을 가린 채 걸음을 걸을 수가 없다. 그러다가 한참이나 찬바람을 쐬어서 나갔던 정신이 찾아들자 몸서리를 쳤다. 동시에 계숙이와 밤을 새우는 얼굴도 모르는 자에게 질투의 불길이 머릿속에 타오르고, 육신은 추위와 배고픔에 못 견디어 사시나무 떨리듯 한다.

'그 여자가 무슨 짓을 하든지 네게 무슨 상관이 있느냐?'

마음 한 모퉁이에서 책망 비슷이 하면

'어째서 상관이 없느냐? 아무 상관도 없을 것 같으면 너는 얼마나 오지랖이 넓길래 그 남녀에게 그다지 질투와 분노를 느끼느냐?'

하면서 또 한 귀퉁이에서 자분참 내닫는다.

'낸들 아느냐, 나도 모르겠다.'

마음속에서 수영이는 손을 내젓는다.

'여자에게 대하여 자기 자신도 뜻하지 아니한 가장 날카로운 심리적 현상(心理的 現象)이 기적(奇蹟)처럼 나타나는 것은 도대체 무엇이냐.'

머릿속에 쭈그리고 앉은 수영의 이성(理性)은 그 말끝에 다시 부연을 달아

'네가 그 여자를 사랑하기 때문이다!'

하고 냉정하게 판단을 내렸다. 수영이는, 과연 그 엄숙한

—우연한 기회는 아직도 동정(童貞)인 수영의 앞에 그 상대자를 던졌다. 큰일을 하기 위한 동기로 만나본 계숙의 열렬한 ××사상과 용모와 체격이 수영의 숨었던 정열을 부채질하기에 넉넉하였던 것이다. 그러나 제 몸을 어디까지든지 의지력(意志力)으로 움직이고 실수 없이 꺼내어나가려는 수영이는, 계숙이가 가까워지면 가까워질수록 멀리하려고 애를 썼다. 뼛속까지 짜릿짜릿하게 느껴지는 형용하기 어려운 감정을, 의식적으로 눌러왔다. 동시에 계숙이를 한낱 여성의 동지로만 대하려고 힘을 들였다. 더군다나 원수의 구복 때문에 인력거꾼 같은 복색을 하고 신문 배달을 다니는 주제에 연애를 한다거나 결혼 문제를 생각할 여유조차 주지 않았다. 또 한편으로는 조선의 청년으로 연애하는 것 이외에 급히 할 일이 하나나 둘도 아니라는 생각이 장성한 사나이의 가슴에다가 불을 지르는 본능까지도 억제해 왔던 것이다. 뿐만 아니라 설사 훌륭한 상대자가 나타나서 피할 수 없이 연애의 그물에 몸뚱이가 사로잡히는 경우라도 수영이는 벙어리 냉가슴 앓듯이 속으로는 꿍꿍이셈을 칠지언정 자기의 속마음을 말로나 행동으로 상대자에게 표현할 기교(技巧)를 가지지 못한 숫배기였다.

수영이는 머리끝까지 흥분이 되어서 수십 보나 발길이 놓이는 대로 걸어가다가 발꿈치를 홱 돌렸다.

'그놈이 누군지나 알고 말리라!'

하는 걷잡을 수 없는 호기심과,

'유혹의 함정에 빠져서 허덕이는 그 여자를 그냥 버려둘 수는 없다. 그 여자는 둘도 없는 나의 이성의 동지다!'

일종의 의협심이 수영의 용기를 돋았다. 그 순간에는 추운 것도 배고픈 것도 잊어버렸다.

'만일 위험한 경우를 당할 것 같으면 어느 누가 그 여자를 보호해 줄 것이냐? 오직 나뿐이다!'

하는 자신도 생기고 의무도 느꼈다. 이빨을 악물고 주먹을 부르쥐고 급히 걸어가는 수영의 얼굴에는 무서우리만치, 처참한 빛이 떠돌았다. 당장 큰 죄나 저지르려는 사람처럼 두 눈은 이상한 광채를 발한다.

'벌써 늦지나 않았을까? 그 희고 탐스러운 계숙의 육체가, 먹구렁이 같은 어떤 놈의 팔다리에 칭칭 감기지나 않았을까?'

이런 생각이 번갯불처럼 수영의 머릿속을 왕래하였다. 수영이는 다시 계숙의 집으로 급히 걸었다.

012회, 1933.07.21.

7 수영이는 문 앞에까지 당도해서 동정을 살폈다. 오기는 왔으나 어쩔 줄을 모르고 망설이고 섰으려니까, 문안에서 미닫이를 여는 소리가 드—ㄱ 하고 났다. 사나이가 나오는 눈치다. 수영이는 누가 등 뒤에서 끌어당기기나 하는 것처럼 서너 걸음 물러섰다.

나오는 자가 누군지 얼굴이나 똑똑히 보아 두리라— 하면서도, 가슴속에서는 두방망이질을 한다.

이번에는 남자의 목소리가 울려나왔다. 툇마루 끝에서 구두끈을 매느라고, 꾸부리고 하는 말소리가 분명하다. 그 목소리는 수영의 귀에 익은 듯하면서도, 여전히 양철 지붕을 뒤흔드는 바람소리에, 확실히 알아들을 수가 없다.

수영이는 병식에게서 들은 대로 계숙의 뒤를 따라다닌다는 자들의, 이런 얼굴 저런 얼굴이 눈앞에 어른거리는 것을 마음속으로 지워버리려고 애를 썼다.

'과연 에로 청부업자들이 무상시로 출입을 한다는, 병식의 말이 틀림없구나.'

하였다. 조금 있자

"안녕히 가세요. 퍽 고단하시겠어요."

계숙의 목소리만은 분명히 들렸다.

"다음 날 또 들르지."

이번에서 바로 지척에서 남자 목소리가 들렸다.

'그 사람일 리는 만무한데….'

꿈에도 생각지 않던 어떠한 예감이 수영의 머리를 번개같이 후려갈겼다.

수영이는 얼굴을 마주치지 않으려고 술집 편으로 급히 도망질하듯 걸어갔다. 정탐 노릇이나 하는 것처럼 맞은편 담 밑에 바짝 다붙어 몸을 가리고, 모자를 눌러서 차면을 하였다.

그제야 쪽문을 여는 소리가 삐—걱 하고 났다. 노동복 같은 검정 외투에 방한모자를 눌러서 쓴 작달막하게 생긴 사나이다.

그 사나이는 기생집에서나 자고 나오는 오입쟁이처럼, 웅숭그리고 나왔다. 뒤미처 문고리를 안으로 거는 소리가 들렸다.

'설마 그 사람은 아니겠지.'

앞으로 걸어오는 사나이의 걸음걸이까지 눈도 깜짝이지 않고 쏘아보던 수영이는, 제 눈을 의심하였다. 그 사나이는 고개를 푹 수그리고 걸어오기 때문에 겨우 몸뚱이의 윤곽만 보이더니, 술집의 외등 앞을 지나갈 때에, 불빛에 뚜렷하게 드러난 얼굴!

꿩을 잡으려는 매[鷹]와 같이 날카로워진 수영의 눈은 그 얼굴을 측면으로 노렸다.

눈앞으로 지나가는 뒷모양까지 흘겨보던 수영이는, 전신의 피가 금방 머릿속으로 거꾸로 흐르는 듯하였다.

그 사나이는 갈데없는 병식이었다! 걸음걸이를 보아 그는 발을 헛놓일 만치나 술까지 취한 모양이다.

수영이는 한참 동안이나 그 자리에 장승처럼 서서 눈을 꽉 감고, 흥분을 가라앉히려고 무진 힘을 들였다. 자기가 너무나 지나치게 흥분되었던 것을 깨닫자,

'그 사람이 아니요, 차라리 다른 사람이었더면.'
하였다. 뭐라고 형용할 수 없는 야릇한 감정을 짓누르려고 마음속으로 진땀을 흘렸다.

'내가 오해했는지 모른다. 병식이는 의남매라는 가면을 쓰고, 그런 행동을 할 사람이 아니다. 그런 짓을 하기에는 그 솔직하고 양증인 그의 성격부터 허락치를 않을 것이다.'
하고 우정이 각별한 병식의 인격을 믿었다. 또 한편으로는

'계숙이 역시, 그다지 호락호락하게 아무에게나 몸 허락할 여자가 아니다. 더군다나 하필 병식이와 그런 일이 있으리라고 상상하는 사람부터

죄를 짓는 것이 아닐까? 그 눈! 까만 수정알 같은 계숙의 눈! 그 눈에는 아직도 순진한 처녀의 영채가 떠돌지 않았던가? 단 한번이라도 남자를 안 여자의 눈이 그렇게 신비스럽도록 영롱한 빛에 번득일 수가 없다.'
하고 청량리에서 만났을 때의 인상이 다시금 눈앞에 떠올랐다. 그런 여자를 의심하고 공연히 질투의 불길로 거의 한 시간 동안이나 머릿속의 피를 끓이던 자기 자신이 어리석은 듯 부끄러운 생각이 들어서 어둠 속에서 얼굴을 붉혔다. 저 혼자서 원님을 내고 좌수를 낸다는 격으로, 병식이를 믿고 계숙의 변명까지 해주고 나니까, 그제야 마음이 좀 거뜬해지는 것 같았다. 뒤미처 온몸이 액체(液體)가 되어 땅 밑으로 녹아드는 것 같은, 피곤을 느꼈다.

'어쨌든 좀 더 두고 볼 일이다.'
하고 수영이는 맥이 풀린 걸음걸이로 큰길을 나섰다.

지루한 겨울밤은 길거리를 헤매어 다니는 젊은 사람의 등 뒤로부터 동이 터왔다.

흰 눈 위에 덮였던 밤의 그림자가 뿌—옇게 걷히고 동녘 하늘은 으스름달밤처럼 벗어지기 시작하였다. 어느덧 눈보라도 잠자고 새파란 별이 하나 수영의 머리 위에서 번쩍거리다가는 깜박하고 꺼졌다.

013회, 1933.07.22.

8 수영이는 성을 끼고 터덜터덜 걸어 내려오면서도 도무지 제 발로 걷는 것 같지가 않았다. 다리가 허전허전해서 이리저리 헛놓이고 머릿속은 얼이 빠져나간 것처럼 아무 감각이 없는 듯하다.

그러나 아무리 병식이와 계숙의 행동을 호의로 해석하려고 힘을 들여도, 그럴수록 둘이서 붙잡고 밤을 새운 까닭을 터득할 수 없다. 저의 추측과 상상으로는 도저히 풀 수 없는 수수께끼였다.

병식이가 저에게까지 자전거를 타고 일부러 와서, 호외를 발행한다는 통지를 해주고, 호외를 돌리려고 나가는 것까지 보았는데, 무슨 긴급한 일이 생겼길래 계숙이를 찾아 갔을까? 그때가 두 시도 넘었는데, 더군다나 단둘이서 날밤을 지새워 가며 무슨 이야기를 그다지 장황하게 했을까? 도무지 까닭을 알 수 없는 노릇이었다.

병식을 호의로 생각하려면 의혹이 생기고, 그를 의심할수록 일종의 질투를 느꼈다.

'친구를 시기한다는 것은 야비한 감정이다.'

하고 마음을 눌렀다. 그러나 한번 세찬 바람에 휩쓸리기 시작한 감정의 바다는 미친 듯이 거친 물결이 출렁거린다. 그 파도는 점점 사나워질 뿐이었다.

이 세상에서 다만 하나의 지기(知己)요, 가장 친한 친구를 질투의 불길로 태워 버리고 생후 처음으로 숨은 정열을 남몰래 바쳐오던, 다만 하나뿐인 이성의 동지를, 환멸(幻滅)의 함정에다 몰아넣고 보니 저 자신은 무인절도로 떠내려간 것 같은 고독을 느끼지 않을 수 없다.

수영이는 튼튼하던 육체는 눈이 깔린 길바닥에다 행려병자(行旅病者)처럼 내다 버리고 등신만이 남아서 자기가 거처하는 집으로 기어든 듯하였다.

그는 방으로 들어가자 개지도 않은 채 몸만 빠져나갔던 이불 속으로 들어갔다.

이불 속이라고는 빙고(氷庫) 바닥 같아서, 옷도 벗지 못한 채 누웠으려니까 이마와 무르팍이 마주 닿도록 꼬부라진다. 주린 창자는 뱃속에서 얼어붙은 듯한대도, 머릿속에서는 오만가지 잡념이 소용돌이를 한다.

꿈도 아니요, 그렇다고 생시도 아닌 경계선에서, 이런 생각 저런 생각이 꼬리를 물고 헤매어 다닌다. 계숙의 얼굴, 병식의 얼굴이 번차례로 환등처럼 떠올랐다가는 지워지고, 지워졌다가는 또 나타나곤 한다.

전등의 손잡이를 비틀어 불을 껐다 켰다 하는 것처럼, 정신이 들락날락할 뿐.

여러 가지 환영(幻影) 중에도 가장 몸서리가 쳐지는 것은 조금 전에,

'먹구렁이 같은 어떤 놈의 팔다리에 희고 탐스러운 계숙의 육체가 칭칭 감기지나 않았을까?'

하던 그 남자가, 바로 얼굴만 바뀐 병식이로 눈앞에 떠오를 제, 수영이는 그 환영을 깨물어 죽이려는 것처럼 이를 부드득 갈았다. 동시에 몸을 부르르 떨었다.

'이 세상에서 믿을 것이라곤 하나도 없다. 우정이 무엇이냐? 연애란 다 무엇 말라 죽은 거냐?'

수영이는 숨이 깜박깜박 넘어가려는 사람처럼 점점 의식이 몽롱해가건만 이번에는 전에 느껴보지 못하던 허무감(虛無感)까지 뒤섞여 가지고는 극도로 피곤한 육신을 들볶았다. 골목 안에서 물장사의 삐걱거리는 소리가 머리맡을 밟고 지나갔다. 어디선지 공장의 첫 고동소리가 뚜—하고 어렴풋이 들렸다. 그때까지 모질게도 잠은 아니 왔다. 일 분 간이라도 빨리 모든 의식을 잊어버리려 하면 이번에는 추운 것과 배고픈 의식이, 또다시 머리를 들고 지긋지긋하게도 눈을 감지 않는다. 십여 시간이나 냉수 한 모금 마시지 못한 창자는, 바짝 마른 채로 얼어서 등에 가 붙은

듯, 인제는 쪼르륵 소리도 나지 않았다.

그러다가 들창에 아침 햇발이 비치고, 안집 부엌에서 솥 부시는 소리를 듣고서야 수영이는 간신히 잠이 들었다. 죽음과 같은 깊은 잠에 빠지고 말았다.

014회, 1933.07.23.

9 한편으로 그동안에 계숙이가 지내온 일을 적어보기로 한다.

'최계숙이가 ○○백화점에 나왔다더라.'

'화장품부에서 물건을 판다더라.'

발 없는 말이 쫙 퍼지자, 계숙이가 저의 살붙이나 되는 듯이

'그 계집애두 버렸군.'

하고 혀를 끌끌 차는 사람도 있고,

'흥 너두 배가 고픈 게로구나.'

하고 빈정대는 사람도 있었다. 그것은 계숙이를 동지라고 불러 오던 사람들의 뒷공론이었다. 그밖에도 신문이나 잡지에서 계숙의 이름을 보고 뜬소문만 들은 자들까지

'어디 한번 가서 놀려나 볼까.'

하고 뒤를 이어 ○○백화점으로 모여들었다.

그래서 계숙이는 얼마 동안 곡마단에 팔려 다니는 계집애 모양으로 큰길거리 진열장 앞에 나서서, 구경거리 노릇을 하였다. 계숙의 앞으로 등 뒤로 비슬비슬 돌아다니면서 곁눈으로 여자의 얼굴을 도적질해 보는 일없는 인간들은 좋게나 나쁘게나 계숙에 대한 예비지식을 가지고 온 사람들이었다.

'직업은 신성하다. 내 육신을 놀려서 밥을 벌어먹는 게 어째서 부끄럽단 말이냐.'
하고, 비상한 용기를 내어 병식이와 수영이와 여러 동무들의 반대를 무릅쓰고 나서기는 했건만, 계숙이가 아무리 활발해도 여자의 마음이라, 처음 들어가서 사나흘 동안은 얼굴이 잘 들리지 않았다. 푸르뎅뎅한 사무복을 어색하게 입고 뭇 사나이 앞에 나서기가 서먹서먹하였다. 학교에 다닐 때에 지참을 하고 교실에 들어설 때처럼 모든 사람의 눈총이 일제히 제 얼굴만 쏘는 것 같아서, 고개를 쳐들 수가 없었다. 더구나 저와 교제를 해오던 여러 종류의 남자들이, 일부러 제 꼴을 구경하기 위해서 찾아와서는, 된 소리 안된 소리 지껄이고 갈 때에는, 속이 상하는 것은 둘째요, 다른 점원들 보기에도 몹시 계면쩍었다.

'참말 내가 마네킹 걸이 되고 말았구나.'
하는 자포자기에 가까운 한숨까지 지었다.

더군다나 동창생 중에도 아주 단짝으로 지내던 동무가 귀부인처럼 차리고 화장품을 사러 와서는 입모습에 싸늘한 웃음을 띠며

"그래 재미가 좋아?"
하고 '너 같은 계집애를 언제 알았느냐'는 듯이 반말지거리로 수작을 건다. 얼굴이 마주치니까 마지못해서 인사를 하는 것이다. 그럴 때에는 얄궂은 모욕까지 느꼈다. 더군다나 그 여자의 등 뒤에서 그의 남편인 듯한 양복쟁이가 안경테 밖으로 저를 깔보는 듯한 눈초리와 마주칠 때에는, 여간 불쾌한 것이 아니었다.

또 한편으로는 백화점에 들어가는 것을 굳이 말리던 병식이나 수영이가 혹시 찾아오지나 않을까? 그들과 딱 마주치면 어쩌나? 하고 생각만

해도 쥐구멍을 찾고 싶을 지경이었다.

그러다가도 얼마 지나니까

'나와 같은 여자가— 더구나 남다른 주의를 가진 여자가— 큰길 한복판에 팔을 걷고 나섰다. 직업전선에 앞잡이 노릇을 하는 용감한 자태를 보아라!

너희들은 남자의 노리개가 되어 편히 누워서 먹을 궁리와, 연애를 헐가로 팔아서 몸치장이나 하려는 욕망밖에 더 있느냐.'

하는 일종의 자존심도 생기고, 제가 과대하게 평가(評價)도 되었다. 몸소 훌륭한 모범이나 보이고 있는 것도 자랑스러웠다.

그러자 또 얼마 지나가니까, 모든 일이 익숙해졌다. 물건을 사러 들어오는 사람들의 인기(人氣)가 제게로만 쏠리는 데는 어깻바람까지 날 것은 없어도, 불쾌하지는 않았다. 손님의 종류를 따라 살짝살짝 눈치를 보아가면서, 물건을 척척 내놓고 여기저기서 부르는 대로 구두 부리를 척척 제껴 가면서 분주하게 왔다 갔다 하는 것도 어느 때는 유쾌하였다.

그러면서도 계숙이는 마음속으로 생활에 대한 불안과, 젊은 여자로서의 외로움과, 또는 저 혼자로서는 위안을 받지 못할 충동을 시시때때로 받았다. 그보다도

'내가 이 구석에서 청춘을 썩힌단 말이냐.'

하는 분한 생각에 남자처럼 주먹을 쥐고 떨기도 한두 번이 아니었다.

015회, 1933.07.24.

10 그러나 '감옥은 인생의 축도(縮圖)'라고 한 수영의 말에 대를 채운다면 '백화점은 인생의 쓰레기통'이라고 하리만치 사람 겪난을 하기에는

알맞은 곳이었다.

백화점은 입을 커다랗게 벌리고 큰길을 휩쓰는 티끌을 마셔 들이고, 전차와 자동차 소리, 버스가 사람이나 잡아먹을 듯이 으르렁대는 소리— 온갖 도회지의 소음(騷音)이 장마 뒤의 개구리소리처럼 들끓어 들어온다. 이층으로 삼층으로 뽀얗게 서리어 오르는 먼지, 뭇사람의 땀내와 후터분한 운김. 식료품부에서 풍기는 시크무레한 냄새—.

그 속에서 콧구멍이 까매지도록 더러운 공기를 호흡하며 아침 여덟 시부터 밤 열한 시까지 잔걸음을 치고 히야카시꾼에게 시달리고, 점원 감독의 눈총을 맞아가면서 그날그날을 보내는 계숙의 생활이야말로, 겉으로 보는 것처럼 호화스러운 것은 아니었다.

하루 열다섯 시간 노동으로 겨우 오십 전! 그것은 돈 있는 집 어린애의 군것질 값도 못된다. 백동전 다섯 닢에 몸의 자유를 팔고 지내는 것이 여점원의 생활이다.

계숙이가 처음 들어갔을 때는, 인에 둘려서 현기증이 났다. 마침 경품을 붙여서 소위 대매출(大賣出)을 하는 때라, 사람 장마가 져서 인간 사태에 머릿골치가 핑핑 내둘렀다. 밤이 되면 눈이 부시게 휘황한 몇 백 촉광의 전등불이 눈을 피곤하게 하고 신경을 자극시켜서, 사숙으로 돌아가도 얼핏 잠이 들지를 않았다.

그것은 오히려 둘째가는 고통이요, 특별히 계숙이를 괴롭게 구는 것은 철딱서니 없는 남자들이었다.

"계숙이 전화 받어."

하고는 동료가 친절하게 대어 주는 전화는, 대게 이름도 얼굴도 모르는 남자에게 온 것이었다.

"오늘은 몇 시에 파해 나오시나요? ××모퉁이서 기다릴 테니 꼭 좀 만나주세요."

이따위 전화만이냐 하면, 이번에는

"남의 전화를 받다가 딱딱 끊는 법이 어디 있느냐?"

고 사뭇 호령을 하고 나중에는

"어디 호젓한 데서 만나기만 해 봐라."

하고 위협을 하는 자까지 경성드뭇하였다.

한번은 이런 일이 있었다. 나팔바지에 칠피 구두를 신고 왜뚝삐뚝 하고 들어온 부랑청년이, 화장품부를 빙빙 돌아다니다가 사람이 흩어진 눈치를 보고는, 계숙의 곁으로 슬금슬금 오더니

"실례지만…."

하고는 조그만 편지 한 장을 계숙의 손에다가 쥐어 주고는 뒤도 아니 돌아보다보고 나갔다. 계숙이는 얼떨김에 무엇인지도 모르고 받아 쥐었다가 급히 뜯어보고는

"여보세요, 여보세요."

하고 친절히 부르며 그 남자의 뒤를 쫓아나갔다.

"이리 잠깐만 들어오세요."

하고 시쳇말로의 말로 윙크를 해서 끌어들였다.

무슨 수나 생기는 줄 알고 들어오는 것을 계숙이는 문을 가로막고 딱 버티고 서서

"여보, 멀쩡히 젊은 사람이 그래 대낮에 할 일이 없어서 이따위 편지 쪽을 써가지구 댕긴단 말요?"

별안간 떠들썩하니까 점원들이 모여들고, 물건 사러 들어온 사람들이

백결 치듯 하는데, 계숙이는 정면으로 호령을 톡톡히 하였다. 그자는 얼굴이 홍당무가 되어서 죄인처럼 꼼짝도 못하고 섰다.

"다시 이따위 짓을 했단 봐라."

하고 계숙이는 그 편지를 쪽쪽 찢어서 그자의 얼굴에다 끼얹고

"냉큼 나가!"

하고 야무지게 소리를 지르며 발을 굴렀다. 말 한마디 못하고 도망질하듯 고개를 푹 수그리고 빠져나가는 그자의 등 뒤로 구경꾼들은

"와 하하하!"

하고 조소(嘲笑)의 뭉텅이를 끼얹었다. 이 광경을 본 사람들은 계숙이가 남자 이상으로 대담한 데 점원들까지도 혀를 빼둘렀다.

그 뒤로도 계숙이는 그러한 방법으로 장난꾼들을 퇴치(退治)시켜 왔었다. 그러나 계숙이 자신이 알지 못하게, 그 뒤를 밟는 사람이 있었다. 진날 마른 날을 가리지 않고 물체에 그림자가 따르듯 거의 하루도 빼놓지 않고 꾸준히 계숙의 뒤를 감시하는 사람이 있었다.

016회, 1933.07.25.

11 그 뒤로 수영이는 일부러 계숙이를 만나지도 않고 만나려고 들지도 않았다. 신문 배달부를 그만 두는 날까지 그 여자를 만나지 않으리라 결심을 하였다. 양복떼기를 입고 의자에 걸터앉는 직업을 바라던 것은 아니건만 적어도 계숙에게만은 합비를 걸친 제 꼴을 보이고 싶지 않았다.

계숙이는 계숙이대로

'백화점에서 품팔이를 하는 여자라고 어쩌면 한번 찾아주지도 않는담.'

하고 '그이가 오면 어쩌나' 하다가도 수영이가 저를 모른 체하는 것이 야속하고 고까운 생각도 들었다. 그래서 피차에 잊어버린 듯이 발을 끊고 지냈다.

한편으로는 병식이는 계숙이가 우물가에 세워놓은 어린애만치나 못 미더웠다. 마치 의처증(疑妻症)이나 있는 사람처럼 계숙이가 무사히 제가 거처하는 곳까지 들어가는 것을 보지 않고는 마음이 놓이지 않았다.

그는 저녁에도 집에 붙어 있지 않는 버릇이 생긴 지가 오래다. 오늘 내일 하는 어머니의 지루한 잔병치레에도 진력이 나거니와 허구한 날 여편네의 푸닥거리에는 머릿살이 지끈지끈 아팠다. 깨알만한 활자를 줍느라고 진종일 매어달렸다가, 더구나 신기가 불편한 날은 두 눈이 하가마가 되어서 집구석이라고 기어들면, 그의 아내는 '옳다구나 이제야 만났다'는 듯이 밥상머리에 가 쪼그리고 앉아서 한바탕씩 바가지를 긁는다. 그러면 병식이는

"살려 주. 제발 적선에 밥 먹는 동안만은 닥쳐 둡시다."

하고 빌다시피하기도 하고,

"그렇게 이것저것 없다고 여러 말 할 게 뭐야. 돈 한 가지만 없다면 고만일걸."

하고 억지로 농쳐도 본다. 그러면

"밥상 받을 때가 아니면, 언제 이야기할 새가 있어요."

하고 더한층 달려든다. 말을 옥신각신하다가는, 그—예 남편이 숟가락을 던지고 일어서는 것을 보고서야, 직성이 풀리는 것 같다.

어린 것들이 달려드는 것도 귀찮고, 겨우 돌이 지난 셋째 놈의 재롱이 비상해서, 고것 하나에만 마음을 붙이고 웃음도 웃을 때가 있지만, 그나

마도 약하디 약해 빠져서 아비의 속을 태우는 애물이었다.

"제—길, 이놈의 지옥에 다시 들어오는 놈두 개자식이다."
하고 맹세까지 하고 나가는 날이 거의 사흘 걸러큼은 되었다. 두루마기에 팔도 채 꿰지 못하고 나서긴 했어도, 막상 갈 곳이 없다. 원체 구중중한 친구는 사귀지도 않지마는 아는 사람이란 말끔 궁한 친구뿐이니 남의 설움까지 들으러 다니기도 싫고, 기나긴 밤을 길거리에서 헤맬 수도 없었다. 고작해야 수영이나 찾아가서 (수영이가 딴 방을 얻어 나간 것도 반쯤은 병식의 아내 때문이었다.) 썩둑꺽둑 입심을 부리거나, 혹은 또 내기로 직공축과 얼려면, 선술집 출입이나 한다. 맑은 정신을 알코올에게 빼앗긴 뒤에야 다리 뻗을 곳을 찾아서 갈 지(之) 자 걸음을 걸었다.

병식이는 술로 평생을 보낸 아버지의 유전(遺傳)도 받았거니와 납덩이만 주무르는 일이라, 여독을 제한다는 핑계로, 마시기 시작하였다. 그러다가 사회에 대한 원망, 가정의 불화를 온통 애꿎은 술에다가, 담가버리려고 들었다. 첨에는 같이 일을 하는 직공들과는 추축을 하지 않았다. 제 털을 빼어 제 구멍에 박는, 그네들의 생활과, 그들의 소시민적 근성(小市民的 根性)이 싫었고, 공장 인텔리가 없는 것은 아니지만, 저와는 지식 정도가 걸맞는 사람이 없었다. 그러나 동지의 가면을 쓴 사람보다는 안심되는 탓으로, 얼리기만 하면 주머니털이를 하고나야만 속이 풀렸다. 그래서 근자에 와서는 술이 취하고서야, 집에 들어가는 것이 아주 습관이 되어버렸다.

이야기는 지름길로 달렸지만, 계숙이가 백화점에 다니게 된 뒤로는, 병식에게 일과(日課)가 하나 늘었다. 그것은 등 뒤에서나마 계숙이를 보호해 주는 것이었다. 세상에 쓸쓸하고, 신세가 고단할수록 병식이는, 하루 한번 계숙이를 보지 않고는 견디기 어려웠다. 수십 간통이나 사이를 떼어 놓고, 뒤를 따라가는 것이건만, 그래도 어떠한 위안을 받는 것 같았다. 젊은 여자가 일가친척도 없는 타향에서, 밥벌이를 한답시고 밤잠을 못 자고 다니는 것이 가여웠다. 그보다도 그 그림자를 따라다니는 저 자신이 더한층 가여웠다, 눈물겨웠다. 어쩐지 저 앞에 닥쳐올 운명을 생각할 때에는 앞이 캄캄도 하였다. 눈을 감고 비탈길을 걸어가는 것처럼 마음이 불안스러웠다.

그러면서도 어웅한 숲속에서 반득이는 조그만 반딧불처럼, 계숙이가 내 앞에서 걸어가거니— 하는 의식(意識)만이라도, 어둑침침한 마음의 한 모퉁이에다가 빠끔하게 구멍을 뚫어주는 것 같았다. 그 사이로 희미하게 나마. 무슨 빛이, 내다보이는 것 같기도 하였다. 책을 덮고 붓대를 던진 지도 오래건만 그런 때에는 시를 짓고 싶은 충동이 불현듯이 생겼다. 시혼(詩魂)이 움직이고 시상(詩想)만은 마음속에 가득 찼으면서도, 첫 구절도 읊어지지 않았다. 까닭 모르고 인생을 사는 것과 같이, 병식이는 까닭 없이 그저 계숙의 뒤를 따를 따름이다.

017회, 1933.07.26.

⑫ 수영이가 맨처음 사귄 자가 계숙이라면, 병식이가 연애의 감정이라고는 손톱끝만치도 없는 제 아내 이외에 알아 온 여자도 계숙이었다. 수영이가 아직도 성애(性愛)의 세계를 모르는 동정(童貞)의 남자라면, 병식이는 이제까지 이성에 대한 따뜻한 사랑을 맛보지 못한 남자였다. 이제껏 정신적 동정을 깨뜨리지 않은 처녀지(處女地)는, 봄이 되어도 물 한 방울 뿌려주는 사람이 없었으니 풀 한 포기 났을 리가 없었다.

그 처녀지에 때 아닌 싹이 돋고 뜻하지 않았던 꽃이 피었다. 그것은 계숙이가 나날이, 해마다 여자로서 성숙하여 가는 것을 눈앞에 보는 동안에 남몰래 돋은 싹이요, 소문 없이 핀 꽃이었다.

"계숙아."

하고 따라지게 '해라'가 나오지를 않고

"계숙이."

하고 반말 비슷이 부르게 되고,

"이랬어 저랬어."

하고 말끝이 우물쭈물 아물리게 된 뒤부터, 병식이는 계숙이와의 관계가 '의남매'의 경계선을 넘는 것이나 아닌가 하고, 스스로 의심을 하게 되었다.

'못 쓴다. 안 된다!'

하고 병식이는 제 마음을 눌렀다. 죽은 용준이를 생각하고 계숙의 아버지의 부탁을 저버리지 말자 하였다.

"오빠! 오빠!"

하고 저를 따르던, 머리를 땋아 늘였을 때의 계숙이와 지내오던, 기억만을 자아내려고 무진 애를 썼다.

그러나 그러한 지난날의 추억이나 의(義)로 맺어진 친족 관념쯤으로는 가슴 속에 이미 붙어 당긴 불길을 끌 수가 없었다.

그 걷잡을 수 없는 감정을 억제하고 다지를 만치 병식이는 차고 단단한 이지(理智)의 사람이 아니었다.

병식이는 계숙이를 대할 때마다, 가까이 접촉될 때마다 제 아내라는 사람의 움직일 수 없는 존재를 생각하였다. 죽을 날만 기다리고 골골하는 어머니를 생각하였다. 제 앞에서 층층이로 자라나는 자식 삼남매의 얼굴을 바라보았다. 그럴 때면은 계숙의 그림자가 눈앞에서 사라지고, 그 대신 천근이나 되는 바위덩이 같은 근심이 가슴이 짓눌리는 것 같아서

"휘유―."

하고 갑갑한 한숨을 내뿜었다.

병식이는 그 사건 당시에 계숙이와 일을 같이 해 본 뒤에 비로소 계숙의 성격을 또렷하게 알았다. 여자로서 부드럽고 싹싹하고 잔재미가 없는 대신, 씩씩하고 대담스럽고 의협심이 굳센 데 속으로 탄복을 하였다. 누구에게나 굽히지 않고, 앞으로 쭉쭉 뻗어나가는 기질을 사랑하였다. 생활난에 부대껴서 옛날의 기분과 정열이 점점 죽어갈수록, 계숙이를 쳐다보면서 몇 시간을 이야기하고 나면, 새로운 용기가 솟는 것 같았다. 부지중에 계숙의 기분 속으로 제 마음이 끌려 들어가는 것을 깨달았다.

'가당치 않은 욕망이다. 계숙이는 숙명적(宿命的)으로 나와는 연분이 없는 여자다.'

하고 계숙의 모든 일에 대해서는 아주 외면을 하려고 무진 힘을 들여왔다.

그러자 계숙이와 수영의 사이가 은연중에 가까워지는 눈치를 챈 뒤부터는, 병식의 고민은 날로 더 심하여 갔다.

'계숙이가 수영이 같은 사람하고 결합만 되면 앞날에 무서울 것이 없을 것이다. 한 쌍의 동지로서, 더할 나위 없는 인물이다.'

하고 저의 신변에서 가장 가까운 두 남녀를 한데 뭉치게 해 주어야 할 의무가 저에게 있는 것 같기도 하였다.

수영이가 감옥에서 나오던 날 아침에 신문에 났던 사진을 둘의 앞에

내놓으며

'여불없는 신랑 신부지?'

하고 웃을 때만 하여도 겉으로는 둘의 장래를 축복하면서도, 속으로는 창자를 훑어내는 듯한 쓰라린 감정을 느꼈었다.

그 감정은 단순히 시기나 질투가 아니었다. 차라리 계집 샘 같은 야비한 감정이면야 해결 짓기도 단순할 것 같았다. 몸을 들볶아가며 고민할 필요도 없을 성싶었다.

그러면서도 병식이는 오늘날까지 계숙에게 조금도 수상한 눈치를 보이지 않았다. 수영에게는 오장까지 뒤집어 보이는 터이건만 계숙이 일절에 들어서는 내색도 보이지 않아 왔던 것이다.

018회, 1933.07.27.

13 신문사에서 호외를 내던 날 밤에는 새로 두 시나 되어서 수영이를 부르러 가느라고 자전거를 얻어 타고 다녀오는 길에 계숙에게 들렀다. '별일이나 없나. 잘 돌아와 자나' 하고 순경이나 도는 것처럼 그 집 근처에서 몰래만 보고 가려던 것이었다. 와 보니 계숙의 방은 불은 꺼졌다.

'지금이 몇 시라구 벌써 잠이 들었을걸.'

하고 좁고 어두운 골목으로 자전거를 끌고 나오려니까

"인젠 다 왔어요. 추운데 너무나 고맙습니다."

"천만에요. 저 맞은 짝에 들창이 난 집인가요?"

여자의 목소리와 남자의 목소리가 번갈아 들렸다. 바로 서너 간통밖에 아니 되는 골목 어귀에서 남녀가 작별을 하는 모양이다.

'계숙의 목소리가 틀림없는데 어디를 갔다가 이제야 들어올까? 더군다

나 남자는 누군고?'
하고 병식이는 자전거의 핸들을 돌렸다. 그러나 막다른 골목이라, 피할 데가 없다. 뒤미처 여자의 목소리가 한층 더 똑똑히 들리더니, 한달음에 뛰어 들어오는 구두 소리가 언 땅바닥을 콩콩 울려오자마자 두 사람은 딱 마주쳤다.

"에고머니나!"

계숙이는 누가 달려들기나 하는 듯이 반사적(反射的)으로 두 팔을 쫙 벌려 앞을 막으며 자지러지도록 놀랐다. 눈앞에 시꺼먼 사나이가 우뚝 가로막고 선 것과 맞닥뜨리자 간이 콩만 해졌다.

"어딜 갔다 인제 와?"

병식이도 가슴이 조금 두근거리는 것을 참고 입을 열었다.

"아이고 오빠세요? 난 깜짝 놀랐어요?"

그제야 계숙이는 안심한 듯 반색을 하였다.

"신문사 일루 수영 군한테 댕겨오는 길인데…."

병식이가 그대로 돌쳐서기도 어려워서 망설이는 눈치를 채고 계숙이는

"잠깐만 들어오셔서 몸이나 녹여가세요. 오늘이 아마 처음 이렇게 춘가 봐요."

발을 동동 구르면서 병식의 소매를 끌어당겼다.

"지금이 몇 시라고 가 자야지."

하면서도 병식이는 못 이기는 체하고 끌려 들어갔다.

'지금이 몇 시라고' 한 말 속에는 '이때까지 무얼 하다가 들어오느냐'고 꾸지람 비슷한 의미가 들어있었다.

병식이가 자전거를 문안으로 들여놓는 동안에 계숙이는 방으로 들어가 전등을 켜고 미리 펴놓고 나갔던 이부자리를 둘둘 말아 윗목으로 치우면서

"어서 들어오세요. 참 오빠가 오신 지두 퍽 오래지요."

병식이는 방을 둘러보며 들어왔다. 계숙이는 경대 앞에서 잠깐 얼굴을 매만지고 돌아앉으며

"어쩌면 그렇게 아주 발을 끊고 지내세요? 하마터면 얼굴두 잊어버릴 뻔했어요."

전에 없던 애교를 떤다. 밤늦게 남자와 다니다가 들켜서 무안스럽기도 하고, 병식의 눈치가 이상스러우니까 마음을 풀어 주기 위해서 부리는 애교였다. 계숙이는 방석을 내어놓으며 우두커니 서 있는 병식에게

"앉으세요. 그런데 방바닥이 왜 이렇게 찰까?"

하며 앉기를 권한다. 계숙이가 백화점에 다니게 된 뒤로 마주 대하기는 처음이었다. 그뿐 아니라 병식이는 특별히 급한 일이 아니면, 계숙의 집에 와서도 방에까지 들어가는 일이 없었다.

"그래 재미가 어때?"

마지못해서 병식도 입을 열었다. 그 말이 계숙에게는 '남자들 하고 어울려 다니며 노는 재미가 어떠냐'고 비꼬는 말처럼 들렸다.

"재미가 무슨 재미야요. 벌써 넌덜머리가 나는 걸요. 아주 고단해 죽겠어요."

하다가 병식이가 담배를 꺼내니까 휴지 한 장을 꺼내어 재떨이 대신 펴놓으면서

"고단하긴 고사하구 귀찮은 일이 여간 많지가 않아요."

하고는 얼어서 오리발같이 빨개진 두 손을 호호 분다.

019회, 1933.07.28.

14 계숙이는, 병식이가 말대답도 시원치 않게 하고 꿔다 놓은 보릿자루 모양으로 앉아서, 애꿎은 담배만 태우는 것을 보고

"오빠 왜 또 속상해지는 일이 계셔요?"

하고는 물끄러미 병식의 얼굴을 쳐다본다.

"내란 사람이 언제는 맘 편할 때가 있나."

"그래두 오래간만에 저를 보셨는데 화가 잔뜩 나신 것 같으니 말씀야요. 형님하구 또 다투구 나오셨구먼요?"

"다투다니 사람이라야 상대를 하지."

병식이는 담배를 휴지에다가 부벼 끈 뒤에

"난 세상 재미란 하나도 모르고 지내니까…. 일테면 고민을 하기 위해서 태어난 인생이야."

"또 비관을 하시는군요. 그렇게 아기자기하게시리 재미가 나서, 이 세상에 사는 사람이 있는 줄 아세요?"

계숙의 말은 듣는 듯 마는 듯, 병식이는 한숨을 기다랗게 내쉬고는 이불을 말아 놓은 데 가 비스듬히 기대어 앉은 채, 또다시 말이 없다.

얼굴빛은 창백하고 양미간에는 무거운 고민의 그림자가 첩첩이 덮였다. 그는 정기 없는 눈으로 계숙의 얼굴만 멀거니 바라다볼 뿐이다.

계숙이가 얼었던 뺨이 녹아서 발그스름해진 얼굴을 쳐들고, 전등불과 병식이를 번갈아 보며 고개를 갸우뚱하고 무슨 생각을 하더니

"오빠, 잠깐만 기다려 주세요. 곧 돌아올게요."

하고는 일어서며 목도리를 집어 들고 밖으로 나간다.

"어딜 가? 난 지금 곧 갈 텐데…."

병식도 따라 일어섰다.

"아니야요. 잠깐만, 잠깐만 기다려 주세요."

계숙이는 병식의 어깨에 매어달리듯 해서 붙잡아 앉히고 급히 신발을 꿰면서 밖으로 나갔다.

오 분이 지나고 십 분이 지나도 계숙은 돌아올 줄 몰랐다.

'밤참을 시키러 나간 게로군.'

하고 병식이는 주인 없는 방을 지켰다.

이불 위에 팔을 고이고 누웠으려니까 코밑을 간질이듯 솔솔 풍겨 오르는 것은 연연한 여자의 살냄새다. 병식이는 팔을 뻗어 이불 위에 올려놓은 네모진 베개를 무심코 끌어당겼다.

머리때가 곱게 묻은 베개에서는 기름 냄새와 코티 분 냄새가 물큰하고 풍겼다.

병식이는 그 냄새에 아찔하게 취하는 것 같았다. 그는 푹 엎드리며 새털 방석같이 부드러운 베개에 얼굴을 파묻었다. 무르익는 과실처럼 성숙한 젊은 여자의 육체에서 배어나온 살의 향기는, 사막을 걸어오던 병식을 흥분시키기에 넉넉하였다.

병식이는 그 베개를 두 팔로 힘껏 끌어안고 진저리를 치듯 몸을 떨었다. 애욕의 불길은 새빨간 혀끝을 날름거리며 '계숙이는 내 누이다' 하고 앙탈을 하는 부자연한 윤리적 관념(倫理的 觀念)을 거스르려고 달려든다. 다만 병식의 눈앞에는 몸에 실 한 오라기도 감지 않은 여자가 섰을 뿐….

이성(理性)과 본능(本能)은 병식의 머릿속에서 서로 쥐어뜯으며 맹렬

한 싸움이 개시되었다. 한참이나 엎치락뒤치락하는 판에

"병식이!"

하고 고함을 지르는 사람이 있는 듯, 맞은쪽 벽에 화닥닥 나타나는 것은 두 눈을 딱 부릅뜬 수영의 환영(幻影)이다.

병식이는 벌떡 일어나 앉으며 뜨거운 것이나 만지던 것처럼, 계숙의 베개를 윗목으로 집어던졌다.

수영의 환영은 병식의 앙가슴을 짓밟고 지나갔다. 짓밟힌 염통은 병이 난 박동기 모양으로 쿵쿵쿵 소리를 내며 갈빗대 밑에서 뛰었다.

얼마 있자, 지치고 나갔던 쪽문 소리가 삐걱하고 났다. 계숙이가 중국 아이놈에게 나무 궤짝을 들려가지고 들어왔다. 오늘밤도 병식이가 매우 울적해 하는 눈치요, 술 먹는 사람이 날은 추운데 촐촐히 말라 앉은 것이 가엾어 보이기도 해서 손수 몸 풀릴 것을 시켜 온 것이다.

"이 밤중에 저건 뭐 하러 시켜왔어?"

병식이는 흥분을 가라앉히느라고 고개를 숙인 채 말을 건넸다.

"늦어서 뭐 잡수실 게 있어야죠."

계숙이는 김이 무럭무럭 나는 잡채와 탕수육을 책상 위에다 벌려놓는다. 따끈하게 데워서 알코올 냄새가 콕 찌르는 배갈 병을 보자 병식이는 병째 기울여 단숨에 마시고 싶은 충동을 느꼈다.

020회, 1933.07.29.

15 계숙이는 책상머리에 도사리고 앉아서 어설프게 술을 권하였다. 독한 술기운이 짜르르 하고 창자 속으로 굽이굽이 배어 들어가서 가뜩이나 복잡한 감정에 시달린 병식의 머리를 자극시켰다. 처음에는

"이게 어떻게 독한 술이라구… 요샌 술 양도 반이나 줄었어."
하고 연방 사양을 하다가는

"변변치 않지만 제 취직 턱인 줄만 아시구 잡수세요. 그 전엔 다치노미(선술)를 스무 잔씩이나 한다구, 자랑을 하시지 않으셨어요?"
하고 잔이 비기가 무섭게 술을 따르면서도 계숙이는 배갈 냄새가 독해서, 숨을 죽이며 고개를 돌렸다.

"취직 턱? 그래 취직 턱으로 알구 먹지."

술기운이 점점 더 거나하게 돌자 병식이는 마음이 풀린 듯이 웃음을 띠면서 사기잔을 높이 들어 계숙의 앞으로 내어민다. 계숙이는 제 고집대로 백화점에 취직한 것을, 이제야 병식이가 양해나 해 주는 것 같아서

"그렇지만 과히 취하시면 난 싫어요."
하고 예방선을 치면서도 다시 한잔을 찰찰 넘치게 따랐다. 병식이는 친구와 간빠이(乾杯)나 하는 듯이 잔을 들었다가 단숨에 쭉 소리를 내며 마시고 나서

"이렇게 맛있는 술은 생전 첨 마시는 걸."
하고 안주를 집는다.

"오빠두 인젠 그런 오세지(비위를 맞추는 말)를 다 할 줄 아시네."
하면서 계숙이는 술안주로 대작을 한다.

술잔은 비록 도토리만 해도 한잔 두 잔 거듭하는 동안에 병식이는 눈자위가 게슴츠레해지고 혀끝이 부드럽게 돌지를 못할 정도까지 이르렀다.

조금 지나니까 술이 술을 끌어당겨서 처음에 사양하던 것은 잊어버린 듯이 술병을 끌어당겨서 제 손으로 따라 마셨다.

'최계숙'이도 '의누이'란 생각도 차츰차츰 흐릿하게 지워져 버리고, 병

식의 눈앞에 남은 것은 커다란 달리아 꽃송이처럼 화판을 벌리고서 벌이나 나비를 기다리고 있는 듯한 젊은 여자였다.

점점 황홀해진 병식의 눈은 그 여자의 육체를 구속했던 옷을 한 꺼풀씩 벗겼다… 잠자코 있던 계숙이는 조금 물러앉으며

"오빠, 그런데 수영 씨는 요새 뭘 하세요?"

'오빠' 소리에 병식의 머릿속에서 들끓던 잡념은 화닥닥 흩어졌다.

"왜? 수영이 일이 그렇게 궁금해?"

"그럼 궁금하지 않아요? 벌써 만난 지가 언제라구요."

"그렇게 궁금하면 한번 찾아가 볼 게지."

비꼬듯 하며 병식이는 담배를 붙여 문다.

"그이가 오빠한테 있을 때 제가 좀 여러 번 찾아갔어요? 그러니까 자기두 인사를 아는 사람 같으면, 저도 한번 찾아야 옳지 않겠어요? 신문배달을 다닌단 소문은 저두 벌써 들었지만 그렇다구 저와 아주 절교를 하는 까닭을 모르겠어요. 아마 남자들은 다 그렇게 매정스러운가 봐요."

"그 사람이 매정한 게 아니라, 피차에 환경이 거북하니까, 자연 데면데면해진 게지."

병식이는 수영이를 변호하듯 하였다. 계숙이가 얼굴이 붉어지며 반항하듯이 무슨 말을 끄집어내려는 것을 손을 들어 가로막으며

"기다랗게 시비 차리듯 할 게 아냐. 그 사람의 심리는 내가 잘 알지. 원체 수줍은 사람인 데다가, 인력거꾼 같은 복색을 하구 여자의 집에 찾아오기는 자존심이 허락을 하지 않는 게지. 이를테면 그건 죄 없는 허영심이야. 그렇지만 나를 만날 때마다 거진 한번두 빼놓지 않구, 계숙이 일을 묻던걸. 속으로는 꽤 궁금헌 모양이던데. 그러면서두 이리루 찾아오지

않는 건 확실히 다른 까닭이 있겠지."

"무슨 까닭이요?"

계숙이는 바짝 대어든다.

021회, 1933.07.30.

[16] 병식이는 물끄러미 여자의 얼굴만 쳐다보다가

"무슨 일이든지."

하고 말꼬리를 사렸다.

"어서 말씀하세요."

계숙이는 매우 조급한 눈치다.

"다음날 조용히 얘기하지."

"오늘밤만치 조용한 기회가 있어요? 저도 그이의 생각을 짐작은 해요. 자기가 그렇게 반대를 했건만 듣지를 않고, 우리꼬(물건을 파는 여자) 노릇을 하는 게 못마땅한 게죠. 그렇지만 그이가 저를 속박할 권리는 없지 않아요? 전 언제든지 제 맘대로 행동할 자유가 있으니까요."

"그것은 오해지. 수영 군이 그만한 일에 계집애처럼 비쭉할 사람은 아니야."

"그럼 배달부 노릇을 하는 게 부끄러워서 못 온단 말씀이죠? 수영 씨두 벌써 십구 세기적 인물이로군요."

"그야 두구 봐야 알지. 수영이는 어쩌면 이십일 세기의 인물인지두 모를걸."

"그럼 도대체 무슨 까닭이야요?"

계숙이는 눈을 똑바로 뜨고 대답을 재촉한다.

병식이는 벽에다가 뒤통수를 기대고 잠시 망설이다가 '예—라, 술김이다' 하고 용기를 내어,

"계숙이 들어봐. 남자는 누구든지 여자와 단순한 교제를 하는 경우에두, 그 여자를 저 혼자 차지하구 싶어하는 욕심이 있거든, 그런데 계숙이한텐 벌써 사랑하는 사람이 생겨서, 이 집엘 드나든다든지 소문이 파다하니까, 수영이는 계숙이가 연애하는 데 방해를 놓지 않으려는 게지. 그 사람의 속생각이야 알 수 없지만…."

계숙이는 얼굴이 불에나 익은 것처럼 빨개지고 숨까지 가빠져서 봉긋하게 내어민 젖가슴만 들먹거린다.

병식이는 술기운을 빌어가지고 저 자신이 알고 싶던 것을, 수영이를 끌어다가 빗대어 놓고 계숙의 마음을 떠보려는 것이다.

계숙이는 한참 동안이나 고개를 숙이고 있다가

"아녜요. 오빠부터 저를 모르시는 말씀이야요."

고개를 절레절레 흔들며 야무지게 쏘아붙이듯 한다.

"제가 변명을 하는 건 우습지만, 제가 이제까지 속마음을 준 사람도 없고 더군다나 사랑하는 사람은 생겨나지도 않았어요. 그야 저두 이젠 어린애가 아니니깐 외롭기도 허구 야루세나이(의지할 데 없다는 일본말) 할 때두 없진 않아요. 아주 터놓고 말씀하면 편지를 주고받는 사람두 있구요. 또 살려주 죽여주 하고 따라다니는 남자두 두엇이나 있긴 있어요. 그렇다구 제가 연애를 하는 겐가요? 연애두 인조견처럼 몇 조각에든지 쭉쭉 찢어서 이놈 저놈한테 헐값으로 파는 건가요?"

하고는

"오빠까지 저를 그렇게 오해하시는 게 여간 섭섭지가…."

하다가는 말이 콧소리로 변하더니 꽉 막혀버렸다. 어느 틈에 속눈썹에 매어달렸던 눈물 한 방울이 불빛에 반짝하더니 치마 위로 똑 떨어졌다.

병식이는 '공연히 그런 말을 끄집어냈구나' 하고 금세 후회를 하였다. 그러나 이왕 내친걸음이요 조금 전에 이 집에 들어올 때부터 불쾌도 하고 궁금도 했던 터이라 '네가 얼마나 변명을 잘하나 보자' 하고,

"그럼 아까두 혼자 들어오진 않았지? 내가 모르는 줄 알았겠지만 골목 밖에서 어느 남자하구 작별하는 것까지 내 눈으로 봤는걸. 그때가 새로 두 시 반— 새벽녘까지 남자와 단 둘이 놀러 다니는 걸 보통 교제라구만 볼 사람이 있을까?"

"…."

계숙의 가슴의 파동은 더 심해졌다. 그러나 예심 판관만치나 추궁을 하는 병식의 질문에는 대답을 하지 않고 아랫입술만 자근자근 깨물고 앉았다.

"왜 대답을 못해?"

병식이는 검은자위가 아래로 쳐진 눈으로 계숙이를 노려보며 조금 악마성(惡魔性)을 띠고 채근한다.

계숙이는 여전히 입을 다물고 저고리 옷고름만 손가락에다 돌돌 말았다 폈다할 뿐.

책상머리의 조그만 목각종이 재깍거리는 소리가, 새로 태엽을 튼 것처럼 두 사람의 귀에 커다랗게 들렸다.

022회, 1933.08.01.

17 계숙이는 고개를 갸우뚱하고 병식의 시선을 피하다가

"그러지 않아두 오빠가 또 오해를 하실 성싶어서, 자세한 말씀을 하려던 차였어요."

하고는 무릎을 세우고 고쳐 앉으며,

"아주 털어놓구 말씀할 테야요. 오늘도 파해 나오는 길에 어느 남자의 집으로 가서 가투(歌鬪)를 하구 놀다가, 그이가 자동차로 바래다줘서 집 앞까지 같이 타구 왔어요."

"그이란 누구야? 내가 알 필요는 없지만…."

병식이는 궁금해 하는 눈치를 보이지 않으면서도 묻지 않을 수가 없었다.

"그렇게 비꼬지 마세요. 꼭 알구 싶다시면 뭐든지 다 보여드릴 테야요. 그렇지만 남의 신분에 관계되는 일이니까, 비밀을 지키실 것만은 약속해 주셔야 해요."

하고 뒤를 다지고 나서, 잠궜던 책상 서랍을 열고 감추어 두었던 종이 뭉텅이를 내어 방바닥에다 쫙 펼쳐놓는다. 병식의 눈앞에 깔린 것은 이삼십 장이나 됨직한 편지였다. 분홍봉투, 미색봉투, 양봉투에 조선봉투가 뒤섞이고, 괴발개발 끄적인 글씨, 축문글씨처럼 꼭꼭 박아 쓴 글씨가 술에 취한 병식의 눈에는 돋보기안경이나 쓰고 보는 것처럼 아리송아리송하였다.

계숙이는 그 편지를 두 손으로 끌어모아 트럼프나 섞듯이 탁탁 쳐서 봉투 모서리를 가지런히 모아 가지고 엄지손가락으로 쭉 훑다가 그 중에서 여자 글씨로 겉봉을 쓴 편지 한 장을 꺼내들고,

"자, 이걸 좀 보세요."

하고는 병식의 무릎에다 던진다.

(—수영이가 창밖에서 엿들은 때가 바로 이때쯤이었을 것이다—)

"그까짓 건 봐 뭘 해."

하면서도 병식이는 그 편지를 집어 반이나 삐져나온 속장을 뽑아 들었다.

이 편지는 전인을 해서 보낸 듯, 피봉에는 '최계숙 양 친전'이라고만 쓰여 있을 뿐인데 그 내용은 간단하였다.

일전에 올린 글월을 보셨을 듯, 날마다, 시시각각으로 고대하여도 회답을 주지 않으시니 매우 궁금합니다. 오늘밤에 내 누이들과 가투나 하고 놀고자 청하오니 제백사하시고 잠시 오시기를 바랍니다. 편지는 경자를 시켜 보냅니다.

병식이는 편지 끝에 초서로 내두른 이름을 보고, 눈이 번쩍 뜨였다. 당장에 술이 깨는 것 같았다.

"이 사람을 아세요?"

계숙이는 금방 심각해진 병식의 표정을 살피며 묻는다.

"글쎄…."

병식이는 마지못해 대답을 하였다.

"아마 아시기가 쉬울걸요. 서울선 유명한 사람이니깐요."

병식이는 또다시

"글쎄…."

하고 한결같이 분명한 대답을 하지 않고 입을 딱 다물어 버렸다.

계숙이는 무색해서 편지를 아무렇게나 접어서 서랍 속에다 들여트리고는 저 역시 말문이 막혔다.

창밖에서 몰아치는 바람 소리에 문풍지가 부—ㅇ 부—ㅇ 하고 울 뿐….

병식이는 졸지에 전신이 으스스해지는 것 같았다. 뜻밖에 일을 또 하나 발견한 그는 수습할 수 없도록 다시금 흥분이 되어서 더 오래 앉아 있을 수가 없었다.

"자— 또 오지. 너무 늦어서…."

하고 방바닥을 짚고는 벌떡 일어섰다.

계숙이 역시 '공연스리 편지를 보였구나' 하고 후회를 하였다. 그 편지를 보고는 무슨 까닭인지 잔뜩 찌푸리고 말도 아니하는 병식의 앞에 앉았기가 벌을 서는 것만치나 거북스러웠다. 그래서

"안녕히 가세요, 퍽 고단하시겠어요."

하고 마주 일어섰으나 붙잡지는 않았다.

병식이가 타고 왔던 자전거를 끌어내려는 것을

"약주가 좀 취하셨는데 이건 내일 찾아가시죠."

하고는 고집을 세우며 자전거를 빼앗듯 하였다.

"아무려나."

하고 병식이는 만사에 넋이 없는 듯이 문밖으로 나섰다.

계숙이는 병식이가 말도 없이 불유쾌하게 일어서는 것을 보고 맑은 정신으로 자전거를 찾으러 오는 때에 그 곡절을 물어보려고 다시 기회를 지으려는 수단이었다.

023회, 1933.08.02.

2

[1] …수영이는 집에 돌아와 드러누운 채 일어나지를 못하였다. 머리가 쪼개내는 듯 아프고, 팔다리가 쑤시고, 불 닿듯 신열이 올라서, 몸 둘 곳을 몰랐다. 약은커녕 물 한 모금 떠다 줄 사람이 없는데 앓는 증세는 감기나 몸살로는 심상치 않았다.

이렇게 몹시 앓기는 열두 살 땐가 시골에서 장감을 앓은 뒤에는 처음이다. 객지에서 기숙사 생활을 하면서 5년 동안을 하루도 빠지지 않았고, 감옥에서 겨울을 나고 나와서도 상록수(常綠樹)처럼 꿋꿋하던 사람이, 졸지에 병이 덜컥 나니까 황소처럼 끙끙거리고 앓는다.

진종일 앓아누웠어도 골목 안으로 지나다니는 장사치들의 외치는 소리만, 꿈속처럼 들렸을 뿐이다. 안집으로 사람이 드나드느라고 대문, 중문 소리가 여러 번이나 삐걱거리고 나기는 했어도, 덧문까지 첩첩이 닫은 행랑방을 들여다보아 줄 사람이 있을 리 없다.

정신이 들락날락 하고 신열이 올랐다 내렸다 하는 동안에, 어느덧 저녁때가 되었다. 방바닥은 뼈가 저리도록 차올라서 더 누워 있을 수가 없다. 수영이는

"신문을 돌리러 나갈 시간이 됐는데…."
하고 억지로 몸을 추스려 문설주를 붙잡고 일어났다가 머리가 핑 내둘려서 그 자리에 주저앉았다.

"가지 못한다는 통지나 해야지."
하는 책임감이 수영이를 편안히 눕혀 두지도 않았다. 마음은 달건만 심부름을 시킬 사람은 고사하고 어리친 강아지 한 마리도 구경할 수가 없다.

수영이는 두 무릎 위로 머리를 떨어뜨린 채 한참 동안이나 눈을 감고 앉았다가
'그래두 통지는 해야지.'
하고 이빨을 악물고 일어나 나갔다. 큰길가의 반찬가게서 간신히 신문사로 전화를 걸고 들어왔다.

수영이는 동저고리 바람으로 찬바람을 쐬고 돌아와서, 오한이 더욱 심하였다. 몸이 괴로운 동시에 마음도 그만치나 괴로웠다.

무인광야에 저 혼자 펄썩 주저앉은 것 같기도 하고, 깊은 바다 속에 푹 빠져서 허우적거리는 것 같기도 하다.

수영이는 방안에 질어오는 어둠과 함께 신변을 엄습하는 고독(孤獨)에 몸서리를 쳤다. 고독의 감정은 수영에게 있어서, 일종의 공포심(恐怖心)이었다. 메마른 영혼은 그 고독감에 떨었다.

수영이는 문틈으로 스며드는 저녁 바람이 목덜미를 할퀴어내는 것 같아서
"에—라, 죽든 살든 난 모르겠다!"
하고 부르짖고는 다시 자리 위에 몸을 던졌다. 조금 있자 깜박하고 정신을 잃었다.

두어 시간이나 지났다. 길거리에 전등불이 들어온 지도 한참이나 되었다. 수영이는 가위를 눌린 듯이 몸을 뒤틀며 헛소리를 한다.

"계숙 씨!"

"계숙 씨!"

신음하는 소리와 함께, 잠꼬대를 하는 모양이다.

층암절벽의 아슬아슬한 비얄 모퉁이로 계숙이가 홑이불자락 같은 것으로 알몸을 두르고, 머리를 풀어 산발을 하고 달려간다. 맨발로 달려간다. 발은 돌부리에 채이고 가시에 찔려, 피가 줄줄 흐른다.

계숙의 뒤로는 「파우스트」에 나오는 악마의 분장처럼 뿔이 둘이나 뻗치고, 눈동자가 화등잔만한 사나이가 껑충껑충 춤을 추듯 하며 쫓아간다. 그 사나이는 언뜻 보기에는 병식이와 얼굴의 모습이 비슷하기도 하다.

그 사나이의 매발 같은 손톱은 계숙의 머리와 어깨에 닿을 듯 닿을 듯.

수영이는 갈팡질팡 그 뒤를 따라가며,

"이놈아!"

하고 소리를 질렀다. 그러나 발은 땅바닥에 달라붙은 것처럼 옮겨 놓을 수가 없고, 목소리는 속에서 무엇이 자꾸만 끌어당기는 것 같다.

계숙이는 천야만야한 절벽 위까지 쫓겨가서, 뒤를 돌려다보며, 무어라고 외마디 소리를 지른다. 마지막으로 울부짖는 소리를 듣고, 수영이는 죽을힘을 다해서, 목을 쥐어짜내 듯 또다시 소리를 지르려고 몸을 뒤틀었다.

그동안에 방안에는 남폿불이 켜졌다.

수영이는 누구에게인지 어깨를 흔들리어 "응— 응—" 소리를 하며 몽유병자(夢遊病者)처럼 눈을 멀거니 떴다.

024회, 1933.08.03.

2 "여보게 여보게, 정신을 차리게."
하면서 나직한 목소리로 수영의 어깨를 흔드는 사람은 병식이었다.

병식이는 취중에도 계숙의 일이 걱정이 되어, 다 밝을 무렵에 집에 돌아가서도, 눈이 말똥말똥해서 잠을 이루지 못하였다. 그래서 아침 열 시나 되어 출근을 하였다.

계숙에게 유혹의 손을 뻗치고 있는 남자가, 수영이와 관계가 깊은 인물이라, 이 일에 한해서만은 둘이서 신중히 의논한 뒤에 대적할 방침을 세우는 것이 상책이라 생각하고, 신문사에서 수영이가 돌아오기를 눈이 까맣게 기다렸다. 그러나 수영이는 돌아올 시간이 지나도 그림자도 비치지를 않았다.

'그 신실한 사람이 못 돌아오면 사고가 있다는 통지라도 있을텐데.'
하고 궁금히 여기는 판에, 몸이 불편하다고 전화가 왔다는 기별을, 판매소 사람에게 간접으로 들었던 것이다.

그래서 병식이는 건성건성 일을 마치고 수영이를 찾아왔다가, 마침 수영이가 계숙이의 이름을 부르며 잠꼬대를 하는 판에 들어왔던 것이다.

수영이는 한참만에야 정신이 도는 듯이 꿈속인지 생시인지 기연가미연가해서 눈을 멀거니 뜨고 쳐다보더니
"언제 왔나?"
한다.

병식이는 의사처럼 수영의 이마를 짚어 보고 손을 잡아 맥도 보면서
"열이 대단한걸. 그 추운데 밤을 새구 댕겨서… 이렇게 혼자 앓다가는 죽어도 모르겠네그려."
하고 손수건을 꺼내 수영의 이마에 주르르 흘린 식은땀을 씻어준다.

"이렇게 아프긴 처음인걸. 그런데 아마 지금 잠꼬대를 했지?"

꿈속에서 계숙이를 부르던 것이 정신없는 중에도 혹시 병식의 귀에나 들리지나 않았나 하고 물은 것이다.

"가위를 눌린 모양이대. 그건 고사하구 이러다간 앓어두 못 죽구 얼어 죽겠네."

하고 요 밑에 손을 넣어보고는

"잠깐만 기다리게."

하고 병식이는 밖으로 나갔다. 마침 야근비 탄 것이 몇 십 전 있어서 장작을 사 가지고 들어와 통으로 지폈다. 아궁이에서 장작불이 탁탁 튀는 소리를 듣고 미안히 생각은 하면서도 입을 벌리기가 귀찮았다.

병식이는 손을 털고 방으로 들어오며

"뭐 좀 먹어야지."

"싫어, 냉수나 좀 얻어다 주게."

"냉수는 좋지 않을걸."

하면서도 조갈이 심한 눈치를 보고 다시 나갔다. 안집 부엌에서 설거지를 하고 있던 계집애를 손으로 불러내어 냉수를 청하였다. 수영이는 찬물을 한 사발이나 벌떡벌떡 들이켰다.

"이젠 살 것 같으이."

"혼자 앓다간 몽달귀신이 되겠네그려. 어서 장가를 들든지 해야지."

하고 보기 딱해서 한 말이언만 수영의 귀에는 그 말이 유심하게 들렸다. 그러나 수영이는 지난밤의 일을 잊어버린 듯이 오직 우정에 감사한 마음으로 병식이를 대하였다. 병식이가 계숙이와 밤을 새운 일절에 들어서는 이야기를 끄집어낼 경황도 없거니와 정신이 몽롱한 중에도 다시 한번 병식의 인격과 평소의 우정을 믿었다.

'내가 오해를 한 것이나 아닐까?'

하고 다시는 후회도 하였다. 실상 병식의 얼굴에는 전과 조금도 변함이 없이 수영에게 대한 우정으로 가득 찬 것만은 의심할 여지가 없었다.

"오늘밤엔 야근이 없나?"

수영이는 병식이를 물끄러미 쳐다본다.

"또 호외가 있을 듯허니까 가긴 해야겠네만, 자넬 혼자 내버려두구 갈 수가 있나."

"내 걱정은 말어."

"그래두 뭘 좀 먹는 거나 봐야지."

병식이는 또다시 일어나 밖으로 나갔다. 한 십 분 뒤에 뜨근뜨근한 우동에다 계란을 푼 것을 시켜가지고 들어왔다.

"그건 뭘."

하는 수영이를 억지로 일으켜

"입맛이 소태 같은 걸."

하면서도 다 마시는 것을 보고 나서야

"그럼 파해 나오는 길에 또 들름세."

하고 나가다가 무슨 생각을 하고 다시 돌쳐서더니

"혹시 내 대리루 간호부 하나를 보낼는지두 모르네."

하고는 대문을 지치고 나갔다.

025회, 1933.08.4.

3 병식이도 몸이 괴로웠다. 밤을 새우고 돌아다녀서, 코가 막히고 오

슬오슬 추운 것이 눕기만 하면 저도 한바탕 앓는 듯싶었다.

광화문통 넓은 길을 웅크리고 내려가면서

'계숙이한테나 기별을 할까?'

하고 몇 번이나 망설였다. 수영의 앓은 품은 혼자 내버려 둘 수 없을 만치 침중하다. 그런데 아무리 생각해보아도 병구완을 해줄 친구는 하나도 없다. 그렇기로서니 피차에 오랫동안 만나지를 않은 모양인데 계숙이를 임시 간호부로 파송을 시키기는 거북한 노릇이다. 또는 당자의 의향이 어떨지도 모르고 계숙이더러 불쑥 가봐 주라고 명령을 할 수도 없는 경우다.

그러나 비록 잠시라도 수영이를 진심으로 간호하고 위로해 줄 만한 사람은 아무리 둘러보아도 계숙이 하나밖에 없을 성싶었다.

병식이는 신문사로 들어가서 난로에 몸을 녹이면서, 곰곰 생각해 보았다. 다심하고 자상한 병식이는, 수영이가 그렇게 혼자서 끙끙 앓다가 병이 더쳐서, 죽으면 어떡하나 하고 방수끄러운 생각까지 들었다.

계숙의 친오라비 용준이가 만리타향에서 병이 들어 갖은 고생을 다하다가, 일인의 집 이층 삼조(三疊)방에서 피를 토하며 마지막으로 숨을 몰다가

"아아. 외롭다!"

하고 부르짖고는 덜컥 쓰러지던 정경이 눈앞에 선하였다. 용준이가 '아— 괴롭다!' 하지 않고 '아아 외롭다!'라고 외친 최후의 세리후(劇白)가, 가슴을 찌르던 것이 바로 엊그제 같아서,

'수영이가 설마 그렇게 죽기야 하랴.'

하면서도 도무지 마음이 놓이지 않았다.

병식이는 벌떡 일어나서 조용한 숙직실로 내려갔다. 전화의 수화기를 떼어 들고 ○○백화점의 번호를 불렀다.

한참만에야 계숙의 목소리가 들렸다.

"네 네, 그렇게 대단해요? 거 안됐구먼요."

계숙이의 대답은 뜻밖에 냉정하였다. 긴 이야기를 할 수 없을 만치 바쁜 모양도 같았다. 전화는 그대로 끊어졌다. '아무도 간호를 해 줄 사람이 없다'는 말도, '좀 가보아 주었으면 좋겠다'는 의견도 말할 사이가 없었다.

병식이는 끊어진 전화의 수화기를 귀에서 떼기도 전에

'공연히 전화를 걸었구나.'

하였다.

한편으로 계숙이는 전화를 받고 나서, 진열장 앞에서 한참이나 서성거렸다. 몇 달 동안이나 발을 끊고 서름서름하게 지내온 터에, 문병을 가기는 발이 쑥스러웠다. 배달부 복색을 벗어 버리기 전에는 저를 만나지 않겠다는 사람을, 연락도 아니하고 찾아가면 반가워할는지도 의문이었다.

수영이가 하루도 빠지지 않고 신문을 넣어 준 것만 하더라도 계숙이 자신은 까맣게 모르고 있었다. 사숙하고 있는 집 주인 마누라가,

"돈은 누구더러 달래려고 신문을 자꾸 갖다 넣는 거야? 몰래 집어넣구 뺑소니를 치니, 붙잡을 수가 있어야지."

하고 배달부를 벼르는 소리를 몇 번 들었다. 혹시 일찍 들어가서도, 공상을 하느라고 잠이 아니 올 때면 '요새 소설이나 재미있는 것이 나나?' 하고 주인마누라에게 신문을 청해서 보기도 한두 번 하였건만 그 신문을 수영이가 직접 넣어 주는 줄은 알 까닭이 없었다.

계숙이는 가볼까 말까 하고 그 생각만 골몰히 하느라고 물건을 사러 온 사람이 무어라는지 몰라서 딴전까지 하였다. 길거리의 황홀한 전등불만 바라다보고 섰다가

'암만해도 가 봐야겠어.'

하고 혼잣말을 하였다. 병식이가 일부러 전화까지 걸어 준 터에, 몰랐으면 모르거니와 알고서도 잠깐 들여다보지 않는 것은, 인사가 아닐 성싶었다.

그보다도

'수영 씨는 내 동지다!'

하고 지난날의 의식을 회복하였던 것이었다.

'그는 일을 위해서는 생사를 같이 하자고 맹세를 했던 다만 하나인 남성의 동지다. 만일 내가 몹시 앓는다면 그이는 벌써 한달음에 뛰어왔을 것이다.'

하였다.

계숙이는 더 주저할 수가 없었다. '집에 급한 환자가 생겼다'고 조퇴를 달고 식료품부에서 무과수 한 통을 사들고는 총총히 백화점을 나왔다.

026회, 1933.08.5.

4 계숙이는 길거리로 나오기는 했어도 발을 어느 편으로 떼어 놓아야 할지 몰랐다. 수영이가 병식의 집에서 떠나간 줄은 알았으나, 한번도 찾지를 않아서

'내가 덮어놓고 어디로 갈 작정으로 나왔을까?'

하고 제게다 물어보았다.

그와 동시에

'그이하구 너무 떨어져 지냈구나.'

하고 뉘우치기도 하였다.

계숙이는 길거리 은방으로 들어가서 신문사로 전화를 걸었다. 몇 번이나 '오하나시쭈'(말하는 중)라고 전화가 통하지를 않다가, 한참만에야 병식이가 나왔다.

"저예요, 계숙이예요. 아까는 바빠서 할 말씀도 못하고 전화를 끊었어요. 그런데 수영 씨가 새로 옮겨간 번지수를 알으켜주셔요."

"왜 가볼 테야?"

병식이는 '내가 못 가니, 네가 좀 가봐 주라'는 듯이 묻는다.

"글쎄요. 혹시 틈이 있으면 가볼까 하구 말씀야요."

계숙이는 일부러 수영이를 찾아가는 길이라는 말은 하지 않았다. 동명과 번지수까지 물어서 알고 나서도, 어쩐지 혼자 수영이를 찾아간다는 것을 알리고 싶지가 않았다.

계숙이는 효자동 전차를 탔다.

벌써 거진 아홉 시나 되어서 전차 속은 텅 빌 만치 승객이 없다.

계숙이는 거울 앞으로 앉아 환한 전등불빛에 비치는 제 모양을 들여다보았다.

머리를 지져서 몇 가닥을 이마에 꼬부려 붙이고, 눈썹을 그리고 한 갑에 이 원이나 하는 코티 분을 바른 제 얼굴을 들여다보았다. 비단 안을 받친 유록빛 외투에, 녹피 장갑에, 굽 높은 구두에, 아주 모던 걸로 변한 저의 차림차림을 둘러보고 굽어보았다.

계숙이는 분을 바르고 다니는 동무를 보고 '저 앤 기생으로 팔려가려나' 하고 욕을 하던, 학생 시대를 생각해 보았다. 검정 목세루 치마저고리 한 벌을 단거리로 입고 각 학교로, 가두(街頭)로 뛰어다니던 그 사건 당시의 저를 돌아다보았다. 그때의 순진하고 검소하던 저와는 아주 딴판으로 변한, 백화점의 상품과 같은 '최계숙'이를 거울 속으로 노리고 들여다볼 때, 이불 속에서 졸지에 찬바람을 쏘인 것처럼 숨었던 양심이 떨렸다. 일금 십오 원에 팔린 몸이라는 것을 의식할 때에는 마음이 아팠다. 경박하고 사치스러운 도회지의 탈[假面]을 뒤집어 쓴 저 자신을 향해서

'아아, 옛날의 계숙이가 아니로구나.'

하고 한숨을 지었다. 더구나 말쑥하게 몸치장을 한 것이 제가 애를 써서 번 것으로 한 것이 아니요, 간접적으로나마 어느 남자의 도움을 받은 것을 새삼스럽게 깨달았을 때, 계숙이는 전차서 내리지를 말고 되짚어 내려오고 싶었다.

'이러고 수영 씨한텔 가? 내 꼴을 보면 눈살을 찌푸릴걸'

하다가

'그럼 어떡해. 남들하구 얼려 싸이려니까 할 수 없지.'

하고 변명도 해본다. 그러나 그 변명이란 구차스럽게 꾸다 붙이는 수작 같아서 살짝 얼굴을 붉혔다.

계숙이는 전차에서 내려서 어둡고 호젓한 잣골 막바지로 더듬어 올라갔다. 인왕산 꼭대기에서 쏟아지듯 하는 찬바람은 코끝과 귓부리를 떼어 갈 것처럼 매웠다.

외투 깃을 올려 머리를 파묻듯 하고는 병식이가 일러준 대로 수영의 집을 찾았다. 맞은짝 반찬가게의 외등에 비춰, 번지까지 찾기는 하고도 선뜻 들어설 용기가 나지 않았다.

계숙이는 한 이삼 분 동안이나 납작한 초가집 앞에서, 구두 소리도 내지 않고 서성거렸다.

남폿불마저 꺼졌는지, 들창의 창살만 충충해 보일 뿐. 근처에는 무서우리 만치 괴괴하다.

한참만에야 계숙이는

'여기까지 와서 주저할 게 뭐야.'

하고는 지쳐놓은 대문짝을 조심스러이 떠밀었다.

027회, 1933.08.06.

5 계숙이는 중문간으로 들어서서도 수영이가 설마 행랑방에야 들었으랴 하고 머뭇거렸다. 그러나 안집의 중문이 닫힌 것을 보고는

"수영 씨!"

하고 행랑방 문을 향해서 나직이 불렀다. 방안에 불은 켜진 모양인데 대답이 없다.

"수영 씨 계세요?"

좀 더 큰 목소리로 불러도 여전히 대답이 없다.

계숙이는 지게문을 살그머니 열고는 구두를 뒤로 차버리듯 벗어 던지고 들어섰다.

방바닥은 뜨겁고 외풍은 찬데, 희미한 남폿불만 끔벅거린다. 수영이는 이불로 아랫도리만 걸치고 누워서, 곤히 잠이 든 듯.

계숙이는 외투와 장갑을 벗으며 방안을 둘러보았다.

방안의 세간이라고는 길바닥에 내던져도 집어가지 않을 고리짝 하나와, 고물이 다 된 책상과, 그리고는 냉수 대접 하나밖에 없다. 빈대 죽인

흔적이 아직도 또렷한 벽에는 넝마 같은 망토와 단추만 바꾸어 단 학생복이 걸렸다. 그러고는 윗목에는 아무렇게나 벗어던진 배달부의 합비가 너부죽이 엎드렸을 뿐이다.

그 망토와 교복은 두 사람이 청량리서 처음 만났을 때에 수영이가 입고 나왔던 것이 분명하다. 계숙이는 그 옷이 반가웠다. 그때가 바로 며칠 전인 듯싶었다. 수영이를 첫 번 만났을 때 제가 선동이나 하듯, 연설 구조(口調)로 열변을 토하던 생각과, 둘이 어깨를 나란히 하고 황량한 전찻길을 걸어 다니던 광경이 눈에 선하였다. 그와 동시에 불과 몇 해도 못 되는 동안에 수영과 저 자신이 변한 것을 내려다볼 때 그 망토와, 그 학생복을 끌어안고 느껴 울고 싶은 충동에 콧마루가 시큰하였다.

계숙이는 고개를 돌렸다.

'아무리 홀아비 살림이기로, 어쩌면 이렇게 신산할까?'
하고 다시 한번 방안을 둘러보며 한숨을 쉬었다.

끄물거리는 남폿불 아래에 숨결을 거칠게 쉬고 입을 조금 연 채 모로 누워 있던 수영의 얼굴을 한참이나 내려다보았다.

괴로움에 못 이겨 눈살을 잔뜩 찌푸리고, "으흥 으흥" 하는 신음하는 소리를 듣자, 계숙이는 눈두덩이 뜨끈해지는 것을 깨달았다.

외롭고 쓸쓸하게 앓아 누운 수영이가 무한히 가엾었다. 저다지 튼튼하게 생긴 한 사람의 남자가, 이 넓은 서울 바닥에 몸담을 곳이 없고, 의지할 사람조차 없는 것을 생각하니, 수영의 환경을 저주하지 않을 수 없었다.

'이 젊은 사람에게 무슨 죄가 있느냐.'
하며 저주의 감정은 어떠한 분노로 변하였다. 계숙이는 남자처럼 주먹으로 눈두덩을 부볐다.

수영의 머리맡에 말없이 앉은 계숙이는 깨울까 말까 하고 앓은 사람의 얼굴만 들여다보았다. 넋을 잃은 사람같이 머리맡을 지키고 있자니 수영의 외로움과 괴로움이 제게로 옮겨드는 것 같았다. 저 역시 이 세상에 의지할 곳이 없는 가엾은 존재(存在)였다.

천리타향에서 굴러다니며 마음에 없는 밥벌이를 한다고 종로 바닥 장사치의 노예가 된 제 신세를 돌려다 볼 때, 다른 사람을 동정할 여지가 없었다.

더구나 지난날의 의기와, 정의를 위해서는 산 제물로 저 한 몸을 바치려던 과거를 회고할수록, 새삼스러운 설움이 복받쳐 오르는 것을 억제할 수가 없다. 울어도, 몸부림을 쳐도 시원치 않을 것 같다.

수영의 신음하는 소리는 점점 높아가고 겨울밤은 점점 깊어만 갔다. 수영의 얼굴은 열에 떠서, 벌겋게 익은 것 같다. 숨소리는 더욱 가빠져서 차마 들을 수가 없다.

계숙이는 홑이불도 시치지 않은 이불을 끌어올려 수영의 어깨를 덮어주었다. 무르팍으로 기어서 머리맡으로 돌아가서는, 제 손수건을 꺼내어 송송 내솟은 수영의 이마의 구슬땀을 씻어주었다. 그러고는

'내 손이 차지나 않을까?'

하고 이마를 조심스러히 짚어보다가 "끄—ㅇ" 하고 수영이가 몸을 뒤트는 바람에, 기급을 해서 손을 떼었다. 만지지 못할 것에 손이나 댄 듯 계숙의 가슴은 달랑하였다.

028회, 1933.08.07.

6 "주무세요?"

계숙의 목소리는 수영의 귀에 들릴락 말락 하였다. 수영이는 찬 손이 이마에 닿아서 선뜩했던지 놀라서 실눈을 떴다. 눈동자는 차차 커졌다. 계숙이가 눈앞에 와서 앉은 것은 천만뜻밖이라, 어리둥절하는 모양이더니, 차차 제정신이 돌자,

"아, 이게 누구세요?"

하고 고개를 들며 몸을 일으키려고 든다.

"누우세요. 그대루 누워 계세요. 혼자 이렇게 앓으시니 얼마나 괴로우시겠어요?"

그 말은 정을 담쏙 담아 가지고 계숙의 입을 새어나왔다.

"여길 어떻게 아셨나요?"

수영이는 혼잣말 하듯 한다.

"병식 오빠가 전화를 걸어서 편치 않으신 줄 알았어요."

하고는 유난히 까만 눈동자를 눈물에 불려[潤] 가지고, 남자의 얼굴을 내려다본다. 그러나 수영이가 저 때문에 그 추운 새벽에 헤매어 다니고 극도로 흥분이 되어서, 몸져눕게까지 된 줄이야 짐작할 리가 만무하다.

"약이나 잡수셨어요?"

계숙의 묻는 말에 수영이는 고개를 흔들어 보인다.

병식이가 왔을 때에 꾸던, 지겹고 조마조마하던 꿈을 머릿속에서 어렴풋이 되풀이하면서.

'꿈도 영절스럽다.'

하고 계숙의 얼굴을 물끄러미 쳐다본다. 분한 것도 아니요, 그렇다고 질투라고 꼭 잡아낼 수도 없는 야릇한 감정에 지배를 받으면서도, 어쨌든

계숙이가 반가웠다. 간밤에 지낸 일은 옛날이야기 같고, 당장에 계숙이가 제 머리맡에 와서 앉은 것만 기적같이 신통하였다. 죽었던 사람이나 만난 듯이 반가웠다. 설사 병식이와 불순한 관계까지 있었다손 치더라도, 문병을 와준 것만이 고마웠다. 모든 것을 용서해 주고 싶었다. 그만치나 수영이는 여자라느니보다도, 사람이 아쉽고 그리웠다. 사랑이라느니보다도 동정과 친절에 주렸던 것이다.

두 사람 사이에는 한 십 분 동안이나 침묵이 흘렀다. 서로 격조했던 사정은 피차에 말하지 않으려면서도, 마음과 마음이 무언중에 서로 비치어 모든 것을 이해할 것 같았다. 그다지도 몹시 오해했던 일까지도 봄 눈 녹는 듯 서로 풀어줄 아량(雅量)을 가지고 싶었다. 그러나 두 사람 사이에 부지중에 쌓인 감정의 성벽은, 문병 한번 온 것쯤으로는 무너질 수 없었다.

"입맛은 없으시겠지만 뭘 좀 잡수셔야지요."

계숙이가 먼저 이야기를 끄집어낸다.

"시원한 것밖엔… 그 냉수 다 먹었지요?"

하고 수영이는 고개를 돌리더니 빈 사발을 턱으로 가리킨다.

"그럼 이걸 좀 잡숴 보실까요?"

계숙이는 모과수 통을 다그다 놓고 수영의 주머니칼로 꼭지를 떼느라고 한참이나 애를 썼다. 모과수 통에 구녁이 뚫리자, 노르스름한 국물이 방바닥으로 흘러내렸다. 수영이는 겸사도 할 사이가 없었다.

폭양이 내려 쪼이는 사막(砂漠)을 걸어가던 사람처럼, 염치불고하고 모과수 통을 두 손으로 움켜쥐고는, 시원한 국물을 단숨에 들이킨다.

시골에서 물을 긷는 처녀가, 목마른 나그네에게 물을 떠줄 때, 버들잎

을 죽 훑어서 바가지에 끼얹어 주었다는 이야기가 생각나서, 계숙이는

"좀 남겼다 잡수시죠."

하였다. 수영이는 건덕지까지 꺼내어 어쩍어쩍 씹으며

"어 시원하다!"

하고 다시 드러누우며 입맛을 다신다. 갈증을 면하니까 속이 후련하고 정신도 도는 것 같았다. 그러다가는 별안간 찬 것을 마셔서 오한이 나는 듯, 윗도리를 떨며 이불을 끌어 덮는다. 이맛살을 찌푸리는 것을 보고

"왜 또 머리가 아프셔요?"

계숙이는 다가앉는다.

"아니요. 다리와 팔이 사뭇 송곳으로 쑤시는 것 같아요."

하고 오그렸던 다리를 이불 속으로 쭉 뻗는다.

계숙이는 수영의 발치로 돌아갔다. 너무나 고통이 심해하는 것을 차마 보고만 있을 수는 없는 듯, 머뭇머뭇하더니, 용기를 내어

"좀 주물러 드릴까요?"

하고 수영의 다리를 꽉꽉 주물렀다.

029회, 1933.08.08.

7 수영이는

"미안하구먼요."

하면서도 그만두라는 말은 나오지 않았다.

쥐가 나는 것같이 켕기고 뻑적지근하던 다리가, 곪겨서 터지려는 종처럼 근질근질하고, 뼈마디가 자릿자릿하더니, 나중에는 감각이 마비된 것처럼 아픈 기운이 가시는 듯했다. 비록 간접이나마 여자의 촉감이란 보

드랍고 따뜻하였다.

계숙이도 간지럼을 타는 듯한 감촉이 손끝으로부터 전신으로, 감전이나 되는 것처럼 옮아드는 것을 느꼈다. 부지중에 얼굴이 살짝 붉어졌다.

수영이는 이때까지 물결 거친 바다에 빠져 허우적거리다가, 아늑한 항구로 떠밀려 들어오기나 한 것처럼 마음이 턱 놓였다. 바윗돌에다 등을 기댄 듯 신변이 든든한 것도 같았다. 이렇게 앓다가 죽는 한이 있더라도 계숙이만 곁에 있다면 눈이 감겨질 듯한 만족과 행복을 느꼈다. 아까 혼자 앓을 때보다는 육체의 고통이, 정신상 위안으로 말미암아 한결 덜리는 듯도 하였다. 이야기를 주고받을 기운도 났다.

"그만두시지요. 내 다리는 시원하지만 계숙 씨 팔이 아프실걸요."

"괜찮아요. 좀 더 주물러 드릴 테에요. 소중하신 다리니깐…."

"소중하긴 뭬 소중해요?"

"수영 씨나 나나 다리로 벌지 않아요? 수영 씨는 저녁때면 한바탕 마라톤을 하시죠? 그리고요 난 진종일 잔걸음을 치니깐, 다리품을 팔기는 매한가지가 아니야요?"

수영이는 처음으로 빙긋이 웃었다. 그 웃음은 무엇에 대한 비웃음과 기막힌 웃음을 반죽한 웃음이었다.

"둘이 다 다리품 파는 걸 창피스럽게 여기기 때문에, 그 뒤로는 피차에 끊고 지내지 않았어요?"

하고 나서는

"그렇지요, 네?"

하고 손에 힘을 주어 주무르던 다리를 아프지 않을 만큼 꼭 누르며 동감(同感)이 아니냐는 듯이 대답을 재촉한다.

"아—니요. 신문 배달부 노릇을 하는 게 창피해서 그런 게 아니에요."

그 대답은 매우 무거웠다.

"그럼 뭣 때문이에요?"

계숙이는 조금 더 바싹 다가앉는다. 수영이는 여전히 입을 딱 다물고 가쁜 숨을 죽이고 있다가, 머리를 들어 팔베개를 하고는 떠듬떠듬 입을 연다.

"앞장을 선 병정은 싸움을 해야만 합니다. 그런데 우리는 싸움을 하다 말구 허기가 져서, 밥을 찾지 않았세요? 몇 자밖에 안 되는 창자를 채우기 위해서…. 그것이 구차하구 창피스러워요. 이 현실에서 밥을 얻어먹으려면, 우리가 싸우려는 상대자 앞에 무릎을 꿇어야만 하니까요."

"참 그래요. 남의 걸 얻어먹을 수도 없고, 굶어 죽을 수도 없는 세상이야요. 나만 해도 하루에 열다섯 시간이나 자본주의 종노릇을 한 값이 하루에 겨우 몇 십 전이니, 참 정말 기가 막혀요."

계숙이는 얼굴이 빨개지도록 상기되었다.

수영이는 윗목에 제가 벗어 던진 배달부 복색 곁에 벗어 놓은, 하얀 털을 댄 계숙의 외투를 번갈아 유심히 바라다본다. 한참 있다 입모습에 씁쓸한 웃음을 띠우고는

"그런데 말씀이에요. 다 같이 다리품을 파는 처지에 있으면서두 저런 훌륭한 외투를 입는 귀부인두 있구, 저 헌털뱅이를 두르구 댕기는 사람도 있으니, 세상이 공평치 않을 밖에요."

하고 슬그머니 계숙의 비위를 긁어주었다. 그러나 일부러 비웃는 수작이 아니라, '저런 허영의 껍질을 벗어 버리기 전에는 앞잡이 노릇을 할 자격이 없다'는 것을 호의로 암시한 말이었다.

속으로는 육체의 고통과 싸워가면서 힘을 들여 한 말이언만 계숙이는 무안에 취해서 귀밑까지 빨개졌다.

030회, 1933.08.09.

8 계숙이가 고개를 들지 못하고 변명을 할 궁리를 하는데 대문 소리가 났다.

방문을 펄썩 열고 다짜고짜 들어서는 것은 병식이다.

계숙이는 무슨 부끄러운 짓이나 하다가 들킨 것처럼 재빠르게 수영의 발치에서 물러앉았다.

"어, 계숙이가 왔군. 일등—간호부가 와 있는 걸 모르구, 난 괜히 왔지."

하고는 뒤둥그러진 소리를 하고는

"좀 어떤가?"

하며 두 사람의 사이에 가 펄썩 주저앉는다.

"응 좀 정신이 났어."

수영이도 계숙에게 다리를 주물리는 현장(現場)을 병식에게 발견된 것이 어쩐지 거북해서 다리를 오그리며 몸을 반쯤 일으켰다. 병식이는 수영의 이마를 짚어 보며

"열은 많이 내렸군. 이 약을 먹구 내일은 일어나게."

하고는 외투 주머니에서 해열산 봉지를 꺼내 놓는다.

병식이는 술이 얼근히 취하였다. 계숙의 코에는 그 술 냄새가 맨 먼저 맡아졌다.

"오빠, 또 술 잡수셨구먼요?"

점적하니 앉아 있기가 싱거워서 말을 붙였다.

"왜? 언제 계숙이가 나를 술 받아 주었나?"

병식이는 눈꼬리가 쳐져가지고 계숙이를 흘겨본다. 그 순간에 계숙이는 수영의 편으로 한 눈을 찌긋하고 머리를 살래살래 흔들어 보인다. 어린애가 무슨 일을 저지르고 어른에게 이르지 말아 달라는 것처럼 지난밤에 제게서 술을 먹었다는 것과 어느 남자의 편지를 본 것을, 수영에게는 말하지 말아달라는 암호였다.

병식이는 곁눈으로 계숙의 표정을 읽고도 모른 체하고 고개를 돌렸다. 콧등을 쫑긋쫑긋 하고 방 안의 공기를 맡아 보더니

"총각 냄새에 처녀 냄새가 골고루 나는군. 오늘밤에는 사람이 사는 방 같은 걸."

하고는 두 사람의 얼굴을 번갈아 본다.

계숙이는 두 사람의 틈에 끼어 앉았는 것이 면구스럽기도 해서

"약을 잡수셔야죠."

하고는 안집으로 물을 뜨러 들어갔다.

"오늘은 호외가 없었나?"

"응. 좀 더 기다리라는 걸 궁금해서 먼저 나왔네. 나도 어쩐지 병이 날 듯날듯 한걸. 계숙이 같은 간호부나 곁에 있으면 적어두 석 달 열흘은 앓겠네만…."

하며 또 실없어진다.

평상시에도 노상 우울하게 지내는 사람이, 술기운만 돌면 유머가 나오고 재치 있는 말이 주워 담을 만치 쏟아진다. 집에서는 말 한마디 하기도 귀찮아하면서, 술김에 말문이 한번 터지기만 하면 예사로 밤을 새우며

떠들어 댄다. 기발한 풍자(諷刺)는 사람의 가슴을 찌르는 것같이 날카롭고, 정치나 시사 문제를 붙잡아 가지고는 기탄없는 비판도 한다.

그럴 적마다

'서 군은 재사야. 공장에서 썩기는 참 아까운 인물이지.'

하고 수영이는 속으로 탄복할 때도 많았다.

계숙이가 약 먹을 물을 얻어 가지고 나오니까

"지금 같아선 과히 아프지두 말구, 그저 일어나지 못할 만큼 앓아누웠으면 꼭 좋겠지?"

병식이는 다시 한번 두 사람을 놀리고는 껄껄껄 하고 호걸웃음을 웃는다. 오늘 저녁에는 한두 잔만 마신 것이 아닌 모양이다.

"차차 나오는군요."

계숙이는 해열산 봉지를 뜯으며 병식의 불쾌한 얼굴을 힐끔 쳐다본다.

"나오긴 뭐 나와? 초란이가 나와?"

"연설— 말씀 말예요."

"그럼 터진 입 가지구 떠들지두 말란 말야? 어느 놈이 주의ㅅ! 중지!를 부를 테니 겁이 나서 말야?"

인제부터는 시비조로 나간다.

"아니야요. 오빠 얘기는 재미는 있지만요…."

"재미는 있지만 어째? 듣기는 싫단 말이지?"

"아이 오빠는 왜 자꾸만 옥아서 생각을 하세요."

하고는

"인젠 오빠가 교대를 하셨으니까, 난 갈 테야요. 낼 봐서 또 올께 조섭하세요."

하고는 계숙이는 외투와 장갑을 들고 일어섰다. 병식이와 말이 옥신각신 하다가는 무슨 소리가 터져 나올까 겁이 났던 것이다.

031회, 1933.08.10.

9 이틀이 지나고 사흘이 지났다. 병식이는 집에 들어가기 싫은 김에 아주 수영에게서 묵으면서 간호를 해주었다. 계숙이도 아침저녁으로 번을 돌며 약시중도 하고 앓는 사람의 음식 바라지까지 하였다.

수영이는 아직도 혀에 백태가 하얀 채 가시지를 않고 머리가 무겁건만

"너무 여러 날 빠져서…."

하고 배달 시간에 나가려는 것을

"이 사람아, 어느 새 일이 다 뭔가? 게다가 또 한번 촉상만 되면 이번엔 큰일 나네. 의자를 타구 가만히 앉지두 못하는 주제에…."

하고 병식이가 굳이 말렸다. 사나흘 동안 붙잡아 앉히고 조섭을 시켰다.

병식이도 낮에는 신문사로 가고 아무도 없는 어둑침침한 방 속에서 천장만 바라다보고 혼자 멀거니 누웠자니 진종일 공상만 하게 된다. 그러나 저녁때가 되면 골이 앞으로 쏟아지는 듯이 아팠다. 그럴수록 제 신상에 관한 것, 병식의 생활이며, 계숙의 장래를 염려해주는, 온갖 걱정과 갖은 근심이 머릿속에서 이리 찢기고 저리 찢겼다. 다만 한 가지, 계숙이와 병식의 사이가 아주 깨끗하였고, 조금도 의심할 여지가 없다고 확실히 인정하게 된 것만은 매우 유쾌하였다. 그동안 두 사람이 저에게 극진하게 해준 것이 눈물이 나도록 고마울 뿐더러, 여러 날을 두고 눈치를 보아야 조금도 이상스러운 행동은 물론 없거니와, 무슨 비밀을 가진 사람들이면 더구나 제 앞에서 저다지 천연할 수가 있을까? 어쩌면 저렇게 사

색도 보이지 않을까 하고 생각도 해 보았다. 그 결과,

'내가 정말 저 사람들에게 가당치도 않은 치의를 했구나.'

하고 제가 어리석었음을 또다시 후회하였다.

'이 다음에는 어떠한 일이 있든지 두 사람의 사이를 의심치 말리라.'

하고 속으로 맹서까지 하였다.

더군다나 병식의 입에서,

"계숙이한테서, 배갈을 과히 먹은 게, 그저 속이 좋지 않은걸."

하고 솔직한 말도 들었고

"계숙의 일로 자네하고 꼭 의논을 할 말이 있는데, 급하긴 하지만 자네가 정신을 차린 뒤에야 얘기하겠네."

하고 계숙의 신변의 무슨 중대한 변화가 생긴 것까지 펴놓고 말하는 것을 보면, 더구나 털끝만치도 의심할 여지가 없었다. 한 입으로 두 가지 말하고, 안벽 뒷벽을 치는, 그런 이중의 성격을 지닌 사람이 결코 아니다 하고, 도리어 병식에게 대한 우정이 두터워졌다. 동시에 계숙에게 대해서는 '동지'의 경계선을 넘어서, 저의 정신과 육체를 반에 쪼갠 것 같은, 그 어떠한 감정으로 슬그머니 변하였다. 그 어떠한 감정이란, 단순한 연애도 아니요, 그렇다고 동지에 대한 우정 뿐만도 아니다. 따로따로 분석할 수 없는 정신상 칵테일(혼합주)였다.

하여간 오래간만에 계숙이와 조석으로 만나고 그의 정성을 다한 간호를 받은 뒤에는

'저 여자를 떠나서는 못살 것 같다.'

하는 일종의 신앙심 같은 느낌에 지배를 받게 된 것만은 사실이다.

계숙이가 오면 온 세상이 그의 등 뒤에 묻어 들어오는 것 같고

"내일 또 올게요."

한마디를 남기고 제 곁에서 떠나가면, 방안에 꽉 찼던 온 세상이 저 하나만을 동그마니 남기고 다시금 계숙의 뒤를 따라 나가는 듯, 몹시 허순하고 졸지에 쓸쓸해졌다.

눈을 뜨면, 천장에, 바람벽에 어른거리고, 눈을 감으면 마음속으로 기어드는 것은 온통 계숙의 그림자뿐… 수영의 마음은 계숙의 환영(幻影)을 비치기 위한 한 폭의 스크린(영사막)이 되고 말았다.

032회, 1933.08.11.

⑩ 며칠 동안 극성맞던 추위도 오늘은 오후가 되자 좀 풀린 것 같다. 지붕 위에 쌓였던 눈이, 처마 끝에 고드름 줄기로 녹아내리는 소리가 뚝—ㄱ 뚝—ㄱ 하고 들렸다. 바깥 날세는 매우 따뜻한 모양이다. 골목 안 양지짝에서 눈 장난을 하는 아이들의 재잘대는 소리가 들린다.

"이거 원 갑갑해 사람이 살겠나."

하고 수영이는 제 몸에 들어붙은 병마(病魔)를 발길로 걷어차듯, 하고 벌떡 일어났다. 자리저고리 바지에 망토에, 옷이란 옷은 겹겹이 껴입고 들창문을 열어젖혔다.

싯누런 햇발에 눈은 부시건만 방안으로 풍겨드는 바람은 맵지 않을 만큼 차기는 해도 시원하였다.

반찬가게 앞에 만들어 세운 눈사람이 녹아서 코가 떨어진 것이 맨 먼저 눈에 띄었다.

수영이는 폐량(肺量)껏 바람을 들이마셨다. 심호흡을 두어 번 하고 나니 어찔어찔해져서 들창 고리에 잠시 매어달리듯 하였다.

인왕산 허리에 하얗게 눈이 덮힌 것과, 얼어붙은 항구와 같은 파란 하늘을 맥없이 바라다보고 섰자니, 생각하지 말자 말자 하던 고향 생각이 불현듯이 났다. 여러 해 동안이나 가보지 않은 고향의 산천이 그리웠다. 한동네에서 자란 동무들이 그리웠다. 그러나 무엇보다도 어머니 아버지가 그리웠다.

몇 백 리 타향에서 이다지도 고단한 신세를 지어, 죽도록 앓아누운 것을 보시면, 어머니는 나를 얼마나 가엾어 하실까? 눈물겨워 하실까? 어머니가 뼈가 저리도록 염려해 주실 생각을 하니, 제 뼈가 마디마디 아픈 것 같다.

새파란 하늘 바다에 형형색색이로 수채화를 그리는 구름을 멀거니 바라다보면 볼수록, 향방 없이 떠돌아다니는 구름장이 제 신세와도 같았다. 고생살이에 주름살이 잡힌 어머니의 얼굴과, 푸수수한 백발이 흰 구름 속에서 내다보는 것 같기도 하고, 꼬부랑 지팡이를 짚고 아들을 찾아 구름 싼 언덕 비탈로 기어오르는 듯도 하다.

어린 동생 복영이도 눈에 암암하였다. 시골집에서 논에 물꼬를 보러 다닐 때나, 밭에 원두를 거두러 다닐 때에 제 뒤를 졸랑졸랑 따라다니던 복영이, 복실복실한 우리 복영이—.

“그 동안에 퍽은 컸을걸. 올봄에는 보통학교를 졸업하는구나.”
하고 꼽아보다가

“널랑은 형처럼 변변치 못한 사람이 되지 말어라.”
하며 아우가 눈앞에 와서 섰는 듯이 팔을 벌려 제 가슴에 껴안았다. 그러다가

“아, 나는 내 고향을 잊었었구나!”

하고 긴 한숨을 내뿜었다. 수영의 눈에는 더운 눈물이 핑 돌았다.

"어머니 아버지는 그래두 나를 첫정을 들인 맏아들이라구 믿구 지내시겠지. 모든 소망을 내게다 붙이구 지내시겠지. 서울서 월급 자리라두 붙어서 돈벌이를 착실히 하다가, 장가까지 들어 가지고 내려올 양으로 그 녀석이 안 내려오는 거야. 그래서 늙은 어미 아비를 모른 체하나 보다." 하시고 주야로 저의 건강과 장래를 빌어 주실 생각을 하니 죄송한 마음을 진정할 수 없다.

수영이는 고향의 모든 것이 그리운 나머지에, 질화로 곁에서 보글보글 끓던 우거지찌개까지 생각이 났다.

어머니가 아랫목에 파묻었다가 꺼내주시던, 김이 무럭무럭 나는 잡곡밥— 얼큰짭짤한 통배추김치— 생각만 해도 입에 침이 고였다.

"내가 무얼 얻어먹자구 서울 바닥에서 이 고생을 하나?"

"고생 끝에는 무엇이 올까? ××운동— 감옥— 자기희생—, 명예, 공명심, 그러고는 연애— 또 그러고는 남는 것이 과연 무엇이냐? 청춘이 시들어가는 것과, 배고파 졸아붙은 창자뿐이 아니냐?!"

수영이는 혼자 부르짖고는 산도, 하늘도, 구름도, 보지 않으려는 듯이 들창문을 탁 닫쳤다.

"병식이두 왜 이틀째나 안 올까?"

중얼거리듯 하고 수영이는 닷새만에야 큰길로 나섰다. 계숙이도 무슨 긴급한 일이 생겼는지 어제 오늘은 발그림자도 아니 비쳤다.

033회, 1933.08.12.

11 수영이는 허전허전한 다리를 이끌고 행기를 할 겸 병식의 집을 찾

아갔다. 문간에서 '병식이' 하고 찾으려니까 안에서 무명 쪽을 찢는 듯한 여자의 목소리에 귀가 따가웠다. 수영이가 문간에서 머뭇거리려니,

"글쎄 똑바루 말을 해요? 앓는 사람한테 무슨 정성이 굴뚝같이 뻗쳐서 이틀 사흘씩이나 나가 잤단 말요? 그동안 집안 식구가 궁금헐 생각을 좀 해야죠?"

병식의 아내가 한참 바가지를 긁는 판이다.

"내야 나가 자든지, 길바닥에 가 쓰러지든지, 웬 참견야 참견이. 요 집안 망할 것 같으니라구 누구를 못 잡아먹어서 나만 보면 악을 바락바락 쓰느냐 말야?"

병식의 흥분된 목소리다. 오늘도 술잔이나 먹은 모양인데 까딱하면 육박전이 일어날 형세다. 아니나 다를까 마루에서 쿵쾅거리는 소리와 동시에

"애고머니! 애고머니! 누굴 쳐요? 누굴 쳐."

하고 발악하는 소리를 듣다 못해서

"이거 또 전쟁인가?"

하며 수영이가 들어섰다.

그 통에 병식의 아내는 풀어진 머리채를 휘감아 쥐고 안방으로 뛰어 들어가고, 병식이는 얼굴이 새파랗게 질려 가지고 꿩을 놓친 새매처럼 할딱거린다.

어린 것들은 남생이를 발딱 젖혀놓은 것처럼 바동거리며 악을 악을 쓴다. 병식이는 분을 못 이겨 말도 안 나오는 듯 수영에게는 왔느냐는 인사도 아니하고, 건넌방으로 들어가 발딱 누워버린다.

"왜들 그래? 한 십 년 싸웠으면 그만 휴전조약을 맺을 때두 되었을 텐

데….”
하면서 수영이가 따라 들어갔다.

병식이는 친구를 쳐다보려고도 아니하고 분을 삭이느라고 이를 갈며 안간힘을 쓴다.

“자네 오늘도 술 먹었네그려?”

“집안이 이렇게 난장판이니 술 안 먹고 견디겠나?”

“허구한 날 자네가 술만 먹으니까 전쟁이 벌어지는 게 아닌가? 한 이틀 내게두 안 오고 다른 데 가 쓰러져 잔 눈치니, 어느 부인넨들 좋다겠나? 첫째 고만 술을 좀 정침하게.”

“뭐? 술을 먹지 말라구? 술에 마취가 돼두 못 견디겠는데, 날더러 정신이 말똥말똥해 앉았으란 말인가? 자넨 큰일 날 소리를 다 하네.”

“그렇게 핑계 김에 술만 먹다가 아주 중독이 되면 어쩌려나?”

“그렇잖아두 우리 아버지를 주국(酒國) 사자가 잡아갔으니까, 나두 효자 노릇을 할 날이 며칠 안 남았네.”

병식이는 누웠다 일어났다 안절부절을 못 한다. 수영이는 병식이가 보기에 딱해서

“술로 모—든 게 해결이 된다면 나두 죽기 작정을— 하구 먹겠네만….”
하고 타이르듯 한다.

안방에서는 어린애 우는 소리에, 어른의 푸념에 시끄럽기 짝이 없다.

병식이는 증을 더럭 내며,

“술 아니라 아편이라도 있으면 빨겠네. 그두 못하면 침질이라두 할테야. 날이 갈수록 정말 살기가 싫어. 뭐구뭐구 지긋지긋해!”

수영이는 핏기 없는 얼굴에 긴장한 빛을 띠며

"자네처럼 참을성이 없어서야, 조선의 젊은 사람은 어디 하나나 살겠나? 그럴수록 괴로운 걸 참고 견디어 나가야지."

"난 이놈의 현실을 저주하기 전에, 삼십 년 전에 생각 없이 떨어뜨린 우리 아버지의 정충 몇 방울을 저주하네."

하고 나서는 병식이는 금세 미쳐나는 사람처럼

"핫 하하하하."

하고 천장을 쳐다보며 허청 웃음을 웃는다.

안방에서는 병든 어머니까지 한몫을 보느라고 어린애를 덧들여 놓았는지, 어른 아이가 뒤섞여서 지지고 볶고 사뭇 난장판이다.

건넌방의 두 사람은 반시간 동안이나 아무 말이 없다가

"그래 오늘은 아주 몸이 깨끗한가?"

하고 병식이가 청처짐하게 문병을 한다.

"응, 하두 갑갑하길래 바람도 쏘일 겸 나온 길일세:

"자네두 좀 더 솔직해지게. 궁금한 일이 있어 내겔 온 게 아닌가?"

하고 수영이를 똑바로 쳐다본다.

아닌 게 아니라 수영이는 계숙의 신변에 무슨 일이 생겼다는 일절에 들어서, 속으로는 매우 궁금했던 것이다.

034회, 1933.08.13.

⑫ 병식이는 안방의 난리가 진정이 된 뒤에도 눈을 딱 감고 한참이나 무엇을 생각하더니, 일어나서 수영과 얼굴을 마주 비빌 만큼 가까이 다가앉으며

"내야 자네처럼 꿍꿍이심을 대는 사람이 아니니깐, 내 귀로 듣구, 알아본 대로 얘기를 험세."
하고 말허두를 끄집어낸다.
"계숙이가 요새두 바싹 모양을 내구 댕기는 게 자네 눈에는 거칠지 않던가?"
"글쎄 전과는 사뭇 달라졌어. 백화점의 수입만 가지구는 그렇게 차리구 댕기지를 못할 텐데…."
수영이는 병식의 입만 주목한다.
"그러길래 문제가 단순치 않거든. 계숙이도 어느 정도까지는 실속 이야기를 허네만은 내 짐작 같아서는 어느 돈 있는 남자의 손에 단단히 걸려든 눈치야."
"그 남자란 누군데?"
수영이는 조급히 묻지 않을 수 없었다.
"차차 들어보게. 그렇게 호락호락한 인물이 아니니까 우리가 섣불리 건드렸다가는 긁어 부스럼이 십상팔구야."
하고는 다시 말을 이어
"어쨌든 요새 계숙이가, 그 남자가 쳐 놓은 그물에 걸려든 것만은 확실해. 옛날이나 지금이나 여자에게 돈은 비상(砒霜)이거든. 상대자가 돈이란 무기를 제 맘대로 휘두를 수 있는 사람이면 정말 위험천만일세."
"여보게, 요점부터 얘기를 하게. 서론(序論)이 왜 그리 긴가?"
수영이는 갑갑증이 났다.
"가만있게. 자네 같은 숫보기는 우선 내 설교부터 들을 필요가 있어. 제아무리 의지가 굳은 체하는 여자두, 돈의 미끼를 물어서, 날카로운 낚시 끝이 그 여자의 허영심을 정통으로 꿰기만 하면야, 그 뒤엔 줄을 급히 감아 들이든지, 느슨히 늦추어 가지구 제 맘대로 놀리든지, 그건 낚시질 하는 사람의 자유란 말일세."

수영이는 벽에 가 기대— 앉아서 '무슨 말을 끄집어내려고 저렇게 장황히 늘어놓누' 하고 여전히 병식의 입만 쳐다본다. 병식이는 담배를 붙여 깊다랗게 흡연을 하고는 담배 연기에다 말을 섞어 내보낸다.

"그런데 그 날카로운 낚시에 비늘이 한번 꼬이기만 하면 몸을 뒤틀고 용을 쓸수록 낚시 끝은 자꾸만 살 속으로 깊이 꼬여들어만 가는 법이란 말야."

"그럼 계숙이가 벌써 그 낚시에 꿰였단 말인가?"

수영이는 어느 틈에 병식의 이야기 속으로 끌려 들어간다.

"제 수입은 기껏해야 한 달 십 오륙 원밖에 안 되구, 제 집에선 일전 한 푼 보내주지 않는 걸 번연히 아는데, 전에 못 보던 털 댄 외투에, 순금 팔목시계에, 굽 높은 칠피 구두가 다 어서 생긴 거냐 말일세. 그게 다 미끼를 문 증거나 아닌가?"

"글쎄 나 역시 과분하게 치장을 하구 댕기는 게 수상해서 하니꾸를 했네만."

병식이는 점점 긴장해서

"난 그 사내의 편지를 봤네. 접때 계숙이가 내보이데그려. 그러나 그 사내 집에까지 종종 놀러두 댕기구, 같이 자동차를 타구서 드라이브도 한두 번 했다는 말까지 허데. 저번 날 저녁에두 새벽 두 시나 돼서 그 사내가 계숙이를 자동차로 바래다주다가 내게 들켰단 말야. 제가 아무리 솔직하게시리 토설을 한댔자, 그건 와리비키가 많을 테니까, 내 추측 같아선 급히 서두르지 않으면 아까운 여자 하나를 버리겠어. 그렇지만 온 내 코가 석 자가웃이나 되니까….”

하고 나서는 ‘난 모른다’는 듯이 자리 위에 가 쓰러진다.

“그렇지만 그게 사실이라면 그대루 두고 볼 수 없지 않은가?”

“그렇기에 자네한테 얘기하는 게지.”

“도대체 그 사내란 누군가?”

“꼭 알구 싶은가? 나보담 자네가 더 잘 아는 사람이야. 그래서 내 딴엔 신중하게 생각을 해 보느라구 입때 말을 안했었네.”

035회, 1933.08.14.

⑬ 병식이는 계숙에게서 본 편지를 머릿속에서 되풀이 하였다. 맨끝에 갈겨 쓴 남자의 이름이 또렷이 눈앞에 떠올랐다.

“자네 조경호 알지?”

하고 수영의 표정을 살핀다.

수영이는 고개를 비꼬고 잠깐 생각해 보더니 안다는 말도 모른다는 말도 아니 나오리만치 속으로 놀랐다.

“왜 ××전문대학 청년 교수 말일세. 왜 자네의….”

“바로 그 사람이야?”

수영이는 병식의 말을 가로막으며, 금세 상기가 되어서 얼굴이 벌개졌다. 흥분이 되면 말이 없는 그의 버릇으로, 아랫입술만 깨물고 앉았다가

“정말 그 조경호가 틀림없나?”

다시 한번 다진다.

“그거야 내 눈이 보증하고, 사실이 증명할 걸세. 그러니 우리한텐 여간

한 강적(强敵)이 아니란 말야."

병식이는 손톱 끝이 노랗게 타 들어가도록 담배를 빤다.

조경호(趙京鎬)란 인물을 병식이가 알기는 벌써 여러 해 전이다. 조경호는 벼슬깨나 다닌 사람으로는 모를 사람이 없는, 조 판서의 손자요, 조 승지의 외아들이다. 병식이와는 직접 교제는 없지만 경호가 동경서 어느 대학에 다닐 때에 한번 톡톡히 부닥쳐 본 일이 있었다.

병식이가 계숙의 친오라버니 용준이와 어느 잡지를 발행할 때였다. 원고는 다 모아 놓았는데 인쇄비가 없어서 쩔쩔매던 끝에, 용준이가 꾀를 내었다. 조경호가 온챗집을 빌어서, 서울서 반빗아치까지 굴러 들이고 저의 집의 피아노를 중심으로 모여드는 순진한 여학생들을 닥치는 대로 낚아 들인다고, 유명한 색마로 유학생들 사이에 소문이 파다하게 났을 때다. 그래서 학생의 신분으로 너무 호사스러운 생활을 할 뿐 아니라, 조선 학생의 풍기를 문란케 한다는 구실을 잡아 가지고, 동무들을 충동였다. 용준이가 앞장을 서고 그 잡지에 관계했던 고학생들이 패를 지어서 밤중에 조경호를 습격한 일이 있었다. 병식이도 여간 팔팔하지 않았던 때라, 무슨 결사대(決死隊)나 되는 것처럼 몽둥이까지 차고 따라갔었다.

처음에는 경호를 에워싸고 쭉 둘러앉아서

"잡지를 박일 텐데 인쇄비 이백 원만 돌려주시요."

하고 말씨 부드럽게 사정을 하였다. 그러나 이마에 송곳을 박아도 진물 한 점 나오지 않으리 만치 인색한 경호는

"돈두 없지만 이렇게 여럿이 와서 작당을 해 와서, 누구를 위협하는 셈이요?"

하고 되잡으려는 것이 알미웠다. 더구나 '가택 침입을 했느니', '폭력 행

위를 하면 좋지 않느니' 하고 깐죽거리고 앉은 것이 어찌나 얄미웠던지 혈기가 괄괄한 패들은, 분이 머리끝까지 뻗쳐서

"이놈아! 너 같은 놈의 돈 좀 뺏어 쓰지 못할 게 뭐냐? 네 애비, 네 할애비가 손가락 하나 꼼짝하지 않고 긁어모은 게 아니냐?"

하고는 우르르 달려들어 경호를 엎어 놓고 사매로 뚜들기고, 또 한 패는 유성기, 피아노 할 것 없이 값진 세간만 우지끈 우지끈 부수어 대는 통에 경호는 겁이 더럭 나서

"가진 돈은 이것밖에 없쇠다."

하고 십 원짜리 여덟 장을 내놓으며 손이 발이 되도록 빌어 보내던 위인이다.

그 뒤로 미국으로 건너가 문학사의 학위를 얻어 가지고 돌아왔다.

조경호 씨 금의환향(錦衣還鄕)이란 신문기사의 활자는 공교롭게도 병식이가 제 손으로 뽑았었다.

"흥, 조선 사회에 '청보에 개똥'이 또 하나 늘었군."

하며 공장의 마룻바닥에다가 침을 탁 뱉었던 생각까지 났다.

그 뒤로 경호는 자기의 아버지가 ××전문학교에 돈을 댄 이사(理事)인 관계로, 그 학교의 교수로 취임하였던 것이다. 신문이나 잡지에 이따금 발표되는, 덜 익은 열무 깍두기를 씹는 듯한 경호의 논문도 보았다. 몇 달 전에도 『××평론』이란 잡지에 실린 경호의 글을 가지고 병식과 수영이는 "천하의 명문이로군" 하고 입방아를 찧는 자료로 삼았었다.

그러나 병식이는 그런 일로 경호를 알았을 뿐이지만, 수영에게 있어는 경호가 직접으로 저의 집 식구의 생활 문제에 관계 되는 사람이었다.

036회, 1933.08.15.

14 '조경호! 조경호!'
하고 수영이는 몇 번이나 입속으로 뇌었다. 경호에게 대한 증오(憎惡)의 감정은 두근거리는 염통 속에서 폭발이 될 듯, 머릿골치가 다시 터지는 듯이 아팠다. 생각할수록 운명의 장난이란 주책이 없는 것 같다. 계숙이가 그 흔한 남자 중에, 하필 저까지 삼대째나 소인 소인하고 마름[舍音]노릇을 하는, 조승지의 아들에게 걸렸을까?

수영이는 바로 앓아눕기 사나흘 전에도 경호를 만났다. 신문을 돌리느라고 서대문 밖으로 나가다가 낙타털 같은 누런 외투를 입고 단장을 휘두르면서 전차를 기다리느라고 서성거리는 경호를 보았다. 인사는 안했지만 안경 밖으로 흘겨보는 경호의 곁눈과 마주친 것까지 생각이 난다. 그러면 그때도 계숙에게를 다녀가는 길이 아니었던가 하매, 수영이는 모르는 겨를에 이가 부드득 갈렸다.

"여보게 그렇게 흥분이 되어서는 못 쓰네. 일이 난처할수록 냉정히 생각을 해 보아야지."

병식이도 인제는 술기운도 다 가신 듯, 속으로는 제 일과 조금도 다름이 없이 걱정을 하고 앉았다. 수영이는 눈을 딱 감고 있다가,

"내가 자네한테두 입때 얘기 아니한 일이 있네. 너무나 창피스러워서…."
하고 나서
"자네만 꼭 알아 두게."
하고 다시 한번 뒤를 다지고는, 병식에게도 말하지 않았다는 사정을 죽 이야기하였다.

…수영이는 감옥에서 나와서 병식의 집에 묵고 있을 때, 십여 번이나

조경호를 찾아다녔다. 신문사 월급을 가지고는 한 달의 계량도 변변히 못하는 병식의 밥을 얻어먹으며 덧붙이기로 있는 것이 바늘방석에나 앉은 것 같았다. 그래서 우선 취직 문제를 해결하려고 무진 애를 썼다. 어떻게든지 밥이나 얻어먹어 가면서 지난날의 동지들과 서서히 기초운동을 계속하려는 결심이었다. 그러려면 시골로 내려가서는 연락도 취할 수 없을 뿐 아니라, 그래도 서울 바닥에서 무슨 구멍을 뚫어야하겠다 하고 시골집에 내려갈 것은 단념을 했었다.

그래서 병식이가 모르게 구두 한 켤레가 다 닳도록 돌아다녔다. 직업소개를 위시해서, 닥치는 대로 명함 주문을 다니듯 직업을 구하였다, 그러나 입에 맞는 떡이 수영이를 기다리고 있을 리 없었다.

어느 비료회사에서는 수영의 정성에 감동이 되었는지, 한 이십 원가량으로 쓰겠다고 승낙까지 하였다. 그러나 '농업학교로 조회를 해본 결과, 감옥에까지 갔던 사람은 채용할 수 없다'라는 이유로, 들어가는 날이 쫓겨나는 날이었다. 그러기로 이른바 신분을 감출 수도 없는 노릇이라, 수영이는 장 발장의 비애를 여러 번이나 톡톡히 느꼈다.

나중에는 생각다 못해서, 마지막으로 조경호를 찾았다. 조선 사회의 유력한 사람이라고는 하나도 아는 사람이 없는 시골뜨기인 김수영에게 있어서는, 어쨌든 저의 집 답주(畓主)의 아들인 조경호가 있을 뿐이었다.

아버지는 일 년에 한번 조승지의 생일 때면 올라와서, 기숙사에 있는 아들을 데리고 인사를 치르러 문안으로 들어갔다. 가서는 큰사랑 뜰아래서

"영감마님께 문안드립니다."

하고 하정배를 하고 나서 두 손길을 마주 부빈다. 수영이는 곁에서 저의

아버지가 하는 대로 숭내를 내지 않을 수 없었다.

다 같이 늙어서 모발이 허옇게 센 터에, 한 사람은 '영감마님'으로 개 올리고, 어떤 사람은 미닫이를 열고 기다란 담뱃대만 내밀고서,

"오— 너 올라왔니? 그래 네 집엔 별고나 없느냐?"

하고 제 손자새끼나 되는 듯이 따라지게 '해라'를 한다. 수영이는 그 하대를 받으면서도 "네— 네—" 하고 긴대답을 하면서 머리도 들지 못하는 저의 아버지가, 불쌍한 것이 지나쳐 너무나 비굴한 것이 몹시 미웠다. 구부리고 섰는 등어리를 주먹으로 푹 쥐어지르고 싶도록 미웠다. 그런 때에도 수영이는 삼팔 옹구바지를 입고, 작은사랑에서 큰사랑으로 드나드는 경호를 몇 번이나 보았다.

037회, 1933.08.16.

15 몇 해 전에도 수영이는 경호를 만났었다. 동경 가 있다가 방학 때에 나와서, 바지 금이 베질 듯한 양복을 말쑥하게 입고, 저의 집 인력거를 타고, 일갓집으로 인사를 하러 다니는 것도 보았었다.

그러나 수영이는 경호와 딱 마주치면 마지못해서 모자를 벗는 체하다가 지나만 가면 그대로 고개를 돌렸다. 그러니 경호는 수영의 이름을 기억할 리도 없을 뿐 아니라 경호의 안중에 수영이가 있을 리 없었다….

수영이는 자존심이 허락하지 않건만

'잠시 네 손을 빌면 고만이다.'

하고 경호를 찾아갔었다. 경호만 힘을 써주면 그만 취직은 용이하리라고 생각되었고, 저의 집 마름의 아들이니까, 과히 괄시는 하지 않으리라 지레짐작을 했던 것이다.

처음에는 학교로 찾아갔다. 응접실에서 처음으로 경호를 똑바로 대하였다. 경호는 청년 교수로서의 위신과 지주로서의 점잔을 빼고, 의자에 비스듬히 기대앉아서 수영의 가정 형편과 사상의 경향까지 물었다. 수영이는 제 사정만을 간단히 말하고는 묻는 말에나 대답할 말에나 그저 "네, 네" 할 뿐이었다. 경호는 다리 없는 안경을 억지로 끼어서, 콧등에 옥죄어 오른 것이 매우 거북할 성싶어서 그것만 바라다보았다.

경호는 좋은 방침이나 있는 듯이 고개를 끄덕이더니

"지금 학교엔 자리가 없지만, 다른 방면에 교제가 있으니까, 어디 한군데 말해 보지."

하고 '그만한 청쯤이야'라는 듯한 태도였다.

수영이는 반말지거리에 속이 메스꺼울 지경이었지만 '이것도 없는 놈의 설움이다' 하고 꿀꺽 참았다.

며칠 뒤에는 집으로 찾아갔다. 조승지의 집은 퇴락하기는 했어도 솟을대문에 줄행랑에, 아직도 재상의 체모를 차리고 있다. 수영이는 작은사랑채로 들어가서

"조 선생님 계십니까?"

하고 주인을 찾았다. '나으리'란 말은 나오지를 않았다. 청지기인지 하인인지 모를 사람이 나와

"연회에 가셨소."

하고는 뒤도 아니 돌아보고 들어갔다. 그 이튿날 학교로 찾아갔다.

"오늘은 병환이 나셔서 못 나오셨소."

한다. 며칠 후 또 집으로 찾아갔다.

"손님이 오셔서 저녁을 잡수시는 중이요."

하고 전번에 보던 자가 나와서, 퉁명스럽게 한마디를 던지고는 '무슨 일로 왔느냐'고 물어 보지도 않고는 문을 탁 닫는다. 그러나 수영이가 고개를 수그리고 그 집 담 모퉁이를 돌아가려니 "펑", "후—라" 하는 소리와 함께, 마—작 짝을 젓느라고 대그락거리는 소리가 들렸다.

수영이는 그럴수록 '그예 만나보고야 말걸' 하고 지궁스럽게 쫓아다녔다. 아침 일찍 집으로 전화를 걸면 번번이 "그저 기침을 안 하셨다"하고, 저녁 때 학교로 걸면 으레 "벌써 나가셨다" 한다. 나중에는 하다 못해서 편지를 두 번이나 했건만 꿩 구워 먹은 자리였다.

'에—라, 너 같은 놈을 믿구 따라 댕긴 내가 어리석은 놈이다.'

하고 수영이는 길에서라도 경호를 만나기만 하면 톡톡히 욕을 보여주리라고 벼르기까지 했었다. 그러나 밤낮 어느 골수로 쏘댕기는지 코빼기도 볼 수 없었다. 그러다가 월전에는 종로 뒷골목 전당포 앞에서 경호를 만났다. 카페—낙원에서 술이 진흙같이 취해서 여급들에게 부축이 되어, 자동차를 타는 것을 흘낏 보았었다. 수영이는 극도로 분개한 나머지에

'무엇은 못하랴. 똥통 구루마는 못 끌까 보냐.'

하고 조경호에 대한 일종의 반동 심리로

"자넨 힘에 겨워 못하네."

하고 굳이 말리는 병식을 졸라서, 신문 배달부가 된 것이었다.

038회, 1933.08.17.

16 "경호하구 관계가 그렇게까지 된 줄은 까맣게 몰랐었네그려."

병식이는 수영의 이야기를 자세히 듣고 놀라지 않을 수 없었다. 수영의 입이 너무 무거운 것이 새삼스러이 갑갑하기도 하고 한편으로는 감복

도 되었다.

"나두 이젠 시장한데 밥은 싫구…."

하고 병식이는 나가서 야끼이모를 사 가지고 들어왔다.

두 사람은 빽빽하게 고구마를 까먹다가

"이 일을 어떻게 조처를 했으면 좋겠나? 계숙이를 그대로 내버려 둘 수는 없지 않은가?"

하고 병식이는 당장에 무슨 행동이나 취하려는 것처럼 조급하게 묻는다.

"어떤 수단에 끌려 들어가는지는 아직 모르지만 난 계숙 씨를 믿구 싶은걸."

아무리 계숙의 지내는 형편이 내용으로는 말이 못되고, 경호가 유혹하는 수단이 제아무리 교묘하더라도

'계숙이는 그런 자에게 녹녹히 넘어갈 여자가 아니다.'

하고 믿었다. 더구나 이번 제가 앓는 기회로 저에게 친절을 다하고 거리가 전보다 더 가까워진 것을 생각하니 계숙이가 매춘부처럼 이 사람 저 사람 좋아할 여자라고는 도저히 믿을 수가 없었다. 그뿐 아니라 이제까지의 계숙의 사상 경향이나 생활 감정을 보아 단순히 물질에만 혹해서 여자로서 마지막 가는 탈선을 하리라고는 암만해도 머리가 끄덕여지지 않았다.

"난 무슨 일이 있든지 계숙 씨를 믿구 싶어!"

수영이는 고개를 절레절레 흔들며 저의 신념이 굳은 것을 표시한다. 병식이는 좀 비웃는 듯한 웃음을 띠우고, 수영의 말을 부인하는 태도로 고개를 마주 흔들며

"들어보게 이 사람아, 자네 같은 숫보기 총각이 무얼 알겠나. 여자의

일이라면 모든 걸 호의로만 해석하려고 들지만, 사실은 자네 생각과는 정반대란 말야."

하고 나서는 푸수수하게 일어선 앞머리를 긁적거리면서

"남편이 감옥에 들어가 있는 동안을 못 참아서. 어린 것까지 있는 몸으로, 더군다나 동지라고 부르던 남편의 절친한 친구의 품에서 품으로, 두 번 세 번 넘어 댕기면서, 사생아를 나비가 알 깔기듯 하는 여자가 있지 않은가?"

"글쎄…."

"글쎄구 강밋돈이구 좀 들어봐. 그뿐인가? 남편에게 성적으로 불만을 느끼면서두, 생활 조건과 제 명예 때문에 한 집에 살면서, 꾀꾀로 뒷문을 열어놓기를 예사로 하는 중년 마담."

"그건 누군가?"

"아따 그런 숙녀가 있는 줄만 알게그려. 또 하나 예를 들까. 이건 자네두 아마 잘 아는 사실일 걸세. 맨 밑바닥까지 타락을 하다 못해서 미국 유학을 가는 학비를 얻으려고서, 어느 돈 있는 놈의 첩 노릇을, 그나마 겨우 일주일쯤 하고 나온 일류 성악가는 알겠지? 그건 월첩두 못 되고 신마찌 갈보 한가지란 말야. 그러다간 처자가 시퍼렇게 살아있는 남자의 목을 얼싸 안구서 물귀신이 되었는데, 아직도 죽었느니 살았느니 하구 떠들지 않나?"

"살기는 어떻게 살어? 고기밥이 된 지두 옛날일걸."

"죽고 산 것이 문제가 아니야. 그 여자가 그렇게 비참한 최후를 밟은 동기나 경로만 알면 고만이지. 그나 그뿐인가? 또 하나 들어보려나? 이것두 일류 음악가거든. 예술가로서 출세한 아내를 위해선 건강까지 희생을 해서 병이 든 남편이 눈도 감기 전에, 하쿠다이 신사와 결혼 예약을 해 가지고 그자의 제인가 제삼 부인으로 들어앉은 ○○○은 짐작하겠지?"

병식이는 목에 침이 말라서 주서성기고는

"이런 건 다 드러난 사실이지만, 여학생이 어린애를 낳아서 공동변소에다 버리지를 않나, 입에서 아직 젖내가 나는 계집애가 성도 모를 자식을 낳아서 개구멍받이로 들이밀지를 않나. 이따위 애깃거리는 내가 듣구 본 것만 해두 열 손가락이 모자라 못 꼽겠네. 어쨌든 지금 조선은 성(性)의 수난시대(受難時代)인 것만은 사실이 증명하네. 소위 신여성이 남의 첩으로 들어가는 것 쯤 인젠 아주 예사야. 시비하는 사람까지 없을 만치 됐거든."

수영이는 병식의 말을 비판할 수 없을 만치 머릿속이 얼떨떨해졌다.

039회, 1933.08.18.

3

1 두 친구는 이야기에 열중해서 전깃불이 들어올 때까지도, 군불을 그저 때지 않아서 구들이 차오르는 것도 몰랐다.

수영이는 앉은 자리에서 꼼짝도 아니하고 연설조로 나오는 병식의 말을 유심히 듣느라고 황소처럼 두 눈만 끔벅끔벅한다. 병식이는 마코를 붙였다가는 몇 모금 빨지도 않고 끄고, 껐다가는 또 붙여 물면서 이야기를 계속한다.

"그런데 말일세. 이상한 현상이 있지 않은가? 그런 종류의 여자는 말끔 외국까지 가서 공부를 하고 돌아온 교양 있는 여자일세그려. 그런 신여성한테서만, 그 얌전한 표본을 볼 수가 있단 말야. 몸뚱이는 십팔 세기의 환경 속에 갇혀 있으면서, 모가지만 이십 세기로 내어밀려는 건, 한 폭의 만화거리가 아닌가? 황새를 따라가려는 뱁새처럼 가랑이가 찢어진 과도기(過渡期)의 희생자만, 서너 집 걸러 하나씩은 있네그려. 그러니 자네버텀 똑똑히 귀담아 들어두란 말일세."

하고는 수영의 앞으로 다가앉는다. 손가락으로 수영의 코를 찌를 듯이 가리키며 목소리를 한층 높여

"그 여자들은 결단코 최계숙이만치 똑똑지 못한 여자가 아니란 말야! 그 이상 재주 있구 영리하구 잘 생긴 여자들이거든. 그러니까 그 재주 있구 영리한 게 화근이 아니겠나?"
하고 나서는
"계숙이한테는 지금이 고작 위험한 때야. 여보게 수영이!"
하고는 혼자 흥분이 되어 주먹으로 제 무릎을 탁 치며, 수영이 기색을 살핀다.

수영이는 병식의 말을 듣고 나니, 모든 것이 그럴싸하였다. 조금 전까지도 계숙이를 믿던 마음이 점점 스러지는 것 같다.

수영의 눈에는 계숙이가, 그 핥아 놓은 것처럼 빤들빤들하게 생긴 경호의 첩이 되어서, 최신식 구렁이 허물 같은 양장에, 여우털목도리를 두르고, 극장 특등석에 나란히 앉은 것이 보였다. 꺼먼 윤이 번질 흐르는 자동차를 타고, 호텔로 백화점 식당으로 저녁을 먹으러 다니는 것이 보였다.

그러다가는 어스름하게 삿갓을 씌워 놓은 전등 밑에 푹신푹신해 보이는 더블베드가 보였다. 머리맡으로 나란히 모서리를 마주 모은 새털 베개가 보였다. 하르르한 연분홍 자리옷을 입은 계숙의 반나체가 눈앞에 떠오른다. 그러다가는 술이 거나하게 취해서 음탕한 눈자위로 희멀건 계숙의 살덩이를 노리는 경호가 나타났다. 가슴에 시꺼먼 털이 숭숭 난 것이 허리띠가 풀어진 서양 침의의 사이로 드러났다. —오직 경호의 성욕에 대상이 될 계숙이가, 활동사진의 이동 장면처럼 점점 커지며 눈앞으로 달려든다. 경호의 손은, 털을 튀해서 하얗게 벗겨 놓은 양과 같은 계숙이를 엎어 놓고 젖혀놓으면서 제 마음대로 주무른다. 그 광경이 한 간

격도 못되는 거리에 보였다. 바로 눈썹 밑에서 보였다. 환상(幻想)으로는 똑똑하다.

수영이는 저도 모르는 사이에 주먹을 쥐었다. 조금 있자 그 주먹은 땀을 쥐었다. 땀을 쥔 주먹은 부르르 떨렸다.

'싸움이다! 우리에게 남은 것은 싸움밖에 없다!'
하고 속으로 부르짖었다.

'아직 같아선 그다지 위험한 고비까지 빠져 들어가지는 않은 모양이지만 단단히 경계는 해야겠는데….'

병식이도 한참 만에 입을 열었다.

"모든 게 사실이라고 치더라두 경호가 어떠한 수단을 쓰구 있는지? 누구를 앞장을 세워 가지구 계숙에게 다리를 놓는 겐지 알 수가 없지 않은가?"

수영이는 억지로 흥분된 마음을 진정시키기에 힘을 들이며 묻는다.

"가만있게. 내가 정탐을 해 봄세. 또 한편으로는 감시를 단단히 해야겠는데, 자네 계숙이 미행(尾行)을 하려나?"

수영이는 고개를 저으면서

"아—니, 자네가 적임자지. 내야 뒷배나 보다가, 여차하면 앞장을 서겠네."

"그럼 염탐 노릇을 하는 건 당분간 내게 맡기게."

두 친구는 밤이 이슥토록 머리를 짜내어 가며 그 궁리를 하였다.

040회, 1933.08.19.

2 밤은 열 시나 되었다. ○○백화점은 손의 발길이 끊긴 지도 오래다.

화장품부에는 전등불만 휘황한데 난롯가에 여점원 서너 명이 들러 앉아 잡담을 하고 있다.

"아이, 조선극장에 좋은 사진이 왔다는데 구경 한번 못 간담."

하는 탄식과

"눈이 저렇게 녹았으니 질척거려 어떻게 가니."

하는 것이 그들의 걱정이다.

계숙이는 따로 떨어져 앉아서 피곤한 다리를 뻗고, 새로 나온 부인잡지를 보기에 정신이 없다.

계숙이는 다른 점원들과는 어울리지 않을 뿐더러, 계집애들이 틈만 나면 모여서서, 참새처럼 재잘대는 것이 시끄러웠다. 그래서 손이 없을 때에는 한 귀퉁이에 가 돌아서서 소설이나 잡지를 읽었다. 콜론타이의 『붉은 사랑』 같은 것은 읽어 넘긴 지도 오래지만, 일본 좌익 작가의 소설을 끼고 다니며 틈틈이 읽었다.

바로 몇 해 전까지는 연애편지 한 장도 똑똑히 못 쓰던 동무들이, 요새 와서 시를 쓰느니 소설을 짓느니 하는 것이 속으로는 우스웠다. 수학여행을 하고 돌아온 여학생의 기행문이나, 감상문 조각을 노루꼬리만치 내는 걸 가지구 별안간에 여류시인이니 여류문사니 하고 신문 잡지에서 추켜세우는 바람에, 제가 젠 척하면서, 꼰대짓을 하고 다니는 꼴을 볼 때에는 구역이 날 것 같았다.

그러나 누구에게든지 지기 싫어하는 계숙이는

'어디 두고 보자.'

하고 성벽을 내었다. 잡지를 보다가는

'이까짓 걸 글이라구 썼담.'

하고 혀도 끌끌 차고

'내가 글을 좀 쓰려두 서푼짜리 여류문사 속에 낄까 봐 싫더라.'

하고 어지간히 저 자신을 믿었다. 동시에 저 자신도 문예 방면에 많은 취미를 가지고, 남의 글이라고는 거진 하나도 빼어놓지 않고 읽었다. 사숙으로 돌아가서도 졸음을 참아 가면서 새로 나는 잡지를 뒤지고, 글을 쓰려고 원고지와 잠시도 떠나지를 않았다. 실상 계숙에게는 근자에 와서 인텔리 직업여성으로, 더구나 감옥에 다녀온 과거의 관계도 있어서, 신문 잡지의 기자들이 원고를 얻으려고 뻔질나게 찾아왔다. 그래서 마지못해 몇 줄씩 써 준 것이 사진과 함께 커다랗게 발표가 되어서, 여류문사들 축에서도 한 몫을 끼게 되었다. 그것이 한편으로는 부끄럽기도 하면서 그다지 불쾌하지는 않았다. 그럴수록 정말 문사가 되려는 결심이 굳어진 것이었다….

쓸쓸한 백화점 안에는 벨소리가 요란히 났다.

파해 나아갈 시간이 된 것이다. 계숙이도 책과 벤또을 책보에 싸들고 체경 앞에서 옷매무새를 고치려니까 거울 속으로 동무 하나가 걸어오는 것이 보였다.

"경자…."

하고 계숙이는 돌아섰다.

"오늘은 좀 일찍 파하는구먼."

경자란 여자는 계숙의 앞으로 다가온다. 경자는 계숙이와 동창생이요, 역시 여류문사로 요새 한참 신문 잡지에 이름이 오르내리는, 어느 부인 잡지의 기자다. 키는 계숙의 어깨에 닿을 만큼이나 작고, 앙바틈한 몸에는 역시 까만 털을 댄 외투를 입고 허리띠를 졸라맸다. 악어 껍질로 만든 핸드백을 들고, 키가 커 보이게 하느라고 특별 주문을 했는지, 몸이 앞으로 곤두박힐 만큼이나 뒤축이 높은 캥거루 구두를 신었다. 차림차림이 기껏 모양은 냈어도 체수가 너무 작아서 어울리지를 않는다.

"어디 갔다 오는 길이야?"

계숙이는 경자를 반가이 맞았다.

"조선극장에 갔다가 재미가 없어서 중간에 나왔어."

순전한 서울말이다. 조그맣게 오무린 입을 벌리기만 하면 금니가 빤짝한다. 백랍같이 하얀 얼굴에, 까만 눈동자— 눈두덩은 은행 껍질같이 얄따란데 살살 눈웃음을 치는 것이 경자의 버릇이다.

"어느새 집에 들어가긴 싫으니 우리 산보나 갈까?"

경자는 책보를 들고 나오는 계숙이를 꾀었다.

"고단해서 오늘은 일찌감치 잘테야."

"날두 이렇게 풀렸는데 우리 혼부라(본정으로 산보한다는 말)나 한번 하구 들어가자꾸나."

하고 백화점을 나서서던 계숙의 외투 소매를 끌어당긴다. 둘의 사이는 서로 '해라' 할 만큼이나 가까운 모양이다.

"그럼 오늘밤에는 잠깐만 놀다 들어가야. 날마두 놀러만 댕기면 어떡해."

계숙이는 마지못해 경자에게 끌려 본정통으로 향하여 나란히 걷는다.

그때 그 누가 저이들의 뒤를 밟는지, 두 여자는 알 까닭이 없다.

041회, 1933.08.20.

3 병식이는 백화점 앞에서부터 먼발치로 두 여자의 뒤를 따랐다. 검

정 두루마기를 통통하게 입고, 눈에 띄지 않도록 목도리로 얼굴을 가리고는 멀찌감치 뒤떨어져서 천천히 쫓아갔다.

'조 계집애가 아마 계숙이를 꾀어내는 조방꾸닌가 보다.'

하고 경자의 뒷모양을 노리며 어둑침침한 상점의 추녀 밑으로 바싹 붙어서 걸었다.

어깨를 나란히 하고 걸어가면서 무어라고 속삭이는 두 여자의 이야기를 듣고는 싶지만, 들을 도리가 없다.

두 여자는 본정통으로 접어들어서 어느 찻집 앞에서 서성거린다. 찻집은 문을 닫아서 가등만 어스름하게 두 사람의 흰 얼굴을 비춘다.

병식이는 맞은편 골목 안으로 꺾어 들어가서 눈만 내밀고 건너다보다가

'차를 마시러 왔다가 헛걸음을 치는구나. 인제 어디루 갈 셈인구.'

하고 건너다보려니까 두 여자는 오던 길로 돌아서서 명치정(明治町) 골목으로 내려온다. 이번에는 병식이가 앞장을 설 수밖에 없다. 앞을 서서 휘적휘적 가다가 뒤에서 구두 소리가 끊긴 게 이상해서 돌아다보았다. 두 여자는 금세 그림자도 없어졌다. 병식이는 달음박질을 하듯 추격을 했건만, 하나도 아니요 둘이나 되는 여자들의 종적이 묘연했다.

'금방 어디로 갔을까?'

하고 두리번거리다가 스키야키라고 빨간 글씨로 쓴 외등이 달린 조그만 일본 요릿집 앞까지 쫓아가 보았다. 슬리퍼를 신고 층층대로 올라가는 여자의 발이 발견되었다. 한 이 분 뒤에 병식이도

"곰방와."(안녕하세요)

하고 휘장을 걷으며 들어섰다. 분을 횟박같이 뒤집어 쓴 하녀가

"이랏샤이 마세."(어서 오세요)
하고, 나오더니 병식이가 조선옷을 입은 것을 보고,
"아노오 고잇쇼데스카?"(저— 한테 오셨습니까?)
하고는 위층으로 눈을 힐끗해 보인다. 병식이는 잠자코 고개를 흔들며 우적우적 위층으로 올라갔다. 일본집이라, 위층에는 방이 여럿이요, 얄따란 백지로 바른 일본 장지 한 장을 격했으니까 바로 옆방으로 들어가 앉기만 하면, 이웃방의 이야기는 넉넉히 엿들을 수가 있으리라 생각하고 올라갔다. 층층대를 조심스러히 밟고 올라가면서도,
'이러다 마주치면 대창핀걸.'
하고 무슨 죄나 짓는 것처럼 조마조마 하였다.
안내하는 하녀가 미처 따라오기도 전에, 병식이는 슬리퍼 두 켤레가 나란히 놓인 방을 지나서 바로 그 곁방으로 살그머니 들어갔다. 복도를 건너서 맞은짝 방에서는 남녀가 뒤섞여 술에 취해서 노래를 부르며 웃고 떠드는 소리가 요란스러웠다.
'이왕 정탐을 하려면 철저하게 해야지.'
하고 병식이는 다다미 위를 엉금엉금 기어서 종이 한 장쯤 드나들 만하게 빠드름히 열린 장지 틈으로 방안을 들여다보았다.
계숙이는 바로 맞은편에 앉아서, 화롯불을 쬐느라고 손을 부비고, 눈앞에 한 치도 못 되는 거리에는 경자가 앉은 모양이다. 경자가 머리와 몸을 기대는 대로 장지 틈이 병식의 눈썹을 스친다.
"우리 스키야키나 시켜 먹을까?"
경자의 목소리는 한 방 속에서 나는 것처럼, 똑똑히 들린다.
"오늘 또 한턱을 낼 테야?"

"턱이 무슨 턱이야. 인젠 양식은 냄새두 맡기 싫어."

하고 조그만 손뼉을 딱딱 친다.

"하—이." (네)

하고 하녀가 올라오다가, 등 뒤의 장지를 펄썩 여는 바람에 병식이는 기겁을 해서 물러앉았다. 얼떨김에

"오사께 잇뽕." (술 한 병)

하고 정종 한 병을 청하였다.

하녀는 다시 "하이" 하고는 옆방으로 돌아 들어갔다.

042회, 1933.08.21.

4 스키야키가 지글지글 끓는 냄새와 함께 경자와 계숙의 이야기는 옆방으로 새어 들어왔다. 인제는 주정꾼들도 흩어져서 근처는 더욱 조용해졌다.

"내가 계숙이를 만나기만 하면 노 하는 말이지만 인젠 백화점을 그만 두는 게 어때?"

말말끝에 경자는 한마디를 끄집어내고는

"정말 계숙이같이 재주 있고 장래 있는 여자가 오래 댕길 데가 못돼. 난 계숙이 일이 딱해 죽겠더라."

하고 연방 동정을 하면서, 싹싹한 말세로 의논성스럽게 묻는다.

"누군 첨부터 댕기고 싶어서 댕긴 줄 알어? 벌써 진력이 난 지도 오래지만, 그나마 내놓으면 할 일이 있어야지."

"그런 데서 치어나면 첫째 사람의 치수가 떨어진단 말이야. 그렇다고 오늘 낼 결혼생활을 할 것도 아닌데…."

"그럼 경자는 아는 사람도 많고 발이 넓으니까, 어디 한 군데 소개를 좀 해봐."

"그러지 않아도 벌써부터 난 이런 생각을 했는데, 그럼 나 하라는 대로 할 테야?"

경자는 뒤를 다진다. 먹는 것도 잊어버린 듯 둘이 다 빈 젓가락질만 하면서 더 가까이 다붙어 앉았다.

"말해 봐. 그렇지만 내게 해로운 일이면 안 들을 테야."

하고 계숙이는 웃고 싶지 않은 웃음을 호호호 하고 웃는다.

"난 퍽 오래 두고서 생각해 보고 하는 말야."

하고 경자는 긴급한 소청이나 되는 듯이

"여봐 계숙이! 내일부터라도 백화점일랑 고만두고, 나하고 동무 삼아서 우리 집에 와 있으면 어때? 계숙이는 우리 집 형편을 잘 아니까 말이지, 어머니하구 나하구 곧장 식구는 단 둘밖에 없으니깐 여간 오붓하고 조용하지가 않단 말야. 아직도 큰집에서 살림을 대주니까 맘대루 쓰긴 어려워두 살기는 넉넉해."

"아 요나마 내 손으로 벌어먹지두 말구서, 날더러 부잣집 찬밥을 치러 오란 말야?"

이 한마디에 경자의 알따란 얼굴 가죽은 물감 칠을 한 것처럼 빨개졌다.

"왜, 내가 계숙이더러 강아지 새끼처럼 우리 집 찬밥을 치러 오랬어? 난 그래두 계숙이한테 내 할 것은 하느라고 했는데. 입때 계숙이 뒤치다꺼리를 누가 해왔느냐 말야? 왜 그렇게 공 모르는 소리냐?"

하고는 고개를 싹 돌린다. 조금만 제 귀에 거슬리는 말을 하면 양철 쟁개비 끓듯이 발끈하고 암상을 내는 경자의 성미를 잘 아는 터이라.

"아―니 일테면 웃음엣소리로 한 말이야. 자 어서 말을 해."
하고 어린 동생을 달래듯 한다. 그러나 계숙이가 경자에게 무엇에든지 단단히 꼬리를 잡힌 눈치만은 확실하다.

경자는 금방 성미가 풀려서

"그렇게 말을 꺼내기도 전에 히니쿠를 하니 누가 듣기 좋아?"
하고는

"나도 잡지 기자구 뭐구 다 집어치구설랑 올봄엔 동경으로 갈 테야. 고등음악학원 같은 데로 들어가서 피아노 한 가지라도 배워 가지고 나올 결심인데."

"그럼 나하구 같이 가잔 말야?"

계숙이가 경자의 말의 허리를 잘랐다.

"가만있어, 왜 그리 성미가 급해? 그러니 두말 말고 그동안 우리 집에 와서 같이 있잔 말야. 우리 어머니 눈에만 들면 동경까지 같이 간대도 학비쯤은 걱정 없어. 그렇게만 되면 어머니도 퍽 든든하게 여기실걸."

"글쎄 말은 고맙구먼…."

계숙이는 조금 머리를 흔든다.

"글쎄가 뭐야? 백화점에서 청춘을 썩히는 것보다는 낫지 뭐야?"

"글쎄…."

계숙이는 다시 한번 고개를 비꼰다.

043회, 1933.08.22.

5 "다른 때는 퍽 활발스러우면서, 내 말엔 왜 얼른 대답을 못해?"

경자는 뾰족한 턱을 바싹 들여다 밀며 조르듯 한다. 그래도 계숙이는

입을 꼭 다물고 있으니까

"아이 갑갑해 똑 죽겠네. 우리 집이 조용하고 방두 넓으니까 와 있고 싶다는 동무들은 많어. 그렇지만 다른 애들은 내 맘에 맞지를 않으니까 계숙이하고만 어떻게든지 해서 동경까지 가고야 말 테야."

하고 소녀끼리 동성애나 하는 듯한 태도로 오늘 저녁에는 유난히 붙임성이 있게 군다. 계숙이는 한참이나 손톱여물을 썰고 있다가,

"경자 말은 퍽 고맙지만 덮어놓고 경자의 집으로 들어가긴 어려운 사정이 있단 말야. 그렇지 않아도 어쩌니 저쩌니 하구 내 말들이 많은 판에, 공연시리 소문만 나빠지지 않겠어?"

"아냐 날 좀 봐. 지금 이화에 댕기는 내 동생 봤지? 그 애가 당초에 공부를 안 해. 그러니 그 애를 붙잡구 공부하는 거나 봐주면 그만일 걸 뭘 그래? 일테면 가정교사 노릇을 하는 거니깐, 선생님 노릇을 하는 보수는 따로 얻어낼 수가 있거든. 백화점에서 생기는 것 갑절쯤은 대접할 테야."

경자는 자기 집에 와서 있어 달라는 조건까지 작정을 하고는 무릎이 바주 닿도록 더 가까이 다가앉으며, 어떠한 대답이 떨어지나 하고 계숙의 입만 말끄러미 쳐다본다.

"가만있어. 내 신상에 중대한 일이니까, 좀 더 생각해 보고서 대답을 할께. 누구하구 의논두 좀 해봐야겠어."

한참이나 뜸을 들였건만 대답은 여전이 신신치 않다.

"난 계숙이가 그렇게 결단성 없는 여잔 줄을 몰랐어. 그럼 백화점엔 누구하구 의논해 보구 들어갔었나?"

경자는 한마디를 톡 쏘아붙이고 또다시 샐쭉해졌다.

"난 경자가 너무 조급하게 구는 것 같어. 거의 날마다 만나는 터에, 오

늘 저녁에 꼭 대답을 하라구 졸라 댈 까닭이 뭐야?"
하고 계숙이는 더 한층 냉정해진다.

병식이는 혼자 느리잡고 앉아서, 도토리만한 잔으로 홀짝홀짝 술을 마시는 흉내만 내려니, 싱겁기가 짝이 없다. 두 여자의 이야기를 거의 한마디도 빼어 놓지 않고 듣는 동안에

'옳지, 계숙이가 조 계집애에게 단단히 발목이 잡혔구나.'
하고 몇 번이나 고개를 끄덕였다. 주고받는 이야기를 귀담아 듣고 보니, 계숙이가 상대의 여자를 속으로는 깔보고, 하찮게 여기는 눈치다. 그러면서도 말대답을 시원스럽게 던져 주지를 않고 자꾸만 뒤를 사리는 것이, 평소의 계숙이 성격으로 보아서 둘의 사이에 무슨 까닭이 단단히 붙은 것만은 틀림없으리라고 추측되었다.

"아이 졸려, 인젠 고만 가 자야지. 아마 전차두 끊겼을걸."
하고 계숙이는 그 자리에 오래 앉았기가 괴로운 듯 먼저 일어서는 모양이다. 그러나 경자는 그저 뾰로통해 앉아서, 냉큼 따라 일어서지를 않는 것 같다.

병식이는 약빨리 낌새를 채고 술값을 미리 꺼내 들고는 벌떡 일어서서, 층층대 난간을 붙들고 미끄럼을 타듯이 내려갔다. 혹시 뒷모양이라도 들킬까 보아, 밖으로 나가서는 몇 간통이나 줄달음을 치면서

'내가 이거 무슨 까닭으로 이 쑥스런 짓을 하구 댕기노.'
하고 저 자신의 행동이 우습기도 하였다.

'그렇지만 내 저 계집애의 정체까지 알구야 말리라.'
하고 전찻길에서 헤어지는 경자의 뒤를 바싹 따랐다.

044회, 1933.08.23.

6 스키야키 냄새가 털외투 목도리에까지 배어들어서, 계숙이는 옷자락의 먼지를 털 듯 하며 사숙으로 돌아왔다.

자리는 미리 깔아놓고 나갔지만 방바닥이 싸늘하게 식어서 오늘밤에는 더한층 쓸쓸하다.

이불 속이야 차든지 덥든지 간에 계숙이는 옷을 훌훌 벗고 자리 속으로 파고들었다. 반듯이 누워서 두 다리를 쭉 뻗으며 하품과 함께 기지개를 켜자, 나른한 피곤이 소름이 끼치듯 사지를 흘렀다.

몹시 피곤은 하건만 이 생각 저 생각에 잠이 오지를 않는다. 잠을 청하다 못해서 얇은 속옷 바람으로 일어나서, 전등의 손잡이를 비틀어 끄고는, 얼핏 이불 속으로 다시 뛰어들었다. 그래도 눈은 점점 말똥말똥해져서 잠은 천리만리나 달아난 것 같다.

계숙이는 백화점으로 처음 들어갔을 때와, 들어가서도 남과 같이 몸치장을 하느라고, 심지어 용돈까지 경자에게서 무조건하고 얻어 쓴 것을 후회하였다.

'내가 미쳤지, 뒷생각은 못하고서 돈을 얻어 썼이. 이마 더끔더끔 취해 쓴 게 백 원도 넘을걸.'

하고 꼽아보니, 저로서는 도저히 갚을 재주가 없는 큰 금액이었다.

'돈이 많아서 주체를 못하는 부잣집 딸의 돈 좀 얻어 쓰기로서니, 문서 없는 돈인데 어때.'

하고 제가 대담스러웠던 것을 뉘우쳤다.

'내가 뭐 내밀 게 있다구 무작정하구 그런 짓을 했었더람.'

하고 열 번 스무 번 제가 너무나 아쉬운 김에 경솔했었던 것을 깨닫기는 했건만, 다 삭아버린 돈을 인제 와서 물어놓을 도리는 까마아득하다.

실상인즉 계숙이와 경자는 그다지 친한 사이가 아니었다. 같은 학교에도 잠시 다닌 일이 있었고, 학생 시대부터 모양 잘 내기로 장안에 유명한 터이라, 길에서나 무슨 회석에서 경자를 유심히 보아오기는 했었다. 경자의 차리고 다니는 꼴을 보고는

'합죽새같이 생긴 게 꼬랑지 치레만 하는군.'

하고 대표적 '못된 껄'로 아주 멸시하는 태도로 보아 왔었다. 더구나 그 사건이 한번 터지자, 경자의 그림자는 서울 안에서 볼 수가 없었다. 무슨 큰 난리가 나서, 붙잡혀 가기만 하면 죽는 줄만 알고 저의 집 건넌방에 감금을 당했었다. 누구에게 감금을 당한 것이 아니라 문 밖에 나서기도 겁이 나서 저 자신을 감금했던 것이다.

그러던 것이 계숙이가 백화점으로 들어간 지 한 이 주일 뒤부터, 경자가 거의 날마다 백화점에 나타났다. 와서는 계숙에게 화장품도 사고 다른 부에서 흥정을 할 것이라도 꼭 계숙이를 중간에 넣어서 생색을 내주었다. 그러다가는 차츰차츰 더욱 친절히 굴더니 근자에 와서는 살이라도 베어 먹일 듯한 태도로 계숙의 사정도 묻고, 금전으로 동정까지 하게 된 것이다.

계숙이는 처음 여점원으로 나오면서부터 동무들과는 발을 끊고 지냈고

'흥 너희들은 내가 여점원 노릇을 한다고 창피해서 발길도 안하는구나.'

하고 고까운 생각이 잔뜩 들었던 판이라, 저 역시 외롭고 아쉽던 차에 경자에게 호의도 보이고, 여러 번 집으로 놀러도 다녔다. 남 보매도 둘이서 단짝으로 지낸다고 손가락질을 당할 만치 얼려 다니게 된 것이다.

그러나 계숙이는 한 가지 큰 의문을 품고 있었다.

'나 같은 동무는 제 눈에 차지도 않을 텐데, 경자가 어째서 별안간 그렇게 친근하게 굴까? 더군다나 돈까지 물처럼 싸가면서….'
하고 몇 번이나 고개를 비꼬아 보았다. 그러나 그 까닭을 알 수 없었다.

[작자로부터]
먼젓번에 경자가 어느 부인잡지의 기자로 된 것은 원고를 정리하다가 잘못 들어간 것이요, 부인 기자는 앞으로 나올 인물이 미리 들어간 것입니다. 그 점을 정정해둡니다.

045회, 1933.08.24.

7 계숙이는 팔베개를 하고 누웠다 반쯤 몸을 일으켰다 하면서 생각을 계속한다. 생각해 볼수록 경자가 저의 집에 가정교사 비슷한 명목으로 들어와 있다가, 동경까지 같이 가자고 사뭇 조르는 까닭은 더욱 이해하기 어려웠다. 아무리 무조건하고 저를 도와준 터이기로서니, 참새 굴레를 씌울 만치나 약고, 얕은꾀가 얼굴에 닥지닥지 달라붙은 경자가, 제게 아무 이해 상관이 없이 동경 유학을 같이 가자고 애가 말려서 조를 리가 없으리라고 생각된다.

그러나 한편으로는 경자의 꼬임에 귀가 솔깃하지 않은 것도 아니다.

'경자의 말마따나 나가 백화점 구석에서 청춘을 썩히고 만단 말이냐. 남들은 다 한번씩 일본 가서 공부를 하고, 가다가키[肩書]를 붙여가지고 나오는데… 어쨌든 이번 기회가 좋으니 덮어놓고 따라가 볼까? 동경까지 가기만 하면 무슨 짓을 해서든지 학교 하나는 마치고 나오게 되겠지.'
하다가는

'그렇게만 되면. 되지 못한 것들이 잰 체하는 꼬락서니는 안 볼 거야.'

하고 아무 밑천도 없이 예술가니 문사니 하고 떠드는 동무들에게 대한 일종의 반발심도 생긴다.

'부잣집— 계집애를 한번 이용해 볼까? 좀 창피는 하지만, 조선 있다가는 밤낮 이 모양일 테니, 용기를 내서 펄쩍 뛰어볼까?'

생각할수록 온갖 잡념과 갖은 공상이 나도 나도 하고 들끓어서 갈피를 잡을 수가 없다. 머릿속에는 장마철의 하늘 모양으로 형형색색의 구름장이 떠돌고, 이 봉우리 저 봉우리가 불쑥불쑥 솟아올랐다가 금세 흔적도 없이 사라지곤 한다. 온갖 공상이 한데 엉기어서는 머리 위를 짓누르는 듯, 계숙이는 이불을 걷어차고 벌떡 일어났다.

골목 안도 방안도 무서우리만치나 괴괴하다. 새벽녘이 되니까 싸늘하게 식은 온돌은 찬 기운이 돌아서, 계숙이는 이불자락으로 어깨를 두르고 앉아서 곰곰 생각을 한 끝에

'입때까지 없는 사람이 있는 사람한테 이용을 당하고 착취만 당했으니까, 남의 오해를 받거나 잠깐 창피는 하더라도, 이번 기회에 경자를 단단히 이용해서 내 앞길을 개척해 보자!'
하는 결론을 얻었다. 이렇게 결심을 하고 나서는

'인젠 더 생각할 게 없어. 한번 맘먹은 대로 실행만 하면 고만이다.'
하고는 이부자락을 끌어안고 잠을 청하였다.

여전히 머리만 아프고 잠은 아니 와서, 불을 켜고 팔뚝시계를 보니 새로 세 시다. 이번에는 전부터 가고 싶던 문화의 중심지인 동경의 모던 생활이 눈앞에 떠올랐다. 네온사인이 휘황한 은좌통(銀坐通)으로 양장을 하고 활발히 산보를 다니는 저의 자태를 그려보았다. 아주 자유로운 분위기 속에서 기를 펴고 어느 시립대학에 입학해서 문학에 관한 강의를 듣

고 앉은 제 얼굴이 보였다. 그러다가 몇 해 뒤에 여러 동무들이 정거장에 가득히 마중을 나왔는데, 여봐라는 듯이 뽐내고 내리는 장면까지 상상해 보았다. 그 뒤에는 가장 진보된 인텔리 여성으로 각 방면에 활동을 하고 신문 잡지에 저의 글이 실려서, 아주 여류문단을 독차지할 그날이 바로 내일 모레인 것 같았다. 그러다가는

'그래두 병식 오빠나 수영 씨한테 의논이나 한번 해볼까?'

'그럼 백화점에 들어갈 때처럼 또 반대를 할걸.'

하고 제가 묻고는 일변 제가 대답을 한다.

'내가 그렇게 병구완을 해주었는데 어쩌면 한번두 나를 찾지 않을까? 사람이 왜 그렇게 무뚝뚝하게 생겼어?'

하고 수영이가 한번도 찾아보지 않는 것이 야속도 하였다.

또 그러다가

'참 조경호는 그렇게 겉몸이 달아서 편지질을 하더니 왜 요새 소식이 없을까? 벌써 사랑이 식었나?'

하고는 호호호 하고 혼자 웃었다.

046회, 1933.08.26.

8 "큰일 났네. 큰일 났어!"

병식이는 신문을 돌리고 들어오는 수영이를 판매소 앞에서 기다리고 있다가, 기계실 옆으로 끌고 가며 호들갑을 떤다.

"무에 또 별안간 큰일이 났단 말인가?"

수영이도 계숙의 일이 매우 궁금하던 차이라 눈이 둥그레지지 않을 수 없었다. 배달복 소매로 이마의 땀을 씻으며

"이리 들어오게."
하고 병식이를 배달부들이 모이는 판매소 옆방으로 끌고 들어갔다.
"여보게 우리 나가세. 여기서야 어디 얘기를 하겠나?"
"여기두 조용한데, 아무 데면 어떤가? 나가면 자네 또 술 먹게."
하고 두 사람은 신문을 접느라고 흩트려 놓아서 쓰레기통을 엎어놓은 것처럼 지저분한 속에서 긴급회의를 열었다.
병식이가 이틀 동안이나 경자의 뒤를 따라 다니며 염탐을 한 결과, 계숙이를 꼬여내는 계집애가 '조경자'라는 이름을 가진 것이 판명되었다. 동시에 조경자는 조경호의 사촌누이로 십여 년 전에 죽은 경호의 삼촌이 해주로 벼슬을 갔다가 데려온 기생의 몸에서 난 딸이라는 것까지 수소문을 해서 수영의 앞에 탄로를 시켰다. 그리고 경자가 계숙이와 스키야키 집에서 나오는 길로, 자정도 넘었는데 관수동(觀水洞)에 있는 저의 집에는 잠깐 다녀만 나와서, 장사동(長沙洞) 큰집으로 부리나케 간 것으로 보아, 경자가 그날 밤의 경과를 시급히 보고하라는 경호의 명령을 받았던 것이 틀림없으리라 추측되었다.
"계숙이가 정말 경호의 미끼를 단단히 물었네그려. 인젠 줄을 감는 대로 끌려 들어가는 판이야. 경호의 적지 않은 돈이 경자의 손을 거쳐 나오는 것은, 그 천진이 그저 모르는 눈치니 딱해 죽겠네그려. 제아무리 영악한 체 해두, 계집애는 제 꾀에 넘어가는 법이거든."
병식이는 제가 정탐에 성공한 것을 자랑 비슷이 떠들어댄다. 수영이는 눈썹 끝까지 긴장이 되어서, 병식의 보고를 들었다. 흥분이 될수록 입을 꼭 다무는 그의 버릇으로, 병식의 말에 일일이 맞장구는 치지 않아도 속으로는 '저 사람의 말이 틀림없구나' 하고 끄덕였다.

"자— 일이 이렇게 됐으니, 자네 생각엔 어떻게 했으면 좋겠나?"

수영이는 창졸간이라 무어라고 대답을 할지 상막했다. 두 시간 동안이나 달음박질을 한 끝에 그런 소리를 들어서, 얼굴은 술이 취한 사람처럼 벌개가지고 씨근씨근 숨만 가쁘게 쉬고 앉았다.

두 친구의 표정은 비상히 긴장하여졌다.

"나가세. 찬바람이나 좀 쐬어야겠네."

병식이가 나가자고 할 때는 말리던 수영이가, 벌떡 일어선다.

"왜 싫다더니."

병식이는 오금을 박고 따라 일어선다.

길거리로 나와서 걸어다니니까, 찬바람을 쐬어서 머리는 좀 식는 것 같으나 무작정하고 왔다 갔다 하기가 멋쩍어서

"어디 좀 들어가 앉을까?"

하고 이번에도 수영이가 먼저 입을 열었다.

"자금이 있나?"

"응 오늘은 신문 대금 받은 게 있네."

두 사람은 골목 안의 조그만 청요릿집으로 들어갔다. 조용한 뒷방에 단 둘이 들어앉아서 머리를 마주 모았다.

전기불이 들어왔다. 조금 전까지만 벌겋게 익은 듯하던 수영의 얼굴이 해쓱해진 것이 병식의 눈에 심상치 않아 보였다.

"자네 왜 또 몸이 불편한가?"

병식의 묻는 말에 수영이는 고개만 흔들어 보인다.

배갈 반 근에 우동 두 그릇이 들어왔다.

"어한 겸 난 우선 한잔 해야겠네. 심기두 불편한 모양이니 자네두 오

늘일랑 좀 마셔보게."

하고 병식이는 술을 권한다. 수영이는 술잔을 받아들고

"고뿌로 한잔 쭈—ㄱ 들이켰으면 좋겠네만…."

하고는 그 잔을 상 위에다 폭삭 엎어 놓는다.

수영이는 아무 말도 아니하고 국수 국물만 흑흑 마시다가

"난 지금 계숙 씨한테루 가겠네!"

하고 수영이는 젓가락을 던지며 벌떡 일어섰다.

047회, 1933.08.27.

9 "이 사람아, 가긴 어딜 간다구 이렇게 서두르나?"

병식이는 도망꾼이나 붙들 듯 수영의 배달복 소맷자락을 붙잡았다.

수영이는 병식의 손을 뿌리치며

"놓게, 놔! 난 계숙이를 그대로 내버려 둘 수가 없네."

"그건 나도 동감이야. 계숙의 일이 자네만 걱정이 될 게 아니겠지. 그렇지만 가서 어떻게 하겠다는 말이나 하구 가야 하지 않겠나? 날더런 난 여기 앉아서 멀거니 기다리고 있으란 말인가? 앞뒤 생각을 할 만한 사람이 왜 이렇게 조급히 구나? 자— 앉게. 가더래두 내 말을 좀 듣고 가게."

병식이는 씨근거리고 섰는 수영의 어깨에 매달리듯 한다.

"그러지 않아두 나 역시 생각한 게 있으니 잠깐만 앉게."

수영이는 병식이가 '나도 생각한 게 있다'는 말에 못이기는 체하고 엉거주춤한다.

"그래 자네 생각엔 이 일을 어떻게 조처했으면 좋겠나?"

"날더러 묻지 말구 자네 생각을 먼저 말해 보게그려."

"난 참 정말 계숙 씨가 의식적으로 유혹을 당하는 것이 아닌가를 물어볼 텔세. 조경자의 집으로 정말 들어갈 의향인지 아닌지 알아보구 나서 내 힘껏은 반대를 하겠네."

"무슨 자격으루 자네가 계숙의 일에 대해서 이래라 저래라 참견을 한단 말인가. 그러길래 자넨 아직두 숫보기란 말일세."

"자격은 무슨 자격? 잘 아는 사람으로서 권고도 못한단 말인가?"

수영이는 발끈하고 성미가 났다.

"그게 쑥스럽단 말야. 첫째 자네는 아직두 아무 자격두 없네. 더군다나 여자는 저의 비밀이나 남몰래 하는 일을 이편에서 아는 체하면 대단히 싫어하는 법이니. 아주 질색을 하는 여자두 있어. 그러니 자네는 계숙이를 만나더래두 그 등사엔 모르는 체하구 시침을 딱 잡아떼야지, 잘못 건드리면 그야말로 자는 호랑이 코침 주길세. 또 계숙이가 여간 고집이 대단하구 자존심이 굳센 여자라구…."

"그럼 자네가 생각한 걸 솔직하게 얘기를 좀 해주게그려."

수영이는 거의 애원이나 하듯 병식의 앞으로 다가앉는다. 병식이는 마시다 남은 배갈을 고뿌에다 퐁퐁퐁 따라서 단숨에 들이킨다.

술이 독해서 딸꾹질이 나는 것을 코를 쥐고 억지로 참다가

"여보게, 그럼 내가 묻는 대로 꼭 대답을 하겠나?"

"해두 괜찮을 말이라면 하지."

"아닐세. 내가 자네의 속을 뽑아 보려는 게 아니라. 자네의 생각을 똑바로 알아야만 내가 좋은 방침을 말할 수가 있으니까 말일세."

"뒤는 고만 까구, 어서 말을 해봐."

수영이는 매우 갑갑해서 채근을 한다. 병식이는 무슨 명상(瞑想)이나

하는 듯이 눈을 딱 감고는 한참이나 김을 삭이고 앉았다. 무슨 말을 하려다가는 멈추고 멈추었다가는 난산하는 부인네의 표정이 된다.

"어서 말하게. 온 갑갑해서 죽겠네그려."

그래도 병식이는 여전히 침통한 얼굴로 입을 다물고 있다가

"난 오늘까지의 자네와 나 사이에 친형제보다 더 가까운 우정으로…."

하고는 또 말끝을 맺지 않는다.

"그런 말은 뭐라구 새삼스럽게 하는 겐가?"

병식이는 술기운을 빌었다.

"자네 진심으로 계숙이를 사랑하나?"

이 말 한마디가 천근이나 되는 듯 병식의 입에서 떨어지기가 어려웠다.

"…."

"대답하게. 솔직한 대답을 들려주게. 어쩌면 자네의 말 한마디로, 몇 사람의 운명이 좌우될는지도 모르네."

"…."

수영이는 방바닥을 뚫어지도록 내려다보고 입술만 깨문다.

"갑갑하이! 어서 한마디만."

하고 병식이는 잠이나 깨우는 것처럼 수영의 소매를 잡아 흔들며 조급히 대답을 재촉한다.

048회, 1933.08.28.

10 크고 검은 수영의 눈은 어떠한 결심의 빛으로 번뜩였다.

"사랑하네! 난 계숙 씨를 진심으로 사랑하구 있네!"

그 목소리는 웅숭깊으면서도 조금 떨려나왔다.

병식이는 수영의 이 말 한마디에, 전신에 감전이나 된 것처럼 머리를 떨어뜨린 채 꼼짝도 못하고 앉았다. 원체 핏기 없는 얼굴이 더한층 창백해 보인다.

무어라 형용할 수 없는 감정과 참기 어려운 고통이 병식의, 머릿속을 엄습했기 때문이다. 그 감정을 수영의 눈앞에 나타내지를 않고 억지로 짓누르기가 또한 견디기 어려운 고통이었다.

수영의 입에서 '나는 계숙 씨를 사랑하네' 하는 가장 중요한 세리후(劇白)가 떨어질 것은, 미리부터 짐작하지 못했던 것은 아니다. 그러나 병식에게는 그 말 한마디가 영혼에 치명상을 받는 것과 진배없이 아팠다. 외짝사랑에 들볶이던 가슴을 너무나 날카롭게 찔렀다. 수영이와 얼굴을 마주 대하고 앉아 있는 것조차 괴로워서 당장에 문을 박차고 뛰어나가고 싶었다.

제 몸뚱이가 이 세상의 아무의 눈에나 띄지 말았으면 하였다.

'참아라! 참지 않으면 네가 어쩔 테냐?'

하고 제 마음을 꾸짖었다. 부지중에 눈물이 뜨끈하고 눈두덩으로 배어나오는 것을 수영이 몰래 손등으로 비볐다.

수영이도 병식의 눈치가 뜻밖에 심상치 않은 것을 보고

'저 사람이 무슨 까닭에 나보다도 더 흥분이 되었을까.'

하고 의심스러울 지경이었다.

병식이는 한참만에야,

"여보게 수영이!"

하고 수영의 손을 쥐었다.

"끝까지 계숙이를 사랑해 주게! 그러면 내게두 더 기쁜 일이 없겠네."
하고 입모습의 근육을 끌어 올리며 웃는다.

그것은 웃는다느니보다 울음이 터지려는 표정이었다.

수영이가 저의 시선을 피해서 외면을 하고 잠자코 있는 것을 보고 병식이는

"이 쓸쓸한 세상에서, 계숙이는, 내게두 단 하나밖에 없는…."
하고 말문이 막혔다가

"누구보다도 사랑하는…."

"내 누이였네!"

병식이는 감격에 겨워 소리 없이 느꼈다. 터져 나오는 울음을 억지로 참는 어린애와 같이 목젖만 껄떡인다.

수영이는 병식에게 대해서 고맙다고 해야 옳을지, 미안하다고 해야 옳을지 몰랐다. 병식의 말과 표정과 과도히 흥분된 것으로 보아, 병식이도 속으로는 계숙이를 무단히 사랑하고 있었다는 것만은 짐작이 되었다.

'내가 그 눈치를 인제야 채다니, 참말 멍텅구리였구나.'
하였다.

"고만 나가세. 머리가 아파서 바람을 좀 쐬어야겠네."

수영이 역시 병식의 앞에다가 저를 오래 앉혀 놓고 싶지가 않았다.

"이왕이면 한잔 더 내게. 내야 갈 데가 없는 사람이 아닌가."

"오늘은 술을 더 먹어서는 못 쓰네. 자— 나구 같이 집으로 가세."

"집에를 뭣 하러 벌써 들어간단 말인가? 아직두 초저녁인데."

"어쨌든 나가세. 난 더 앉았기가 정말 싫으이."

수영이가 병식이를 억지로 일으켜 부축하듯 하고 집으로 끌고 갔다.

병식이가 중간에 다른 데로 새기만 하면, 술을 정신이 없도록 퍼부을까 염려가 되었던 것이다.

거리에는 벌써 행인의 발자취가 끊기고, 군데군데의 구멍가게는 빈지를 닫았다. 어둑침침한 골목으로 올라가자니, 바람만 흑흑 느껴지도록 불어내린다.

병식의 집까지 당도하도록 두 친구는 말이 없었다.

병식이가 대문을 발길로 걷어차고 들어가도 안방에는 벌써 잠이 들었는지 내다보는 사람이 없다. 건넌방으로 들어가자, 병식이는 머리맡에 놓인 편지를 집어 들었다. 불빛에 눈을 찌긋하고 보다가, 잠자코 뒤에 따라 들어오는 수영에게 그 편지를 던져주듯 한다.

그것은 계숙이가 부친 속달우편이었다.

049회, 1933.08.29.

11 편지는 급히 갈겨 쓴 계숙의 글씨였다.

"무슨 일이 생겼을까?"

두 사람의 입에서 똑같은 말이 동시에.

한 시간쯤 전에 수영 씨에게 들렀다가 허행을 하였습니다. 요새는 아주 쾌차하신지요? 오빠께서도 요새는 별고나 없으신지 매우 궁금합니다. 그런데 두 분께 긴급히 의논할 말씀이 있사오니 미안하오나 제게로 잠깐 와 주시기를 바랍니다. 아홉 시까지 집에서 기다리겠습니다.

즉일 오후 일곱 시 반.

계숙.

편지를 읽고 나서 병식이는 무릎을 딱 치며

"마침 잘됐네. 필경 그 일루 의견을 들어보려는 모양인데 자네가 대표루 가 보게."

"글쎄."

"글쎄가 뭔가? 사람이 왜 그렇게 내뙬성이 없나? 이왕 기회가 좋으니, 쇠뿔두 단결에 빼랬다구 자네 속생각을 단도직입으로 말하게그려. 경자가 저의 집으로 들어가자고 빗 조르듯 하니까, 어쩔 줄을 몰라서 갈팡질팡하는 눈치니, 그 말이 나오기 전에 앞질러서 토설을 하게."

"뭐라구 한단 말인가?"

수영이는 뒤통수만 긁는다.

"그 사람 참 벽창홀세. '난 당신을 사랑하니 계숙 씨도 나를 사랑하느냐'구 바짝 달겨들란 말야. 그러면 예스나 노—나 간에 대답이 있을 게 아닌가? 그 담엔 자네한테 정말 자격이 생긴단 말일세."

"글쎄 자격이 무슨 자격이여?"

"온 그 사람 말귀도 못 알아듣네. 연애두 배워가며 한단 말인가? 사랑하는 사람 즉 생사와 고락을 같이하자구 맹서한 사람으로서의 자격 말이야. 그 자격을 얻은 담에야 정정당당하게시리 시비를 가릴 수가 있지 않은가? 그때는 그 일에 찬성을 하거나 반대를 할 권리가 생긴단 말일세."

수영이는 이제 와서 병식의 코치를 받는 것이 쑥스럽기도 하고 우습기도 하였다. 속으로는 '옳다구나, 이번 기회를 놓치지 말리라' 하면서도, 병식이가 시키는 대로 '네 그저 분부대로 하오리다' 하기는 자존심이 땅겨서

"온 구변이 있어야지."

하고 이번에는 일부러 못난 체를 한다. 병식이는 혀를 끌끌 차며

"말이란 솔직하게 진심껏 하면 누구나 감동이 되는 법이야. 이건 웅변대회를 가는 줄 아나."

하고 연방 놀려댄다. 얼마 전까지도 그다지 침울해 하던 사람이, 실없다고 하리만치 태도가 변하였다. 술기운에 말이 헤퍼진 것도 사실이지만, 병식의 원성질대로 양증으로 말과 행동을 가져서, 수영의 기분까지 밝게 해준다.

"꾸물거리지 말고 어서 가보게. 지금 몇 시나 됐을까? 제—길 시계를 그저 못 찾아서…."

하고 방안을 둘러보다가, 일어서서도 머뭇거리기만 하는 수영의 등을 떠다밀며,

"온 갑갑해 죽겠네. 자네허구 말을 하느니 쇠귀에 경을 읽는 게 낫겠네."

하고는 '가든 말든 난 모른다'는 듯이 아랫목에 가 픽 쓰러져 버린다.

수영이가 문을 열고 문지방을 타고 서서 무슨 말을 하려는 것을

"이 사람아 추우이. 문 닫게."

하고 병식이는 짜증을 더럭 내며 모로 누워버린다.

"그럼 다녀옴세. 꼭 기다려 주게."

한마디를 던지고 수영이는 밖으로 나갔다.

큰길로 휘적거리고 걸어가면서도 '계숙이와 마주 앉으면 무슨 말을 어떻게 끄집어낼까?' 하고 생각을 하니, 가슴부터 울렁거린다. 만나서는 이리이리 하리라 하고 글강 외듯하고 걸어가건만, 어느 틈에 얼토당토않은 잡념이 쐐기를 지른다.

계숙이가 들어 있는, 그 눈에 익은 들창 앞까지 다다랐을 때, 이웃집에서 아홉 시를 치는 자명종 소리가 들렸다.

050회, 1933.08.30.

⑫ 계숙의 방에는 불이 환하게 켜졌다. 수영이는

'집에 가서 양복이나 바꾸어 입구 올걸.'

하고 배달복 앞자락을 여몄다. '이리 오너라' 하기도 안됐고, '계숙 씨, 계십니까?' 하고 부르기도 무엇해서, 대문 앞에서 버정거리며 헛기침을 두어 번 하였다.

들창문이 빠끔히 열렸다. 처음에는 계숙의 눈만 보이다가, 들창을 들어 올리는 대로 갸름한 얼굴이 반쯤 내밀었다. 등 뒤에 전등불이 내리비쳐서 저녁 화장이 곱게 먹은 계숙의 얼굴은, 달밤에 갸웃이 달을 넘겨다보는 흰 불두화 송이와도 같이 화—ㄴ하게 피었다. 수영이는 눈이 황홀할 지경이었다. 으레 기다릴 줄 알았고, 만날 줄도 알고 간 것이건만, 뜻밖에 마주친 것처럼 가슴 속에서는 방아를 찧는다.

"어서 들어오세요."

계숙이는 들창문을 탁 닫고 약빨리 돌아 나와서, 문을 열어 준다. 수영이는 굽실거리며 들어가면서도 말은 한마디도 나오지 않았다. 계숙이는 수영이를 방으로 안내하며

"이렇게 누추한 데를 오십사구 해서…."

하면서 경대를 밀어 놓고 방석을 깔며 부산을 떤다.

"서 군이 몸이 불편해서… 내가 마침 갔다가 그래서… 왔어요."

혀끝이 짧은 사람처럼 말이 떠듬떠듬하다. 둘이 그만큼 친해졌건만 계

숙이를 사사로이 찾아 온 것은 처음일 뿐더러, 이기나 지나 간에 단판씨름을 할 생각을 하니까, 입학시험이나 보러간 학생만큼이나 긴장된다. 윗목에 가서 진상 가는 꿀단지처럼 앉았으려니, 무릎 위에 올려놓은 손이 조금씩 떨릴 지경이다. 계숙이는 눈을 커다랗게 뜨며

"왜 오빠가 대단히 편치 않으셔요?"

하고 놀란다. 가랑가랑한 목소리가 오늘 저녁에는 더한층 부드럽고 은근한 맛이 있다.

"아니요, 뭐 누울 지경은 아니지만…."

"또 술병이 나신 게로군요. 몸은 약한데다가 자꾸만 비관만 허고 약주만 잡숴서 큰 걱정이야요."

그 동안 열인을 많이 한 계숙의 눈에는 수영이가 제 앞에서 새삼스러이 수줍어하는 것이 우스웠다.

그러나 한편으로는 빤들빤들하게 닳아서, 대갈마치가 다 된 서울 청년 — 더구나 조경호와 같은 인물과 비교해 볼 때, 어수룩하고 듬쑥한 맛이 몸을 턱 실리고 싶을 만치 믿음성스러웠다.

"서 군이 편지를 받구 올 건데, 궁금하니 날더러 대신 가보라구 해서…."

"왜 꼭 오십시사고 청해야만 오시나요? 우리가 만난 지는 벌써 언젠데, 저 있는 데로 찾아오시긴 오늘이 첨이시죠? 오늘은 바람이 잘못 불었구먼요."

하고 살짝 웃어 보이며 아프지 않을 만치 꼬집는다.

"이 근처엔 날마다 오지만 노 안 계신 줄 아니까…."

수영이는 또다시 배달복 자락을 여미며

'이거 온 체통이 사나워서.'
하고 다시 한번 옷도 갈아입지 못하고 온 것을 후회하였다. 계숙이는 물끄러미 수영의 얼굴을 쳐다보더니, 생글생글 웃으며

"참 고맙습니다."
하고 일본 여자처럼 두 손등에 이마가 닿도록 납신 절을 한다.

"무에 그렇게 고마우세요?"

"신문을 넣어 주셔서요."

"그건 어떻게 아셨어요?"

"신문을 넣고도 당초에 돈을 받으러 오질 않길래 어림치구 짐작을 했죠. 안주인이 몇 번이나 쫓아 나가기까지 했더래요. 내가 봤다면 청하지두 않았는데 왜 신문을 몰래 넣고 달아나느냐고 야단을 칠 걸 그랬어요."
하고 간지럼을 타는 듯한 웃음을 웃는다.

계숙의 말과 표정에는 애교가 넘친다. 수영이도 긴장되었던 신경이 가닥가닥 풀리고 계숙이가 풍기는 명랑한 기분에 끌려 들어가서

"그럼 지금 당장에 몇 달치 신문 대금을 내시지요."
하고 따라 웃었다.

051회, 1933.08.31.

13 계숙이는 미리 준비하였던 과일과 과자를 꺼내놓고 연방 권한다. 두 사람은 그 사건 당시에 같이 활동하던 추억담으로 한 시간이나 보냈다. 붙잡혀 가던 일, 감옥에서 지내던 생각을 되풀이 하는 동안에 수영과 계숙의 마음은 차츰차츰 한 끄나풀에 얽어매어지는 것과 같이 밭아졌다. 영혼과 육체가 한 살 한 뼈로 녹아 들어가는 듯이 친근해지는 것을 둘이

함께 느꼈다.

"난 그 시절이 그리워요! 온몸의 피를 끓이던 그때가 여간 그립지 않아요!"

계숙이는 수영의 무릎에 머리를 파묻고 들부비고 싶은 충동을 느꼈다.

"그립구 말구요. 우리는 언제든지 그때의 기분으로 살아야 합니다! 정열(情熱)이 식은 사람은 산송장이니까요. 다만 가슴 속의 불덩이를 아무 때나 함부로 꺼내보이지를 않을 뿐이지요!"

두 사람은 머리를 숙였다. 가장 친한 친구의 죽음 앞에서 묵도를 올리듯 하며 말이 없었다.

한참만에야 계숙이는 머리를 들고

"그런데 오늘 저녁에 오십시사고 한 건요, 저— 다른 게 아니라…."

그 순간에 수영이는 병식이가 먼저 '자격'을 얻은 다음에 다른 일을 조처하라고 일러 준 생각이 언뜻 나서, 헛기침을 칵 한 뒤에,

"그런데…."

하고 제 딴에는 매우 기민하게 여자의 말을 중간에 채뜨렸다.

"나두 계숙 씨하구 단 둘이서만 할 얘기가 있어서 왔는데요."

"무슨 얘긴데요?"

계숙의 눈은 호기심에 빛난다. 까만 구슬을 박아 놓은 듯한 두 눈동자는 수영의 입에 가 매어달린 듯.

"저—."

"무슨 말씀인데 그렇게 꺼내기가 어려우세요?"

계숙이는 바싹 다가앉는다. 수영이는 얼굴에 힘줄이 서고 숨까지 가빠졌다. 다시 한참이나 뜸을 들이다가

"난 계숙 씨를 사랑합니다!"

무두무미하게 한마디를 쏟아놓고는, 큰 짐이나 부린 듯 어깨로 숨을 쉰다.

"…."

수영의 턱밑에 쳐들고 있던 계숙의 얼굴은, 황혼 때의 해바라기처럼 폭 수그러졌다. 잠이 든 연 봉오리같이 꼭 다물어진 입술은 좀체로 열릴 것 같지가 않다.

수영이는 전신의 용기를 다해서 그 넓적하고 두툼한 손으로 계숙의 손을 덥석 쥐었다. '아야야!' 하고 소리를 지를 만치나 힘껏 쥐었다.

떡가락을 비벼놓은 듯 희고 매끈한 여자의 손가락은, 남자의 손아귀 속에서 조금 꼬물거렸다. 반항이 아닌 반사운동이다. 계숙이는 제 육체의 한 부분을 남자에게 가져가라고 내맡긴 듯이 빼내려고도 하지 않았다.

수영이는 목소리를 한층 더 낮추어, 그러나 저력 있게

"난 청량리서 계숙 씨를 첨으로 만났을 때버텀, 인상이 퍽 깊었어요. 감옥에서두 하루두 빼놓지 않구 생각했구요. 나와서두 계숙 씨를 단지 한 사람밖에 없는 이성의 동지루 여기고 믿어 왔어요. 그렇지만 신문 배달노릇을 해 먹는 이 보잘 것 없는 나를, 아무리 계급의식을 가진 계숙 씨라두, 상대해 줄 것 같지가 않았어요. 더군다나 계숙 씨는 사랑하는 사람이 있는 듯두 해서… 입때 내 맘을 표시하지 못하구 지냈지만, 인제 와선 계숙 씨의 대답을 듣지 않구선 견딜 수가 없게 됐어요."

하고 마른 침을 삼키고 나서

"계숙 씨, 솔직한 대답을 들려주세요! 네?"

하고 계숙의 손을 잡아 흔든다.

수영이가 말의 구절구절을 꾹꾹 누를 때마다, 계숙의 가슴이 꽉 꽉 눌리는 것 같았다. 조금도 말을 꾸미지는 않았어도 수영이로서는 평생 처음으로 힘을 들인 웅변이었다.

052회, 1933.09.01.

14 계숙이는 잡혔던 손을 살그머니 빼냈다. 찬바람을 쐬고 다니다가 난로 앞에 가 앉은 것처럼, 얼굴이 화끈화끈 달았다. 수영이가 벼르고 벼르던 끝에, 치마 앞자락에다가 쏟아놓은 사랑의 고백은, 아직도 처녀인 계숙의 마음속에다 불을 지르고야 말았다.

계숙이는 눈을 내리깔고 될 수 있는 대로 냉정히 생각해 보려고 무진 애를 쓴다. 저 역시 수영이를 사랑한다든지 안 한다든지 양단간에 대답을 하지 않을 수 없는 경우에 부닥친 것이다.

계숙이는 이제까지 저를 따라다니던, 연애에 결신병이 들린 환자들을 눈앞에 그려보았다. 편지지에 향수를 뿌려 보내는 남자를 보았다. 얼굴은 솜털 하나도 없이 면도를 하고 핥아놓은 것처럼 머릿기름을 바르고 와서, 제 앞에서 얼씬거리던 소위 모던보이를 보았다. 나중에는 하쿠라이 신사— 전문학교 교수— 부자집 아들— 피아노— 문화주택— 하다가 조경호를 눈앞에 붙잡아다 앉혔다. 수영의 곁에다가 꿇려놓고 번차례로 두 사람의 무게를 달아본다. 저울추는 수영의 편으로 묵직하게 쳐졌다.

경호의 몸에서 코티 분 냄새가 풍긴다면 수영의 몸에서는 조선의 흙냄새가 맡히운다. 거름 냄새까지 날 것 같다. 경호의 무게가 여름 저녁 얕은 하늘에 떠도는 오색의 영롱한 구름장이라면 수영이는 밭 귀퉁이나 바닷가에서 비바람이 험궂어도, 꼼짝도 아니하는 바윗덩이만치나, 무겁고 든든하고 의지성이 있다.

계숙이는 수영의 곁에다 앉혀 놓은 경호의 환영(幻影)을 손톱 끝으로 튕겨버렸다.

계숙이는 전날의 지내온 관계는 그만 두고라도, 오늘 저녁의 수영의 태도만에도 머리가 숙여졌다. 인력거꾼의 복색을 하고 와서도, 조금도 국축하는 기색이 없고, 꺼칠꺼칠한 수염도 깎지 않은 얼굴에 땀을 흘려가며 떠듬떠듬 한마디씩 토하는 우렁찬 목소리! 여자 앞에서 조금도 꾸밀 줄을 모르는 그 순박한 몸가짐! 더구나 일생의 운명이 좌우될 그 대답을, 입을 꽉 다물고 앉아서 태연히 기다리는 태도에 적잖이 감동이 되었다.

한 십 분이나 지난 뒤에야 계숙이는

"지금 제가 사랑하는 사람이 있다고 하셨지요?"

하고 나직한 목소리로 딴전을 부렸다. 고개를 반쯤 쳐들고 힐끗 남자의 눈치를 보는 계숙의 두 뺨은 온통 연지 칠을 한 것 같다.

"…."

"왜 말씀을 안 하세요?"

"일테면 그런 사람이 있지나 않은가 하구서 한 말이에요."

수영이는 발이 저려서 고쳐 앉으면서 다리를 주무른다.

"아녜요. 그렇지 않아요. 그 사람이 누군지 그것버텀 알아야겠어요."

"글쎄 그건 혹시나 하구 가정(假定)해서 한 말이라니까요."

"안 될 말씀이죠. 남의 풍설을 들으셨다든지, 짐작하시는 게 있길래, 그런 말씀이 입 밖에 나온 게 아니겠어요? 어서 똑바루 말씀해 주세요."

계숙이는 다가앉으며 사뭇 종주먹을 댄다. 이렇게 역습(逆襲)을 당하고 보니, 진땀이 날 노릇이다. 혹을 떼러 갔다가 하나를 더 붙이는 격이다.

수영이는 대답에 궁해서

"그럼 입때까지 계숙 씨가 사랑하는 사람이 없었단 말씀이에요?"
하고 다시 뒤집어 씌웠다.

"있긴 있어요. 이 세상에 꼭 한 사람이 있어요."

계숙이는 서슴지 않고 대답을 한다. 이번에는 수영이가 눈이 둥그레져서

"그 사람이 누구예요? 네? 도대체 그 사람이 누구예요?"
하며 위협하듯이 달겨든다.

"…."

"글쎄 그 남자가 누구냐 말씀예요?"

"꼭 아셔야겠어요?"

"어서 말씀하세요."

계숙이도 애원하는 듯한 미소를 띄우고 잠시 수영의 얼굴을 똑바로 쳐다보더니

"김…."
하다가

"수영 씨!"
하고는 폭 엎드리며 수영의 배달복 자락에 얼굴을 파묻었다.

그 찰나였다.

"계숙이 있어?"

그것은 경자의 목소리였다. 경자는 어느 틈에 중문간까지 들어왔었는지 다시 한번

"계숙이!"

하고 방문을 활짝 열었다.

053회, 1933.09.02.

15 계숙이는 자지러지도록 놀랐다. 용수철로 심을 박은 인형처럼 벌떡 일어나며 동시에 앞머리를 쓰다듬어 올렸다. 그 사품에 수영이도 냉큼 물러앉았다. 경자는 방안의 광경을 둘러보고

"아이구 실례했군."

하고 일부러 무안한 표정을 지으며 문을 탁 닫는다.

"실례는 무슨 실례야. 어서 들어와."

계숙이는 두방망이질을 하는 가슴을 왼손으로 누르며 문을 열었다.

"괜찮어. 들어와."

하다가 보니 경자의 뒤에는 또 한 여자가 서 있었다.

"아이구 정신이가 웬일이야? 나를 다 찾아오구."

"왜 난 못 오나. 심방 댕기는 게 내 직분인데."

정신이란 여자는 경자보다는 키가 좀 크기는 해도 하얗게 분을 바른 얼굴이나 차림차림이 경자와 비슷한 타입이다. 좁다란 얼굴의 면적을 천연스럽지 못하게 움직이며 표정을 한다.

"어서 들어오라구."

"손님이 계신가 본데… 이따가 또 오지."

"손님이 아니야. 이왕 왔으니 잠깐이라도 들어왔다 가야지, 내가 미안하지 않어."

두 여자는 계숙에게 끌려 들어왔다. 경자와, 더구나 정신이를 그대로 보냈다가는 무슨 소문을 퍼뜨릴는지 미상불 겁이 났던 것이다.

경자는 앉은 채로 주춤주춤 꽁무니를 빼는 수영이를 곁눈으로 깔아보며

'어서 저렇게 구중중한 게 다 들어와 앉았을까?'

하고 될 수 있는 대로 멀찌감치 비켜 앉는다. 수영의 눈도 비단양말에 덧버선을 신은 두 여자의 종아리로—부터 머리를 지져서 꼬부려 붙인 경자의 좁다란 이마까지 얼른 다녀내려갔다.

"그런데 오늘 왜 안 갔어? 우린 지금 그리로 댕겨오는 길야."

"우리 시골서 올라와 계신 저 손님이 오셔서, 좀 일찍 나왔어."

하다가는 점적하니 앉았던 수영이더러

"참 인사하시죠."

하고 두 여자를 소개한다. 경자는 마지못해서

"전 조경잡니다."

하고 이화학당 출신처럼 고개만 까닥해 보인다.

"난 김수영이에요."

수영이는 경자의 얼굴을 흘낏 쳐다보고는

'옳지 네가 조경자로구나.'

하고 고개를 정신에게로 돌렸다. 계숙이는

"저, ○○○사 부인 기자로 댕기는 그리구 문사로 유명한…."

하고 손을 펴다 대니까

"윤정신올시다."

하고 정신이는

'○○일보사 배달부가 뭣 하러 뛰어들어 왔을까.'

하면서 수영의 아래 위를 훑어본다.

“정신이도 그때 퍽 활동을 했었어요. 이름은 들으셨는지 모르지만.”

계숙이가 파임을 낸다. 수영이는 억지로 고개만 끄덕여 보인다. 경자와 정신이는 발가락으로 서로 꽁무니를 꼭꼭 찔러가면서 두 사람의 눈치만 할끔할끔 보고 앉았다.

수영이는 두 계집애를 주먹으로 후려갈기고 싶도록 얄미웠다. ‘남은 지금 일평생에 중대한 의논을 하는 판인데, 조 요망스런 것들 때문에 고만…’ 하고 참을 수 없이 분하였다.

계숙이도 그런 장면을 하필 정신의 눈에까지 들킨 것이 여간 걱정이 되지 않았다. ‘정신이는 입이 빠르기로 유명할 뿐더러 남의 소문을 잡지에 내는 것이 직업인데, 조 계집애가 하필 오늘 저녁에 끌구 왔을까? 대문을 지쳐나 두었더라면…’ 하고는 후회를 하였다. 그렇건만 사색도 아니 보이고 앉았으려니 마음이 여간 땅기지를 않는다, 정신은 빡빡한 방안의 공기를 놓치려고

“참 계숙이한테 청할 게 있어 왔는데, 이월 호에 원고 하나 써줄 테야? 수필이든지, 소설이든지.”

하고 아직도 발그레한 계숙의 눈치를 본다.

“요, 천만에, 별소리를 다하는구나. 내가 글이 다 뭐냐? 백화점의 여점원이. 요새들 날리는 너 같은 문사나 쓰지.”

하고 계숙이는 ‘해라’를 붙인다. 사실 둘의 사이는 그만큼이나 가까웠다. 정신이는 그 사건 당시에 계숙이와 같이 가두의 연락을 하던, 일테면 동지였지만 계숙이가 백화점에 들어갔다는 기사를 잡지에다 써서 맨 먼저 소문을 퍼뜨렸다. 그래서 근자에는 서로 틀린 사이였는데 어쩌다 경자와 동행이 된 눈치다.

수영이는 그 자리에 더 앉았을 수가 없어 캡을 돌돌 말아 쥐고 일어섰다.

054회, 1933.09.03.

⑯ 수영이는 한달음에 병식에게로 뛰어가고 싶었다. 무도나 하듯이 껑충껑충 뛰어가고 싶었다. 요망스런 계집년들 때문에 장래 일까지는 의논을 못하고 일어선 것이 분하지만, 어쨌든 그다지 자신이 없는 시험에 훌륭히 합격이 된 기쁨이란 비길 데가 없다.

서대문동 큰길을 올라오면서 아는 사람 모르는 사람 할 것 없이 닥치는 대로 붙잡고, 사랑의 승리를 자랑하고 싶었다. 유기전 앞을 지나다가 좌판에 벌여놓은 놋대야를 보고는 시골에서 추석이나 정월 대보름날 꽹과리를 치며 두레를 놀며 뛰노는 농군들을 연상하였다.

그것은 마치 가지고 싶어 못 견디겠던 장난감을 얻어 가지고

"난 이거 가졌다누—."

하고 보는 사람마다 자랑을 하는 어린애와도 같았다.

날 보라는 듯이 가슴을 내밀고 광화문통 큰길을 올라가는데, 앞으로 벅차게 안기는 밤바람이 귓부리와 코를 따가는 것 같건만, 수영에게는 대지(大地)의 숨결이, 그 촉감이 봄바람인 듯 부드러웠다. 휘파람으로, 가장 유쾌한 때만 불던, 다만 한 가지밖에 모르는 군함행진곡을 불면서, 그 곡조에 발을 맞추어 올라갔다. 북악산 등 뒤에서 아침 해가 떠오르듯 앞길이 환한 것도 같고, 길바닥이 바다처럼 훤하게 트인 듯도 하다. 좀 더 과장해 말한다면 그다지 어둡고 캄캄하던 조선의 하늘이 화닥닥 밝아지는 것 같기도 하였다. 연애는 젊은 사람의 감각을 때로는 고무풍선처럼

부풀어 오르게 하는 요술을 부리는 것이었다.

어서 일 분 동안이라도 빨리 가서 병식의 머리를 꺼두르며

"흥 자네 나를 빙충맞은 놈으로만 알았지? 아주 바보로만 여겼지? 자 — 이걸 보게!"

하고 몇 십 분 전에 얻은 무형의 선물을 가슴 속에서 꺼내어 보이고 싶었다. 돈이 있으면 병식이를 술이라도 사주고, 권하기만 하면 저도 오늘 저녁에는 몇 사발이라도 마실 것 같았다.

병식이가 제게 대해서 어떠한 감정을 품고 있는지, 계숙이를 단념하느라고 친구를 보내놓고 얼마나 고민을 하는지, 그까짓 것은 생각할 여유가 없었다. 다만 저의 승리를 자랑하고 싶은 마음으로 충만할 뿐이었다.

어느덧 병식의 집 앞까지 당도하였다.

"병식이—."

하고 부르는 그 목소리는 전보다 갑절이나 우렁찼다. 그런데 안에서는 웬일인지 대답이 없다. 아이들은 그저 잠을 안자고 지지고 볶는 판이라, 들리지를 않는 모양이다.

"병식이—."

하고 중문턱에서 자분참 불렀다. 그제야 둘째 놈의 볼기짝을 찰싹찰싹 두드리는 소리와 함께,

"글쎄 요 망할 놈의 자식 같으니, 오늘두 삼 전씩이나 까먹구서 야키모는 또 무슨 야키모냐."

하고는

"밖에 누가 왔나 보다."

하고 병식의 댁네가 문을 열고 내다본다. 수영이가 마당에 들어선 것을

보고

"건넌방에선 뭘 해요?"

하고 소리를 지른다. 그래도 건넌방이 잠잠하니까

"들어가 보세요. 아마 자나 봐요. 애들이 하두 극성맞아서…."

하고 지게문을 도로 닫는다.

수영이는 건넌방 문을 열고 들어서자, 눈이 휘둥그레졌다. 꼭 기다리고 있을 줄 알았던 병식이가 간데온데가 없다.

'어딜 갔을까?'

혼잣말을 하며 방안을 휘휘 둘러보았다. 모자는 걸린 채 있는데, 입고 다니던 외투가 눈에 띄지를 않는다.

"어딜 나갔나요?"

안방 편으로 대고 소리를 질렀다.

"왜 방에 없어요?"

되려 물으며 병식의 댁네가 치마끈을 매며 건너왔다.

"온 별일두 다 많지. 입때 저녁두 안 먹구 눴다가, 어린애를 울린다구 소리를 지른 지가 얼마 안 됐는데…."

하고 눈이 동그래져서 수영이를 쳐다본다.

055회, 1933.09.05.

17 수영이는 병식을 허접대고 찾아나갈 수도 없었다.

"먼 데는 나가지 않었길래 모자는 있지요."

하고 병식의 댁네는 어린애가 칭얼거려서 안방으로 건너갔다.

수영이는 공연히 불길한 조짐이나 본 듯 병식이가 다시 돌아오지 않을 것만 같았다. 그러자 아랫목 머리맡으로 잉크병이 놓인 곁에, 꾸깃꾸깃해서 내버린 원고지가 여러 장이나 되는 것이 눈에 띄었다. 병식이가 무엇을 적어 놓고 나간 것이나 아닌가 하고 그것을 펴 보았다.

첫 번 집은 것은 코를 풀어 내버린 것이었다. 두 번째 집힌 종이에는 '일그러진', '깨어진' 이러한 형용사만 쓰다가는 박박 긁어버려서 의미를 뜯어볼 수가 없다. 시를 쓰려다가 쓰지를 못하구 구겨 던진 모양이다.

수영이는 윗목으로 굴러간 또 한 장의 원고지를 집었다. 그것은 종이를 이빨로 질겅질겅 씹다가, 나중에는 물어뜯은 흔적이 분명하다.

수영이는 그 종이에 구김살을 펴서 조각을 맞추어 보았다.

거기에는 커다란 글씨로 '서병식'이라고 쓰고 그와 나란히 다붙여서 '최계숙'이라고 썼다. 그리고 바로 왼편에는 '김수영'이라고 이름 셋을 나란히 썼다. 그리고 나서는, '서병식'이란 제 이름을 잉크를 듬뿍 찍은 철필 끝으로 굵다랗게 꺽쇠(ㄱ)를 쳤다. 세 사람 중에서 저 한 사람을 도려낸 것이다.

그 힘 있게 꺽쇠를 친 굵은 획은 드는 칼로 병식의 몸뚱이를 어깨로부터 내려찍어서 반에 쪼개낸 것같이나 끔찍해 보였다.

수영이는 부지중에 소름이 끼쳤다. 그런 뒤에 그 종이를 삼각형으로 접어서 그 한 귀를 물어뜯다가 팽개를 친 것이라고 추측되었다.

수영이는 병식의 심리 상태가 유리쪽이나 대고 들여다보는 듯하였다.

'아뿔싸, 내가 거기까지는 미처 몰랐었구나!'

하고 제가 민감치 못했던 것을 뉘우쳤다.

'내가 아까 기쁨에 충만한 얼굴로 들어왔을 때, 병식이가 있었더면 어쩔 뻔했노. 병식의 푸수수한 머리를 꺼두르며, 계숙이와 이러구저러구 했

다고 자랑을 하고 우리의 장래를 축복해 달라고 까불었더면 어쩔 뻔했노.'

하고 생각이 여기까지 미치자 얼굴이 화끈하고 달았다. 병식에게 대해서 큰 죄나 지은 것처럼 혼자 앉아서도 머리가 들리지 않았다.

더구나 성급한 사람이 참을 수 없는 감정을 짓누르고, 견디기 어려운 고민을 얼굴에 나타내지 않으려고 무진 애를 쓴 것이 아닌가. 마지막으로 계숙이를 저에게 팔밀이를 해 준 그 친구의 흉중을 살펴보니, 고맙다고 해야 할는지, 미안하다 해야 할는지 몰랐다.

그런 것을 이제까지 그 사람이 시킨 대로 옳다구나 하고 뛰어갔던 저와, 저의 신변에도 단지 하나인 여자를 여러 해를 두고 골독히 유념하고 있으면서도, 자기는 기혼한 남자라는 것과 의누이라고 불러온 윤리감(倫理感) 때문에 사랑을 희생한 병식의 태도를 비교해 볼 때, 부끄러운 생각을 금할 수 없다.

그러나 이제 와서는 물건을 흥정하듯이 병식의 사랑을 '옜다, 가져가거라' 하고 도로 물릴 수도 없는 노릇이다.

수영이 역시 그 종이쪽을 폈다 접었다 하며 전에는 상상도 못하던 심각한 고민을 맛보았다. 호소할 길 없는 슬픔에 가슴이 벅찼다.

수영이는 비로소 운명이라는 것보다도, 사람과 사람 사이에 얼기설기 얼크러지는 모—든 복잡한 관계가, 사람의 두뇌로는 풀어볼 수 없는 수수께끼 같구나 하였다.

기다려도 기다려도 병식이는 돌아오지 않았다. 열한 시가 지나고 자정이 넘도록 돌아올 줄 몰랐다.

056회, 1933.09.06.

18 주인 없는 빈 방을 지키고 앉았자니 무료하기 짝이 없어서, 수영이는 윗목에 조그만 책상 위에 흩뜨려 놓은 잡지를 이것저것 뒤적거렸다. 시(詩)고 소설이고 간에 문예 방면에는 취미도 없거니와, 일부러 그 방면에는 재미를 붙이지 않으려는 터이라, 문예란은 훌훌 넘겼다. 그러나 제가 항상 유의하고 틈만 있으면 아직도 공부를 계속하는 농촌 문제에 한하여서는, 새로 나오는 잡지나 신문이나 하나도 빼놓지 않고 읽어왔다. 정말(丁抹) 다녀온 이야기를 두고두고 우려먹고, '조선 농촌 문제 특집'이니, '농촌 진흥 운동'이니, '궁민 구제책'이니 하는 기사를 보다가는

'이게 다 무슨 어림없는 공상이냐. 저희는 하얀 이팝을 먹고 자빠져서 심심풀이로 이따위 소리를 늘어놓는 게지, 참 정말 조선 농민의 생활을 저희가 알 까닭이 있나?'

하고 혼자 분개를 하기도 여러 번이었다. 그러면서 수영이는 누구에게나 저의 사상이나 또는 농촌 문제에 관한 의견을 발표하는 법이 없다. 사상 문제나 예술 문제를 가지고 병식이와도 여러 번 밤을 새우다시피 토론을 하고, 얼굴에 핏대까지 올려가면서 서로 저의 주장을 고집하다가도

"이론이란 결국 공상일세. 우리는 인제버텀 붓끝으로나 입부리로 떠들기만 하는 것을 부끄러워 할 줄 알아야 하네."

하고는 저 역시 이론을 캐느라고 긴 시간을 허비한 것을 후회하고 입을 꽉 다물어 버렸다.

수영이는 잡지 중에서 새로 나온 것 한 권을 펴들고 제목만 훑어보다가 병식의 시가 실린 것을 발견하였다.

그 시는 <조선은 술을 먹인다>라는 제목으로 산문시(散文詩) 체로 쓴 것이었다.

조선은 술을 먹인다.
젊은 사람의 입을 어기고
독한 술을 들이붓는다.

◇

그네들의 마음은
화장터의 새벽과 같이
쓸쓸하고
그네들의 생활은
해수욕장의 가을과 같이
공허(空虛)하야
그 마음, 그 생활에서
다만 한 순간만이라도
떠나보고자 술을 마신다.
아편 대신으로 죽음 대신으로
알코올을 삼킨다.

◇

거리마다 양조소(釀造所)요
골목마다 색주가다.
카페의 테이블을
뚜드리며 술잔을 부수는 창백한 얼굴이
이 땅에 테러리스트라면,
×××문 앞에 오줌을 깔기는
용감한 사나이는,

가두의 반역아란 말이냐
그렇다면 밤 깊은 거리의
전봇대를 붙안고
통곡하는 흰 두루마기는
이 바닥의 비분을
독차지한 지사로구나!

◇

아아 조선은 술을 먹인다.
마음 약한 제 자손의
입을 어기고 술을 퍼붓는다.
생재목에 알코올을 끼얹어
태워 버리려 한다!

수영이는 병식의 시를 읽고 나서 눈살을 찌푸렸다.

'조선은 술로 망해. 술을 먹는 데두 환경 탓이람. 젊은 놈들의 꼴이 낙지발처럼 흐늑거리니 밤낮 이 꼴일 수밖에.'
하고는 보던 잡지를 책상 위에다 동댕이를 쳤다.

그러나 한편으로는 그러한 제 마음의 고백을 솔직하게 써서 발표한 병식의 서글픈 심정이 가엾기도 하였다. 그와 동시에 비록 잠시 잠깐이라도 독한 술에다가 벌룽거리는 청춘의 염통을 젓 담그려는, 조선의 일꾼들이 무한히 불쌍하였다. 털끝만한 위안도 받지 못하고, 현실에 짓눌려 허덕이는 그네들! 풀 한 포기 없는 사막을 맥이 풀려서 터벌터벌 걸어가는 그네들! 어떠한 희망의 목표를 똑바로 세우지 못하고 생활에 쪼들리며 비틀걸음을 치다가 이름도 모를 잡초와 같이, 길바닥에 길거리에 쓰러져 버리는 그네들!

수영이는 그네들을 위하여 울고 싶었다. 저 자신도 그 중의 한사람을 면치 못하는 것을 생각하니 주먹으로 가슴을 뚜드리며 통곡하여도 시원치 않을 성싶었다.

057회, 1933.09.07.

19 수영이는 병식을 기다리다 못해서 찾아 나섰다. '술집밖에는 갈 데가 없으리라' 하고 근처의 술집을 모조리 뒤졌다. 목로 중에도 아주 너절한 집 부엌 바닥에 똬리방석을 깔고 쭈그리고 앉아서, 어웅한 숲 속의 부엉새 모양으로 두 눈만 끔벅끔벅하고 있는 병식이를 발견하였다. 술꾼은 하나도 없는데 술청의 마누라는 앉은 채 코를 곤다.

"아 자네 여기 있었네그려."

하고 묻는 말에는 대답도 아니한다. 병식이는 한참이나 얼이 빠진 사람처럼 물끄러미 수영이를 쳐다만 보다가

"어떻게 됐나?"

하고 쓸쓸히 웃어 보인다. 그 웃음은 실성을 한 사람이 웃는 입모습의 표정과 같이 언뜻 보기에도 이상스러웠다. 술은 아무리 먹어도 얼굴만 해쓱해지는 사람이지만 혀끝이 말을 아니 들을 정도로 취한 모양이다.

"집으루 가세. 여기서 무슨 얘기를 하겠나."

수영이가 병식의 겨드랑이를 거드니까

"가긴 어딜 가? 내란 놈이 집이 어디 있어."

하고 뿌리친다.

"어서 일어나게. 글쎄 이 행길 같은 데서 밤을 샐 텐가?"

병식이는 팔을 공중으로 내저으면서

"가만 내버려 둬! 글쎄 어떻게 됐느냐 말야?"

하고 소리를 버럭 지른다.

"자네 말대루 자격은 얻은 셈일세. 그렇지만 중간의 경자란 계집애가 뛰어들어서…."

하고는 하는 수 없이 대강 경과를 보고하였다. 병식이가 정신을 차리고 듣건 말건 간단하게나마 보고할 의무를 느꼈던 것이다.

"거 잘됐군 잘됐어. 내 짐작이 틀릴 리가 있나."

하고는 또 물끄러미 수영이를 쳐다보더니

"그럼 한턱내야지. 어쩐 말이야. 그래 김수영이가 내게 술 한잔을 안 내야 경계가 옳은가?"

하고 비틀거리며 일어나

"여보 안주 없이 곱빼기루 두 잔만."

하고 술잔을 들었다 탁 놓는 바람에, 술청의 마누라가 잠이 번쩍 깨서 양푼을 잡는다.

"오늘 저녁엔 자네두 한잔 먹을 테지. 독약이 아닌 담에야."

"먹겠네."

수영이는 한숨을 섞어 대답을 하였다.

"그렇지만 여보게 오늘은 술을 정침하게. 내가 대신 먹어 줌세."

"오늘만 더 먹겠네. 먹다먹다 못다 먹으면 저 술독에 가 빠져 죽을 테야. 그러면야 팔자가 좀 좋겠나."

그러자 술청에서

"두 분 약주 듭쇼."
한다.

병식이는 수영의 어깨에 팔을 얹고 몸을 실리 듯하고 술잔을 높이 들면서

"요— 우리 매부도 한잔 들게."
하며 의미 깊은 웃음을 웃는다.

"어느새 그게 다 무슨 소리여."

'매부'라는 말이 뜨끔하게 수영의 고막을 울렸던 것이다. '매부? 매부!' 하고 몇 번이나 속으로 뇌었다.

사기 사발은 쨍그렁 하고 소리를 내며 마주 부딪쳤다. 수영이는 병식의 술을 빼앗듯 해서 제 잔에다 반이나 지워 가지고, 거진 단숨에 한 사발이나 실하게 되는 약주를 벌떡벌떡 들이켰다. 그만한 분량의 술을 마셔 보기는 생후 처음이었다.

병식이는 상을 찌푸리고 두어 모금 마시다가는 구역이 나서 부엌 바닥에다 끼얹었다. 그러면서도

"이 사람 한잔 술에 눈물 난다네. 중매쟁이 대접은 소홀히 못하는 법이니. 소불하 석 잔은…."
하고는

"한잔 더."
하면서 턱으로 술을 가리킨다. 수영이는 술청 앞을 딱 막아서며

"안 돼!"
하고는 머리를 내저었다. 병식이는 다시 부엌 바닥에 가 펄썩 주저앉아서도 잠꼬대처럼

"술, 술 내라."
하고 혀 꼬부라진 소리를 하다가는 푹 엎드려졌다.

북촌의 밤바람은 더한층 차고 쓸쓸하였다. 골목 안을 휩쓸고 들어오는 바람에 기름 때 묻은 휘장이 흩날리고 안주를 벌려 놓은 진열장의 유리창이 왈가닥거릴 뿐….

058회, 1933.09.09.

20 목로집의 파리똥이 닥지닥지 앉은 자명종은 느릿느릿하게 두 시를 쳤다. 근처는 귓바퀴에서 잉잉 소리가 날 만치나 고요하였다.

수영이는 병식의 고통을 덜어 주기 위하여 억지로 마신 술이 전신에 돌아서, 얼굴이 붉어지고 숨이 가빴다. 술청에다 팔을 고이고 기대섰자니 쥐가 마른안주를 담은 목판을 쏘느라고 사각사각하는 소리만 들렸다.

그러자 수영의 귀에는 이상한 소리가 겸쳐 들렸다. 그는 눈을 돌려 소리 나는 곳을 찾았다. 그것은 병식이가 두 손으로 얼굴을 가리고 엎드려서 흐느껴 우는 소리였다. 가늘게 떨리는 울음소리는 점점 커진다. 수영이는 보다 못해서 병식의 곁으로 가서 들먹거리는 어깨를 짚으며 은근한 목소리로

"여보게, 이러지 말게. 난 자네의 고민을 잘 이해하네. 진정으로 미안해서 견딜 수가 없네그려."
하고 아무리 간곡히 위로를 해주어도, 서러운 사람을 덧들여 놓으면 더한층 목이 메여 하듯이, 병식이는 울음소리를 내지 않으려고 안간힘을 쓴다.

"병식이, 여보게 병식이! 날 좀 보게. 내 가슴두 자네만큼 터질 듯허니.

자— 일어나 정신을 좀 차리게.”
하며 자꾸만 병식의 어깨를 흔들었다.

병식이는 소맷자락으로 얼굴을 부비고 코를 마시더니

“미안하긴 뭐 미안하단 말인가?”

하고 나무라듯 하며 벌게진 눈을 다시 부비며

“술집에서 내가 울다니 추태다 추태야. 이런 데루 돌아다니면서 눈물이나 흘리는 내 꼬락서니가 보기 싫어서 불원간 내 몸뚱이를 아주 처치해 버릴 작정일세. 전엔 술주정은 했어두 공연히 서글퍼본 적은 없었는데….”

하고 땅이 꺼지도록 한숨을 내쉬고 나서

“자넨 내 고민을 안댔지? 나처럼 고단한 사람이 의누이 하나를 뒀다가 남의 사람이 될 모양이니까 섭섭은 허이. 내 속맘을 그렇게만 알아주면 고만일세. 어쨌든 자네허구 성사만 되면야 두말할 게 있나? 누이는 누이대루 있구, 자네같이 훌륭한 매부를 덤으루 받으니 영광이 몸에 넘치지.”

하고는 시꺼멓게 걸어 거미줄만 얽힌 천장을 우러러

“허허허허.”

하고 허청 웃음을 웃는다.

수영이는 병식이가 취중에도 자신의 속중을 발라내어 보이지 않으려고 짐짓 꾸며대는 말인 것이 틀림없다고 생각되었다. 그래서 잠자코 듣고 있다가

“고만 가세. 담날 또 얘기를 허기로 허구.”

하고 병식의 팔을 끌었다.

병식이는 졸지에 으스스해져서 찬물에 빠졌던 오리처럼 몸을 흔들며

무릎을 짚고 일어서더니,

"이거 안됐군. 주사 한 대를 더 맞아야겠는걸."

하고 술청 안으로 가서, 저 혼자 찬술로 사발찜질을 한다. 수영이가 굳이 말리는 것을 쌈싸우듯 뿌리치고

"휘—유—."

하고는 술에 오장이 섞는 듯한 냄새를, 긴 한숨과 함께 내뿜는다. 맑은 정신이 들기 시작하는 것이 무서워 모든 추억과 의식을 마비시키기 위해서 찬술을 들이킨 것이다.

병식이는 십 분도 못 되어 또다시 알코올에 사로잡히는 사람이 되었다. 가슴이 아파서 잔기침을 자꾸만 한다.

수영이는 보다 못해서 완력으로 병식이를 끌어내었다.

"난 여기서 죽는다."고 발버둥질을 치는 것을 겨드랑이를 바짝 끼고 술집을 나왔다. 나와서도 수영이를 발길로 차려다가는 꼬꾸라지고 쓰러졌다가는 땅바닥을 휩쓸고 일어난다.

미쳐가는 사람처럼 알아듣지도 못할 소리를 고래고래 지르다가 자기 집 문 앞까지 끌려와서는, 왈칵 토해낸다. 빈속에 술만 들어부어서 눈물 콧물 흘려가며 창자 끝이 묻어나도록 왝—왝— 하고 헛구역질을 하는 것은 차마 볼 수 없었다.

수영이는 병식의 등을 두드려 주며 간신히 진정을 시켜서 건넌방으로 업어다가 뉘었다.

병식의 아내는 잠이 절벽같이 들었는지, 남편이 초죽음이 되어 들어왔건만 내어다보지도 않았다.

059회, 1933.09.10.

4

1 수영이가 나간 뒤에 경자와 정신이는

"그 어리배기가 누구냐?"

"꿔다 놓은 보릿자루처럼 앉았는 게 어떻게 우스운지 간신히 참았네."
하고 번차례로 찧고 까불고 하다가

"아마 너하구 헝겊붙이나 되는 남자지?"

정신이가 계숙의 속을 떠보려면, 경자가 마주 대들며

"아냐. 눈치를 보면 몰라. 기자는 제육감(第六感)이 빨라야 한단다. 그 자두 필경 여왕의 신 등에 입을 맞추려는 무사 중의 하난 게지."
하고 해죽해죽 웃는다.

"듣기 싫다 얘. 우리 시골 사람인데 이번에 볼일이 있어서 내려갔다가 아버지 부탁을 전하러 온 거라니깐. 온 나중엔 별소리들을 다 하는구나. 너의 눈으로 보다 몰라서 내가 아무려니 신문 배달부하구야 얼리겠니?"
하고 말부리를 돌리려면

"그러길래 말야. 계숙이가 어떻게 눈이 높다구. 그렇지만 여왕님이 되레 보잘 것 없는 무사의 무릎에다 최경례를 하는 걸 이 눈으로 봤으니깐 기적이거든."

정신은 여탐정 노릇이나 하는 듯이 무안에 취한 계숙의 얼굴을 꿰뚫을 듯이 노려본다.

계숙이는 그 말이 몹시 불쾌해서

"넌 얼마나 오지랖이 넓길래 남의 일에 그렇게 미주알고주알 캐는 거냐? 그래 내가 신문 배달부하구 연애를 한다. 구루마꾼이라두 좋다. 그러니 어쩌란 말이냐. 왜 또 잡지에 내먹으련? 내가 백화점에 간 것 보다두 더 굉장한 뉴—스로구나."

하고 총알같이 쏘았다. 경자는 둘 사이의 공기가 험악해지는 눈치를 채고

"저런 웃음엣소리를 다 곧이듣는담. 인제 고만 나가자꾸나."

하고 정신의 넓적다리를 꼭 찔렀다. 그러나 정신이도 성미가 발끈하고 나서

"잡지에 내든 안 내든 그건 내 자유다. 계숙이가 연애하는 남자가 하나 늘었다는 것만은 사실이니까."

계숙이는 참다못해 발딱 일어나며

"연애를 하든 말든 그건 내 자유다. 웬 참견이냐 참견이. 요 의리 없는 계집애 같으니, 너구나구 학교에 댕길 때 어떻게 지냈니? 학생 사건 때버텀두 넌 우라키리모노(이반하는 자)야! '최계숙이 바람에 멋 모르구 그랬다'구 손이 발이 되도록 빌고 나온 건 누구냐? 내가 먹고 지낼 수가 없어서 우리코(여점원) 노릇을 하기로서니 그래 타락을 했느니, 뭇 사내 앞에 나오고 싶은 허영심이 발동을 했느니 하구 잡지에다 대문짝같이 내야 옳단 말이냐?"

하고는 팔을 걷고 정신에게 달려들 형세를 보이며

"잡지는 말구 신문의 호외라두 내려무나. 어서 가서 네 맘대루 해봐! 누가 왼눈 하나 깜짝이나 하나."

계숙이는 정신에게 오랫동안 쌓였던 분이 머리끝까지 끓어올라서 온몸을 떨며 물 퍼붓듯 몰아세웠다.

정신이는 독기가 오른 눈을 매섭게 뜨고 선불 맞은 새처럼 할딱거리고 앉았다.

"글쎄 왜들 이래? 계숙인 똑 사내처럼 성미가 부푸더라."

하고 경자는 둘의 사이를 가로 타고 앉으며

"고만 일어서자, 놀러오자구 한 내가 미안하구나."

하고 정신이를 달래듯 해서 일으켜 세웠다.

언제나 조용하던 바깥방에서 떠들썩하니까, 주인마누라까지 눈을 부비고 나와서

"뭣들을 이렇게 떠들우?"

하고 방문을 열고 기웃이 들여다보고는

"난 쌈들을 하는 줄만 알았구려."

하고 들어갔다.

두 여자가 구두를 신고 나갈 때까지 계숙이는 내다보지도 않았다. 경자가

"계숙이 정말 미안해. 내 내일 또 올께."

하는데 대답도 아니하였다.

정신이는 대문간을 나서서 외투 깃을 올리고는 왼쪽 발을 탁 구르며

"흥 너 어디 두고 보자?"

하고 이를 보드득 갈았다.

060회, 1933.09.12.

2 계숙이는 그날 밤에도 잠을 편히 못 잤다. 정신이와 경자에게 대해서 몹시 불쾌한 흥분을 느낀 나머지에 잠을 이루지 못하였다느니보다도 저 자신의 장래를 생각하느라고 눈이 감겨지지 않았다.

'내가 너무 경솔하게 사랑을 허락하지 않았던가.'

하고 후회도 하였다. 아무리 특별한 인연으로 여러 해 알아 오던 사이였지만 수영이가 제 마음을 솔직히 말한다고 그 당장에 '저두 김수영 씨를 사랑합니다' 하고 대뜸 허락을 한 것이 도리어 수영에게 제가 호락호락하게 남의 말의 넘어가기 쉬운 여자라는 느낌을 주지나 않았을까? 창졸간에 취한 내 태도가 너무 무게가 없는 것처럼 보이지나 않았을까? 하고 계숙이는 책상머리에 턱을 괴고 앉아서 몇 번이나 제가 한 일을 돌이켜 보았다.

그러다가는

"아주 처녀로 늙을 작정이 아닌 담에야 언제고 한번은 결혼 문제에 부딪히고 말 것이 여자의 운명인데 한번 결심을 한 뒤에야 선선히 대답을 해버린 건 잘했지. 깐죽깐죽하게 끌기만 하고 비싸는 여자는 내가 남자래두 싫겠어."

하고 저 혼자 고개를 살래살래 흔들어 본다.

그러다가는

"어느새 시집을 가서 들어앉아 밥이나 지어 주구 사내 뒤치다꺼리나 하긴 싫어."

하고 이번에는 커다랗게 머리를 내저었다.

"그러다 얼마 아니면 어린애를 낳겠지. 어린애한테 매달려서 아까운 청춘을 썩힌담. 나 하고 싶은 일은 아무것도 못 하구 늙어 죽기는 아까운 걸."

하고 혼잣말을 하다가는 경대 앞으로 옮겨 앉아서 거울에 비치는 제 얼굴을 처음 보는 사람이나 대한 것처럼 갸웃거리며 요모조모 뜯어보기도 하고, 활동사진 배우처럼 가지각색으로 표정도 해본다.

"그래 너 정말 김수영이란 사람한테루 시집을 갈테냐?"

하고 거울 속의 제 얼굴을 손가락으로 가리키며 얼러도 본다. 그러면 맞은짝의 계숙이는

"안 된다 얘. 어느새 시집이 다 뭐냐? 한참 공부를 할 나이인데. 적어두 한 삼 년 동경 같은 데 가서 공부를 하고 와야지. 한번 시집만 가면 볼일 다 본다. 평생 남의 종이지 뭐냐?"

하고 손을 내저으며 반대를 한다.

"아닌 게 아니라, 결혼은 여자한텐 막다른 골목이야. 한번 들어가기만 하면 돌아 나올 수가 있어야지."

하다가는 또

"연애만 할 수 없나? 아주 깨끗하게 지내오다가 경제적으로 독립을 한 뒤에 여봐란 듯이 예식을 해야 해. 그래야 남자의 노예를 면하지. 그렇지 않느냐? 얘 계숙아."

하고 제 이름을 불러본다. 그러자 눈같이 흰 면사포를 쓴 저와, 모닝코트를 입고 제 팔을 낀 수영이가 거울 속에서 나란히 발을 맞추어 나온다.

"다—땅따땅—, 다—땅—따당."

하고 웨딩마치의 피아노 소리가 들렸다.

'예복 입은 체격이 왜 저렇게 어색할까? 넥타이 하나 똑바로 맬 줄을 모르네. 저고리는 품이 좁고 바지는 금이 구깃구깃 해서 똑 물에 빠졌다 나온 사람 같으니.'

수영이의 옷 입은 꼴이 제가 창피할 지경이다.

'조경호 같으면 몸에 착 달라붙는 제 양복에다 흰 보타이를 나비같이 매구서 아주 말쑥하게 거들었을걸.'

하자 수영이를 떠밀고 그 대신 경호가 나타나니까

'그렇지만 넌 미끄러져라.'

하고 계숙이는 거울보를 씌워 버렸다.

'그까짓 형식이 다 무슨 일이 있어.'

하고 옷을 벗고 누워서도

'피차에 제 생활도 못 끓아 나가는 주제에, 결혼이 다 뭐야. 공연스레 쓸데없는 공상만 했군.'

하고는 이불을 뒤집어썼다.

'그렇지만 옹이의 마디로 하필 고년의 계집애들 때문에 퍽 모양이 사납게 갔으니깐 내가 찾아가 봐야 옳지. 내일은 하루 쉬어야겠어.'

하고 계숙이는 수영이를 만날 궁리를 하다가 다 밝기에 잠이 들었다.

061회, 1933.09.13.

3 "오빠 저 좀 보세요."

경자는 안으로 통한 작은사랑채의 뒷문으로 살그머니 돌아 나와서 나직이 경호를 불렀다. 경호는 저녁마다 아주 습관이 된 마작판을 벌이고 노름에 정신이 팔려서, 경자가 부르는 소리도 못 알아들었다.

경호가 쓰는 따로 떨어진 사랑채는 아홉 시쯤 되면 대문 중문을 닫아 걸고 덧문과 미닫이 갑창까지 바람 샐 틈도 없이 첩첩이 닫고는 마작판을 벌였다. 모여드는 마작꾼들은 조선 사회에서 한다하는 신사들뿐이다. 낮에는 제가끔 내로라고 가슴을 내밀고 허리는 재고 다니는 점잖은 축들이다. 경호와 같이 서양 유학을 하고 학사니, 박사니 하는 학위까지 맡아 가지구 돌아와서, 전문학교의 교수 노릇 하는 사람이 두엇이나 저녁마다 출근을 하고, 법정에 나서서는 애매한 형사 피고인과 사상 범인의 무죄나 감형을 열렬히 주장해서 그의 이름과 사진이 신문 지상에 오르내리고, 사회에서는 지사와 같이 여기는 현직 변호사도 서너 사람이나 저녁만 먹고 나면, 서로 전화질을 해서 자가용 인력거를 타고 모여든다. 그밖에 신문사 퇴물도 가끔 한몫을 보아 판돈을 뗀다. 그나마 심심소일로 오락을 하기 위한 장난이 아니다. 근래에 와서는 순전한 도박으로 변하였다.

처음에는 맨꽁누니로 하기는 심심하다고 내기를 하기 시작했다. 담배내기도 하고 밤참내기도 하던 것이, 차츰차츰 정말 돈내기로 변하였다. 그것도 처음에는 '량모짱', '쓰모짱'으로 개시를 한 것이 근자에 와서는 지전 뭉텅이를 차고 와서, '이전짱'이나 '삼전짱'까지 벌이는 것이 보통이다. 그러다가 또 근자에 와서는 '숫수'를 빼고 셋마작이 유행되었다. '숫수'는 밤을 새우려면 눈이 아물아물해서 알아보기도 힘들거니와 넷마작은 돈내기하기에 갑갑도 한 까닭이었다.

하루 저녁에 수백 원씩이나 득실이 있는 터이라, 피차에 몸이 달아서 기나긴 겨울밤을 꼬박이 앉은 채로 하얗게 밝혀가며 '펑', '깡', '후―라'

를 부른다.

그러나 나중에는 밑천이 딸리면 집을 잡히고 식산은행이나 동척회사에, 대대로 물려 내려오던 전답이며 산림까지 저당을 하였다. 그뿐 아니라 일러도 새벽녘에야 노름이 끝나니까, 그들도 사람이라 그때부터 쓰러져 잠을 자야 한다. 남들은 사무를 개시할 시간에 잠을 자자니 경호나 그 밖에 교육가는

"오늘 조 선생께서 몸이 불편하셔서…."

하고 학교로 대리 전화를 걸 수밖에 없고, 변호사들은 친구 변호사에게 제가 맡은 사건을 복대리를 시키거나, 그렇지 않으면 사건을 맡긴 사람은 죽고 사는 문제가 달린 것을 맡아, 착수금만 받아먹고는 그 사건의 기록도 똑똑히 들여다보지 못한다. 허둥지둥 법정에 들어가서는 꼬박꼬박 졸기가 일쑤다. 얼마 전에도 제가 변호할 차례에 침을 흘리고 졸다가

"변호인은 뭘 하고 있느냐."

하고 판사에게 호령을 받은 변호사가 있었다. 그는 바로 경호의 집에 다니는 노름꾼이었다.

…경호는 세 번째에나 경자의 목소리를 듣고, 안으로 향한 문고리를 벗기고 나왔다.

"오빠는 마짱에만 홀리셔서, 남은 반시간이나 한데서 기다리는지도 모르세요?"

경자는 무슨 덕색이나 하듯이 어둑침침한 뒤곁에서 안경만 뻔쩍거리는 사촌 오라비의 얼굴을 쳐다본다.

"딴소리 말구… 그래 어떻게 됐니?"

경호는 경자의 곁으로 다가서며 귀를 기울인다.

"어떻게 되긴 어떻게 돼요. 그게 그렇게 쉬운 일이야요?"

"글쎄 오늘 간 일은 어떻게 됐느냐 말야? 그저 제 고집을 세구 같이 와 있지 않겠다든?"

"오늘은 길에서 정신이란 애를 만나서 같이 가게 됐어요. 그래 말두 못 붙이구 왔어요."

"왜 동무는 끌구 갔단 말이냐?"

경호는 발끈하고 골이 났다.

"그럼 저도 일이 있다구 따라서는 걸 어떻게 따돌려요."

"모르겠다. 한번 네게다 맡겼으니까, 네 재주껏 해보려무나. 그까짓 일을 그렇게 오래 끌어서 어떡하니? 꼬리가 길면 밟힌다구, 내일 또 일찌감치 쫓아가서, 이번엔 아주 탁방을 내구 와!"

하고 명령을 하고는 들어가려는 것을

"그런데 오빠, 큰 걱정거리가 하나 생겼어요."

하고 경자는 경호의 소매를 끌어당겼다.

062회, 1933.09.14.

4 "뭬 또 큰 걱정거리란 말이냐?"

어둠 속에서도 경호의 눈이 둥그레지는 것이 보이는 것 같다.

"얘기가 좀 길 텐데요. 안으로 잠깐 들어가시죠."

"여기서 대강 하려무나. 남들이 기다리고 앉았는데 중간에 빠질 수가 있니."

"글쎄 이제 마짱일랑 고만 집어치세요. 소문이 사나운 건 둘째구요 …."

"그건 네가 참견할 일이 아니야. 어서 말이나 해라."

경호는 몸이 달아서 경자의 말을 재촉한다. 경자의 말대로 안으로 데리고 들어가서 이야기를 듣고는 싶지만, 마작판을 못 잊은 것이 아니라, 남매가 모여 앉아서 쑥떡거리는 것을 제 아내에게 들킬까 보아 자미가 적었다. 계숙이를 후려들일 음모는 눈치도 보이지 않으려고 남매 사이에만 감쪽같이 꾸며왔기 때문이다.

실상 경자도 경호의 아내가 무서웠다. 아직도 적서를 유난히 보는 집안일 뿐 아니라, 경호의 아내는 조 참판의 집 살림살이의 실권을 잡고 있는 까닭도 있다. 경호는 이름만 맏아들이지 어려서는 응둥이로, 숙맥을 분면치 못하였고, 커서는 일본으로 서양으로 십 년이나 넘도록 유학을 다니느라고 이제까지 집안의 살림살이는 도무지 모른다. 잗다란 살림살이는 아는 것이 도리어 수치나 되는 듯이, 알려고 들지도 않았다. 그래서 열여섯 살에 시집을 온 맏며느리인 경호의 아내가, 시부모의 절대의 신임을 받았다. 나이는 어렸건만, 일 년에 열댓 번이나 되는 제사 범절이며 혼상간에 큰일을 치러 나가는 것이나, 아랫사람을 거느리는 수단이 제법도 익숙해서,

"우리 집이 되느라구 어서 '업'이 들어왔어. 외화가 덕기 있게 생긴데다가 위인이 칠칠해서, 제 남편버덤은 낫거든."

하고 마누라를 보고 칭찬을 하면,

"그야말로 부잣집 맏며느리 감이지요. 제법 큰살림을 해보던 애 같아요."

하고 내외가 번갈아가며 입에 침이 마르도록 칭찬을 했었다.

사실 경호의 아내는 정신을 차릴 수 없이 식구가 번열하고, 층층시하의 뒤숭숭한 재상가에 들어와서, 저 한몸으로 모든 것을 분별하고 휘갑

을 쳐 나가느라고, 남편과 의초 좋게 지낼 생각까지 할 틈이 없었다. 심지어 동자치 반빗아치의 뒤치다꺼리까지 하니, 하루 몇 시간 자는 동안밖에는 눈코 뜰 사이가 없었다. 그러는 동안에 오 년이 지나고 십 년이 지났다. 잉편한 시어머니가 어린 며느리에게다가 살림을 아주 내맡긴 지도 벌써 여러 해다.

경자는 사촌 오라비 댁이 달라는 것 없이 미웠다. 저의 집 살림까지도 맏아들이 없는 관계로, 일일이 차를 해주는 까닭에, 경자는 제 마음대로 돈을 쓸 수가 없었다. 그래서 제 청구대로 듣지를 않을 때는

"오빠는 바지저고리만 앉아 계세요? 난 도무지 언니가 아니꼬워서 죽겠어요. 돈 몇 십 원 쓰겠다는데도 안 주구 서 홉에 참견 닷 곱에 참견이죠? 그러니 누가 아무것도 모르는 여편네 압제 밑에서 살아요."
하고 경호를 붙들고 포달을 부리기도 여러 번이었다.

그래서 근자에 와서는 제 용돈이나 소위 교제비는 경호의 손을 거쳐서 나오게 되었다.

그런 관계도 있거니와 동경 같은 데를 가려면 집안에는 경호밖에 저를 이해해 주는 사람이 없다. 저의 어머니가 죽어라고 딸을 내놓으려고 들지를 않으니까, 최후로 후원을 받을 사람도 경호가 있을 뿐이다.

그럴수록 경자는 경호의 비위를 맞추어 줄 필요를 느꼈다. 비위를 맞추어 주려면은, 또는 오라비 댁의 세력을 꺾어서 일종의 보복을 하려면, 경호에게 제 동무 하나를 소개해서 붙여 주는 것이 가장 생색도 날 뿐 아니라, 그 공로로 동경 가서 마음 놓고 호사스런 생활을 해 볼 수도 있으리라고 생각한 것이었다.

063회, 1933.09.15.

5 "그런데 계숙이한테 벌써 뭬 있는 눈치야요."

경자는 바싹 다가서며 귓속 하듯 속삭였다.

"뭬 있다니 그건 또 무슨 소리냐?"

경호 역시 누이의 뺨의 분 냄새가 맡아질 만큼 얼굴을 들이대었다.

"○○일보 배달부가 계숙이를 따라다니는 모양이야요."

"○○일보 배달부?"

"네."

"설마 그럴라구."

"설마가 사람을 잡아먹는단 말은 모르세요?"

"그래 네 눈으루 봤단 말이냐?"

"계숙이가 바루 그 시골뜨기 무릎에 가 엎드린 걸 우리한테 들켰는데요."

"그래서?"

"실례했다고 하고서 그냥 오려다가 좀 똑똑히 알아볼 양으로 정신이하구 둘이 들어가서 인사까지 했어요."

"그럼 그자의 이름을 알겠구나?"

"저… 김수…경이라든가 수영이든가, 아무튼 김가는 확실해요. 말을 입 속에다가 넣고 우물쭈물하는 게 아직 어리배기 같아요."

"김수경이? 김수영이?"

하고 경호는 고개를 비꼬고 입 속으로 뇌였다. 알 듯도 하고 모를 듯도 한 이름이다. 어디서 들은 법하기도 한데 입에서만 뱅뱅 돌고 얼른 깨단을 할 수가 없다.

"그런데 저하구 한 고장 사람이라구 그러더군요."

"말이 계숙이 하고 같은 시골 사투리를 쓰든?"

"아—니요. 그렇잖아도 가짓말 같아서 일부러 몇 마디 말을 시켜 봤는데요, 외려 남도 사람 같습디다."

"음."

하고 경호는 더운 방에 들어앉았다가 졸지에 추워져서, 팔짱을 끼며 코밑에 붙여 놓은 것 같은 수염을 아랫입술로 빨아들이며, 김수영이란 이름의 주인공을 제 기억에서 끄집어내려고 애를 쓴다. 백판 모르는 사람 같다면야 귀담아 들을 것도 없지만, 생각이 날 듯 날 듯 하다가도 상막해서, 조촘증이 날 지경이다.

"아이, 오빠가 그런 사람을 어떻게 아시겠어요? 난 인젠 춰서 들어갈 테야요."

경자가 언 발을 동동 구르며 들어가려는 것을

"얘!"

하고 경호가 다시 불러 세웠다.

"그래 그자버덤 너희가 번저 나왔니?"

"아—뇨. 우리가 불쑥 들어가니깐 계숙이가 얼굴이 홍당무가 돼 앉았다가, 제 변명이나 하는 것처럼 인사를 시킨 뒤에 그자는 무슨 죄나 짓다가 들킨 것처럼 슬슬 꽁무니를 빼구 갔어요."

"계숙이가 그 뒤를 따라 나가든?"

"쫓아나가서 작별이라두 하구 들어올 줄 알았더니, 안 나가던데요."

"응 그래."

경호는 그제야 무슨 생각이 머릿속에서 떠도는 듯

"오냐, 알었다."

하고 마작 하던 방으로 다시 들어가려다 말고 또다시 돌쳐서며,

"어쨌든 그 잡지 기자 댕긴다는 정신이란 계집애를 잘 사괴어 둬라. 한번 데리구 놀러 와두 좋아."

하고는 어깨를 웅숭그리고 들어가 버렸다.

경호는 그 김수영인가 김수경인가 하는 남자가 계숙의 집에서 나갈 때에, 계숙이가 따라 나가며 인사도 하지 않았다는 것을 보아, 결코 계숙이와는 서툰 사이가 아니요, 무상시로 출입을 하는 근친한 사이인 것을 터득하였다. 동시에 염탐 하나를 더 늘일 필요도 있거니와, 또 다른 급한 일이 생길 때에 긴하게 써먹기 위해서 부인기자 하나를 매수해 둘 필요를 느꼈던 것이다.

그날 밤 경호는 마작도 자미가 없어서 일찍이 거둬치우고 자리에 누워서도 아침저녁 길거리로 쏘다니는 배달부의 얼굴을 모조리 눈앞에 그려 보았다. 그러다가 문득 두어 달 전에 서대문 우편국 앞 전차 정류장에서 저를 몹시도 흘겨보던 ○○일보의 합비를 입은 배달부가 눈앞에 나타났다.

그러자 취직 시켜달라고 집으로 학교로 귀찮게 쫓아다니던, 자기 집 마름[舍音]의 아들— 김수영— 하는 생각이 번개같이 경호의 머리에 떠올랐다. 경호는

"옳지 그자로구나!"

하고 벌떡 일어났다.

064회, 1933.09.16.

6 수영이는 계숙이를 속으로는 기다리면서도 찾아가지를 않았다.

'내가 할 말은 다 했으니까 제가 할 말이 있으면 나를 찾아올 테지.'
하고 버티고 가지를 않았던 것이다. 그렇건만 공연히 마음이 들썽들썽하였다.

어느 때 찾아오겠다는 약속을 한 것도 아닌데 자꾸만 기다려지고, 골목 밖에서 바스락 소리만 나도 계숙의 발자국소리로만 들렸다.

그러다가 하루아침은 계숙이를 찾아보려고 나섰다. ××백화점이 공휴일로 노는 줄 알았기 때문에

'오늘은 집에 있겠지.'
하고 기껏 모양을 내고 나섰다. 모양을 낸댔자 여전이 단추만 바꾸어 낀 학생복을 솔질을 해 입고, 몇 해를 두고 병식에게 숭을 잡히던 망토를 벗어버리고, 고물상에서 산 오버를 입은 것이다. 그렇건만 수영이는 자기가 여간 모양을 낸 것 같지가 않아서 앞을 굽어보고 먼지를 털고 하였다.

'이제야 내 맘대루 찾아다닐 감찰(鑑札)이 생겼는데.'
하고 뽐내고 나가다가 큰길 어귀에서 달음질을 하다시피 급히 걸어오는 계숙이와 딱 마주쳤다. 그날 계숙이는 외투를 벗어버리고 누루마기에 복도리만 둘렀기 때문에 얼른 알아보지를 못했던 것이다.

"어딜 가세요?"

계숙이는 숨이 턱에 닿았다.

"어딜 이렇게 급히 가세요?"

수영이도 마주 물었다.

"일찌감치 와야 나가시기 전에 만날 듯해서…."

"오늘이 공휴일이니까 집에 계실 듯해서…."

대답도 둘이 똑같이 하였다. 동시에 둘의 입에서는 명랑한 웃음이 터

졌다. 계숙이는 서양 계집애 인사하듯

"요전엔 퍽 미안했습니다."

하고 무릎 하나를 잠깐 꼬부렸다 편다.

"천만에요, 내가 실례를 했지요."

둘의 얼굴은 지난 일을 생각하고 살짝 붉어졌다.

"나 있는 데루 가십시다."

수영이가 돌아서니까

"가만히 계세요. 오늘 모처럼 이렇게 날도 풀리고 했으니 문밖으로 산보나 나갈까요? 오늘은 아주 봄날 같지요."

수영이는 그러자는 대답이 선뜻 나오지를 않았다. 내왕 전차값 점심값을 따지면 적어도 돈 원이나 가져야 첫 번 출입에 남자의 체면이 서겠는데, 마침 돈이라고는 백동전 몇 푼이 주머니 속에서 달그락거릴 뿐이었다.

그러니 맨꽁무니로 여자의 뒤를 어슬렁어슬렁 따라가기는 노루꼬리만 한 자존심이 허락을 하지 않았다.

"다음 날 가지요."

할 수밖에 없었다.

"내친걸음에 나갑시다요. 저녁때까지만 들어가시면 좋지 않아요."

말이 아양스럽다느니보다도, 아주 더할 수 없이 절친한 손윗사람에게 응석을 부리듯 조른다.

수영이는 무어라고 대답을 해야 옳을는지 어리벙벙하였다. 그렇다고 뻣뻣이 서서 제 고집만 세울 수도 없어서

"그럼 저 전차 정류장에서 잠깐만 기다려 주세요. 오후에 누가 온다구

했는데 못 만난다고 방문에다가 써 붙이고 와야겠세요."

말을 내던지듯 하고는 뒤도 아니 돌아보고 달음질을 하였다.

비상수단으로 돈 변통을 할 적정으로 가자고는 해놓고, 달음질을 하면서도 어디로 가서 어떻게 돈 구처를 해야 할는지 막연하였다.

'앞 가게에 가서 좀 취해 달랄까?'

'창피는 하지만 안집에 말을 해볼까?'

하다가 제 방으로 구두를 신은 채 뛰어 들어갔다. 고리짝을 뒤져서 하나밖에 없는 귀중품을 꺼냈다. 그것은 하루 두 번씩은 영락없이 맞는 백통시계였다. 사년 전에 아버지가 올라왔다가 우등한 상급으로 사 주고 간 것인데, 틀어놓으면 한 오 분 동안은 다리를 절고 가다가 쉬는 증세가 있는 고물이다.

수영이는 가겟집 시계와 시침 분침을 맞추고 뒷골목에 있는 전당포로 뛰어갔다. 가서는 문 앞에서 태엽을 감았다. 진고개로 책은 팔러 다녔어도 잡혀먹을 거리가 없는 덕택에, 전당국 출입을 하기는 이번이 처음이었다.

수영이는 싸움 싸우듯 해서 겨우 팔십 전을 받아 넣었다. 그리고도 혹시 계숙에게 들키지나 않았을까 하고 전당포의 검정 포장 사이로 얼굴만 내밀고 큰길을 둘러보고야 나왔다.

065회, 1933.09.17.

7 두 사람은 청량리로 갔다.

"우리가 처음 만났던 데로 기념 삼아 가 보십시다."

하고 계숙이가 동의를 하였던 것이다.

그날은 일기가 아침부터 매우 풀렸다. 산과 들에 햇살이 골고루 퍼져서 등어리가 풀솜을 둔 것처럼 포근하였다. 옷소매로 목덜미로 스며드는 바람도 제법 부드러웠다.

얼음이 꽁꽁 얼었던 논과 시냇가에서 귀를 기울이면 얼음장을 뚫고 흘러내리는 물소리가 어렴풋이 들렸다. 송림 사이 응달진 언덕에 아직도 무더기 무더기 쌓인 눈을 헤치고 맡아보면 흙 속에서 봄 냄새가 풍길 것 같기도 하다.

계숙이는 몇 달 동안 백화점 속에서 들이마신 더러운 공기를 한꺼번에 토해내듯 기다랗게 내쉬고, 맑고 신선한 교외의 공기를 폐 양껏 심호흡을 하였다. 그 깨끗한 공기는 계숙의 몸의 세포(細胞)를 녹여서 씻어내는 듯, 여간 상쾌하지가 않았다.

계숙이는 길가에 늘어진 잎새 떨어진 버들가지를 꺾어서 손가락에다 휘감아보면서

"이거 보세요. 버들가지에 벌써 물이 올랐나 봐요. '겨울이 오면 봄도 멀지 않다'는 말이, 퍽 의미 깊은 말이지요?"

하고 묵묵히 걸어가는 수영이를 쳐다본다.

"올핸 철이 이르다지만 어느새 봄이 올라구요."

하고 말대답을 하며 계숙이와 어깨를 나란히 하고 걸으면서도, 수영이는 아침 요기도 그저 못해서 아까부터 매우 시장하였다. 계숙에게를 잠깐 들렀다가 상밥집으로 가려던 것이 중간에 붙잡혔기 때문에, 말도 못하고 끌려오다시피 하였다.

'이 빌어먹을 배는 왜 이렇게 꽃아당기며 고플까?'

하고 체면 모르는 창자를 꾸짖었다. 그러다가는

'사람이 연애를 뜯어먹구는 살 수 없나?'
하고 씩 웃는다.

"뭘 그렇게 혼자 웃으세요? 좋은 걸 보셨어요?"
하고 계숙이는 그 웃음을 나눠 웃자고 달려들듯 한다.

수영이는 할 말이 없어서

"우리한테두 새 봄이 닥쳐올 생각을 하구 웃었어요."

계숙이는 발을 멈추었다가 무슨 생각을 했는지 수영의 오버 자락을 끌어당기며

"지금 봄이 어디 와 있는지 아세요?"
하고 무슨 신비스러운 암시나 주는 듯이 묻는다.

"글쎄요. 아직두 눈이 저렇게 녹지를 않았으니까…."

계숙이는 미소를 띠고 곁눈으로 말끄러미 수영이를 쳐다보더니 장갑을 벗고는 수영의 가슴과 제 가슴을 꼭꼭 찔러 보이며 입을 조그맣게 오므리고 웃는다. 수영도 자기 가슴 속에 찾아든 때 아닌 봄을 계숙에게 진찰을 당하고 나서 벙긋이 웃었다. 함께 웃는 입과 입으로는 사실 봄바람이 들락날락하는지도 몰랐다.

두 사람은 전차 끝에서 한참이나 걸어 나가 처음 만났던 장소에 다다랐다.

두 사람의 얼굴에는 감개가 무량한 빛이 떠돌았다.

"우리가 첨 만났을 때는 이렇게 둘이서 다시 나올 줄은 꿈에도 몰랐었지요?"
하며 계숙이는 수영에게 기대듯이 몸을 바싹 붙인다.

"그러길래 사람의 인연이란 참 알 수 없지요. 우리를 이 자리에서 만

나게 해준 병식 군은 지금….”

하니까

“아이 그런 말씀일랑 하지 마세요. 오늘은 될 수 있는 대로 유쾌하게만 지내요, 네?”

하고 계숙이가 말을 가로막았다. 그러나 수영이는 병식의 생각으로 머릿속이 가득 찼다. 그동안 조선에는 사회적 변동도 많았고 그때 동무들의 신변에 변화도 심하였다. 더구나 그 당시에 누구보다도 더 열렬히 활동을 하고 두 사람을 소개해서 여기까지 다시 나오게 된 동기를 준 병식이가, 모든 희망을 잃고 아주 파락호가 되어서 스스로 타락의 길을 밟는 생각을 하니 마음이 아팠다.

“무얼 또 그렇게 생각하세요? 자, 어디 가 다리나 좀 쉬십시다.”

계숙이는 수영이를 끌 듯 하고 앞을 섰다.

066회, 1933.09.18.

8 두 사람은 송림 사이를 거닐다가 도독한 언덕 위에 소나무 뿌리가 뻗어 오른 데 가서 손수건을 깔고 나란히 앉았다.

계숙이는 머리를 숙이고 구두부리로 양지쪽의 마른 잔디를 후비적거리며 무슨 생각에 잠겼다가

“아, 이것 좀 보세요?”

반색을 하며 허리를 굽히더니, 뗏장 밑에서 파랗게 뻗어 오르는 풀 한 포기를 파내들고

“이게 무슨 풀일까요? 어쩌면 아직두 땅이 덜 풀렸는데 요 조그만 풀잎이 어떻게 뚫고 나올까요?”

하고 경이(驚異)의 눈을 뜨고 들여다본다.

"그거 냉이가 아니에요? 어느새 피어났을라구요."

수영도 계숙의 손끝을 들여다본다. 계숙이는 시골 계집애들이 풀뿌리를 캐어 가지고 '신랑 방에 불 켜라 색시 방에 불 켜라' 하며 소꿉장난을 하듯이 조그만 풀잎을 어루만지고, 각시처럼 쓰다듬어도 준다.

"그 풀이 파랗게 살아난 게 그렇게두 신기하세요?"

수영이도 풀잎을 부벼 본다.

"그럼요, 요 연한 싹이 땅바닥을 꿰뚫을 힘이 어디서 났을까요?"

"그 까닭을 모르세요?"

"봄마중을 하러 머리를 내민 게지요."

"아니요, 봄이 올 테니까 살아난 게 아니라, 그 뿌리가 말라 죽지를 않았으니까 싹이 나온 게지요. 그것 보세요. 그 긴 뿌리가 땅 속으로 깊이 뻗어 들어갔기 때문에 얼음장이라두 뚫고 나올 힘이 생긴 게 아니에요?"

"참 그래요. 죽지만 않으면 살아날 날이 있나 봐요."

수영이는 잠간 눈을 감았다가 계숙의 손 위에 제 손을 얹으며

"계숙 씨, 우리는 그 뿌리가 됩시다! 뿌럭지는 사철, 흙 속에만 파묻혀서 명랑한 햇빛두 못 보구, 시원스럽게 가지두 뻗어보지 못하지요. 더군다나 봉오리처럼 꽃이 피어 보지두 못하구요. 그렇지만 잎사귀나 그 꽃에다 뿌럭지가 빨아올리는 수분 즉 양분을 주기 때문에 뻗어 오르고 너울거리고 열매까지 맺는 게 아니에요."

수영이는 저력 있는 목소리로 말을 계속한다.

"지금 우리 조선 사람은 더구나 젊은 사람들은, 뿌럭지가 시들고 말라버린 줄은 모르고, 죽은 나무에서 어서어서 싹이 돋고 하루 바삐 꽃이 피

기만 조급하게 바라는 것 같아요."

"사람두 생물인 이상, 생물학(生物學)의 원리를 거스르고는 잠시두 살지를 못하지요. 그러니까 우리는 그 근본 문제를 해결 짓기 위해서 노력한 것뿐이에요. 꽃 피고 열매가 여는 것은 우리가 아는 체할 게 없이, 우선 마르고 썩은 뿌럭지에 물을 주구 거름을 하구, 버러지를 잡아주는 일이 제일 급한 일이지요!"

계숙이는 선생의 강의나 듣는 것처럼 머리를 숙이고 풀뿌리만 매무작거리며 앉았다. 수영이는 목소리를 조금 더 높여

"나는 농촌을 토대로 삼고 일을 하지 않으면, 민족적으로나 사회적으로 우리의 살 길을 발견치 못할 줄 알아요. 그밖에 모든 건 공중누각이지요. 아주 가까운 예를 들자면 아침을 그저 못 먹은 나는 이런 강의 비슷한 말을 지껄이고 앉았어두, 당장 시장한 생각이 앞을 서는 게 사실이에요. 지금 나는 무엇버덤 내 육체를 활동시킬 원동력이 될 걸 집어넣는 것이, 이야기를 하는 것버덤두 연애를 하는 것버덤두 긴급한 문제예요. 이것도 속일 수 없는 진리(眞理)지요."

하고 나서는 제 배를 두드려 보이며

"여기다 뭘 좀 집어넣구 나야만 계숙 씨가 더 뷰티(어여쁘)하게 뵈겠단 말씀이에요."

하고 의미 깊은 웃음을 띄우고 계숙의 얼굴을 들여다본다.

계숙이는 무엇보다도 수영이가 시장해 하는 것이 가엾고 걱정이 되었다.

"아 그저 공복이세요?"

하고 놀라며

"자, 고만 일어나시죠. 애길랑은 수영 씨 말씀대로 근본 문제를 해결시킨 뒤에 계속하기루 하구요."
하고는 '어디로 갈까' 하고 일어섰다.

067회, 1933.09.19.

9 두 사람은 청량관을 훨씬 지나 승방 근처의 조그맣고 정갈한 여염집으로 찾아 들어갔다. 두루마기에 커다란 덧버선을 신은 주인마누라가 만지작거리던 염주를 던지고 나와서 깨끗하게 치워놓은 건넌방으로 젊은 남녀를 안내하였다. 계숙이는 채 올라서기도 전에 점심을 시켰다.

밖으로 나다니다가 들어와서, 방안이 좀 침침은 해도 도리어 아늑한 맛이 있다. 추녀 끝을 스치는 한들바람에 풍경 소리만 댕그랑 댕그랑 하고 한가로운 절간의 정적을 고요히 흔들 뿐. 몇 집 건너 오막살이에서 낮닭 우는 소리도 이따금 들렸다.

"이런 데 와서 한 일주일 동안 실컷 잠이나 잤으면 좋겠어요."
하고 계숙이는 그 기름한 다리를 쭉 뻗는다.

"일주일은커녕 단 하루 동안만 이 다리를 좀 쉬었으면…."
하고 수영이도 다리를 쭉 뻗으며 제 무르팍을 주먹으로 탁탁 친다.

계숙이는 수영의 얼굴을 곁눈으로 살짝 보면서

"또 좀 주물러 드릴까요?"
하고는 손등으로 입을 가리고 수줍은 웃음을 웃는다. 수영이도 앓던 때 생각이 나서 픽 웃었다.

계숙이는 잊어버렸던 것이나 생각한 듯이

"참 외투나 벗고 앉으시지요. 방이 이렇게 따뜻한데."

하고는 어디 출근했던 남편이 사퇴나 해 나온 것처럼, 재빠르게 일어서서 수영의 외투를 벗겨서 걸어 준다. 수영이는

'먹을 것만 걱정이 없으면 결혼생활두 미상불 괜찮겠는걸.'

하고 속마음이 흐뭇하였다.

그러자 피차에 고향 생각이 나서, 시골의 자연과 풍속이며 집안 형편을 이야기하는 동안에 밥상이 들어왔다. 아담한 교자상에 금방 끓여서 올려놓은 두부전골이 절간의 냄새를 풍기고, 튀각과 고비나물에 손바닥 같은 취가 곁들였다.

수영이는 가장과 같이 아랫목에 가 떡 앉고, 계숙이는 신혼한 호젓한 가정의 주부처럼 무릎을 꿇고 수영의 시중을 들었다.

수영의 밥공기는 밥통과 입 사이를 날아다니듯 한다. 계숙이는 취쌈을 하나 맛있게 싸놓고는 먹을 사이가 없었다. 밥을 담아 주기가 무섭게 빼앗아 가듯 하는 바람에 계숙이는 젓가락만 들었다 놓았다 한다. 하도 어처구니가 없어서

"너무 속력을 내면 뱃속에서 취체를 할 걸요?"

하고 웃으니까

"뭘요, 남의 땅덩이를 막 삼켜두 곱게만 새기는데 이까짓 밥 몇 공기쯤이야…."

하고는 여전히 범 본 놈 창구멍 틀어막듯 한다. 여섯 공기나 감치듯 하고 나서야 숭늉을 마시고 나서

"인젠 살았군."

하고 물러앉는다. 한 사나흘 굶은 사람처럼 반찬을 걸터듬 해서 어기어기 씹는 것이 무식은 해 보였어도 숫기 좋게 먹는 것이 남성적이어서, 계

숙도 덩달아 식욕이 동할 만큼 탐스러워 보였다.

계숙이는 그제야 밥 한 공기를 겨우 먹고 나서 어쩌나 보려고

"아침 점심 얼러 잡수셨지만 이왕이면 아주 저녁까지 때워버리시지요."

하고 밥 한 공기를 고봉으로 담아 가지고 내어 밀었다.

"아—니요. 이 이상 더 먹는 건 민족경제상 문젠걸요."

하고 머리를 저으면서도 권에 못 이기는 체하고 다가앉으며 밥통을 들여다본다.

"이거 염치가 없는 걸."

하더니 전골 국물에다 말면서도, 계숙의 얼굴을 흘끔흘끔 쳐다보며 식은 죽 마시듯 한다. '장비야 내 배 다칠라' 한다는 격으로 배를 안고 기대어 앉은 것을 보고 계숙이는

"참 엄청나군요."

하고 혀끝을 내둘렀다.

수영이가 대답할 말이 없어서

"아마 우리는 벼 천 석이나 해야 살겠는데."

하니까,

"그게 지금버텀 걱정이세요?"

하고 계숙이가 말끝을 채뜨려가지고 놀리듯 한다. '아이는 배기도 전에 기저귀 장만부터 한다'는 말이 생각이 나서, 하마터면 사레가 들릴 뻔하였다.

068회, 1933.09.20.

10 두 사람은 귤과 사과를 들여다가 입가심을 하면서 이런 이야기 저런 이야기를 주고받느라고 시간 가는 줄을 몰랐다. 수영이는 이야기를 하면서도

'기회를 놓치지 말자.'

하고 속으로 몇 번이나 벼르다가

"참 그런데."

하고 정숙한 표정으로 고치며 말을 끄집어냈다.

"조경자의 집으로 들어가실 생각이 있지요?"

하고 넘겨씌우는 것이 그야말로 어둔 밤에 홍두깨 내밀기다.

"별안간 그게 무슨 말씀이세요?"

계숙이는 눈이 휘둥그렇게 뜨지 않을 수 없었다. 경자나 경호와의 관계를 수영이가 알고 있으리라고는 천만꿈밖일 뿐 아니라, 더구나 단도직입으로 꽂는 데는 가슴이 찌르르하지 않을 수 없었다.

"무슨 말이라니요. 난 확실치 못한 것을 말하는 사람이 아니에요. 지난 일은 지금 와서 꺼낼 필요가 없지만, 앞으로 어떻게 할 생각이라는 것쯤은 얘기해주셔도 좋을 듯한데요."

하고 이제는 완구히 사랑하는 사람의 자격으로서 준절히 묻는다.

"그건 어떻게 아셨어요?"

계숙이는 머리를 숙이고 모든 것을 시인(是認)하면서도, 몰래 저지른 죄악이나 탄로된 것처럼 얼굴이 빨개졌다.

"대관절 어떡하실 작정이세요?"

수영이는 더 가까이 다가앉으며 위협하듯 자분참 묻는다.

계숙이는 어쩐지 머리를 쳐들고 수영의 얼굴을 마주 볼 용기가 없었

다. 여자로는 자존심도 어지간히 있고 고집도 여간 세지가 않지만, 수영에게는 일종의 위압을 느꼈다. 그러면서도

'어디서 누구의 말을 들었느냐'고 묻고도 싶고 여간 궁금하지가 않건만, 바득바득 대들며 물을 용기도 나지 않았다.

"글쎄 자꾸만 같이 가 있자구 조르는데 어떡하면 좋을지 모르겠어요."
하고 저고리 고름만 손가락에다가 돌돌 말았다 폈다 한다.

"경자란 여자가 무슨 까닭으루, 어떠한 필요가 있어서 계숙 씨를 저의 집으로 끌구 들어가려는 건 아시겠지요?"

수영의 혀끝은 점점 날카로워진다.

"저의 동생 공부하는 거나 봐주다가 동경으로 같이 가서 공부를 하자고 그러는데요…."

"그래, 그럭허자구 속으로 결심은 하셨단 말예요?

"…."

"그렇게 말씀하기 어려울 게 있세요?"
하고 또 한번 꼭두를 누른다.

계숙이는, 수영이가 저를 형사 피고인이나 다루듯 하는 것이 조금 불쾌도 하거니와

'좀 더 생각해 보고 대답하리라.'
하고는 아랫입술을 꼭 물었다. 실토를 한다면 수영의 강경한 반대론이 나올 것은 뻔한 일인데, 수영의 공격을 받을 것이 두렵다느니보담, 수영의 면전에서 저의 솔직한 의견을 말할 수는 차마 없었다.

그 솔직한 의견이란 별것이 아니다. 둘이 다 지금 형편으로는 도저히 결혼 생활은 할 수가 없다. 생활 문제도 물론 크거니와, 조금 모험을 하

더라도 저는 저대로 공부를 계속해서 직업적으로 또는 사회적으로 독립을 하고 난 뒤에야, 결혼을 하겠다고 고백을 한다면

'옳지 내가 아주 가난뱅이고, 배달부 노릇밖에 못할 위인이니까, 저나 출세를 해서, 되려 먹여 살려야겠다고 생각하는 게로구나.'

하고 수영이가 고깝게 생각을 할까 보아 겁이 났던 것이다.

또 한편으로는 모처럼 유쾌한 하루를 보내려고 나와서, 그런 빡빡한 말을 주고받아서 머리 골치를 아프게 하기에는 시간이 아깝기도 하였다.

계숙이는 한 삼 분 동안이나 눈을 내리깔고, 미닫이에 박아 놓은 유리쪽을 뚫고 들어오는 돈짝만한 햇발이, 장판 바닥에 아롱지는 것만 들여다보다가

"그 이야긴 그리 급한 일도 아니니 좀 뒀다 했으면 좋겠어요."

하고는 잠시도 제 얼굴에서 시선을 떼지 않는 수영의 얼굴을, 애원하듯 쳐다본다.

069회, 1933.09.21.

11 "수영 씨는 누구한테서 그런 말을 들으시고, 또 어떻게 생각을 하시는지도 모르지만, 덮어놓고 나를 믿어 주세요! 내 입으로 이런 말씀을 하는 건 우습지만요, 난 조경자쯤한테 속아 넘어갈 여자가 아니라는 것만 꼭 믿어 주세요!"

애원하는 듯 쳐다보는 계숙의 까만 눈동자와 앵두를 문 것 같은 입술, 그리고도 어떠한 유혹이 있든지 넉넉히 물리칠 자신이 있는 듯한 태도—는 상대자의 마음을 눅이고 말았다.

모든 것을 믿고 의심치 말아달라는데 부득부득 묻기도 거북하거니와

저 역시 모처럼 계숙이를 만나서 말도 듣기 전에 너무 윽박지르지나 않았나 하니 슬그머니 탕개가 풀렸다. 그래서

"정 그러시다면 그 이야긴 다음 날 하지요."

하고 너그러이 웃었다.

방안에는 다시 화기가 돌았다. 계숙이는 까먹고 난 귤 껍데기를 손톱 끝으로 제기고 앉았다가

"그런데요. 앞으로 우리가 어떻게 살아나가야 할는지 걱정이야요."

빗대어 수영의 속을 떠본다.

"생활 문제 말씀이에요?"

"그것도 지금 같아선 걱정이지요. 우리는 소년소녀들처럼 달콤한 연애만 하는 게 아니니까요."

수영이는 눈을 딱 감고 기대어 앉았다가

"생활 문제에 대해서는 나는 이런 생각을 가지구 있어요."

하고 잠시 뜸을 들이더니

"우리가, 또는 이 현실(現實)이 도저히 안락한 생활은 꿈도 꿀 수 없어요. 또 그런 문화생활이란 우리가 바라는 것도 아닐 뿐더러, 어떻게 생각하면 점원 노릇을 하거나 다리품을 팔아서, 어쨌든 하루 세 끼 밥이 입에 들어가는 것만 해두, 난 다행인 줄 알어요. 지금 시골에서는 이팝 한 그릇을 제대루 먹는 사람이 별루 없으니까요."

"그렇지만 언제까지나 이 현실에 만족하고 지내지는 못할 게 아니야요?"

"그렇지요. 무슨 변동이 있어야지요. 당분간 하는 수가 없으니까 밥이나 얻어먹으려고 제 시간 전부를 바치는 게지 앞으로는 물론 다른 길을

개척해야만 하지요."

"그 길이 어떤 길이에요? 난 그 말씀이 듣고 싶었어요."

계숙의 정신은 왼통 수영의 입에 매어달린 듯 두툼한 남자의 입술을 바로 턱밑에서 쳐다본다.

수영이는 무슨 생각에 잠겨 눈을 딱 감고 눈동자만 굴리다가 무겁게 입을 연다.

"그건 좀 됬다 얘기하지요."

"그렇게 당장에 오금을 박는 법이 어디 있어요."

계숙이는 금세 입이 뾰족해졌다.

"천만에. 일부러 오금을 박는 게 아니라, 아직 말할 시기가 못 됐으니까 차차 의논을 하려는 게지요."

수영이는 아직 계숙의 처녀적 공상과, 장래에 대한 커다란 꿈을 무자비하게 깨뜨려 주고 싶지가 않았던 것이다. 조만간 지금 제가 품고 있는 포부와 희망대로 같은 길을 걸어줄 줄 믿으면서도 저의 계획을 겉으로 나타내어 발표하고 싶지가 않았다.

"무슨 일에든지 자신 있게 착수하기 전에는 말버텀 앞을 세우지 않으려는 건 내 모토[標語]예요. 그러니 아직은 그 점만 양해해 주실 줄만 믿지요."

하고는 계숙의 눈치를 본다.

계숙이는 무거운 것에나 짓눌리는 것처럼 다시 가슴이 답답해졌다.

070회, 1933.09.22.

[12] '인제는 둘이 약혼까지 한 셈인데 왜 자기 생각을 속 시원하게 얘

기를 못한담.'
하고 계숙이는 저를 든든히 믿어 주지 않는 것이 야속도 하였다.
수영이도 그 눈치를 채지 못한 것은 아니건만
'지금부터 시골 가서 살자면 펄쩍 뛸걸. 요새 여자들은 시골이라면 아주 백색 노예들만 사는 토굴로만 아니까… 암만해두 시기가 일러.'
하고는 속으로 머리를 흔들었다. 수영이는 벌써부터 공허한 도회의 생활에 넌덜머리가 나서 제 고향으로 돌아가 농민들과 똑같은 생활을 하며, 농촌운동에 몸을 바칠 결심을 단단히 하고 있었던 것이다. 멀지 않은 장래에 어느 기회에든지 이제까지의 생활을 청산해 버릴 마음의 준비는 하고 있었다. 그것은 병식에게도 말하지 않았던 것이다. 적당한 시기가 돌아만 오면 물론 계숙에게도 저의 주의주장과 실행할 방침까지라도 토론을 하리라 하고 굳이 침묵을 지켰다.
또 한편으로는 수영이 역시, 적어도 오늘 하루만은 모—든 세상 근심을 훨훨 털어버리고 유쾌하게만 보내고 싶었다. 오랫동안 옥죄었던 신경과, 국축되었던 감정을 사랑하는 사람의 곁에서 마음껏 펴보고 뻗어보고 싶었다. 그리고 이제로부터는 얼마든지 자유롭게 만날 기회가 있을 것만 믿었다. 또는 면대해서 말을 하기 거북한 일이 있는 경우에는 편지로 하리라 하고 골치 아픈 문제에는 접촉되기를 피하였다.
"지금 몇 시나 됐을까?"
수영이는 혼잣말을 하듯 하고는 유리창 밖을 내어다본다. 그 구닥다리 시계를 잡히느라 갈팡질팡하던 생각이 나서— 터져 나오는 웃음을 꽉 깨물었다.
"인제 세 시 반인데요."

계숙이는 팔뚝시계를 돌아서 저만 몰래 보고는 에누리를 하였다. 실상은 네 시도 십 분이나 넘었건만 수영이가 신문사로 돌아갈 시간이 되었다고 일어설까 봐, 좀 더 붙잡아 앉히려는 수단이었다.

서로 기다리던 때와는 정반대로 만나고 본즉 시간은 사뭇 줄달음박질을 하는 것 같았다. 가슴 속에 길로 쌓인 듯하던 이야깃거리는 부리만 겨우 따다가 말았는데 벌써 밑바닥이 긁히는 것 같았다.

유리창 밖에는 산골짜기로 저녁연기가 골안개처럼 피어오르는 것이, 한 폭의 담박한 묵화와 같이 내다보인다. 근처 승방에서 목탁 소리와 함께, 여승이 앳된 목청으로 염불하는 소리가 끊겼다 이었다 한다.

그러자 저녁바람을 타고 산등성이를 넘어 꿈속같이 울려오는 것은, 은은한 쇠북소리였다. 두 젊은 남녀의 영혼은 그 쇠북소리의 음파에 실려, 아득히 먼 나라로 사라지는 듯. 눈앞에 만수향 줄기와 같이 뻗어 오르는 두어 줄기 저녁연기는, 얼크러지려는 두 사람의 애틋한 정서(情緖)를 한 가닥으로 꼬면서 공중으로 서리어 올라간다.

두 사람은 무슨 향기 높은 마취약에나 아찔하게 취한 것처럼 머리를 떨어뜨리고 있다가는 힘없이 고개를 쳐들고 멍하니 상대자의 얼굴을 바라다 볼 뿐….

"자, 내일이라두 또 만나기로 하구, 오늘은 일어섭시다."
하고 수영이는 일어섰다. 양복 주머니에서 백동전 소리가 절그렁거리고 났다. 불시에 가슴 속에다 불을 지르는 이성에 대한 야릇한 충동을 억제하려고

'꼬리가 길면 밟히는 법이야.'
하고는 자리를 떠나려는 것이다. 계숙이 역시 이대로 헤어지기는 무미하

고 불만도 느껴져서

"어느새 가실 테야요?"

하고 나지막하게 한숨을 쉰다.

"마라톤을 할 시간이 됐으니까, 곧 들어가야겠어요."

수영이는 외투를 떼여 입으려 한다.

계숙이는 무슨 생각을 하느라고 고개를 갸우뚱하고 앉았더니

"그럼 좀 기다려 주세요. 요 앞에 잠깐만 다녀 들어올게요."

하고는 한쪽 눈을 찌긋해 보이더니, 급한 볼 일이나 생긴 듯이 총총히 나가버렸다.

071회, 1933.09.23.

13 오 분— 십 분—.

계숙이는 한 이십 분만에야 들어왔다. 수영이는 급해서 마음이 조이는데

"기다리시기 지루하셨지요?"

하고 상글상글 웃으며 느릿느릿한 걸음으로 들어왔다.

"아, 어딜 갔다 인제야 오세요?"

수영이는 좀 뾰로통해서 마루 끝으로 나왔다.

"전화 걸구 왔어요."

"전화는 무슨 전화에요? 오늘이 공휴일이라면서…."

"나 혼자 놀면 미안하지 않어요?"

"그럼 어떻게 해요. 남의 일 맡은 거야 충실히 해야지요. 수백 명이나 되는 독자가 신문을 기다리니까…."

"걱정 마세요. 급한 볼 일이 생겨서, 오늘은 못 가신다고 신문사로 미리 기별을 했으니까, 맘 턱 놓구 계세요."

"신문사루요?"

하고 수영이는 놀랐다. 더구나 여자 목소리로 전화를 걸었다는 것이 자미 적었다. 제 곁을 잠시도 떠나고 싶지가 않아서 멀리 가서 전화까지 빌어 하고 들어온 계숙의 마음이 고맙기는 하면서도, 다른 사람이 서투른 구역에 신문을 돌리느라고 수고를 할 생각을 하니 여간 미안하지가 않았다.

"어쨌든 나갑시다."

하고 구두끈을 매니까

"왜 어느새들 돌아가시렵쇼?"

하고 주인마누라가 나와서 합장을 한다.

"참 밥값을 줘야지."

하고도 '이걸론 모자랄걸' 하면서 수영이가 돈을 꺼내려니까

"고만 두세요. 여기 있어요."

계숙이가 앞을 막아서며 조그만 지갑을 연다.

"아—니, 내가 내지요."

하고도 주머니 속의 백동전을 절렁거리며 끄집어내기는 하나 '내가 낸다'는 목소리가 모기소리보다는 조금 컸을까.

계숙이는,

"쌈짓돈은 주머닛돈 아니야요?"

하고 상긋이 웃으며 약빨리 일 원짜리 두 장을 꺼내서 주인마누라의 손에다 쥐어 주었다.

수영이는 뒤통수를 긁으며 계숙의 뒤를 따라 나갔다.

"자— 어디루 갈까요?"

"마음 가는 대로 발길 내키는 대로 가지요."

하며 계숙이는 서양 여자처럼 왼편 팔을 수영에게 내밀어 준다. 수영이는 무쇠같이 튼튼한 팔로 포동포동한 계숙의 팔을 흐벅지게 끼고 언덕으로 내려와 송림 사이를 걸었다.

석양은 뉘엿이 산등성이를 넘으려 한다. 거친 벌판에는 저녁 바람이 일기 시작해서 계숙의 머리카락과 옷깃을 날린다. 바람은 쌀쌀하여도 두 사람은 조금도 추운 줄 몰랐다.

빨갛게 상기가 된 얼굴을 스치는 바람은, 여름 날 이른 아침에 냉수를 끼얹어 세수나 하는 듯이 시원하였다.

"문 안까지 걸어 들어갈까요?"

"좋지요. 걸어갑시다. 스파르타 청년들은 사랑하는 사람을 만나려고 밤중에 삼십 리나 되는 지브롤터 해협을 헤엄을 쳐서 건너다녔다는데요."

수영이도 매우 로맨틱해졌다.

두 사람은 큰길로 내려와서도 지나가는 사람이야 비웃건 말건 여전히 팔을 끼고 걸었다. 무인지경을 행진하는 군대처럼 저벅저벅 발을 맞추었다. 한참이나 걸으니 속옷에 땀이 밸 만치나 후끈하고 더웠다.

"우리는 행복이란 것을 믿지 마십시다. 그렇지만 우리는 둘이 다 이렇게 튼튼한 것, 이 건강한 것만이 단 한 가지 우리의 밑천이에요!"

"그래요. 이렇게 수영 씨하구만 발을 맞춰서 걸어 나가면 앞에 무서울 게 없겠어요."

"그럼요. 젊은 남녀가 합심협력을 해서 씩씩하게 싸워나가면 거칠게 없지요. 겁날 게 없지요!"

"난 수영 씨만 믿을 테야요. 이 목숨이 끊기는 날까지 수영 씨의 이 단단한 팔에 매어달릴 테야요!"

하고 계숙이는 수영에게 몸을 실리듯 하며 걷는다.

"책임이 너무 무거운 걸요. 내가 되려 매달리면 어떡하실 테에요?"

"아이구 그럼 난 아주 찌부러지게요."

무르익는 복숭아를 쪼개 놓은 듯한 계숙의 입술은, 바로 수영의 턱밑에서 경련(痙攣)이나 일으키듯 조금씩 떨린다.

누가 떠다 민 것도 아니요, 끌어들인 것도 아니건만 두 사람의 그림자는 호젓한 나무 그늘 밑으로 들어가서는 한 덩어리로 뭉쳤다. 가쁘게 숨을 내쉬는 계숙의 젖가슴은 따로 살아 있는 생물처럼 얄따란 속옷 속에서 벌렁거린다.

수영이는 지구덩이를 껴안고 계숙이는 태양을 붙안은 듯… 조그만 반항도 없이 입술의 처녀를 바쳤다.

072회, 1933.09.24.

14 두 사람은 가슴 벅찬 흥분과 불붙은 정열을 식히느라고 힘을 들였다.

길거리에 전등불이 쫙 들어오자, 신비의 세계는 날아가 버렸다.

남녀는 황급히 떨어져 어깨를 나란히 하고 묵묵히 문안으로 걸어 들어왔다. 얕은 하늘에서 별들이 반짝이듯, 큰길 좌우와 남산 일대에 깔린 전등불이 이 날은 여간 아름다워 보이지 않았다. 저주의 대상이던 도회—

모든 불평의 소굴이던 서울이, 눈이 부시도록 찬란해 보였다.

배오개까지 걸어 들어오는 동안에도 다시는 말을 아니 할 듯이 두 입은 다문 채로 있었다. 서로 얼굴을 대하기가 부끄럽고 수줍었던 것이다.

"저녁을 먹어야지요."

하고 수영이는 길가의 설렁탕 집 앞에 와서 우뚝 선다.

"나두 좀 시장해요. 아까 하두 탐스럽게 잡수시는 통에, 난 한 공기밖에 못 먹었어요."

하면서 '설마 설렁탕집에야 들어갈라구' 하고 계숙이도 발을 멈추었다.

"들어오세요."

명령하듯 말하고 수영이는 누린 냄새와 함께 더운 김이 연기처럼 서리어 나오는 설렁탕집으로 쑥 들어간다.

계숙이는

'아이 여기서 어떻게 저녁을 먹는담.'

하면서도 서슴지 않고 따라 들어섰다. 계숙이가 설렁탕집에 들어가기는 물론 처음이었다.

각반을 친 노동자가 대여섯이나 설렁탕 뚝배기에 머리를 틀어박듯 하고 먹다가, 일제히 가무퇴퇴한 얼굴을 쳐들고 하이칼라 여자를 주목한다. 주발에다 조밥덩이를 껴안고 들어온 영감쟁이까지 계숙이의 아래 위를 훑어본다. 그네들도 이런 데서 이런 말쑥한 여자를 맞이하기는 처음이었을 것이다.

두 사람은 납작한 나무 걸상에 다리를 오그리고 걸터앉아서, 한 눈도 팔지 않고 설렁탕 국물을 훌훌 마셨다.

계숙이는 핸드백에서 지리가미를 꺼내어 검은 때가 덕지덕지 묻은 숟가락을 닦아 가지고 홀짝홀짝 국물만 떠 넣는다.

그렇건만 수영이는 무거리 고춧가루며 꺽둑꺽둑 썰어놓은 파 양념을 듬뿍 타 가지고 밥덩이를 두어 번 끄더니, 어느 틈에 뚝배기 밑바닥까지 득득 긁는다.

설렁탕 값은 수영이가 버젓이 치르고 나왔다. 나가다가

"자 우선 좋은 경험 하나 하셨지요?"

하고 수영이는 양치질을 왈각왈각 해서 길바닥에다가 뱉는다.

"그 사람들이 자꾸만 쳐다봐서, 난 먹는 숭내만 냈어요."

"체면을 차리면 언제든지 손해밖에 볼 게 없지요."

하고 수영이는 계숙이를 비웃었다.

"우리 내친걸음이니 구경 갈까요? 조선극장에 좋은 사진이 왔다는데…."

하고 응석을 부린다. 수영이는 여전히

"글쎄요."

할 수밖에 없었다. 구경도 한번 가고는 싶지만, 입장권 살 것도 걱정이요, 그런 번화한 데서 신문사 사람들을 만날까 봐 주저하였다.

"다음날 가십시다."

하는 것을 계숙이는 억지로 끌다시피 해서 사동 골목으로 들어섰다.

계숙이가 몇 걸음 앞을 서서 달음질을 하듯 극장으로 가서, 표 두 장을 사다가 뒤떨어져 오는 수영이를 준다.

'예라, 오늘 하루만 철저하게 놀자.'

하고 수영이는 제가 표나 산 것처럼 앞장을 서서 버티고 들어갔다.

둘이 앞서거니 뒤서거니 층층대로 올라가는데

"계숙이!"

하고 부르는 여자의 목소리가 들렸다.

"여봐 계숙이!"

새된 여자의 목소리는 층층대로 따라 올라온다.

계숙이는 위층에서 멈칫하고 내려다보았다. 그것은 경자였다. 계숙이는 수영의 뒤를 허겁지겁 쫓아 올라가서

"저 앞줄에 가 앉아계세요."

하고 이르고 층층대로 내려오자, 놀란 토끼와 같이 뛰어 올라오는 경자와 마주쳤다. 경자의 뒤를 천천히 따라 올라오는 경호의 안경이, 휘황한 전등불 아래 번뜩였다.

073회, 1933.09.25.

5

① 경자는 오늘 저녁때까지 오겠다고 찰떡같이 맞춘 계숙이를 기다리다 못해서, 암상이 통통히 났었다. 그러다가 조선극장에 훌륭한 발성영화가 오늘밤부터 상영된다는 신문 광고를 보고 좀이 쑤셔서, 경호를 충동해 가지고 구경을 왔다. 왔다가 뜻밖에 문간에서 계숙이가 먼저 올라오는 것이 언뜻 눈에 띄었던 것이다. 수영이는

'왜 먼저 올라가 있으라누?'

하고 계숙의 뒤를 내려다보다가 계숙이가 경자에게 꾸지람을 듣듯 하면서 따라 올라오는 것을 보고

'조게 언제 왔어.'

하고 위층 꼭대기로 성큼성큼 올라갔다.

"저 사람하고 종일 얼려 댕겼군."

하고 경자가 위층으로 대고 입을 삐쭉해 보이는 것을

"아니야 모처럼 구경이나 한번 시켜 달라는 걸 어떡해."

마음에 없는 거짓말로 꾸며댔다.

"그럴꺼야."

하면서도 경자는 고개를 끄덕이면서도 '네가 누구를 속이려구' 하고 계숙이를 힐끗 흘겨보면서 올라왔다.

계숙이는 고개를 돌려 수영이를 찾았다. 그러나 첫날이라, 사람이 꾸역꾸역 들이밀려 들어와서 찾을 수가 없다. 위층 맨 꼭대기로 올라가 학생들 틈에 끼어 앉은 수영이가 눈에 띌 리가 없었다.

경자는 계숙의 표까지 특등으로 바꿔가지고 올라와서

"이렇게 사람 많은데 찾기는 뭘 찾어?"

하고 계숙이를 맨 앞줄의 좌석으로 끌고 간다. 경자는 계숙이와 나란히 앉았다가, 경호가 들어오니까 냉큼 일어나 제 자리를 내어 준다. 경호는 넥타이를 매만지며 위엄을 꾸미며

"구경 오셨어요?"

하고 은근히 머리를 잠깐 숙이며 목례를 한다. 계숙이도 몸을 조금 일으키며

"오셨어요?"

하고는 외면을 하고 앉았다. '하필 내 곁에 와 앉을 게 뭐야' 하고 경호와 어깨가 마주 닿도록 가까이 앉아 있으면서도 될 수 있는 대로 몸을 비키려고 한다. 마지못해 끌려와 앉았노라니 그야말로 바늘방석에 가 앉은 것 같다. 수영의 송곳 끝 같은 시선이 자꾸만 등 뒤에서 자신의 뺨과 목덜미를 찌르는 것 같아서, 송구해 견딜 수가 없다.

'얼핏 불이나 꺼졌으면.'

하자 극장 안이 깜박하더니 사진이 비추기 시작한다.

수영이는 세 사람을 내려다보다가

'계숙이를 다른 자리로 빼앗어 가지고 옮겨 앉을까. 경호 남매의 골을

좀 단단히 올려 줄까.'

하고 몇 번이나 들먹거리다가

'예라, 점잖지 못하다.'

하고 도로 주저앉았다. 그러나 사진이 재미있는 고비를 넘을 때마다, 으스름한 붉은 전등 빛 아래서 경호가 몇 번이나 계숙에게 몸을 기대듯 하고 말을 건네는 것이 보였다.

수영의 눈은 계숙의 머리 뒤가 달라붙고, 계숙이 역시 스크린[映寫幕]이 등 뒤에 달린 것 같아서, 끝이 날 때까지 무슨 사진을 보았는지 모를 지경이었다.

불이 또다시 휘황하게 켜졌다. 계숙이는 손수건으로 얼굴을 반이나 가리고 머리를 숙이고 앉았다.

그러다가 왼편쪽 부인석의 기생들 틈에 정신이가 끼어 앉아 있는 것을 발견하였다. 정신이 경호와 계숙이 편만을 노리고 있다가 살그머니 일어서더니 특등석으로 부비고 들어온다. 경자가 먼발치로 보고 손짓을 했던 것이다. 정신이는 경자더러

"난 조금 아까 들어왔어."

묻지 않은 말을 하고 계숙의 얼굴을 처음 보는 사람처럼 들여다보고는

"아니 난 누구라고, 계숙이두 왔구먼."

하고는 경호와 계숙이를 번갈아 보더니

"재미가 퍽 좋군."

하고 의미 깊은 웃음을 웃는다.

계숙이는 인사 대답도 아니하고 벌떡 일어났다. 그 자리에 가 앉았기가, 더구나 정신의 눈앞에 앉았기가 정말 싫었던 것이다.

"어딜 가?"

경자는 놓치면 큰일이나 날듯이 따라 일어나며 다시 계숙이를 붙잡아 앉히건만

"머리가 아파서 잠깐 바람 좀 쐬구 들어올 테야."

하고 경자의 손을 뿌리쳤다.

074회, 1933.09.26.

2 계숙이는 제가 일어서 나오는 것을 수영이가 어느 구석에서든지 보았으면, 으레이 따라 나올 줄만 알았다. 위층 복도에서 서성거리다가 나오는 기미가 보이지 않으니까, 밖으로 나갔다. 경호의 곁에서 머릿기름 냄새를 맡으며 오래 앉았다가는 수영의 오해를 사기 쉬운 것보다도, 정신에게 그런 장면을 들킨 것이 여간 분하지 않았다. 나오긴 나왔어도

'수영 씨한테 작별을 해야 하겠는데….'

하고 다시 들어갈까 말까 망설이고 섰으려니까, 기다리는 수영이는 나오지 않고 경자가 층계를 굴러내리듯 하며 쫓아 나왔다.

"왜 구경을 하다 말구 혼자만 나와? 아마 정신이가 보기 싫어서 나왔지?"

하며 어린애를 달래듯 한다.

"기분이 나빠서 일찍 가 잘 테야."

하고 계숙이는 발꿈치를 홱 돌렸다.

"그럼 우리 집으로 갈까? 아직 초저녁인데…."

"아냐. 머리가 아파서 아무데도 가기 싫어."

"그래두 오늘 저녁엔 우리 집으로 가야만 할걸."

"가야만 할 게 어디 있어?"

계숙이는 경자의 말을 되받았다.

"그동안 이사를 했어."

"이사를 하다니?"

"우리 집으로…."

"누가 이사를 했단 말야?"

"내가 아까 가서 계숙이 짐을 다 옮겨 왔는걸."

"뭐야?"

계숙이는 껑충 뛰어오를 만치나 놀랐다. 그날 저녁 때 경자는 계숙이를 기다리다 못해 사숙으로 갔다가 아무도 없으니까, 계숙의 이부자리며 책상 경대 등속을 자동차로 실어서 저의 집으로 옮겨갔다. 아무리 저의 집으로 같이 가 있자고 졸라도 차일피일 끌기만 하고, 수영이가 드나드는 것이 위험도 하였다. 그래서 경호의 밀령을 받아 가지고 계숙이가 없는 틈을 타서 비상수단을 쓴 것이었다.

처음에는 주인마누라가 쫓아 나와서

"임자두 없는데 짐을 내놀 수 없소."

하고 막무가내로 방문 열쇠를 내 놓지 않는 것을

"글쎄 계숙이가 우리 집에 놀러 왔다가 별안간 배가 아프다고, 누워서 내가 대신 왔어요."

하고 전부터 계숙이를 가정교사로 데려 가겠다는 약속이 있었다는 말까지 해도

"어쨌든 그 학생이 오기 전엔 못 내놓겠다는데 웬 여러 말이요?"

하고 머리를 내저었다. 경자는

"아이, 마나님두 거진 날마다 놀러 오는 나를 못 믿어서 그러세요?"

하고는 계숙의 밥값 밀린 것과, 계숙이가 오래 신세를 졌다고 전해달라는 말을 하고, 십 원짜리 한 장을 꺼내서 손에다 넌지시 쥐어 주었다 그제야 주인마누라는

"이건 뭘 다 준단 말요? 나두 여간 섭섭지 않구려. 내 한번 찾아가 보리다."

하고 경자의 집 번지수를 적어 달래 가지고는 순순히 짐을 내 주었던 것이다.

◇

계숙이는 발끈하고 성미가 나서

"그런 경우가 어디 있어? 내 말두 안 들어보구 제 맘대루 남의 짐을 옮겨 가?"

하고 발을 굴렀다.

"그렇게 성을 낼 일이 아니야. 계숙이가 왜 반승낙은 하지 않았어? 집에선 다 올 줄 알구 기다리고 있는데. 어머니도 사람이 얌전하다니 기왕이면 하루바삐 데려오라구 하셔. 그래 돈까지 주시길래 묵은셈은 다하구 돈 십 원이나 더 주구 왔어."

하고 양해를 구하는 것이 아니라, 사뭇 애걸하듯 한다.

계숙이는 어떻게 했으면 좋을지 몰랐다. 제 몸 주체를 다른 사람이— 더구나 경자가 해준다는 것도 매우 우스운 일이거니와, 이부자리까지 없는 텅 빈 방으로 자러가는 수도 없고, 그렇다고 당장에 경자의 집으로 쫓아가서 짐을 도로 빼앗아 갈 형편도 못된다.

전등불이 눈이 부시게 내려 비치는 극장 앞에 언제까지나 서서 수영이가 나오기만 기다릴 수도 없어서, 계숙이는 몸 둘 곳을 몰랐다. 당장에

피곤한 다리를 뻗을 곳이 없고 모든 감정이 삼줄과 같이 엉클어진 머리를 쉴 곳이 없었다.

'여관으로 갈까?'

'수영 씨를 내쫓고 그 집에 가 잘까?'

하고 마음의 방황으로, 곁에서 저의 집으로 가자고 조르는 경자의 말도 들리지 않았다.

075회, 1933.09.27.

3 수영이는 사진을 볼 생각도 아니하고 눈을 딱 감고 앉았었다.

'계숙이가 만일 경호의 첩으로 들어가게 되면, 저녁마다 동부인(?)을 하구 구경이나 다니렷다. 저렇게 특등석에 나란히 앉으렷다.'

하고 불쾌한 공상과 질투에 몸을 떨며 앉았다가 눈을 떠 보니, 계숙이가 앉았던 자리에서 없어졌다.

'나를 찾아 올라오지나 않았나.'

하고 곁을 둘러보아도 여자는 하나도 없다.

'잠깐 볼 일이 있어서 자리를 뜬 게로군.'

하고 신지무의하고 앉아 기다렸다. 그러나 영영 돌아오지를 않으니까

'경자가 또 어디로 끌구 나갔구나.'

하였다. 경호가 그저 앉아서 구경을 하고 있는 것을 보고야, 안심을 하고 밖으로 나왔다. 혼자 구경할 재미도 없었던 것이다.

'인사두 안 하구 갔을 리가 없는데….'

하고 계숙에게를 들리려다가

'밤에 또 찾아가는 건 재미적어.'

하고 저 혼자 잣골로 올라가려니 갑자기 반편이 된 것처럼 허전허전하고 신변이 외로운 것을 느꼈다.

사숙으로 들어가 군불을 때면서도, 두 사람의 애정이 저 불길처럼 활활 타기만 하고 영원히 꺼질 때가 없었으면 하고, 속으로 빌었다.

더욱 쓸쓸한 방으로 들어가 남폿불을 켜고 이불을 두르고 앉아서, 편지를 썼다.

미진했던 말을— 더구나 면박하게 공격을 할 수 없었던 일을 솔직하게 썼다. 사연은 대강 이러하였다.

…계숙 씨가 그 집으로 들어가시려는 것을 내가 반대하는 이유는, 두 가지가 있습니다. 하나는, 우리의 생활환경과는 아주 딴 세상인 부르주아 가정에서 보고 배울 것이 조금도 없는 것과, 둘째는 경자에게 취해 쓴 돈(금액은 알고 싶지도 않지만, 적은 돈이 아닌 줄만 추측합니다)을 갚을 길이 없기 때문에, 또는 은혜를 입은 사람의 소청을 거절할 수가 없어서, 조경호가 간휼한 음모로써 경자를 매파(媒婆) 삼아 계획적으로 유혹하는 것을 번연히 인식하면서, 자기 발로 걸어서 함정으로 들어간다는 것은 한 치도 앞을 내다보지 못하는 행동이기 때문입니다. 이렇게 비교를 하면 대단히 불쾌하실지는 모르나, 그것은 기생이나 더 심하게 말씀하면 색주가나 유곽에 있는 여자도, 다 그와 비슷한 사정으로 몸을 판 것입니다.

반분은 봉건적인 효도사상에 희생이 되어서 그들은 인육까지 팔게 된 것입니다. 그러나 계숙 씨의 경우는, 그 동기가 그네만도 못합니다. 부모나 형제를 살리기 위함도 아니요, 단순히 몇 달 동안 밀린 밥값과 몸치장을 한 대가(代價)로서, 몸이 팔려 가는 것이 아니고 무엇입니까?

계숙 씨에게는 여러 가지 변명할 재료가 있겠지요마는, 요컨대 그런 구구한 변명쯤으로는 벌써 귀를 기울일 사람이 없을 것입니다.

나는 한 달에 잘해야 이십오륙 원밖에 못되는 수입을 가지고 삽니다. 그러나 내일부터라도 신문사 판매소 널 위에서 잠을 자고, 밥만 사먹으면 수입의 절반은 계숙 씨에게 보조할 수가 있습니다. 그것으로 경자의 빚을 다달이 까 나가십시오! 당신의 말씀과 같이 '쌈지 돈이 주머닛돈'이니 조금도 사양하실 것이 아닙니다.

그러면 나도 사랑하는 사람에게 대한 신성한 의무로 알고, 방울소리를 크게 내며 서울의 거리거리를 기쁘게 뛰어 다니겠습니다. 나는 더 이상 더 쓰지 않겠습니다. 그것은 누구보다도 총명하고, 조금도 마비되지 않은 양심을 가진 당신의 인격을 존숭하며, 겸하여 깊이 생각하신 뒤에 결정하실 줄을 믿고 간절히 바라기 때문입니다.

일간 또 반가이 만나 뵈옵겠으나, 이 편지의 답장만은 속히 해주시길 바랍니다.

우리가 영원히 기념할 날

김수영

수영이는 편지를 다시 읽어보며

'사연이 너무 과격하지나 않을까?'

'혹시 도리어 오해나 하지 않을까.'

하고 주저하다가

'이만이나 해야 콕 찌르는 맛이 있지.'

하고 몇 번이나 읽고 또 읽고 하다가 꼭꼭 봉한 뒤에 길거리로 나가서 우체통에다 넣었다. 넣고 나서도 편지가 중턱에 걸리지나 않았나 하고 우체통의 옆구리를 탁탁 쳐 보고야 들어갔다.

076회, 1933.09.28.

4 그 이튿날 저녁때까지 수영이는 답장을 기다리다가

'내일 아침에는 꼭 오겠지.'

하고 신문사로 들어갔다. 직접 계숙의 집으로 찾아가지 못할 것은 아니지만, 백화점에서 잘 때나 되어서 돌아오는 사람을 찾아가서 못 자게 굴기가 애처로웠던 것이다.

그날이 신문 대금 받은 것을 마감하는 날이라, 수영이는 판매소로 들어가서 셈을 하려니까 주임은

"참 조금 아까 이런 사람이 와서 찾데."

하고 종이쪽에 적어 두었던 것을 내어 준다. 거기에는 저의 당숙 되는 사람의 이름이 쓰여 있었다.

'어째서 올라왔을까? 일부러 사람까지 보냈을 때는 집에 무슨 연고가 단단히 있는 모양인 걸.'

하자 해수병으로 일 년이면 반년은 누워서 지내는 어머니의 얼굴이 눈앞에 떠올랐다. 궁금증을 참다못해서 신문사 밖으로 나서 버정거리며 기다리자, 얼마 아니해서 찌그러진 갓을 비딱하게 쓴 시골양반이, 입을 헤— 벌리고 두리번거리면서 걸어왔다. 수영이는 달려가서

"아저씨 어째 올라오셨어요?"

시골서 하듯 땅 위에 손을 대고 허리를 굽혀 절을 했다.

아저씨 되는 사람은 수영이가 서울서 신문사에를 다닌다니까, 조금 전에 영업국으로 찾아 들어갔을 때의, 죽 늘어앉았던 사원들처럼 양복을 말쑥하게 입고 있을 줄 알았다가, 뜻밖에 인력거꾼 복색을 하고 절을 하는 것을 보고는

'저게 수영인가?'

하면서도

"그동안 몸 성히 있었니?"

하고 고개를 끄덕이면서 잠시 어리둥절해하는 눈치다.

당숙 되는 사람은 과연 수영에게 급한 소식을 전하였다. 그것은 수영의 아버지가 수일 전에 타동 사람에게 잎담배를 몇 줄을 사먹다가 전매국 관리에게 들켜서, 담배를 판 사람을 대라고 몹시 얻어맞고 주재소까지 끌려갔다 나와서 인사불성으로 몸져 누웠다 한다. 벌금 이십 원을 당장에 바치지 못하면 오십 리나 되는 경찰서로 가서 구류처분을 받으라고 순사가 마지막 통지를 하고 갔다 한다. 그러나 온 동네를 털어도 단돈 몇 원도 구처를 할 도리가 없으니, 어떻게든지 돈 변통을 해 가지고 내려오라는 것이었다.

그만해도 놀라운 소식인데 당숙 되는 사람은

"돈은 둘째구 아주머니께서 말씀이 아니시다. 형님이 매를 맞고 넘어지시고 순사가 나오고 하는 통에, 고만 놀라셔서 기절을 하신 채 그저 깨어나지를 못하시는구나. 급히 서둘러 내려가지 않으면 아마 임종두 못하기가 쉽겠다."

하고 입맛만 쩍쩍 다신다.

수영이는 앞이 캄캄해졌다.

늙은 아버지가 매를 맞고 운신을 못한다는 것도 차마 듣기 어려운 소식인데, 그다지 저 때문에 오매불망을 하시던 어머니의 임종도 못할 생각을 하니, 참을 수 없는 설움이 북받쳐 올라왔다. 그러나 수영이는 슬퍼할 겨를도 없었다. 더구나 당숙 되는 사람이

"내려가는 길에 관재두 사 가지구 가야겠다. 차마 들것에야 모실 수 있니?"

하고 말하는 눈치를 보면, 그동안 어머니가 돌아가신 것 같기도 하였다. 수영이는 목이 메어서

"아, 어머니가 벌써 돌아가시지나 않으셨어요? 똑바루 말씀을 해주세요? 속이나 시원하게. 네?"

하고 달려들듯 하였다. 그러나 당숙은

"아—니다. 노인네 일이란 알 수가 없으니까 하는 말이다."

할 뿐. 어름어름하는 것이 갑갑해 못 견딜 지경이다.

평소에는 침착하던 수영이도 급보를 접하고 보니 어쩔 줄을 몰랐다. 더구나 아저씨는

"오늘밤 물참에 떠나야 한다. 낼 모레는 선편두 없다더라."

하고 눈을 커다랗게 뜨고 두리번거린다.

077회, 1933.09.29.

5 수영이는 생각하다 못하여 판매소 주임과 동료에게 사정 이야기를 하였다. 그들은 수영의 어머니가 돌아간 셈치고 부조를 하였다. 그러나 주머니털음를 해서 모은 돈은 칠팔 원밖에 못되었다. 그것을 본 주임은 수영의 딱한 사정을 동정하고

"다녀 올라와서 갚으시오."
하고 신문 대금 들어온 중에서 자기가 선대하는 형식으로 십 원 한 장을 얹어 주었다.

그날 밤 수영의 숙질은 탕약 한 재를 지어 가지고 부랴부랴 서울을 떠났다. 그러나 수영이는 우편국에서

'시골집에 긴급한 볼 일이 생겨서 총총히 길을 떠난다.'
는 엽서 두 장을 계숙에게와 병식에게 띄우는 것을 잊어버리지 않았다. 얼마 전만 같으면 으레이 '서병식'이란 이름이 먼저 써졌을 것인데 수영의 붓은 '최계숙'을 먼저 쓰게 되었다. 어느 틈에 수영의 마음속에서 두 사람의 석차(席次)가 바뀌었던 것이다.

수영의 고향은 인천서 똑딱선(석유발동선)을 타고 오십 해리나 남쪽으로 내려간다. 배에서 내려서도 사십 리나 걸어 들어가는 아주 모범적으로 궁벽한 시골이다. 똑딱선이 통하기 전에는 목선을 탔었다. 풍세나 사나운 날이면 사오일이나 배질을 하던 곳이다. 지금도 서울서 부친 편지가 빨라야 사흘 만에, 그나마도 인편이나 있어야 배달이 되는 원시적 부락(原始的 部落)이다.

해변이면서도 조수가 드나들어 노상 물이 흐리고 개흙바닥이 드러나서, 보기에 추할 뿐 아니라, 해물의 소산이라고는 새우, 숭어, 망둥이 등속밖에는 잡히지 않는 메마르기가 조선에도 으뜸갈 만한 곳이다. 먼 바다에는 삼치나 농어 같은 기름진 생선이 잡히기는 하나, 잡기가 무섭게 일본인의 발동선이 휘몰아서 사가기 때문에 그곳의 주민들은 구경도 하지 못한다.

흙은 시뻘게서 흰 옷에 스치기만 하면 물이 들고, 대머리 진 산은 장

마 때마다 사태가 져서 등어리가 쩍쩍 갈라진 채로 있다. 근년에 와서 군청과 면소에서 아카시아, 산적양 같은 식민지의 나무를 더러 심기는 했다. 예전에는 송림이 제법 어울렸으나 사람 송충이가 여러 해를 두고 긁어 먹은 산과 언덕이 살풍경을 면하기는 앞으로 창창한 세월을 요할 것이다.

이 메마른 산기슭에 밭을 일구고 토박한 벌판에 논을 풀었다. 그래서 칠팔 호쯤 되는 달팽이집 같은 토담집에 사오백 명이나 되는 주민들은 그 붉은 흙을 두더지처럼 뒤지며 몇 대, 몇 십대를 목숨을 이어왔다.

이러한 두메구석에 서울 조 판서의 땅이 있다는 것은 좀 알기 어려운 일이다.

지금으로부터 오륙십 년 전, 조경호의 증조부가 나이 육십이 넘어서 처음 이 땅으로 골을 해 내려왔었다. 그가 몇 해 동안 두고 장만한 전장이 밭 십여 일 갈이와 논 삼십 석 지기였다.

그러자 서울로 승차(陞差)를 해 올라갈 때 당시에 이방을 다니던 수영의 조부를 마름을 시켜, 농사를 지어 올리게 하였던 것이다. 그런 관계로 조 판서 집에서는 이 토지를 위답처럼 위하고 팔지도 않았던 것이다.

지금 경호의 집 재산은 경호의 할아버지가 경상감사 오년 동안에 긁어모은 것을 경호의 아버지 조 참판이 평생을 두고 장리와 중변을 놓아 늘려서 오륙천 석이나 받게 된 것이다.

수영의 집에서는 대대로 충실히 마름 노릇을 하여 왔다. 말하자면 수영이도 그 덕택으로 근처에서는 처음 되는 서울 유학을 하게 된 것이다.

◇

…마침 인천에서 그날 밤에 떠나는 선편이 있었고 요행으로 순풍이

붙어서, 그 이튿날 해질 무렵에 수영이는 삼 년 만에 고향의 붉은 흙을 밟았다.

배에서 내리자

"언니!"

하고 주막집에서 뛰어나오는 것은 사랑하는 아우 복영이었다.

"네가 어떻게 나왔니? 펵두 컸구나. 그래 어머니는 어떠시냐?"

하고 반가움에 겨워 아우를 얼싸안 고는 머리를 쓰다듬었다.

078회, 1933.09.30.

6 복영이는 느껴 오르는 울음을 꿀꺽꿀꺽 참으면서

"어머니가 인젠 나두 못 알아보신다우."

하다가는

"그 망할 놈의 자식들이 와설랑 아버지 빰을 때리구 막 단장으루…."

하고 울음이 터져서 말을 아물리지 못한다.

복영이는 늙은 아버지가 형의 나이밖에 안 되는 전매국 관리에게 여러 사람 앞에서 사매로 얻어맞고 온갖 욕을 다 당하면서도 마주 대들어 보지도 못하다가, 매에 못 이겨 마당에 넘어질 때의 기막히던 광경을 다시 눈앞에 그려보고는, 오래간만에 만난 형에게 매달려 하소연을 하였던 것이다.

수영이는 아우의 목을 얼싸 안았다가 들먹거리는 등을 어루만지며

"울지 마라 응 복영아, 울지 말어. 인제 언니만 가면 반가워서 일어나실걸. 자— 어서 가자."

하고 눈물을 씻겨 주며 앞장을 세웠다.

열네 살밖에 안된 어린 동생이 삼사십 리나 걸어서 마중을 나온 생각을 하니, 수영이는 해가 떨어지기 전에 오십 리라도 걸어갈 만치이나 기운이 났다.

뒤에 따라오던 당숙 되는 사람은

"재가 점심두 그저 못 먹은 모양이니 요기나 좀 시켜 가지구 가자."

하고 주막으로 데리고 들어가서 복영이는 찬밥을 데워 먹이고, 자기는 막걸리 한 사발을 마시고 나왔다.

해는 멀리 고향의 산등성이 너머로 떨어진다. 제일 높은 산마루터기 위로 주저앉은 유난히도 크고 붉은 태양은 눈 아래로 올망졸망 모여들어 몇 십리나 연접한 작고 큰 멧부리와 봉우리의 황소 잔등같이 느슨히 흘러내린 얕은 산허리로 주황빛 낙조를 부챗살처럼 펼쳐 내린다.

그러다가는 산 너머 동네에다가 온통 불을 지른 것처럼 구름을 타고 하늘이 끄슬릴 듯이 황홀하다.

산기슭의 납작납작이 엎드린 초가집에서 서리어 오르는 몇 줄기 저녁 연기와 함께 응달로 기어드는 어둠이 각일각으로 짙어갈수록 정이 든 산천의 윤곽의 더욱 뚜렷이 드러난다.

그 햇발이 바다 위로 떨어져서는 수평선 위에 넘노는 물결이 황금빛으로 지글지글 끓어오르는 듯, 포구로 돌아드는 어선 두어 척의 흰 돛은 눈이 부시게 번뜩인다.

그 바다 위를 갈매기가 수십 마리나 행렬을 지어 물독 속의 장구벌레처럼 날개를 너울거리며 지나가다가는 삐—ㄱ 삐—ㄱ 하고 몇 마디 애처로운 소리를 땅 위에다 흘리며 수영의 머리 위를 가로 질렀다.

오 리도 못 가서 해는 고요히 운명(運命)하고 어둠은 길 걷는 사람의 신변을 에워쌌다.

수영의 일행이 한 사오 리쯤 걸었을 때 날은 아주 캄캄해졌다. 해변을 끼고 도는 길이라, 바다 바람 드센 바람에 앞서 가는 복영의 두루마기 자락이 풀풀 날린다. 집채 같은 파도가 닥쳐오는 듯 쏴— 쏴— 하고 수영의 귓바퀴를 스치는 것도 바람 소리다.

수영이는 아우의 손을 이끌고 조약돌이 울퉁불퉁하게 깔린 신작로를 될 수 있는 대로 급히 걸었다. 도랑을 만나면 같이 뛰어 건너고 갯고랑을 지날 때에는 업어 건넜다.

걸어가면서 집안일을 물어도 보고, 서울 이야기도 들려주었다.

그러나 수영의 머리는 서글픈 추억으로 가득 찼다. 오래간 만에 고향의 산천을 대하는 수영이는, 주위의 경치를 바라다 볼 마음의 여유가 없었다. 다만 이제까지 제가 밟아온 길을 돌아다보기가 급했다.

수영의 마음은 지척을 분변할 수 없이 눈앞에서 움직이는 캄캄한 밤 그늘보다도 더 컴컴해졌다.

079회, 1933.10.01.

7 일행은 신작로를 버리고 가까운 산길로 들어섰다. 어려서부터 다니던 길이라 발은 익건만, 나무 위에 깃을 들었던 까막까치가 선잠을 깨어 머리위에서 푸드득 푸드득 날고, 짐승처럼 웅숭그린 솔포기가 발을 떼어 놓을 적마다 부스럭거려서 머리끝이 쭈뼛쭈뼛 하였다. 그럴 때마다 복영이는 형의 옷소매를 단단히 끌어당겼다.

수영이는 무섭도록 고요한 어둠을 헤치며 걸었다. 하늘의 총총한 별을 우러러 방향을 잡고 걸어가면서, 칠 년 전에 고향을 떠나던 때를 생각했다.

그때도 이 길을 밟았었다. 그러나 그날 밤은 달이 밝았었다. 아버지는 안방에서 담뱃대만 재떨이가 깨어져라 하고 두드리며 내다보지도 않으시고, 어머니는 대문 밖에 기대서서

"잘 다녀오너라."

소리를 몇 번이나 되풀이를 하시며 차마 손을 놓지 못하시는 것을

"어머니 공부 내 잘하구 올게유."

하고 떨리는 손을 뿌리치듯 하였다. 그러나 동구 밖에서 돌려다보니, 하얀 옷을 입으신 어머니는 돌아서서 우시는 모양이었다. 재작년에 시집을 간 누이동생 영순이는 치맛자락으로 얼굴을 가리고 소리를 내어 울었었다.

그 해에 일곱 살밖에 안되었던 복영이는 형의 두루마기 고름을 감아쥐고 신작로까지 따라 나오며

"언니 잘 가우. 방학 때 꼭 와유."

하다가는,

"나두 서울 갈 테야."

하고 논두렁에 가 펄썩 주저앉으며 발버둥질을 치는 것을 간신히 달래서 보내던 생각—

그 해에 저와 함께 보통학교를 졸업한 동무들이 십여 명이나 나루께까지 전송을 나왔었다. 달이 대낮 같은 바닷가에서 바위에 철썩철썩 부딪치는 물결 소리를 반주 삼아 그 당시에 한참 유행하던 '둥근 달 밝은 밤에 바닷가에는…' 하는 창가를 목청껏 합창을 하였다. 지금 그 노랫소리가 산등성이 하나를 격한 바닷가에서 들려오는 것 같다.

그러다가는 똑딱선을 기다리는 동안에 바심마당처럼 평평한 백사장 위에서, 여러 동무들은 큰 벼슬이나 하러 가는 사람처럼, 저를 어깨 위에다 높다랗게 멍을 태워 가지고 돌아다니며 "무쇠 골격 돌 근육 소년 남자야"를 불러주던 생각—

그러다가 배가 떠날 때에는 서로 감격해서 번갈아가며 손을 힘껏 쥐고 흔들며

"공부 잘 해라."

"성공하고 오너라."

"우리 동네엔 수영이 하나뿐이다."

"우리들을 잊어버리지 말아라!"

하는 간곡한 부탁을 받고

"오냐 성공 못하면 죽어도 안 올 테다. 잘들 있거라!"

하며 손을 놓을 줄을 몰랐었다.

뛰— 하고 새된 기적 소리가 울리자 소매로 얼굴을 가리고 느껴가며 우는 동무도 있었다.

배가 쿵쿵 소리를 내며 고향의 산허리를 끼고 돌 때까지, 달빛이 창백하게 흘러내리는 백사장 위에, 동무들은 바윗덩이같이 까맣게 한데 뭉쳐 앉아서 언제까지나 흩어질 줄을 몰랐다. 자신도 선창에 기대서서 그 우정의 뭉텅이[結晶]를 바라다보며 바다 위에 뜨거운 눈물을 뿌리던 그때가 바로 몇 달 전 같다.

그 후 칠 년 동안에 방학 때면 각처 농장으로 실습을 가고 단체로 여행을 다니느라고 집에는 두어 번 손님 다녀가듯 하였을 뿐이었다.

080회, 1933.10.02.

8 수영이는 생각을 계속한다.

'나는 그동안 부모의 정을 끊고 그렇듯 자별하던 동무들에게도 근년에 와서는 엽서 한 장 아니하고 지냈다. 몇 대나 살아 내려오던 내 고향, 나를 품어 주고 길러주던 산천을 잊어버리지나 않았던가? '성공 못하면 죽어도 아니 돌아오겠다'던 나는, 지금 누더기를 입고 고향에 돌아온다. 동무들을 만나면 뭐라고 구차한 변명을 할까? 지금까지도 변함이 없이 내가 성공하고야 돌아올 것을 믿어주고, 축복해 주고, 내게다가 많은 기대와 촉망을 붙이고 있을 것이 틀림없는, 그 순진한 친구들을 도대체 내가 무슨 면목으로 대할 것인가?

다섯 해 동안 책하고 씨름을 했고, 학교 기숙사에 갇혀 있다가 붙들려 가서 콩밥을 먹은 것과, 또 몇 달 동안 방울을 차고 경성 시내를 돌아다니다가 최근에 연애를 한 것밖에는 과연 무슨 일을 하였는가? 서울로 올라가서 금 같은 학비를 올려다 쓰며 도대체 무엇을 보고 듣고 느끼고 배웠는고?'

하니 수영이는 어둠 속에서도 얼굴이 붉어지는 것 같았다.

그러나 비록 급한 일로 다니러 온 길이라도 이 기회에 부모나 동무들에게 그 동안에 모든 것을 결산해서 보고할 의무를 느꼈다. 그러다가 수영이는

'이제부터 정말 일을 해야 된다! 나는 지금 내 일터를 찾아오는 것이나 아니냐?'

하고 속으로 부르짖었다.

…무거운 생각으로 머리를 들지 못하고 걷는 동안에 어느덧 '가난고지'(이 동리 이름은 경호의 증조가 지은 것이다.) 동구 앞까지 왔다.

컹컹컹 개 짖는 소리가 들리더니 점둥이란 놈이 어느 결에 보았는지 복영의 앞으로 달려오며 길길이 뛰어오른다. 점둥이는 수영이가 삼 년 전 겨울 방학에 잠깐 왔을 때에 이웃 동리서 소매 속에 넣고 와서, 복영의 아람치로 기른 강아지의 이름이었다.

"엄청나게 컸다."

하고 수영이가 머리를 쓰다듬어 주니까, 저도 큰 주인을 알아보는 듯 꼬리를 설레설레 흔든다. 알아보지를 못하게 크기는 했어도 눈 위에 흰 점이 박힌 것이 어둠 속에서도 또렷이 보였다.

복영이는 안으로 뛰어 들어가며

"어머니! 언니— 왔수. 서울 언니 왔수."

하고 대문간에서부터 연통을 한다.

바깥 방문이 열리더니 대문짝으로 머리를 동인 아버지의 얼굴이 내어밀었다. 희미한 석유등 불빛에도 아버지의 수염이 백발이 다 된 듯이 언뜻 눈에 띄었다.

"아버지!"

하고 부르며 수영이는 방안으로 들어서며 절을 하였다. 아버지는 일어앉으려고 떨리는 팔을 짚으며

"이 자식아 인제야 온단 말이냐?"

한다. 그 목소리도 가슴 속에서 떨려나오는 것 같았다.

"얼마나 욕을 보셨어요? 세상에 그런…."

"난 괜찮다. 허리를 삐어서 안직 기동은 못해두 인젠 일어날 테지. 그게 다 신수가 불길한 탓이다. 어쨌든 네가 몸성히 왔으니 다행이다마는, 암만해두 네 어머니가 내 앞을 서려나 보다."

하면서 탐이 나는 물건처럼 아들의 얼굴에서 눈을 떼지 않는다.

081회, 1933.10.03.

9 "그럼 다녀 나오겠어요."
하고 수영이는 신도 바로 꿰지 못하고 안으로 들어갔다.
"아이고 수영이 왔구나."
하고 마루 끝으로 내닫는 것은 수영의 고모였다. 그는 소년 과수로 친정살이를 하는 불쌍한 여인네다.
"어머니가 좀 어떠세요?"
하고 지게문을 열고 안방으로 들어섰다. 신문지로 한 도배도 다 찌들은 흙방 아랫목 지직 자리 위에, 이불을 덮고 반듯이 누운 어머니는, 살아있는 사람 같지가 않았다. 실눈은 떴으나 눈동자는 정기가 빠져 아무것도 보이지를 않는 것 같다. 방바닥에 떨어뜨린 손은 뼈와 힘줄뿐이다. 못 뵌지 삼년 동안에 어머니는 파파노인이 되었다. 수영이는 아무 말 없이 어머니의 손을 쥐자 눈두덩이 뜨끈해졌다. 고모와 복영이가
"형님 수영이 왔어요."
"어머니 어머니, 언니 왔슈. 정신 좀 차리슈."
하고 번갈아가며 어깨를 흔들어도 여전히 정신이 들락날락하는 모양이다. 수영이는
"아서라. 떠들지 마라. 주무시나 보다."
하고 조용히 형해만 남은 어머니의 얼굴을 내려다보며 실낱같은 숨소리를 듣고 있다가, 돌아앉으며 소매로 얼굴을 가린다. 복영이가 따라서 훌쩍훌쩍 우는 소리가 들렸다.

어머니를 저렇게 지늙게 하고 산송장을 만든 죄가, 모두 모른 체 했던 저에게 있는 것 같았다.

자녀에게 대한 어머니의 자애가 봄비와 같다면 이 모자는 비를 내리지 못하는 하늘이요, 이슬을 받지 못하는 땅이었다.

구차한 살림살이에 쪼들리고 애정에 주린 끝에 뼈만 앙상해진 어머니! 껌벅거리는 등잔 밑에서, 수영의 설움은 길었다. 걷잡을 수 없는 눈물이 마음속으로 흘러내렸다.

얼마 있자 어머니가 신음하는 소리와 함께 모로 누우려는 것을 보다

"어머니 형 왔슈."

복영이가 어깨를 짚으며 목소리를 좀 높였다. 어머니는 잠꼬대처럼

"응?"

하고 고개를 돌리더니 멀거니 눈을 뜨며

"뭐?"

하다가

"어머니!"

하고 얼굴을 가까이 들이미는 큰아들을 한참 동안이나 기연가미연가 하고 쳐다본다. 그제야 조금 의식이 드는 듯 무슨 말을 하려고 무진 애를 쓰다가 발발 떨리는 손을 들어 허공으로 내저었다. 아들은 그 손을 쥐고 제 가슴에 끌어안으며

"어머니 수영이에요. 수영이가 왔어요."

하며 잡은 손을 흔들었다. 어머니는 금세 운명이나 하는 사람처럼 끓어오르는 가래를 간신히 삼키고 외마디 소리를 하듯

"수 수영이…."

하면서 손의 힘을 주며 아들의 손을 끌어당긴다.

모기 소리만한 그 목소리는 몹시도 애련하였다. 어머니는 그제야 마음이 놓이는 듯이 보일 듯 말 듯한 웃음을 그 수척한 입모습에 띤 채 다시 기학이 되어서 눈을 감는다.

"어머니, 제가 인제는 어머니를 모시구 있을 테니, 아무 걱정 마시구 어서 일어나세요. 네? 어머니!"

하고 수영이는 몇 번이나 눈물을 삼켰다.

윗목에서 치마끈으로 눈두덩을 부비고 앉았던 고모는

"세상엔 제 혈육이 제일이야. 나흘째나 정신을 못 차리더니, 너는 알아보시는구나."

하고는 아들 하나 없는 자기의 신세를 새삼스러이 한탄한다. 그리고는 그 동안에 집안에 불의지변이 생겼던 것이며 오라버니 내외의 병세가 여간 위중하지 않았고, 영순의 시집이 불과 사십 리밖에 안 되는데 몇 번이나 급보를 했건만 불일간 산고가 있을 듯하다고 근친을 시키지 않는다는 밀을, 수다스럽게 늘어놓다가

"아이 참 시장하겠구나."

하고 부엌으로 내려갔다.

082회, 1933.10.4.

⑩ "아주머니, 이 약을 우선 한 첩만 달여주세요."

하고 짐을 끌러 약 한 첩을 꺼내서 고모에게 주었다.

내려올 때 한방의가 노인네 병이라 앉아서 집증을 할 수가 없으니, 우선 보제약이나 한 제 써보라고 해서 지어 가지고 내려온 '십전대보탕'이

었다.

고모가 부엌에서 불을 지피느라고 솔가지 꺾는 소리가 나더니 얼마 아니 있자, 고모는 복영이와 겸상을 해 가지고 들어왔다.

굴을 넣고 끓여서 냄새만 맡아도 구수한 우거지 국에, 배추포기가 사발로 하나 가득 찬 싱싱한 통김치는 보기만 해도 침이 고였다. 질화로 가에는 달걀찌개가 끓다가 졸아붙었다.

수영이는 고봉한 밥을 세모를 지어서 푹푹 퍼 먹었다. 먹으면서 기숙사의 사철 싸늘하고 꾸드러진 밥과, 남이 먹던 찌꺼기를 긁어모아 주는 상밥집 반찬 생각이 났다. 더구나 소금 국물에다가 젓가락만 대면 와르르 헤지던 감옥의 콩밥을, 그나마 맛있게 먹던 생각을 하였다.

훈훈한 안방 아랫목 어머니 곁에서, 집을 떠난 뒤에 처음으로 마음을 턱 놓고서 더운 밥 한 주발을 게 눈 감추듯 하였다.

허리띠를 늦추고 누른 밥 숭늉을 훌훌 마시고 나니 세상에 더 바랄 것이 없는 듯이 마음이 느긋하였다.

어머니는 어느 겨를에 침침한 등 뒤에서 아들 형제가 탐스럽게 밥을 먹는 양을 말없이 바라다보고 있었다.

수영이는 어머니의 신경을 더 피곤하게 하지 않을 양으로 어머니에게는 일부러 말을 걸지 않았다. 고모에게 약을 내어 주고도 못 미더워서

"약이 다 끓었을까요?"

하고 부엌으로 내려가서 약봉지를 덮어 앉혀 놓은 것을 보고서야 바깥방으로 나갔다.

바깥방에서는 탈망을 하고 마실 온 영감들이 가득 들어앉았다. 담배연기가 사람의 얼굴을 분간하지 못할 만큼이나 자욱하다.

수영이처럼 잔재미가 없고, 말수가 적은 아버지는 아랫목에가 기대앉아서

"저녁 먹었니?"

하고 아들을 쳐다볼 뿐이다.

"네."

하고 수영이는 문틈을 빼개 놓고 나서 영감들에게 차례차례 절을 하였다.

"오— 수영이, 참 여러 해 만이로구나."

"못 알아보게 건강해졌는걸."

"그래 친환이 대단하셔서 얼마나 염려가 되느냐."

동네 늙은이들은 절을 받으며 한마디씩 한다.

"차차 나으시겠지요."

하고 수영이는 양복바지가 거북한 것을 억지로 꿇고서 윗목에 가 앉았다.

"이왕 내려 왔으니, 늙으신 부모 생전에 모시구 예서 살아라. 번화한 데루 떠돌아다녀서 갑갑은 하리라마는 공부 많이 했다는 사람들두 별 수가 없더라."

이야기 참견을 하면서도 잠시도 손을 놀리지 않고 청올치를 꼬고 있는, 차돌이 아버지가 훈계하듯 한다.

"네, 아직 뫼시구 있겠습니다."

간단히 대답을 하면서 그네들의 얼굴만 물끄러미 쳐다보았다. 아버지가 봉변을 할 때의 광경을 번차례로 하는 것을 들으면서도 이 시골 한 구석에서 한 평생을 흙을 파헤치느라고 손톱 발톱이 닳은 노인들의 얼굴

— 흙빛보다도 더 누르다 못해, 꺼멓게 기미 앉고, 장마 뒤에 갯바닥처럼 주름살이 잡힌 얼굴!

'내가 여기 와 파묻히면 필경은 저 늙은이들의 꼴이 되고 말겠구나.' 하니 수영이는 제 얼굴에도 금방 주름살이 잡히는 것 같았다.

083회, 1933.10.05.

11 집 뒤 개나리 울타리에서 짹짹거리는 참새들이 수영의 곤한 잠을 깨웠다. 두어 아름이나 되는 장독대 곁의 홰나무 가지에서 까치들이 모여앉아, 집을 굽어보며 궁둥이를 깝죽깝죽 쳐들면서 깍깍거린다.

수영이는 기다란 하품과 함께 네 활개를 벌리고 기지개를 켠 뒤에 일어났다. 어제 온 종일 배에 흔들리고, 집에 와서도 이런 생각 저런 근심에 머리가 훼—ㅇ한데다가 노독까지 나서 넓적다리가 뻐근하였다.

그러나 뜨뜻한 방에서 잠을 푸근히 자고 났기 때문에 몸이 거뜬한 듯도 하였다.

"옷 한 벌 있건 주세요."

하고 고모에게 청하니까

"글쎄다. 아버지 옷이 네게 맞을는지 모르겠다."

하고 고모는 농장 속에서 흰 솜바지 저고리를 꺼내 놓는다. 어머니가 손수 짜신 툭툭한 무명옷이었다.

어머니는 밤사이에 매우 동정이 있는 듯하였다. 곁에 황소만한 아들이 누워 자는 것을 보니 마음이 든든해서 무형한 가운데에 적지 않은 위안을 받은 것 같다.

'저렇게 튼튼하고 믿음성스러운 맏아들이 이제는 내 곁을 떠나지 않으려니' 하는 짐작만으로도 보약 몇 제를 먹은 것보다도 나을지 몰랐다.

아들은, 자기 앞으로 달려드는 병마와 고적과 모든 불행을 막아 줄 성 싶고 '저 커다란 게 내 속으로 난 아들인가' 싶었다. 어머니는 실낱같은 목소리로

"아이 갑갑해, 날 좀 일으켜 다우."

하며 팔을 내미는 것을

"오늘 하루만 더 누워 계시지요."

하면서 등 뒤로 가서 조심스럽게 안아 일으켰다. 마른 풀뿌리처럼 흐트러진 어머니의 머리카락을 쓰다듬어 올리니까

"그래 서울 재미가 그렇게 좋든?"

하고 혀끝이 잘 돌지 않는 말로 지내던 형편을 묻는다.

수영이는 그동안 지난 일을 대강대강 이야기해 드렸다. 고생을 몹시 했다는 말은 입 밖에도 내지 않았건만

"아이고 감옥소!"

하고 어머니는 몸서리를 쳤다. 어머니의 생각에는 감옥소란 말만 들어도 지겨운 곳이었다. 서천 서역국보다도 아득히 멀고 염라대왕이 사는 나라보다도 더 무서운 곳으로 짐작하는 모양이었다.

어머니는 한참이나 파리똥이 깨알같이 앉은 천정만 생각 없는 눈으로 쳐다보더니

"인젠 서울 안 가련? 응 수영아!"

하고 아들을 돌려다본다. 그 눈동자는 애처로운 발견으로 번뜩였다.

"어서 장가를 들어야 할텐데…."

하고 아들한테 몸을 □□린다. 이 한마디는 아들에게 여간 눈물겨운 희

망의 전부였다. 과년한 아들을 장가를 들여 하루바삐 며느리를 보는 것이 그들의 마지막으로 남은 큰 사업이요, 무엇보다도 깊이 골수에 사무친 문제였다.

"글쎄요. 이쁜 색시가 있세요?"

하고 아들은 어머니를 웃겼다.

그러나 "장가를 들라"는 말이 떨어지기가 무섭게 수영의 눈앞에는 계숙이가 나타났다. 그것은 청량리에서 청춘의 피를 끓이던 계숙이가 아니고, 극장 특등석에서 경호와 어깨를 나란히 하고 앉은 계숙이었다.

'내 편지를 받고 어디로 답장을 했을까? 시골 주소는 알려 주지를 않았는데 오늘이라두 편지를 해야겠군.'

하는데, 아버지가 작대기를 잡고 기엄기엄 들어왔다.

"마누라 좀 어떠우?"

하고 방문을 열며 문병을 한다.

아들의 가슴에 안겨 좀 기운을 차린 마누라를 보고 영감의 얼굴은, 베옷 구김살에 이슬이 내린 듯 주름살이 펴지는 것 같았다. 영감은 마누라 곁에 가 끄—ㅇ하고 엉덩이를 내려놓으며

"인젠 내가 팔자에 없는 두건을 안 쓰려나 보오."

하고 우스운 소리까지 한다. 젊은 주인을 맞이한 집안의 모든 것이 따라 웃는 듯, 대문 곁에 외양간에서는 송아지가

"음메— 음메—."

하고 여물을 재촉한다.

084회, 1933.10.06.

⑫ 아침 뒤에 수영이는 복영의 손을 이끌고 울 밖을 한 바퀴 돌았다. 그동안 외면으로 본 집안의 변동도 적지 않았다. 집채가 서쪽으로 쏠려서 장대 같은 참나무로 서너 군데나 버티었고, 여러 해 지붕을 해 이지 못해서 가뜩이나 후락한 집이 더 한층 낡아 보였다. 복영이는 형을 외양간으로 끌고 가며

"아버지가 누우신 뒤엔 내가 줄곧 여물을 쑤어 멕였다우. 새벽에 일어나면 별이 총총하겠지. 그러군 학교엘 가야지. 갔다 와선 또 깍지를 삶아 줘야지. 아주 혼났시유."

하고 응석 부리듯 공치사를 한다.

"어이 참 애썼구나. 인젠 언니가 해주지."

하고 등을 두드려 주었다. 도야지 우리에는 토시짝만큼씩 한 새끼가 까만 놈, 하얀 놈, 얼룩이 할 것 없이 예닐곱 마리나 짚북데기 속에서 오물오물한다. 팔을 벌려 한 아름에 안아 주고 싶도록 털이 윤택하고 함함해서 여간 대견하지 않았다.

"접때 무녀리가 울 밖으루 빠져나간 걸 늑대가 물어갔다우."

복영이는 여간 분해하지를 않는다. 수영이는 제가 지금의 복영이만 했을 때 밤에 동네로 마실을 갔다가 늑대를 만나서 어찌 놀랐던지, 오도 가도 못하고 길바닥에 가 주저앉았던 생각을 하였다.

…남쪽 해변의 일기는 서울보다 삼사 도 가량이나 온도가 높았다. 더구나 금년에는 절기가 일러서 그런지 봄기운이 확실히 떠돌았다.

수영이는 들로 향한 바깥방 툇마루 끝에 걸터앉았다. 아침 햇발이 골고루 퍼진 문 앞에 밭과, 논과 벌판을 내려다보았다. 바다 건너 아득히 먼 산봉우리에는 아직도 눈 흔적이 지워지지 않았건만, 흰 포목을 펼쳐

놓은 것 같은 바다를 안을 듯이 좌우로 활등같이 휘어져 내린 산허리에는, 아지랑이가 뽀—얗게 피어오르는 듯 눈이 아물아물하다.

눈앞의 기다란 보리밭 사래에는 새싹이 파릇파릇 돋아나왔다.

동저고리 바람으로 등어리에 아침 해를 받으며 지게로(?) 무엇을 얻으려고 그 뒤지고 다니는 농군들이 하나 둘 늘었다.

남향으로 화—ㄴ하게 터진 논바닥에는 눈과 얼음이 녹은 물이 아득히 고였다. 아침 바람에 불려 숭어의 비늘 같은 잔물결이 논둔덕에 남실남실 한다.

논뚝에는 황새 서너 마리가 모를 심는 농군처럼 다리 하나를 껑충하게 걸어 올리고 섰다가, 무어라고 저희끼리 군호를 하더니 날개를 펼치고 훨훨 난다. 새파란 하늘에다가 백묵으로 원(圓)을 그리다가는 유유히 날아 다시 그 자리에 와 앉는다.

어디선지 이따금 에로틱한 산비둘기 소리까지 꾸루룩꾸루룩 하고 들려온다.

"아아, 나의 고향이여!"

수영의 입에서는 이런 시(詩)의 첫 구절 같은 감탄사가 새어나왔다.

'이 깨끗하고 한가하고 정다운 내 고향을, 내가 어째서 잊어버리고 지냈던고 티끌 천지인 도회지에서 허덕였던고?'

하고 기다랗게 한숨을 내쉬었다.

수영이는 불행한 시인인 병식이를 생각하였다.

이 원시적인 자연을 보여주고 이 맑고 깨끗한 공기를 마시게 해 주고 싶었다.

보통학교에 다닐 때에 제 손으로 심었던 축동의 미루나무는 비록 잎새는 떨어졌으나마 헌출하게 뻗어 올라서, 두서너 뭉텅이 오락가락 하는 구름을 이리저리 비질을 하는 것을 보니 더욱 친구의 생각이 간절해졌다.

그 어수선스러운 신문사 공장 속에서 진종일 납덩이만 주무르다가, 시크무레한 냄새가 코를 찌르는 술집에서 술집으로, 헤질러 다니는 병식이를 또다시 생각하였다.

시커먼 석탄 연기에 굴뚝 속같이 그—을은 가슴을 이 깨끗한 바람으로 저와 같이 씻어냈으면 하였다.

그 친구와 나란히 걸터앉아서, 혹은 바닷가를 거닐며 전과 같이 그 재치 있는 이야기를 들었으면 하였다.

그러나 어쩐지 앞으로는 병식이와 전처럼 의좋게 지낼 것 같지가 않았다. 어쩌면 다시 만나서 정다이 이야기할 기회조차 영영 오지 않을 것만 같았다.

085회, 1933.10.07.

13 '김수영이가 내려왔더라'는 소문이 밤사이에 논틀밭틀을 건너 다녀서, 저녁때가 되니까, 동네의 젊은 사람들이 하나 둘씩 모여들었다. 십리도 넘는 곳에서 찾아온 동무도 있었다. 그들은 수영이가 처음 고향을 떠날 때 그 달 밝은 밤에 전송을 해주던 글방 동접이요, 보통학교의 동창생들이었다. 삼년 전 겨울 방학에 왔을 때에는 꿈결같이 다녀갔기 때문에, 그 중의 몇 사람밖에는 찾아보지를 못했었다. 맨 먼저 동저고리에 고무신을 신고 온 친구를 보고,

"아 오봉이가 아닌가?"

하고 수영이는 마당으로 뛰어내리며 친구의 손을 잡았다.

"어 수영이, 여러 해 만일세. 그래 서울 재미가 좋았나? 오늘 아침에사 내려왔단 소문을 들었네."

그러자 또 서넛이나 오봉의 뒤를 이어서 왔다. 친구들은 반가움에 겨워서 굳게굳게 악수를 하고, 서로 어깨를 얼싸안듯 하였다. 그들은 길에서 만나면 알아보지 못할 만큼이나 장성하였다. 손톱이 갈퀴발같이 닳아서 뭉툭해진 실농군들이 되었다.

검정 두루마기를 입은 사람, 붉은 흙이 묻고 북어 대가리처럼 헤어진 버선에 짚세기를 꿴 친구들이 바깥방 툇마루 끝에 쭉 늘어앉아서 그동안 지내온 이야기를 주고받았다.

그들 중에 장가를 들지 않은 총각은 수영이 하나밖에 없었다. 동시에 그네들은 거의 다 수영이가 서울서 여학생에게 장가를 들었으리라고 짐작하는 눈치다.

동무들 중에도 제일 키가 작고 꼬맹이란 별명이 듣던 오봉이가 벌써 자녀를 삼남매씩이나 두었다는 말을 듣고

"정말 자식 농사를 일찌감치 지었네그려."

하고 놀라니까

"여보게 남 부끄러우이. 나처럼 천량도 없는 주제에 자식만 꾸역꾸역 내지르니 큰 걱정가마릴세."

하고 소태나 먹은 것처럼 입맛을 다신다.

차차 이야기를 듣고 보니 그들의 생활 상태는 상상하던 이상으로 비참하였다. 옛날 동무 중에 가장 높게 출세한 사람이 면서기가 된 것이었다. 그리고는 몇 십리 밖 소학교에 임시 교원으로 간 동무가 하나 있을 뿐,

그밖에는 남의 논마지기, 밭뙈기나 일구어 먹고 타동 사람의 도지 집에 들어 있는 사람이 거진 전부였다. 더구나 사철 꽁보리밥이 아니면 강조밥에 푸성귀나 뜯어먹고 어부렁하게 자라기는 하였다.

이야기를 하는 동안에도 그중의 몇 사람의 얼굴이 누렇게 들뜨고 맥이 풀린 것같이 어깨를 축 늘어뜨리고 앉은 것이 유심히 보였다.

'영양 부족이로구나. 그렇지 않으면 기생충이 있든지.'

하고 수영이는 다시금 마음이 어두워지는 것을 깨달았다.

두루마기도 못 입고 팔짱들을 끼고 앉은 것이 으스스해 보여서

"자, 우리 방으로 들어가세."

하고 수영이는 동무들을 데리고 바깥방으로 들어갔다.

아랫목에 누웠던 아버지는 젊은 사람들의 병문안을 받으며

"어 인젠 괜찮으이. 어서들 들어와 놀게."

하고 문설주를 붙들고 일어서더니, 아들의 동무들에게 자리를 내어 주고 안으로 들어갔다.

그 뒤에도 서너 사람이나 더 찾아와서 이 간이나 되는 방이 테를 메일 만치나 가득 들어앉았다.

안방에는 시골 사람들의 독특한 냄새와 후터분한 운김이 돈다. 장판도 아니한 흙방 지직 바닥에서는 풀썩거리는 대로 매캐—한 먼지가 풍긴다.

그 냄새가 수영이로 하여금 이 방에서 사내끼를 꼬고 짚신을 삼던 지난날의 생각을 자아내게 하였다.

이야기를 하는 중에 수영의 마음은 더 한층 아파졌다. 그네들은 누구나 데쳐놓은 나물처럼 생기가 없는 것이었다. 기거동작이 찬 서리를 맞은 풀잎처럼 후줄근하고 말하는 것까지 갑갑하리만치 느릿느릿하다. 그

중에 아직도 좀 생기가 있는 것은 오봉이 하나뿐이었다. 오봉이는

"박대포가 왜 그저 안 온대여? 대흥이가 와야 잘 떠들텐데…."

하고 문을 열고 밖을 내다본다.

"참 대흥이는 어떻게 지내나?"

하고 수영이가 묻는 말이 끝나기도 전에 마당에서 유난히 큰 목소리로

"아 수영이가 왔다지?"

하고 왁자지껄 떠들며 들어오는 것은 박대흥이다.

086회, 1933.10.08.

[14] "호랑이두 제 말을 하면 온다더니."

"에—키. 교장 나리가 오시는군."

하고 방안의 사람은 일제히 몸을 일으킨다. 수영이는 툇마루 끝으로 뛰어나가서 대흥의 손을 잡아 흔들며

"여 대흥 군. 오랜만일세."

하며 방으로 끌어들였다.

"사람이란 오래 살구 볼 일일세. 살아생전에 자네를 다 만나보니. 허허허."

하며 말이 끝난 뒤까지도 수영의 손을 쩔레쩔레 흔든다. 그 붉고 넓적한 얼굴, 육척이나 됨직한 멀쑥한 키와 메기 입 같은 커다란 입에서, 물병을 거꾸로 기울인 듯 쏟아지는 너털웃음은, 방안의 따분하던 공기를 별안간 휘저어 놓았다.

"이거 가난고지 유지 청년들이 대회를 열었구먼."

하고 방안을 둘러보고 떠들어 대는 폼이 여간이 아니다.

박대흥이는 학교에 다닐 때 수영이보다는 삼 년이나 상급이었다. 대수롭지 않은 일로 싸움도 여러 번 하였지만 수영이는 대흥의 그 뱃심 좋고 쾌활한 성격을 좋아하였다. 그는 서울로 뛰어 올라가서 만두 장사를 해가며 어느 사립학교를 다니다가 스트라이크 통에 앞장을 섰다가 쫓겨났다. 그 뒤로는 경향으로 떠돌아다니며 거진 못해본 것이 없을 만치 이 일 저 일에 손을 대어 보다가 할 수 없이 되어, 시골집으로 기어들었다. 그러나 이 동네에서는 가장 견문이 넓고 새로운 지식을 흡수한 인텔리요, 유일한 지도자였다. 큰 소리를 탕탕 잘 하고 누구 앞에서나 바른 말을 잘 쏘기 때문에 '대포'라는 별명을 듣는다. 재작년부터는 맨 먼저 설두를 해서 동네 한가운데 공지에다가 움을 파서 야학을 설치한 뒤에 명실(名實)이 함께 교장이 되었다.

사람이 어떻게 부지런한지, 엄동설한에도 새벽이면 삼태기를 걸머지고 개똥을 주우러 집집마다 돌아다니며 "어서들 일어나라."고 호통을 한다.

그래서 동네 아이들은 대흥이를 '개똥교장'이라고 부르는 것이었다.

대흥이는 방에 들어와서도 옆구리에 왼손을 찌른 채 엉거주춤하고 섰다. 두루마기 속에서는 무엇이 푸드득거린다.

"그게 뭐요?"

하고 오봉이가 물으니까

"이놈의 것 왜 이리 버둥거려."

하고 끄집어내는 것은 커다란 수탉이었다. 대흥이가 닭의 모가지를 비틀어서 안마당으로 내던지는 것을 보고,

"계란 춘부장 하나가 또 대명을 갔군."

하고 방안의 청년들은 껄껄 웃는다.

'계란 춘부장'이란 유래가 있는 말이었다. 이 동네에서 시오 리 밖에 무라키(村木)란 순사 퇴물이 떠들어와서 사는데, 하루는 수탉 한 마리를 잡아먹으려고 산 채로 털을 뜯다가, 한눈을 파는 동안에 발가벗은 닭이 신작로로 빵소니를 쳤다. 깜짝 놀란 무라키는 게다짝을 벗어들고 닭을 추격하다가 고만 잃어버리고, 지나가는 행인을 붙들고 서투른 조선말로 급한 김에 하는 소리가

"계란 아보지 오시 베리하고 조—리 도망갔는데 당신 구경이 했소?" 하면서 헐레벌떡거렸더라 한다. 그래서 젊은 사람들이 모이기만 하면 그 소리를 하고 허리가 부러지게 웃는다. '계란 춘부장'은 '달걀 아버지'를 더 한번 엇먹은 말이었다.

"닭 한 마리룬 이 식구가 간에 기별두 못하네."

"그건 주인이 생각할 일이지."

"어서 씨암탉만 남겨 놓구 서너 마리 두드려 잡게."

동무들은 돌려가며 한마디씩 거든다.

"가만들 있게. 맨밥이나마 저녁이나 먹으며 우리 이야기하세."

하고 수영이는 안으로 들어갔다.

087회, 1933.10.09.

15 어느덧 해는 건넛산 마루터기를 넘으며 쇠잔한 빛을 들 위에서 거두어간다. 참새들은 노적가리와 추녀 끝으로 모여들고 도야지 우릿간에서는 먹이를 조르는 도야지가 꾸—ㄹ 꾸—ㄹ 거리며 사뭇 불알 바르는 소리를 지른다.

"쇠물을 쑤어 줘야겠는데…."

"난 가마니를 치다 벌여 놓구 왔는걸."
하고 동무들은 하나 둘씩 일어서려 한다. 수영이는 안에서 밥상을 차려 내올 분별을 하고 나오며

"왜들 일어서나? 저녁이 다 됐는데."
하고 붙들었다.

"어서들 앉어. 난 밑천 들인 게 있어서 못 가겠네."

대흥이가 주인을 응원해서 일어선 사람을 붙잡아 앉히더니

"가만들 있게. 이런 기쁜 날 저녁을 맨숭맨숭 하게시리 넘길 수야 있나."
하고 벌떡 일어선다.

"상이 곧 나올 텐데 어딜 가나?"

"글쎄 잠깐만 기다려."

대흥이는 붙잡지도 않은 손을 뒤로 뿌리며 나갔다.

얼마 있자 저녁상이 들어왔다. 하얀 이팝을 물동이에다가 수북하게 퍼 담고, 닭을 볶고 두부를 지지고 수란을 뜨고 해서 밥상이 떡 벌어졌다.

"오늘 자네 집에 무슨 날인가?"

오봉이가 먼저 상 앞으로 다가앉는다.

"내 생일루만 알구 먹게그려."

그렇지 않아도 안에서는 수영의 어머니가 아들의 생일을 몇 해 모아 두었다가 차려 주는 셈치고, 있는 대로는 차려 먹이자고 분별을 했던 것이다. 수영의 아버지도 바깥방에서 젊은 축들이 떠들썩하니까

"오늘에야 제법 사람이 사는 집 같군."
하고 기뻐하다가도

"온 그러니 없는 게 있는 것보덤 많아서…."
하고 자기 집 살림이 구차한 것을 한탄하였다.

여러 동무들은 상을 받고도 대흥을 기다리느라고 숟가락을 들지 않았다. 닭볶이 냄새에 침들이 고였다가 소리 없이 넘어갔다. 조금 있자 대흥이가 숨이 턱에 닿아서, 커다란 오지 술병을 매고 덜렁거리며 돌아왔다.

"쉬— 우리 어머니 대상날 쓰려구 좀 담갔는데, 위선 봉지를 뗐네."
하고는 보시기에다가 거무스름한 막걸리를 찰찰 넘도록 따라서 돌린다.
수영이는

"가나오나 술 때문에 큰일이야."
하면서도

"자— 한잔 들게."
하고 내미는 술잔을 아니 받을 수가 없었다.

"내가 언제 술을 먹던가?"
하면서 병에나 부으려고 하니까

"암 그럴 테지, 서울 양반의 명주 고름 같은 목구멍이 이따위 씹어 넘기는 탁배기가 넘어 가겠나?"
하고 대흥이가 사뭇 화젓가락 윗마디 꼬듯 하는 바람에, 수영이는 눈살을 찌푸리며 한잔을 마셨다.

방 안에는 모두 다 술기운이 거나하게 돌았다. 남산골샌님처럼 도사리고 앉았던 사람도 얼굴이 붉어지고, 사흘에 피죽 한 그릇도 못 얻어먹은 듯이 후줄근하던 친구들도, 폭양에 시들었던 풀잎이 이슬을 맞은 듯 생기가 돌았다.

음식은 씹지도 않고 침만 발라 삼키는 듯, 어느 겨를에 종지의 간장만 남기고는 설거지까지 해놓았다.

복영이가 나와서 사기 등잔에 불을 켜고 일변 상을 물렸다.

몹시들 시장하던 판이라 긴급 문제를 해결하는 동안에는 한마디 주고 받을 겨를이 없었다.

"어— 인젠 살었군!"

하고 동무들은 벽에 가 턱턱 기대앉는다.

저녁이 되자, 밖에는 바람이 일었다.

문풍지를 새어 들어오는 바람에 흔들리는 등잔불이, 불콰—한 젊은 사람들의 얼굴 위에 어른거린다.

088회, 1933.10.10.

16 "자— 우리 수영 군에게 유조한 이야기나 듣세. 서울 소식이야 우리 같은 사람이 들어도 소용이 없지만, 수영 군은 다년 신문학을 닦았고 더군다나 농업에 관한 전문학교를 마쳤을 뿐 아니라, 연전에는 큰 운동을 일으켜서 많은 활동을 하던 끝에, 감옥에까지 다녀 나왔고, 더구나 근자에는 우리 민중의 이목이라고 할 만한 신문사에를 다니다 왔으니까, 여러 가지 의미로 농토에 파묻혀서 아무 견문이 없이 흙이나 뒤져 먹는 우리의 선배일 뿐 아니라, 몽매한 우리들의 지도자가 될 것은 두말할 것도 없네. 농촌 문제에 대한 새로운 이론이라든지, 장차 우리가 어떠한 길을 밟아 나가야 하겠다는 경륜이며 포부를 들려주기를 간절히 바라네."

하고 무슨 연설회의 사회나 하는 듯한 어조로 수영에게 말을 청한다.

"우리는 그동안에 한 것이라고는 아무것도 없네. 움을 파구 야학을 개시해서, 한 사오십 명의 어린이들의 눈을 띄워 주고, 간단한 셈수를 알으켜 준 것과, 이발부를 조직해서 상투를 한 스무 개 자른 것과, 조그만 규모의 소비조합을 하나 만들어 논 것밖에 아무것도 한 일이 없네. 그밖에는 셈에 칠 것두 아니지만 조기회를 발기해서 우리 동리 청년들은 아침 여섯 시면 야학집 앞에 모여서 체조를 한바탕씩 하는 것과 또…."
하고 주워섬기다가 말이 막히니까
"단연회두 한몫 넣어야지. 수영 군이 보다시피 우리는 일 년 전버텀 단연회를 조직해 가지구 곰방대를 모아서 말끔 꺾어 던진 뒤엔, 죄다 담배를 끊었네. 수일 전에 자네 춘부장이 욕을 보신 뒤에 노인네들두 거진 다 담뱃대를 꺾어 버렸네."
하고 오봉이가 나앉으며 대흥이를 거든다. 다른 동무들은 모두 입을 다물고 눈을 껌벅거리며 수영이와 대흥의 얼굴만 번갈아 보고 앉았다. 수영의 입에서 어떠한 말이 떨어지려는지 그것만 기다리고 있다. 그들은 수영이를 자기네의 앞을 지도해 줄 선배나, 계몽(啓蒙)을 시켜 줄 선각자로 아는 모양이다. 그 점이 수영의 마음을 괴롭게 하였다. 너무 과분하게 남의 신뢰와 기대를 받는 것도 고통의 하나일 뿐 아니라, 실상 따지고 보면 서울서 아무것도 한 일이 없는 것을 생각하니, 여러 사람 앞에서 다시 한번 얼굴을 붉히지 않을 수 없었다.
"수영 군, 우리는 자네가 돌아오기를 여간 기다리지 않았네."
하는 것은 방안에 모인 동무들의 전체 생각이요,
"수영 군이 나서기만 하면야 동네일은 썩 잘되어 나갈 걸세. 그만 자격을 가진 사람이 타동에야 어디 있나?"
하는 오봉의 말에 수영이는 더구나 두 어깨가 눌리는 듯한 책임감을 느꼈다.

수영이는 언제나 마찬가지 버릇으로 눈을 딱 감고 앉아서, 다른 동무들이 갑갑하게 여기리만치 입을 열지 않았다. 저의 평소의 주장과 같이 말만 앞세우기가 싫기도 하거니와, 방안의 모—든 동무가, 아—니 '가난고지'를 대표한 청년들이, 저 한 사람의 일거수일투족에 주목을 하고 제 입에서 말이 떨어지는 대로 고지식하게 믿어 줄 뿐 아니라 즉시 행동에까지 옮길 생각을 하니, 가벼이 제 의견을 꺼낼 수가 없었다.

더구나 그네들은 야학을 설시하고 상투를 깎고, 무슨 조합을 만드는 것이 농촌운동의 전부로 알고, 다만 막연하게 '동네일'을 한다는 것은, 크게 생각해 볼 점이었다.

'우리의 농촌운동이란 무슨 필요로 무엇을 어떻게 하는 운동인가' 하는 근본문제에 들어서는 아주 깜깜한 모양이다. 어쩌면 각지에서 떠드는 즉 고무신을 신지 마라— 흰 옷을 입지 마라, 가마니를 쳐라— 이런 따위의 운동으로 여기는 것이나 아닐까?

수영이는 그네들이 아무 이론의 근거를, 즉 문제의 핵심(核心)을 꿰뚫어 보지 못하고 유행을 따라서 남의 숭내만 내려는 것이 무엇보다도 딱하였다. 슬프기도 하였다.

089회, 1933.10.11.

17 동무들 중에도 성미가 팔팔한 오봉이가, 말이 없이 뚱하고 앉아 있는 수영이를 똑바로 쳐다보며

"여보게 왜 말을 안 하나? 우리들이 배운 것이 없구 견문이 없기루, 자네 말을 대강 짐작이야 못하겠나."

하고 고깝게 생각하는 눈치다.

"아닐세!"

수영이는 오봉의 말을 가로막으며

"그건 자네 오핼세. 내가 서울 바람이나 쐬었다구 그러는 게 아니라, 내 의견이 솔직하게 말을 하기가 어려워서 그러네."

"우리끼리 모여 앉었는데 무엇 때문에 말하기가 어렵단 말인가?"

오봉은 질문하듯 한다. 대흥이는 손을 들어 오봉이를 제지하면서

"여보게, 수영 군, 우리를 잊어버리지 말게! 시뻘건 흙이나 뒤져 먹는 사람이라고 업신여기지 않을 줄은 아네마는, 자네가 우리 동네를 떠나던 날 밤 배를 타면서 우리하구 뭐라구 약속을 했었나? 뭐라구 맹서를 하고 떠났나? 우리는 입때까지 그 말을 잊어버리지 않았네. 여보게 수영 군! 우리는 한 사람의 지도자, 아―니 같이 손을 붙잡고 일할 사람이 꼭 있어야겠네."

하니까

"내게는 너무나 무거운 책임일세. 짐이 무거운 건 좋지만 지지 못하구 쓰러지면 어떡하나? 신중히 생각해 보아야겠네."

수영이가 여전히 시원한 대답을 아니하니까, 대흥이는 그만 부화가 났다.

"생각을 해 보다니 그게 무슨 섭섭한 말인가? 난 조금두 생각해볼 여지가 없는 줄 아네. 우리는 신문 한 장을 온 동네가 돌려보구, 지구덩이가 어디루 돌아가는지 대강 짐작은 하네만은, 신문 잡지에는 밤낮 '브나로드'니 '농촌으로 돌아가라'느니 하구 떠들지 않나? 그렇지만 공부한 똑똑한 사람은 어디 하나나 농촌으로 돌아오던가? 눈을 씻구 봐두 그림자도 구경할 수가 없네그려. 그게 다 인젠 할 소리가 없으니까, 헛방귀를

켜 뀌는 거지 뭔가?"
하고 한층 더 흥분이 되어서 얼굴에 핏대를 세우며,

"저희들은 편하게 의자나 타구 앉아서 월급이나 타 먹고, 양복떼기나 뻰질르구서 소위 행세를 하러 다닌단 말일세. 무슨 지도잔 체하구 입버릇으루 애꿎은 농촌을 찾는 게지. 우리가 피땀을 흘리며 농사를 지어다 바치는 외씨 같은 이팝만 먹고 누웠으니깐 두루 인젠 염치가 없어서 그 따위 잠꼬대를 하는 거란 말야."

수영이는 고개를 푹 수그리고 앉아서 대흥의 말에 귀를 기울일 뿐. 다른 동무들의 눈은 모두 대흥의 입에 매달린 듯하다. 대흥이는 굵다란 목소리를 가다듬어

"참, 정말 우리 조선 사람의 살 길이 농촌운동에 있구, 우리 청년들의 나아갈 막다른 길이 농촌이라는 각오를 단단히 했을 것 같으면, 그자들의 손목에는 금두껍을 씌워서 호미자루가 쥐어지질 않는단 말인가? 그래 어떤 놈은 똥거름 냄새가 구수해서 떡 주무르듯 하는 줄 아나?"

"일테면 저희들의 이익만을 위해서…."

대흥의 입의 침이 수영의 얼굴에까지 튀었다.

"그렇다! 서울 놈들 공부했다는 놈들의 수작은 잠꼬대다! 우리를 속여 먹으려는 멀쩡한 거짓말이다!"
하고 오봉이는 주먹으로 지직 바닥을 두드리며 대흥의 말에 맞장구를 쳤다.

090회, 1933.10.12.

⑱ 여러 사람들은 대흥이와 오봉에게 선동이 되어 적의(敵意)나 품은

듯이 수영의 얼굴을 쏘아본다. 수영이는 듣다 못해서 손바닥의 땀을 부비며

"아닐세!"

하고 굵고 침착한 목소리로 방안의 공기를 더 한층 긴장시켰다.

"자네들의 말을 잘 들었네. 다 옳은 말일세. 그렇지만 내게 대한 생각만은 오해라는 것두 밝혀 둘 필요가 있네. 이번엔 급히 다니러 온 길이니까, 서울에 미진한 일이 있기는 있네만, 내가 도회지에 그다지 애착이 있어서 좀 더 생각해 보겠다고 한 말이 아닐세. 솔직하게 고백을 하면 그동안 나는 소위 지식분자로는 누구나 천하게 여기는 신문 배달부 노릇을 해서 구차하게시리 연명을 해왔네. 변변치 못한 가두의 노동자를 보구 그런 말을 하는 건 억울하이."

하고 약간 제 변명을 하고 나서, 저만 주목하는 여러 사람들을 둘러보며

"자네들 말마따나 요새 신문이나 잡지에 떠드는 개념적(槪念的)이요 미적지근한 농촌운동이라는 것부터 냉정하게 비판을 해본 뒤에 우리 현실에 가장 적절한 이론을 세워서 새로이 출발을 하지 않으면 안 되네. 그 새로운 이론을 세우고 참 정말 막다른 골목에 다달어 굶어 죽을 수밖에 없는 우리 빈궁한 농민들의 살 길을 위해서, 즉 우리의 이익을 위해서, 싸워나가려면 그만치 단단한 준비가 있어야겠다는 것이 내 의견일세. 한 줌의 흙이라도 움켜쥐고 놓치지 않으려는 것이, 우리의 죽고 사는 문제이니만치, 맹목적으로 날뛰어서야 되겠나? 그래서 좀 더 신중히 생각해 보자고 한 말일세."

수영의 목소리는 부지중에 점점 높아갔다. 대홍이와 오봉이를 위시하여 여러 동무들은 숨도 크게 쉬지를 않고 수영의 말을 한마디도 놓치지

않으려는 듯이 귀를 기울이고 있다.

"자네들이 인정해주듯이 난 학교에 다닐 때버텀 농촌 문제에 대해서는 쉴 새 없이 생각하고 있었네. 집으루 오던 날두 '인제는 내가 정말 일터를 찾아오는 게 아닌가' 하는 생각이 들었네. 그렇지만 우리가 다 같이 생각해 보세. 지금 우리 조선의…."

수영이는 거의 두 시간 동안이나 한자리에 꼬박이 앉아서 평소에 생각한 바, 조선의 현실과 농촌운동에 관한 이론을 발표하였다. 그것은 실로 혀끝에 불이 붙는 듯한 열변이었다. 조금도 말을 꾸며서 할 줄은 몰라도 말의 내용은 조리가 닿고 구절마다 힘이 있었다. 수영이는 말을 마친 뒤에 소매로 이마의 땀을 씻으며

"이 이상 말할 것이 없네. 우리는 이 두 가지만 명심하고 싸워나가면 고만일세. 첫째는 '우리의 앞길을 결코 비관하지 말 것' 둘째는 '우리의 몸뚱이가 한 개인의 사유물이 아니라는 것' 그리고 '그 몸뚱이를 한 뭉텅이루 뭉칠 것—' 뿐일세!"

하고 다시 입을 다물었다.

사기등잔의 기름은 졸아 불꽃은 껌벅거리고 여러 젊은 사람의 가슴은 새로운 자극과 감격에 떨렸다.

대흥이는 얼굴이 벌겋게 상기가 되어 씨근거리며 가쁜 듯이 숨을 쉬고 앉았다가

"수영 군! 자네가 벗구 나서서 우리와 같이 일을 한다면 우리는 무슨 일이든지 하겠네. 목숨두 아끼지 않겠네!"

하고 수영의 손을 힘껏 잡아 흔든다.

"우리 함께 일하세! 그렇지만 나를 무슨 지도자처럼 알아선 안 되네.

난 우리 동지들의 한 조그만 종이 되려는 것뿐일세!"

하는 것이 그의 맨 나중에 남긴 말이었다.

자정도 넘어서 동무들은 흩어졌다. 뜨거운 감격을 안고 찬 달그림자를 밟으며 둘씩 셋씩 짝을 지어 돌아갔다.

091회, 1933.10.13.

6

[1] 그동안 병식이는 수영이가 시골로 내려간다는 엽서를 받고도 답장할 경황이 없이 지냈다.

엽서를 받은 지 사흘만에야 저녁때에 머리를 들고 일어났다. 인제는 술이 늙어서 한번만 몹시 취하면 이틀 사흘씩 몸져 누워서 앓았다. 그는 아직도 머리 골치가 띵하건만 행기를 할 겸 신문사로 가 보았다.

어쩐 일인지 윤전기가 돌아갈 시간인데도 신문사 근처는 아주 잠잠하다. 문안으로 들어서니, 안팎이 수성수성하고 제자리에 앉은 사람이 없다. 편집국원들은 붓대를 던지고 이리저리 왔다 갔다 하는 사람, 턱을 괴고 먼 산만 바라다보고 앉은 사람 할 것 없이 급사들까지 분주히 아래 위층으로 오르내린다.

사장실에는 문을 안으로 걸어 잠그고, 중역들이 모여서 무슨 중대한 의논을 하는 모양이다. 사내의 공기가 긴장된 품이 큰 돌발사건이 생긴 눈치다.

조금 있자 사장이 인력거를 타고 돌아오는데 그 뚱뚱한 몸집으로 인력거 위에서 굴러 내리듯 한다. 입을 꽉 다물고 위층으로 뒤룩거리며 올라가는데 사원들은 그 뒤를 황급히 따라 올라간다. 사장의 모닝코트 속에는 '무기정간'의 지령장이 들었었다.

그 전날 발행한 신문에 시사 문제를 취급한 사설이 당국의 기휘에 저촉이 되어서 청천에 벽력이 내렸던 것이다.

신문사의 심장인 윤전기 소리가 끊기고 보니, 백여 명이나 되는 종업원들은 숨이 끊긴 사람의 팔다리처럼 그날로부터 실직을 하게 되었다. 무기정간이니 언제나 풀릴는지 창창한 노릇이다. 병식이가 다니는 신문사는 가뜩이나 재정 곤란으로 경영이 말씀이 아니던 판이었다. 엄부렁하게 외면치레만 해오던 터이라 정간이 된 동안에 내부에서 또 무슨 갈등이 생길는지 알 수 없다. 병식이는

"흥 그나마 밥줄이 끊어졌구나!"

하고 한숨을 길게 내쉬고 공장 한 모퉁이에 서서 멀거니 창밖을 내다보았다. 뿌—옇게 새어 들어오는 석양이, 첩첩히 활자를 꽂아 놓은 케이스 위에 어른거려서 그 높다란 목판이 멀어졌다 가까워졌다 한다.

다른 직공들도 어안이 벙벙해서 서로 얼굴만 쳐다보고는 말이 없다. 창 앞에 뒷짐을 지고 서서 저녁연기에 싸인 길거리를 내려다보는 늙은 직공도 두엇이나 있다. 그들은 자기 한 사람에게 목숨을 매어달은 늙은 부모와 아내와 어린 자식들이, 기한에 떠는 꼴을 눈앞에 그려보는 것이었다.

그네들의 월급이란 참으로 갈급인데다가, 그나마 두 달 석 달씩 온 월급을 타지 못하였다. 싸전, 나무장, 반찬가게에 전표질을 해서 간신히 그날그날 끼니를 이어 오던 터인데, 신문사가 거덜이 났다는 소문이 한번 퍼지기만 하면 장사치들이 아귀처럼 달려들 것만은 틀림없는 사실이다.

그들보다 조금도 못지않게 병식이도 앞으로 살아갈 일이 망단하였다.

제 집 한 칸을 지니지 못하고, 쌀 한 되 꾸어 줄 친구조차 없는 병식이는, 그네들보다 한층 더 호구할 길이 아득하였다. 바로 한치 앞이 낭떠러지 같았다.

"인젠 아주 막다른 골목이다!"

하고 병식이는 동료들에게 인사도 아니하고는 머리를 떨어뜨리고 나왔다.

그렇건만 한편으로는 계숙의 일이 궁금해서

'그동안 왜 발그림자도 아니할까.'

하고 어느 잡화상점에서 전화를 빌렸다. 백화점으로 걸고 계숙이를 찾으니까

"최계숙이 말씀이죠? 안 댕겨요. 여길 고만뒀어요."

하는 것은 전화 교환수의 쌀쌀한 목소리다.

"언제부터 고만뒀나요?"

하고 재차 묻는데 전화는 매몰스럽게 뚝 끊겼다.

'아뿔싸. 그예 조경호의 수중으로 들어갔구나.'

하고는

'그래도 집에나 있을까.'

하고 병식이는 계숙의 사숙으로 향해서 총급히 걸었다.

092회, 1933.10.14.

2 병식이는 계숙이가 묵고 있던 집에 당도해서 지쳐놓은 대문을 밀고 들어서며

"계숙이—."
하고 두어 번 연거푸 불렀다. 한참만에야
"누굴 찾소?"
하고 주인마누라가 댓돌에다가 담배를 털며 나온다. 주인마누라는 몇 번 보아서 병식의 얼굴을 알고 있었다.

병식이는 그 마누라에게서 경자가 계숙의 짐을 옮겨 간 전말을 이야기를 들었다. 마누라는 떠나간 뒤에는 한번도 찾아오지를 않으니 남남간이란 으레 그렇다고 매우 섭섭해 한다. 그리고는
"참 편지가 두 장이 왔는데…."
하고 안으로 들어가더니 두툼한 봉함 한 장과 엽서 한 장을 들고 나왔다. 봉함은 수영이가 청량리서 다녀오던 날 밤에 써 부친 것이요, 엽서는 시골로 떠나던 날 우편국에서 급히 갈겨 쓴 글씨로, 저에게 한 것과 같은 사연이었다.

병식이는 편지 겉봉만 보고
"당자가 오거든 주시지요."
하고는 인사도 하는 체 마는 체하고 나왔다. 편지를 맡았다가 계숙에게 전해주고도 싶었으나, 수영의 편지 심부름까지는 하고 싶지가 않았다.

병식이는 여전히 머리를 떨어뜨리고 허전허전한 발을 정처 없이 떼어 놓았다.

날은 저물었다. 바구니에다 빳빳이 언 동명태 한 마리에 두부 한 채를 받아 가지고, 한 손을 행주치마 속에다 찌르고는 종종걸음을 치는 계집애의 댕기꼬리가, 북촌 좁다란 골목안의 황혼을 흔들었다.

병식이는 실진한 사람처럼 길거리에 우두커니 서서 잿빛 하늘을 쳐다

보다가, 길바닥의 돌부리를 탁탁 걷어차며 걸으면서도, 어디로 발길을 옮겨 놓아야 할지 몰랐다.

월급쟁이나 공장에서 벤또를 끼고 돌아오는 사람들은 오막살이나마 제 보금자리로 분주히 기어들건만, 병식이는 제 집으로 다시 기어들고 싶지가 않았다. 지옥을 벗어나온 지가 몇 시간도 못 되어, 또다시 그 구석으로 찾아들기는 진정 싫었다.

병식이는 직업도 사랑하던 누이도, 하나밖에 없던 친구도 모두 잃어버렸다. 그들은 한꺼번에 저의 신변에서 떠나 버리고 말았다. 흐릿한 가등 밑에 두 어깨를 축 처뜨린 그림자를 이끌고 걸으려니 마음속으로 소낙비처럼 쏟아지는 고독과 우울에, 몸을 지탱할 수가 없었다. 돌담 밑 쓰레기통 밑에서 눈먼 늙은 거지가 이마로 땅바닥을 부비며

"한 푼 적선합쇼. 나—리. 한 푼만 적선합쇼—."

하며 뽀얗게 먼 눈을 희번덕거리는 것을 한참이나 유심히 내려다보다가, 땅이 꺼지도록 한숨을 쉬고는 휘적휘적 천변을 끼고 걸었다. 늦은 가을날 뭇사람의 발바닥에 밟혀 바삭바삭 으스러지는 낙엽의 신세와도 같이 이 골목 저 골목을 헤매었다.

그러다가 병식이는 불현듯이 계숙이가 보고 싶었다. 길거리에서라도 만났으면 하였다. 이미 저와는 아주 인연이 끊긴 사람이었건만, 비록 조경자 집 문간에서라도, 단 일 분 동안이라도 보고 싶었다.

"만나면 뭘 하나?"

하고 제 자신에게 물으면서도 아무 조건도 없이 만나고 싶은 충동을 이길 수 없었다.

"내가 몰랐으면 모르지만 알고야 그대로 내버려 둘 수가 있나. 더구나

수영 군도 없는데… 도대체 어떻게 돼서 그렇게 급작시리 경자의 집으로 들어가게 됐을까."

하고 계숙이를 찾아가볼 결심을 하였다. 오라비로서의 나머지 의무를 느꼈다느니보다도, 경자의 집에서 계숙이를 빼내오려는 일종의 의협심이나 의분보다도, 덮어놓고 계숙의 얼굴이 보고 싶었다. 그 화색이 돌고 어글어글한 얼굴을 보고, 그 가랑가랑하고도 명랑한 목소리를 한번 듣기만 해도, 옥죄인 마음이 풀리고, 오만상이 다 찌푸러졌던 기분이 바뀔 성싶었다.

병식이는 스키야키 집에서 뒤를 밟아가던 때처럼 경자의 집 편으로 발꿈치를 돌렸다.

093회, 1933.10.15.

3 조선극장에 갔던 날 밤 계숙이는 하는 수 없이 경자의 집으로 끌려갔다. 끌려갔다느니보다, 저의 침구며 짐을 찾으러 갔다. 걸어도 십오 분밖에 아니 걸릴 데를 경자는 택시를 불러서 계숙이를 태워 가지고 갔다.

계숙이는 자동차를 타기 전부터 머리가 몹시 아프고 신열이 나서 오슬오슬 추웠다가, 온몸이 화끈하고 다는 것을 깨닫고 이마를 짚었다.

"내가 왜 이럴까? 몸살이 나려나 보다."

하고 자동차에서 내릴 때에는 땅이 팽 내둘려서 경자의 어깨를 짚고 간신히 진정을 하다가 들어갔다. 머릿속이 온종일 복잡한 감정에 솥 속의 물 끓듯 하다가, 또다시 가슴 벅찬 흥분으로 급작이 신열까지 났던 것이다.

"내 짐 내놔! 이부자리만이라두 가지구 갈 테야!"

하고 계숙이가 대문 밖에 버티고 서니까

"이게 무슨 소리야. 밤이 늦었는데 도망구니처럼 짐을 싸 가지구 어딜 갈테야? 온 별 소리를 다 하네."

하고 억지로 끌었다.

계숙이는 금방 쓰러질 듯이 어질어질해서 할 수 없이 벽을 짚으며 안으로 들어갔다.

벌써 안방 덧문은 닫혔는데 건넌방에는 경자의 자리만 아랫목에다가 깔아 놓았다.

계숙이는 방으로 들어가며 펄썩 주저앉았다.

"오늘 밤은 거북하더래두 여기서 나하구 자아. 뜰아랫방을 말끔하게 치워는 놨지만 쓸쓸해서…."

하고는

"시장하지 않아? 뭘 좀 시켜 먹을까?"

하는 것을 고개만 흔들었다.

계숙이는 방으로 들어올 때까지 아무것도 보지 않고 말마디도 하지 않았다.

따끈한 방바닥에 몸이 녹으니까 사지의 맥이 가닥가닥 풀리는 것 같았다.

그러다가는 마디마다 쏙쏙 쑤시기도 하고 등어리에서 찬바람이 돌아서,

"에라, 난 모르겠다."

하고는 이불 위에다 몸을 던져버렸다.

몸이 불편하니까 만사가 다 귀찮았던 것이다. 또 한편으로는

'경호가 설마 오늘 밤에야 따라오랴.'
하고 안심도 되어서, 하룻밤을 경자의 이불 속에서 정신없이 앓았다.

…이튿날 계숙이는 요란한 유성기 소리에 잠이 깨었다.

경자는 눈만 부비고 나면 자리 속에서 유성기를 틀어 놓는 것이 버릇이 되었다.

삼백오십 원짜리 빅터 기계에서 흘러나오는 재즈 노래나 유행가의 멜로디에 맞춰서 발을 까불고 고개를 까댁까댁 하고 곤댓짓을 하다가 일어나야만 아침의 기분이 좋은 모양이었다.

계숙이는 자리 속에서 눈만 멀거니 뜨고 으리으리하게 꾸며 놓은 방치장을 처음 보는 것처럼 둘러보았다. 어머니가 물려준 자개 삼층장, 순화류 의걸이, 대문짝 같은 채경이 달린 양복장이 반쯤 열어놓은 반침 안으로 보꾹에 닿도록 들어찼다. 유성기밖에도 한번 뜯는 것은 구경도 하지 못한 만돌린, 대청에 놓인 이천여 원짜리 피아노도 타는 것을 한번도 못 들었지만, 그리고 벽에는 라디오 리시버 같은 장난감이 구석구석이 진열이 돼있다. 벽에는 마주 걸린 체경의 주위에 서양 여배우들이 가지각색으로 옷 모양을 내고 박힌 브로마이드가 황금빛 사진틀에 끼워져 백화점의 진열장 속같이 늘비하게 붙었다.

계숙이가 덮고 누운 이불은 이름도 알 수 없는 무늬가 혼란한 비단이다.

아침 불을 지핀 방바닥은 피곤한 계숙의 몸을 더 한층 노곤하게 하였다.

"자구 나니까 어때? 방이 춥지나 않어?"
하고 경자는 이마를 다 짚어보며 여간 싹싹하게 굴지를 않는다.

계숙이는 두 손으로 깍지를 껴 넘겨서 팔베개를 하고 누워서, 수영이가 앓던 행랑방과 제가 들어 있던 하숙집과 그리고 저의 고향의 흙방을 생각하였다.

'누구는 이렇게 차려 놓고 산담.'

형용키 어려운 일종의 분한 생각이 계숙의 머리끝까지 치밀어 올라왔다.

094회, 1933.10.16.

④ 계숙이는 도무지 일어날 생각이 없는 것을 남의 집에서 늦도록 드러누울 수가 없어서 억지로 일어났다. 상직꾼 마누라가 떠다 받치는 세숫물에 세수를 하고 머리와 얼굴을 매만졌다. 상직꾼이 슬금슬금 눈치를 보아 가며 어찌나 능글능글하게 시중을 드는지 수십 년이나 수모 노릇을 해먹은 여편네 같다.

계숙이는 정말 부잣집으로 시집이나 온 것 같아서 몸이 군시러울 지경이었다.

이 집에는 자고만 나면 자리를 개키는 사람, 방을 치우는 사람, 세숫물을 떠다 바치는 사람이 따로따로 있는 모양이다. 계숙이가 세수를 하는 동안에 각장장판이 번지르르하게 윤이 흐르도록 걸레질까지 쳐놓았다.

경자는 무대 뒤 화장실에서 화장을 하는 여배우 모양으로, 웃통을 벗고 겨우 젖꼭지만 가리고는 아침 화장을 한다. 코티 분과 폼페이안 향수 냄새를 머리가 아프도록 풍기고 앉았다. 그때에

"언니—."

하고 문을 방긋이 열고 경자의 동생 춘자가 들어선다.

"이 분이 내가 늘 말하던 최계숙 씨란다. 너 이 선생님의 말을 잘 들어야 해."

하고 경자는 분을 바른 제 뺨을 찰싹찰싹 두드리며 곁눈으로 가정교사를 소개한다.

춘자는 납신하고 예를 하고는 '저이가 내 선생이람' 하는 듯이 말끄러미 계숙의 얼굴을 바라다보다가는, 머리를 다소곳이 숙이고 섰다. 계숙이는 속으로

'너두 형처럼 까불면 걱정거리다.'

하고는,

"거기 앉어."

하고 춘자의 땋아 늘인 머리 뒤까지 훑어보았다.

살결이 분을 따고 넣은 듯이 흰 것과 까만 눈동자가 또랑또랑한 것과 얼굴의 윤곽은 형과 비슷하나, 열두 살로는 좀 잔졸한 편이었다.

경자의 아버지가 부족증으로 죽은 지 달포 만에 경자의 어머니 해주집이, 입덧이 나고 다달이 있던 것이 보이지 않아서, 유복자나마 손은 끊기지 않겠다고 대소가에서 아들 낳기를 여간 바라고 기다리지를 않았었다. 경호의 아버지, 즉 경자의 큰아버지는 '만득'이란 아명까지 미리 지어 놓고 해산할 임시에는 용이 든 보약을 첩첩이 지어서 아우의 집으로 보냈었다. 경자의 어머니도

"설마 삼신이 아들 하나야 점지해 주시겠지."

하고 춘향모 본을 따서 뒤 곁에 칠성단을 모으고 백일기도까지 드렸다.

그러다가 달도 채 차지 못해서 온 동네가 북적거리도록 떠들며 유난스럽게 비릇어 낳아 놓은 것이, 고추자지의 반대인 춘자였다. 그때 산모는

산후에 소복도 못한 채

"돌아가신 영감께 면목이 없다."

하여 금강산으로 들어가 중노릇이나 하겠다고 처신 사납게 날뛰는 것을

"내가 아들 하나만 더 나면야 아우의 후사를 잇지 않을 도리가 있겠는가."

하고 조 참판이 굳이 붙들기까지 했던 것이다.

그러나 조 참판은 첩을 둘씩이나 갈아들여도 아들은 보지 못하고 근자에 와서는 양자라도 해서 아우의 손을 이어줄 유의를 하고는, 아우에게 분재한 재산 전부를 자기가 관리하고 심지어 시량이나 용돈까지도 큰집에서 일일이 차를 해주었던 것이다.

춘자는 계숙의 헌출한 체격과 서글서글해 보이는 데 첫 인상이 좋았고, 계숙이는 수줍은 듯이 댕기꼬리만 매무작거리고 앉았는 춘자가 형처럼 약고 반지빨라 보이지 않는 데, 호감을 갖게 되었다.

계숙이는 저 역시 오늘부터 춘자의 가정교사가 된 듯이

"그래 몇 학년이야? 학과 중에 뭘 제일 좋아해?"

하고 물어도 보았다. 그것은 춘자와 할 말이 없어서 그런 말을 물어본 것이다.

'어쨌든 이 사람네들의 생활을 보아 두는 것두 괜찮아.'

하고 계숙이는 경자 형제에게 끌려 안방으로 건너갔다.

095회, 1933.10.17.

5 계숙이는 안방으로 들어가서 경자의 어머니를 만났다. 조선 절을 잘 할 줄 모르고 하기도 싫어하는 계숙이는, 이런 구식 여자, 더구나 양

반의 집 여편네를 만나면, 딱 질색이었다. 그래서 학생 시절에도 음력 정초에는 동무 집에서 청해도 가지를 않았었다.

각색 화초를 수놓은 병풍을 높다랗게 둘러치고 모본단 보료 위에 남자처럼 안석에 가 반쯤 기대 앉았는 주인 마마는

"이리와 앉지. 이제 한집안 식구로 지낼걸. 시스러워하지 말구."

하면서 반들반들하게 닳은 염주를 세어 넘기던 손을 들어 아랫간 윗목을 가리킨다. 계숙이는 여학생식으로 굽실하고 우물쭈물 인사를 하였다.

경자의 어머니는 나이 오십을 넘어서 앞머리는 미어졌어도 생산을 적게 하고 잘 먹고 몸 부드럽게 지내서 그런지, 살이 피둥피둥하게 쪘다. 손등에는 어린애 모양으로 옴폭옴폭하게 우물이 지고 손가락은 양초가락처럼 희고 매끈해 보였다. 옥색 삼팔로 아래 윗마기를 감았는데, 눈 가장자리에 잔다란 주름살만 펴면, 영락없이 몸집만 통통한 경자였다. 아직도 막내둥이 하나쯤은 낳음직해 보였다.

경자는 계숙의 손을 끌어다가 아랫간 윗목에다 앉히고

"어때요? 어머니 눈에 차시죠?"

하고 어머니와 계숙의 얼굴을 번갈아 본다.

"응. 네 눈이 범연하겠니. 잠시 보매도 사람이 매우 숭굴숭굴해 보이는구나."

하고는 둘째 딸을 턱으로 가리키며

"저애가 옛날 같으면 시집을 갈 나인데, 그저 응석이나 부릴 줄 알았지, 온 미거해서… 같이 지내려면 속이 좀 상할걸."

계숙이는 입 속으로

"천만에."

하고 될 수 있는 대로 말대답을 하지 않았다. 가정교사고 무엇이고 아직 자기 마음을 확정한 것은 아닐 뿐 아니라, 저를 눈앞에 앉혀놓고 모녀가 번차례로 품평을 하는 것이 불쾌해서 얼굴이 화끈 화끈 달았다. 또 한 가지는 부지중에 시골 사투리가 나와서 혹시 숭이나 잡히지 않을까 하고 조심도스러웠다.

'제 고장 말을 하면 어때.'

하면서도 남에겐 숭은 잡히고 싶지가 않았다.

경자의 어머니는 아직 세수를 할 생각도 아니하고 매무작거리던 염주를 수선화분이 놓인 문갑 위에다 올려놓더니 보료 밑에서 빨갛고 조그만 염낭을 꺼내서 골패 짝을 방바닥에다 쏟아 놓는다. 곁에는 사람이 없는 듯이 골패 짝을 대그락거리고 반쯤 돌아앉아서 오관을 떼어, 일수를 보는 모양이다.

계숙이는

'내가 어쩌다가 이런 집에 와 앉았을까.'

하고 생각할수록 꿈 속 같았다.

'내가 어떻게 되려고 이런 집안으로 끌려 들어왔을까?'

하고 새삼스러이 제 자신에게 물어도 보았다. 물어 보아도 확실한 대답은 아니 나오고 다만 꿈속같이 머릿속이 훼—ㅇ하고, 지난밤의 고통으로 몸이 찌뿌드드해서 늙은이 앞에 오래 앉았기가 거북해서 그 자리를 얼른 떠나고만 싶었다.

경자도 곁에 앉은 계숙이는 잊어버린 듯 어머니가 하고 앉은 골패 짝을 저어 주며 오관 떼는 참견을 하고 앉았다.

계숙이는 값진 세간으로만 도배를 한 방안의 치장과, 갑창을 닫고 병풍을 치고도 부족하여 방장까지 꼭꼭 쳐서 바람 한 점 새어 들어오지 못하게 차리고, 그 속에서 식전부터 골패를 젖고 앉았는 늙은 마누라의 윤이 흐르는 얼굴만 한참이나 바라다보았다.

바람 세찬 북국의 바닷가에서 정어리 광주리를 이고, 발을 벗은 채 몇 십리씩 걸어 다니던 어머니 생각이 났다. 폭양에 강냉이 밭을 매고 감자를 캐면서도, 그것을 한평생 할 일로 알다가, 약 한 첩 얻어 자시지 못하고 돌아가신 그 자애 깊은 어머니의 생각이 불현듯이 났다.

'이놈의 세상이 이렇게도 고르지 못한가?'

하는 의문보다도, 눈앞에 나타나는 어머니의 초췌하던 얼굴을 보니 당장 앉아 있는 모본단 방석에 바늘이 돋아 올라서 온몸을 꼭꼭 찌르는 듯하였다.

096회, 1933.10.18.

6 열 시가 넘도록 아침상은 들어올 생각도 아니한다. 일곱 시 반에 아침을 먹고 나서던 계숙이는 하숙 같으면

"밥 얼핏 줘요!"

하고 소리를 질렀을 것이다. 안잠자기와 차집과 마마님의 잔시중을 드는 애가 방을 치고, 동자치와 반빗아치가 오르내리며 밥을 짓고, 도마 소리를 내며 반찬을 만드는 동안이 두 시간도 넘었다. 이 집의 밥을 얻어먹고 꿈지럭거리는 여편네들은, (이 집에는 행랑아범밖에 남자라고는 구경도 할 수가 없다) 늙은이나 젊은이나 할 것 없이, 계숙의 눈에는 병든 굼벵이같이만 보였다.

마마님은 세수 제구와 경대를 방안으로 하나를 벌여놓고, 젊은 여자처

럼 분때를 밀고 변비통이 대단하다고 엄살을 하면서도 안잠자기가 머리를 빗기는 대로 거울 속의 얼굴을 요모조모 들여다본다. 계숙이는

'기생년의 티는 그저 못 벗었고나.'

하고 호기심으로 바라다보았다. 마마님은 한나절이나 버리고 앉아 있기가 심심한 듯이

"그래 시골집엔 누가 있어?"

하고 계숙의 집 형편을 묻고, 경자네 집 가문 자랑과 자기가 홀로 된 뒤에 딸 둘을 의지하고 그것들을 기르느라고 여간 애를 먹은 것이 아니라는 것과

"경자는 저렇게 과년한 것이 당초에 시집갈 생각두 안 하니, 온 요새 계집애들이란 부모의 말을 들어먹어야지. 시집을 보낸대도 내 앞이 쓸쓸할 생각을 하면 급작이 내놓을 수도 없고…."

하고 잔소리를 늘어놓는 것이 어찌나 진력이 났던지, 뚱뚱한 마누라의 궁둥이를 발길로 걷어차고 싶을 지경이었다.

열 한 시나 지나서 아침상이 들어왔다. 경자의 어머니는 근자에 와서 불도를 닦아 연화대로 갈 준비를 하느라고 육식을 금하기 때문에 소찬만 먹는다. 그러니 늦은 봄이나 여름철이 아니면 얻어 볼 수 없는 값진 채소를 갖은 양념을 해 놓았다.

계숙이는 큰 상에 오른 널따란 취 잎사귀를 보고 청량리서 수영이와 맛있게 쌈을 싸먹던 생각이 났다.

오늘이 마침 공일이어서 춘자가 놀기 때문에 세 겸상이 들어왔다. 그 상에는 산진해수가 늘어 놓였고 진구이로 암소 가리까지 구워서 조그만 나주반에 바쳐서 아이 종이 곁상으로 들어왔다. 계숙이는 저의 집 생일

이나 큰일 때에도 이 집에서 보통으로 먹는 것만큼 차린 것을 보지 못하였다.

"찬은 없지만 많이 먹어."

하고 경자는 은젓가락 끝으로 반찬을 헤집으면서 입맛만 다시듯 밥을 되새기고 앉아 있는데 계숙이는

'너희들이야 숭을 보건 말건 제 앞에 닥친 거야 먹고 볼 일이다.'

하고 밥을 푹푹 퍼 넣었다. 그러면서도

'근본 문제를 해결한 뒤에야 계숙 씨가 더 뷰티플해 보이겠단 말예요.'

하고 배를 뚜드려 보이던 수영이를 다시 한번 생각하였다.

수영에게 무슨 연고나 생기지 않았는지 궁금해서

'아침을 먹고는 집으로 찾아가 봐야지. 이리 끌려온 걸 알기만 하면, 여간 오해를 하지 않을걸.'

하고 숟가락을 놓는데, 쟁반에 숭늉을 받쳐 들고 들어오던 아이년이

"마님, 큰댁 나으리 오셨습니다."

하고 고한다.

경자는 숟가락을 던지고 발딱 일어서 나가며

"오빠 아침에 웬일이세요?"

하고 마루 끝으로 내닫는다. 계숙이는

'흥 네가 벌써 대서는구나.'

하면서도 가슴 속에서 두방망이질 하는 것을 억제할 수 없다.

"오늘이 공일이 아니냐."

하고 경호는 여전히 아침 햇빛에 안경을 번뜩이며 마당에서 서성거린다.

"인제야 아침을 먹었니?"

하고 묻는 경호의 시선은 안방과 건넌방과 뜰아랫방을 휘—둘러보다가 경자의 얼굴에 와서 멈춘다. 경자는 약빨리 그 눈치를 채고, 안방으로 향하고 바른편 눈을 찌긋해 보였다.

097회, 1933.10.19.

7 경호는 경자가 눈짓한 것은 짐짓 못 본 체하고

"올라오세요."

하는 누이의 말에

"오늘두 볼 일이 있어서…."

하고는 올라갈까 말까 하고 망설이고 섰다. 안방 쌍창이 열리더니

"어서 들어오. 요샌 왜 그렇게 한번도 안 들렸소?"

하고 서숙모가 내다본다. 삼촌이 생존했을 때는 저의 집 습관대로 '해주집'이라고 부르고 공대도 아니 했었고, 해주집도 경호가 아무리 큰 집의 맏아들이지만 나이가 치지해서 반말 비슷이 하던 것이, 근년에 와서는 마주 '허우'를 하게 되었다. 경호는

"공연히 분주한데다가 졸업시험이 가까워서…."

하고는 단장 끝으로 축대 밑만 쑤시고 섰는 것을

"들어오시구려. 춘자 선생하구 인사두 할 겸."

하고 경자가 오라비의 외투 소매를 끌어당겼다.

"으흠 으흠!"

헛기침을 하며 못 이기는 체하고 들어오는 경호의 걸음걸이와 태도는 한층 더 점잖다.

계숙이는 못 본 체하고 앉아 있을 수가 없어서, 일어서며 경호를 맞는

듯 마는 듯 윗간으로 비켜나가며 고개를 조금 숙여보였다.

경호 역시 인사를 받는 듯 마는 듯하고, 아랫간으로 내려가서 외투를 벗고 빳빳하게 다려 입은 양복바지의 금이 구기지 않도록 끌어올리고 앉는다. 면도를 너무 바싹 하다가 살점에 포를 뜬 것이 계숙의 눈에 띄었다.

"오빠 내 동무가 춘자 선생으로 와 있게 됐어요."
하고 경자는 새침를 떼고 계숙에게 인사를 시킨다.

어머니가 저의 남매의 음모를 알 리가 없고, 더구나 오라비와 계숙이가 미리 아는 눈치를 채게 하는 것은 장래를 위해서 좋지 못할 염려가 없지 않았다. 그래서 처음 만나는 것처럼 수작을 붙인 것이다. 경호는

"응 그래."
하고 윗간 편으로 고개를 조금 숙이는 체하고는 가정교사에게쯤 정중하게 인사할 필요가 없다는 태도로

"춘자는 어디 갔니?"
하고 딴전을 붙인다. 계숙이는 더 똑똑히 경자의 창자 속까지 유리쪽을 대고 들여다보는 것 같아서, 벌떡 일어났다. 건넌방으로 건너가려는데 건넌방에서 춘자가 숙제를 풀다가 책을 들고 마주 건너왔다.

"이것 좀 봐 주세요."
하고 앉는 바람에 계숙이는 또 붙들려 앉았다.

경호는 덤덤히 앉아 있기가 거북해서

"변비통이 대단하다더니 요샌 좀 어떠우?"
하고 서숙모에게 말을 건넨다.

"밤이면 쑤셔서 잠을 못자요. 그런데 참 건넌방 댁이 감기로 눴다구

전갈이 왔더니, 인젠 기동을 하우? 크나큰 살림을 맡은 사람이 원체 약질이라서….”
하고 시키지 않은 말을 불쑥 한다. 시키지 않은 말뿐이 아니라, 계숙이 앞에서, 제 아내의 말을 끄집어내는 것이 경호에게는 딱 질색할 노릇이었다. 그동안에 눈치 빠른 경자의 눈은 계숙의 표정을 번개같이 흘겨보았다.

경호는 뭐라고 말대답을 해야 옳을지 몰랐다. 두 눈을 말똥말똥 뜨고 있는 제 아내를 죽어 나갔다고도 할 수 없는 형편이다. 더구나 여자의 앞에서는 될 수 있는 대로 구기를 하는 제 아내의 존재를, 하필 계숙이가 듣는데 일깨워 주는 것은, 어느 모로든지 재미가 적었다. 그렇다고 대답을 아니하는 것은 더욱 수상스러울 성싶어서

“누가 알우. 남 못할 노릇을 하느라구 진작 죽지도 않으니까.”
하고 경호는 저 혼자 얼굴이 붉어졌다. 남들이 제 아내라고 부르는 물건은, 저에게 당해서는 아무 상관이 없고, 차라리 죽어 없어지느니만도 못하다는 것을 발뺌 비슷이 해서, 계숙이더러 귀담아 들어달라는 수작이었다.

“온 도섭스러라. 그게 무슨 방수끄런 말요?”
하고 경자의 어머니는 무슨 시단이나 하려는 듯이 손뼉을 치며 경호의 앞으로 다가앉는다.

098회, 1933.10.20.

8 “어쨌든 그 댁이 큰댁의 기둥인데, 장가를 열 번 들면 그만큼 칠칠하고 일새 빠른 사람을 구경이나 할 줄 아오? 당초에 집안 살림살이를

모르고 지내니깐 그렇지, 단 하루래두 주장이 없어 보. 큰 집안의 살림꼴이 뭐 되나? 환갑이 넘은 노인네가 사시면 몇 해나 사시겠소? 원 그런 사위스런 말일랑 아예 입 밖에도 내들 마우.”

한번 터지기 시작한 마나님의 연설은 지긋지긋하게도 끝이 나지 않을 형세다. 그러나 말하는 입을 틀어막을 수도 없어서 경호는 엉덩이를 들먹거리면서

“왜 그렇게 사정 모르는 말만 하우? 집구석에서 아랫것들 하구, 입씨름이나 할 줄 알면 남의 아내가 된단 말요?”

경호의 이마에는 핏줄이 다 섰다. 계숙이는

“나두 죄다 잊어버렸어.”

하고 춘자의 대수(代數) 숙제를 풀어 주며

‘저다지 극성스럽게 제 여편네 숭을 보지 못해 애를 쓸게 뭐야.’

하고 속으로 비웃었다.

“그야 나이 삼십이 넘도록 생산을 못하니, 가뜩이나 자식 귀한 집안에 큰 걱정거리지만…. 하지만 귀머리 마주 푼 큰댁 네가 소중한가 봅디다.”

하고 엄지손가락으로 염주를 굴린다. 돌아간 영감이 자기를 장중의 보옥같이 귀여워도 하고 아주 빠진 듯하면서도 집일은 큰마누라하고만 의논을 하던 생각을 하였다.

아까부터 어머니의 수다에 눈살을 찌푸리고 앉았던 경자는

“어머닌 공연시리 쓸데없는 걱정을 하고 앉으셨구려. 애초버텀 금슬이 좋아야 어린애구 목두깨비고 생기죠. 남들은 다 하는 생산을 못 하니, 멀쩡한 병신이지 뭐유?”

하고 쏘가리 쏘듯 어머니를 쏘아붙인다. 대답에 궁해진 오라비 거들어

줄 의무를 느낀 것이었다.

어머니도 딸에게 지지 않으려는 듯이 언성을 높이며

"온 계집애가 별 참섭을 다 하는구나. 남편이라고는 근처도 안 가는데, 여편네 혼자 어떻게 수태를 한단 말이냐?"

하고 꾸지람하듯 혀를 끌끌 차고는 경호 편으로 얼굴을 돌리며

"정 가까이 하기가 싫거들랑, 요새 길에 널린 게 말만큼씩 한 계집앤데, 하나 끌어 들여서 손이나 보구려. 그렇게 남의 탓만 할 게 뭐 있단 말요. 주변이 없어 그렇지, 열 계집 버리는 사내 없다고, 대장부가 오입 한번 못 해본단 말요? 내가 사내 같으면 나이 젊것다, 외모가 저만하겠다, 그만 돈쯤이야 흥청거리고 쓸 수가 있겠다, 맘껏 한바탕 놀아보겠소. 남녀 간에 이렇게 속절없이 늙고 보면 볼 일을 다 봅넨다."

하고 마마님은 젊어서 노류장화로 흥청거리고 놀던 각— 오입쟁이들의 품에서 품으로 넘돌던 지나간 옛날을 생각하고, 나이 찬 딸이 곁에 앉은 것도 잊어버린 모양이다.

계숙이는 저를 빗대어 놓고 하는 말 같아서, 참을 수 없는 모욕을 느꼈다. 그보다도 조선의 젊은 여자 전체를 대표나 한 것처럼 분해서 치를 떨었다. 경호도 그 자리에 더 앉아 있을 수가 없었다. 경자는 아까부터 고만 일어서라고 몇 번이나 눈짓을 했었다.

경호는 시계를 꺼내보고 일어서며

"날이 인젠 제법 봄날 같군."

하고 딴청을 하며 목도리에 잘 옥댄 외투를 입는다.

"더 놀다가 점심이나 자시구 가구려."

하는 마마님의 말에는 대답도 아니하고, 장지틀을 넘으면서 마주 일어나

비켜서는 계숙에게 은근히 목례를 하고 나갔다.

경자는 슬리퍼를 짝짝 끌며 오라비의 뒤를 따라 나가더니 한참이나 무슨 이야기를 속삭이고 들어오는 눈치였다.

099회, 1933.10.21.

9 건넌방으로 건너가 있으려니 어느 덧 점심때나 되었다.

계숙이는 빠져나갈 궁리를 하던 끝에, 수건과 비누를 싸들고,

"나 목욕 갔다 올 테야. 곧 댕겨 들어올게."

하고 나가려니까, 아랫목에 배를 깔고 누워서 다리를 바둥거리며 부인잡지의 그림을 뒤적거리고 누웠던 경자는, 계숙이를 빤히 쳐다보더니

"나두 여러 날 못했는데 그럼 같이 가."

약속했던 일을 깜빡 잊어버리고나 있었던 듯이 벌떡 일어나니까.

"언니, 나두."

하고 춘자마저 따라나선다, 일껀 목욕을 하러 나선다고 꾀를 낸 것이 틀리고 말았다.

다 각기 목욕 제구를 싸들고 하나는 앞을 서고 하나는 뒤를 따르는 것을, 저 혼자 가겠다고 따돌릴 수도 없고, 경자가 얄밉기는 하지만, 말만 앞을 세우고 아니 간다는 수도 없다.

'오전 중에 가야 수영 씨를 만날 텐데.'

하고 계숙이는 속에서 조바심을 하건만 졸지에 묘책이 나서지를 않았다.

"그럼 같이들 가요."

하고 분합마루로 나왔다.

비록 목욕탕 속에서라도 경자에게 제 육체를, 더구나 나체를 보이고

싶지가 않아서
  '난 천천히 갈게 먼저들 다녀와요.'
하는 말이 나오는 것을
  '예라 유난스럽게 굴 게 없다.'
하고 뜰아래로 내려섰다. 경자 형제가 막 구두끈을 매고 나오려는데, 큰집의 계집 하인이 허겁지겁 들어오며 뜰아래에서 안방을 향하고
  "마마님께 여쭙니다. 저— 큰아씨께서 아침 잡순 게 관격이 되셔서, 아주 자반뒤집기를 하시는 뎁쇼. 댁 마님께서 저번에 갖다 쓰신 사향수 아반이 남았거들랑 보내 주십사고 하십니다."
하고 급한 전갈을 한다. 마마님이 몇 십 년이나 두고 되풀이를 하는 『옥루몽(玉樓夢)』을 보고 누웠다가 돋보기안경을 콧등에다 걸고 쌍창을 밀치고 내다보며
  "뭐야? 큰아씨가 관격을 하셨어? 그렇게 우환이 떠날 날이 없으니, 무슨 살이 뻗친 게다."
하다가 커다란 계집애들이 떼를 지어 중문간으로 나가는 것을 보고
  "얘들아 너희는 밤낮 쏘다닐 생각만 하느냐? 언니가 대단히 앓는다는데, 공일날이나 한번 큰집엘 가보렴."
  어머니는 벽장에서 환약을 꺼내어 춘자에게 던져주며
  "옜다. 이걸 갖다 먹이고 동정이 어떤가 보고 오너라."
하고 분부가 내렸다.
  "허구한 날 앓는 걸 가보면 뭐해요. 우린 지금 목욕하러 가는데."
하고 경자가 종알거리니까
  "커다란 계집애들이 목욕은 꼭 대낮에 가야만 하니?"

그래도 딸이 못 들은 체하고 높은 구두 뒤축을 되뚝거리면서 나가는 걸 보고는

"애야! 어미 말이 말 같지가 않으냐?"

하고 역정을 버럭 낸다.

"언니 저녁에 갑시다."

춘자는 형을 끌었다. 경자는 샐쭉해서 들어오더니 비누갑을 마루 끝에 밀어다 붙이듯 한다.

"그럼 내나 다녀올 테야!"

계숙이는 옳다구나 하고 누가 등이나 밀어내는 듯이 빠져나왔다. 감금이나 당했다가 놓여나오는 듯 마음이 거뜬하였다.

…수영의 방은 자물쇠가 채워 있었다.

'지금이 집에 있을 텐데 웬일일까?'

하고 머뭇거리다가 안집에 들어가 물어보았다.

"요새 통 안 들어와 잤나 봐요."

하는 것은 어린애 업어 주는 계집애의 똑똑치 못한 대답이었다.

'대체 웬일일까?'

하고 계숙이는 고개를 비꼬고 나와서 반찬가게서 전화를 빌어 신문사로 걸었다. 서너 번이나 걸어도 오하나시쭈(통화중)더니 교환수가 나오지 않고 굵다란 사내 목소리로

"김수영이를 찾으시오? 신문이 정간이 돼서 배달들이 안 들어오니까, 알 수 없쇠다."

하고 딱 끊어버린다.

100회, 1933.10.22.

⑩ 신문이 정간되었다는 소식도 놀라왔거니와 그렇다고 수영이가 며칠씩 집에 들어오지 않는 까닭을 알 수 없었다. 그동안 또 무슨 일이 생겨서 검속이나 당하지 않았나 하는 생각이 번개같이 났다. 간 데 온 데가 없는 것을 보면, 유치장에 들어간 것이 틀림없으리라 하였다.

'하여간 병식 오빠는 소식을 알 테지.'

하고 어쩐지 가기가 싫은 것을 하는 수 없이 병식의 집으로 발을 옮겨 놓았다.

그동안 병식이는 경자의 집까지 찾아가는 길에 또 술꾼들에게 붙들렸었다. 관수동 천변을 끼고 내려오다가 앉은 술집으로 들어가는 신문사 축과 마주쳤다.

"신문사두 인젠 거덜이 났는데, 제—길 술이나 하루 저녁 실컷 먹세."

하고 끌어당기는 바람에

'에—라, 죽든 살든 술하구나 단판씨름을 하자.'

하고 병식이는 끌려 들어갔었다. 들어가서 자정이 넘도록 공복에다가 술의 매를 맞고 인사정신을 몰랐다.

새파랗게 질려서 송장이 다 된 것을 좀 덜 취한 동료들이 간신히 집에까지 떼미어다가 주었었다.

계숙이는 병식의 아내와 눈이 마주치지 않으려구 문간으로 가만히 들어서서 건넌방 툇마루에 흙투성이가 된 병식의 구두가 놓인 것을 보고 사뿐사뿐 걸어 들어가 창밖에서

"오빠 계세요?"

하고 나직이 물었다.

"들어와. 난 다시 못 볼 줄 알았지."

병식이는 문을 열고 맞아들인다. 머리를 말갈기처럼 떨어뜨리고 엎드려서, 무엇을 쓰고 있다가 종이를 요 밑에다 급히 감춘다. 계숙이는

"뭘 그렇게 몰래 쓰세요?"

하고 들어섰다.

병식의 얼굴은 전보다 더 핏기가 없고 광대뼈가 튀어 나오도록 수척하였다.

계숙이는 병식이가 저에게 대한 감정을 빤히 알고 있는 터이라, 병식의 태도가 전처럼 찐덥지 않기로 섭섭할 것은 없어도, 너무 초췌한 것이 보기에 딱해서

"요새도 그저 깨끗지 못하신가 보군요."

하고 발치에 가 쪼그리고 앉으니까

"차차 땅 냄새가 구수해 오는 게지."

하고 코웃음을 웃는다.

"참, 신문이 정간이 됐다죠? 오늘 전화를 걸어보구야 알았어요. 그러니 가뜩이나 어려우신 터에 인제버텀 어떻게 지내세요?"

하고 진심으로 동정을 하였다. 병식이는 계숙의 얼굴을 뚫어질 듯이 들여다보더니

"죽지 않으면 살겠지. 나두 여자로나 태어났더면 부잣집에서나 모셔갈걸."

하고 씁쓸히 웃는다. 병식의 입만은 여전히 뾰죽하다.

여자를 쏘아보는 병식의 그 독특한 신경질적인 눈! 거기서는 계숙에게 대한 원한과, 그예 경호의 수중으로 들어가게 된 데 대한 일종의 비분과 또 그리고 그만큼이나 간곡히 권했는데도 말을 아니 들은 것을 꾸짖는,

착잡하고도 가슴 벅찬 감정이 흘러나온다. 그 날카로운 눈으로부터, 무슨 독기 있는 광선이 일직선으로 계숙의 얼굴 위에 쏟아지는 것 같다.

계숙이는 얼굴 가죽이 따가운 듯이 고개를 푹 숙였다. 한참만에야 발갛게 익는 듯한 얼굴을 쳐들고

"오빠가 저를 단단히 오해하실 줄은 짐작하지만요, 얼마 동안 두고 보시면 자연 아실 날이 있을 테니깐, 변명도 하지 않을 테야요. 그 집엘 들어가 있든지, 나와 있든지 간에 말씀이야요."

하고 슬그머니 제가 경자의 집에 들어가게 된 일절에 대해서는 묻지도 말아 달라는 예방선을 쳤다.

그러자

"이리 오너라!"

하고 문간이 떠나가도록 부르는 소리가 들렸다. 병식이는 미닫이가 닫혔는데도 질겁을 해서 한구석으로 비켜 앉는다.

101회, 1933.10.23.

11 그러자 밖에서는

"주인 있소?"

하고 자분참 안으로 들이대고 부른다.

"나무장수가 왔으니 좀 내다봐요."

하고 병식의 아내가 방안에서 마주 소리 지른다.

"없다구 그러지 못해?"

병식이가 지게문을 열고 따 달라고 하니까

"하루두 열두 번씩이나 오는 걸 번번이 어떻게 따란 말요. 나는 몰라

요.”
하고 나무장사만 못지않게 소리를 지른다.
나무장수는 안 여편네의 새된 목소리를 듣고
“여보 사람이 찾으면 내다나 봐야 옳지 않소?”
하고 중문간으로 들어서서 호령하듯 한다. 병식이는 눈살을 잔뜩 찌푸리고
“에—ㄱ 빌어먹을 것 같으니 도둑질두 손이 맞아야 해먹지.”
하고 마지못해 나갔다.
“글쎄 며칠만 더 참아 달라는데, 내가 그동안 급살이나 맞을까 봐서, 문턱이 닿도록 찾아온단 말요?”
하는 소리가 들렸다.

계숙이는 불안스러워서 더 앉아 있을 수가 없건만, 병식이가 무슨 비밀문서나 꾸미듯 하다가 감춘 것이 수상해서, 요 밑을 떠들어 보았다. 요 밑에는 수영에게서 온 엽서가 있었다. 시골로 내려가는 길에 부친 것이 인제야 계숙의 눈에 띄게 되었다. 그리고 그 곁의 봉함에는 수영의 긴 편지가 반쯤 봉투 밖으로 내밀었다.

계숙이는 좀도둑질이나 하는 듯이 가슴이 울렁거리건만 한참 궁금하던 판이라, 떨리는 손으로 편지를 펴들고 두 줄 세 줄씩 급히 눈을 달려서 편지 사연의 요령만은 머리에다 집어넣었다. 병식이가 쓰다가 감춘 것은 그 답장이었다.

그동안 신문이 정간이 된 것과 계숙이가 내게도 말이 없이 그—예 경호의 누이의 집으로 들어간 모양인데, 내야 만사에 넋을 잃고 지내는 터이라, 그 집으로 찾아가기도 싫으니, 시골집의 급한 볼일만 보고는 곧 올

라와서 단단히 조처를 하라. 그렇지 않으면 계숙에게 대해서는 영영 단념을 하는 수밖에…까지 쓰다가 말았다.

계숙이는 그동안의 경과만은 환하게 짐작할 수 있었다. 수영이가 무슨 볼 일이 있어 급작이 내려갔는지는 알 수 없으나, 하여간 저에게도 편지를 했을 터인데 그 편지는 사숙하던 집 주인마누라가 받아 두었거나, 반환을 시킨 것이 틀림없으리라 하니, 잠시도 그 자리에 머물러 있을 수가 없었다. 병식이는

"이렇게 허구한 날 쪼들리구 살 테면 살림이구 뭐구 애진작 뒤엎어 버려야 해."

하며 문짝이 부서지도록 탁 닫으며 들어온다.

계숙이는 편지를 몰래 본 것이 무슨 죄나 지은 것 같아서

'오빠 난 편지 봤다나요.'

하려다가

'아서라. 화만 더 돋아 줄 게 없다.'

하고

"나무 값이 얼마나 돼요?"

하고 묻고 싶지 않은 말을 물었다.

"그건 알아 뭘 해."

병식이는 핀잔하듯 계숙에게까지 화ㅁ를 끼얹는다. 계숙이는 무안에 취해서 잠자코 앉았다가

"틈 있는 대로 또 올게요. 제 일일랑 걱정하지 마세요."

하고 일어섰다. 병식이는 천하만사가 다 귀찮은 판이라,

"얘기두 못 하구 가서 미안하군. 요샌 더 기분이 좋지 못해서…."

하고 붙잡지를 않았다.

계숙이가 문을 열고 나가려니까

"수영 군한테선 편지가 왔겠지?"

하고 딴전하듯 묻는다.

"아—니요."

하고 계숙이는 머리를 흔들어 보였다.

"그럼 먼저 있던 집으로 가봐. 그리룬 왔기가 쉬우니까…."

하고 문을 닫으려다가 다시 열며

"계숙이!"

하고 나지막하게 부른다. 계숙이는

"네?"

하고 돌아섰다.

"내가 전처럼 계숙이를 믿어두 좋아? 무슨 일을 당하든지 타락만은 하지 않는다구 그랬지?"

그 애원하는 듯한 말에는 눈물이 섞였다. 계숙이를 유심히 쳐다보는 병식의 눈에는 눈물이 어리었다.

"네, 오빠. 오빠나 어서 기운을 차려 주세요!"

하고 굳세게 대답을 하였다.

계숙이도 감격하여 눈물을 머금으며 그 집을 나왔다.

102회, 1933.10.24.

⑫ 계숙이는 부리나케 사숙하던 집으로 갔다. 가보니 제가 들었던 방에는 벌써 다른 학생이 들었다. 안으로 들어가 주인마누라를 찾았건만

마누라조차 밖에 나들이를 가고 없다고 한다.

진고개 일본 사람 상점에 심부름을 해주고 거기서 숙식까지 하던 십칠팔 세쯤 된 아들이 첫 공일이 돼서 저의 집에 나와 쉬다가, 집을 보게 된 모양이다. 주인의 아들과는 몇 번 문간에서 마주쳐서 피차에 얼굴을 알고 지내던 터였다. 주인의 아들은

"조금 아까 나가셨는데요. 바깥방에 들었던 학생한테 온 편지를 전하구 오신다구, 날더러 집을 보라셨세요."

한다.

"아이, 이를 어째! 조금만 더 일찍 왔드면…."

하고 계숙이는 발을 동동 굴렀다.

주인마누라는 지궁스럽게 편지를 들고 경자의 집으로 찾아간 것이 분명하다.

'중간에서 올지 갈지가 되어서 만나지를 못했나 보다'

하고 계숙이는 그 집을 뛰어나오듯 하였다.

주인마누라는, 한동안 주객 간으로 계숙이와 정답게 지내던 터이라 작별을 못하고 떠나보낸 것이 섭섭도 하려니와, 돈을 십 원씩이나 얻어준 치사도 할 겸, 편지도 전해 줄 겸 겸사겸사해서 경자가 번지수 적어 준 것을 간수했다가, 별러서 나선 걸음이었다.

계숙이는 자동차라도 불러 타고 마누라의 뒤를 쫓아가고 싶었다. 제가 나온 사이에 마누라가 경자의 집에를 찾아가서 귀둥대둥 수다를 늘어놓다가, 수영의 편지를 경자에게 맡기고 올 것이 분명하다. 그리고 보면 그 편지를 경자가 몰래 뜯어보고 경호의 손으로까지 굴러 들어가기가 쉽지 않을까?

'어쩌면 고 계집애가 편지를 받고도 안 받았다고 시침을 뗄런지도 모르지.'

하고 계숙이는 달리는 전차로 남학생처럼 뛰어올랐다. 금세 숨이 가쁘고 혓바닥에 백태가 끼도록 몹시 초초하였다. 차창 밖으로 길거리를 내다보며 혹시 그 마누라장이가 지나가지나 않나 하고 눈에 띄기만 하면 붙잡으려고 뛰어내릴 준비까지 하고 서 있자니 마음이 여간 타는 것이 아니었다.

수영의 편지에 어떠한 사연이 쓰여 있든지 간에 경자의 수중으로 들어갈 것을 생각하니 참을 수 없이 분하였다. 죄 없는 마누라쟁이까지 몹시 미웠다.

푸줏간으로 들어가는 암소 모양으로 진정 들어가기가 싫은 것을, 계숙이는 하는 수 없이, 그 편지를 찾기 위해서라도 다시 경자의 집으로 발을 들여 놓지 않을 수 없었다. 그러나 계숙이는 될 수 있는 대로 아무런 눈치도 보이지 않으려고 무진 애를 써서, 뒤설레는 가슴을 진정하며 경자의 집 중문간으로 들어섰다.

경자는 그동안 큰집에는 벌써 다녀왔는지, 행랑어멈을 데리고 뜰아랫방을 말끔히 치워놓았다. 허접쓰레기 세간 창고로 쓰느라고 겨우내 폐방을 해두었던 뜰아랫방을 부랴부랴 치우고 일변 석탄을 지피고 책상과 이부자리를 내려오고 하느라고 법석을 하는 중이었다. 안채와는 판장으로 차면까지 해 놓아서, 이 방에서 무슨 짓을 하든지 안에서는 모르게 되었다. 경자는 무슨 청결이나 하는 것처럼 수건을 쓰고 행주치마를 두르고 하인들을 총찰하다가

"아—니 무슨 목간을 자그마치 세 시간씩이나 하구 와? 아주 한 꺼풀

벗겼남."
하고 들었던 총채로 방안을 가리키며
"우리 오늘버텀 이 방을 응접실로 쓰자구우. 건넌방은 안방하구 너무 가까워서 맘대로 떠들고 놀 수가 있어야지. 누가 혹시 찾아와도 여간 거북하지가 않어. 폐방을 했던 데가 돼서 아직은 쓸쓸하겠지만 우리가 노 내려와 있을 테니까 괜찮지?"
하고 아무 말도 아니하고 제 거동만 노려보는 계숙의 양해를 구하기에 바쁘다.
"아무려나. 조용해 좋겠구먼."
혼잣말 하듯 하고 계숙이는, 문지방에 가 걸터앉았다. 급하고 궁금한 품이야 당장 편지를 내놓으라고 하고 싶지만
"그동안 누가 날 찾아오지 않았어?"
하고 넌지시 물어보았다.
경자는 행랑어멈의 눈치를 힐끗 보고나서
"아—니."
하고 고개를 쩔레쩔레 흔들어 보인다.

103회, 1933.10.25.

13 그날 밤 계숙이는 경자를 떠다 밀어 방바닥에다 발딱 자빠뜨리고 배를 깔고 앉아서, 생선 창자를 발라내듯이 편지를 꺼내고 싶은 것을,
'네가 어디 안 내놓나 보자.'
하고 안간힘을 쓰며 참았다. 경자가 '아—니' 하고 대답을 할 때 행랑어멈의 눈치를 본 것으로 보아 누가 다녀갔다는 것을 혹시 묻더라도 말하

지 말라고 당부를 해둔 것이 분명하였던 것이다.

'무슨 수단으로든지 오늘 밤 안에는 빼앗고야 말걸. 그렇지만 잘못 덧들여 놓았다가는 안 돼.'

하고 꿀꺽 참았다. 조용할 때 춘자를 살금살금 꾀어 가지고 물어보면 알 수가 있으리라 하였다.

그러나 계숙이는 비록 하루 저녁이라도 이 호젓한 뜰아랫방을 쓰고 싶지가 않았다. 저들이 뜰아랫방에 몰아넣는 것도, 모두 경호 남매의 음모만 같았다. 건넌방에 같이 있으면 저부터 불편할 뿐 아니라, 경호가 오더라도 어머니도 모르게 조용히 만나게 할 수가 없으니까, 아주 딴 집같이 으늑한 방으로 격리를 시켜 놓은 것이 아닐까? 그리고 무상시로 출입을 하자는 것이나 아닐까? 하는 의심이 번쩍 들었다. 굿을 하더라도 모르게쯤 된 이 방에서, 옷을 벗고 혼자 정신없이 자는데 경호가 소리도 없이 문을 열고 들어서면 어찌할까? 술이나 취해 가지고 달려들어서 완력으로 찍어 누른다면 무슨 힘으로 항거를 할 수 있을까? 소리를 질러 경자나 행랑에서 듣는댔자, 못 들은 체 할 것은 분명하다.

그런 공상을 하자니 계숙이는 전신에 소름이 오싹 끼쳤다.

일테면 도야지나 닭 같은 식용동물을 잡아먹기 전에 가두어 두고 실컷 먹이듯이, 제 살을 뜯을 그 적당한까지 이 방에다 감금을 하는 것이 분명치 않을까 하니, 계숙이는 더 한층 사람으로서 참을 수 없는 모욕과 위협을 동시에 느꼈다.

경자는 저녁도 먹는 둥 마는 둥 하더니 계숙이도 몰래 큰집으로 가서 밤이 새도록 돌아오지를 않았다. 춘자의 말을 들으면 어머니에게는 전에 없던 오라비댁의 병구완을 해준다는 핑계로 나갔다 한다. 춘자더러

"누구 다녀간 사람이 없어? 편지를 가져왔지?"
하고 물어보았건만 생글생글 웃기만 하고 안방으로 건너가 버렸다. 수영의 편지가 경자의 수중으로 들어간 것만은 확실하다. 그러나 좌우간 경자를 기다리노라니까 옮겨다 놓은 자리 위에 누워서 기다리지 않을 수 없었다.

계숙이는 경자를 기다리다 못해서

"오늘 밤만 드새자."
하고는 이불을 덮고 누우려다가, 신변이 허수해서 일어나 덧문 고리를 단단히 걸고 나서야 옷을 벗고 누웠다.

계숙이는 불을 끄고 누워서도

'이러다가는 내가 그 남매를 이용한다는 것이 전연 공상으로 돌아가지나 않을까?'
하고 의문이 생겼다. 경자의 비위를 맞추어 동경 가서 공부할 학비가 나오도록 조종을 하는 동시에, 경호를 장중에다 넣고 잘 주물러 보겠다는 야심이 어쩐지 자신이 없을 성싶었다. 얼마 동안 제 꾀에 넘을는지는 모르지만, 조만간 도리어 속아 넘어가서 회복할 수 없는 큰일을 저지르고야 말게 될 것만 같았다. 수영이와 병식이가 지성으로 말리던 것이 결코 저를 못 미더워하고 일종의 질투로만 그런 것이 아니라고 생각도 되었다.

저희들 남매는 꾀꾀로 만나서, 세워놓은 계획이 착착으로 진행하는 눈친데, 저는 아무러한 방어선(防禦線)도 치지 않고 자꾸만 옭혀 들어가는 것이 아닐까?— 하다가

'흥 너희들한테, 속아 넘어갈 내가 아니다. 나를 누구로 알고. 없는 사

람이면, 여자면 다 제 손아귀에 들 줄 알았다간 큰 코를 다칠걸.'
하고 이불 속에서 활개를 치고 나서 잠을 청하였다.

그날 밤 밤새도록 뒤숭숭한 꿈은, 온통 수영의 환영이었다.

104회, 1933.10.26.

7

[1] 수영이는 그동안 마음의 안정을 잃고 지냈다.

'내가 왜 이리 침착해지지를 못할꼬'

하고 하루도 몇 번씩 저 자신에게 물어도 보았다. 노름판에서 밤을 새운 사람처럼 입술이 타들어 가도록 초조하여 잠시도 기분이 가라앉지 않는 것은, 생후 처음으로 당하는 경험이었다.

제가 일평생의 일터로 작정한 농촌이, 관찰을 거듭할수록 한숨과 환멸(幻滅)을 느끼게 할 따름이요, 지상의 낙원을 건설해보겠다는 꿈보다도 [3행 한 단락 검열 삭제]

게다가 차차 알고 본즉 집안 형편이 또한 말씀이 아닐 정도로 속이 곪았다. 그것이 차츰차츰 눈에 띌수록 수영의 가슴은 바윗돌에나 눌리는 것 같았다.

어머니의 병은 아직도 늦은 봄날같이 지지하게 끌기만 한다. 기름이 졸아붙는 등잔불처럼 가물가물하면서도 깜박 꺼지지도 않는다. 다만 피가 싸늘하게 식지만 않았을 뿐. 미지근한 시체가 안방 아랫목을 차지하고 줄창 누워 있다. 그동안 아들이 반가운 김에 기동을 한 것이 또 실섭

이 되었던 것이다. 그러다가도 정신만 빠끔하면

"이십 안 자식이오, 삼십 전 천량이라는데 글쎄 어떻게 생긴 애가 장가를 들어볼 생의도 안한담. 원 딱한 일도 많지. 합당한 자리가 있대두 들은 체 만 체하니."

하고 영감이나 아들만 보면 아침저녁으로 염불 외듯 하는 것이 아주 습관이 되었다. 그렇게 외고 또 외고 하는 말이 어쩌면 어머니의 마지막 유언인지도 모른다.

이러한 주위의 머릿살 아픈 사정도 하나 둘이 아니거니와, 계숙이 일도 여간 궁금하지 않았다.

편지를 받았다는 엽서 한 장도 오지 않는 것을 보면 그동안 계숙의 신변에는 중대한 변동이 생긴 것만은 짐작할 수 있다. 기어이 경자의 집으로 들어갔다손 치더라도 몸성히 있다는 안부쯤은 전해줄 성싶은데, 한번 내려온 뒤에는 소식이 뚝 끊기고 보니, 수영이는 일도 손에 잡히지 않고 무슨 생각도 조리 있게 할 수가 없었다. 수영이는 서울 소식을 기다리다 못해서

'병식이마저 죽어 버렸나? 요새두 밤낮 술타령만 하는 게로군.'

하고 친구조차 원망스러웠다.

오늘이나 올까, 내일이나 올까 아침에 안 왔으니까 저녁에는 오겠지 하고 눈이 빠지도록 체부를 기다렸다.

동구 밖만 내다보고 앉았으려면 나중에는 눈이 다 아물아물해서 길 언덕에 고염나무가 꺼먼 복색을 한 체부로 보일 때도 있었다.

일초 동안에 지구를 일곱 바퀴나 도는 전파에 음파를 실어, 동반구(東半球)와 서반구의 거리(距離)를 단칸방 속같이 졸라매는 라디오가 한참

행세를 하고, 동경 사람과 서울 사람이 제 자리에 앉아서 '모시모시' 한 번이면 숨 쉬는 소리까지 듣고 앉았는 이 시대다.

그런데 '사발통문'이 속달우편이요, '파발'이 전보 노릇을 하던 호랑이 담배 먹던 시대의 교통 상태와 다름이 없는 시골이, 조선 안에 있다는 것은, 더구나 서울서 불과 삼사백 리밖에 아니 되는 곳에 있다는 것은, 도회의 사람으로는 꿈에도 생각 못할 사실이다. 교통 기관의 시설이 없다는 것보다도 더한층 놀랄 만한 사실은 모—든 근대의 문명이 농촌과는 아무런 인연이 없다. 문명의 혜택을 입기는커녕, 이 고장 주민들은 적어도 몇 백 년 전의 공기를 오늘날까지 호흡하고 있는 것이다.

[17행 한 단락 검열 삭제] 부르짖었다.

생각이 여기에 이르면 연애를 한다는 것, 사랑하는 사람의 편지를 기다린다는 것부터 사치스러운 짓 같았다.

배부른 놈의 장난같이도 생각이 들었다.

105회, 1933.10.28.

[2] 하루는 저녁 때 수영이가 도야지 우릿간을 고치고 있으려니까 학교에 다녀오던 복영이가

"언니 편지 왔수."

하고 저도 반가운 듯이 두툼한 봉함편지 두 장을 조끼 주머니에서 꺼내 준다.

수영이는 아우의 손에서 편지를 빼앗듯 하였다. 계숙의 편지는 없었다. 없을 뿐 아니라, 그동안 계숙의 사숙으로 부쳤던 편지가, 수신인이 없다는 쪽지가 붙어서 인제야 돌아왔다.

수영이는 병식의 편지를 부―ㄱ 뜯었다. 벽두로 신문이 정간이 되었다는 것과 수인사가 끝난 뒤에

인제는 정말 거리의 '룸펜'이 되구 말았네. 자네처럼 피난할 구석도 없는 나는, 예닐곱이나 되는 식구를 끌고 굶는 길로 미끄러질 수밖에 없네.

사오일 동안이나 다른 신문사와 인쇄소마다 쫓아다니며 밥구멍을 뚫어 보았네만은 당초에 말도 붙여 볼 수가 없는 거야. 어찌하겠나? 인젠 세상만사가 아주 시들버들하이. 사람의 새끼가 이렇게까지 먹기에 안달을 하여야 하는 이유를 도무지 찾을 수 없네. 동시에 나라고 하는 인생, 겨자씨만한 기생충의 생존 가치를 스스로 의심할 뿐일세.

생활은 별문제로 치고도 나는 요새처럼 신변의 적막을 느껴본 적은 생후 처음인가 하네. 무덤 속의 백골도 나처럼 고독하지는 않을 것같이 생각이 드네.

나는 그동안 자네에게 주정도 하고 내 심경(心境)을 하소연도 해왔네마는, 지금 와서는 모―든 행동이 무의미하고 하염없이 생각되는 동시에, 오직 '죽음'이라는 시커먼 그림자가 시시각각으로 내 마음을 엄습하고 유혹할 따름일세.

'연애'이고 무엇이고 그것도 자네와 같은 사람이나 할 일이지 나처럼 떡심이 풀린 인간에게는, 이생에서 인연이 없을 것만은 사실일세. 계숙이는 그―예 그 집으로 들어가고 말았네. 진정 딱한 일일세. 계숙의 자질(資質)이 몹시 아깝지만 모―든 자격을 잃어버린 나로서야 속수무책일세그려. 송장에게 입이 없는 거와 마찬가지가 아니겠나?

일전에 한번 찾아오기는 했네. 그런 것을 말 한마디 아니하고 돌려보

냈네. 그때 쓰던 편지를 찢어버리고 이제 와서 겨우 이 반갑지 않은 소식을 전하는 것일세. 그러나 자네하고는 편지 왕래가 빈번할 터이니, 계숙의 소식을 내 손으로 길게 적기는 싫으이.

어쨌든 계숙이가 우리들이 기대하던 정반대로, 조선의 인텔리 여성들이 보통으로 밟는 길로 빠져 들어갈 것은 도리어 예사로 생각하네만 그로 말미암아 헛되이 정열을 소비하는 자네가 매우 가엾을 따름일세.

첫사랑에 상처난 가슴의 낙인(烙印)은 언제까지나 지워지지 않느니. 평생을 두고 그 상처가 쓰라리고 아픈 법이니. 자네보다도 더 가엾고, 자네보다도 더 가슴 쓰라린 사람이 이 세상 한구석에서 가쁜 숨을 몰고 있는지도 모르네마는…

시골에는 봄이 왔나? 봄기운이 떠도나? 보릿고개[麥嶺] 아득한 시골 사람들의 정경도 보는 듯하이.

쓰레기통을 뒤지는 비렁뱅이의 잔등이에 빼죽빼죽 내어민 솜이 터분해 보이고, 선술집에 파리가 소생하니 서울도 아마 봄이 오려나보이. 수영 군, 아 이 사람아! 자네마저 내 곁을 떠나고 만단 말인가? 급한 불만 끄고는 곧 올라오게. 계숙의 일은 하루바삐 자네의 손으로 간단히 조처하지 않으면 후회막급일 걸세. 벌써 계숙이는 자네를 기다릴 필요가 없게까지 되었는지도 모르네….

편지를 든 수영의 손은 부르르 떨렸다. 편지를 수세미처럼 뭉쳐서 거름덩이에다가 틀어박았다.

106회, 1933.10.29.

3 병식의 편지에 무슨 큰 기대를 가지고 있었던 것은 아니지만, 수영이는 놀라지 않을 수 없었다. 이때까지 마음을 졸이며 고대하던 편지가, 그따위 기막힌 소식인가 하면 여간 분한 것이 아니었다. 체전부가 눈앞에 있기만 하면 퍽퍽 뚜드려 주고 싶을 지경이었다.

신문이 정간된 것이야 그다지 놀라울 것은 없지만, 계숙이가 경자의 집으로 들어갔다는 소식에는 혈관 속을 급행열차와 같이 달리던 피가, 무뜩무뜩 정거를 하는 듯하였다.

'옳지, 그래서 소식을 끊구 지냈구나.'

하고 한참 생각한 뒤에

"애, 오늘 물참이 몇 신지 아니?"

하고 수영이는 어쩐 영문인 줄 모르고 곁에 서 있는 아우를 보고 소리를 질렀다. 복영이는 무슨 꾸지람이나 들은 듯

"몰라유."

하고 손을 부빈다. 수영이는 당장에 서울로 떠날 결심을 하였던 것이다. 그 소식을 듣고도 시골에 주저물러 앉았을 수는 도저히 없었다. 서울로 쫓아 올라가서 양단간에 제 손으로 계숙의 일을 조처하고 와야 할 의무라느니보다도, 참을 수 없는 의분과 계숙에게 대한 일종의 증오(憎惡)까지 느꼈던 것이다.

'에익, 너도 결국은 계집애로구나. 돈에 몸뚱어리를 파는 계집애에 지나지 못하는구나.'

하고 혼자서 부르짖기도 하였다.

그러나 그날은 선편이 없어서 이튿날 새벽에 떠날 수밖에 없었다. 수영이는 하룻밤을 기다리기도 갑갑한 듯이 벌판으로 나갔다.

열병에 걸린 사람처럼 뛰어나갔다. 시원한 바람이나 쐬어서 머리를 식혀 보려는 것이다. 점둥이란 놈이 어느 틈에 보았는지 꼬리를 흔들며 주인의 뒤를 따랐다.

벌판에는 논배미마다 물이 가득가득 고여서 논두렁으로 철철 넘쳐흘러 온통 바다를 이루었다. 비스듬히 내려쬐는 석양을 눈이 부시게 반사한다. 수영이가 침울하게 지내던 며칠 동안에 봄은 여러 걸음이나 산과 들로 기어들었던 것이다. 구름장이 눈 사탕처럼 녹아내리는 듯, 자회색 아지랑이가 산허리를 휘감았다가는 마루터기로 골안개처럼 피어오른다.

그 산기슭에 조그만 계집애들이 분홍치마를 입고 쪼그리고 앉은 것은, 한 무더기 두 무더기 피기 시작한 진달래꽃이었다. 그 연연한 꽃 입술은, 보드랍게 봄을 토하는 것 같다.

"어느 틈에 꽃이 피었나?"

하고 수영이는 군소리하듯 하며 새싹이 파릇파릇 돋아나는 잔디를 밟고 이름 모를 풀잎을 골라 드디어 집 뒤 언덕으로 올랐다. 눈앞에서 별안간

"꺽—꺽."

하는 소리에 산골짜기가 울렸다. 동시에 푸드득하고 나는 것은 털빛이 혼란한 장끼[雄雉]였다. 점둥이가 사냥개처럼 꿩을 튀겼던 것이다.

수영이는 벌써 송충이가 기어오르기 시작하는 소나무를 의지하고 무릎을 얼싸안고 앉았다. 눈앞에 질펀히 깔린 논과 밭을 내려다보며 모든 복잡한 생각을 흘려 보려고 무진 애를 썼다. 대지에 가득히 차오른 봄을 봄답게 보고 느껴보려고 하였다. 조선 청년으로서의 고민과, 청춘의 고뇌와 사랑의 쓰라림을 어린 아기의 입김 같은 봄바람에 흘려버리고 싶었다. 잔다란 세상 근심을, 발밑에 졸졸 흐르는 시냇물에 장난감 배처럼 띄

워 버리고도 싶었다.

꽁꽁 얼었던 흙은 나날이 풀려서 가지각색의 초목은 물이 오르고 싹이 트고 엄이 돋지 않는가? 온갖 새들은 닥쳐올 봄날을 목청껏 찬미하고 갖은 짐승들은 제멋대로 뛰고 달리지 않는가? 굼벵이나 지렁이까지도 소생하는 기쁨에 꿈틀거리지 않는가.

그러나 수영의 마음속은 영원한 겨울과 같았다. 가슴속에 숨은 성에는 언제까지나 녹지 않을 것 같았다.

107회, 1933.10.31.

4 수영의 머릿속은 오직 첩첩한 근심만이 들끓었다. 그 근심은 감옥의 철문처럼 수영의 눈앞에서 움직이는 봄을 가로막고 있다. 그 가로막힌 속에서 또다시 갈피를 잡을 수 없는 공상과 잡념과 그리고 분노와 질투와, 또 그리고 집의 형편과 생활에 대한 불안이 어웅한 구렁텅이로 쏟아져 내리는 폭포수처럼, 뒤섞였다가는 용솟음을 친다.

수영이는 그 모든 참기 어려운 감정을 꽉 깨물고 앉았으려니까, 눈앞으로 기울어진 언덕에는 새로 밭을 일구느라고 종아리를 걷어붙인 상투 달린 사람들이 대여섯이나 종가래질을 하고 있다. 종가래 끝은 돌부리에 부딪쳐 불이 번쩍번쩍 난다. 그들은 껄끄러운 잔디밭을 맨발로 들어서서, 연방 흙을 파헤치며 쟁기로 나무등걸을 캐면서 올라온다. 저 시뻘건 흙에 언제나 거름을 하고 씨를 뿌려야 할는지 난감해 보였다.

그 맞은편 언덕에는 보리밭을 매는 아낙네들 역시 맨발로 한 고랑씩을 맡아 가지고 재빠르게 호미를 놀린다. 그들의 등 뒤에는, 이맘때면 콧노래를 부르면서 냉이나 소루쟁이를 캐러 다닐 조그만 계집애들이, 돌을 고르고 풀을 뽑는다.

수영이는 저 혼자 하는 일 없이 맥 놓고 앉아서 남이 일을 하는 것을 내려다만 보기가 미안쩍어서 한숨과 함께 일어섰다.

'대흥의 집이나 찾아갈까? 오봉이는 어째 요새는 한번두 만날 수가 없나.'

하다가 금세로 사람도 만나고 싶지가 않아서, 바다로 향한 비탈길로 내려갔다. 나뭇가지를 휘어잡으며, 내려가니까 쫄랑쫄랑 앞을 서 가던 점둥이가 무엇에 놀랐는지 컹컹 짖으며 달려왔다가, 되짚어 가서는 어서 오라는 듯이 주인을 부른다. 까치들이 수십 마리나 소나무 위에 몰려 앉아서, 아래를 내려다보고 깍깍거리는 소리가 요란하다. 무슨 이상한 변사가 생긴 것이 분명하였다.

수영이는 불길한 조짐이나 느낀 듯이 머리끝이 쭈뼛하였다.

'무얼 보았길래 저렇게 짖노.'

하고는 참나무 가지를 꺾어들고 점둥이 뒤를 쫓아갔다. 가다가는 멈칫 물러섰다. 고총들이 촘촘히 들어박힌 봉분 사이에 시꺼먼 무슨 덩어리가 뭉쳐있는 것이 선뜻 눈에 띄었다.

점둥이는 그 시꺼먼 것을 물려는 듯이 달려들며 고개를 쳐들고 맹렬히 짖는다. 수영이는

'송장이나 아닌가.'

하고 걸음이 내키지를 않는 것을 개가 곁에 있는 것이 든든해서 가까이 가보았다.

꺼먼 뭉텅이는 사람이었다. 눈을 감고 모로 쓰러진 얼굴을 보니 열 두어 살쯤 되는 소년이다.

무슨 조그만 베보자기를 끌어안고 폭 고꾸라진 모양이다. 송장을 내다 버린 것이 아닌 것만은 분명하건만, 수영이는 손을 대기가 실쭉하지만 할 수 없어 뒤통수를 건드려 보았다. 소년은 꿈지럭거렸다. 수영이는 그제야 달려들어서 경찰 의사가 검시를 하듯이 소년을 젖혀놓고 맥을 짚어 보고 가슴에다 귀도 대어 보았다.

얼굴은 흙빛같이 변하였으나 몸에 아무 상처는 없고, 약하나마 맥도 뛰었다.

더 가까이 가보니 무엇인지 물어뜯다가 놓친 것이 머리맡에 놓였다. 그것은 껍질도 벗기지 않은 칡뿌리였다.

수영이는 노닥노닥 기운 베보자기를 끌러보았다. 수수와 보리를 섞어서 지은 밥덩이와 짠지 쪽이 꾸드러졌다.

'아하— 네가 누구의 밥을 날라다 주려다가 고만 급작이 병이 났구나!' 하고 수영이는 소년을 들쳐 업었다. 소년은 비탈길을 남에게 업혀서 내려오면서도 고개를 쳐들 기운도 없는 모양이다. 수영이는

"여보슈. 날 좀 보슈."

하고 밭을 일으는 상투쟁이를 소리쳐 불렀다.

상투쟁이는 다가와서 늘어져 있는 소년의 떨어트린 머리를 쳐들고 들여다보더니

"아 이게 성칠이 아들 정남이가 아닌가?"

하고 놀란다.

"물을 좀 얻어다 주슈."

하여 일꾼들이 가지고 나온 오지병의 물을 갖다가, 정남의 입을 어기고 들이부었다. 정남이는 그제야 신음하는 소리와 함께

"울 아버지 밥."
하고 꿈속처럼 눈을 떴다.

108회, 1933.11.01.

5 "밥 여기 있다. 어서 정신을 차려라. 변변치 못한 것 같으니라구."
상투쟁이는 정남이를 나무라듯 한다. 수영이는
"네 집이 작은 마을이지? 내 업어다 주마."
하고 정남을 다시 업고 언덕을 넘으면서
"너 어디가 아파서 그랬니?"
"…."
"왜 대답을 못하니? 어디가 아파서 그랬어?"
"아—니유."
기어 들어가는 목소리다.
"아니유라니, 너 그럼 배가 고파서 쓰러졌었구나?"
"…."
"너 온종일 아무것두 못 먹었지?"
"…."
정남이는 수영의 어깨 너머로 고개를 끄덕여 보이더니 소리를 죽이며 흑흑 느껴 운다.
"아버지 밥 갖다 줄 테유."
하고는 발을 버둥거리며 나려오려고 든다. 정신이 드니까 아버지에게 점심을 늦게 가져왔다고 꾸중을 들을 것이 겁이 났던 것이다.
"걱정 마라, 내 갖다 줄 테니 나하고 집으로 가자."

수영이는 정남이를 달래며 추켜 업고 내려오지 못하게 뒤로 깍지를 꼈다.

정남의 병은 배고픈 병이었다. 어린 창자가 쪼그라붙는 기갈병이었다. 한창 잘 먹을 나이에 곁두리 때가 지나도록 아무것도 얻어먹지를 못하고(어쩌면 엊저녁도 굶어 잤는지 모른다) 일하러 나간 아버지의 점심을 날라다 주러 가는 길이었다. 배고픈 것을 참다못해서 칡뿌리를 캐어 씹으며 산길을 혼자 걷다가 기진맥진해서 쓰러지면서 고만 까무러쳤던 것이다.

'들고 가던 수수덩이가 얼마나 먹고 싶었으랴.'

하니 수영이는 콧마루가 시큰해졌다.

저의 집 근처까지 오니까

정남이는

"어머니한테 매 맞어유."

하고 울면서 몸을 뒤튼다.

"걱정마라, 내 잘 말해 줄게. 울지 마라. 응 울지 말어."

하고 달래 주려니 수영의 눈에도 눈물이 핑 돌았다. 앞이 어른어른해서 발을 옮겨 놓을 수 없었다. 그 눈물은 수영의 눈에서는 보기 어려운 뜨거운 눈물이었다!

정남의 집은 굴 속 같은 납작한 토담집인데, 그나마 찌부러져서 한쪽 추녀는 땅에 가 마주 닿았다. 사람의 집이라느니 보다는 차라리 도야지 우리였다.

정남의 어머니는 흙방 속에서 문지방을 베고 늘어졌는데 걸레 조각 같은 치마로 앞만 가렸을 뿐.

서너 살, 두어 살쯤 되어 보이는 정남의 누이동생들은 무말랭이처럼 쪼글쪼글하게 말라서, 가죽만 축 늘어진 어머니의 젖꼭지를 하나씩 갈라 물고 엎드렸다.

빨아도 빨아도 젖은 나오지 않으니까 때가 반들반들한 저고리 하나만 걸친 발가숭이는 젖꼭지를 쥐어뜯으며 다 죽어가는 소리로 픽 픽 운다. 저 혼자 울다가 울다가 그만 지쳐서 목이 다 쉬었다. 어머니의 젖에서는 고 어린 것들의 가느다란 창자를 축여 줄 한 모금의 젖도 나오지를 않았던 것이다.

"여보, 일어나우."

하고 수영이는 정남이를 지직 바닥에다 내려놓았다. 정남의 어머니는 흐트러진 머리를 들고 일어나서 눈을 둥그렇게 뜨고 수영과 아들을 번갈아 본다. 하늘이 돈짝만하게 보이도록 어찔어찔한 모양이다.

정남이는 얻어나 맞을까 보아 윗목으로 비슬비슬 피해 간다. 수영이는

"얘가 허기가 져서 길바닥에 쓰러진 걸 업구 왔소."

하고 정남의 잘못이 없다는 것을 변호해 주었다.

"아이구 고마우셔라. 저것들은 엊저녁버텀 아무것도 처먹지를 못했시유. 배지가 고파서 그랬구먼유."

하고 어머니는 무슨 영문인 줄을 몰라서 손가락만 빨면서 두리번거리는 어린 것을 돌아보고는

"울지를 말구 있거라. 내 얼핏 아버지 곁두리 갖다 주고 올게. 종일 굶구 어떻게 일을 한단 말이냐."

어린 것들에게 애원하듯 하며 무릎을 짚고 비슬비슬 일어선다.

어린 것들은 피를 짜내는 듯 울며 어머니의 몽드라진 치맛자락에 매달

리며

"밥…. 엄마 밥!"

하고는 어머니가 들고 가려는 밥보자기를 가리킨다.

109회, 1933.11.02.

6 "아귀로구나! 사람이 아니고 귀신이구나!"

수영이는 사리짝 문을 탁 닫으며 나와서, 저녁노을이 시뻘겋게 낀 하늘을 우러러 뭐라고 입 속으로 부르짖었다. 다시금 눈두덩이 뜨끈해져서 몇 번이나 주먹으로 눈을 부볐다.

문밖으로 몇 걸음 걸어가다가는 돌아섰다. 정남의 집으로 다시 들어가서는 방안으로 머리를 쑥 들이밀었다.

정남의 어머니는 어린 것들을 엎어놓고 마른 볼기짝을 때리며

"요놈의 새끼야 뒈져라, 진작 뒈져. 누굴 못 잡아먹어서 요 극성이냐."

하고 발악하듯 한다. 그러나 어머니도 기신이 하나도 없어 목구멍에선 헛김이 나는 것 같다. 어린 것들은 얻어맞는 대로 발에 밟힌 개구리처럼 사지만 버둥거린다. 수영이는 보다 못해서

"여보, 때리지 마우. 그 애들이 무슨 죄가 있다구 손을 댄단 말요."

하고 말렸다.

흘낏 돌려다보는 정남의 어머니의 눈도 침침한 속에서 번뜩였다.

"이리 주우. 그 밥은 내 갖다 주리다."

하고 수영이는 밥보자기를 채뜨려 빼앗듯 하고 나갔다.

정남의 아버지가 일을 하는 곳은 수영의 집에서 오 리 가량이나 되는 바닷가였다.

삼만여 평이나 되는 간사지(墾瀉地)(조수가 드나드는 개흙바닥을 가로 막아서, 짠물을 빼낸 뒤에 논을 푸는 땅)의 원뚝[堤防]을 쌓느라고 가난 고지의 주민들은 장정만 칠팔십 명이나 풀려나갔다. 개흙은 파서 나르며 한편으로는 산등성이 하나를 넘어 다니며 짠물을 먹고 자란 뗏장을 떠다가 입힌다. 질펀한 개흙바닥에는 사람이 하얗게 널렸다. 문전의 밭과 논은 여편네와 어린애에게 맡기고 품을 팔러 나오지 않을 수 없는 그네들이었다.

이 공사는 이 지방에서 처음으로 똑딱선을 부려서 돈을 모은 사람이 허가를 맡아 가지고 여러 해를 두고 계속하는 거창한 일이었다.

조금 때[干潮]에 수백 명 인부를 들여서 막아 놓으면 사리 때[滿潮]에 들이미는 세찬 물결에 씻겨 내려가고, 밑동이 허물어져 나가서, 그것을 다시 쌓고 북돋우려면 여간 힘이 드는 일이 아니었다.

그러나 원뚝만 튼튼히 쌓아놓고 그 넓은 벌판에 논을 만들기만 하면 적어도 삼사백 석 추수는 무난히 하게 될 것을 예상하고 욕심껏 일을 시키는 것이다.

벌써 수면에서 열 자 가량이나 쌓아 올린 원뚝 위에는 주인 대리로 나온 사람이 장화를 신고 몽둥이 같은 것을 들고 서서 총찰을 한다. 다녀 그 사람을 따라다니는 감독이 서너 명이나 각반을 치고 지카다비(작업화)를 신고 왔다 갔다 하다가는

"어서 어서."

"빨리 빨리."

하고 계우[鵝鳥] 멱 따는 소리를 꽥 꽥 질러가며 인부들을 몰아센다.

수영이는 조선 사람 감독을 불러서 정남이 아버지를 찾아달라고 부탁

을 하였다.

"지금 한참 바쁜데 언제 밥을 먹고 있단 말요?"

하는 퉁명스러운 말에 비위가 꿰어지는 것 같아서

"여보, 당신더러 먹으라니 걱정이오? 입때 굶구 일하는 사람 생각을 좀 해보."

하고 억지로 밥그릇을 처맡겼다.

수영이는 그 자리에 서 있기가 불쾌해서 훨뚝 밖으로 나갔다. 해금내 같은 개흙 냄새가 코를 찌르는데, 흙은 버선목이 넘도록 푹푹 빠진다.

그는 언덕 위로 올라갔다. 굴 껍데기와 조가비가 깔린 위에 쭈그리고 앉으며 간사지 일대를 내려다보았다.

110회, 1933.11.03.

7 물은 지금 한창 써는 중이라, 짙은 회색빛으로 바다의 뱃바닥이 드러났는데 우박 맞은 잿더미처럼 게 구멍이 숭숭 뚫려있다. 그 바닥에 히뜩히뜩 보이는 것은 바위틈의 굴을 쪼아내고 갯바닥을 쑤셔서 낙지를 잡아내는 수건 쓴 여인네들이었다.

여인네들은 물만 써면 바다로 달려 나가서 그 차디찬 진흙을 맨발로 쑤시다가 들어온다. 한나절이나 추위에 부들부들 떨고서 잡은 낙지나 굴 같은 것은 자기네가 저녁 반찬을 해먹는 것이 아니라. 쪽 떨어진 바가지에 반도 못 찬 것을 마을로 들고 돌아와서는 안 참봉 댁이니 권 주사네니 하는 밥술이나 먹는 집으로 가지고 간다. 잘해야 돈 한 냥(십 전)쯤 하고 바꾸거나 그렇지도 못하면 보리나 좁쌀을 그 바가지에다가 구걸을 해 가지고 가는 것이다.

날은 어스레해졌다. 바람이 불기 시작한다. 바닷가에서 일을 하는 사람들의 걸친 옷이 몸에 붙어 있지 않으리만치 세차게 분다. 그런데도 일꾼들은 말끔 발을 벗고 바지를 사추리까지 걷어 올렸다. 그 차디찬 갯바닥에 아랫도리를 잠그며 삽으로 괭이로 차디지 차진 흙덩이를 퍼 올리면, 바소쿠리를 짊어진 일꾼들은 그 흙을 허리가 휘도록 져다가 원뚝 밑에다 붓는다. 짐은 무거운데 수렁 같은 개흙바닥은, 한 다리를 빼내면 한 발이 빠지고, 빠진 발을 빼내면 빼낸 발이 또다시 빠져 들어간다. 그네들은 굵다란 지렁이같이 힘줄이 일어선 모가지를, 자라처럼 늘이고 지척지척 가다가는 짐을 부린다. 그러면

"요게 뭐야? 요렇게 조금씩 일을 하면 무슨 돈을 주나."

하고 원뚝 위에서 호령이 내린다.

아침 해가 돋기 전부터 어둑어둑해서 사람의 얼굴을 분간하지 못할 때까지 그들은 일을 한다. 정남의 아버지처럼 잔입으로 나오는 사람도 경성드뭇하다. 점심을 가지고 나온 사람도 조밥이나 수수덩이가 구드러진 것을 먹고 찬물을 마시고는 이내 일을 시작한다. 그러면 나중에는 몸뚱이가 남의 살같이 뻣뻣해지고 눈이 달린다. 황혼 때도 지나서 집구석이라고 찾아들면 잘해야 시래기죽 한 사발이나, 나깨범벅 한 덩이가 기다리고 있는 것이다. 그렇지도 못하면 정남의 집과 같은 광경을 보는 수밖에 없다.

그런데 그네들이 진종일 몸을 판 삯은 얼마나 되는가? 겨우 삼십 전이다! 그 삼십 전도 날마다 또박또박 받는 것이 아니다. 원뚝매기 하는 주인에게 지난 해 이른 겨울부터 돈도 취해다 쓰고 양식도 장리(長利)로 꾸어다 먹었기 때문에 그 품삯으로 메꾸어 나가는 사람이 거지반이라는 것

을 수영이는 지난밤에도 동무들에게서 들었었다.

그러니 그네들은 백동전 한 푼도 만져보지 못하고 보리쌀 한 됫박도 팔아 가지고 들어가지 못하는 것은 두말할 것도 없다.

수영이는 한눈도 팔지 않고 앉아서 그네들의 일하는 것을 바라보았다. 그네들의 생활을 생각해보았다. 그것은 농촌이 '피폐'하다든가, '몰락'되었다든가 하는 말로는 도저히 형용을 할 수 없는 참혹한 정경이었다. 동정을 한다든지 눈물이 난다든지 하는 것도 어느 정도까지의 이야기였다.

수영이는 생각을 계속하였다.

'남의 논마지기가 얻어 하는 우리 집도, 여기 앉아서 남의 일처럼 구경을 하고 앉았는 나도, 조만간 저이들과 같이 되겠구나. 내 등에도 저 지게나 바소쿠리가 지워지겠구나.'
하니 몸서리가 쳐졌다.

그것은 공상에서 나오는 어떠한 예감이 아니고, 바로 눈앞에 닥쳐오는 엄숙한 사실이었다.

그 사실 앞에서 수영이는 몸과 마음이 함께 떨리지 않을 수 없었다. 입술을 꼭 물고 앉았으려니 부잣집 마름의 아들로 태어난 제가, 손끝 맺고 앉아 있는 저 자신이, 모든 사람에게 대해서 몹시 미안한 생각이 들었다. 그 감정은 일종의 공포(恐怖)와도 같아서 더 앉아 있기가 송구할 지경이었다.

'저 사람들을 저대로 내버려 둘 것이냐? 그렇다, 나부터도 그들의 속으로 뛰어들어야겠다. 그러고 나서….'
하고 속으로 부르짖었다. 막 일어서려는데

"아 이 사람아 뭘 그렇게 혼자 궁리를 하구 있나?"

하고 등 뒤로 와서 어깨를 치는 사람은 대흥이었다.

"어— 대흥이."

하고 수영이는 꿈에서나 깬 것처럼 친구의 얼굴을 돌려다보았다.

111회, 1933.11.04.

8 "무슨 생각을 하느라구 이 쌀쌀한 데 청승맞게시리 쭈그리고 앉았나?"

"저 사람들이 언제나 사람다운 생활을 해볼는지, 하두 보기에 답답해서…."

하고 수영이는 대흥에게 이끌리듯 하여 언덕에서 내려왔다.

"흥, 자넨 걱정두 많으이. 줄창 저런 광경 속에서 사는 우린, 신경이 마비가 됐는지 이젠 아무렇지두 않으이. 난 모든 걸 억지로라두 낙관을 하구 지내네. 그렇지 않으면 이 시골구석에서 살 수가 있겠나?"

"그렇지만 들어보게. 지금 우리 젊은 사람한테 무엇이 제일 무서운 적(敵)인 줄 아나?"

수영이는 대흥이와 앞서거니 뒤서거니 논두렁을 건너면서 이야기를 계속한다.

"그야…."

하고 대흥은 서슴지 않고 대답한다.

"그건 말할 것두 없지만."

하고 수영이는 고개를 흔들었다.

"우리들한테 제일 무섭고 두려운 건 우리같이 젊은 사람들이, 소위 지식계급에 처한 청년들이, 자기가 처해 있는 환경에 대해서 '낙심'을 하고

'실망'하는 것이라구 나는 생각하네! 그렇다고 자네처럼 덮어놓고 낙천주의자(樂天主義者)가 된다는 것도 큰 의문이지만… 어쨌든 서울이고 시골이고 간에 공부를 좀 한 사람은, 더구나 해외 바람을 쐰 인텔리들은 손끝 맺고 앉아서 탄식하고 미지근한 한숨만 쉬고 있는 게 사실일세. 할 일이 태산 같은데 할 일이 없다고 찻집에서 노—란 사탕물이나 마시고 앉아 멍하니 세월을 보내거나, 끽 해야 계집의 꽁무니나 어슬렁어슬렁 따라다니고, 아편침을 못 맞는 대신에 알코올에나 염통을 담그고(하다가 병식의 생각이 문득 났다) 비틀걸음을 치는 동안에는, 우리 조선은 한 걸음도 나아가지는 못하네. 자꾸만 뒷걸음질을 칠 뿐이지. 잠시잠깐 모든 걸 잊어버리거나 덮어 놓구 환경을 저주만 한다는 게 아무짝에 소용이 없다는 말일세. 모—든 고통을 웃으며 받는다는 건 모르지만, 헤식게 웃기만 하는 것도 큰일 날 장본인 줄 아네."

"참 그래. 자네 말이 옳으이. 학교깨나 졸업을 하구 나오면 으레 놀구 먹을 줄 아는 게 큰 병통이야. 그러니 저 농민들은 그런 종류의 사람들까지 먹여살리려구 저렇게 죽을 고생을 하는 걸세그려."

대흥이도 수영의 의견에 매우 동감인 모양이다.

"지식계급이 어느 시대에든지 무식하고 어리석은 민중들을 끌고 나가고, 그들을 …하는 역할(役割)까지 하는 게지만 지금 조선의 지식 분자 같아서야 무슨 일을 하겠나? 얼굴이 새하얀 학생 퇴물은 실제 사회에 있어서, 더구나 농촌에 있어는 아무짝에 쓸모가 없는 무용지물일세. 구름같이 떠돌아서 가나오나 거추장스럽기만 할 뿐이지."

"허나 어디들 그런가, 관청이나 회사 같은 데 교원 노릇이라도 해서 의자를 타구 앉아 월급이나 따먹을 궁리를 하지. 그러니 이런 시골구석에서 아이들하구 씨름을 하구 콧물이나 씻겨 주는 우리야말루 신세가 가련하지 허허허."

하고는 여전히 쾌활한 웃음을 짓는다.

"우리의 뿌럭지를 붙잡고 북돋아나가는 게 가장 신성한 의무가 아닌가? 우선 그들의 눈을 띄워 놓고야 볼 일이니까… 계몽운동이란 것은 어느 때에든지 가장 필요할 줄 믿네.

더군다나 우리에겐 무엇보다도 시급한 일일세. 정신적 토대를 지어 놓구 나서야 볼 일이 아니겠나 그 뒤라야…."

수영이와 대흥이는 야학당으로 들어갔다. 아이들이 솔방울을 긁어다 피운 화덕 앞에서 손을 쬐며, 이런 이야기 저런 이야기를 주고받았다.

어느 틈에 오봉이를 선두로 동네의 젊은 사람들과 백로지로 맺은 공책을 낀 아이들이, 가득히 모여서 두 사람을 둘러싸고 있었다. 기침하나 아니하고 수영의 말에 귀를 기울이고 있었다.

이른 봄 저녁은 매우 쌀쌀하였다. 그러나 수십 명이나 되는 아이들에게 포위를 당한 수영이는 그 마음이 훗훗하리만치 더운 것을 느꼈다.

112회, 1933.11.05.

9 그날 밤 야학이 파한 뒤에 수영이는 집으로 돌아왔다. 집 앞 논에서 저 혼자 세상을 만난 듯이 와글와글 끓는 개구리소리를 베개 삼고 누워서 첫닭이 울도록 잠을 이루지 못하였다.

'서울로 떠나려던 것이 너무 경솔한 생각이었구나. 감정만으로 내 몸을 움직일 수 없다.'

하고 선편이 있는 대로 떠나려고 결심한 것을 후회하였다.

흙방 속에서 벽에다가 머리를 들부비며 손톱여물을 썰면서 곰곰 생각을 해보았다. 나중에는 머리가 지끈지끈 아팠다.

'연애가 다 뭐냐? 계숙이가 다 뭐냐?'

하고 주먹으로 지직 바닥을 탁 쳤다. 그 바람에 곁에서 자던 복영이가 눈을 번쩍 떴다가 도로 감고 돌아누웠다.

그네들의 전체 문제를 생각할 때, 가장 비참한 현실과 비교해 볼 때, 사랑이니 결혼이니 하는 것은 극히 개인적인 조그만 일일 뿐 아니라, 남몰래 돌아앉아서 나쁜 짓이나 하는 것 같은 생각이 들었다.

'이 한 몸뚱이를 바치자! 그러려면 내 신변에 거추장스러운 물건이 없어야 한다. 물론 여자는 소용이 없다.'

하였다. 총각으로 늙을 수 없는 사정이라면 서울 구경 한번도 해보지 못한 촌색시에게 장가를 들면 고만이다. 몸만 튼튼해서 마주 붙잡고 농사를 지을 줄 아는 여자면 족하다. 정신적 사업은 돕지 못한다 하더라도 호미를 잡을 줄 알고 길쌈을 할 줄 알고, 때로는 발을 벗고 논에라도 들어서는 것을 부끄럽게 알기는커녕, 오히려 시골 사람으로 태어난 이상에는 누구나 해야만 할 천직으로 여기는, 그런 여자와 결혼을 하는 것이 내 분수에 합당하다 하였다.

그러면 차라리 자작자급의 길이나 될 수 있다. 소위 이상이 있고 이해가 깊다는 모던 걸, 인텔리 여성을 이 벽강궁촌에다 잡아넣을 수가 있을까? 몽당치마를 벗기고 굽 높은 구두 대신에 짚신을 신기기까지의 노력은, 여간이 아닐 것이라 하였다. 그러자면 속도 무한히 썩어야겠고 애도 무진 태워야겠다고도 생각해 보았다. 꿩의 새끼를 잡아다 기르면 기어이 산으로 기어 올라가듯이 애쓰고 속 태운 보람이나 있을는지가 매우 의문이요, 미리 장담 못할 노릇이었다.

거의 불가능에 가까운 일, 즉 제 버릇이 다 생기고 지루 꿰어진 여자 하나를 길을 들이고 조련을 시키는 시간과 노력을 다른 일에 기울인다면, 적지 않은 효과를 얻을 수 있지 않을까? 파멸의 구덩이 속에 빠져서 허덕이는 농민들을 건져내는 데 팔 하나라도 빌릴 수가 있지 않을까? 하였다.

수영이는 다시 생각을 계속하였다. 병식의 편지를 머릿속에서 되풀이해 보았다. 그러다가는 벌떡 일어나며 꺼져가는 사기등잔의 심지를 돋았다. 복영의 공책을 북 뜯어가지고 뭉뚝한 연필에 연방 침을 묻혀가면서 편지를 썼다.

계숙 씨!

나는 지금 일개 여자의 허영심을 깨뜨려 주기 위하여 노력할 시간이 없소이다. 조경호의 손으로 들어간 당신 때문에 마음을 괴롭히기보다 더 크고 가슴 벅찬 고민에 머리를 들 수 없소이다.

나는 도회와 여자와 또 그리고 과거의 모—든 공상을 깨뜨리고 이 궁벽한 농촌 구석에서 흙의 사도(使徒)가 되려고 결심하였으니. 한번 작정한 것을 변경할 수 없는 이상, 당신과의 인연도 자연히 끊어지고 말 것이외다.

어제도 오늘도 죽지 못해서 움직이는 이 고장 주민들의 생활 상태를 목도하고 서울과는 영영 발을 끊고서, 그들을 위하야는 소나 말과 같은 수고라도 아끼지 않을 것을 스스로 맹세했소이다.

지금 와서 당신의 행동을 비판하고 싶지는 않지만, 계숙 씨의 장래에 대하여 누구보다도 유감으로 여기고 분하게 생각하는 사람이, 이 세상 한 모퉁이에 있는 줄이나 기억해 두시기 바랄 뿐이외다.

자— 그럼 이 편지 한 장으로 지난날의 모—든 것을 청산해 버리기를….

수영이는 병식에게도 답장을 써서 그 속에다 계숙에게 한 편지를 집어 넣고, 전해달라는 부탁을 하였다.

수영이는 불을 훅 불어 끄고 누워버렸다. 창밖에 개구리소리는 별안간 와글와글 끓었다.

113회, 1933.11.06.

8

1 계숙이는 그 후 경자의 집에 꼭 갇혀있었다. 갇혔다느니보다 제 스스로 제 몸을 감금시켰던 것이다. 그것은 길거리로 얼굴을 들고 나서지 못할 사건이 계숙의 신변에 돌변되었던 것이다.

편지 조건으로 경자를 조르다가 싸움까지 해도 종시 시치미를 떼는 것이 어찌나 얄미운지 저녁이 지난 뒤에 사숙하던 집 마누라를 찾아보고 확실한 것을 알려고 나섰다.

막 중문 밖으로 몰래 빠져서 나가려는데, 건넌방에서 춘자가 보던 잡지를 들고

"아이, 이것 좀 보세요."

하고 뛰어 내려온다.

"뭐 재미있는 게 났어?"

하고 계숙이는 발을 멈추었다. 춘자가 들고 내려온 잡지는 그날 발행된 ××부인 잡지였다.

"여기 사진이 났어요."

하는 춘자의 손가락을 따라 계숙의 눈은 달렸다.

계숙이는 깜짝 놀라며 구두를 벗어 던지고 방으로 들어가 급히 전등의 스위치를 비틀었다.

잡지의 중간쯤 아랫단으로 '여인동정(女人動靜)'란 가십란에 '최계숙 양 종적 묘연'이란 조그만 제목이 실리고 타원형으로 사진이 났다.

기사의 내용인 즉

○○사건 때 앞장을 서서 감옥까지 다녀 나온 후 일약 여류 투사로 이름을 드날리고 근자에는 여류 문사로 이채를 발휘하는 최계숙 양은, 최근 모 백화점에서 그림자까지 아울러 사라졌다. 무슨 까닭으로 그녀가 돌연히 종적을 감추었을까? 최 양과 절친한 어느 동무가 극비밀리에 탐지한 바에 의하면 최 양은 그 사건 때에 같이 관계했던 김 모(지금은 어느 신문사의 배달부)와 연애의 실마리가 얼크러져 청량리행 전차를 부지런히 타더니 돈 없는 남자에게 싫증이 났던지, 헌신짝 버리듯 하고 어느 전문학교 청년교수요 부호로 유명한 조정호(가명)의 제인가 제삼 부인으로 들어간 것이 판명이 되었다. 오— 위대한 돈의 힘이여, 인제는 최 양(?)의 염려한 자태는 호텔이나 극장 가족석에서나 발견될는지? 그러나 벌써 사랑의 절정까지 ××서 두문불출하고 정양 중이라니 최계숙 양이여, 그 안심할지어다.

라고 6호 활자로 깨알같이 박은 것이었다.

계숙이는 눈앞이 캄캄해졌다. 잡지의 글자마다 산 버러지처럼 꿈틀거리다가는 확 흩어지기도 하고 금방 눈 속으로 달려들기도 한다. 나중에는 기절을 해서 쓰러지려는 것처럼 방안의 모든 것이 팽팽 내돌려서 소매로 얼굴을 가리고 폭 엎드렸다.

계숙이는 하도 어처구니가 없고 분해서 이를 보드득 갈았다.

웃어야 할지 땅바닥을 치며 엉엉 울어야 할지 몰랐다.

남에게 한참 쫓겨 다니던 것처럼 숨이 가빠지고 졸지에 가슴이 답답해졌다.

"고 망할 계집애를!"

하고 부르짖으며 계숙이는 잡지를 집어 갈가리 찢어서는 바람벽에다가 끼얹었다. 종잇조각은 방안으로 가득히 흐트러졌다.

계숙이는 미쳐나는 사람처럼 벌떡 일어섰다. 구두를 되는 대로 꾀고 밖으로 달려 나갔다.

주먹을 부르쥐고 먼저 잡지사로 달려갔다. 잡지사에는 심부름하는 애 하나밖에 없었다. 계숙이는 그 잡지사에 불을 지르고 싶었다. 정신이가 눈앞에 있기만 하면야 달려들어 쥐어뜯고 물어뜯고 하다가 찢어 죽여도 시원치 않을 것 같았다.

계숙이는 떨리는 다리를 급히 놀려 저도 모르는 겨를에 원동에 있는 정신의 집에 당도하였다.

114회, 1933.11.07.

2 정신이는 사숙하고 있던 집에 없었다. 정신이가 쓰는 방에는 조그만 맹꽁이자물쇠가 매달려 있다.

'고년의 계집애가 어디로 까질러 갔을까?'

하고 나오다가 주인에게 물어보니 저녁을 먹고 나간 지가 얼마 안 되었다 한다.

방문을 채우고 나가지만 않았다면 계숙이는 방에 가 들어앉아서 언제까지나 정신이를 기다리고 있다가 어떻게든지 요절을 내고 나왔을 것이다.

계숙이는 또다시 어디로 가야 할지 몰랐다. 정처 없이 떼어 놓는 발길은 어둑침침한 골목으로 길거리로 헤매었다.

'김수영이를 버리고….'

'조경호의 첩이 됐다.'

'아이를 배고 정양 중이다.'

계숙이는 그런 말을 속으로 되내기도 불쾌하였다.

불쾌할 뿐이 아니라, 그런 구절이 머릿속에 떠오를 때마다 몸서리가 쳐졌다.

전등불이 환한 큰 거리로 나서자 졸지에 전신이 움츠러지는 것 같은 부끄러움을 느꼈다. 몸을 밤 그늘 속에다 파묻고 싶었다.

길거리에 오고가는 사람이, 더구나 젊은 남녀들이

'저게 최계숙이다.'

'조경호의 첩이다.'

하고 미친 여편네를 따라다니며 놀리듯이, 손가락질을 하고 낄낄대며 웃는 것 같아서, 얼굴이 빨개졌다. 길은 걷는 사람이 모두 직접적으로나 간접적으로나 저를 잘 알고 있고, 무심히 제 곁을 스치고 지나가는 사람도 일부러 건드려 보는 것 같았다. 상점의 전등불도 자동차, 저전거의 헤드라이트도 제 얼굴만을 쏘는 듯이 비치는 것 같아서, 목도리로 얼굴을 싸며 고개를 폭 수그리고 걸었다. 천하에 얼굴을 들지 못할 죄를 지은 것 같았던 것이다.

가게 집 추녀 밑으로 바짝 붙어서 사동 골목으로 빠져나왔다. 뽀기 전차가 뿡뿡거리며 앞으로 달려온다.

"에끼, 이런 욕을 당하구서 살아선 뭘 해."

하고 계숙이는 전차로 뛰어들어서 수치와 모욕에 더럽힌 육신을 두 토막 세 토막 내고 싶었다. 머리가 으깨지고 동체(胴體)를 떠난 팔과 다리가 따로따로 떨어져서 살이 실룩실룩하는 것이 보였다. 검붉은 피로 물들인 철로바탕! 저의 무참한 시체를 겹겹이 에워싼 군중들— 달려드는 순사와 신문기자— 그 속으로

정신이가 뛰어들어 눈을 휘둥그렇게 뜨고 갈가리 찢긴 저의 육체를 들여다보는 것 같았다.

자살을 한 여자가 누군지는 모르고 큰 기사 재료나 발견한 듯이 호기심에 빛나는 눈!

아직도 발발 떠는 저의 입가 그 얼굴에다 피를 홱 뿜는 듯한 광경이 눈앞에 보이는 듯, 계숙이는 복수의 쾌감을 느끼는 동시에, 다시 한번 몸서리를 쳤다. 그러다가

"아니다. 그런 소극적 복수로는 결국 내가 지는 것이다."

하고 곁에 사람이 알아들을 만큼 부르짖고는

'어느, 누가 무슨 소리를 하든지, 잡지 아니라 신문 호외로 그런 소식을 퍼뜨렸더라도, 나 한 몸만 깨끗하면 고만이다. 내 양심에 조금도 부끄러울 게 없는 바에야 왜 자꾸만 이따위 약한 생각을 할까.'

하고는 눈앞으로 지나가는 전차를 서너 대나 유심히 바라다보았다.

'병식 오빠한테나 가서 의논을 할까.'

하고 돌아서다가

'무슨 장한 소식이라구 남에게 하소연하는 것버텀 비겁하다.'
하고는 안전지대에서 왔다 갔다 하다가
'너희들이 아무리 찧고 까불어 봐라.'
하고 경자의 집편으로 발꿈치를 돌렸다. 정신에게 대한, 또는 여자의 신분에 치명적 데마를 퍼뜨린 잡지에 대해 일종의 반동심리가 움직였던 것이다.

115회, 1933.11.08.

3 그날 경자의 집으로 다시 들어간 뒤에 계숙이는, 한 발자국도 대문 밖에 발을 내딛지 않았다. 잡지사로 가서 야단을 치고, 취소를 낸댔자 한 번 쫙 퍼진 소문을 주워 담을 수도 없고, 정신이를 쫓아다니며 분풀이를 톡톡히 하여도 도리어 창피만 당할 것 같았다. 저 한 놈이 이 세상에서 죽어 없어진 셈만 치고 이를 갈며 참았다. 입술을 악물고 더할 수 없는 치욕과 억울한 것을 참고 생으로 성미를 죽이자니 진정으로 견디기 어려운 노릇이었다.

며칠 동안에 계숙이는 두 볼이 여위고 눈두덩이가 폭 꺼졌다. 열병을 앓고 난 사람처럼 머리가 휭휭 내둘리고 책상머리에 가 멍하니 앉았다가도 '조경호의 첩', '아이를 배고…' 라고 난 잡지의 활자만 눈앞에 나타나면, 고만 어찔어찔해져서 방구석에 가 쓰러져버리곤 하였다. 밤이면 헛소리를 하고 식은땀을 흘렸다.

경자는 아래위로 오르내리며,
"왜 어디가 불편해? 걱정되는 일이 있어?"
하고 위로하듯 하면서 계숙의 눈치만 살금살금 보다가는 하루도 두세 번이나 어딘지 나돌아 다니다가 들어온다.

경자가 그 잡지의 기사를 못 보았을 리가 없건만 일부러 시침을 떼는 것을 보고는

'내 입으로 그 일을 끄집어내긴 싫어.'

하고 계숙이 역시 그 일체에 대해서는 입을 다물고 속으로만 꽁꽁 앓았다.

실상인즉 경호의 남매가 정신이를 끼고 한 짓이라는 것까지는 계숙이가 몰랐다. 다만 정신에게 수영이와 만나는 장면과 극장에서 경호와 나란히 앉았던 것을 들켰기 때문에, 또는 저에게 대한 일종의 시기지심으로 일부러 중상을 한 것이리라고 추측을 하였다. 정신이와는 이 일 저 일로 싸우기도 여러 번 해서 소리 없는 총이 있으면 놓고 싶을 만치 서로 미워하던 터이라, 일부러 골리기 위한 악선전으로만 여기고 정작 경호의 남매에게는 혐의를 씌울 줄 몰랐다. 분하고 절통한 생각만이 앞을 서서 미처 거기까지 생각이 돌지를 못했던 것이다.

경호는 계숙이를 작은집에다 옮아다 넣기는 했어도, 직접으로 손을 대기는 만만치가 않았다. 제 손아귀에다 집어넣으려면, 우선 억센 계숙의 성격부터 꺾어놓을 필요를 느꼈다. 된서리를 맞혀서 한풀 죽여 놓은 뒤에

'기왕 그런 소문까지 세상에 퍼진 담에야 아무려나 될 대로 되려무나.'

하고 아주 자포자기를 해서 순순히 말을 들을 때가 올 것으로 믿고 그런 수단을 쓴 것이었다.

'열 번 찍어 안 넘어가는 나무가 어디 있단 말이냐. 네가 아직은 가시가 센 체하지만 어디 내 손에 견뎌나나 보자.'

하고 경자를 시켜서 계숙의 일동일정을 살피고 있었다. 그러면서도 저 자신은 일부러 작은집에는 발그림자도 아니하였다. 경자에게도 그 일에 대해서는, 아주 모르는 체 하라고 함구령을 내렸다. 동시에 경자를 시켜서

"동경으로 가려면 입학할 날짜가 한 달도 못 남았는데. 어서 떠날 차비를 차려야지."

"참 계숙이도 가방이 하나 있어야지. 옷은 양복을 맞출까?"

이런 따위 소리만 이따금 들려주었다. 그래도 계숙이가 아무 표정이 없는 것을 보고는

"오빠가 따루 한 달에 백 원쯤은 보내 주마구 그랬어."

하고 귀에다 대고 비밀한 연통이나 한 듯하였다.

그렇지 않아도 계숙이는 조선이 싫어졌다. 연애도 아무것도 다 귀찮고 수영에게 대한 향념까지도 식어가는 한편이었다.

저를 개구멍받이와 같이 내버리고 돌보아주지 않는 아버지— 조금만 움직이면 ××를 채우는 환경, 살이 살을 먹으려는 동무, 저를 믿어주지 않는, 사랑을 허락한 사람— 도무지가 싫었다. 잇새에서 신물이 나도록 조선의 모—든 것이 지긋지긋하게도 염증이 났다.

'훨훨 바다 밖으로 나갔으면, —어서 하루 바삐 조선 사람이 없는 데로 가서 기를 펴고 지냈으면—."

하는 것이 그 뒤로 계숙의 소망의 전부였다.

116회, 1933.11.09.

4 며칠 후 어느 날 아침 계숙이가 뜰아랫방에서 세수를 하고 있는데

대문 밖에서

"여기 최계숙이 있소?"

하는 소리에 깜짝 놀라서 뛰어나갔다. 그것은 우편배달부였다.

"네, 나야요."

하고 계숙이가 편지를 받으려는데

"어서 편지가 왔어?"

하고 건넌방에서 경자가 뛰어나온다.

"아냐, 내게 온 거야."

하고 계숙이는 편지를 젖가슴에다 집어넣고 들어갔다. 경자도 어느 대학생과 편지 내왕이 빈번한 터이라 제가 기다리는 편지도 있었거니와, 한편으로는 계숙에게 오는 편지를 중간에서 압수를 하려다가 이번에는 당자의 손으로 들어가고 말았다.

"나 좀 봐. 어디서 편지가 왔어?"

하고 아랫방으로 따라 들어와서 조르는 것을

"애고 망측해라. 남의 편지는 왜 보자는 거야."

하고 종시 꺼내 보이지를 않았다.

"겉봉만 좀 보면 어때."

하고 바득바득 달려드는 것이 얄미워서

"경자한테처럼 두 군데 세 군데에서 연애편지가 오지는 않을 테니 헛앨랑 쓰지 말라구."

하고 쏘아붙이는 바람에 경자는 샐쭉해서 올라갔다.

계숙이는 편지를 꺼냈다. 뒤에는 부친 사람의 주소 성명도 쓰지 않았다. 급히 뜯어보니

"수영 군이 이 편지를 전해달라는 부탁이 있어 동봉하거니와 긴급히 의논할 일이 있으니 꼭 나와 달라."
는 병식의 편지에 싸인 것은 잡기장을 찢어서 연필로 갈겨 쓴 수영의 편지였다.

수영의 편지를 읽는 계숙의 손은 떨렸다. 마음이 떨렸다. 나중에는 전신이 부르르 떨렸다.

'시골서도 그 잡지를 본 게로구나!'

그러나 아무리 오해를 했기로

"당신과 같이 허영에 빠진 일개 여자를 위해서 고민할 겨를이 없느니."

"이 편지 한 장으로 과거의 모—든 관계를 청산해 버리자느니."
하는 것은 너무도 심하지 않는가. 너무도 가혹하지 않은가.

'이왕 피차에 일생의 고락을 맹서까지 하고 서로 반석같이 믿어오던 터에, 설사 내가 타락의 길로 빠져 들어가기로서니 그는 나를 붙들어 주고 건져줄 의무가 있지 않은가. 세상에서 나를 오해하고 죽일 년 살릴 년 하고 손가락질을 하더라도 김수영이 한 사람만은 나의 깨끗한 것을 믿어주어야 옳지 않을까. 누구보다도 앞을 서서 간악한 자들과 용감히 싸워가며 변명을 해 주어야 마땅할 것이 아닐까.'
하고 계숙이는 너무나 수영이가 야속하였다. 그따위 얼토당토않은 소문을 퍼뜨려서 잡지를 팔아먹는 놈들보다도, 동무 하나를 생으로 죽이려는 정신이보다도, 몇 갑절이나 수영이가 더 야속하였다.

계숙이는 경대 앞에 엎드려 울었다. 눈이 붓도록 울었다.

그날은 아침도 굶고 점심도 굶고 머리를 짚고 누워서

"왜 어디가 아프세요?"

하는 춘자의 말에도

"무슨 편지가 왔길래 이렇게 유난스러이 굴어?"

하고 경자가 어깨를 흔드는 것도

"왜들 이래 귀찮어!"

하고 쏘아 붙이고는 돌아누웠다.

"이 세상에서 누구를 믿으랴? 누구를 믿고 산단 말이냐?"

하고 주먹으로 바람벽을 치며 몸부림을 쳤다.

117회, 1933.11.10.

5 그럭저럭 또 며칠이 지났다. 하루는 밤 열 시나 지나서 계숙이가 막 불을 끄고 누우려는데 대문 중문 소리가 연거푸 삐걱 하고 나더니 뜰 아랫방의 덧문을 똑똑 두드리는 소리가 났다. 계숙이는

"누구세요?"

하고 나직이 물었다.

"나예요."

"내가 누구세요?"

계숙이는, 목소리를 못 알아들은 것은 아니건만 일부러 물어보았다.

"나 조경호예요."

나직한 목소리다.

계숙이는 어찌할 줄을 모르다가

"왜 경자가 건넌방에 없어요?"

하고 경자에게로 떠다밀었다.

"좀 늦었지만 얘기할 일이 있어서…."

"그럼 올라가 보시죠."

경호가 번연히 자기를 찾아온 줄을 알면서도 일부러 모르는 체를 하였다.

"아—니, 계숙 씨하구 좀 의논할 일이 있는데요."
하고 덧문을 잡아 당겨보는 모양이다.

"네— 그럼 내일 오시죠. 전 지금 막 자려는데요."

계숙이는 치마까지 벗고 속옷 바람으로 있었다.

"내일은 어디 좀 가게 돼서…."

경호는 우물쭈물하며 문을 열기만 기다린다.

계숙이는 열어 줄까 말까 하고 망설였다. 한편으로는 경호가 오래간만에 일부러 찾아와서 무슨 이야기를 하려는지 궁금도 해서 '설마 어떨라구' 하고

"그럼 잠깐 기다리셔요."
하고 주섬주섬 치마와 저고리를 입고 펴놓았던 이불을 걷었다. 덧문 고리를 벗기는 소리를 듣고 경호는 미닫이를 열며

"밤이 좀 늦었는데 실례지만…."
하고 윤이 번지르르한 칠피 구두의 끈을 끄른다. 밤공기가 방안으로 쏟아져 들어오는데 술 냄새가 계숙의 코에 풍겼다. 경호의 얼굴이 불그스름한 것을 보니 얼근히 취한 모양이다.

계숙이는 금방 문을 열어 준 것을 후회하였지만

'어쨌든 무슨 말인지 들어나 보자.'
하고 윗목으로 방석을 내밀어

"앉으세요."

하였다.

경호는 외투를 벗고 양복바지를 끌어 올리고 앉으며

"진작 한번 와서 인사를 하려다가 공연히 이 일 저 일에 바빠서…. 오늘두 연회가 있는 걸 간신히 빠져나왔세요."

그 태도는 매우 온근하다. 그러고는 멀찌감치 떨어져 앉은 계숙의 얼굴을 뚫어지도록 바라다보며

"요새 신색이 좀 못해지셨군요. 경자가 제 딴에는 대접을 하느라고 하겠지만, 어쨌든 객지가 돼서 대단히 불편하시지요."

하고 점잖이 인사를 늘어놓는다.

"천만에요."

하고 계숙이 역시 경호의 태도를 주목하면서

'다짜고짜 무슨 일이야 없겠지만 그래두 예방선은 치구 있어야지. 안에선 벌써들 자나?'

하고 경호의 말을 기다렸다.

경호는 담배를 꺼내 붙이며

"경자가 올 봄에 동경으로 음악 공부를 가겠다구 졸라서, 허락은 했는데, 그 애는 아직 철이 안 났세요. 세상을 모르고 자라나서 당초에 마음이 놓이질 않는데, 마침 계숙 씨가 동행을 해주실 의사가 계시다는 말을 듣구 안심을 했세요. 들으니 계숙 씨는 음악뿐 아니라, 문학 방면에도 많은 취미를 가지구 계시다니 그 방면으로 공부를 하시면 대단히 좋을 줄 알어요. 조선에는 누구니 누구니 해두 정말 여류 문사란 하나두 없다구 해두 과언이 아니니까요. 동경 가셔서 몇 해가 되든지 학교 하나를 졸업하고 나올 만한 학비쯤이야 염려가 없으니까요."

하고 빤들빤들하게 면도를 한 제 턱을 쓰다듬는다.

계숙이는

“네 고맙습니다.”

하고 고개를 숙여 보이지 않을 수 없었다.

“그런데요.”

하고 경호는 담배를 끄며 계숙의 앞으로 다가앉는다.

118회, 1933.11.11.

[6] 경호는 한참 뜸을 들인 뒤에 천천히 입을 열었다.

“떠나는 준비라든지 학비는 과히 군색치 않게 경자와 똑같이 대어드리겠지만 떠나기 전에 다른 준비가 있어야겠는데요.”

하고 계숙의 얼굴에서 잠시도 눈을 떼지 않는다. 그날 밤 계숙의 얼굴은 한층 더 어여뻐 보였던 것이다. 머리도 빗지 않고 자리옷을 입고 앉은 거라든지, 평시보다 두 볼이 여윈 데다가, 폐병 초기에 있는 사람처럼 빰이 발그스름하게 달아서 연분홍 화색이 돌았다. 술이 알맞게 취한 경호의 눈에는, 당장에 달려들어 얼굴을 맞부비고 싶도록 아름다워 보였다.

계숙이는 떠나는 준비 외에 또 다른 준비라는 것이 무엇인지 몰랐다. 그러나 막연하게 추측되는 것이 없지는 않았다. 이제까지 경호가 제에게 장편소설 같은 연애편지를 몇 번이나 한 것을 답장도 하지 않고 지냈으니까, 필경 이 기회에 회답으로 해달라는 것이나 아닐까 하였다.

저와 약혼이라도 하지 않고는 경호로서도 적지 않은 학비를 대줄 수 없다는 것이나 아닐까 하였다.

‘으레 그런 수작을 할 줄 알았다.’

하고도 계숙이는 짐짓

"준비는 또 무슨 준비야요?"

하고 고개를 갸웃이 비꼬며 물었다.

그러나 경호의 대답은 추측하는 것과 달랐다.

"우선 어학 준비를 해야지요. 음악이든 문학이든 간에 전문학교에 입학을 하려면 어느 정도까지 영어를 알아야 하는데 여학교에서 배운 것쯤으로는 입학시험을 치를 생의도 못할 게 아니에요? 정과로 들어가려면…."

계숙이는 어학을 준비해야겠다는 말에 우선 안심이 되었다.

"학교에서 배운 게 오죽해요. 단자 몇 개 알던 것도 다 잊어버렸어요."

하니까,

"다른 건 몰라두 영어야 본바닥에서 여러 해 전문으로 배웠고 그네들과 생활을 같이 해왔으니까, 계숙 씨를 가르쳐 드릴 만이야 하겠지요."

하고 경호는 자만스러운 웃음을 지어 웃는다.

"그럼요. 인제 논문만 제출하시면 박사가 되실 걸요."

하고 속으로는 놀리면서도 생긋 웃어보였다. 경호는

"그야 연구를 더 해야겠지만 학교 일에 매달려서…."

하다가 계숙의 앞으로 더 바짝 다가앉으며

"그러니 낼부터라두 하루 한 시간씩만 배우시지요. 틈이 없으면 밤에라두 빠지지 않구 올 테니까요."

하고 순은 담뱃갑의 '해태'를 꺼내 피워 문다. 계숙이는 그만 소청을 물리칠 수 없었다.

동경이 아니라, 끝없는 시베리아 벌판으로라도 훨훨 떠나보고 싶은 생각으로 충만한 판이라, 그러면 다만 몇 달이라도 영어에 대한 의수눈이라도 떠서 밥 달라는 소리는 할 줄 알아야 할 필요도 느껴진 것이다.

"그렇게 틈이 계시겠어요? 너무나 미안해서… 그럼 경자도 같이 배워야겠지요?"

하고 뒤를 다졌다. 저 혼자 쓰는 방에 경호가 밤늦게 드나들 것이 싫기도 하려니와 미상불 위험도 하였다. 언제든지 경자나 춘자와 같이 앉아 있다면 날마다 접촉을 한대도 상관이 없으리라고 생각한 것이다. 경호는 고개를 비꼬고 생각을 해보더니

"그야 경자도 배워야겠지만 그 애는 서양 사람의 학교를 다녀서 아마 입학시험을 치를 정도는 넉넉할 걸요."

하고 또 얼굴을 문지르며 무슨 생각을 한다.

그러자 건넌방의 덧문을 닫는 소리가 들렸다. 건넌방의 덧문까지 닫고 보면 아랫방은 아주 절벽이 된다. 무슨 짓을 해도 모를 것이다. 경호의 눈초리가 점점 게슴츠레 해가지고 어름어름하는 것을 할깃 흘겨볼 때, 계숙이는 가슴이 뒤설레었다. 방안은 폭풍우 전의 정적과 같이 고요하다. 경호가 가쁘게 쉬는 숨소리까지 계숙의 귀에 들리는 것 같았다.

119회, 1933.11.12.

7 그 자리를 무사하게 모면하려면, 비상수단을 써야겠다고 계숙이는 생각하였다. 공연히 쓸데없는 말을 끄집어내서 질질 끌다가는 꼬리를 밟히기가 쉬운데, 그렇다고 입을 다물고 앉았기도 거북한 노릇이었다.

'내가 경호의 앞에서 너무 방심을 하고 있었구나.'

하고 후회를 하면서도

'어딜, 네가 내 몸에다 손가락 하나라도 대개 하나 봐라.'
하고 마음을 다부지게 먹고 나니 남자 하나가 달려드는 것쯤은 무서울 것이 없을 것 같았다.

경호는, 무릎을 세우고 머리를 짚고 앉아 있는 계숙이를 보고

"그런데 뭘 그렇게 생각하세요?"
하고 더욱 은근히 묻는다 말 한마디를 할 적마다, 한 걸음씩 조촘조촘 다가앉으면서….

계숙이는 머리를 짚은 채

"며칠째 머리가 아파서, 오늘은 일찍 자야겠어요."
하였다. 그것은 슬그머니 경호더러 그만 일어서 달라는 말이었다. 경호는 납작한 백금시계를 꺼내 보며

"안직 열한 신데. 난 지금이 초저녁인걸요. 그런데 아마 감기가 드신 게로군요. 방이 차지나 않아요?"
하고 번연히 방바닥이 더운 줄 알면서도 바로 계숙이가 도사리고 앉은 요 밑에다가 손을 넣어본다.

계숙이는 버러지나 다가오는 듯이 냉큼 뒤로 물러앉았다.

"원 그렇게 놀라세요?"
하고 경호는 비웃는 듯한 의미 깊은 웃음을 띄우며, 능금처럼 빨개진 계숙의 얼굴을 집어나 삼킬 듯이 들여다본다. 계숙이는 각일각으로 닥쳐오는 남자의 압력을 전신에 느꼈다. 경호가 처음에 올 때에는 영어를 가르쳐 준다는 핑계로 출입을 하다가, 차차 좋은 기회를 붙잡기만 하면 그 기회를 놓치지 않으려는 것이, 막상 무르익은 과실을 지척에 대고 보니, 전후의 계획이 머릿속에서 뒤바뀌어, 갑자기 깨끗하지 못한 욕심으로 전신

의 피가 끓어올랐던 것이다. 경호는 벌써 그 욕망을 억제할 수가 없어서

'조만간 이런 좋은 기회가….'

하고 마지막 결심을 한 것이다. 그러나 그 눈치를 못 챌 계숙이도 아니었다.

"초저녁이 뭐야요? 온 안에선 벌써들 자나?"

하고 발딱 일어섰다. 소매로 경호의 어깨를 스치고 일어서 나가려니까,

"좀 앉으세요. 더 긴급히 얘기할 게 있으니…."

하고 경호는, 계숙의 손을 잡으려고 몸을 뒤치는 것을 계숙이는 그 손을 약삭빨리 뿌리치고 미닫이를 열고 나서며 안으로 들이대고

"경자 벌써 자?"

하고 새되게 소리를 질렀다. 그 통에 계숙의 손을 쥐어 당기려던 경호의 손은, 허공에다 헛손질을 하였다. 경호는 무색해서 어쩔 줄을 모르며

"조용하세요! 안방에서 깨면…."

하고 명령을 하듯 하고 따라 일어서며 붙들어 들이려는데 계숙이는 벌써 마당으로 내려섰다.

"춘자, 자? 큰집 오빠가 오셨어!"

하고 이번에는 일부러 안방으로 대고 외치듯 하였다. 건넌방에서는 여전히 쥐 죽은 듯이 있는데 안방의 갑창을 드—ㄱ 여는 소리가 나더니

"뭐야? 누가 왔어? 왜 잠두 못 자게들 떠드누?"

하고 경자의 어머니가 마주 소리를 지른다. 가뜩이나 잠이 없는 터에 막 첫잠이 어렴풋이 들었다가, 발악하는 듯한 계숙의 목소리에 놀라 깨었던 것이다. 그제야 건넌방에서

"왜 그저 잠을 안 자구 떠들어?"

하고 경자의 꾸짖는 듯하는 소리가 들렸다.

"오빠가 오셨는데 모르구서 잠들만 자니까, 일어나라는 게 잘못이야?"
하고 맞서며 계숙이는 건넌방 문을 열고 들어섰다.

전등을 켜고 보니 경자는 자기는커녕, 옷도 아니 벗고 뜰아랫방으로 향한 벽에 가 붙어 앉아서 동정을 살피고 있었다.

120회, 1933.11.13.

8 경호는 잠시 어쩔 줄을 몰랐다. 집안이 온통 깨어서 행랑방에서까지 아범의 헛기침하는 소리가 들렸다. 경호는 급히 외투를 주워 입고 뜰 아래로 내려섰다. 서숙모에게는 지금 막 들어온 것처럼 꾸미려고 일부러 구두 소리를 내면서 댓돌 위로 올라서며

"아 공부하는 애들이 무슨 잠을 벌써들 자느냐."
하고 점잔을 빼었다.

"밤이 늦었는데 웬일이요?"
하고 안방에서는 내다보지도 않고 묻는다.

"이 근처까지 왔던 길에 들렀는데 도둑이나 든 것처럼들 떠들구료… 허허허."
하고 너그러운 웃음을 웃는다. 경호는, 계숙이가 안으로 뛰어 들어가듯 하며 외치는 통에 제정신이 번쩍 들자

'공연히 선불을 맞혔구나, 이래선 안 되겠다.'
하고 속으로 다음 날을 단단히 벼르면서 태연한 태도를 지었던 것이다.
경자는 대청으로 나오면서

"들어오시죠. 어딜 갔다 늦으셨어요?"
하고 딴전을 붙인다.

"가 자겠다. 참 그런데 내일부터 하루 한 시간씩 영어를 가르치러 올 테니, 준비를 하구 기다려라. 둘이 함께 배워두 좋구…."

하고는 아무 일도 없었다는 듯이 뚜벅뚜벅 걸어 나간다. 경자는

"네—."

하고 대답을 하면서 오라비의 뒤를 따라 나가서 무어라고 쑥덕거리다가 대문의 빗장을 걸고 들어왔다.

그동안에 계숙이는 뜰아랫방으로 내려가서 덧문 고리를 꼭 꼭 걸고 불을 끄고 누워버렸다. 건넌방에 앉았다가는 경자와 이러쿵저러쿵 말을 주고받을 것이 귀찮았던 것이다. 경자도 모른 체하고 제 방으로 올라가더니 감감해졌다.

계숙이는 자리를 펴고 누워서도 그저 마음이 가라앉지 않았다. 가슴은 여전히 두근거렸다.

'남자란 다 그럴까? 하마터면….'

하니까 외나무다리를 건너온 것처럼 조마조마하였다. 그러면서도 한편으로는

"흥, 네까짓 것한테 그렇게 호락호락 넘어갈 줄 아느냐."

하고 경호가 나간 대문 편으로 대고 입을 삐쭉해 보였다.

경호 남매의 뱃속이야 유리쪽을 대고 들여다보는 것 같지만 그렇다고 지금 와서 정면으로 반항을 해서 경호의 감정을 악화시키는 것은 불리하다는 생각이 들었다.

'호랑이의 굴에 들어가지 않으면 호랑이 새끼를 얻을 수 없다.'

는 말도 되풀이해 보았다.

'동경으로 떠날 때까지 아직도 한 달이나 남았는데 그동안에 어떡해야

경호의 손에 옭히지를 않을까.'
하니 도무지 좋은 꾀가 나지를 않았다. 경호가 달려드는 것쯤이야 당장 당장에 임시처변으로 모면을 한다손 치더라도, 아무 약속도 없이 그저 유학을 보내 주고 학비를 대어줄 리는 만무할 것은 환하지 않은가. 적어도 약혼까지는 허락해주어야 할 것이 아닐까. 공부를 마치고 돌아와서— 본처와 깨끗이 이혼을 하고 난 뒤에야 정식으로 결혼을 하자는 핑계로 강경히 버티어 나갈 수밖에 없다고 생각도 해보았다.

그러다가는 날카로운 송곳으로 가슴 한복판을 콱 찔리는 것 같아서 몸서리를 쳤다. 눈을 부릅뜨고 달려드는 수영의 환영이, 나타났던 것이다.

"'타락한 여자 하나를 위하여 고민할 겨를이 없다'는 사람을 생각해 뭘해. 그 대국놈처럼 무뚝뚝한 남자를— 시골서 촌색시한테 장가를 들 테지.'
하고 수영의 생각을 할수록 여간 불쾌하지가 않았다.

'시골구석에서 썩거나 말거나 내가 알 게 뭐야. 꿈 한바탕 꾼 셈만 치면 고만이지.'
하고 수영이가 눈앞에 앉았기나 한 듯이 아랫목 편으로 고개를 돌렸다. 그러다가도

'그렇지만 끝까지 내가 깨끗했다는 증거는 보이구 말걸. 모—든 오해를 풀고, 내 앞에서 무릎을 꿇구서, 애걸복걸하는 꼴을 보구야 말걸. 그럴수록 어떻게든지 해서 동경 가 학교 하나는 마치고 나와야 해.'
하고 다시 한번 이불 속에서 활개를 쳤다.

121회, 1933.11.14.

[9] 그 이튿날 안방에서 아침상을 받으며 계숙이는
"아이 머리가 아파서 못 먹겠어."
하며 숟가락을 놓았다. 주인마마는 계숙의 얼굴을 물끄러미 바라다보더니
"왜 방이 차든감. 남의 집에 있으면 자연 고생이 되지. 요새로 얼굴이 좀 못됐구먼."
하고 동정을 한다. 사실 계숙이는 감기가 들어서 코멘소리를 하였다.
'이 기회를 놓치지 말리라.'
하고 계숙이는
"방이 혼자 쓰기는 너무 넓어서 밤이면 무서워요."
"암 그렇지, 휑뎅그러니 빈 방에 젊은 여자가 혼자 자니 호젓두 할테지. 겨우내 비어 두어서 외풍두 셀걸."
한다. 그러자 계숙이와 겸상을 해 먹던 경자가 어머니의 말끝을 채뜨려 가지고
"뭘 지내다보면 괜찮을걸요. 오늘 저녁엔 화로나 하나 들여놓을까?"
하고 계숙이를 본다.
"난 숯내를 못 맡어."
하고 계숙이가 외면을 하고 대답을 하니까
"그럼 기왕 춘자 공부를 시켜 주려고 들어온 터이니 오늘 저녁부터 춘자하고 식모를 내려 보낼 테니 같이들 자게 하려무나."
하고 마마님의 명령이 내렸다. 경자는 어머니의 명령에 여간 불복이 아니지만 빠득빠득 우길 이유가 없어서
"조용하게 공부를 하려면 일부러 딴 방도 쓰는데, 구중중하게시리 식

모까지 내려 보낼 게 뭐야요."
하고 뾰로통해서 앉았다. 춘자는 이른 아침을 먹고 학교에 갔기 때문에 어머니의 명령을 직접 듣지는 못하였어도, 어머니 곁보다는 계숙이하고 자기가 소원이었다.

계숙이는 우선 안심이 되었다. 춘자와 더구나 식모까지 뜰아랫방에 내려와서 같이 자기만 하면 경호가 어느 때 오든지 지난밤과 같은 위험한 일은 당하지 않을 것이라고 마음이 든든하였다.

그래서 그날 저녁부터 계숙이는 춘자와 식모를 데리고 잤다. 그러나 예방선을 쳐 놓던 날은 경호가 오지를 않았다. 경자가 영어책과 노트를 사가지고 들어와서 기다렸건만 어쩐 일인지 밤 열한 시가 지나도 영어선생은 오지 않았다.

계숙이는 경호가 오지 않는 것이 도리어 궁금해서

"오빠가 어째서?"

하고 경자더러 물어도 보았다. 그날 밤은 춘자의 숙제를 풀어 주고 작문 지은 것을 꼬나주다가 잠이 들었다. 식모는 종일 잔걸음질을 치다가 곤해서 윗목에 가 쓰러지더니 초저녁부터 코를 골았다.

실상인즉 경호는 그날 밤 계숙에게 대해서 채우지 못한 욕망을 다른 데로 가서 채웠다. 자는 친구를 찾아가 두드려 깨워 가지고 본정으로 가서 카페로 요릿집으로 밤을 새우며 돌아다녔다. 교육가나 교회에 관계하는 신사들은 소문이 사나울까 보아 조선요릿집이나 카페는 가지 않고 으늑한 남산 밑 일본요릿집으로 다니는 것이었다.

경호는 그날 밤 술이 몹시 취하여 친구의 어깨로 단장을 삼고 헤매어 다니다가 일본기생을 싣고 자동차를 몰아 백운산장(白雲山莊)으로 나갔다. 나가서는 병정을 선 친구와 화풀이를 실컷 하다가 계집 하나씩을 차지하고 하룻밤을 밝혔다. 물론 그 이튿날은 학교를 쉬었다. 아침 열 시도 넘어서 집으로 돌아가 한나절이나 이불을 뒤집어쓰고 주색에 지친 몸을 쉬었다.

그 이튿날 저녁때에, 경호는 아무렇지도 않았다는 듯이 작은집으로 갔다.

"어저께는 몸이 좀 불편해서 학교에두 못 갔는 걸…."

하고 이번에는 건넌방으로 올라갔다. 남매가 무슨 이야긴지 한참 수군거리다가 경자는

"계숙이."

하고 뜰아랫방에 대고 불렀다.

122회, 1933.11.15.

[10] 계숙이는 경자의 방으로 올라가서 그날부터 경호에게 영어를 배웠다. 경호는 전날의 모든 일은 아주 기억에도 없는 듯이 점잔을 빼고 앉아서, 될 수 있는 대로 계숙의 얼굴도 쳐다보지 않았다.

계숙이와 경자를 나란히 앉혀놓고 두 시간 동안이나 새로 난 교과서의 단자를 새겨 주고

"이건 영국식 발음이요, 저건 미국식 발음이라."

고 일일이 형용까지 해보이며 소상분명한 저의 교수법을 자랑한다.

"그만 정도면 넉넉하군요. 단자두 꽤 많이 아시는데요."

하고 칭찬도 하였다.

계숙이 역시 아무런 일도 없었다는 태도로 경호가 시키는 대로 발음도

해보고 센텐스를 읽어도 보았다. 그러노라니 아무 근심 걱정이 없이 지내던 학창시대가 그리워졌다. 순전한 일본식 발음을 하는 영어교사를 놀려먹던 생각도 났다. 그러나 한번 지나간 그 시절은 다시 돌아오지 못하리라 하니, 벌써 인생의 길을 반 이상을 걸은 것 같은 느낌에 머리를 떨어뜨렸다.

경호는 흘금흘금 계숙의 눈치를 보면서

'암만해도 녹록치가 않어.'

하고 마음속으로 머리를 흔들었다. 보통 여자 같으면 그런 일이 있은 뒤라, 제 앞에서 얼굴도 들지 못할 것 같은데 천연스럽게 앉아서 그런 사색도 아니하는 계숙이를 눈앞에 앉혀놓고 보니, 여간내기가 아니라는 생각이 들었다. 더구나 춘자와 식모까지 아랫방으로 끌고 내려가서 제게 대한 예방선을 딱 쳐놓은 것에 이르러서는,

'여간 섣불리 손을 대었다가는 큰코다치겠는걸'

하고 감탄치 않을 수 없었다.

그와 동시에 계숙이도

'흥 네가 아주 시침을 딱 감기는구나. 네 속쯤이야 내가 모를 줄 알구….'

하고 서로 일부러 피하는 시선이 의미 깊게 몇 번이나 마주쳤다.

경자는 그만 정도의 영어는 같이 배울 것도 없다는 듯이

"아이 골치 아퍼. 오늘은 고만둡시다."

하고 책을 덮는다. 그리고는 오라비의 눈치를 할끔 본 뒤에

"참 오빠, 나 온천에 가서 며칠 있다 오게 해주세요. 요샌 왜 그런지 몸이 찌뿌드드하구 아주 기분이 나쁜데 탕이나 실컷 하구 오게요. 네 오

빠.”
하고 간사스럽게 조른다.
“온 별소리로 다 하는구나. 커다란 계집애가 혼자 온천 같은 데를 가?”
“왜 첨인가요. 작년엔 어머니 때문에 목욕도 실컷 못하고 올라오지 않았어요?”
하고는
“그럼 계숙이 하구 같이 갈 테야요. 계숙이도 요새 괜히 우울하게 지내는 것 같으니….”
하고
“계숙이 어때? 우리 며칠간 시원하게 바람이나 쏘이고 오면 좋지 않어?”
하고 계숙의 눈치를 본다. 경호 역시 계숙의 대답만 기다리고 있다.
“글쎄.”
하고 계숙이는 한참이나 생각해 보았다. 경자가 살그머니 저를 꼬여가지고 신천이고 온양이고 간에 온천으로 가자는 까닭이 무엇일까? 무엇 때문에 특별한 볼 일도 없는데, 오라비에게 그러한 청을 할까? 암만해도 무슨 까닭이 붙은 것만 같았다.
“계숙 씨하구 동행을 한다면야 안심이 되지만 너 혼자는 못 간다.”
하고 경호는 슬그머니 조건을 붙여서 허락을 한다.
“응 같이 가아.”
경자는 손가락으로 계숙의 넓적다리를 꼭 누른다.

123회, 1933.11.16.

11 "난 싫어!"

계숙이는 고개를 흔들며 여무지게 반대를 하였다. 경호 남매는 의외라는 듯이 눈을 커다랗게 떴다.

"싫긴 왜 싫어? 한 이틀 다녀오면 좀 좋아? 일본 여관에 들면 여간 편리하지가 않은데."

"가서 묵을 데가 만만치 않아서 싫다는 게 아냐. 내달에 떠난다면 하루도 놀지 말고 준비를 해야 할 텐데 그런 데까지 놀러 다닐 겨를이 있어?"

하고 정면으로 반대를 하였다.

경호는 잠자코 앉아서 담배 연기만 풍기는데

"모처럼 여행하는 기분도 맛볼 겸 서울을 떠나 보자는데 그렇게 머리를 내저을 게 뭐야?"

하고 또 뾰로통해진다.

"얼마 아니면 천리만리나 훨훨 떠나갈 텐데 잠깐만 참지 뭐 그리 급해."

계숙의 어조는 매우 날카로웠다. 경자가 저를 온천으로 끌고 가려고 꼬이는 속이 빤히 들여다보였던 것이다. 그것도 역시 경호가 꾸며낸 연극인 것이 틀림없다고 생각하였기 때문이다.

쥐 죽은 듯이 고요한 이른 봄의 온천, 욕탕 속에서 끓어올라 찰찰 넘쳐흐르는 물속에 인어와 같이 움직이는 발가벗은 여자들, 남자들, 그리고 나른한 피곤에 늘어지는 사지를 풀솜 튼 가운으로 두르고 여관으로 들어가 깨끗하고 푹신푹신한 일본 이불 위에 누워서 기지개를 켜는 저 자신이 눈앞에 나타났다. 그러자 자리옷을 입은 경호가 술이 거나해 가지고 장지를 살그머니 열고 들어선다. 그리고 그 뒤에는…

계숙이는 환상을 깨뜨리자, 눈앞에 앉아서 제 대답을 기다리고 있는 경호의 얼굴을 보니 전신에 소름이 쭉 끼쳤다.

이번에 경자를 따라가고만 보면 막다른 골목에서 몸을 빼쳐낼 도리가 없을 뿐 아니라, 처녀로서 아주 마지막 가는 길을 밟게 되는 것이 확실하였던 것이다.

경자는 그 이상 빠득빠득 가자고 우기다가는 계숙에게 핀잔을 맞을까 보아 오라비의 눈치만 본다.

"그럼 의논들 해서 하렴. 아닌 게 아니라 동경 갈 준비두 급하니까…."
하고 경호는 일어섰다.

'세상에 말을 고분고분히 들어 먹어야지.'
하고 나가다가

'네가 얼마나 버티나 두구 보자.'
하고 경호는 다음 기회를 벼르고 돌아갔다. 경자는 또 오라비의 뒤를 따라 나가서 한참만에야 들어왔다.

…그런 지 사흘이 지났다. 그날은 아침부터 집안이 수선수선하였다. 그날이 경호의 아버지 조판서의 진갑날이라고 작은집 식구는 모두 큰집으로 들끌려 갔다.

주인마마는

"오늘 집이 빌 테니 아무데두 나가지 말고 집을 보아 줬으면."
하고 친히 계숙에게 부탁을 하고는 인력거를 타고 큰집으로 갔다.

경자도 아침은 큰집에 가서 먹어야 한다고 동자치 행랑어멈까지 데리고 가면서

"계숙이 아침은 한 상 떡 벌어지게 차려 보낼께."
하고 이른다. 으레이 계숙이도 데려고 갈 일이지만 경호가 제 아내와 계숙이가 대면할 것을 딱 질색을 하는 까닭에

"계숙이는 집을 보게 하구 어머니하구 너희들만 오너라."
하고 단단히 일러두었던 것이다.

하는 수 없이 계숙이는 혼자서 집을 보게 되었다. 열한 시나 되어서 동자치가 계숙의 아침을 이고 왔다가

"시골 손님두 많이 올라오셔서 마님은 아마 저녁때 오실걸요. 혼자서 오붓하게 잡수시구 집이나 잘 보세요."
하고 도로 큰집으로 갔다.

계숙이는 어쩐지 신변이 호젓해서 대문 중문을 닫아걸고 들어왔다. 긴급히 의논할 일이 있으니 꼭 와달라고 한 병식에게 '당분간 아무데도 나가지 않을 결심을 했다'고 답장을 썼다.

저녁때나 되어서 대문 흔드는 소리가 났다.

'춘자가 하학을 했으면 바로 큰집으로 갔을 텐데….'
하고

"누구요?"
하면서 계숙이는 문간으로 나갔다.

124회, 1933.11.19.

12 대문을 흔드는 소리는 또 한번 났다.

'이 집 식구들은 저녁까지 먹고 오는 모양인데….'
하고 계숙이는 중문간에서 망설였다. 병식이가 아무도 없는 줄 알고 찾

아왔을 리도 없고 더구나 수영이가 시골에서 올라왔을 리는 없다. 답주의 진갑이라고 수영의 아버지가 올라올 법은 해도 수영이가 올라올 리는 없을 성싶은데 이번에는 구둣발길로 대문을 걷어차는 소리가 요란히 났다.

"누구요?"

계숙이는 문짝 하나를 격해서 나직이 물었다.

"나예요."

그것은 경호의 목소리였다. 계숙의 가슴은 달랑하였다. 어쩐지 문을 열어 주고 싶지가 않지만 이 집의 주인이 와서 열라는 데 아니 열어 줄 수는 없어서

"웬일이세요?"

하고 빗장을 벗겼다.

우선 계숙의 코에 훅 끼친 것은 술 냄새였다. 눈에 먼저 띈 것은 조선 옷을 입고 잘목도리를 댄 인바네스를 걸친 경호의 빨개진 얼굴이다.

"혼자 집을 보시게 돼서 미안하군요. 저녁에는 내 손들을 대접하게 돼서… 잠깐 가르쳐 드리고 가려구 왔는데 세상 문을 열어 줘야지요."

하고 뒷손질을 해서 대문 고리를 걸고 들어선다.

"퍽 분주하실 텐데 오늘은 고만두시죠."

계숙이는 경호를 따려고 들었다.

"그래두 한번 시작한 걸 하루래도 거르면 쓰나요."

하고 경호는 건넌방으로 들어간다. 그러나 술이 얼큰할 지경을 지나서 혀끝이 마음대로 돌지 않을 만치나 취했다. 모자와 인바네스를 벗어서 윗목에다 던지고 앉아서 계숙이를 쳐다보는 눈자위가 게슴츠레한 것이

심상한 표정이 아니다.

"앉으시지요."

하고 턱으로 제 곁의 방석을 가리킨다.

"약주가 취하셨군요."

하고 계숙이는 책상을 격해서 멀찌감치 앉았다.

"네 손 대접하느라구 억지루 몇 잔 먹은 게 바짝 오르는군요."

하고는 다가앉으며

"오늘은 영어두 배려니와 우리의 숙제버텀 풉시다."

하고 대드는 품이 당장에 무슨 풍파가 일듯하다.

"숙제가 무슨 숙제예요? 하루 한 과씩 배면 고만이죠."

하고 계숙이는 쌀쌀스럽게 딴청을 부렸다. 일부러라도 맵살스럽게 굴지 않으면 안 되겠다고 생각한 것이다.

"계숙 씨는 공연히 알면서두 딴전을 붙이시는 군요. 벌써 여러 달을 두고 내려오는 우리들의 숙제를 풀어보잔 말이지요. 그만하면 아시겠지요?"

하고는 '해태'를 붙여 길게 흡연을 하며

"계숙 씨가 내 성의는 짐작해 주실 줄 아는데… 하여간 나로서는 동경으로 떠나시기 전에 계숙 씨의 확실한 대답을 듣고 싶은 것두 무리는 아니겠지요."

하고 무슨 죄지은 사람의 자백이나 받으려는 듯한 태도다.

계숙이는

'네가 인젠 단도직입으로 달려드는구나.'

하면서도 무어라고 대답을 할 수가 없었다. 고개를 떨어뜨리고 외면을

하고 앉아서

'이런 때 누가 오기나 했으면.'

하고 대문 편으로 귀를 기울였다. 그러나 널따란 집안은 쥐 죽은 듯이 고요할 뿐. 씨근거리는 경호의 숨소리만 점점 높아갔다.

"모처럼 오늘같이 조용한 기회를 탔으니까, 좌우간 확실한 대답을 들어야겠는데요."

경호는 바싹 바싹 다가앉으며 대답을 재촉한다. 이 자리에서 무어라고 듣지 딱 무질러서 말을 하지 않으면 경호의 추궁을 모면할 도리가 없을 줄 알면서도 계숙이는, 저고리 고름만 자근자근 깨물었다. 생각다 못해서

"더 똑똑히 말씀하세요. 전 물으시는 말씀을 잘 알아듣지 못하겠는데요."

하고 다시 한번 딴전을 붙였다. 그럭저럭 시간만 끌어보자는 수단이다. 그러나 계숙에게는 두 번째 모면할 수 없는 위험한 기회가 닥쳐온 것만은 사실이었다.

125회, 1933.11.18.

13 "더 똑똑하게 말을 하라구요?"

경호는 계숙의 말을 받아서 뇌이다가

"그럼 아주 똑똑히 들으세요."

하고 다지더니

"난 계숙 씨를 사랑해요. 계숙 씨가 마음만 허락해 주신다면 난 무슨 일이든지 할 결심이에요. 이혼이라두 하라면 할 테구 동경 아니라 서양 유학이라두 시켜 드릴테니 예스나 노나 간에 이 자리에서 확실한 대답만

해주세요."
하고는 한단 두루마기를 입은 팔을 뻗어 계숙의 손을 덥석 쥔다.
"애그머니 망측해라! 이게 무슨 짓이야요?"
계숙이는 발악하듯 하며 남자의 손을 뿌리쳤다. 안경 속에서 상기가 된 경호의 눈은 독사와 같이 매서웠다.
"허허허, 내 손이 닿는 게 그렇게 싫어요? 대단히 실례를 했군요. 자— 그럼 멀찌감치 앉아서 대답이나 들읍시다."
하고 슬쩍 농친다. 계숙이는 사실 더러운 것이나 묻은 듯이 경호에게 잡혔던 손등을 치맛자락에다 문지르며 얼굴이 홍당무가 되어서 반칸통이나 물러앉았다.
'손가락 하나라도 내 몸에 대게 하나 봐라.'
하던 생각을 하자, 분을 못 이겨 이를 갈았다. 그리고는 경호가 단단히 벼르고 온 줄을 모르고 문을 열어 준 것을 후회하였다.
경호는 속에서 불덩이가 치미는 듯
"에이 더워!"
하더니 두루마기를 훌떡 벗어 던진다. 옥색 모본단 마고자에 달린 커다란 밀화 단추가 번득였다.
"자— 그러지 말구 순순히 대답을 하시지요. 내 성미가 조급한 건 용서하구요."
하고 다시 한번 느꾼다. 계숙이는 경호가 하는 짓이 사람을 매달아 놓고 포승줄을 옭아 당겼다 늦추었다 하는 것만치나 미웠다. 그러면서도 한편으로 적지 않은 경호의 돈을 무조건으로 쓴 것과, 잡지 사건 일절로 조선에서 얼굴을 들고 다니지 못하게 된 바에, 경호의 성미를 덧들여서 다 된 일을 제 손으로 훼방을 놓으면 동경 유학도 한바탕 꿈이 되고 말 것을 생각지 않을 수 없었다. 몹시 불쾌한 것과 참기 어려운 모욕을

'한번만 더 참아보자.'

하고 감정을 죽이면서

"지금 이 자리에서 졸지에 그런 중대한 대답을 어떻게 하란 말씀이야요?"

하고 일부러 말씨 부드럽게 하여 대답을 하였다. 경호는

'하는 수 없이 네가 인젠 수그러드는구나.'

하고 미소를 띠우며

"이런 조용한 기회를 어디 얻을 수가 있어야지요. 졸지에라니, 난 계숙 씨의 대답을 한 십 년이나 기다린 것 같은데요."

경호의 흥분된 눈은 치마 밖으로 뻗은 계숙의 희멀끔한 종아리로부터 상큼하게 패인 하얀 목덜미까지 더듬어 올라갔다.

계숙이는 경호의 시선이 몸에 닿는 것조차 징그러운 듯이 그 다리를 오그리고 치마 끝을 잡아당기면서

"더군다나 오늘은 약주가 취하지 않으셨어요? 다음날 더 생각해보고 마지메(진실한)한 대답을 해드릴께 오늘은 고만 가셔서 손님 대접이나 하세요. 하인들이라두 보면 모양이 사납지 않아요?"

하고 타이르듯 하며 살금살금 꽁무니를 빼려고 한다. 그러나 그 눈치를 채지 못할 경호도 아니다.

"술을 먹었다구요? 내란 원체 수줍은 사람이 돼서 일부러 술기운을 빌어 가지구 왔는걸요. 계숙 씨의 사랑을 받고 못 받는 게 내게는 우리 아버지 진갑은커녕, 죽고 사는 문제가 달린 게니까요."

하고 허리띠를 졸라매더니

"난 진정으로 계숙 씨를 사랑해요. 내 재산보다도— 명예보다도— 아아 내 생명보다도—."

하고 부르짖으며 계숙의 무릎에가 푹 엎드리다가 계숙이가 냉큼 물러앉는 바람에 경호는 방바닥과 이마뚝을 할 뻔하였다. 그 꼴도 우습거니와 '재산보다도— 명예보다도— 아아 생명보다도' 하고 외치는 것이 똑 신파 배우의 어설픈 독백(獨白) 같아서 계숙이는 웃음이 터져 나오는 것을 꼭 깨물었다.

그러나 경호는 일부러 이러한 연극을 하면서도 미꾸라지 모양으로 제 손 사이에서 매끈매끈 빠져만 나가는 계숙이를, 이러한 미지근한 수단으로 다루어서는 도저히 목적을 달하지 못할 것을 깨달았다.

126회, 1933.11.20.

14 "그럼 내가 오늘 그냥 갈 줄 아시오? 이리 핑계 조리 핑계를 해서 질질 끌어만 가려는 당신의 속을 모르는 줄 알고…."

경호는 협박하듯 한다.

계숙이도 다시 흥분이 되었다. 경호가 제 속을 빤히 들여다보고 달려드는 데는 마음에 없는 애교를 부리는 것쯤으로는 도저히 이 자리를 모면할 수 없을 것을 깨닫자 그 순간에 마음이 홱 변했다.

'내가 너무나 비겁했다. 내 태도가 분명치 못했기 때문에 너한테 위협까지 당하는 게 아니냐.'

하고 스스로 책망을 하고

'될 대로 되려무나! 네 돈이 아니면 가구 싶은 데를 못 갈 줄 아니? 이

다지 구구하게 동경 유학을 해선 뭘 해.'
하고 마음을 다부지게 먹으니 겁날 것이 없었다.

경호는 어깨로 숨을 쉬며

"사람대접을 하더래도 좌우간 대답을 할 게 아니요?"

샐쭉한 눈초리로 계숙의 얼굴을 사뭇 대패질을 한다. 계숙이는 또 한참이나 손톱여물을 썬 뒤에 경호의 앞으로 다가앉으며

"정 갑갑하시다면 말씀하죠. 경호 씨가 나를 사랑하고 안 하는 건 경호 씨의 자유지요. 그와 마찬가지로 내가 경호 씨를 사랑하든지 미워하든지 간에 그것도 내 자유가 아니겠어요? 사람의 맘이란 강제로 못하는 거니까요."
하고는 경호의 얼굴을 똑바로 쳐다보며

"경자로 다리를 놔서 경호 씨의 신세를 많이 진 것은 고맙게 생각해요. 그렇지만 물질로 여자 하나를 낚으려는 건 서양까지 다녀오신 전문학교 교수로는 너무나 구식의 생각인데요. 얼마 전까지는 돈만 가지면 여자의 정조를 살 수가 있었지만 그런 어수룩한 시대는 벌써 지나간 것 같은데요. 적어도 최계숙이 하나만은 그렇게 쉽사리 돈 있는 사람의 꼬임에 빠지진 않을 걸요."
하고 말끝을 여물린다. 경호는 하도 어이가 없어서 입을 벌리고 계숙의 얼굴만 쳐다본다.

"간단히 말씀하면 경호 씨나 나나 둘이 다 사랑을 하느니 해 달라느니 할 자격이 없어요. 경호 씨한텐 남 유달리 무던한 아내가 눈을 뜨고 있구요, 난 나대로 사랑을 허락한 사람이 있으니까 두말 할 게 없지 않아요?"
하고 똑 잘라버린다.

경호는 다른 말은 일부러 귀 밖으로 흘리고도

"그래 누구한테 사랑을 허락했단 말요?"

하고 거드름을 빼며 묻는다.

"누구와 연애를 하든지 그건 알아 뭐해요?"

하고 톡 쏘니까

"흥 내가 모르는 줄 알구. 김수영인가 수경인가 하는 어리배기 말이지? 그건 내 집 마름의 자식…."

하는데

"뭐요?"

하고 계숙이는 경호의 말의 토막을 쳤다. 수영이를 어리배기니 시골뜨기니 하는 것보다도 '내 집 마름의 자식'이라는 데 고만 오장이 뒤집히는 것 같았다.

"뭐 어째요? 당신네 집 마름의 자식이니 어떻단 말씀야요? 부잣집 마름의 자식하구 함경도 물장수의 딸하고 연애를 한다는데 당신과 무슨 상관이 있단 말야요?"

계숙이는 극도의 히스테리가 걸린 여자처럼 말과 태도가 차고도 날카로웠다.

경호는 너무나 뜻밖이어서 아침부터 마신 술이 일시에 깨었다. 고만 얼굴이 해쓱해졌다.

"뭐 어쩌구 어째? 남의 신세를 모르고 그따위 공 없는 수작을 어따 하는 거야?"

하고 무릎을 탁 치며 사뭇 호령을 한다.

이제부터는 서로 반말지거리다. 연애 장면이 아니라 싸움판이 벌어졌다.

"뭐, 공 없는 소리? 입때까지 있는 사람이 없는 사람의 등골을 뽑아 먹었으니깐 난 있는 놈의 걸 좀 이용해 보려고 들었어요! 내가 어리석어서 이번엔 실패를 했지만…."

그러자 경호는

"뭐야?"

"날 누군 줄 알고 그렇게 함부루 입을 놀리는 거야?"

하고 계숙의 앞으로 와락 달려들었다.

127회, 1933.11.21.

15 계숙이는

"이게 무슨 점잖지 못한 짓이야요?"

하고 발딱 일어나 문을 열고 나가려다가 경호에게 붙잡혔다. 그 통에 저고리 고름이 몽땅 떨어졌다.

"놔요!"

하고 새되게 소리를 지르며 몸을 뒤틀어도 미친 듯 날뛰는 경호의 힘을 당할 수가 없었다. 계숙의 허리는 경호의 팔에 단단히 휘감기고 말았다. 어깨 너머로 썩은 감 냄새 같은 경호의 입김이 후끈하고 맡아졌다. 동시에 경호의 팔에 젖가슴이 죄어들어서 숨을 쉴 수가 없다.

계숙이는 고만 아찔해서 보료 위에 가 쓰러졌다. 이번에는 경호의 가슴이 계숙의 가슴을 찍어 눌러서 소리를 지를 수 없이 숨이 턱턱 막혔다.

그러자 죽을힘을 다해서 다리를 버둥거리는 사품에 치마폭이 부―ㄱ 찢어지며 속옷이 드러났다. 속옷과 양말 사이의 살이 하얗게 드러났다.

계숙이는 이를 악물고 힘을 다해서 반항을 하건만, 죽을 둥 살 둥 모르고 날뛰는 술 취한 사내의 억센 힘을 당해낼 수가 없었다.

한 오 분 동안이나 둘이서 씨근벌떡거리며 엎치락뒤치락하였다. 텅 빈 집에서 소리를 지른댔자 소용이 없는데, 대문 소리조차 나지 않는다.

계숙의 앞머리는 가닥가닥 흐트러지고 핀을 찌른 젖가슴까지 풀어졌다. 그래도 계숙이는 마지막 힘을 다해서 안간힘을 쓰며 반항을 하였다. 그러자 경호의 뺨이 계숙의 얼굴을 부비더니 파랗게 질린 계숙의 입술에 뜨겁고 축축한 것이 눌리는 것을 느꼈다.

그 순간이었다. 계숙이는

"퉤."

하고 침을 내뱉으면서 비틀렸던 팔을 빼내자 번쩍 쳐드는 경호의 면상을 주먹으로 힘껏 쥐어박았다.

"에쿠!"

하면서 경호는 두 손으로 얼굴을 가렸다. 안경이 깨어지며 유리조각이 들어가 눈알맹이가 베진 모양이었다. 경호의 손바닥에는 피가 묻어 나왔다.

피를 본 경호는 다시 눈을 뜨지 못하고

"으흥!"

하고 부르짖으며 아픈 것을 못 이겨 쩔쩔 매면서 보료 위에서 떼굴떼굴 구른다. 그 통에 계숙이는

"에—끼 더러운 놈 같으니."

하고 대청으로 뛰어 나왔다. 경호는 손수건으로 두 눈을 싸매고 소경처럼 더듬더듬 쫓아 나오며

"의사! 의사를 좀."
하고 부르짖는다. 고통을 참을 수 없는 모양이다. 눈동자를 굴리는 대로 칼끝보다 더 날카로운 유리조각에 찔리고 긁히는 대로 아프고 쓰라려서 천지가 아득아득한 모양이다.

"의살 좀 불러 줘요!"

이번에는 울음이 섞여 애원하는 목소리다.

"사람을 잘못 보는 눈깔은 빠져두 좋아!"
하고 계숙이는 뜰아랫방으로 달음질을 해 내려갔다. 내려가서는 수세미가 다 된 옷을 훌훌 벗고 고리짝에서 백화점에 다닐 때 입던 저고리와 치마를 꺼내 입었다.

경호의 몸뚱이가 닿았던 옷조차 더러웠던 것이다. 그리고는 털을 댄 외투와 함께 팔뚝시계를 끌러서는 마당으로 내던지며

"자— 네 건 다 가져가거라!"
하는 말 한마디를 남기고 아직도 마루 위에 엎드려 어쩔 줄을 모르는 경호를 한번 흘겨보고는 대문을 열고 나섰다.

"휘—유—."
하고 긴 한숨이 저절로 쉬어졌다. 속옷에까지 땀이 내배였는데 골목 안의 저녁 바람이 스며들어 선뜩하면서도 시원하였다. 그보다도 지옥에서나 벗어져 나온 듯이 계숙의 마음이 더 시원하였다. 천근이나 되는 짐을 벗은 듯이 몸이 거뜬한 것을 느꼈다.

128회, 1933.11.22.

16 계숙이는 몸이 홀가분한 것을 느끼면서도 새삼스럽게 세상이 원망

스러웠다. 시골 아버지가 야속했다. 젊은 첩의 베개머리송사에 넘어가서 허덕지덕하는 것이 가엾은 생각이 들기도 하나, 그래도 자기네는 먹고 입고 살면서 일 년이나 되도록 딸자식 하나를 모르는 체하는 생각을 하니 눈물이 핑 돌았다. 저 역시 골육의 정의까지도 잊어버리고 지내자면서도 신변에 무슨 변동이 생길 때마다 제 몸의 고단한 것을 느낄 때마다, 고향 생각이 났다. 아버지가 야속하였다.

그럴수록 계숙이는

'장성한 내가 아버지의 신세를 지는 것도 체면 좋은 의뢰가 아니냐. 아버지가 모르는 체하는 것을 야속하게 생각하는 것부터도 내게 노예근성이 남아 있는 증거다.'

하고 제 마음을 꾸짖었다. 차라리 모—든 것을 단념하고 지내야 속이 편할 성싶었다.

길거리는 전등불이 들어왔다. 오랫동안 경자의 집에서 촌보도 움직이지 않았고 신경이 극도로 흥분되었던 끝이라, 등불도 오고가는 행인들도 돋보기안경을 쓰고 보는 것처럼 어른어른해 보였다. 다리가 허전허전 하고 현기증이 났다. 그러면서도

'경호의 눈이 멀지나 않았을까?'

하고 슬그머니 걱정도 되었다.

'눈이 멀어도 싸지. 내가 알 게 뭐야.'

하고 고소한 생각도 들었다. 동시에 등 뒤에서 경자나 그 집 사람이 "저 년 잡아라!" 하며 쫓아나 오는 듯, 뒷덜미를 끌어당기는 것 같아서 도망구니처럼 골목길로 들어섰다.

계숙이는 생각다 못해서 일 년 동안이나 주인을 잡고 있던 서대문밖

집으로 나갔다. 제가 묵던 방 들창 앞까지 다다라서야 비로소 마음을 놓았다.

계숙이는 그 들창이 반가웠다. 수영에게 사랑의 고백을 받던 생각이 문득 났다. 말 한마디 하기에 땀을 흘리며 손 한번 잡아볼 생의도 못하던 수영이—. 그 수줍어하던 태도—를 불과 삼십 분 전의 경호의 행동과 비교해 볼 때, 계숙이는 금세로 수영이가 그리워졌다. 눈앞에 있으면 그의 그 넓은 가슴에 안겨서 어린애처럼 엉엉 울면서 지난 일을 하소연 하고 싶었다. 무조건하고 용서를 빌고 싶었다.

계숙이는 그 정다운 들창 앞에서 서성거리다가 지쳐놓은 대문을 열고 들어섰다. 안마루 끝에서 찢어진 부채로 풍로의 불을 부치며 된장찌개를 끓이고 있던 주인마누라는

"아 이게 누구요?"

하고 반색을 하며 내달아 계숙의 손을 잡는다.

"왜 그동안 한번두 안 왔소? 어쩌면 그렇게 매정스럽게 발을 끊고 지낸단 말요? 그런데 그 탐스럽던 얼굴이 왜 저렇게 쪽 빠졌을까? 부잣집 음식이 내가 끓인 된장찌개만 못하던 게로군."

하고 수다를 늘어놓으며 막내딸이 근친이나 온 것처럼 방으로 끌고 들어가는 바람에, 계숙이는 인사를 할 겨를도 없었다. 계숙이는 방으로 들어서며

"또 얼마 동안 신세를 지려고 왔는데 괜찮아요?"

하니까

"왜? 그 집이 여간 큰 부자가 아니던데… 주인하구 뜻이 맞지 않던 게로군. 송사리두 놀던 물이 좋다구 없는 사람은 없는 사람끼리 살아야 협

넨다."
하고는
"바깥방은 세를 줬지만 우리 얼마간 안방에서 같이 잡시다."
하고 저녁을 겸상을 해가지고 들어온다. 계숙이는 주인마누라와 한 주발의 밥을 나눠 먹으며 지난 일을 대강 이야기해 들려주었다. 마누라는
"저를 어쩌나? 그럼 고 계집애가 뚜쟁이구먼."
하고 연방 혀를 차면서 계숙을 동정한다.

어린 아들 하나를 일본집 고용살이로 들여보내고 담뱃대 하나로 벗을 삼고 지내는 인정에 주린 마누라는, 진정으로 계숙이가 반가웠던 것이다. 하도 옹색해서 몇 번이나 계숙의 밥값을 조르고 듣기 싫은 소리까지 했던 것까지 뉘우쳤다.

계숙이는 수영이가 이 집으로 했던 편지가 경자의 손으로 들어간 것을 그제야 마누라에게서 들었다.

저녁 뒤에 계숙이는 아랫목에 가 잠깐 누웠다가
"내 어디 잠깐 다녀올게요."
하고 밖으로 나갔다.

129회, 1933.11.23.

17 병식이는 집에 있었다. 촛불을 켠 컴컴한 방에서 대님짝으로 머리를 동이고 무슨 약 광고책 같은 것을 뒤지고 앉았다가
"오빠!"
하고 들어서는 계숙이를 물끄러미 쳐다보더니
"내 집에 올 때가 다 있군. 아마 수영이 소식이 궁금한 게지."

하고 첫밗에 무안을 준다.

"오지 못할 사정이 있어 그랬어요."

계숙이는 억지로 웃음을 띄우며 마주앉았다. 어쩐 일인지 병식의 아내는 부엌에도 마루에도 보이지 않았다.

병식의 얼굴은 전번에 볼 때보다도 더 수척해서 이마에는 심줄이 가는 지렁이처럼 솟았다.

'왜 촛불을 켰을까?'
하고 천장을 쳐다보다가 전등을 끊어 가고 그 자리에 파—란 쪽지를 붙인 것을 발견하였다. 그것 한 가지만 보아도 근자의 병식의 생활이 더 한층 말이 아닌 것을 짐작할 수 있었다.

어쩌면 저녁을 굶고 앉아 있는지도 몰랐다. 실상 병식의 아내가 눈에 띄지 않는 것은 마지막으로 옷가지를 끌어 모아 가지고 전당을 잡히려 나갔던 것이다. 어른들만 같으면 한두 끼 참을 수도 있겠지만 병든 어머니는 허수증이 났는지 지각없이 고기반찬만 찾고, 어린 것들은 끼니때만 되면 아우성을 친다. 그래서 오늘 저녁에는 병식이가 겨우내 걸치고 다니던 외투까지 싸들고 나간 것이다.

"그게 무슨 책이야요?"

할 말이 많은데도 할 말은 없고 그냥 앉아 있기도 수줍어서 계숙이는 한마디를 건넸다.

"이런 건 알아서 못 써. 잠을 자다가 곱닿게 죽는 약을 골라 보는 중이야."
하고 병식이는 쓸쓸히 웃는다. 그 웃는 얼굴이 어쩐지 무서워 보였다. 표정 근육의 움직임이 다 죽어가는 환자가, 이빨을 앙상하게 드러내며 억지로 웃어 보이는 것 같았다.

"그래 그동안 재미 좋았어?"

병식이는 우묵한 눈으로 흘겨보며 여전히 비꼬기만 한다.

"오늘 그 집에서 나왔어요. 인젠 시원하시죠?"

계숙이는 면구스러운 듯이 병식의 시선을 피해 가면서 경자의 집에서 나오게 된 자초지종을 이야기하였다.

병식이는 고개만 끄덕이며 침울한 표정을 하고 들을 뿐. 전 같으면 그동안에도 끊일 사이 없이 담배를 피웠을 터인데 덤덤히 앉아 있는 것을 보니 요새는 그 좋아하던 담배까지 끊은 모양이다. 끊은 것이 아니라 '마코―' 한 개도 얻어 피우지 못하는 눈치다.

"진작 우리말을 들었더라면 그런 욕을 안 봤지."

하고 병식이는 간단히 오금을 박는다.

"어쨌든 경험은 잘했어요. 인젠 아무한테나 속지 않을 테니까요."

하고 계숙이가 장담을 하니까

"코 큰 소리 말어. 인간 세상의 고생길을 밟으려면 신날두 안 꼰 셈인데…."

하고 병식이는 눈을 아래로 깔고 또 무슨 생각에 깊이 잠기는 모양이다. 외풍에 흔들리는 촛불이 병식의 얼굴 위에서 끔벅거릴 뿐. 한참이나 침울히 앉았다가

"계숙이 내 좀 부탁할 일이 있는데 여편네가 들어오면 거북하니, 잠깐 나하구 산보를 나갈까?"

하고 간절히 청한다.

"네."

하고 계숙이가 먼저 일어섰다. 그렇지 않아도 병식의 아내가 들어오기 전에 일어서려던 차였다.

병식이는 동저고리 바람으로 부지깽이 같은 단장을 짚고서 앞을 서고, 계숙이는 어떤 상서롭지 못한 예감을 느끼며 머리를 숙이고 그 뒤를 따랐다.

130회, 1933.11.24.

18 계숙이는 뒤떨어져 가다가 가게서 '피존' 한 갑을 사 소매 속에 넣고 병식을 따라 사직단(社稷壇) 송림 속으로 들어갔다. 멀리서 흘러오는 전기불이 희미하게 어둠을 헤치는데 저녁 산보를 나온 사람들이 더러 히뜩히뜩 보일 뿐. 근처는 제 발자국소리에 놀랄 만치나 고요하다.

병식이는 여기까지 올라오기도 숨이 찬 듯이 단석 위에 가 걸터앉으며

"앞을 내다보려면 이 자리가 제일 좋아."

하고 계숙에게 그 곁에 앉기를 권한다. 북촌 일대의 총총한 전등불이 눈 아래에 깔렸는데 멀리 꿈속처럼 도회지의 소음(騷音)이 들린다.

머리 위에는 솔가지가 어둠의 날개 모양으로 축축 늘어졌다. 그 구부러진 가지에 바람이 타서 흔들리는 대로 까치집의 삭장구와 솔잎이 하나 둘 계숙의 머리 위로 떨어진다.

계숙이는 이 폐허(廢墟)를 싸고 도는 황혼의 분위기가 처량스러웠다. 이른 봄의 저녁답지 않게 쓸쓸하였다.

병식이가 곁에 앉았건만 호젓한 생각이 들어서 어깨를 떨었다.

"오빠, 담배 태우세요."

하고 궐련을 꺼내 주니까

"이건 왜 샀어? 아주 끊어 버리려는데…."

하고 병식이는 계숙이가 그어대는 불에 담배를 붙여 한 모금을 길게 마시다가

"아이 어지러워."

하고는 담배를 돌 위에 부벼 끄면서 기침을 한다.

"빈 말씀만 하긴 싫지만 요샌 지내시기가 더 어려우실 텐데…. 어디 취직이나 하시게 돼요?"

하고 진심으로 동정을 하니까

"계숙이는 계숙이 걱정이나 부지런히 해. 제 코가 석 자나 빠져 가지고…."

하고는 한참 있다 말을 이어

"모든 걸 해결 지을 날이 있겠지. 그것두 며칠 안 남았어."

하고는 어떤 무거운 생각이 머리를 짓누르는 듯 고개를 떨어뜨린다.

"해결요? 어떻게요? 무슨 수가 생긴단 말씀이죠?"

계숙이는 말만 들어도 반가운 듯이 연거푸 물었다.

"암만 생각해 보아두 수는 한 가지 수밖에 없어. 세상만사를 영원히 잊어버리는 수가 제일이거든."

하고는 한숨을 길게 쉬더니 머리 위로 뻗어 오른 팔뚝만치 굵은 소나무 가지를 한참이나 물끄러미 쳐다보면서

"저 나뭇가지에 그네를 매구 뛰었으면 좋겠지? 요샌 저녁마다 올라와선 꼭 이 자리에 앉았다가 내려가는데, 저 휘어진 가지만 보면 공중에 매달려 그네를 뛰고 싶은 충동을 받는단 말야."

하고는 턱을 어루만진다.

"학교에 댕길 때 단오 날 평양으로 수학여행을 갔었는데, 그네는 둘이 얼려서 쌍그네를 뛰는 게 퍽 보기 좋더구만요. 공중에서 비단 치맛자락이 펄펄 날리고…."

계숙이는 병식의 말귀를 못 알아듣는 모양이다.

"쌍그네를 뛰어보고는 싶지만 그것두 행복한 사람이나 숭내를 낼 게지. 나처럼 평생을 외롭게 굴러다니는 사람이야 혼자라도 뛸 수밖에…."
하면서 여전히 머리 위로 꿈틀거리고 뻗어 오른 소나무 가지를 쳐다본다.

병식의 말은 무심코 해 던지는 말 같지가 않았다. 매우 심상치 않은 암시를 계숙에게 주었다. 계숙의 마음은 불시에 시꺼먼 구름장이 덮는 것 같았다.

병식이는 한 십 분 동안이나 입을 꼭 다물고 앉았다가

"계숙이!"
하고 침묵을 깨뜨린다.

"네?"

"계숙이!"

"네?"

두 사람이 목소리는 함께 떨렸다. 병식이는 푹 엎드리며 계숙의 치마에 얼굴을 파묻었다. 그리고는 계숙의 손을 더듬어 찾아 가지고 조금 떨리는 손등에다가 입술을 대고는 흑흑 느낀다.

131회, 1933.11.25.

[19] 계숙이는 손을 뿌리치려고도 아니하였다. 병식이와 지난날의 정분으로는 제 육체의 한 부분쯤은 떼어 주어도 아깝지 않을 듯도 싶었다. 그

렇게 가까이 지냈건만 병식의 육체와 부딪쳐본 때는 한번도 없었다. 그러나 수영의 입술의 감촉이 태양과 같이 뜨거웠다면, 병식의 입술은 달과 같이 찬 것을 느꼈다. 좁쌀 같은 소름이 손등에서부터 전신으로 쪽 퍼지는 듯하였다. 계숙이는 얼굴을 들었다. 송림 사이로 엿보는 별들이 꺼졌다가는 켜지고 흩어졌다가는 다시 모여들어 무슨 신비스러운 것을 속삭이는 듯.

병식이는 그저 입을 뗄 줄 모르고 가늘게 소리를 내며 운다. 그러나 계숙의 손등에 떨어지는 눈물만은 뜨거웠다. 계숙이 역시 뭐라고 형용키 어려운 감격에 사로잡혀

"오빠… 저도 어린애가 아니니까 오빠의 고민은 짐작을 하고 있어요. 한번도 제게 터놓고 말씀은 하지 않으셨어도 지난겨울에 제게 자전거를 타고 오셨던 날 밤에 오빠가 무엇 때문에 괴로워하시는지 확실히 알긴 했어요."

어느덧 계숙의 목소리도 콧소리로 변했다.

"그렇지만요, 오빠! 오빠의 속을 알기로서니 오빠의 처지나 제 처지로는 어떻게 할 수 없는 사정이 아니야요? 제게는 눈치도 보이지 않으시고 참을 수 없는 감정을 억지로 참으시는 괴로움은 알고, 저도 퍽 괴로웠어요."

계숙의 목소리는 약간 울음을 섞었다.

"오빠, 저는 오빠를 동정해요. 무한히 동정해요! 그럴수록 오빠의 환경이나, 우리들의 환경을 저주하고 싶어요. 그렇지만 동정을 한다고, 이해를 한다고 오빠를 만족하게 해드릴 수는 없지 않나요? 저는 오빠의 고민을 풀어 드리기 위해서 한 몸을 바친다 하더라도, 제 몸을 받으시는 오빠

는 아마 지금보담도 더 괴로운 처지에 빠지시게 될 것만 같아요. 그러니 어쩌면 좋아요. 네? 오빠!"

무릎 위에 쓸려 밤바람에 가닥가닥 흩어지는 병식의 머리를 왼손으로 쓰다듬어 주면서 달래듯 하였다.

병식이는, 말을 하기에는 그 설움이 너무 크고, 그 괴로움에 가슴이 벅찼다.

계숙이가 저의 감정을 속속들이 알고 있을 뿐 아니라, 제가 할 말까지 미리 다 해버린 데야 오직 흐느껴 오르는 슬픔을 꽉 깨물 뿐이었다.

그러면서도 병식이는 남자로서의 자존심을 잊지 않았다. 여자에게 눈물을 보이지 않으려고 고개를 들고 외면을 하면서 소매로 눈을 비볐다. 계숙이도 코를 마시며

'아아, 인생이란 참 정말 비극이다!'

하고 속으로 부르짖고 병식의 싸늘한 손을 쥐며

"오빠 저를 용서해 주세요! 영원히 오빠와 누이로 지내는 게 더 깨끗하지 않아요?"

하고 애원하였다. 실상 이 비극의 주인공을 버리는 것은 저승에 가서도 저주를 받을 것만 같았다. 그래서 미리 속죄를 받으려는 듯이 용서를 빌었던 것이다.

"아—니, 나는 누구를 사랑하거나 용서할 권리도 없는 사람이야."

병식이는 눈을 감은 채 머리를 흔들었다.

두 사람 사이에는 또다시 무서운 침묵이 계속되었다.

충충한 소나무 위에 깃을 들였던 까치가 무엇에 놀랐는지 푸드득 푸드득 날개를 친다. 한참 만에 병식이는

"계숙이, 진정으로 수영이를 사랑해?"

무슨 다짐을 받으려는 듯이 묻는다.

"네. 장래를 약속까지 했으니까 사랑할 의무가 있어요. 그렇지만 그이는 저를 오해하고 지난 일을 꿈으로 돌려보내자고 하지 않았어요?"

"아니야 그만 오해는 저절로 풀릴 날이 있어. 그것만은 내가 보증하지. 더 큰 고민에 부대껴 그러는 게지. 계숙이에게 사랑이 식은 것은 아니니까…. 또는 결단코 신의를 저버릴 사람이 아닌 걸 믿어야 해."

하고 나서 또 한참 생각한 뒤에

"수영이를 따라 내려가! 지금 계숙이한텐 그 길밖에 없어. 어서 내일이라두."

병식이는 두 번 세 번 단단히 부탁을 하고는 일어서 저 혼자 어둠속으로 사라졌다. 계숙이가 쫓아가며 불러도 불러도 대답이 없었다.

그 이튿날부터 계숙이도 서울서 종적을 감추었다.

132회, 1933.11.26.

⑳ 그 후 얼마 동안 수영이는 마음이 매우 거뜬하였다. 이른 아침이면 해도 뜨기 전에 나가서 보리밭을 매었다.

복영이도 노는 날이면 호미를 들고 형의 뒤를 따랐다. 집 뒤 언덕 위에 하루갈이나 실히 되는 보리밭은, 사오 년 전에 새로 일군 것인데 이 밭만은 조 참판의 땅이 아니었다. 수영이의 아버지가 손수 가시덤불이 엉키었던 황무지를 두고두고 조금씩 일러 올라간 것이 작년에는 보리를 예닐곱 섬이나 타작을 하였다.

실상 수영의 집에도 양식이 떨어졌다. 요새는 잡곡으로만 끓여 먹는데 그것도 뒤주 밑바닥이 긁히기 시작하였다. 쌀이라고는 어머니의 죽을 쑤어 드릴 것밖에 남지 않았다.

일러도 망종(芒種) 때나 되어야 햇보리를 먹을 터인데, 그러려면 아직도 두 달하고도 십여 일이나 기다려야만 한다. 궁춘에 보릿고개를 넘기란 참으로 지루한 것이었다.

수영의 집도 그때까지 장릿벼라도 얻어먹어야겠는데 이 동네에서는 벼 한 말도 꾸어 줄 여유가 있는 집이 없다. 서울 부잣집 마름의 집 형편이 이 지경이니 다른 사람은 더 말할 나위가 없다.

수영의 집 식구의 생명은 이 보리밭에 달렸다. 어서 무럭무럭 자라서 보리 풍년이나 들기를 기다리는 도리밖에 없다.

사래 긴 보리밭은 초록색 자리를 펼쳐 놓은 듯, 이랑마다 새파란 먹줄을 튕겨 놓은 것같이 생생하다. 벌써 한두 어치 가량이나 뾰족뾰족하게 자라났다. 비만 한번 흐뭇하게 내리면 우쩍 자랄 것 같다.

그 곱다란 보리밭을 아침 바람이 보드랍게 어루만진다. 그러면 보리싹은 강아지풀처럼 조그만 꼬리를 살래살래 흔든다.

수영이는 밭두둑의 돌도 고르고 오줌장군을 메고 다니며 거름도 날랐다. 아버지도 지팡이를 짚고 나와서 아들이 일하는 것을 보고만 섰는 것이 미안쩍은 듯 밭머리로 왔다 갔다 하면서

"상일은 연골에 배워야 하지, 뼈가 굳으면 할래두 못하느니라."

하고 작은 아들이 조력을 할 때면 군소리하듯 한다.

"너 그래두 일하는 게 보매 과히 서툴지는 않구나."

하고 큰아들을 칭찬도 한다. 아버지는 책상물림인 아들이 벗어 붙이고 대들어서 땀을 흘리며 일을 하는 것이 보기에 황송할 지경이었다. 늙고

병이 들어서 자식들의 뒤라도 거두어 주지 못하는 것을 한탄하였다. 그러나 찌들고 쇠잔한 그의 얼굴에도 보리밭 고랑에서 피어오르는 새 봄의 연연한 빛이 반영되는 것이었다.

수영이는 보리밭을 다 맨 뒤에는 들로 나가서 일꾼들과 똑같은 차림차림으로 일을 하였다. 못자리를 갈기는 힘에 부치건만 다른 사람의 뒤에 떨어지기는 싫었다.

"이—러, 이놈의 소."

"에디어, 쩌쩌쩌!"

혀를 차가며 쟁기질도 하였다. 쟁기질은 학교에서 실습 때에 더러 해 보았건만 새로 멍에를 맨 어린 소가 "음매— 음매—" 하고 보채며 우뚝우뚝 서기가 일쑤요, 비틀걸음을 쳐서 애를 먹었다.

그러나 시꺼멓게 기름진 흙이 보습 밑에서 좌우로 뒤집혀 오르는 것을 내려다 볼 때에는 퍽 상쾌하였다.

'이대로 언제까지나 갈아 나갔으면— 산이나 들이고 막 무찌르고 나갔으면 시원하겠다.'

하면서 쟁기채를 끓았다.

"이 사람 급작시리 너무 근력을 쓰면 못쓰네."

대흥이와 오봉이와 다른 동무들은 수영의 일하는 것을 일부러 보러 와서 말벗이 되어 준다.

"서울 가서 공부한 사람이 일을 제법 하네."

하는 것은 다른 논배미에서 일을 하는 동네 사람들의 공론이었다.

그러나 해가 떨어진 뒤에 집에 돌아와서는 세수를 하고 발을 씻고 저녁을 먹고 나서는 일변 그 자리에 쓰러졌다.

지나치게 피곤하도록 일을 해야만 잠이 오고 잠이 와야만 모—든 고민을 잊을 수가 있었다. 잠시도 눈앞을 떠나지 않는 계숙의 환영도 지워버릴 수가 없었다.

133회, 1933.11.27.

21 병식이가 술이나 수면제가 아니면 잠을 못자는 반면에 수영이는 사지가 솜같이 풀리도록 일을 하지 아니하면 잠을 이루지 못하였다. 집안 형편도 동네일도 그밖에 제 앞에 닥쳐올 모든 것이 걱정거리 아닌 것은 없었다.

그러나 수영의 마음속에 가장 큰 면적을 차지하고 들어앉은 것은 역시 계숙이었다. 뽑으래야 뽑히지 않는 큰 뿌리가 깊이 박혀서 수영의 마음을 밑동으로부터 흔드는 것이다. 아무리 버텨도 입술을 깨물며 참으려도 이성(理性)과 감정이 아울러 흔들리지 않을 수 없었다.

농촌의 달은 유난히도 밝다. 티끌 하나 없는 대지 위에 달빛은 쏟아져 내린다. 초가집 지붕을 어루만진다. 아득히 내다보이는 바다는 팔팔 뛰는 생선 비늘과 같이 번득인다. 황금빛으로 혹은 은빛으로 눈이 부시게 끓는다.

수영이는 밤중에 이불을 걷어차고 일어났다. 덧문을 활짝 열고 툇마루로 뛰어나갔다. 앞 논에서 와글와글 끓는 개구리소리가 핀트가 어그러졌다가 마친 발성영화처럼 더 요란히 들린다.

혼자서는 위로할 수 없는 청춘의 오뇌가, 이른 봄 깊어가는 밤에 흙방을 홀로 지키는 수영의 곤한 잠을 흔들어 깨웠던 것이다.

수영이는 창백한 달빛으로 온몸을 적시면서 턱을 고이고 앉아서 계숙이를 생각하였다. 병식이를, 그리고 서울의 모든 것을 생각하였다. 가지만 앙상한 집 뒤 홰나무와 축동의 미루나무 졸가리를 스치고는 바깥마당을 휘도는 가벼운 바람이 쌀쌀하건만, 수영이는 마음이 뜨거워서 추운 줄도 몰랐다.

저는 계숙이를 끊겠다 하고 과거의 모든 것을 청산하자고까지 편지를 하고도, 계숙의 편지를 슬그머니 기다렸다.

'저도 아주 단념을 한 게지.'

하면서도

'그렇기로 편지를 받았다는 답장이야 해야 옳지 않을까.'

하고 섭섭도 하였다.

'여자란 그렇게 매정스러운 것일까.'

하고 제가 한 일은 잊은 듯이 계숙의 태도가 냉정한 것만 나무랬다.

달은 구름 사이를 달린다. 새하얀 구름장 속으로 빠져나오는 달은, 풀솜으로 닦은 구슬처럼 더 한층 영롱하다. 땅 위로 굴러떨어질 듯이 윤곽이 뚜렷하다.

달리는 달과 함께 구름과 함께, 수영의 마음은 계숙의 환영을 싣고는 무한히 넓은 허공을 달렸다. 그러다가는 불현듯이 계숙이가 보고 싶었다. 동시에 저의 행동이 너무나 경솔하지 않았나 하고 뉘우쳐도 졌다.

계숙이가 제가 앓을 때 다리를 주물러 주던 생각— 벼르고 벼르다 찾아가서 무릎을 꿇다시피 하고 사랑을 고백하던 생각— 청량리서 돌아오던 길에 지구덩이를 껴안은 듯한 포옹과, 그 화판 같은 입술에 끓어오르는 정열을 식히던 생각— 그러다가는 다시 거슬러 올라가서 학생사건 시대에 같이 활동하던 생각이 바로 엊그제같이 났다. 모—든 정경과 잊히지 못할 추억의 토막토막이, 두서없이 수영의 눈앞에서 달빛과 함께 아물거렸다.

'내가 잘못이다. 나는 신의를 잊은 사람이다. 한 여자에 대한 맹세와 신의를 잊어버린 사람이, 더 큰 맹서와 신의를 지키려는 것은 모순이 아니냐. 속으로는 이다지도 계숙이를 그립고 아쉬워하면서, 사랑이 조금도 변치 않았으면서도, 좀 더 큰 일, 좀 더 시급한 일을 한다고 계숙이를 억지로 단념하려고 한 것은 요컨대 눈 가리고 아웅이 아닐까. 제 감정을 속이는 것은 결국 저 자신을 속이는 것이다.'

하였다.

'계숙이가 타락을 하였기로, 경호의 첩이 되었기로 그럴수록 그를 건져내고 붙들어 주고 바른길로 인도할 것이 사랑을 맹서한 사람의 의무가 아닐까. 나는 그 신성한 의무를 일부러 회피하려고 든 비겁한 사나이가 아닐까.'

하고 수영이는 첫닭이 울 때까지 달빛에 기다란 그림자를 이끌고 마당을 거닐었다. 거닐면서 생각을 계속하였다.

134회, 1933.11.28.

22 수영이는 방으로 들어가서도 당초에 잠을 이루지 못하였다. 사기등잔의 불만 몇 번이나 껐다가는 다시 켰다. 앉았다 누웠다 지직 자리 위에 엎드렸다 하며 몸 둘 곳을 몰랐다.

'편지를 쓰자.'

하고 복영의 공책에다가

"계숙 씨!"

하고 서두를 꺼내다가 연필을 던졌다.

'내가 먼저 할 까닭이 없다. 직접으로 사과 할 필요까지는 없다.'
하고 종이를 구겨서 내던졌다. 편지를 부치려도 경자네 집 번지도 모르거니와 제 손으로 들어갈 것 같지도 않았다. 편지가 경호의 남매의 손에 가로채일 것 같으면 그런 창피가 없으리라고 생각하였기 때문이다.

'병식에게나 편지를 하리라. 우선 간접으로 내 의사를 전해 두었다가, 계숙의 태도를 보아 솔직하게 긴 편지를 쓰리라.'
하고 다시 몽톡한 연필에 침을 묻혔다.

병식 군!

내가 너무 오래 소식을 끊고 지냈으니, 자네가 편지를 안 한다고 책망할 염치가 없네. 그러나 그날그날의 일에 몰려서 연자매를 가는 당나귀 모양으로 곁눈질을 할 겨를조차 없기 때문에 안부도 전치 못하고 지낸 것이니 무신한 친구라고 과히 꾸지람이나 하지 말게. 그래 요새는 어떻게 지내나? 그만 수입까지 끊기고 보니, 자네의 지내는 형편이 보는 듯 짐작이 되네. 그러나 자네는 뛰어난 재주와 능률을 가진 사람이니 그동안 어느 한군데 밥구멍이 뚫렸을 줄 믿네.

근자의 내 생활은 자네의 추측에 맡기네. 보고할 재료가 있다면 많고 없다면 없네. 꿀벌이나 개미처럼 잠시도 쉬지 않고 일을 해서 모든 고민을 잊어보려고 애를 썼을 뿐… '아침에 생각하고 낮에 일하고 먹고 자면 고만이라.'고 한 윌리엄 블레이크인가 하는 시인의 말을 본받으려 하나 아침에도 생각할 겨를이 없는 것이 근자의 나의 생활일세.

그러나 보리밭을 매고 못자리를 갈고 하는 것만이 내 일은 아닐세. 야학에 가서 아이들과 씨름을 하고 소비조합 같은 것을 만들고 하는 것만이 물론 내 일의 전부는 아닐세.

우리 동네에는 순박하고 건실한 동지를 추리면 칠팔 명이나 있네. 그네들은 이른바 도회적 고민을 모르는 사람들일세. 동시에 지도 여하에 따라서는 이 동네의 중심 세력을 이룰 만한 전위분자가 될 수 있을 뿐 아니라, 새로운 의식을 주입시키는 대로 어떻게든지 될 수 있는 소질을 가진 청년들일세. 나는 그네들을 버릴 수 없네. 그네들은 무조건하고 나를 따르고 신의하네. 그것이 마음에 괴롭기도 하고 짐이 너무나 무거운 것을 느끼면서도, 내 성의껏은 같은 처지에 있는 우리들의 단결을 위해서 전력을 다할 결심일세. 동시에 우선 이 조그만 동네 하나만이라도 한 덩어리로 뭉치는 것과, 자기의 환경을 정당히 인식시키고 앞으로 용기 있게 나아가게 하는 것이 당면한 나의 의무로 아네. 앞으로 무슨 일이 있든지, 어떠한 박해가 닥쳐오든지 이 동네의 젊은 사람들만은 가시덤불과 같이 한데 엉키고 상록수(常綠樹)처럼 꿋꿋이 버티어 나갈 것을 단단히 믿는 바일세.

하고 끝을 마친 뒤에

그런데 여보게, 그동안 계숙 씨는 어찌 되었나? 몹시 궁금하이. 자네라도 소식을 전해 줄줄 알았더니…

그의 신변에 어떠한 변화가 생겼더라도 나는 그에게 대한 신의만은 잊을 수 없네. 그가 허영의 꿈을 깨뜨리고 알몸뚱이가 되어 나를 따라 온다면, 전날과 다름없는 이성의 동지로서 그를 맞겠네! 이 뜻을 전해 줄 수 없을는지…?

하고 계숙에 관한 말은 일부러 노루꼬리만큼 썼다.

135회, 1933.11.29.

23 그런 지 사흘 뒤였다. 저녁 때 수영이가 재 너머 원두밭에서 외와 호박씨를 놓느라고 괭이로 고랑을 치며 거름을 주무르고 있으려니까, 학교에 다녀오던 복영이가 껑충 껑충 뛰어오면서

"언니! 전보하구 편지 왔수. 저— 주막 앞에서 체부가 주겠지."

"전보? 전보가 어서 왔어?"

수영이는 거름이 묻은 손을 털 사이도 없이 복영이가 내미는 전보를 채뜨려서. 황급히 뜯었다.

병식급사즉래계숙

수영이는 깜짝 놀라 전보지를 떨어뜨릴 뻔하였다. 꿈에도 생각지 않던 일이라, 전신의 신경은 이 급보를 접하고 우들우들 떨었다. 마른 날에 벼락이나 맞은 듯 한동안은 장승처럼 선 채로 꼼짝할 수 없었다.

푸른 줄로 정간을 친 전보지에, 시커먼 복사지를 대고 굵다랗게 갈겨 쓴 글씨를 가로 보고 세로 보아도

'병식이가 급히 죽었으니 속히 오라.'

는 것과 계숙의 이름이 또렷하였다. 일부인을 보니, 놓은 지가 벌써 이틀이나 지났다. 특사 배달이나 시키지 않으면 보통 전보는 사흘만에야 오

는 이 두메 구석에서, 이틀 만에 온 것만 해도 매우 빨리 배달이 된 셈이었다.

수영이는, 심상치 않은 형의 눈치만 쳐다보고 서있는 아우의 손에서 '김수영 군 친전'이라고 피봉에 쓰여 있는 편지를 잠자코 받아 들었다. 그 편지 무게에 허리가 척 휘는 듯, 그 손은 수전증이 난 것처럼 떨렸다. 언뜻 보아도 눈에 익은 병식의 필적이다.

수영이는 계숙의 전보가 거짓말 같았다. 획마다 살아 있는 병식의 글씨를 들여다 볼 때, 병식이가 죽었으리라고는 도무지 믿어지지 않았다.

그러면서도 그 편지를 부―ㄱ 뜯기가 서먹서먹하였다. 그 봉투 속에서 몸서리를 칠만치 무섭고 가장 비통한 글발이 꿈틀거리고 튀어 나올 성싶었다. 그러나 궁금한 시간을 될 수 있는 대로 오래 끌려면서도 수영이는 그 편지를 뜯지 않을 수 없었다.

친애하는 수영 군!

이 편지가 자네 수중에 들어갔을 땐 내 영혼은 벌써 내 육체를 떠나서 자네의 머리 위에서 떠돌 것일세. 나는 지금 내 생명을 해소(解消)시킬 용기나마 남아 있는 것을 기쁘게 생각하면서 마지막 붓을 잡은 것일세. 나는 유언이라는 것이 사람과 사람 사이에 맺는 모―든 약속과 같이, 헛되고 가소로운 것으로 아네.

만일 내가 목숨을 끊은 후, 내 늙으신 어머니와 죄 없는 처자가 불쌍하니 굶어 죽지나 않을 도리를 차려 줍시사― 하는 간절한 유서를 쓰고 죽는다손 치세. 그러면 그 뉘라서 유언대로 실행해 줄 사람이 있을 줄 아나? 그것은 사람이 죽는 날까지도 비굴한 수작을 해보는 데 지나지 못할 것일세.

친애하는 수영 군!

그러나 어리석은 줄은 알면서도, 자네와 나와의 자별하던 우정이, 글자 한 줄이라도 끼치게 하네그려. 자네에게 내 부고(訃告)를 손수 쓰지 않고는 조만간 저승에서 만나더라도 외면이나 하지 않을는지? 그러면 섭섭할 것도 같아서 나의 최후의 필적을 자네에게 남기고 가는 것일세.

내가 짧고도 지루하던 삼십 세의 일생을 영원히 청산해 버리는 행동을, 또는 그 원인과 동기를 자네는 마음대로 추측하고 아무렇게나 비판하게. 세상 놈들이 무어라고 제멋대로 떠들든, 그것을 내가 알 까닭이 없네. 계집을 껴안고 정사도 못하는 출신이니 신문기사의 재료가 될 리도 없겠고 내 무슨 명사도 아니니, 남의 입에 오르내릴 까닭도 없지 않은가? 그러니 시체나마 채쭉을 맞을 염려조차 없는 것만은 불행 중 다행으로 여기네.

친애하는 수영 군!

나는 벌써 연전부터 이 살뜰한 세상을 떠날 결심을 하고 있었네. 이왕 마지막 가는 길이면 그 최후나마 멋지게 꾸며 볼 공상도 하였네. 달밤에 큰 기선을 타고 가다가 태평양 한복판에 풍덩실 몸을 던지는 것도 통쾌하겠고, 시뻘건 불길을 하늘로 치뿜는 분화구 속에 곤두박혀서 더러운 육체를 재도 남기지 않고 태워 버리는 것도, 해롭지 않을 것일세. 그러나 그것조차 나와 같은 프롤레타리아로서는 꾸어보지도 말라는 꿈이었네. 개처럼 올가미나 쓰는 것이 나의 숙명(宿命)이었나 보이….

136회, 1933.11.30.

[24] 친애하는 수영 군!

오늘은 끝까지 아끼던 책 몇 권을 팔아서 그 돈으로 과일과 과자를 한 아름이나 사가지고 들어왔네.

그것으로 지금 어린 것들을 데리고 최후의 만찬이 아니라, 영결의 다과회를 열었네.

어린 것들은 영문도 모르고 '이게 웬 떡이냐'는 듯이, 마치 푸른 풀잎을 만난 망아지처럼 기뻐하며 냠냠거리고 먹네. 내가 제일 귀여워하던 끝엣놈은, 눈물을 깨물고 앉은 나에게 제 입 자국이 난 왜떡 한 조각을 내밀며 "아빠, 머—" 하고 자꾸만 입에다 넣네그려. 그 자식들 앞에서 나는 이 편지를 한 줄씩 쓰는 것일세. 저희들을 이 괴로운 세상에 낳아 준 잘못과, 아비의 책임을 다하지 못하고 그 가느다란 창자까지 굶주리게 한 미안한 마음을, 이 왜떡 몇 십 전어치로 풀려는 것일세. 속죄를 하려는 것일세.

"저녁거리도 없는데 무슨 돈으로 애들만 군것질을 시킨단 말요?"
하고 아내는 마지막으로 바가지를 긁었네. 나는 잠자코 웃어 보였네. 아마 내 얼굴에서 웃음을 찾기는 몇 해 만일 것일세. 그는 내가 무슨 반가운 소식이나 듣고 들어온 줄로만 알았는지 그 역시 웃음을 띄우며 건너갔네. 어쨌든 가엾은 인생들이 아닌가.

친애하는 수영 군!

내가 이 숨 막히는 조선의 공기를 호흡하는 것도, 고민투성이었던 내 과거를 되풀이 해보는 것도 앞으로 몇 시간밖에 남지 못했네. 그러나 죽음이라는 것에 대해서는 조금도 공포를 느끼지 않네. 지금 내 심경은 먼 곳에 여행을 가려고 짐을 꾸리는 사람처럼, 마음이 좀 뒤숭숭할 뿐일세.

그것은 아마 최근 몇 달을 두고 주야로 죽음의 그림자와 접촉을 해서, 자연히 친밀해진 까닭인가 보이.

지금 내 눈앞에 비치는 인생은 비극도 아니요, 그렇다고 희극도 아닐세. 다만 억지를 써가며 구차히 살아갈 필요와 흥미와, 또는 살아나아갈 정신상 육체상 에네르기를 잃어버린 조알만한 존재가 주체궂어서, 일찌감치 내 손으로 처치해 버리는 것일세. 피곤한 자는 자야만 하네. 나는 그 잠을 좀 오래 자려는 것뿐…

친애하는 수영 군!

최후로 자네에게 부탁하는 것은 단 한 가지일세. '계숙이를 끝까지 사랑해주게' 나는 행복이란 말을 믿지 않지만, 그래도 한세상 살아가려면 뜻이 맞는 동반자를 얻는 것이, 행복까지는 몰라도 삶에 대한 애착심만은 가지게 될 줄로 생각하네.

나의 비명의 죽음을 조금이라도 애석히 여기고 지난날의 정의를 잊지 못하거든, 그 가엾이 생각하는 마음과 변함없는 그 우정을 계숙에게 길이길이 쏟아주게! 계숙이는 내가 본 여성들 중에는, 자네의 한평생의 동무가 될 만한 소질이 있는 여자일세. 동시에 그가 아직까지 육체적으로도 순결하다는 것을 나는 보증하네.

두 사람이 마주 붙잡고 가시밭이라도 걸어나가게! 그러면 평생을 고적에 울던 이 서병식이는, 황천에서라도 '영원의 미소'를 던짐세. 길이길이 그대들의 장래를 축복해줌세!

나의 가장 친애하는 벗이여!

병들고 늙으신 어머니에게도, 말 한마디 정다이 하지 않던 아내라는 사람에게도, 작별의 인사 한마디 아니하겠네. 그럼 내가 자네에게만 이다지 장황한 편지를 쓰는 까닭을 알겠나? 이것은 우정도 설움의 사정도 아닐세. 김수영이란 인간도 먹고 똥 싸고 생식이나 하는 동물의 일종이겠지. 그러나 가장 곤란한 처지에 있으면서도, 낙심하지 아니하고, 희망을 창조해 가면서라도 앞으로 나아가려는 그 굳센 의지(意志)와, 무쇠덩이라도 물어뜯으려는 만용(蠻勇)에 가까운 그 용기를 나는 부러워서 마지아니하네. 그 정신에 경의를 표하기 위해서, 이 붓을 든 것을 기억해주기 바라네.

자— 그러면 끝까지 힘껏 싸우고 잘 살다 오게!

년 월 일

인생의 짤막한 페이지를 덮으며

서병식

… 또 한마디— 이것은 욕심일세만은, 내 시체는 미아리(彌阿里) 공동묘지에 외로이 누운, 최용준(계숙의 친오라비) 군의 무덤 곁에 묻어 줄 수 없겠나? 먼저 간 친구와 나란히 누워나 보려는 것일세.

수영이는 편지를 든 채 밭두둑에 펄썩 주저앉았다. 얼굴은 흙빛과 분간할 수 없이 변하고, 감정이 얼어붙은 것처럼 눈물 한 방울도 나오지 않았다.

137회, 1933.12.01.

㉕ 수영이가 병식의 집에 도착한 것은 그 이튿날 저녁이었다. 마침 새벽에 떠나는 선편이 있어서 동네의 곗돈 십 원과 대흥이가 도야지 판 돈

을 빌려 가지고 부랴부랴 떠났던 것이다.

똑딱선에서도 기차 속에서도, 수영이는 병식의 생각 외에는 들은 것도 본 것도 없는 것 같았다.

저 역시 살아 있는 것 같지가 않고, 병식의 편지에 쓰여 있는 죽음의 세계에서 마음이 헤맬 따름이었다.

경성역에 와 내리자 휘황한 전등불과 전차 소리, 버스의 으르렁거리는 소리며 사람들의 와글와글 들끓는 소리가 귀를 틀어막고 싶도록 시끄러웠다. 간밤에 눈도 붙여보지 못하였고 온종일 휘둘려 오느라고 극도로 피곤한 신경을 더욱 자극시킬 뿐이었다.

병식의 집 다 쓰러져 가는 문간에는, 백지 초롱이 달려서, 음침한 중문간을 비추었다. 거적을 깔고 앉았는 상여도가에서 온 일꾼들이 수영이가 들어오는 것을 보고 비켜 앉는다. 수영이는

"병식이—."

하고 부르려다가 멈칫하고 어린애의 이름을 부르며 마당으로 들어섰다. 수영이가 들어서는 것을 보자 안에서는

"와—."

하고 울음소리가 터졌다. 병식의 아내는 머리를 풀어 헤치고 건넌방을 향하여 마룻바닥을 두드리며 운다.

무어라고 사설을 해가며 울기는 해도, 목이 꽉 잠겨서, 그 울음소리는 피를 짜내는 것 같다. 어른을 따라 우는 어린 것들의 울음소리는 차마 애처로워 들을 수가 없다. 그 곁에 하얗게 깃옷을 입고 기둥을 짚고 서서, 손수건으로 얼굴을 가리고 흐느껴 우는 것은 계숙이었다.

이웃집 마누라와, 신문사 사람이 두어 명 섞여 있을 뿐. 눈물이 핑 돈

수영의 눈에는 모든 것이 물속을 들여다보는 듯 어른어른하였다.

"대체 이게 웬일입니까?"

계숙이밖에 물을 데가 없었다. 계숙이는 댓돌을 발로 더듬어 신짝을 꿰고 뜰아래로 내려서면서도, 눈물이 덧거니 맺거니 앞을 가려서 머리를 쳐들지 못한다.

"자결을 하셨어요. 사직단 뒤 솔가지에… 오늘 삼일장으로 지낸다는 걸 올라오시건 발인을 하자고…."

계숙이는 이마로 수영의 어깨를 쪼듯 하며 다시 목이 메인다. 수영이는 고개만 끄덕이다가 쏟아지는 눈물을 앞세우고 건넌방으로 들어갔다. 둘도 없는 친구의 얼굴이나 마지막 떠들어 보고자 했으나 벌써 입관을 해서 얄팍한 관이 윗목에 가 길이로 누워있다. 밀초 한 가락이 머리맡에서 끔벅이다가 "탁" 하고 불똥이 튄다. 방 한구석에서는 만수향의 가느다란 연기가 서리어 오를 뿐.

수영이는 가슴이 서늘하였다. 입술만 지그시 깨물고 묵도(默禱)를 올리는 자세로 섰다가, 관머리를 얼싸안고 엎으러지며 울었다. 관 모서리에 이마를 부비며 통곡하였다.

뜻밖에 편지를 볼 때부터 참고 눌렀던 울음이 일시에 터진 것이다.

"병식이! 수영이가 왔네 응, 병식이!"

하고는 걷잡을 수 없는 오열(嗚咽)에 전신을 떨었다.

마루에서는 또다시 울음소리가 일어났다. 계숙이는 제 설움까지 얼러서 사뭇 어린애처럼 엉엉 울고, 어린애들은 어른의 숭내를 내듯 하며 먹을 것을 조르는 조자로 운다.

"난 자네가 생목숨을 끊은 까닭을 아네. 모—든 걸 잘 이해하고 있네.

인제 자네 한 몸은 편하겠네그려!"

수영이는 더 힘 있게 병식의 머리맡을 껴안으며

"난 자네처럼 재주 있구 다감한 일꾼 하나를 들볶아 죽인 이 놈의 현실과 싸우다 죽겠네! 자네의 분풀이를 해주고야 눈을 감겠네!"

하다가는 한층 더 떨리는 목소리로

"난 자네처럼 살 길을 찾지 못하는 우리의 젊은 사람을 얼싸안고 우는 것일세!"

그러나 수영의 독백(獨白)은 곁엣 사람도 알아들을 수 없을 만큼 마음 속으로 부르짖은 것이었다.

계숙이는 수영이가 너무나 뼈아프게 우는 소리를 듣고 들어가서

"고만 그치세요. 네? 고만요."

하고 어깨를 흔들었다.

'울고만 있을 때가 아니다.'

하고 수영이는 벌떡 일어나 주먹으로 눈물을 씻으며 마루로 나갔다.

"아이고, 인제 어떻게 살아요? 저것들을 데리구…."

병식의 아내는 남편의 친구 앞에 고꾸라지며 운다.

138회, 1933.12.02.

26 계숙이는 사직단 송림 속에서 병식을 잃어버린 후 어쩐지 마음이 놓이지 않았다.

그러나 설마 어떠랴 하고 사숙하는 주인마누라에게서 노자를 취해가지고 그날 밤 막차로 시골집으로 떠났다.

수영에게로 내려가라는 병식의 부탁에 귀는 기울였으나, 그렇다고 청

치 않은 손님이 먼저 온다는 격으로 어슬렁거리고 가기는 싫었다. 더구나 몸담을 곳이 없게 되어 수영에게 의탁하기는 더욱 자존심이 허락을 아니하였던 것이다. 한편으로 경호의 남매의 추격이 귀찮기도 하고 경호의 눈이 멀어서 병신이 되었다면 큰 문제가 일어날 것도 슬그머니 걱정이 되었다.

'이왕 내친걸음이니 동경까지 가고야 말리라.'

하고 아버지와 담판을 하려고 병식에게만 엽서로 그 뜻을 전한 다음 이태 만에 고향으로 떠났었다.

잔뜩 벼르고 내려는 갔으나, 아버지는 금점판으로 따라다니는 중이라 — 언제나 돌아올는지 몰랐다. 서모라는 여편네는

"아버진 언제 오실지 몰라. 그런데 어째 내려왔어?"

하고 대우가 전보다도 더 찼다. 계숙이는 집에라고 돌아온 것을 후회하면서 산천도 보기 싫고 동네 사람을 만나기도 싫어서 문을 닫고 들어앉았었다. 머리를 쥐어뜯으며 고민과 공상의 하루 이틀을 보냈다. 그러자 병식에게서 답장이 왔다. 그 답장이라는 것은 편지 사연이 아니요, 원고지 한 장에다가 갈겨 쓴 시(詩) 한 편이었다.

~~~~~~~~~~~~~~~~~~~~~~~~~~~

나는 그네를 뛰련다.
구부러진 솔가지에
이 몸을 매달르고,
훨훨 그네를 뛰면서
모든 것을 잊으련다.
~~~~~~~~~~~~~~~~~~~~~~~~~~~

×

그대와 나란히 앉았던
바로 그 자리에서,
그대의 손등에
피 식은 정열을 뿜던
그 창백하던 별 밑에서,
아아 나는 그네를 뛰련다.

×

쌍그네를 뛰는 것이
보기 좋을 줄이야
내 어찌 몰랐으랴.
그넷줄 한 가닥에
두 사람의 운명을 맡기고
번차례로 발을 굴려
펄펄 날아 보기를
내 어찌 바라지 않았으랴

×

아아 그러나 나는
나 홀로 그네를 뛰련다.
구부러진 고목가지에
고달픈 이 몸을 매달고
모든 시름 잊으련다.

~~~~~~~~~~~~~~~~~~~~~~~~
~~~~~~~~~~~~~~~~~~~~~~~~

계숙이는 이 시의 의미를 깨닫자, 가장 불길한 예감과 같아 가슴이 선뜩하였다. 그날 밤에는 병식이가 해쓱한 얼굴로 달려들어도 보이고, 높다란 산꼭대기에서 떨어져 전신에 피를 흘리며 입으로도 선지피를 부걱부걱 토하고 쓰러지면서

"계숙이! 계숙이!"

하고 외마디 소리를 부르짖는 끔찍한 꿈까지 꾸었었다.

그러다 그 이튿날 아침에

'アト タノム スマヌ'(후사를 부탁한다. 미안하다)

는 전보를 받고는 부랴부랴 올라왔던 것이다.

병식이가 전보를 치던 이튿날 아침 순사와 동네 사람들이 병식의 시체를 들것에다 떠메어 가지고 들어왔다. 눈망울이 솟고 혀를 빼물었는데 푸르죽죽해진 얼굴은 차마 볼 수 없었다.

아침에 운동을 하러 올라갔던 학생들이 사직단 뒤 솔가지에 사람이 매달린 것을 발견하고 소동을 일으켰던 것이다. 순사와 경찰의가 달려와서 검시를 하다가 다행히 조끼 주머니에서 주소를 박은 명함이 나와서 즉시 집으로 떠메어 온 것이었다.

그 광경을 보고 놀라서 까무러쳤다가 깨어난 병식의 아내의 말을 들으면, 그 전날 밤 남편은 전에 없이 유쾌한 듯이 안방 건넌방으로 왔다 갔다 하면서 자는 어린애까지 깨워 가지고 놀렸다 한다. 그러다가

"나 바람 좀 쏘이구 들어오리라."

하고는 마루 끝에서 자기의 손목을 은근히 쥐고 나갔는데, 저녁이면 날

마다 나다니는 터이라 신지무의 하고 어린애를 낀 채 잠이 꼼박 들었었다 한다.

139회, 1933.12.03.

[27] 그렇지 않아도 기식이 엄엄하던 병식의 어머니는

"아이구, 몹쓸 자식…."

하고 가슴을 짓찧고 쓰러진 뒤에는, 오늘까지 미음 한 모금도 마시지를 않았다. 그래서 죽은 사람보다도 산송장을 주체하기가 더 어려웠다. 병식의 아내는 실성을 한 듯이 정신을 못 차려서, 시체를 거두어 줄 사람도 없었다.

계숙이는 수영에게 전보를 치며 일변 정간된 신문사의 간부들을 찾아다니며 사정사정을 해서 겨우 초종을 치를 비용을 비럭질하듯 채웠었다.

죽은 사람과 같이 일을 하던 직공들이 대여섯이나 조상을 오기는 했어도, 빈손을 들고 온 사람뿐이었다. 그러나 그 사람들이 사망신고를 하고 매장 허가를 맡아오고 하여 몸수고를 해준 덕택에 입관까지는 시켜놓은 것이었다.

… 날이 어둑어둑하면서부터 철 아닌 비가 내렸다. 밤이 들자 비는 장마 때처럼 주루룩주루룩 쏟아졌다. 고양이 이마빼기만한 마당이 수렁이 져서 질척거려 드나들 수가 없다.

빈소 방에는 천장이 새어 관 위에 누런 빗물이 뚝— 뚝— 떨어진다. 수영이는 전신의 세포가 녹아내리는 듯 몹시 피곤해서 관 옆에 가 쓰러졌다가 벌떡 일어났다. 양철 대야를 들여다 올려놓았다. 이번에는 동당도드랑하고 관 위에서 장단을 치는 낙수 소리가 듣기 싫어서, 신문지로

천장의 쥐구멍을 틀어막았다. 그래도 조금만 있으면 짚 썩은 물이 또 누렇게 배어나오곤 한다.

병식이가 생시에 제일 귀여워하던 세 살 먹은 끝엣놈은 집안이 떠들썩하니까 무슨 잔칫날인 줄 아는지 안방 건넌방으로 토끼처럼 뛰어다니며 알아듣도 못할 소리로 응얼응얼 노래를 부른다. 건넌방에를 들어가지 못하게 한다고

"아부지이."

를 부르며 발버둥질을 친다. 그것이 차마 볼 수 없어 들여놓으면 수영이 와는 낯이 익은 터이라

"아자찌—."

하고 응석을 부리며 수영의 무릎으로 깡충 뛰어오른다.

"저게 뭐유? 나 올라가아."

하고는 홑이불을 씌워놓은 아비의 관을 가리키면서 바득바득 올라가겠다고 떼를 쓴다. 그러는 것을 돈을 주고 군것질을 시켜가며 꾀송꾀송 달래노라면 여러 사람의 가슴에는 새로운 설움이 부걱부걱 고였다.

계숙이도 심신이 피곤해서 안방 한구석을 부비고 쓰러졌다. 그러나 창밖에서 뒤설레는 비바람 소리와, 곁에 누운 늙은이가 가르랑가르랑 하고 목구멍에 가래를 끓이는 소리에, 잠이 들 수 없었다. 더구나 삼년 전에 폐병으로 죽은 친오라비의 초종을 치르던 생각이 눈에 선해서 누웠을 수도 없었다.

건넌방으로 건너가서 수영이와 격조했던 이야기도 하고, 그동안의 얼크러졌던 오해를 풀고 싶은 생각이야 굴뚝같았다. 계숙이는, 수영이가 시골에서 제 소식을 매우 궁금히 여기고

'그가 허영의 꿈을 깨뜨리고 알몸뚱이가 되어 나를 따라온다면 전날과 다름없는 이성의 동지로 맞겠네.'
하고 병식에게 그 뜻을 전해달라고 한 편지를 보았던 것이다.

그 편지의 수신인이 돌아오지 못할 길을 밟은 이튿날에야, 그 편지가 계숙의 손에 배달되었던 것이다.

그 편지를 보고 계숙이는 수영의 속생각을 알았다. 마음 한구석에 꽁꽁 뭉쳤던 오해를 풀었다. 그러나 아무리 경황이 없는 중이라도 수영의 태도는 여전히 데면데면하였다. 더구나 병식의 시체를 뻔쳐놓고 그 곁에서 둘이 소곤거리는 것은 차마 못할 짓이었다.

병식의 아내는 사흘 동안에 삼 년이나 늙은 듯, 가뜩이나 강파른 사람이 두 볼이 쪽 빠지고 눈두덩이 꺼졌다. 그러나 남편이 천만뜻밖에 그렇게 된 뒤에는 계숙이와 아주 옹치였던 사이가 풀렸다.

'아무렇지도 않은 걸 공연시리 강짜를 했구나.'
하고 후회도 하였다. 남자처럼 걷어붙이고 덤비는 계숙이가 아니었다면 안팎일을 그렇게 선선히 서둘러 줄 사람이 없다는 것을 생각하니, 도리어 매우 고마운 생각이 들었다.

'오빠 오빠 하고 따라는 다녔지만 어쨌든 남남간인데 어쩌면 저렇게 설워할까.'
하기도 하고

"그래두 산 사람은 먹구 정신을 차려야 허우."
하고 전에 없던 '허우'까지 하며 음식도 권하였다.

140회, 1933.12.04.

㉘ 수영이도 잠이 아니 왔다. 모든 감각을 잃었기로 친구의 시체 곁에서 쿨쿨 잠을 잘 수는 없었다. 빡빡한 눈을 딱 감고 누워있으려면 옆에서 병식이가 부스럭거리고 일어나 앉는 것 같기도 하고, 별안간 관이 우뚝 일어섰다가 쿠—ㅇ 하고 머리 위로 넘어 박히는 듯도 해서 가슴이 두근거렸다.

'내가 장성이 세지를 못해서 그런가 보다.'
하고 마음을 다부지게 먹고 누웠으려면, 이번에는 관의 천개가 쩍 빼개지며 술이 엉망 취해서 얼굴이 파랗게 질린 병식이가 비틀거리고 나온다.

"이놈아! 너희들만 잘 살아라. 천년만년이라도 잘 살아라."

갖은 악담을 다하고 달려들어 머리를 꺼두르는 듯도 하다. 수영이는 가위를 눌리는 것처럼 가슴이 답답해서 헛기침을 칵 하며 미닫이를 밀쳤다.

이웃집 양철 지붕에, 장독대로 떨어지는 밤비 소리는 더욱 요란스럽다. 축축하고도 음산한 바람이 휘돌며 빗발과 함께, 방안으로 휘몰려들어 촛불이 훅 꺼지곤 한다.

그러는 동안에 초는 세 가락이나 닳았다. 그때까지 마루에서 병식의 아내가 흑흑 느끼는 소리는 끊일 줄 몰랐다.

…장삿날 아침에는 비가 멈췄다. 몽개몽개 피어오르다가 큰 이무기처럼 꿈틀거리는 시꺼먼 구름장 사이로 돈짝만치 파—란 하늘이 빠끔히 내다보다가는, 금세 얼굴을 가린다. 바람은 그저 자지를 않아서 가을 일기처럼 쌀쌀하다.

점심때가 겨워서 장례의 행렬은 동소문 밖으로 나섰다. 행렬이라고 해도 조그만 아기상여에 겨우 상두꾼 넷이 두 패를 질렀고, 뒤에는 수영이와 계숙이와 신문사 사람 두세 명이 우산을 들고 따를 뿐이었다. 목매달아 죽은 송장이라고 구기하는 사람도 있을 뿐 아니라

'애들은 데리고 나가 무엇해요.'

하고 수영이가 굳이 말려서 집에다 어린 상주를 떼어놓았다.

발인할 때에는 병식의 아내가 목이 잠겨 울지도 못하면서 엎드러지며 곱드러지며 쫓아나오는 것을, 계숙이가 간신히 안아 들여갔다. 금세 숨이 넘어갈 듯한 시어머니를 혼자 두고 나갔다가는 두 초상이 날는지도 몰랐던 것이다.

영구자동차를 쓰는 것이 속하고 간편한 줄은 알면서도 그것도 수영이가 우겨서 상여를 썼다. 불성모양이지만, 한 푼이라도 남겨서 유족에게 주려는 뜻이었다.

길은 몹시 질고 미끄러웠다. 명정도 세우지 않은 상여는 "워—허" 소리와, 요령 소리도 없이 철벅철벅 냇물을 건너고 묵묵히 언덕을 넘었다.

그동안에 수영과 계숙은 혹은 앞을 서고 혹은 뒤를 따랐다. 그러다 어깨를 나란히 하고 걸을 때도 있건만 두 사람은 피차에 입을 다물었다. 검정 두루마기를 입고 벙거지 같은 캡을 쓴 수영의 얼굴은 비통 바로 그것이었다. 그의 표정은 사람이 가까이하지 못할 만치나 엄숙하였다.

미아리(彌阿里) 공동묘지의 앞턱까지 오자, 앞에서 상여채를 메었던 상여꾼 하나가 진흙에 미끄러져 발목을 삐고는 갑자기 무릎을 꿇었다. 관머리가 거꾸로 숙이며 땅에 곤두박히려는 찰나에, 수영이가 번개같이 달려들었다. 상여채를 힘껏 떠받들었다. 계숙이도

"에고머니 저를 어째?!"

하고 기울어진 편을 벗튕기며 바로 끓았다.

수영이는 철럭거리는 두루마기를 벗어서 계숙에게 던지고 발을 삐고 절룩거리는 사람 대신에 상여의 앞채를 메었다. 계숙이도 한 손으로 뒤채를 밀었다. 상여 속의 병식이도 그제야 편안한 듯 반듯이 누워서 묘지까지 올라갈 수가 있었다.

141회, 1933.12.05.

9

[1] 병식의 무덤 자리는 유언에 의해서 최영준의 무덤 곁에 잡으려 했으나, 다른 사람들이 벌써 전후좌우를 차지해서 그도 뜻같이 못하였다. 그래서 최영준의 무덤과 비스듬히 보이는 비탈진 언덕에 광중을 파게 한 것이었다.

"남의 산소의 제절이야 팔 수가 있어얍죠."
하는 것은 부탁을 받고 나왔던 인부의 변명이었다.

곡도 없고 아무 절차도 없는 장례는 간단히 진행이 되었다. 수영이는 손수 관머리를 안아 내려 하관을 하였다.

그리하여 병식이는 마지막으로 바라던 안식의 자리 위에 누웠다. 회색의 고민도, 실연의 쓰라림도, 생활에 들볶이던 육체도, 한 평도 못되는 흙 속에 파묻혀 버리고 마는 것이었다.

계숙이는 얼굴의 근육을 경련시키면서 입 속으로
"오빠 편안히 주무세요!"
하고 흐느껴 울었다. 울며 소매 속의 손수건을 꺼내다가 관 위에다가 그 수건을 떨어뜨렸다.

일꾼들이 집어 올리려는 것을 계숙이는

"고만두세요. 그대로 덮으세요."

하고 횡대를 덮게 하였다.

수영이는 맨 먼저 붉은 흙을 한 부삽 떠서 끼얹으며

"에—끼 몹쓸 사람!"

하고 한마디 꾸짖듯 하고는 부삽을 던지며 소매로 얼굴을 가리고 어깨를 떨었다. 일꾼들은 사정없이 흙을 푹푹 퍼 얹었다.

얼마 안 있자 새로운 묘표를 박는 소리가 죽음과 같이 적막한 공동묘지의 공기를 흔들었다.

…일꾼들은 상여를 뜯어 가지고 내려갔다. 갤 듯하던 하늘은 다시 오만상이나 찌푸려 빗발이 오락가락한다.

수영이는 산에서 내려와 공동묘지를 지키는 사람의 집 근처에서 한참이나 기다렸건만 계숙이만은 내려오지를 않았다. 수영이는 기다리다 못해서

'어디로 갔길래 그저 안 내려올까.'

하고 계숙이를 찾으러 산으로 올라갔다.

높고 낮은 무덤만 콩멍석을 깔아놓은 것 같은데, 새로 쌓아올린 봉분 곁에도 계숙이는 없었다.

'혼자 어디로 갔을까?'

하고 다시 군소리하듯 하고 공동묘지의 제일 높은 마루터기로 올라가서 사방으로 눈을 달렸다.

그러자 비스듬히 내려다보이는 골짜기의 더 촘촘히 달라붙은 고총들 사이에서 하얗게 소복을 한 여자가 돌아서 있는 것을 발견하였다.

계숙이는 저의 친오라비의 무덤 앞에 머리를 숙이고 손길을 마주잡고 서 있다.

의외로 오라비의 성묘를 하게 된 계숙이는 묵은 슬픔과 새로운 설움에 잠겨 언제까지나 그 자리를 떠날 줄 몰랐다.

꽃이나 한 송이 꺾어다 꽂았으면 하고 두루 찾아다녔으나 애총들 사이에는 시들어가는 할미꽃 몇 포기밖에 없었다.

일 년에 한번 한식 때에나 누이의 심방을 받는 최영준의 무덤은 사초도 못해서 뗏장이 반 넘어 벗겨지고 묘표가 비스듬히 쓰러졌다.

수영이가 가까이 갔을 때, 계숙이는 그 묘표를 바로잡아 세우려고 애를 쓰는 중이었다. 수영이는 잠자코 큰 돌을 들어다가 쾅쾅 박아주었다. 그리고 그 무덤 앞에 모자를 벗고 잠깐 머리를 숙였다. 병식에게서 영준의 이야기는 익히 들었지만 생전에 면분은 없었다.

"입때 아래 계셨어요?"

고마운 듯이 쳐다보는 계숙의 눈은 벌을 쏘인 것처럼이나 부어올랐다. 그의 특징인 쌍꺼풀이 없어졌다.

"인제 고만 내려갑시다."

하니까

"내려가도 난 갈 데가 없는 사람이야요."

애소하듯 하며 제절 앞에 가 쪼그리고 앉는다.

"나도 두 오빠 틈에나 누워 버렸으면…."

계숙의 눈에는 또다시 더운 눈물이 흘러내렸다.

142회, 1933.12.07.

2 수영이는 계숙이가 가엾어 보였다. 가만히 생각하면 일찍이 어머니를 여의고 다만 하나였던 동기까지 잃어버린 후 더구나 사고무친한 타향에서 떠돌아다니는 신세가 동정에 겨웠다. 의오라비 거상을 입고 끝까지 그 구듭을 치러주고 공동묘지까지 따라와서 눈이 붓도록 운 것도, 반은 제 설움에 겨워서 운 것이 틀림없으리라 하였다.

"그럼 여기서 사나요. 자— 나하구 내려갑시다."

수영이는 매우 다정히 일어서기를 권하였다.

"같이 가면 어디까지 같이 가나요? 헤어지긴 마찬가지죠. 어서 수영 씨나 내려가세요. 난 두 오빠가 계시니깐 든든해요."

하고 계숙이가 멀거니 바라보는 데로 수영의 시선도 따라갔다. 뗏장도 입히지 못한 붉은 흙만 도독하게 쌓아 올린 병식의 무덤이 마주 건너다 보였다.

"두 친구가 과히 외롭진 않겠군."

수영이도 말에 한숨을 섞었다. 계숙이는 젖은 잔디를 어루만지며 한참이나 무엇을 생각하다가

"참 오빠가 돌아가시기 전에 수영 씨한테는 편지로라도 무슨 유언이 있었겠죠? 뭐라고 그랬어요?"

"…."

수영이는 그 말대답을 어떻게 했으면 좋을지 몰랐다. 병식의 유언에서 다만 한 가지 간절한 부탁은 계숙이를 길이길이 버리지 말라는 것이 아니었던가?

"네? 무슨 말이든지 있었겠죠?"

하고 다그쳐 묻는다.

그래도 우물쭈물하고 대답을 하지 않으니까

"왜 내가 알아선 못 쓸 비밀이에요?"

수영의 눈치를 더욱 유심히 보면서 채근한다.

"아—니요."

수영이도 그 곁에 가 쭈그리고 앉으며 고개를 흔들었다.

"그럼 그렇게 주저하실 게 뭐야요? 우리도 얼마 안 있으면 저렇게 땅속으로 들어가고 말걸. 피차에 속마음을 감추고 지낼 게 뭐 있어요? 인생이란 참말 허무한 걸요."

계숙이는 병식의 유언을 꼭 알려는 것보다도 오래간만에 단둘이 만난 김에 가슴 속의 맺혔던 응어리를 풀어보자는 수작이었다.

"그건 차차 알기로 하구 어서 내려갑시다. 비가 또 쏟아질 것 같은데…."

계숙이는 수영이가 꾸물거리는 것이 갑갑증이 났고, 말대답은 안하고 자꾸 내려만 가자는 데 성질이 났다.

"싫어요! 억수장마가 져도 난 안 내려갈 테야요."

수영이도 마지못해 빙그레 웃으며

"그렇게 고집을 세우실 게 아니에요. 그런 이야기야 담날 얼마든지 할 기회가 있으니까요. 실상 말을 하자면 시간이 길어질 테니까 이 자리를 떠나자는 말이지 무슨 비밀이 있어서 말하기를 꺼리는 것은 아니에요." 하고 뿌옇게 변명을 하였다. 그래도 계숙이는 꼼짝도 아니하고 앉았다.

"난 수영 씨의 속을 다 알고 있어요. 날 오해하고 계신 줄도 잘 알아요. 내려가신 뒤에 편지도 가끔 해드리지 못한 사정은, 나도 이 자리에서 길게 말씀하고 싶지 않어요. 퍽 미안은 했지만요, 난 벌써 그 집에서 나왔어요. 인제 아주 관계가 없게 됐어요. 남자들은 공연시리 여자를 못 미더워하는 습관이 있지만, 난 그렇게 철없는 여자도 아니겠고요, 두 가지 맘을 먹을 줄도 몰라요. 그야 처지가 처지니까 공상도 많이 하고 이 궁리 저 궁리 많이 했던 건 사실이야요. 그렇지만 난 수영 씨를 잊어버렸거나 한번 약속한 사람을 배반할 행동은 하지 않았어요!"
하고 일변 제 변명을 해가며 일변 그 동안 지낸 일을 하나도 빼어놓지 않고 청산유수로 보고를 하였다.

굵기가 콩알만큼씩이나 한 빗방울이 계숙의 이마에, 수영의 어깨에 떨어진다.

계숙이는 손등으로 빗방울을 씻으며 여전히 이야기를 계속한다. 문안으로 들어간대도 조용히 이야기할 기회가 없을 것 같아서 만난 김에 단단히 붙잡고 지난 일이나 속 시원하게 이야기나 해버리려는 작정이었다.

143회, 1933.12.08.

③ 수영의 감정에 칭칭 감겼던 오해의 줄은 올올이 풀렸다. 어떻게든지 해서 남자의 노예가 되지 않고 경제적으로 독립할 수 있는 자격을 얻어 보려던 수단은, 매우 유치하였다. 화약을 지고 불로 들어가는 것 같은 위험한 짓을 하였다. 그러나 그 동기만은 동정하지 않을 수 없었다.

"나는 말만 앞을 세우기를 싫어하는 성미야요. 어떻게 될지 나부텀 모르는 일을 말할 수가 없었어요. 그래서 수영 씨한테도 조경자를 이용해 보려는 계획은 입 밖에도 내지 않았던 거지, 결단코 무슨 다른 생각이 있었던 것은 아니었어요."

수영이는 고개를 끄덕이며 계숙의 말을 믿었다. 경우가 그럴 수밖에 없으리라고 양해도 할 수 있었다.

그런 것을 멀리 떨어져 있었기 때문에 모르고 오해만 했던 것을 뉘우치기도 하였다.

더구나 계숙이가 전후 사정이며 그동안의 경과를 열심으로 웅변으로 이야기하는 동안에, 수영이는 매우 흥분이 되었다. 그러나 그 흥분은 조금도 육감적인 것이 아니었다. 이 년 전 병식의 소개로 계숙이를 처음 만났을 때 저에게 선동이나 하듯이, 열변을 토하던 그 어조와 그 카랑카랑한 목소리가 조금도 변함이 없는 것을 느낄 때, 측량키 어려운 감회가 끓어올랐던 것이다. 수영의 마음은 그 당시의 추억으로 가득 찼다.

계숙이도 수영이가 고개만 끄덕이고 앉아서 대답도 쾌활하게 아니하는 것이 갑갑하긴 하면서도, 부지중에 수영이와 같은 감정으로 끌려 들어가는 것이었다.

“잘 알아들었어요. 내가 오해를 했던 것은 사실이지만…. 자 인젠 고만 내려갑시다.”

하고 계숙의 손을 잡아 일으켰다. 지나간 이야기는 그만 집어치우고 마음을 확 풀어 버리자는 의미였다.

그때에 계숙은 비로소 볕에 시커멓게 그은 수영의 얼굴을 똑똑히 보았다.

‘아이 구톰보하고 사촌간은 되겠네.’

하고 속으로 웃었다.

그 동안이 한 시간은 넘었다. 저녁 하늘에는 인생의 모—든 비극을 걷어가듯 구름이 걷히고 세차게 부는 바람은 궂은비를 휘몰아 쫓았다.

환하게 틔어가는 하늘에서 쏟아져 내리는 햇살에 병식의 무덤은 황금덩이처럼 싯누렇게 빛났다.

두 사람은 상여 뒤를 따라갈 때와는 딴판인 기분으로 공동묘지에서 내려왔다. 계숙이는

"서병식지묘(徐丙植之墓)."

라고 쓴, 먹 흔적이 선명한 묘표 앞에서 공손히 예를 하고 나서 또 눈물이 갈쌍갈쌍해지며 차마 돌아서지 못하는 것을

"자 눈물은 고만 거둡시다. 운다고 죽은 사람이 살아나나요. 인젠 살아있는 사람들이나 먹여 살릴 도리를 차려야지요."

하면서도 수영이 역시 얼른 돌아서지를 못하였다.

다만 하나이던 친구를 발가벗겨 벌판에다 내버린 것 같아서

'오늘밤에 비나 오지 말았으면….'

하고 하늘을 쳐다보았다.

돌아서 내려오자니 병식이가 등덜미를 끌어당기는 것 같고

'여보게 혼자들만 가나?'

하고 소리를 지르며 따라 내려오는 것 같아서 걸음이 잘 걸리지 않았다.

문안으로 들어오면서야 수영의 말문이 열렸다.

시골 형편과 농민의 생활과 그동안 지낸 일이며 겹쳐서 어떠한 길을 밟아 나아가겠다는 포부를 이야기하였다. 계숙이가 그만큼이나 긴 이야기를 수영에게서 들어본 기억은 없었다. 그것이 고맙기도 해서

"네 네."

하고 일일이 쾌활한 대답을 해서 말을 끄집어내었다.

너무나 비참한 농민들의 생활과 수영이가 실행하려는 모든 계획이 구구절절이 계숙에게는 큰 감동을 주었다.

계숙이는 '가난고지'의 자연과 인물과를 그려보고 수영이와 함께 내려가서 그네들을 위하여 활동할 공상도 해 보았다.

계숙의 눈앞에는 새로운 세계가 전개되었다. 동시에 새로운 희망과 용기가 솟아오르는 것을 깨달았다.

[작자로부터]
수영이가 시골로 내려가 어떠한 계획으로 어떻게 활동할 것을 계숙에게 힘들여 말한 가장 중요한 내용을, 부득이 한 사정으로 쓰지 못하는 것을 크게 유감으로 생각합니다.

144회, 1933.12.09.

4 계숙이는 수영의 이야기에 취해서 다리가 아픈 줄도 몰랐다. '삼산평'을 지나 동소문 턱을 넘을 때까지도 수영의 이야기는 끝이 나지 않았다. 그러나 수영의 입에서

"우리 시골로 같이 내려갑시다."

하는 최후의 한마디가 나올 듯 나올 듯하면서도 끝끝내 나오지를 않는다.

계숙이는 그것이 무한히 섭섭하였다.

'우리 이번에 같이 내려가십시다. 예산 없이 동경 유학할 공상도 말고, 하는 일 없이 서울에서 지내볼 생각도 다 집어 치우고 시골로 내려갑시다. 갑갑하고 고생은 되겠지만 농촌밖에 우리의 일터도 없겠고, 더구나 낫 놓고 기억자도 모르는 촌 여편네와 그네들의 자녀를 위해서 일생을 바칩시다. 한 사람의 일을 두 사람이 나눠 맡는다면 얼마나 의지성 있고, 서로 용기를 돋아나가면 얼마나 유쾌한 마음으로 어떠한 고역이라도 할 수 있을 게 아니에요. 계숙 씨, 이번 기회가 좋으니 나를 따라 내려온다느니보다도, 나의 주의와 사업에 공명을 한 터이니 아주 자발적으로 내

려갑시다.
하고 은근히 권하기도 하고, 손을 잡아끌어 주었으면 얼마나 고마울까. 그것이 사랑하는 사람으로서의 마땅히 할 일이 아닐까.

그런데 수영이는 말을 그 근처까지 빙빙 돌리기만 해서, 가려운 데 손이 닿지 않는 듯

'자기 얘기만 했지그려 날더러는 어떡하란 말야.'

하고 마음속으로 발을 동동 굴렀다.

그러나 계숙이 역시

'이번에 데리고 가주세요.'

하기는 싫었다.

'뉘 입에서 먼저 그런 말이 나오나 보자.'

하고 속으로만 단단히 별렀다.

등 뒤에 뉘엿이 넘는 해에 두 사람은 기다란 그림자를 이끌고 문안으로 들어갔다. 여러 날을 두고 제때에 먹지를 못해서 둘이 다 시장기가 심하였다. 수영이는 배오개까지 와서 설렁탕집으로 쑥 들어갔다. 둘이서 전에 한번 와보던 생각이 나서

'남이 소복을 입은 생각을 해 줘야지 저이는 설렁탕밖에 모르나 봐.'

하면서도 계숙이는 따라 들어갔다. 들어가서도

'저렇게 아주 체면을 볼 줄 모르는 사람은 첨 봤어.'

하고 될 수 있는 대로 사람의 눈을 피하여 앉았다.

"시골선 고기 구경하기가 중의 상투 보기보담 더 어려워서…."

하고 수영이는 뚝배기 밑바닥을 득득 긁다가,

"요걸루야 간에 기별이나 해야지."

하고 한 그릇을 더 청해서 훌훌 식은 죽 마시듯 하고는 허리끈을 늦추며 일어섰다.

계숙이는 설렁탕 국물이 뜨거워서가 아니라, 수영의 숟가락질의 스피드를 따라가느라고 이마에 송송 땀이 다 솟았다.

큰길에는 극장 광고를 돌리느라고 인력거를 탄 악대가 뺑뺑거리고 지나간다. 기생을 실은 자동차가 흙탕물을 끼얹고는 눈앞을 달린다. 비 뒤의 교외의 절간으로 하룻밤의 향락을 꿈꾸려고 나가는 모양이다. 유성기 상회의 전기 축음기는 행길로 나팔을 벌리고, 유행가와 재즈 곡조를 아뢴다.

스프링코트에 허리띠를 졸라매고 모자를 오그려 쓴 '씨크 보이'가 찻집에서 나와서, 어슬렁거리고 걸어오다가 수영과 계숙에게 곁눈질을 하며 지나간다. 저고리는 젖통만 가리고 구렁이 껍질 같은 치맛자락을 구두 뒤축까지 늘인 단발랑은 카페의 여급인 듯, 값싼 향수 냄새를 풍기고 지나간다.

"시골 사람이 저런 구경을 하면 아마 어리둥절할걸요?"

계숙이는 한참 만에 입을 열었다.

"저런 꼬락서니를 안 보니까 살이 찔 것 같아요."

계숙이는 수영의 말문이 열린 김에

"참 그런데 어느 날 떠나세요?"

하고 다가서며 물었다.

145회, 1933.12.10.

5 "글쎄요."

또 '글쎄요'다.

"뒷일을 어떻게든지 처치를 해야 할 테니까 며칠 더 있어야 떠나게 되겠어요."

이번에도 같이 내려가자는 말은 할 생각도 아니한다.

'아이고, 저런 뚱딴지를 어떡하면 좋아.'
하면서 계숙이는 수영의 얼굴만 곁눈질을 해보았다.

…주인을 잃은 병식의 집은 의외로 고요하였다.

반우도 기다릴 것이 없거니와 인제는 아주 떡심이 풀려서 모두들 누워 있었다.

건넌방에 걸어놓은 두루마기와 뒤축 찌그러진 구두가 새로운 눈물을 자아낼 뿐 병식의 아내는

"얼마나 고생들을 하셨어요? 저녁을 잡수셔야지요."
하고 울음을 간신히 참으며 시어머니의 미음 그릇을 들고 부엌으로 내려가는 것을

"우리는 사먹고 들어왔어요."
하고 계숙이가 가로막았다.

병식의 아내는 아무리 처지가 어렵더라도, 사진이나 걸어놓고 조석상식을 지내겠다는 것을

"그런 형식은 다 집어치시지요."
하고 수영이가 반대를 하였다. 그러고는

"잠깐 다녀 들어오리다."
하고 밖으로 나갔다. 나가서는 한참 만에 쌀 한 가마니와 장작 한 마차를 사들여다 쌓느라고 부산하였다.

"우선 얼마 동안만 지내시면 무슨 도리든지 생기겠지요."
하고 안심을 시켜 주었다. 올라오던 전날 밤에 대흥의 도야지를 판 돈과 곗돈을 돌려 가지고 온 것을, 입때 집어 넣어두고 돈 가진 싹도 보이지 않고 있다가, 장사까지 치른 뒤에야 내놓은 것이다.

"아이고 너무나 염치가 없습니다. 이 태산 같은 신세를 언제나 갚나요?"
하고 백배사례를 하는 젊은 과부는 측은해 볼 수가 없다.

수영이는 마루 끝에 걸터앉으며

"아직 정신을 차릴 수 없으시겠지만 앞으로 어떡하실 작정이세요?"
하고 병식의 아내의 의향을 물어보았다. 시골집의 형편이 웬만하면 유족을 끌고 내려가고도 싶지만 저의 집이 빚에 치어 넘어갈 지경이니, 그것은 엄두도 낼 수 없었다. 그렇다고 빈말로 생색만 내기도 싫었다.

"글쎄요, 아주 망단해요. 어머님이 기동을 하시면 친정으로나 내려가 볼까 하는데요. 저의 집도 살기가 말이 아니야요. 그래도 어머니가 생존해 계시니깐 내쫓지는 않으시겠지만, 이 꼬락서니를 하고 친정엔들 무슨 낯을 쳐들고 가서 이 여러 식구를 데밀어요?"
하고 난감해서 한숨만 쉰다.

"나 역시 여러 가지로 생각은 해봤지만 별 도리가 없는 걸요."
하고 수영이는 입맛을 다셨다.

그래도 앞에 돈 백 원이라도 있으면 구멍가게라도 내서 몇 식구가 뜯어먹고 살도록 주선을 해 볼 생각도 없지 않으나, 그도 여의치 못하였다. 사글세 집이라도 방이나 여럿이면 학생이라도 쳐보겠는데, 그것도 부질없는 공상이었다.

"염려 마세요. 산 사람이야 설마 굶어 죽겠어요?"

하고 병식의 아내는 도리어 수영이를 위로해 준다.

더구나 그는 뒤늦게 팔자를 고칠 형편도 못되지 않은가.

계숙이 역시 방으로 들어가기가 싫어서 건넌방 툇마루 끝에 걸터앉아서 이 생각 저 생각을 하다가

"오늘은 여기서 주무실 테지요? 난 먼저 있던 집으로 가서 일찍 좀 잘 테야요."

하고 일어선다.

"오늘은 가서 편안히 쉬우. 며칠째 잠도 못 자고 그 애를 썼으니 오죽 고단하겠수."

병식의 아내는 친절을 다해서 계숙을 위로한다.

"난 괜찮아요. 인젠 맘 놓고 일찍 주무세요. 그러다가 생병이 나시면 어떡해요."

하고 벗어 놓았던 검정 두루마기를 껴입는다.

146회, 1933.12.12.

⑥ 수영이는 계숙의 뒤를 따라 나갔다. 컴컴한 골목에서 계숙의 손을 잡으며

"내일이라두 한번 찾아가지요. 여기서 또 만나든지…."

하고 작별을 하였다. 계숙이는 그저

"네."

할 따름이었다. 단둘이 마주 앉아서 밤이라도 새워가며 좀 더 실컷 의견을 바꾸고 무슨 귀정을 지을 생각은 간절하나 하숙하는 집이나, 더구나 병식의 집 건넌방에서는 그런 말이 나올 성싶지도 않았다. 뿐만 아니라,

병식의 아내가 듣는데 단둘이 붙어 앉아서 쑥덕거리기는 양심에 괴로운 일이었다. 그래서 그날 저녁은 서로 미진한 채로 헤어질 수밖에 없었다.

계숙이는 가다가 돌아서며

"그럼 내일 저 있는 데로 와 주세요."

하고 손짓을 해 보였다.

하숙하던 집에 들어서자, 주인마누라의 인사를 받을 사이도 없이, 계숙이는 안방 아랫목에 가 쓰러졌다. 여러 날 동안 노심초사를 한 끝에 찬비까지 맞고 돌아다녀서 오슬오슬 오한이 나던 몸이 녹자 신열이 났다. 다리 팔이 쑤시고 머리가 쪼개지는 듯이 아파서

"내가 아마 몸살이 났나 봐요."

한마디를 하고는 주인마누라의 이불을 뒤집어쓰고 누웠다.

병식의 장사 전날 이 집에 들렀기 때문에 마누라는 의오라비의 변사가 나서 계숙이가 뒷바라지를 해주고 있는 줄은 알고 있었다.

"아이 가엾어라, 너무 여러 날 삐쳐서 몸살이 났구먼. 머리가 사뭇 펄펄 끓는 걸. 약이나 한 첩 지어다 주리까?"

하고 마누라는 계숙의 이마를 짚어주며 처네를 내려서 덧덮어 주며 부산을 떨다가 머리맡에 가 앉아서 담배를 퍽퍽 피더니

"참 여봐요. 내가 나가서 약을 지어 가지고 들어올게 불을 끄고 누워요. 어렵더라두 나와서 중문을 걸구."

하고는 치마를 갈아입느라고 부스럭거린다. 계숙이는 말대답을 할 경황도 없어 약까지 지어 올 게 없다는 뜻으로 이불 밖으로 손을 내저어 보였다.

"아니야 벌써 연 사흘째 고 조경잔가 하는 조방꾸니가 왔어. 무상시루

와서는 애매한 나를 붙잡구선 계숙이 간 데를 가르쳐 달라구 애가 말라서 묻겠지. 그래 한번 떠나간 뒤엔 당최 소식을 모른다고 딱 잡아뗐지. 그래두 일전에 한길에서 이리루 오는 걸 분명히 본 사람이 있는데 무슨 딴전이냐고 빠득빠득 우기고 세상에 가야지."

"그래서요?"

계숙이는 팔로 이부자락을 젖히며 머리를 번쩍 들었다.

"아 그러니깐두루, 이 집에 있는 걸 번연히 아는데 속이면 나중에 자미가 없을 테니 그런 줄 알라구 발을 동동 구르면서 사뭇 으르딱딱거리구 갔는데…."

"그래, 오늘두 왔다 갔어요?"

하고 이불 밖으로 내다보는 계숙의 얼굴은 빨개졌다. 신열이 난데다가 매우 흥분이 된 것이다.

"아—니. 그래서 오늘은 종일 중문을 걸구 있었는데 어쩌면 또 오기가 쉬울걸. 내 고따위로 악지가 세고 약어빠진 계집애년은 첨 봤어. 그러나 마루 끝에다 내던지고 간 옷 보퉁이를 들켰으니 어떡해. '조 책보가 눈에 익은걸. 단거리 옷보퉁이를 두구 나갔군' 하고 입을 삐죽거리면서 언제까지든지 들어오는 걸 만나보구야 간다구 빚쟁이처럼 때를 써요 글쎄. 그러는 걸 별별 소릴 다해 보냈어."

하고는 마루 끝으로 나가더니 계숙의 구두를 집어 가지고 들어와서

"정말 이걸 들키면 어떡해."

하고 장 밑에다 감춘다. 계숙이는

"아이 미안합니다. 그렇지만 오면 어때요. 누가 무슨 죄를 졌나요. 아무 염려마세요."

하고는 말할 기운도 없어서 도로 머리를 떨어뜨렸다. 머리가 어찌 쑤시든지 참자면서도 앓는 소리가 저절로 나왔다.

"겁날 거야 없지만, 어저께는 설거지를 하면서 내다보니까 대문 밖에서 웬 검정외투를 입은 사내가 자꾸만 기웃거리겠지. 여편네 혼자 살림이라 아닌 게 아니라 무슨 일이 생길는지 겁두 나요."

하고 호들갑을 떤다.

"약은 무슨 약이야요. 제발 고만두세요."

하고 계숙이가 말려도

"그러다 큰 병이 나면 어쩌려구."

하면서 마누라는 그예 고집을 세우고 약을 지으러 나갔다.

147회, 1933.12.13.

7 마누라가 나간 뒤에 계숙이는 매우 조마조마하였다. 그러나 신열이 더 높아져서 구들장 위에서 지진이 터진대도 꼼짝달싹 하기가 싫었다. 대문을 걸기는커녕, 일어나 전등불을 끌 수도 없었다.

그러나 혼몽 중에도 경자가 문을 활짝 열고 들어서는 것 같기도 하고, 눈 하나가 뽀얗게 먼 경호가 단장을 들고 뛰어드는 것 같기도 하여서, 그럴 때마다 등어리에다 찬물을 쫙쫙 끼얹는 듯하였다. 그렇건만 계숙이는

'오면 왔지. 저희들이 어쩌려고. 겁날 게 뭐야.'

하고 안간힘을 썼다. 아픈 것을 참고 일어나서 불을 끄고 문을 닫는 것은 너무나 비겁한 것도 같아서, 닥들이기만 하면 단판씨름을 할 각오를 하고 누웠다.

한 반 시간 만에야 마누라가 약을 지어 가지고 돌아왔다. 마누라가 문

간으로 들어서자 대문 소리가 왈가닥거리며 떠들썩하더니

"누가 도적질을 하러 들어가는 줄 알아요? 사람이 들어가는데 문을 닫게."

하고 젊은 여자의 새된 목소리와

"온 별꼴을 다 보겠네. 내 집 문을 내가 닫는데 못 들어온다면 못 들어왔지그려 무슨 잔말야."

하고 사설하듯 하는 마누라의 목소리가 들렸다.

'조년의 것이 그—에 묻어 들어왔군!'

하고 계숙이는 이불을 폭 뒤집어썼다. 몸만 성하면 뛰어나가서 한바탕 해내겠지만 골이 휭휭 내둘려서 만사가 귀찮았다.

경자와 마누라는 마당에서 서로 떠다밀면서 아귀다툼을 한다.

"글쎄 오늘 저녁엔 이 집으로 들어오는 걸 내 눈으로 봤다니깐 그래요. 들어온 지가 한 시간쯤밖에 안됐는데 노인네가 왜 거짓말을 해?"

하고 경자가 댓돌로 올라서려는 것을

"왜 거짓말을 해? 반지빠른 계집애 같으니라구, 넌 네 에미두 없구 네 할미두 없단 말이냐. 누구더러 반말이야 반말이. 그래 네 눈엔 내가 너의 집 안잠이나 부엌데기루 뵌단 말이냐? 요 배지 못한 계집년 같으니라구."

하고 마누라는 손녀뻘밖에 안 되는 경자에게 반말을 듣고 화가 꼭두까지 뻗쳐서 경자의 앙가슴을 떠다밀며 발을 구른다. 그래도 경자가 깐죽깐죽하게 마루 끝에 가 걸터앉으며

"암만 욕을 해 보구려. 내가 가나. 방안에 있는 사람을 없다면 돼요."

하고 안방 미닫이에 붙은 유리 조각으로 갸웃이 들여다본다.

"왜 남의 집 방 속은 들여다보는 거야? 주인이 나가라면 나가지 그려.

여북해야 계집애년이 뚜쟁이 노릇을 하구 댕긴담, 에이 더러."
하고 마누라는 안방 문을 막아서며
"에이 퉤 퉤."
하고 경자의 어깨너머로 침을 뱉는다.
"웬만하면 나두 비릿비릿 하게시리 이 욕을 당해가면서 쫓아댕기질 않아요. 계숙이를 꼭 보구 급히 전할 말이 있으니깐 그러는 게지."
"글쎄 큰일 아니라 마른날 벼락을 치드래두 내가 아랑곳할 게 아닌 데야 무슨 여러 잔말이냐 말야? 원 나이 육십이 넘었어두 요따위루 말귀 못 알아듣는 계집애는 첨 봤어."
하고 약탕관을 찾아서 지어온 약을 달이는데 경자가 방문을 팔싹 열고 들어설까 보아 뒷짐을 지고 서서 꾸중만 한다.
계숙이는 바로 중방 하나를 격해서 둘이 싸움 싸우듯 하는 것을 듣고 누웠자니, 커다란 송곳으로 가슴 한복판을 쑤시는 것 같았다.
이불을 뒤집어쓰고 큰 죄나 지은 것처럼 숨을 죽이고 누워있는 저 자신이 너무나 비겁한 것도 같았다. 더군다나 아무 까닭이 없는 주인 늙은이가, 한데서 말막음을 하느라고 애를 쓰는 것이 몹시 미안한 생각도 들었다.
경자는 최후의 결심을 한 듯
"암만 고집을 세 봐요. 내가 들어가 보고야 말걸."
하고 뛰어올라가 방 문고리를 잡자 그와 동시에
"내가 여기 있다! 어쩔 테냐?"
하고 계숙이가 소리를 지르며 방문을 밀치고 내달았다.

148회, 1933.12.14.

8 계숙이가 지게문을 홱 떠다미는 바람에 경자는 바로 문고리에다가 이마를 부딪치고 잠시 쩔쩔맸다. 경호가 눈을 다치고 어쩔 줄을 모르듯이 이마를 짚고는 마루 위에서 매암을 돌았다.

"인제 와서 너희하구 무슨 상관이 있길래 쫓아다니면서 남을 성화를 시키는 거냐? 요 뻔뻔한 계집애 같으니."

계숙의 입에서도 말이 곱게 나올 리가 없었다.

경자는 눈물까지 핑 돌아 가지고 독이 오른 새매처럼 계숙이를 노리고는 말도 못하고 할딱거리더니

"오빠가 입원을 하셨어. 바로 눈동자에 유리조각이 박혀서 수술을 했는데 집안이 발칵 뒤집혀서 아주 병신이나 될까 봐 야단이 났었어. 그래 멀쩡한 사람을 소경을 만들어 놔두 괜찮단 말야? 요 독사 같은 계집애년아."

하고 달려들어 계숙의 저고리 앞섶을 잡는다. 계숙이는 경자의 팔을 잡아 뿌리치며

"뭐야? 날더러 독사 같은 계집애라구? 그 능구렁이 같은 놈의 눈깔 하나쯤 빠져두 좋아. 사람을 놀린 벌이 내린 줄 모르고 누구를 탓하는 셈이냐? 나가! 냉큼 안 나가면 네 눈깔마저 빼놓을 테다—."

하고는 얼굴이 새빨개지며 달려드는 품이 위불없이 열병에 들뜬 사람 같다. 계숙의 서슬이 푸르니까 경자는 한풀이 꺾여서 사정하듯

"계숙이 들어 봐. 그렇게 들입다 내게로 덤벼들 게 아니라, 오빠가 수술을 하고 나서는 자꾸만 잠꼬대하듯 계숙이를 부르면서 마지막으로 꼭 한마디만 할 말이 있으니 날더러 데려다 달라구 애원하듯 하시니 어쩌면 좋아."

하고 대번에 사그라진다. 실상 경호는 눈을 다치고 병원으로 인력거를 타고 가서는 계숙에게 봉변을 한 것은 경자에게만 귀띔을 했을 뿐이요, 큰집이 발칵 뒤집혀서 병원으로 들끓어 왔을 때는

"술이 취해서 발이 헛놓여 개천에 가 빠지면서 안경을 쓴 채 전봇대에다 부딪쳤다."

고 거짓말을 꾸며대었다. 계숙에게 봉변을 한 소문이 쫙 퍼져서 신문이나 잡지 기자의 귀에 들어가기만 하면 저의 신분은 아주 망치고 말 것이 겁이 났던 것이다. 그러면서도 수술을 한 뒤에 마취된 정신이 깨어나면서

"계숙이를 좀 불러다 다우. 어서 불러 와."

하고 헛소리하듯 하였다. 속으로는 여간 분하지 않고 갈아 마시고 싶도록 계숙이가 밉지마는 무슨 명예의 부상이나 당한 것처럼 붕대로 눈을 퉁퉁히 처매고 누운 제 꼴을 보면 그래도 여자의 마음이라, 계숙이가 회심이 되리라고 믿었던 것이다. 어떠한 비굴한 수단으로라도 최후의 목적을 달하고 말리라. 그런 뒤에는 헌신짝 버리듯 해서 제가 눈을 다친 것보다 더 큰 상처를 계숙의 가슴 한복판에 내어주려는 복수의 수단이, 마지막으로 남았던 것이다.

계숙이는 가뜩이나 몸이 아픈데 분노에 전신을 부들부들 떨면서

"나하군 더 말할 게 없다. 할 말은 무슨 말이고 가긴 또 어딜 가잔 말이냐? 사람을 그만큼 욕을 뵀으면 고만이지 요 가증스런 계집애년아!"

하고 달려들어 사내처럼 경자의 멱살을 바짝 추켜 쥐고는 마당으로 끌고 내려갔다. 마누라도

"조런 계집애는 버르장이를 톡톡히 가르쳐 놔야 해."

하고는 뒤에서 경자의 등을 떠다민다. 경자는 목을 졸려서 숨이 막혔다가

"너 이럴 테냐?, 널 그냥 내버려 둘 줄 아니? 고소를 할 테야. 나가는 길로 파출소로 갈 테야."

하고 발악을 하며 한편으로는 위협을 하는 것을

"흥 고소를 해? 어디 그래 봐라 누가 창피한가. 어서 나가서 순사라도 불러와! 내가 먼저 너희 년놈들을 유인죄로 고발할 테니. 어서 맘대루 해 봐!"

하고 경자의 꼭두를 집어 대문 밖으로 떠다밀고는 빗장을 덜커덕 질러버렸다.

149회, 1933.12.15.

[9] 수영이는 병식이가 쓰던 텅 빈 방에 홀로 누워 껌벅이는 촛불 아래서 앞일을 곰곰 생각해 보느라고 밤늦도록 눈을 붙이지 못하였다.

겉으로는 무언이 같은 수영이건만 내심으로는 계숙에게 대하여 작정한 바가 있었다. 그러나 그것을 당사자에게 표시하지 않은 이유는 별것이 아니었다.

'이번 기회에 계숙이를 데리고 내려가야 한다. 당자가 아직도 시골 가서 살 결심을 하지 못했더라도 내가 먼저 권해야만 한다.'

하다가도

'그럴 게 없어. 내가 먼저 끌어선 안 돼.'

하고 머리를 흔들었다.

계숙이는 제 이야기를 통해서 시골 형편을 자세히 들었고 농촌을 토대

로 앞으로 활동할 계획이며 저의 주의 주장에 공명은 하였으나, 막상 시골로 내려가 보면 지금 상상하던 것과는 사뭇 다를 것이 사실이다.

'설마 이 지경일 줄은 몰랐다.'

하는 탄식과 함께 닥쳐오는 실망과 환멸을 막아줄 도리가 없을 것 같았다.

또 한 가지는 이제까지 서울에서 견문만은 많은 높은 여자가, 아무리 사랑이 중하고 저의 감화를 깊이 받았다손 치더라도, 도회 여자의 탈을 일조일석에 훨훨 벗어 버릴 성싶지가 않았다. 생활의 환경을 바꾸기는 가장 어려운 일일뿐 아니라, 몸에 베옷을 걸치고 꽁보리밥에 고추장을 비벼 먹고도 배탈이 아니 날 만큼 단련을 받으려면, 여간한 각오와 참을성이 있지 않으면 농촌 생활은 숭내도 낼 수 없으리라고 생각한 것이다.

'계숙에게 그럴 수 있는 소질만은 있다. 그렇지만 암만해두….'

하고 다시 한번 머리를 흔들었다.

'더구나 자진해서 가겠다고 하면 모르지만 내가 먼저 가자는 말을 내면 안 돼. 저한테다 책임을 단단히 지어 주어야지.'

하고는 계숙이가 자발적으로 따라서기 전에는 제 입으로는 같이 내려가자는 말을 내지 않기로 결심을 하였다. 한편으로는 계숙이가 조만간 반드시 저를 따라 시골로 내려오고야 말 것이 단단히 믿어지기도 했던 것이다.

병식의 머리때가 묻고 눈물 흔적이 얼룩얼룩한 베개를 베고 누웠자니

'내가 서울에 있었다면 이런 일은 생기지 않았을걸.'

하고 수영이는 친구와 너무나 격조해 지냈던 것이 다시금 후회가 났다. 안방에서 어린 것이 잠을 안 자고 칭얼거리는 소리에 억지로 눈을 감고

누워서

'이런 때 담배나 피울 줄 알았더면.'

하고 답답증을 못 이겨 애를 쓰는 판에

"문 열어라."

하는 소리와 함께 대문 소리가 요란히 났다. 그 목소리를 먼저 알아듣고 뛰어나가는 것은 병식의 아내였다.

"아이고 오빠!"

"그런데 대체 이게 웬일이란 말이냐?"

하는 목 메인 대화가 중문간에서 들렸다.

병식의 큰 처남이 그제야 통부를 받고 막차로 왔던 것이다. 병식의 처남은 다른 지방엘 갔다가 어제야 통부를 받구 왔다는 변명을 한 후 마루 끝에서 누이에게 변사가 난 경과를 듣고 남매가 마주 붙잡고 울다가 건넌방으로 들어왔다.

수영이는 불을 켜고 이불을 걷어치운 후에 서로 수인사를 하였다. 병식의 처남은 나이 사십이나 된 신실해 보이는 중년남자였다. 밤늦도록 세 사람이 앉아서 의논한 결과 수영이는 비로소 병식의 유족에 대하여 안심을 하였다.

병식의 처남은 작년에 새로 정미소를 하나 냈는데 영업이 해롭지 않게 되어서 식구가 먹고 살 만은 하다는 것과, 기왕 일이 이 모양으로 된 바에야 모두 시골로 거산을 하는 도리밖에 없다고 하며 솔가할 준비까지 해가지고 올라왔다는 것이었다.

150회, 1933.12.16.

10 이튿날 아침 뒤에 수영이는 계숙을 찾아갔다.

두 사람의 관계를 대강 알고 있던 주인마누라는

"나는 김수영인데요, 최계숙 씨가 여기 있지요?"

하고 들어서는 수영을

"어서 들어오. 몸살루 엊저녁엔 대단히 앓었는데 식전엔 좀 정신이 났나 보우."

하고는 오래간만에 만난 사위나 영접하듯이 수영을 맞아들였다. 얼굴은 꺼멓게 그을렸는데 두껍단 검정 두루마기를 입은 것을 훑어보고

'외화가 색싯감만 못하군.'

하면서도 옷 모양이나 내고 하얀 얼굴이 빤들빤들하게 닳은 서울의 젊은 사람보다는 잠시 보매도 건실하고 믿음성스러워 보였다.

수영이는 서슴지 않고 안방으로 들어갔다. 계숙이는 일어나 이불을 두르고 앉으며

"벌써 아침을 잡숫고 오세요?"

하고 푸스스한 머리카락을 매만져 올린다.

"왜 어디가 편치 않으세요? 밤새에 그런 줄을 몰랐구먼요."

"몸살이 났는지 엊저녁엔 아주 혼났어요."

"너무 애를 써서 그랬구먼요."

하고 수영이가 머리맡에 가 앉으니까 마누라는 자리를 비켜 주려고 밖으로 나가며

"방안이 턱 얼리는군. 인젠 든든하지?"

하고 두 사람을 흘금흘금 번갈아 보다가 계숙을 놀려준다.

"노인네가 손수 약을 지어다 두 첩이나 연거푸 달여 주셔서 열은 거진

다 내렸어요. 저 노인의 신세를 어떻게 갚을는지 몰라요."

"온 천만에, 인제 둘이 살림살이를 재미있게 하거들랑 집 구경이나 시켜줘요. 평생 좋아하는 담배나 한 대 피워 올리고."

하고는

"뭘 좀 먹어야지. 감기몸살엔 먹구 앓아야 해."

하고 부엌으로 내려간다.

수영이는 제가 앓을 때에 계숙이가 와서 다리를 주물러 주던 생각이 나서 싱글싱글 웃으면서

"내 다리 좀 주물러 드릴까요?"

하고 다가앉는 것을

"다리 주무른 품앗일랑 이 담에 하세요."

하고는 두 사람은 잠시 지난날의 추억에 잠겼다.

수영이는 병식의 처남이 엊저녁에 올라와서 누이의 식구들을 다 데리고 내려가게 되었다는 소식을 전하였다.

"참 잘 됐구먼요. 나두 뒷일이 여간 걱정이 되지 않았어요. 그래 언제 떠난대요?"

"암만 없는 살림이라두 벌려놓고 살던 거니까 이삿짐을 꾸리려면 오늘 낼은 못 떠날 걸요."

"그럼 수영 씨는 떠나는 것까지 봐 주고 내려가시겠어요?"

"글쎄요. 병든 노인네를 어떡했으면 좋을는지 걱정인 걸요. 떠나는 것까지 보아 주긴 해야 옳겠는데 시골 일이 하루가 급해요. …지금이 여간 바쁜 때가 아닌데…."

하고는 여전히 내려갈 날짜는 똑똑히 말을 아니한다.

"그런데 나도 송구스러워서 하루라도 이 집이 더 있긴 싫어요."
하고는 이어서 엊저녁에 경자가 찾아와서 한바탕 야료를 하다가 쫓겨났다는 것과, 그동안 경호의 경과를 이야기하였다. 그런 말은 수영에게 들려 줄 필요도 없겠고 이야기하기도 매우 불쾌하건만, 경호의 집과 수영의 집의 관계를 아는 계숙이로서는 수영에게 그동안 지난 일을 보고하지 않을 수 없었다. 이해관계라느니보다도 저 하나 때문에 수영의 집 생활 문제에까지 좋지 못한 영향을 끼치게 된다면, 여간 미안한 일이 아니기 때문이다.

그러나 수영이는 고개만 끄덕이면서 계숙의 말을 듣고 앉았다가

"앞으로는 더 귀찮은 일이 생길는지도 모르지요. 이렇게 혼자 있으면 만만하게 보구 또 무슨 수단을 쓸는지도 모르니까요. 그렇지만 그까짓 건 걱정할 게 없어요. 하루바삐 자리를 뜨면 고만이지요."
하고 유산태평이다.

"그래도 제 말마따나 상해죄로 고소라도 하면 귀찮지 않아요?"
하는 계숙의 말에

"온 별 걱정을 다 하시는구려. 그럼 미국 경제학사 ○○전문학교 교수의 체면은 어디로 가구요."
하고 무릎을 치며 껄껄 웃는다.

151회, 1933.12.17.

⑪ 수영의 사나이다운 웃음에

"그러니 인제버텀은 내 곁을 떠나지 마세요. 네?"
하고 계숙이도 웃음을 띄우며 수영의 얼굴을 의미 깊게 쳐다본다.

"좌우간 병이 나서야지요. 지금 같아선 걱정인걸요."

"몸살이 좀 난거야 걱정될게 뭐 있어요. 오늘이라두 일어날 걸요."

"아니요. 감기나 몸살이 난 것뿐이 아니에요."

"그럼 또 무슨 병이 있단 말씀이에요?"

"있지요. 나 하구 일을 같이 하기 어려운 병이 있기 때문에 걱정이에요."

수영의 뜻밖의 말에 계숙이는 눈을 휘동그랗게 떴다.

"아 정말 내게 무슨 병이 있단 말씀이에요? 온 별말씀을 다 듣겠네. 어쩌다 하루쯤 앓았는데…."

"병 에두 졸연히 고칠 수 없는, 뿌리가 깊이 박힌 병이니까 걱정이에요."

수영이는 시침을 떼고 앉아서 띄엄띄엄 골을 올리듯 한다. 계숙이는 이불을 걷어차고 일어나 수영에게 얼굴을 바짝 들이밀며

"온 갑갑해 죽겠네. 학교에 당길 때도 사 년이나 결석 한번 아니한 난데, 글쎄 무슨 병이 그렇게 뿌리가 깊게 박혔다고 그러세요? 속 시원하게 어서 말이나 허세요?"

하고 상기가 되어가지고 종주먹을 대려는 듯이 달려든다.

"그 병은 도회병(都會病), 또는 인텔리병이라는 건데…."

수영의 태도는 여전히 침착하다.

"아—니, 도회병이라니요?"

하고 계숙이가 다시 채처 묻는 말에

"그 병은 계숙 씨 혼자만 걸린 병이 아니에요. 공부깨나 한 조선의 젊은 남녀가 다 이 병에 걸렸다구 해두 과언이 아니지요. 즉 아무 하는 일

없이 막연하게 번화한 도회지만 동경하고 시골은 사람이 살지 못하는 데로만 여기는 병, 제 사지를 놀려서 조그마한 생산이라도 할 생각은 아니하구, 손끝 맺고 앉아서 공중의 누각 같은 명예와 지위와 놀고먹을 궁리만 하는 병이란 말씀이에요. 남의 앞에 나서서 직접으로 활동하기는커녕 무슨 훌륭한 이해가 저절로 굴러 들어올 줄만 믿구서 강태공이 미늘 낚시질 하듯 세월을 허송하는 병— 차(茶)집이나 술집으로 어슬렁거리고 돌아다니고 기껏해야 연애 타령이나 하는 동안엔 조선에 광명이 비추지 않는다는 것을 나는 단언해요! 지식 있는 조선의 젊은 사람들이 거진 다 이 도회병, 인텔리병에 걸려서 나아갈 길을 찾지 못하구 헤매어 돌아다니는 동안에는 조선은 영원히 캄캄한 밤을 면치 못한단 말씀이에요!"

수영의 말에는 열이 있었다. 언성은 점점 높아 갔다. 계숙이는 머리를 숙이고 유심히 그 말만 듣고 있다가

"그럼 나도 그 병에 걸렸단 말씀이에요?"

한다.

"그럼요. 계숙 씨의 머릿속에 모든 공상과 처녀다운 꿈이 아직 깨어지지를 않은 것이 그 증거지요."

"그러면 아주 그게 고질이란 말씀이에요? 영영 그 병은 고칠 수 없단 말씀이에요?"

"일조일석엔 고치기가 어려울 걸요. 시골로 내려갈 결심을 얼른 못하시는 것도 그 증거니까요. 사실은 나 역시 그 병을 고치기에 여간 심이 들지 않았어요."

"내가 시골로 갈 결심을 했는지 안 했는지 어떻게 아세요? 한번 물어나 보셨어요?"

그것이 매우 야속했던 듯이 쏘아붙이듯 한다. 수영이는 빙그레 웃으며

"자기 자신의 문제는 언제든지 제 손으로 해결해야만 해요. 사랑이란 의뢰(依賴)가 아니요, 모든 행동은 자기가 책임을 져야 할 게니까요."

하고 단단히 뒤를 다지고 나서

"난 모레 아침 차에 떠날 생각이에요. 그날에야 선편이 있어서…."

하고 수영이는 계숙이가

"좀 더 이야기를 해주세요."

하고 굳이 붙잡는 것을

"뭐 할 이야기는 다 했는데요."

하고 아침 먹는 것도 아니 보고 일어섰다.

152회, 1933.12.18.

10

1 …아침 여섯 시 반의 인천행 첫차는 경성역을 떠났다. 찻간에는 승객이 별로 없는데 수영이는 맨끝엣칸을 탔다.

전송하는 사람도 없이 혼자 떠나는 길이었다. 그 전날 밤 수영이는 다시금 신중히 생각해 본 결과, 계숙이를 그대로 내버려 두고 인사도 아니 하고 내려가기로 작정을 한 것이었다. 수영의 눈에는 암만해도 계숙이가, 아주 농사꾼의 아내가 될 상 부르지가 않았다.

만일 제가 먼저 내려가자고 권했다가 정구지역을 견디지 못해서, 도로 서울로 올라가겠다고 하는 날이면, 그 책임은 제가 져야만 한다. 책임을 지는 것쯤은 겁날 것이 없지만 그렇게 되고 보면 시골 일은 죽도 밥도 아니 된다. 더구나 그 까닭으로 둘의 사이까지 뜻밖에 파란이 생기지 않을까 하는 염려도 없지 않았기 때문이었다.

'제가 정말 나를 따라올 결심을 했다면야 제 발로 걸어올 일이지.'
하고 계숙이가 제출물에 내려오기만 다시금 바랐던 것이다. 그러면 나중에 후회도 못할 것이요, 책임감이 더 굳세어져서 무슨 일이든지 괴롭다 아니하고 할 것이라 생각하였다.

'어쨌든 한번 더 시험을 해보자.'
하고 일부러 찾아가지도 않았던 것이다. 그러나
"시골 일이 급해서 오늘 아침 첫차로 떠납니다."
하고 엽서 한 장을 정거장에서 써 부쳤다.

그러면서도 기차가 떠나가기를 기다리는 동안 공연히 계숙이가 기다려졌다.

떠나는 날짜까지도 가르쳐 주었으니까, 바로 정거장으로 나오지나 않을까?

뛰어와서는 허둥지둥 표를 사가지고 개찰구로 달음질을 치는 것 같아서, 자꾸만 창밖이 내다보였다.

그러나 뛰—ㅅ 소리가 나고 차바퀴가 구르건만, 넓은 정거장 구내에 계숙이는 그림자도 나타나지 않았다.

'공연시리 쑥스런 연극을 하지 않았나? 이번에 또 오해를 사면 풀기가 여간 힘이 들지 않을 텐데….'
하여도 보았으나, 후회막급이었다.

인제 떠나면은 졸연히 올라올 기회가 없을 성싶어서 수영이는 천천히 뒷걸음질을 치는, 창밖에 높고 낮은 집들과 아침 연기가 피어오르는 공장의 굴뚝과, 거리에 널리기 시작한 사람들을 내어다보았다. 차창에 가시름없이 기대어 앉았으니 형용키 어려운 무한한 감개가 가슴 속에 끓어올라서 눈을 딱 감았다.

한편으로 계숙이는 그 이튿날에야 일어났다. 몸이 깨끗지는 못하건만 더 누워 있기가 미안해서 일어났다.

바깥바람이 쏘이기가 싫어서 나가지는 않고 들어앉아서

'그래도 내려가기 전에는 그이가 또 한번 들르겠지.'
하고 진종일 수영이를 기다렸다.

그러나 눈이 캄캄하도록 기다려도 수영이는 오지 않았다.

계숙이는 고만 성미가 났다.

'오려건 오구 말려건 말려무나. 내가 먼저 찾아가서 데리고 내려가 달라구 빌 줄만 알구.'
하고 마주 켕기다가 그날도 저물었다. 밤이 되자 야기를 쏘이고 나가기도 싫고 길에서라도 경자의 남매를 만날까 보아 일찌감치 문을 걸고 누워서, 잠 없는 주인마누라의 잔소리에 대꾸를 하면서도 시골로 내려갈 공상만 하였다.

'노자는 몇 원 안 드니까 가진 게 있고 입던 옷에 바스켓 하나만 들면 고만이니까, 내일 아침엔 정말 떠나는지 가보기나 하리라.'
하고 또다시 머리가 아프도록 공상만 하다가 새벽녘에야 늦잠이 들었다.

아랫목 벽에 걸린 구벽다리 괘종이 여섯 시를 치는 소리를 듣고는 소스라쳐 깨었다. 세수할 사이도 없이 바스켓 하나를 들고 허겁지겁 병식의 집으로 달려갔다.

153회, 1933.12.19.

2 병식의 집에는 허접쓰레기 세간을 마당에다 잔뜩 늘어놓고 일꾼을 들여 짐을 묶느라고 부산하다. 병식의 식구도 그날 시골로 떠나는 모양이었다. 계숙이가

"수영 씨 떠나셨어요?"
하고 황급히 달려들며 묻는 말에

"아이구 저를 어쩌나. 지금 막 떠나셨는데… 밤늦도록 짐을 싸주셨는데 시간이 늦다구 아침두 변변히 안 자시고 급히 나가신 지가 아마 십 분밖에 안됐을걸."
하는 것이 병식의 아내의 대답이었다.

"그럼 안녕히 내려가세요. 섭섭한 말씀은 담 날 하죠."
하고 한마디를 던지고는 계숙이는 갈팡질팡 전찻길로 뛰어 나갔다. 행인이 적은 이른 아침이라 전차는 매우 빨리 운행을 하건만, 계숙이는 운전수를 떠다밀고 제 손으로 노치를 놓아, 전속력으로 달리고 싶었다.

"좀, 빨리 틀어주세요."

승강대에서 발을 동동 구르며 마음을 졸이다가 정거장 앞까지 오자, 뛰—ㅅ 하고 새된 기적소리가 들렸다. 계숙이는

"애고 이를 어째!"
하고 전차에서 뛰어내려서 앞뒤를 휘휘 둘러보았다. 마침 빈 차로 지나가는 택시를 손짓을 해서 잡아타고 속력을 다하여 용산역으로 달렸다.

그동안 수영이가 탄 기차는 용산역에 와 닿아서 씨—ㄱ 하고 김을 뺐다. 급행차가 아니어서, 한 삼 분가량은 정거를 하였다.

수영이는 몸이 느른해서 눈을 좀 붙여 보려고 다리를 오그리고 누웠다.

'내가 너무 섭섭하게 굴었구나.'
하고 다시 한번 후회를 하고 시골 가서는 곧 내려오라는 편지를 하리라 하고 눈을 감았다.

계숙이는 용산역에 와 닿자 굴러 떨어지듯이 자동차에서 내렸다. 택시 값 팔십 전을 거스를 사이가 없어, 일 원짜리 한 장을 운전수의 얼굴에다

끼얹고는 정거장 구내로 미끄러져 들어갔다.

숨이 턱에 닿아서 표를 사려고

"진센 이찌마이."(인천 한 장)

하고 돈을 내밀려는데 또다시 뛰—ㅅ 하고 기적 소리가 새되게 났다. 표 파는 일본여자는

"모— 다 메데쓰."(인젠 틀렸소.)

하더니 딸깍 하고 철망을 씌운 매찰구를 닫아버린다. 계숙이는 발을 구르며 쩔쩔매었다.

기차는 객차의 마디와 마디가 서로 부딪치느라고 덜커덕 덜커덕하면서 푸— 파— 거리고 굴러나간다.

"에라, 치어 죽으면 고만이다!"

계숙이는 부르짖고, 마음을 다부지게 먹은 뒤에, 개찰구 난간의 고리를 벗기고 플랫폼으로 쏜살같이 달려 나갔다. 등 뒤에서

"아부나이!"(위험하다)

하고 경수(警手)가 소리를 질렀다. 계숙이는 점점 속력을 놓기 시작한 기차의 꽁무니를 따라 곤두박질을 쳤다. 맨끝엣칸의 손잡이가 잡힐 듯 잡힐 듯 하고 아니 잡힌다. 계숙이는 그 길쭉한 다리로

'날 살려라.'

하고 죽을힘을 다해서 뛰어가 손잡이를 턱 붙잡았다.

붙잡기는 했어도 성큼 뛰어오르지를 못하고 매달린 채 질질 끌려가는 것을 모자 끈을 늘인 차장이

"아부나이쟈 나이까?"(위태하지 않느냐.)

하고 소리를 지르며 계숙의 소매를 잡아 끌어올렸다.

수영이는 창 밖에 이런 활극이 벌어지고 있는 줄 모르고 그 자리에 누워 있었다.

계숙이는 바로 수영의 등 뒷자리에 가 털썩 주저앉으며 휘파람을 불 듯이

"휘유—."

하고 한숨을 길게 내쉬었다. 차를 어떻게 탔는지 정신이 아득하였다.

기차가 우루루 하고 한강 철교를 건널 때에, 계숙이는 아직도 뚝딱거리는 가슴을 간신히 진정하고 수영이를 찾으려고 일어섰다.

154회, 1933.12.20.

3 그러자 몇 걸음도 떼어놓지 않아서, 바로 등 뒤에 누워있는 수영이를 발견하였다.

눈을 딱 감고 배포 유하게 드러누워 있는 것을 보니, 달려들어서 퍽퍽 두들겨 주고 싶었다.

수영이는 맞은편 자리에 누가 와서 앉으니까, 뻗었던 다리를 오그리며 실눈을 떠 보다가 금세 눈이 휘둥그레져서 벌떡 일어났다.

"이게 웬일이세요?"

하고 능청맞게 눈을 끔벅이는 것이 하도 밉살스러워서

"아 어딜 가세요?"

하고 자분참 묻는 말에도 벙어리가 된 것처럼 계숙이는 대답을 아니하였다. 수영이는 계숙의 기색을 보니까 여간 톡톡히 골이 난 것 같지가 않아서, 더 말을 붙일 수가 없었다. 뒤통수를 긁으며 눈치만 슬금슬금 보다가

"아 어딜 가시는 셈이에요? 시골집으로 가실 테면 북행차를 타야 할

텐데….”
하고 또 한마디 짓궂게 물었다.
그러나 야속한 생각에 꽁꽁 뭉친 계숙의 감정은 졸연히 풀리지 않았다. ‘고향으로 가려면 왜 북행차를 타지 않았느냐’는 말에 더 한층 골이 올라서 얼굴이 빨개져 가지고 속으로만
“누가 말을 하재요?”
하고는 아주 토라져서 고개를 홱 돌려 외면을 해버린다. 수영이는 점적해서
‘이거 공연시리 선불을 질렀군.’
하고 마주 앉았기가 거북할 지경이다. 그러자 차장이 왔다.
“표도 안 사고서 더군다나 여자나 달려가는 열차에 그렇게 뛰어오르다가 치었더면 어쩔 뻔 했소?”
하고 훈계하듯 주의를 시키고 나서
“어디까지 가오?”
하고 묻는 말을 듣고서야 수영이는, 계숙이가 한바탕 모험을 한 줄 알았다.
“인천까지.”
하고 수영이가 돈을 내려니까
“고만둬요!”
계숙이는 쏘가리처럼 톡 쏘아붙이면서 제 돈을 내주었다.
…기차에서 내려 선창으로 가서 배를 탈 때까지도 계숙이는 말을 하지 않았다. 수영이를 놓치면 큰일이나 날 듯이, 뒤를 바짝 따라오면서도, 묻는 말엔 대답도 아니하였다. 그동안 속으로는 노여움이 거진 다 풀리

고, 수영이가 도리어 거북하고 미안해서 어쩔 줄 모르는 것이 우습기도 하건만 인제는 열적어서 말이 안 나왔다.

수영이도

'어디 언제까지나 벙어리로 지내나 보자.'

하고 같은 선실에 들면서도 일부러 입을 꽉 다물었다.

삼십 톤밖에 아니 되는 조그만 석유 발동선은, 항구 밖으로 통통거리고 나가자, 풍랑이 일어 좌우로 기우뚱거린다.

지하실 같은 좁다란 선실 안에는 늙은 촌마누라 두엇과 배 짐꾼인 듯한 노동자가 칠팔 명이 둘러앉아서 화투를 한다.

계숙이가 똑딱선이라는 것을 타보기는 처음이었다. 석유 냄새가 코를 찌르는데 게다가 뱃바닥이 바로 기계간이라, 통통거리며 들까분다. 속이 메스꺼워 오르는데 곁에 늙은 마누라는 벌써 수질을 한다. 왜―ㄱ 왜―ㄱ 하고 다다미 바닥에다가 토해내는 것을 보니까, 계숙이는 가뜩이나 앓고 난 끝인데, 오장이 뒤집히는 것 같아서 견딜 수가 없다.

'인단이나 있었으면.'

하고 계숙이는 군침만 삼키느라고 애를 쓰는데, 수영이는 모른 체하고 한 귀퉁이에 가서 눈을 딱 감고 기대어 앉았다.

배가 섬을 끼고 지나갈 때에는 바람을 타지 않아서 조금 안정이 되어도, 허허바다로 나가면서부터는 사뭇 자반뒤집기를 한다. 동그란 유리창으로 산더미 같은 파도가 철썩 하고 부딪치면 뱃머리가 번쩍 들리고 들렸다가는 바다 속으로 푹 가라앉는다. 그러면 승객들은 이 귀퉁이에서 저 귀퉁이로 떼굴떼굴 굴러다닌다. 배가 조리질을 하는 바람에, 계숙이는 잔뜩 움켜쥐고 있던 문의 손잡이를 놓쳤다. 그러자 재주를 넘듯 굴러서 마침 맞은쪽에 기대어 앉은 수영의 가슴에다 머리를 콱 틀어박았다.

155회, 1933.12.21.

4 계숙이가 머리로 하필 가슴을 들이받는 통에 수영이는 눈을 번쩍 떴다. 그러자 배가 또 우쩍 솟아오르니까 다시 굴러가지 못하게 하느라고 계숙의 허리를 덥석 껴안으며 씩 웃었다.

"사람이 죽겠는데 웃긴 왜 웃어요?"

하고 여전히 쏘면서도 저 역시 기막힌 웃음을 웃는다.

"인제야 말문이 터졌군요?"

하고 수영이는 팔에다 더 힘을 들여서 계숙을 끌어안았다. 체면 없이 끌어안았어도 몸뚱이를 한데 뭉치고 발로 벽을 벗퉁기지 않고는 거꾸로 설 지경이었다.

계숙이는

"말 시키지 말아요. 사뭇 오장이 뒤집혀요."

하고는 수영에게다 몸을 턱 실은 채 아주 정신을 잃은 사람처럼 고개를 떨어뜨린다. 속이 메스꺼워 자꾸만 구역이 나서 이를 악물고 참느라고 이마에 땀을 다 흘렸다. 수영이도 현기가 나고 뱃속이 울렁거리건만 돌부처처럼 꽉 참고 앉아서 제 무릎에다 계숙의 머리를 뉘었다. 흐트러진 머리를 쓰다듬어 올려주기도 하고 땀방울이 송송 내배인 이마도 짚어주며 해쓱해진 얼굴을 내려다보았다.

'나를 따라오느라고 이 죽을 고생을 하는구나.'

하니 계숙이가 무한히 가엾어 보였다. 그 다음에 뒤를 받쳐

'오오 인젠 이 사람이 내 것이로구나! 내 사람이 되구 말았구나!'

하는 생각이 나서, 마음이 흐뭇한 것을 느꼈다. 싸우지 않은 연애 승리에, 저절로 미소가 띄어졌다.

'이 손으로 어떻게 호미를 쥐고, 절구공이를 잡노? 이 손바닥에 못이 박히겠구나.'

하고 떡가래같이 희고 매끈한 계숙의 손을 슬그머니 쥐어도 보았다. 계숙이는 아주 정신을 잃은 듯이 수영의 무릎을 베고 누워 저 역시 마음이 든든한 듯이 눈을 감은 채 말 없이 누워 있다. 수영이는 다시금 계숙의 얼굴을 내려다볼수록 가엾고 애처로운 생각이 들어서, 곁에 사람이 없으면 꽉 끌어안고 계숙의 얼굴을 마주 부벼 주고 싶은 충동을 느꼈다.

…여섯 시간 만에야 배는 뭍에 닿았다.

"아이고, 이젠 살았나 보다."

하고 계숙이는 수영에게 손을 잡혀 내렸다. 머리는 쑥방석같이 되고 세루 치마는 수세미가 다 되었다. 땅이 노랗고 머리가 핑핑 내둘려서 수영의 어깨에다가 몸을 실리고 배 회사 출장소로 들어가서, 대합실의 의자에가 바스켓을 베개 삼고 누워서 간신히 뱃멀미를 진정하였다.

그리하여 수영이는, 반생의 가장 절친하던 친구 하나를 잃어버리고, 그 대신으로 일생의 고락을 같이 할 반려(伴侶)를 얻어온 것이다.

계숙이는 한 시간 뒤에야 간신히 머리를 짚고 일어났다. 일어나기는 했어도 마룻바닥이 폭삭 꺼지고, 벽이 움죽움죽 물러나고 천장이 내려앉는 것 같아서 머리가 내둘리기는 일반이었다.

그러다가 찬물에 세수를 하고 땅 냄새를 맡으니까 비로소 제정신이 돌았다.

수영이는 해가 떨어지기 전에 집으로 들어갈 양으로

"뱃멀미에는 약이 없어요. 자, 찬찬히 걸어갑시다."
하고 계숙이를 앞을 세웠다. 그러면서도 저 역시 머리가 휭해서 이마를 짚었다.

"아이구 난 아주 어질어뜨려 죽는 줄만 알았어요."

계숙이는 머리를 쓰다듬어 올리고 치마주름을 잡아 당겨 펴면서 비실거리고 걸었다.

"그것 보슈. 시골이란 오기부터두 그렇게 어려운 거예요."
하니까

"이런 델 어떻게들 다녀요? 그런데 어쩌면 끄덕두 아니하세요?"
하고 혀를 내두른다.

"그러길래 뭐든지 단련이 제일이지요?"
하고 수영은 계숙의 팔을 끼고 조약돌이 울퉁불퉁한 신작로를 걸었다.

156회, 1933.12.22.

5 "그런데 여기선 집까지 얼마나 돼요?"

"한 삼십 리가 실하지요."

"아유, 그 먼 델 어떻게 걸어가요?"

"그러길래 굽 높은 구두가 차차 소용이 없게 되지요. 두툼한 솜버선에 짚세기를 신었으면 걷기가 좀 편하겠어요?"
하고 수영이는 되뚝거리는 계숙의 구두 뒤축을 내려다보다가

"그래 이 두메 구석으로 내려와서 갑갑해 어떻게 지내실 테에요?"
하니까

"왜 시골은 사람 사는 데가 아닌가요?"

한다.

“그렇지만 똥거름 냄새를 밥 재치는 냄새루 알아야 할 걸요. 더군다나 도회 사람이, 한적하고 경치가 좋으리라고 공상하는 그런 농촌은 벌써 잃어버린 지가 오래니까요. 서울보담야 우선 공기가 깨끗하구 산수가 좋다면 좋지만 시골서 살려면 그런 경치를 보고 앉었을 틈이 없을 것두 미리 각오를 해야만 돼요.”

수영이는 다시 한번 다짐을 받는 것이었다.

“그만 것도 모르고 왔겠어요. 무슨 일이든지 남 하는 숭내야 못 낼라구요.”

핀잔하듯 하며 계숙이도 제 결심을 보였다.

그러나 계숙이는 수영을 따라가면서도 표시도 하지 못할 큰 걱정이 있었다.

‘결혼도 아니하고 오늘버텀 저이하구 막 한방에서 자나?’

하고 처녀다운 부끄러움에 저 혼자 얼굴을 살짝 붉혔다. 무슨 신비로운 세계로 몸이 끌려가는 듯하면서도— 생각만 하여도 가슴이 두근거리는 어떠한 기대를 속으로는 살그머니 하면서도— 그와 동시에 야릇한 흥분까지 느끼면서도

‘처녀시대와의 작별을 이렇게 싱겁게 하나?’

하니 눈물이 날만큼 섭섭하였다. 그러다가

‘뭘 가는 날부터 상스럽게 굴기야 할라구.’

하고 앞을 서서 휘적휘적 걸어가는 수영의 점잖음을 믿어도 보았다.

‘가서 얼마 동안 지내다가 구식으로라도 예식을 하구 그러구 나서….’

하다가 또 얼굴이 화끈 달은 것을 깨달았다.

'적어도 얼마 동안은 저이의 어머니하고 한방을 써야지.'
하고 저 혼자 작정도 해보았다. 그러나 조만간 닥칠 일은 닥치고야 말려니와

'저이의 집에를 무슨 명색으로 들어가나.'
하는 것이 또한 큰 걱정거리였다. 그이들은 아주 참 구식일 텐데 친정에서 혼인을 해가지고 신부례를 해 내려오는 것도 아니요, 나이 이십도 넘은 말만한 처녀가, 민며느리로 들어가는 것도 아니니, 저이가 나를 무슨 명색을 붙여가지고 부를런가? 무어라고 부모나 일가들이나 동네 사람들에게 소개를 할 뱃심인가? 그것이 궁금치 않을 수 없었다. 그러나

'그래 나를 당신의 무어라고 부를 테요?'
하고 물어볼 수도 없는 노릇이다.

또 한 가지 걸음이 내키지 않는 것은, 제 행색이 너무나 초라한 것이다. 도망꾼을 붙들어 오더라도, 괴나리봇짐이나마 걸머쥔 것이 있을 텐데 — 백판 맨손을 저으며 들어가니 손이 허전허전하기는커녕 마음이 허전허전하였다. 옷이라고는 겨우 앞을 가린 것 한 벌뿐이니 그것이 부끄럽지 않을 수 없었다.

'어떡하다가 내가 이 꼴을 하고 끌려오듯 한담.'
하나 한편으로는 분하기도 하였다.

수영이도 계숙이와 비슷한 공상을 하면서 말없이 걸었다. 계숙이와 한 집에서 지낼 일을 생각하다가

'어떻게든지 결혼식을 해야 할 텐데.'
하다가는

'그까짓 형식은 차려 뭘 하누.'

하고 이십 리 가량이나 와서, 길거리 주막으로 들어갔다. 둘이 다 몹시 시장했던 것이다. 소태같이 쓴 짠지쪽과 펄펄 뛰고 싶도록 매운 어리굴젓에 찬밥을 데워 먹고는 기운을 차려 다시 걷기를 시작하였다.

"아이, 발이 부르텄나 봐요."

하고 계숙이는 다리를 절기 시작한다.

그러다 집까지 한 오 리쯤 남았는데 동녘 하늘이 놀이 뜬 것처럼 빨갛게 물이 든 것이 눈에 띄었다.

가까이 갈수록 산화가 난 것처럼 그 근처가 환하다. 급히 언덕 위로 올라가 보니, 불빛이 분명하다. 난데없이 화광은 하늘을 끄슬리듯 하다. 그것은 '가난고지' 편 쪽인 것이 틀림없었다.

157회, 1933.12.23.

6 매우 초조한 마음으로 집에까지 거의 다 와서 마루터기로 급히 올라가 보니, 그 불은 수영의 집에서 나지 않은 것만은 확실하였다. 그 불은 집이 경성드뭇한 작은 마을 간난네 토담집에서 난 것이 분명하였다.

아래 위 동리가 발칵 뒤집혀 난리가 났는데 여기저기서 징을 두드리는 소리가 요란히 들린다. 바람결에

"불야! 불야!"

하고 외마디 소리로 외치는 소리도 들린다.

"뉘 집이야요? 네? 수영 씨 집은 아니죠?"

계숙이는 두 눈을 방울처럼 동그랗게 뜨며 수영의 소매를 잡아당긴다.

"아—니요. 간난네라구 우리 동리서두 제일 구차한 집이에요. 저 집 사내는 인천으루 모군을 서러 간다구 떠나는 걸 봤는데…."

하고 수영이도 어쩔 줄을 모른다. 그러다 두루마기 아구통이로 손을 집어넣어 허리띠를 졸라매고 몸을 추스르더니

"난 가봐야겠는데 찬찬히 따라오슈."

한마디를 던지고 수영이는 한달음에 언덕을 뛰어내렸다.

해변의 저녁이라 서북풍이 쏴— 쏴— 하고 마주 부는데 불길은 새빨간 혀끝으로 하늘을 핥으려는 듯 활활 타오른다. 온 동네가 번갯불이 번쩍하는 순간같이 환하게 비치는데 동네 사람들은 물지게를 지고 갈팡질팡한다. 뭉게뭉게 피어오르는 시꺼먼 연기가 공중에다가 큰 기둥을 세웠다가는 바람결을 따라 이리저리 쓰러지는 대로 수영의 뒤를 급히 따라가는 계숙의 코에까지 독한 연기가 훅 끼쳤다.

수영이는 한달음에 간난네 집으로 뛰어 내려갔다. 가보니 불길은 벌써 토담집을 빵 둘러쌌다. 서까래가 탁탁 튀는 소리와 함께 커다란 불똥이 바로 수영의 발등 아래 떨어졌다.

봉두난발을 한 동네 사람들의 호통과 부녀들의 부르짖음이 뒤섞여 그 근처는 악머구리 끓듯 한다. 벌써 집 앞 도랑의 물은 다 마르고 동이로 이어오고 지게로 져 오는 물쯤으로는 그야말로 시뻘겋게 달은 화로에 눈 한줌을 끼얹기다. 물이 마르니까 나중에는 오줌독의 지린내가 나는 오줌을 퍼서 끼얹느라고 야단법석이다.

수영이도 현장으로 달려들어 웃통을 걷어붙이고 곁엣사람의 부삽을 빼앗아 가지고 정신없이 흙을 파 끼얹었다. 그럴수록 불길은 더 극성스러이 몸채로 옮겨 삽시간에 지붕으로 치붙는다.

"사람은 다 나왔나? 사람은 다 나왔어?"

수영이는 우들 우들 떨고만 서있는 곁엣사람을 보고 소리를 쳤다. 그

러자

"아이고 우리 간난이— 아이고, 사람 살류—."

하고 새되게 악을 쓰는 소리와 울음소리가 수영의 귀에 들렸다. 간난 어머니는 자꾸만 불로 기어들면서 절을 하듯 궁둥방아를 찧으며 어린애처럼 운다.

그러자 외양간에 매었던 송아지가 시꺼멓게 털을 그슬려 가지고 고삐를 끊고는 껑충껑충 뛰어나왔다. 눈도 뜨지 못하고 뛰어나오다가 앞발을 꿇고 거꾸러지자, 타—ㄱ 하고 뱃가죽이 터졌다. 창자가 허옇게 꿰어져 나왔다. 그 꼴을 차마 볼 수가 없어서 여러 사람은 고개를 돌렸다.

사람이 타 죽는다고 아무리 외쳐도 하나도 불 속으로 들어가는 사람은 없다.

근처 우물에 물은 죄다 마르고 오줌독까지 모조리 깨어졌는데, 흙을 퍼 끼얹던 넉가래와 부삽까지 꺾이고 부러졌다.

평시에 아무 훈련이 없는 동네 사람들은 허겁지겁 날뛰기만 하다가 인제는 입만 헤— 벌리고 불길만 바라다 볼 뿐이다.

수영이는 눈앞에 거꾸러진 송아지를 보니 방 속에서 타 죽는 간난이의 참혹한 꼴이 눈앞에 떠올랐다.

바람결에 으아— 으아 하고 우는 소리가 들리는 듯, 수영이는 아랫입술을 깨물었다.

수영이는 옆에 사람의 목에 감은 수건을 끌러, 마침 큰 마을 청년들이 짊어지고 달려오는 물통 속에다 텀벙 담갔다가 머리를 질끈 동였다. 물통을 번쩍 들어 어깨서부터 전신에 물을 주르르 끼얹더니 방을 향하고 뛰어들려고 몇 걸음 물러서는 것을 보고

"어딜 들어가세요!!"
하고 뒤를 따라온 계숙이가 소리를 지르며 와락 달려들어 수영의 허리를 껴안았다.

"놔요!"

소리와 함께 수영이는 계숙의 팔을 힘껏 뿌리치고, 눈을 찢어질 듯이 부릅뜨더니, 몸을 날려 비호같이 불 속으로 뛰어들었다.

158회, 1933.12.24.

7 수영이가 뛰어 들어간 방 속에는 시꺼먼 연기만 용솟음을 친다. 그 연기에 불길이 시뻘겋게 당긴다. 계숙이는

"사람 살려요! 사람이 저 속에 들어갔는데 보구들만 섰단 말요?"
하고 사뭇 까치처럼 껑충껑충 뛴다. 이가 딱딱 맞쳐서 목소리도 기껏 나오지 않았다.

"저를 어쩌니? 저를 어째!"

불을 잡던 사람들은 여전히 부들부들 떨기만 한다.

"수영이가 불 속엘 들어갔다!"

그제야 불이 난 현장으로 달려온 대흥이가 외쳤다. 쇠스랑을 들고 달려들면서 뒤를 따라오는 청년들을 돌아다보고 응원을 구한다. 그래도 수영이는 나올 줄 모른다. 계숙이는 보다 못해서

"글쎄 사람이 타 죽는데는 보구들만 섰단 말요?"
하고 발을 구르며 새되게 외치다가 치맛자락을 걸머쥐고 불 속으로 달려드는 찰나에

"여봇."

소리와 함께 대흥이가 계숙의 소매를 왈칵 잡아당겼다. 어떻게 세차게 끌어당겼던지 계숙이는 뒷걸음질을 치며 돈대 아래에 가 넘어졌다.

여러 청년들은 불이 당긴 나무토막을 찍어 내리고 물을 끼얹고 미친 듯이 날뛰는 판에 수영이가 뛰어나왔다.

어린애를 포대기에다 싸들고 나왔다. 그동안이 이 분도 채 못 되었는데 수영이는 얼굴을 시꺼멓게 끄슬려가지고 앞을 못 보고 비슬거리고 나와서는 창자가 꿰어져 넘어진 송아지 곁에 가 쓰러지자, 바로 등 뒤에서 지붕이 '탑삭!' 하고 내려앉았다. 동시에 여러 사람의 가슴도 털썩 내려앉았다. 뒤미처 담이 우르르 하고 무너졌다. 불붙은 재가 화약처럼 사방으로 확 흩어졌다.

수영이는 쓰러져 숨을 몰아쉬면서도 어린애만은 잔뜩 껴안았었다. 조그만 생명을, 가난한 집의 딸 하나를 죽음에서 건져낸 것이었다!

계숙이는 달려들어 그 어린애를 받아 안았다. 돌이 지났거나 말았거나 한 어린애는 머리털이 곱슬머리가 되고 얼굴 반쪽이 빨갛게 익어서 누린내까지 혹 끼쳤다. 그래도 숨만은 사로잡힌 참새처럼 할딱할딱 쉬고 있다.

수영이는 뜨겁고 독한 연기에 숨이 턱턱 막히고, 눈은 뜰 수 없는데, 두 손으로 방바닥을 더듬어서 뭉클하고 만치는 것을 번쩍 들고 나오다가 불길이 앞을 막으니까, 다시 윗간으로 가서 포대기를 찾아서 씌워 가지고 나온 것이었다. 미리 물을 끼얹고 들어갔기 때문에 옷에 불은 당기지 않았으나 눈썹이 꼬불꼬불하게 끄슬리고 이마와 뺨은 꺼멓게 그을기만 했어도, 바른편 팔이 뻘겋게 데어 벗겨졌다.

한번 쓰러진 채 정신을 못 차리고 헐떡헐떡하고 숨만 가쁘게 쉬는 것

을 계숙이와 대흥이가 잔디밭 위에다 반듯이 누이고 얼굴에다 찬물을 끼얹으면서

"이만한 게 천행이지. 글쎄 어쩌자구 그 속엘 뛰어든단 말인가?"
하고 수영의 팔을 머리 위로 폈다 오그렸다 하며 인공호흡을 시켰다.

계숙이는 아직도 전신이 사시나무 떨리듯 해서 말도 못하는데, 어느 틈에 왔는지 복영이가 곁에서 엉엉 우는 소리가 들렸다. 그러자 수영이의 아버지도 지팡이를 잡고 좇아와서 아들의 꼴을 보고는 말도 못하고 벌벌 떨기만 한다.

수영이는 동네 사람들에게 에워싸인 채 거진 한 시간 동안이나 까무러친 채 누웠었다. 화독내를 맡아 호흡이 질식된 채로 용광로(鎔鑛爐) 속 같은 그 속에서 죽을 둥 살 둥 날뛰었으니 아무리 튼튼한 사람이기로 얼른 일어날 수가 없었다.

그러다가 혼이 나간 사람처럼 멍하니 눈을 떠 불빛에 휘―ㄴ한 허공을 쳐다보더니

"계숙 씨!"
하고 손을 내젓는다.

159회, 1933.12.25.

8 "네. 나 여기 있어요."

계숙이는 어린애를 안은 채 수영의 앞에 무릎을 꿇었다.

간난이 어머니가 아주 실진을 한 것 같아서 이웃집으로 떠메어 간 뒤였다.

"어린애 괘, 괜찮어요?"

"죽진 않을까 봐요. 이 앨랑은 내가 안고 있으니 걱정 마셔요."

수영이는 정신이 없는 중에도 고개를 끄덕였다. 죽기 작정하고 구해내온 어린애가 살겠다는 말에 만족한 모양이다.

"자— 얼핏 집으루 가게."

대흥이는 아직도 제 몸을 가누지 못하는 수영이를 일으켜 세웠다. 계숙이도 따라 일어섰다. 동네 여편네들이

"어린애 이리 주시유."

호기심에 번득이는 눈으로 계숙을 바라다보며 손을 내미는 것을

"집에 데리고 들어가 약이나 해줘야지요."

하고 어린애를 내주지 않았다.

친구들에게 부축이 되어 걸어가는 수영의 뒤를 따르려니까

"저게 누구여?"

"서울 여학생인가 분데…."

"수영이 하구 같이 왔나 보지."

하는 소리가 등 뒤에서 몇 번이나 들렸다. 수영의 아버지도 그제야 겨우 안심을 하고

"저 계집애가 누굴까?"

하고 머리를 체머리 젓듯 하면서 따라온다.

집 앞까지 오자

"다들 놔. 이러구 들어가면 어머니가 놀라셔."

하고 수영이는 부축한 동무들을 뿌리치고 걸음발을 하는 어린애처럼 안으로 들어갔다.

계숙이는 어린애를 안고 수영의 지팡이 노릇을 하며 앞을 섰다.

수영이는 마루 끝에 가서 기둥을 붙들고 앉으며 안방에 들이대고 어리광하는 어조로

"어머니이."

"어머니 며느리감 데려왔수."

하였다.

계숙이는 별안간 며느리가 누군가? 하다가 저 자신인 것을 깨닫자 고개가 폭 수그러졌다.

수영의 어머니는 아들이 없는 며칠 동안에 매우 기운을 차렸다. 평생 좋아하는 햇나물과 달래장아찌로 밥을 다 비벼먹고 혼자 몸을 추슬러 방 안을 거닐기도 하였다. 그날도 오랜만에 변소에를 붙들어 주는 사람도 없이 다녀오고, 뒤꼍을 한 바퀴 돌아 들어간 것이 너무 곤해서 쓰러졌다. 그저 혼곤히 잠이 들어서 동네에서 불소동이 난 것도 몰랐었다.

어머니는 아들의 목소리를 어렴풋이 알아듣고

"응 뭐야? 며느리를 데려왔어?"

하며 지게문을 열고 문지방을 무릎으로 기어 넘는다.

어머니는 눈을 찌긋하고 어둑어둑한 마당을 내려다보며 낯 서투른 사람을 찾는다. 복영이는 등잔을 마루로 내다가 불을 켰다.

수영이는 싱긋이 웃으며 어린애를 안고 고개를 떨어뜨리고 선 계숙이를 향하여 눈을 찌긋해 보였다.

계숙이는

'이왕 일이 이렇게 된 바에야 어린애나 내려놓고 인사를 하리라.'

하고 마루에다 내려놓으려니까

"으아—."

소리를 지르며 간난이는 귀가 따갑게 운다.

"저 어린앤 또 웬 거냐?"

어머니는 어쩐 영문을 몰라서 어리둥절 한다.

계숙이는 하는 수 없이 어린애를 안은 채 '제가 당신의 며느릿감입니다'라는 듯이 여학생 식으로 예를 꼬박이 하였다.

어머니는 무슨 짐작이 나서는 듯이 고개를 끄덕끄덕하더니 계숙의 턱밑까지 가자 면구스럽도록 쳐다보며

"온 저런 어느 틈에 어린애까지…."

한다. 그때에 뒤에 따라 들어와서, 이 광경을 보던 영감은 불에 뛰어들었던 아들이 괴히 다치지를 않은 것이 안심이 되는데다가, 모든 눈치를 채고

"온 마누라는 욕심도 많소. 보아하니 며느리는 틀림없나 보오마는 손자까지는 우리 차지가 아닌가 보오."

하고 흐뭇한 웃음을 웃었다.

160회, 1933.12.26.

9 계숙이는 돌아서며 수영의 아버지에게도 끔벅하고 예를 하였다.

영감은 무슨 말을 잘못할까 봐 허리만 굽혀 황송한 듯이 답례를 한다.

그리고는 아들을 보고

"얘 넌 방에 들어가 눠라. 어쩌자구 그 불 속엘 뛰어든단 말이냐. 온 자식두 제 몸 사릴 줄을 모르고… 큰일 날 뻔했지그려."

하고는 혀를 끌끌 차며

"어서 김칫국이라두 떠다 먹여. 화독내 맡은 데는 김칫국이 제일이니

라."

이것은 시아버지감이 며느릿감에게 빗대어 놓고나마 맨처음 내린 명령이었다. 그러자 어린애는 간난이 아주머니란 여편네가 들어와서 받아 들었다.

수영이는 건넌방으로 들어가며 턱 누워버렸다. 병중의 어머니가 놀랄까 보아 억지로 참고 간신히 버티었으나, 숨을 쉬려면 숨통이 꽉꽉 막히는 것 같고 가슴이 짓눌리는 듯이 갑갑해서 견딜 수가 없었다. 코에서는 그저 단내가 맡이고 헛구역이 자꾸 나는데 뻑뻑한 눈에서는 눈물이 줄줄 흐른다. 조금 전까지도 아픈 줄 몰랐던, 불에 데인 팔이 바늘 끝으로 찌르는 듯이 따갑고 쑤시고 옥죄어 들어서 참을 수 없이 고통이 심해졌다. 부지중에

"끙— 끙—."

하고 앓는 소리가 다 나왔다. 계숙이는 집안 형편을 둘러볼 사이도 없이 간병에 정신을 차릴 수 없었다.

수영의 곁에 앉아서 손등이 꽈리같이 부풀어 오른 것을 바늘로 따서 진물을 뺐다. 수영이는 이마에 핏줄을 세우며 고통을 참는다. 가루분이라도 있었으면 뿌려 주겠는데 이 집에 분이 있을 리 없었다. 그래서 달걀을 얻어다가 흰자위를 개어 바르고 베수건을 찢어서 상처를 처매어 주었다. 이 시골구석에서 붕대요 소독약이요 하고 찾는 것부터 망계였다. 약은 바르지 못하더라도 덧나지나 말았으면 하고 속으로 빌면서

"신열이 나는군요. 머리가 사뭇 끓는데요."

하고 냉수를 떠다가 이마도 축여 주었다. 계숙이 역시 뒤를 이어 일어나는 불의지변에 어찌나 심신이 피로한지 손가락으로 건드리기만 해도 쓰

러질 것 같았다.

조그만 사기 등잔의 석유불이 어찌나 침침한지

'남포나 켰으면.'

하였다. 도배도 아니한 흙벽, 매캐—한 냄새가 풍기는 지직 바닥에 세간이라고는 신문지를 바른 희연 궤짝 하나뿐이다. 계숙의 안목으로는 과연 모든 것이 상상 밖이었다.

'이것이 조선의 시골인가.'

하는 생각이 아니 날 수 없었다.

'그렇지만 이 집만도 못한 집이 더 많은 걸.'

하고 억지로 안심을 하려니 제 가슴도 곁에 누워서 신음하는 수영의 가슴만치나 답답하였다. 그러자 수영의 어머니가 건너왔다. 아까부터 건너가겠다는 것을

"편히 좀 쉬게 내버려 두구려."

하고 영감이 말렸던 것이다. 그리고 영감은

"이웃지간에 집을 태우고 갈 데 없는 사람을 차마 그대로 두구 볼 수가 없다."

고 간난네 식구들을 데리고 안방 윗간으로 들어왔다. 이 집밖에는 잠시라도 몸담을 곳이 없었던 것이다.

정신을 차린 간난의 어머니는

"댁 젊으신 양반이 아니었으면 이 자식 하나는 벌써 타 죽었시유."

하고는 열 번 스무 번 늙은 양주에게 절을 하며 고마운 눈물을 흘렸다.

영감은 건넌방에서 아무 소식이 없으니까

"인제 좀 건너가 보우."

하였다. 아들이 과히 다치지나 않았는지 들여다보고 싶으나, 며느릿감이 있어 거북한데다가 어떻게 되는 일인지 매우 궁금도 해서 먼저 마누라를 파송시킨 것이다.

마나님이 들어오는 것을 보자, 계숙이는 발딱 일어나 윗목으로 가서 손을 잡고 섰다.

161회, 1933.12.27.

10 마나님은 안방에서 아들이 불 속으로 뛰어 들어갔었다는 이야기를 대강 듣고 건너갔다.

"게 앉어. 퍽 고단하지? 오자마자 뜻밖의 일을 당해서…. 저녁두 안 먹었을 텐데."

하며 첫밗에 '해라'는 할 수가 없어서 반말 비슷이 말끝을 무지른다. 어쩐 영문인지 똑똑히 알지도 못하는 터이라, 장성한 남의 집 색시를 보고 대끔 하대는 나오지 않았던 것이다.

계숙이는 곁에 가 조심스러이 앉으며

"괜찮습니다. 저녁은 오다 사먹었습니다."

하고 공손히 대답을 하였다. 병치레와 고생살이에 찌들대로 찌들고 늙을대로 늙어서 꺼풀만 남은 늙은 마누라가 몹시 가엾어 보였다. 곁에 누운 황소만한 수영이가 저이의 속으로 난 아들인가 싶었다. 목소리도 귀를 기울여야 알아들을 만하게 가냘프다.

"참 그동안 대단히 편치 않으시단 말씀을 들었는데 요샌 좀 어떠십니까?"

며느리 재목의 수인사가 깍듯하다. 마나님은 이마의 주름살을 펴며

"응, 난 좀 났어. 그래두 며느리 하나는 보구 죽으란 팔잔지."
하고 입모습에 웃음을 담아 보이고는
"난 그만하지만 저애가 몸을 다쳐서 큰 걱정인걸. 원수의 두메 구석이라 돼놔서 약이란 구경이 할 수가 있어야지."
하고 아들의 이마도 짚어보고 다친 팔도 만져본다. 그러다가는 계숙의 치맛단을 잡아당겨 보며
"에고머니나. 종아리가 시려서 이 몽당치마를 어떻게 입구 왔담. 저고리두 얄따쿠먼…."
하면서 계숙의 등을 어루만져 본다. 이 마누라는 젊은 여자가 머리를 틀어 올린 것을 본 것도 평생 처음이라, 핀을 찌른 것이 이상한 듯 계숙의 머리 뒤를 더듬더듬 만져도 본다. 어느 해 연분엔가 줄다리는 장에를 갔다가 먼발치로 트레머리에 통치마를 입은 여학생들을 본 생각이 났다.
"그래 이 시골구석에를 뭘 취해 왔어? 온 저앤 저렇게 눠서 말도 못 허니 사람이 갑갑해서…."
슬그머니 여기까지 아들을 따라 온 경과를 보고하라는 말이다.
수영의 어머니는 계숙이가 첫눈에 들었다. 서울 여학생이란 건방져서 안하무인이란 말을 종종 들었는데 이 학생은 어른에게 대한 인사가 분명하고 말씨까지 공손하다. 차림차림은 이상도 하고 눈에 거칠어도 보이나, 유심히 쳐다볼수록 이목구비가 한군데 골은 구석이 없는데 그 중에도 눈이 어글어글해서 반가워 보였다. 살결은 어찌 희어 보이는지 침침한 방안이 다 환한 듯,
'어쩌면 살결이 저렇게 분을 따고 넣은 것 같을까.'
하고 또 감탄을 마지않는다. 더구나 팔자 좋은 서울 계집애들은 방 속에

서나 뭉개고 응달에서나 사는 아주 섬섬약질로만 알았더니, 이 색시는 키가 크고 허리가 늘씬한데 뼈마디가 굵직굵직해서, 보리방아라도 찧어 먹고 상일도 할 성싶었다. 속으로

'외화가 내 아들버덤 낫군. 제게는 과분한걸.'

하고 아들의 머리맡에다 대고 혼잣말하듯

"내가 그렇게 장가들라고 성화를 해두 들은 척두 안하더니, 이렇게 따로 연분이 있는 걸 모르구 공연시리 입을 달렸군."

하는 것이 매우 마음에 흡족한 눈치다.

계숙이는 대답할 말이 없어서 잠자코 앉았다. 그러나 속으로는

'마음이 퍽 좋은 노인일세. 저 무뚝뚝한 아들버덤은 잔재미도 있고….'

하였다. 마누라는 궁금해 견딜 수가 없는 듯이 다가앉아 계숙의 손을 잡으며

"그래 혼인은 서울서 하구 내려왔어?"

하고 나서 다시 아들 편으로 얼굴을 돌리며

"자식두 엉큼스럽지. 친구가 죽었다구 부랴부랴 올라가더니만…."

하고 번차례로 다져 묻는다. 계숙이는 정말 수줍은 색시가 되어 머리를 숙이고 얼굴을 붉힐 뿐. 그러자 앓는 소리를 하며 못 들은 체하고 누웠던 아들이 머리를 들며

"혼인은 인제 할 테유."

하고는 돌아눕는다.

안방에서는 아까부터 수영의 아버지가

"입때 뭘 해. 자기만 궁금헌가."

하고 혼잣말을 하며 기다리다 못해서 방문을 열고

"여보 인젠 고만 좀 건너오."
하고 마누라를 불렀다.

162회, 1933.12.28.

[11] 어머니가 건너간 뒤에도 수영이는, 자몽을 한 듯 잠이 든 모양이었다. 그러나 숨소리만은 씨근씨근하고 거칠었다.

계숙이는 피곤한 것을 견디지 못해서 수영이가 누운 정반대편에 가서 쪼그리고 누웠다. 이웃 마누라가 안방에서 이불을 들어다 데밀고 나갔건만, 이불을 덮기는커녕 옷도 끄르지 않은 채 누웠다. 수영이와 한 자리도 아니요, 더구나 하나는 대단히 고통을 받는 중이언만, 남자와 한 방에 눕기는 처음이라 어쩐지 잠이 아니 왔다.

'안방으로 건너가 잘까.'
하여도 보았으나 안방은 늙은이 내외가 차지를 한 모양이요, 윗간은 간난네 피난소가 되었다. 그렇다고 유난스럽게 이부자리를 들고 마루로 나갈 수도 없다.

'아무 데서나 하룻밤 드새면 고만이지.'
하고 잠을 청하건만 수영에게로 향한 반신이 근지럽고 군시러운 듯 객지로만 떠돌아다녀서, 아무데나 쓰러지면 잠이 왔었으나 이날 밤에는 자리가 거북해서 몸에 배겼다.

게다가 화상을 당한 간난이가 자꾸만 보채고 우는 소리에 잠이 들듯하다가도 눈이 번쩍 떠졌다.

며칠 동안 겪은 일과, 수영이와 그예 한 방에까지 들게 된 지난 일이 꿈결인 듯 활동사진인 듯 머릿속을 휙휙 지나갔다. 그러다가 고생고생한

끝에 잠이 들었다. 눈을 붙였다가도

'수영이가 혹시 깨지나 않을까? 더 괴로워하지나 않나? 물이라도 찾으면 떠다 주어야지.'

하고 사로잠을 잤다. 그러노라니 신경의 반은 수영의 편으로 깨어 있었다.

그러다 한 세 시간이나 잤다. 경풍을 하는 것처럼 간난이가 우는 소리에 잠이 또 깨었다. 혼자 잠을 잔 것이 큰 잘못이나 한 듯 벌떡 일어나 수영이를 들여다보았다. 수영이는 그저 숨을 가쁘게 쉬는데, 눈을 딱 감고 두툼한 입술을 꽉 다물고 반듯이 누웠다. 이마를 짚어보니 신열은 여전한데 관자놀이가 벌떡벌떡 뛰논다.

계숙이는 희미한, 그나마 기름이 졸아 꺼지려는 등잔불 빛에 청동색(青銅色) 조각(彫刻)과 같은 수영의 얼굴을 처음 대하는 것처럼 언제까지나 침묵한 가운데에 들여다보고 앉았다.

계숙의 가슴 속에는 전에 느끼지 못하던 감격의 샘이 솟아올랐다. 수영이가 생명이 위태한 것을 돌아다보지 않고 맹렬한 불 속으로 뛰어 들어가던 생각을 하고

'그런 용기가 어서 났을까? 저렇게 굼뜨게 생긴 사람이 어쩌면 그렇게 몸이 날쌜까?'

하였다. 연극이나 활동사진에서 애인을 위하여 싸우다가 저 한 몸을 희생에 바치는 사람도 보았고, 나라를 위하여 십자가에 매달려 불에 타 죽은 잔 다르크도 보았고, 간첩 노릇을 하다가 적군에게 총살을 당하는 군인도 보았다. 그러나 수영이처럼 어린애 하나의 조그만 생명을 구하려고 활활 타는 불 속으로 뛰어드는 사람은 물론 듣지도 못하였다. 그것은 상

상도 하기 어려운 일이었다.

더군다나 자기하고는 아무 상관도 없고, 한번 보지도 못하였을 이웃집 어린애 하나를 건지는데 전신의 피를 끓이고 사랑하는 사람이 한사코 붙잡는데도 불구하고 불 속으로 뛰어 들어가는 그 용맹한 자태! 그 대담스러운 행동! 자기가 안고 나온 어린 것이 죽지 않은 줄 알고야 비로소 빙긋이 웃는 그 너그러운 가슴!

그 모든 것이 계숙에게 무한한 감동을 주는 것이었다.

'저이를 위해서는 무엇을 못 바치랴. 저이의 일을 위해서는 살점이 떨어지고 뼈가 으스러지는 한이 있더라도 아깝지 않다!'

하고 온몸을 감격에 떨었다.

계숙이는 불에 끄슬린 수영의 눈썹을 가만히 쓰다듬었다. 수건으로 처맨 팔을 무릎 위에 올려놓고 어루만졌다. 그러다가는 아직도 화독내가 나는 그의 손등에 입술을 대고 눌렀다. 수영의 영혼에다 제 영혼을 틀어박듯.

계숙이가 오늘까지 수영에게 대해서 이다지도 애틋하게 사랑과 기쁨을 느껴보기는 실로 처음이었다.

163회, 1933.12.29.

11

1 이튿날 이른 아침에 계숙이는 안방으로 건너갔다. 어머니도 밝은 날 다시 뵙고 수영이가 새벽녘에는 좀 정신이 나서 일어앉기도 했다는 전갈도 할 겸 건너갔다.

아무 부끄러워할 일도 없었으면서도 집안 식구들이 사나이하고 한방에서 자고 나온 제 얼굴을 유심히 들여다보는 것 같아서 머리가 들리지가 않았다.

"그렇지 않아두 내가 지금 건너가 보려는 찬데."

어머니는 방바닥을 훔치느라고 걸레를 들고 문쳐 다니다가 계숙의 손목을 잡아 앞에다 앉히고 다시 한번 며느릿감의 요모조모를 뜯어본다.

윗간에 피난을 온 간난네집 식구도 일어나 앉았다. 자고 나서 일어앉은 것이 아니라, 젊은 어머니는 간난이를 안고 앉아서 뜬눈으로 밤을 새운 것이었다.

어린애가 눈도 못 뜨고 젖도 아니 빨고 우는 것은 살점을 에어 내는 것같이 애처로워 마주 볼 수가 없다. 간난 어머니는 멀리 일하러 간 남편이 돌아와 보면 오죽이나 섭섭해 할까 하고 눈이 붓도록 울었다. '어떡하다가 불을 냈느냐'고 야단을 만날까 봐 겁도 났다.

간난의 아버지 수만이는, 삼십이 넘도록 아랫마을 권 주사네 집 머슴을 살다가 간신히 장가라고 들어 토담집을 제 손으로 짓고 나온 지가 이 년도 못되었다. 남의 집 밭날갈이나 부쳐 먹으며 살림배포를 차린 것인데 세간이라고는 솥 하나 사발 몇 개 물독 하나 멱둥구미 석유 궤짝으로 만든 찬장 등속이라, 길바닥에 내던져도 집어갈 사람이 없을 만한 허접쓰레기건만 그래도 이만한 세간을 모으는 데 내외가 여간 공을 들이지 않았다.

술도 담배도 아니 먹고 부지런하기로 이름이 난 수만이건만 춘궁이 들자, 연명할 것이 없으니까 몇 백리 밖으로 모군을 서러 떠났다. 한번 떠난 뒤는 잘 갔다는 소식조차 없었다. 원체 기성명도 못하는 무식한 사람이지만, 살았는지 죽었는지 기별조차 없는데 그 집에다 덜컥 불을 내어놓았다. 알뜰살뜰히 모은 세간을 하나도 건지지 못하고 소지를 올린 것이다.

불이 난 까닭도 말하자면 간난네 집이 구차한 탓이었다. 도야지 우리 같으나마 평화하고 단란하던 간난네 집에 불을 지른 방화범은 가난[貧]이었다.

간난 어머니는 그날 어린 것을 혼자 재워놓고 동네 여편네들과 바다로 나갔다. 굴을 따려고 나갔다가 굴은 반 바가지도 못 땄다. 바닷바람에 사지는 떨리고 속은 쓰린데 어린 것이 깨어서 울 생각을 하고 부리나케 집으로 돌아왔다.

요행으로 간난이는 그저 콜콜 자고 있었다. 그러나 속이 쓰린 것을 참지 못하고 나깨로 죽이나 쑤어 요기나 하려고 불을 때다가 아궁지 앞에서 꼬박 졸았다. 찬 바닷물에 얼었던 아랫도리가 불기운에 녹자 사르르 잠이 왔던 것이다.

그동안에 아궁이의 불은 뱀의 혓바닥처럼 날름거리고 나와서 간난 어머니의 몽드러진 치맛자락에 당기자, 동시에 등 뒤에 잔뜩 쌓아놓은 마른 나뭇가지에 가 확 하고 붙었다.

깜짝 놀란 간난 어머니는 그만 혼비백산을 해서

"불야!"

소리를 외치며 뛰어나갔다가

"애고 우리 간난이!"

하고 불 속으로 달려드는 것을 동네 사람들이 간신히 붙잡았던 것이다.

계숙이는 수영의 어머니가 기침을 섞어가며 띄엄띄엄 들려주는 간난네집의 이야기를 듣고 한숨을 지었다.

간난 어머니는 친상이나 당한 것처럼 머리를 풀어 헤쳤는데 갈갈이 찢어져 살이 삐죽삐죽 나오는 걸레 조각으로 젊은 여자의 몸을 둘렀다. 어쩌면 앞을 못 보는 병신이 될는지도 모르는 이 어린 것을, 그나마 누가 빼앗기나 하는 듯이 부둥켜안고 앉았다. 그 곁에는 타다가 남은 곡식자루와 씨앗 봉지를 무슨 보물이나 되는 듯이 감추어 놓은 것을 볼 때

'저 사람들이 무슨 죄를 졌길래 저다지 참혹한 벌을 당할까.'

하고 떨려 오르는 의분을 참을 수 없었다.

164회, 1933.12.30.

2 계숙이는 들기름 냄새가 비위에 맞지 않는, 나물 한 가지와 맨 된장찌개로 아침을 먹고 약을 사오려고 떠났다.

"읍내가 사십 리나 되는데 다른 사람을 보내든지 하지 더구나 초행에 당일 다녀오지두 못할걸."

하고 수영의 아버지 내외가 굳이 말리는 것을

"무슨 약을 발라야 할지 의사를 찾아보고 의논해 보고 사와야 할 테니까 제가 가야겠습니다."

하고 나섰다. 소독도 못한 수영의 팔이 짓무르면 큰일이거니와 눈을 못 뜬 채 인제는 고만 기진해서 울지도 못하는 간난이가 불쌍해서 보고만 있을 수 없었다.

'불 속으로 뛰어든 사람도 있는데 내왕 팔십 리쯤이야 설마 못 걸을라구'

하고는 입맛이 깔깔한 것을 억지로 아침을 든든히 먹고 나섰다.

"그럼 사람이나 하나 데리구 가야지 길을 잃으면 큰 욕을 볼 테니."

하고 수영의 아버지는 머슴애 하나를 딸려 보냈다. 실상인즉 제 손으로 약을 사다가 수영이를 친히 간호해 주고도 싶었던 것이다.

계숙이는 엊저녁에 타다가 폭삭 무너진 간난네 집 자리가 보기 흉해서 고개를 돌리고 신작로로 빠져나갔다. 그래도 바람에 재가 훌훌 날려서 화독내가 끼쳤다.

아카시아 나무를 심은 신작로는 빤—하게 내다보이면서도 언제까지나 끝이 나지를 않았다. 울퉁불퉁한 조약돌에 구두코가 벗겨지고 타박타박 해서 도무지 걸을 수가 없다. 높은 굽이 요리 삐끈 조리 삐끈 해서 발목만 시큰거리는데, 한 이십 리도 못 가서 발이 부르텄다.

뒤꿈치 높은 구두의 비애를 눈물이 나리만치 맛보면서, 그래도 이를 악물고 걸었다. 나중에는 참다 참다 견딜 수 없어서, 구두를 벗어들고 맨

발로 걸었다. 자전거나 사람을 만나면 신고, 지나만 가면 도로 벗어 들었다. 콩알만하게 부르튼 발바닥은 모래가 끼어서 따가워 깡충깡충 뛰겠는데 발톱 끝이 돌부리와 부딪쳐서 피가 빨갛게 배어나왔다.

"이 빌어먹을 구두 때문에…."

하고는 논 귀퉁이에다가 주체궂은 구두를 팽개치려다가 '그래도' 하고 들고 갔다. 그러나 간신히 길가의 담뱃가게까지 기어가서는, 짚세기를 찾았다. 그러나 계숙의 발은 둘이나 들어감직한 사내의 짚세기밖에 없었다. 계숙이는 하는 수 없이 그 짚세기 코를 노끈으로 얽어서 졸라매 가지고 발에다 꿰었다. 이번에는 발등이 꼬집히는 것처럼 물리고 뒤축이 헐떡거려서 맨발로 가느니보다 더 거북하였다.

읍내까지 간신히 대어 들어가서는 알코올 한 병과 '붕산연고' 한 통을 사가지고 왔다. 쓸 만한 약도 없거니와, 의사라고는 공의 한 사람과, 지질치 않은 개업 의사 둘밖에 없는데 하나도 만날 수 없었다. 군내의 인구가 육칠만 명이나 된다는데, 의료기관은 말도 말고, 의사가 겨우 세 사람밖에 없다는 것도 놀라울 만한 사실이 아닐 수 없었다. 이 시골의 백성들은 병만 들면 상약이나 해보다가 직접으로 공동묘지로 찾아간다. 역질이니 앙마마니 하는 전염병이 한번 돌기만 하면 어린애를 열 스무 명씩 삼태기로 쳐담아낸다. 지난 해 봄에도 이름도 모르는 병에 집집마다 서너 살이나 먹여 다 키워 놓은 어린애만 하나씩을 추렴을 내듯이 내어다버렸다는 것은 데리고 간 머슴애의 이야기였다. 그렇건만 관청에서는 나와서 조사 한번도 아니한다. 그러나 세금 독촉이나 담배나 밀주를 뒤지기 위해서는 뻔질나게 자전거 바퀴를 달린다는 것이다.

계숙이는 날이 저물어서 머슴애의 어깨를 짚고 초죽음이 되어 돌아왔다.

"아—유, 팔십 리가 뭐예요. 백 리도 넘나본데요."

마라톤 선수가 결승점에나 들어오는 모양으로 대문 안으로 들어섰다.

"혼났지요?"

하고 수영이는 일어나 불을 켜들고 빙긋이 웃으며 마루 끝까지 나와서 계숙이를 맞았다.

계숙이는 그 다정한 말 한마디와 웃는 얼굴을 보자 노독이 난 것도 쓰러질 듯 피곤한 것도 잊었다.

165회, 1933.12.31.

3 그럭저럭 대엿새나 지났다. 수영의 집에서는 떡방아 찧는 소리가 동네가 울리도록 쿵쿵하고 났다. 설이 되어도

"자식은 서울서 객고를 하는데."

하고 흰떡 한 모태도 아니해 먹던 김 참봉네 집 중문간에서는 여러 해 만에 들리는 떡방아 소리였다. 안에서는 국수틀을 빌려다 국수를 누르고 두부를 만들고 지짐질을 하느라고 부산하다. 수영의 혼인날이 이틀밖에 아니 남았던 것이다.

수영의 팔은 계숙이가 지성으로 간호를 해서 거진 다 나았다. 팔과 손등에 허물이 벗고 새살이 나오기는 했어도 가죽이 당겨서 아직도 마음대로 쓰지를 못하고 어깨에다 걸어 매었다.

수영의 아버지는 제 발로 걸어온 며느리가 어디로 갈 것이 아니건만, 일이 그렇게 순리로 된 바에야 하루라도 더 두고 보기가 수통스럽다고 혼인 날짜를 닦았던 것이다. 실상 당사자들의 생각에도 익을 대로 농익

은 과일이 잎새 떨어진 가지에 가 대롱대롱 매달린 것 같아서 하루 바삐 혼인날이 오기를 속으로 기다렸다.

그러나

"궁합이나 맞아야 하지 않소?"

"궁합이 맞지 않으면 인제 와서 무르나요?"

하고 늙은이 내외가 수군거리는 것을

"원 별말씀을 다 하시는구려."

하고 수영이는 웃었다. 천기대요(天機大要)를 얻어다 놓고 택일을 한다는 것도

"아무 날이나 해 뜨는 날이면 좋지요."

하고 또 고집을 세우니까

"저렇게 급한 걸 어떻게 입때들 참었니?"

하고 어머니가 위였다. 어머니는 이따금 현기가 난다는 것만 걱정이지, 요새는 아주 회춘을 하였다. 면화를 따서 뭉쳐 두었던 것으로 이불솜을 트느라고 다락으로 헛간으로 오르내렸다. 안팎으로 드나들며 음식 만드는 총찰까지 하였다.

"당초에 꿈도 꾸지 않던 혼인을 백판 빈손을 들구 하자니…."

하고 동네 사람들을 만나는 족족 엄살을 한다. 엄살이 아니라 양식이 떨어져가는 집에 무슨 큰일을 치를 준비가 있었을 리가 없었다. 그러나 여러 대(代)를 이 고장에 근거를 잡고 살던 덕택에 큰 부조는 못해도 집집마다 음식 한 가지씩을 맡아다 해주게 되어서 당일의 손을 치를 엄두를 낸 것이다. 그것도 수영이는 남의 신세만 지게 된다고

"그렇게 떠벌릴 게 없어요."

하고 자미 적게 여기는 것을

"이 애야, 그럼 내가 섭섭하다. 네 어미가 살아나서 환갑이나 지내는 줄만 알려무나."

하면 영감은

"육십이 넘어 며느리를 보는데 그래 늙은이끼리 술 한잔두 나눠먹지 못하면 모양이 됐느냐. 가뜩이나 불성모양이라 온 남이 부끄러운데…."

하고 마누라의 편을 들며 집에서 기르는 도야지를 잡는다고 전에 없이 수선을 떤다.

한편으로 대흥이와 오봉이와 그밖에 수영의 동무들은 동네로 수영의 집 바깥마당으로 군을 모아가지고 돌아다니며

"흥, 요샌 색시버텀 데려다 놓구서 예식을 하더라."

"최신식 혼인법이 생겼군."

"그도 딴은 그럴 듯해. 미리 잡아다가 어리를 씌어놓으면 누가 가로채일 염려는 없을 테니까…."

"여보게, 뭐구 뭐구 그 색시야말루 잘생겼네. 참 정말 돋아 오르는 반달 같던 걸."

"제—길, 우리 여편네는 벌써 말라빠진 배추꼬리처럼 시들어서 시들새들한데."

"에이 이 사람. 그렇게 남의 여편네 탐을 내다가는 날벼락을 맞으리."

하고 서로 주고받고 떠들었다. 실상 그들은 계숙이만치 희멀겋고 훤칠한 미인을 처음 보았던 것이다. 불이 난 현장에서 얼떨김에 잠깐들 보았건만 불빛에 계숙이를 한번 본 가난고지의 젊은 사람들은 계숙의 아름다움에 눈이 황홀해져서 졸지에 제 여편네들은 말끔 박색으로 보였던 것도

사실이었다. 그들은

"혼인날 한턱을 부실하게만 내봐라. 대들보에다가 거꾸로 달아 매구서…."

하면서 벌써부터 참나무 몽둥이를 깎아 꽁무니에 찌른 친구에, 빨랫줄을 둘러매고 다니는 사람에 벌써부터 시위운동이 굉장하였다.

166회, 1934.01.01.

4 계숙이는 새삼스러이 내외나 하는 듯이 건넌방 속에 가 문을 꼭꼭 닫고 앉아서 혼인날 입을 옷을 제 손으로 말랐다. 수영이가 혹시 의논할 일이 있어 건넌방으로 들어가면

"남녀가 유별한데 어딜 들어오세요?"

하고 일부러 톡 쏘며 문을 탁 닫았다. 그러면 수영이는 빙긋이 웃으면서도 멀쑥해서 문 밖으로 나가 할 말을 이르곤 하였다. 더구나 밤에는 안에를 들어갈 생의도 못하였다.

그러나 밖으로 나가기만 하면 동네 사람들의 인사를 받기가 쑥스럽고 동무들이 놀려 대는 것이 귀찮아서 슬금슬금 피해 다녔다. 그러노라니 불과 이틀 앞으로 다가오는 혼인날이 한 두어 달이나 남은 듯 기다리기가 지루하였다.

계숙이 역시 처음 보는 동네 여편네들이 들끓어 와서 온종일, 건넌방 문이 닳도록 펄럭거리고 드나들며 제 얼굴을 물끄러미 쳐다도 보고 쓸데없는 잔소리를 한바탕씩 하다 나가는 것이 귀찮다 못해 나중에는 골치가 아팠다.

"서울 여학생이 바느질을 다 할 줄 아네."

"어쩌면 혼인날 입을 옷을 제 손으로 꼬매고 앉었어."
하고 나가서는 숭을 보는 건지 놀리는 건지 알 수 없는 소리를 한마디씩 한다.

눈 어두운 늙은 어머니는 바늘을 놓은 지가 벌써 여러 해요, 마름질을 해준 대로 다른 사람을 시키면 몸에 맞게 꿰매 줄 것 같지가 않아서,

"이건 제가 하지요."
하고 맡아다 했다.

색시 옷이라고 해야 모두 툭툭한 보병이요, 그나마도 단 한 벌에 인조견 저고리 치마 양단뿐이었다. 제 옷만은 객지로 굴러다니던 덕택으로 우물쭈물 꿰맬 줄은 알았지만 구경도 못한 신랑의 옷이 제 차례에 올까 보아 계숙이는 겁이 더럭 났다. 그러나 수영이가 혼인날 입을 일습은 일갓집에서 맡아가는 것을 보고야 안심을 하였다.

그 전날도 계숙이는 밤중까지 혼자 앉아서 그 옷을 꿰맸다.

옷감을 마르재고 바늘을 놀리고 인두질을 치면서도 눈물이 어려서 몇 번이나 바늘귀가 헛꼬였다. 돌아간 어머니 생각이 불현듯이 났던 것이다.

'어머니만 생존해 계시면 이 옷이야 내 손으로 꼬매고 앉었으랴. 아무리 없더래도 색색이 비단옷을 구색을 맞춰서 장롱 속에 첩첩이 쌓아 주셨을걸.'
하고는 반짇고리에 가 엎드리며 몇 번이나 소리 없이 느껴가며 울었다. 젊은 첩에게 홀려서 혼인은커녕 딸자식 하나의 생사조차 알려고도 아니하는 아버지가 더 한층 야속하였다.

이날도 어수선스러운 중에 날이 저물어 왔다.

'아이 오늘 해두 다 갔구나.'

하고 계숙이는 야트막하게 한숨을 쉬고 창문을 빠끔히 열고 바깥바람을 쏘이는데 안반을 들여놓고 떡을 치던 중문간이 떠들썩하더니

"어머니!"

하고는 어린애를 안고 앞장을 서서 달려 들어오는 것은 작년에 시집을 간 수영의 누이동생 영순이었다.

"아이고 네가 웬일이냐? 난 못 올 줄만 알았는데, 온 삼칠일도 못 지낸 조 어린 걸 어떻게 까둘러 가지고 왔니?"

하고 어머니도 엎드러지며 곱드러지며 마당으로 내려가 딸을 맞아들인다.

뒤를 따라 들어온 수영이는

"그 동안 어머니가 아주 돌아가실 뻔했단다. 산후라고 네게는 일부러 기별두 안했지만."

하고는

"어—디 보자."

하고 생질을 받아 안는다. 거진 이태 만에야 처음으로 근친을 온 영순은 고만 목이 메어서 말을 못하고 이마로 어머니의 어깨를 부비며 흐느껴 울 뿐. 어머니도 몇 번이나 저고리 고름으로 눈물을 씻었다. 그러자 내일 장을 보러 갈 사람을 구하러 나갔던 영감이, 밖에 무슨 큰일이나 난 듯이 허겁지겁 들어오더니, 딸은 아는 체도 할 사이가 없는 듯 아들을 보고

"얘 서울 판서 댁에서 편지가 왔구나. 네 혼인을 어떻게 아시구 무슨 처분이 계신가 보다. 어서 좀 뜯어 봐라."

하고 내미는 것은 조 참판의 청지기의 이름으로 부친 등기편지였다.

167회, 1934.01.03.

5 수영이는 아버지의 손에서 편지를 받아들고 겉봉을 앞뒤로 한참이나 들여다보았다.

'무슨 편질까?'

하고 고개를 외로 꼬았다. 조 참판이 직접으로 한 편지도 아니요, 도청지기의 이름으로 부친 것이 더욱 수상하였다.

"애야, 어서 좀 뜯어봐라. 궁금하구나."

아버지는 목을 길게 늘이며 재촉한다. 수영이는 반쯤 돌아서며 피봉을 북 뜯었다. 두루마리에다가 먹으로 쓴 순—한문 편지였다.

그 간단한 내용인 즉 서두에 수인사도 없이 지급히 상의할 일이 있으니 불일내로 상경하라. 만약 올라오지 않는 경우에는 상의할 일을 참판영감의 분부대로 처리할 터이니 그리 알라는 것이었다. 수영이는 아무 말도 없이 편지를 꾸깃꾸깃해서 호주머니에다 집어넣었다.

아들의 기색이 이상한 것을 보고 아버지는

"뭐라구 그랬니? 응. 뭐라구 그랬어?"

하고 앞으로 달려들듯 한다. 수영이는

"아무것두 아니요."

하고 편지 내용을 속이려다가

"아버지 병환이 어떠시냐구 그랬구먼요. 환갑 때 못 올라와서 섭섭했으니 한번 올라오시라구요."

하고 무거이 입을 열었다.

"난 네 혼인에 무슨 처분이 계신 줄만 알았지…. 아닌 게 아니라 환갑 때 올라가지를 못해서 여간 죄송치가 않았는데 큰일이나 치러야 올라가지 않겠느냐."

하고는 실심한 듯이 뒷짐을 지고 밖으로 나갔다.

수영이는 뒤곁으로 가서 벽에 기대고 서서 황혼의 하늘을 쳐다보며 입술을 지긋이 깨물고는

'대체 긴급히 상의할 일이란 무엇일까?'

하고 곰곰 생각해 보았다. 아무리 궁리를 해보아도 아버지를 등기편지로 호출한 것은 경호가 계숙이를 놓친 분풀이와 보복을 간접으로 하려는 것이 틀림없었다. 그 수단이란 마름을 갈고 논밭을 떼고 집을 내놓으라는 것밖에 없으리라. 양 대나 농사를 지어다 바치던 소작권을 박탈하고 들어 있는 집에서 내쫓아서, 생활에 위협을 주려는 최후의 행동을 하려는 것이 틀림없으리라 하였다. 그것을 깨닫자 수영이는 주먹을 쥐고 부르르 떨었다. 더할 수 없는 치욕을 당한 듯이 이를 보드득 갈았다.

'아버지까지 올라가서 욕을 당하게 할 수는 없다. 진작 내 손으로 결단을 하지 못하고 멈칫거리고 있다가 이런 욕을 당했구나.'

하고 달음질하듯이 대흥의 집으로 갔다. 저의 집에서는 어수선해서 들어앉을 데도 없어, 친구의 집으로 가서 지필을 빌렸다.

수영이는 무딘 철필에 잉크를 듬뿍 찍어가지고 직접 경호에게다 편지를 썼다. 분노에 떨이는 손으로 아래와 같이 갈겨썼다.

당신이 당신의 아버지를 통해서 간접으로 썼다고 생각되는, 등기편지는 틀림없이 받았소이다. 가친더러 올라오라 하고 또는 긴급히 상의할 일이 있는데, 올라오지 아니하면 임의로 처리하겠다는 그 뜻도 잘 짐작하고 있소이다.

나는 우리 집의 맏아들 되는 자격과 책임으로써 당신의 집의 마름을

보아 오던 것과, 토지를 소작하던 것 전부와 지금 들어있는 집까지도 수일 내로 내어놓기로 결심하였으니, 이 뜻을 어르신네께도 전달해 주시오. 그밖에 일은 당신네가 임의로 처리할 것이니 내가 말할 바가 아니외다.
이로써 몇 대를 내려오며 주객의 관계라느니보다도 상전과 노예의 관계가 깨끗이 청산되는 것이 무한히 유쾌할 뿐이외다. 늙으신 아버지까지 올라가시게 할 필요조차 없겠으므로 내가 대필을 하는 것이외다.

년 월 일 김수영.

이라고 끝을 마치었다.
그 편지는 그 이튿날 이른 아침, 장 홍정을 가는 사람 편에 역시 등기로 부쳤다.

168회, 1934.01.04.

6 아무도 없는 뒤꼍으로 다시 돌아온 수영이는, 벽을 의지하고 굴뚝처럼 한자리에 꼬박이 서서 앞으로 살아갈 길을 생각하였다. 안에서 떠들썩하는 소리도 들리지 않고 땅 속으로 스며드는 어둠만이 눈에서 어른거리는 듯 두 눈을 딱 부릅뜨고 있었다.
'이제는 먹을 것도, 들어 있을 집도 없어졌다! 양 대나 두고 수다식구가 구차히 목숨을 이어오던 생활의 뿌리가 완전히 뽑히고 말았다. 아니다, 뽑힌 것이 아니라 내 손으로 뽑아 버린 것이다! 어— 시원하다!'
하고 허공으로 팔을 벌리며 부르짖었다.
두 어깨를 짓누르던 천근이나 되는 짐을 활딱 벗어 버린 듯 거뜬도 하고 통쾌도 하였다.

'인제는 남에게 머리를 숙일 필요도 없겠고 굶고 헐벗더래도 마음은 편할 것이다. 차라리 기한을 참고 나가는 것이 깨끗하다. 떳떳하다.'
하고 눈앞에 질편히 깔린 전장을 내려다보았다. 저의 집안 식구와 거진 온 동리의 농민들이 손톱 발톱을 닳으며 소작을 해먹고 살던 조 참판의 논과 밭은 황혼의 쇠잔한 광선을 받아 묵화와 같이 어스레한 중에도 반투명(半透明)한 유리쪽같이 번득인다. 그 논에 흥건히 고인 물은 물이 아니라, 저의 집 식구와 수십 명 소작인들의 피와 땀이 흥건히 고인 듯, 수영이는 고개를 홱 돌렸다.

두 아름이나 되는 홰나무— 잎새가 피어나기 시작하는 느티나무— 그리고 제 손으로 심어 어느덧 하늘을 뚫을 듯이 솟아 오른 미루나무— 또 그리고 역시 제 손으로 심어서 노란 꽃이 되어 오르는 개나리 울타리!

저녁 바람에 흔들거리는 이 모든 초목이 제 앞으로 달려들어 굽실거리고 마지막 작별의 인사를 하는 듯 수영이는 다시 눈을 감았다. 눈두덩이 뜨끈해지는 것을 그 눈물을 꽉 깨물었다. 모—든 것이 졸지에 저의 신변을 버리고 뿔뿔이 흩어져 가는 듯 무한히 섭섭하였던 것이다.

'아아 인제는 아주 나락 톨 없는 무산자가 되구 말았구나!'
하고 또다시 부르짖으며 주먹으로 힘껏 벽을 쳤다. 그와 동시에 늙은 부모와 어린 동생과 아내가 될 사람과 또는 앞으로 늘어갈 식구의 생활문제가 저의 두 어깨를 짓누르는 듯 허리가 휘도록 무거운 것을 느꼈다. 모—든 것을 제 손으로 말끔히 청산한 것이 더러운 옷을 훨훨 벗어버린 것처럼 시원하고 거뜬한 것을 느끼면서도, 제가 먼저 참을 수 없는 모욕과 기생충의 생활을 포기한 것이 통쾌하기도 하면서도, 한편으로는 앞으로 살아갈 길이 사실 망단하였다. 늙은 부모가 이 일을 알면 제 마음대로 처

리한 일에 대해서 얼마나 놀라고 얼마나 비통해 할까. 그것도 걱정이 아니 될 수 없었다. 그러다가는

"오냐. 어떠한 고난이 닥쳐오더라도 뚫고 나가자! 맨주먹으로 헤치고 나가자! 그 길밖에 없다. 인제부터 내 힘을 시험할 때가 온 것이다. 아산이 깨어지나 평택이 무너지나 단판씨름을 할 때가 닥쳐 온 것이다!"

하고 어둠 속에서 주먹을 부르쥐고 새로운 결심과 희망에 전신을 떨었다.

수영이는 앞으로 살아나갈 방침이며 겸하여 동네일을 어떻게 꼬나 나갈까 하는 계획을 세우느라고, 일생에 가장 중대한 일이 바로 눈썹 밑으로 닥쳐온 것까지도 잊어버렸다. 저녁을 그저 아니 먹어 시장한 것도 깨닫지 못하였다.

"오빠 어둔데 혼자 서서 무슨 궁리를 그렇게 허시유?"

하는 누이의 목소리에 수영이는 놀라서 고개를 돌렸다.

"어린앤 자니?"

한참 만에 입을 연 수영이는 그밖에 할 말이 없었다.

"자요. 어서 들어가 저녁 잡수세요. 난 어딜 가셨다구. 너무 좋으셔서 시장한 것두 잊어버리셨구려."

하고 누이는 오라비를 놀린다.

"너무 좋아서?"

수영이는 군소리하듯 누이의 말을 받아서 숭내를 내듯 하며 따라 들어갔다.

안으로 들어가다가, 건넌방 들창에 턱을 괴고 서서 산을 바라다보며 무슨 생각을 골똘히 하고 섰는 계숙이와 얼굴이 마주쳤다.

169회, 1934.01.06.

7 수영의 혼인날은 바람 한 점 없이 개었다. 연둣빛 장막을 친 듯 신록이 피어오르는 앞마당에 높직이 차일을 쳤다. 일가들과 수영의 친구들이며 동네 사람들이 마당 그득히 모여서 초례를 치렀다.

예식은 재래의 형식과 절차를 버렸다. 물론 수모도 없는 말하자면 '정안수식' 결혼이었다. 큰 소반에 냉수 한 사발을 정하게 떠다놓고 사모관대도 활옷도 입지 않고 보통 때 입는 조선 옷을 깨끗이 입은 신랑과 신부는 마주서서 절 한번씩을 공손히 하였다. 수영이가 넓죽 엎드렸다가 한참만에야 일어나 엉거주춤하고 두 손길을 마주잡고 선 것을 보고

"여보게 이건 제사를 지내는 셈인가?"

하고 대흥이가 놀렸다. 계숙이도 조선 절을 잘 할 줄 몰라서 흡사 남자가 여자 절을 하는 것처럼 어설퍼보였다. 가뜩이나 부끄러운데

"웃으면 첫딸 낳는다."

고 외이는 소리에 약간 분때만 밀은 색시의 얼굴이 연지를 찍은 것만치나 빨개졌다.

"저것 봐. 그래두 웃네!"

동네 마누라까지 놀리는 바람에 신부는 정말 웃었다. 탐스러운 두 볼에 우물이 살짝 졌다가는 지워졌다. 신랑도 신부가 절하는 것을 슬쩍 보고는 씩 웃었다. 신부는 조선 버선을 억지로 신느라고 땀을 흘렸지만 솜씨껏 해 입은 치마저고리는 몸에 붙지를 않았다.

"아이 껑충한 게 왜장녀 같으이."

초례청을 둘러싼 여편네들이 또 쑥덕거렸다. 신부는 워낙 다리가 긴데다가 치마까지 길어서 더 멀쑥해 보였던 것이다.

시부모에게도 폐백 드리는 절차를 제례하고 신랑신부가 나란히 서서

절만 한번씩 하였다.

찌그러진 갓을 삐딱하게 쓰고 앉은 김 참봉은 기쁨이 넘쳐 얼굴에 주름살이 펴진 듯, 마나님은 폐백을 받지 못하는 것을 섭섭히 여기면서도

"둘이 마주 서니깐 퍽 얼려 보이는구려."

하고 대견해서 영감을 돌아다보며 입모습에 웃음을 띄었다.

혼인 잔치는 밤이 이슥토록 끝이 날 줄 몰랐다. 닭에 도야지에 약주술에 막걸리에 떡에 국수에 수영의 집 형편으로는 과다하리만치 음식이 숱하게 많았다. 시골 잔치로는 더할 나위 없이 풍성풍성하였다. 새로 벼른 낫[鎌]같은 초생달이 집 뒤 오동나무 가지에 걸릴 때까지 동네 사람들은 먹고 마시며 이른 봄날의 하룻밤을 뛰놀았다. 모—든 근심과 걱정을 잊은 듯이….

신부는 팔을 걷고 부엌에 내려서서 동네 여편네들 속에 섞여 왔다 갔다 하며 음식 시중을 들었다. 어머니가

"오늘 하루는 들어앉아 색시 노릇을 해야지."

하고 들어가라고 성화를 하건만 "네 네" 대답만 하고 시누이와 함께 음식상 분별을 하였다.

안마당에도 동네 아이들과 계집애들이 가득이 멍석을 깔고 앉았다. 떡이고 국수고 처음 보는 것처럼 걸터듬을 해서 먹는 것을 보고

"아이구 잘들도 먹는다."

하고 하도 엄청나서 계숙이는 혀를 내저었다. 그들을 배불리 먹이는 것이 저의 의무인 것처럼 나중에는 떡을 시루째 번쩍 들어다 주었다.

바깥에서는 술들이 거나하게 취하니까 장구를 얻어 오고 소구를 치고 나중에는 징, 꽹과리를 두드리며 춤을 추었다.

"얼씨구나."

"좋—다!"

하는 소리가 연방 들렸다. 그 중에도 대홍의 아우는 호적이 명수였다. 마디마디 청승스럽게 꺾어 넘기는 양산도 가락에, 여편네들까지도 어깨가 으쓱으쓱 올라가는 듯 끝판에는 흥에 겨우니까 늙은이 젊은이 아이들 할 것 없이 막 뒤섞여서 두루마기 자락을 훨훨 날리며 덩더꿍 덩더꿍 춤을 추었다. 술이 지나치게 취한 젊은 사람들은 신이 오른 무당처럼 사뭇 껑충껑충 뛰면서 마당을 다졌다.

신랑은 장난꾼 동무들에게 몇 번이나 꺼둘려 나갔다. 신랑을 덩을 태우고 돌아다니다가

"엇자. 엇자."

하고 헹가래를 쳐서 길길이 치켜 올리다가 두루마기까지 찢었다. 그 북새통에 복영이는 늦게 온 손님의 국수상을 들고 나가다가 두 번이나 깨빡을 쳤다.

대홍이와 오봉이와 그밖의 장난꾼들은,

"우리 신랑 신부를 한데 묶자."

하고 고함을 지르며 밧줄을 둘러매고 안으로 쫓아 들어갔다.

170회, 1934.01.07.

8 장난꾼들이 불한당처럼 우르르 달려드니까 신부는

"에구머니나!"

소리를 지르며 부엌으로 뛰어 들어갔다. 부엌문을 세차게 떠다미는 것을 당할 수가 없어 계숙이는 재빠르게 뒷문으로 빠져나가 뒤란으로 돌아

서 안방으로 뛰어 들어갔다.

그러나 그 대신으로 수영이가 붙들렸다.

"네 색시를 냉큼 불러내지 않으면 혼이 날 줄 알아라."

하고 수영이가 무슨 큰 죄인이나 되는 듯 밧줄로 칭칭 얽어서 제쳐놓고 발을 옭아서 둘러매고는 발바닥에 사뭇 방망이찜질을 한다.

"여보게 이건 경찰선 줄 아나?"

하고 수영이가 벗튕겼다.

"이놈 그래두 여러 말야? 빨리 네 색시를 불러내라!"

하고 나중에는 발바닥에서 딱딱 소리가 나도록 사매질을 하는 통에 견디다 못해서 신랑은

"여보— 사람 살류— 계숙 씨 잠깐 나오슈—."

하고 소리를 지르지 않을 수 없었다. 그래도 신부는 나오지 않고 어머니가 버선발로 마당에 내려서며

"무슨 장난들을 이렇게 상스럽게들 하나? 앗게들 아서. 가뜩 팔 하나를 그저 못 쓰는 사람을…."

하고 엎드러지며 곱드러지며 뜯어 말려서 간신히 묶었던 것을 끌렀다. 수영이는 거꾸로 매달려서 어찌 혼이 났던지 이마에 땀을 다 흘렸다.

"어이 장가 들기두 심드네."

하고 군소리하듯 하며 발목이 아픈 것을 간신히 일어났다.

바깥방에서는 안채가 온통 떠나가는 듯이 떠들어 대는 것도 모르고 그저 술상을 벌이고 있었다.

김 참봉도 술이 거나한 정도를 지났다. 늙은 친구들과 잔을 주고받으며 먹을 것 걱정 없이 지내던 시절을 생각하고 자기네의 청춘 시대를 회

고하고는

“제—기 우리가 저렇게 놀아보기는 틀렸네그려.”

“흥 그야말로 꽃집이 앵돌아졌네.”

하고는 한숨을 길게 내쉬며 방바닥을 쳤다.

“오늘 저녁처럼 풍성허면 한 육십 년 더 살구 싶으이.”

하고는 무릎장단을 치며

“사람이 살면은 몇 백 년이나 살더란 말이냐.”

하고 몇 십 년 만에 육자배기를 꺼냈다. 다른 늙은이들도 목에 힘줄을 세우면서 그 노래를 따라 불렀다. 나중에는 피차에 끌어안고 흰 머리털을 마주 부비며 눈물까지 흘려가면서 노래를 불렀다. 늙은이들의 노래는 차라리 울음소리에 가까웠다.

수영이도 동무들이 입을 어기고 퍼붓는 술을 서너 잔이나 마셨다. 약간 흥분이 된 눈에는, 상글상글 웃으며 부엌으로 들락날락하는 계숙이가 형용할 수 없이 어여뻐 보였었다. 저의 편으로는 부모는 고사하고 일가 한 사람도 참례 못한 설움과 섭섭함을 가슴 깊이 감추고, 진일 마른일을 웃어가며 하는 것이 무한히 가엾어도 보였다. 보는 사람만 없으면 부엌으로 뛰어 들어가서 꼭 끌어안아 주고도 싶었었다.

삼경도 훨씬 넘어서 손들은 뿔뿔이 흩어졌다. 바깥방과 안방에는 술 취한 늙은이와 진종일 잔걸음에 삐친 동네 여편네들이 즐비하게 쓰러져서 드르렁 드르렁 코까지 곤다.

“오빠 고단한데 어서 들어가 주무슈. 그러다 밤을 새겠구려.”

하고 누이만은 그저 자지를 않고 수모 노릇을 하였다. 어머니가 그저 자지를 않고 딸을 시켰던 것이다.

수영이는 누이의 뒤를 따라 신방으로 들어갔다. 방 한구석에는 홍촉불이 끔벅이며 이날 밤의 주인을 맞았다. 아랫목에는 새 이불 두 채를 나란히 깔고 헌 병풍을 야트막하게 둘러쳤다.

먼저 들어와 기다리던 신부는 얼굴이 빨개져서 일어서며 신랑을 맞아들였다.

"그럼 오빠, 안녕히 주무셔요. 첫아들 날 꿈이나 꾸시고요."

하고 누이는 의미 깊은 웃음을 던지고 조심스러이 문을 닫고 나갔다.

신부는 아무 말 없이 머리맡에 벽을 가리고 섰다가

"나 요술 하나 할께 보세요."

하고 비켜선다. 신랑은

"이게 뭐예요?"

하고 눈이 휘둥그레서 벽에다가 색종이로 오려붙인 것을 물끄러미 들여다보았다.

그것은 수영이가 이태 전 감옥에서 나오던 날 병식이가 묵은 신문을 둘의 앞에 꺼내 놓으며

"여불없는 신랑신부지."

하고 웃던, 둘이 나란히 타원형으로 났던 그 사진을 오려서 이제까지 간직해 두었던 것이었다.

171회, 1934.01.08.

9 두 사람은 한참 동안이나 그 사진 앞에 나란히 서서 묵묵히 머리를 숙였다. 평생을 가난과 고적에 울던 병식을 생각하였다. 가장 경건한 마음으로 그의 죽음에, 다시금 애도의 뜻을 표하였다. 수영의 입에서는

"병식이 미안허이!"

소리가 저절로 나왔다. 수영이는 병식에게 대해서 감사하다 할는지, 사과를 해야 옳을지 모르는 감정에 사로잡혀, 눈을 감고 머리를 떨어뜨리고 섰을 뿐…

계숙이도 수영이와 똑같은 감격과 추억으로

'오늘밤에는 흘리지 말자.'

하던 눈물, 뜨거운 눈물을 서너 방울이나 버선등에 떨어뜨렸다.

사진을 붙인 벽에서 병식이가 빙그레 웃으며 나타나서, 그의 유언대로 오늘밤 신랑신부의 장래를 진정으로 축복해 주는 듯. 두 사람은 다시금 그 사진이 나던 당시의 추억으로 가슴이 꽉 찼다. 그때에 활동하던 생각과 병식의 지휘로 청량리에서 둘이 처음 만나던 때를 돌아다보았다.

모—든 지난 일을 다시 한번 머릿속에서 되풀이하였다.

"사람의 일이란 참말 알 수 없어요. 그때 청량리 전차 끝에서 처음 만났던 우리가, 이렇게 될 줄이야 누가 알았겠어요? 그런데 병식 오빠는 …."

하고 계숙이는 목이 메어서 말을 잇지 못하며, 수영의 어깨에다 눈물을 부빈다.

수영이는 계숙의 어깨를 껴안으며

"눈물을 거둡시다! 우리가 흘릴 눈물은 병식 군이 도맡아서 흘리다 갔으니까요."

하고 계숙의 손을 잡아 앉혔다. 수영이는 다가앉아서 계숙의 손을 더 힘껏 쥐며

"오늘이 무슨 날이에요?"

하고 딴전 하듯 묻는다.

"무슨 날은 무슨 날이야요. 우리 둘의 혼인한 날이죠."

"그럼 오늘버텀 우리 약속 한 가지를 단단히 합시다."

"새삼스럽게 무슨 약속이야요?"

"첫째 우리의 눈으로 눈물을 흘려선 안돼요. 우리 둘이 병식 군의 뒤를 따라가는 날까지 우리의 지금 형편과, 장래에 대해서 결단코 비관을 하지 말잔 말씀이에요. 우리가 한숨을 쉬고 눈물을 흘리고, 낙심을 하는 날은 우리가 정말 결딴이 나는 날이에요. 다시 소생할 수 없이 멸망의 함정으로 빠지고 말 뿐이에요!"

"나두 그런 생각을 하구요, 오늘도 몇 번이나 울음을 참았어요. 나라고 왜 설움이 없겠어요? 그렇지만 인젠 수영 씨 한 분만 믿고 무슨 일이든지 어떠한 고생이든지 같이 할 테야요!"

눈물에 어리었던 계숙의 눈은 새로운 결심에 빛났다. 수영이는 계숙의 허리에 팔로 감아 끌어안으며

"나두 계숙 씨를 믿지요. 믿길래 한 몸뚱이가 되려는 게지요. 그렇지만 놀라지 마세요. 지금 우리가 들어 있는 집과, 대대로 해먹던 조경호의 집 논밭을 말끔 내놨어요."

"왜요? 언제버텀요?"

계숙이는 눈을 휘둥그렇게 뜨며 놀랐다. 수영이는 조경호의 집에서 편지가 왔다는 것과 제가 먼저 어제까지의 생활의 근거가 되던 것 전부를 포기했다는 것을 들려주었다.

"그게 다 나 때문이야요. 난 이 집 식구를 뵐 낯이 없어요."

계숙이는 고개를 떨어뜨리며 다시 울상이 된다.

"아니에요. 그건 가망치 않은 생각이지요. 도리어 당신 때문에 내가 새로운 용기를 얻었세요."

하고는 아직도 헝겊을 처맨 팔뚝을 걷더니 주먹을 쥐어 내밀며

"자— 이 팔을 눌러 보세요. 이 팔에 힘껏 매달리세요. 우리의 밑천은 다만 한 가지 건강과, 투쟁하려는 불타는 의식뿐이에요! 젊은 부부가 튼튼한 몸으로 씩씩하게 새로운 희망을 붙잡고 나가면, 싸워만 나가면 무서울 게 없지요 겁날 게 없지요!"

하고 수영이는 저력 있는 목소리를 높이며 계숙이를 힘껏 붙안았다. 가슴이 오그라질 듯이 두 팔로 끌어안았다. 군혹이 달리듯, 불뚝 내솟은 팔의 근육! 전신이 오그라드는 듯한 굳센 포옹! 그리고 퍼붓듯 하는 뜨거운 키스! 계숙이도 흥분이 되어 연감처럼 빨갛게 익은 얼굴을 수영의 널따란 가슴에 파묻었다.

…앞마당에서는 첫닭이 울었다. 홰를 치며 선잠을 깬 목소리로 꼬끼오—하고 울었다.

신방의 촛불은 꺼졌다. 바닷가 조그만 농촌에 깃을 들였던 봄밤은 고요히 밝으려 한다.

172회, 1934.01.09.

10 그 후 이틀 동안은 비가 왔다. 정다운 사람의 발자국소리라 할까, 누에가 뽕잎을 써는 소리라 할까 가지가지의 연연한 잎새가 한들 바람에 너울거리는 신록 위에, 보슬보슬 실비가 내렸다. 밀밭 보리밭과 푸성귀밭을 촉촉이 축였다. 일전에 씨를 뿌린 원두밭에는 외, 호박의 싹이 뾰족뾰족 돋아났다. 그 조그만 싹들은 쓰다듬어 주고 싶도록 귀여웠다.

비가 개이고 구름이 걷힌 뒤에, 수영이 내외는 호미를 들고 집 뒤 보리밭으로 올라갔다. 계숙이는 정미소 여직공처럼 수건을 쓰고 행주치마를 두르고 짚신을 신었다.

단비를 빨아들인 보리는 며칠 동안에 두어 치나 더 자랐다. 한 열흘만 기다리면 강아지 꼬리 같은 이삭이 패일 것 같다.

선선한 아침 바람에 보리보다 훨씬 먼저 자란 밀밭은 동해바다처럼 새파란 물결이 인다. 그러나 바람만 자면 사래 긴 보리밭은 온통 초록색 돗자리를 펼쳐 놓은 듯 그 위로 사월의 태양이 뒹군다.

젊은 부부는 보리밭을 한 고랑씩 맡아 가지고 김을 매며 나간다. 수영이는 계숙에게 호미질하는 법을 가르쳐 주고

"이렇게 두둑하게시리 북을 돋아줘야 하우."

하며 왼손으로 흙을 파올려 보인다. 불에 데인 바른 팔은 아직도 호미질을 할 수 없었다.

"왼손으로 거북해서 어떡하세요?"

하면

"팔 하나라도 놀려 둬서야 되겠수."

하고 수영이는 잠시도 손을 쉬지 않는다. 밭두덕에 다부룩하게 핀 무꽃 위로는 알룩알룩한 색스러운 나비들이 날아다닌다.

계숙이는

"아이 곱기도 해라."

하고 그 나비를 잡으려는 듯 나비를 따라 공중으로 시선을 달리는 것을 보고, 수영이는

"한 눈을 팔면 일이 더디지 않우? 오늘 안으로 이 밭을 다 매야 할 텐

데.”
하고 계숙의 어깨를 탁 친다.
“아유— 이 넓은 밭을 단 둘이서 어떻게 다 맨담.”
하고 계숙이는 혀를 내두른다. 며칠 동안에 수영이는 ‘이랬어요’ ‘저랬어요’ 하던 존대가 변해서 ‘이랬수’ ‘저랬수’ 하게 되고, 계숙이도 단둘이 있을 때는 ‘우리 이렇게 해 응’ 하고 응석하듯 반말 비슷이 하게 되었다.
수영이도 팔을 쉬고 소매로 구슬땀을 씻으며 구름 한 점 없이 새파란 하늘을 자못 상쾌한 듯이 쳐다보더니
“자— 노래나 하나 부르구려. 유쾌한 곡조로….”
“내가 노래를 할 줄 아나요.”
하고 계숙이는 사양을 하다가 누가 듣지나 않나 하고 뒤를 돌아다본 뒤에
“그럼 우리 둘이 같이 해요 네.”
하고는 나직이 목청을 가다듬었다.

청청한 입들아
어여쁜 꽃들아
화창한 시절을 노래해자

우리는 젊고요
봄날은 길어도
이 밭을 다 매면 저물겠네

이 노래는 학생시대에 부르던 곡조에다가 말만 새로 지어서 부른 것이

었다. 계숙의 머리 위에서는 종달새 한 마리가 공중에 가 끄나풀에 매어 달린 것처럼 제자리에서 날며

"비— 비 비비리 배배리— 비리 배배배."

하면서 계숙의 노래에 반주를 한다. 계숙이는 그 종달새를 쳐다보느라고 또 호미 든 손을 쉰다.

수영이가

"글쎄 한 눈을 팔아선 안돼우."

하는 소리에 놀라듯 계숙이는 다시 호미를 놀린다.

"자— 이 한 줄기밖에 아니 남은 게 우리의 생명선(生命線)이요. 이 생명선을 붙잡읍시다. 놓치지 맙시다!"

하고 수영이는 계숙이를 돌려다보며 격려(激勵)한다.

매어 나가도 매어 나가도 보리밭 사래는 길었다. 끝날 줄을 몰랐다.

173회, 1934.01.10.

[작자로부터]

이 소설의 골자인 농촌문제를, 수십 회 분이나 뺄 수밖에 없었음을 유감으로 생각합니다. 동시에 수영과 계숙과 또는 '가난고지'의 청년들이 어떠한 계획으로 어떻게 활동을 할는지? 그것은 앞으로 몇 해를 기다려야 할 것입니다. 그러므로 이 소설의 일명이 『봄의 序曲』이었던 것입니다.

부 록

1901년(1세) 9월 12일(양력 10월 23일) 현 서울 동작구 노량진과 흑석동 부근(어릴 때 본적지는 경기도 시흥군 신북면 흑석리 176)에서 아버지 심상정(沈相珽)과 어머니 해평 윤씨(海平尹氏)의 3남 1녀 중 막내로 태어났다. 본명은 대섭(大燮)이며, 아명(兒名)은 '삼준', '삼보', 호(號)는 소년 시절 '금강생', 중국 항주 유학시절의 '백랑(白浪)' 등이 있다. '훈(熏)'이라는 이름은 1926년 ≪동아일보≫에 영화소설 「탈춤」을 연재하면서 사용했다(이후 많은 글에서 필자명이 '沈薰'으로 기록된 경우가 있는데 이는 편집자의 실수로 보인다).

심훈의 본관은 청송(靑松)으로 소현왕후를 배출한 명문가였다. 부친은 당시 '신북면장'을 지냈으며, 충남 당진에서 추수를 해 올리는 3백석 지주로서 넉넉한 살림이었다. 어머니 윤씨는 기억력이 탁월했으며 글재주가 있었고 친척모임에는 그의 시조 읊기가 반드시 들어갔을 정도였다고 한다. 4남매 가운데 맏형 우섭(友燮)은 ≪매일신보≫에서 '심천풍(沈天風)'이란 필명으로 기자활동을 했으며 이광수 『무정』(1917)에서 신우선의 모델로 알려져 있다. 누님 원섭(元燮)은 크리스천이었다고 하며, 작은 형 설송(雪松) 명섭(明燮)은 기독교 목사로 활동했으며 심훈의 미완 장편 『불사조』를 완성(『심훈전집 (6): 불사조』(한성도서주식회사, 1952)한 것으로 알려져 있는데 한국전쟁 중에 납북되었다.

1915년(15세) 교동보통학교를 거쳐 같은 해에 경성 제일고등보통학교(현 경기고등학교)에 입학했다. 졸업 후의 지망은 의학교였으며, 당시 급우(級友)로는 고종사촌인 동요 작가 윤극영, 교육가 조재호, 운동가 박열과 박헌영 등이 있었다. 보통학교 재학 시 소격동 고모댁에서 기숙했으며, 고보에 입학하면서부터 노량진에서 기차로 통학하고 이듬해부터는 자전거로 통학했다.

1917년(17세) 3월에 왕족인 후작(侯爵) 이해승(李海昇)의 누이이며 2살 연상인 전주 이 씨와 결혼했다. 심훈의 부친과 이해승은 함께 자란 죽마지우라고 한다. 심훈은 나중에 집안 어른들을 설득하여 아내 전주 이 씨를 진명(進明)학교에 진학시키면서 '해영(海英)'이라는 이름을 지어주었다. 학교에서 일본인 수학선생과의 알력으로 시험 때 백지를 제출하여 과목낙제로 유급되었다.

1919년(19세) 경성보통고등학교 4학년 재학 시에 3·1운동에 가담하여 3월 5일에 별궁(현 덕수궁) 앞 해명여관 앞에서 일본 헌병대에 체포되었고 서대문형무소에 투옥되어 11월에 집행유예로 출옥했다. 이 사건으로 학교에서 퇴학을 당했다. 서대문형무소에서 목사, 학생, 천도교 서울대교구장 장기렴 등 9명과 함께 지냈는데, 이때 장기렴의 옥사를 둘러싼 경험을 반영하여 「찬미가에 싸인 원혼」(≪신청년≫, 1920.08)이라는 소설을 창작했다. 그리고 옥중에서 몰래 「감옥에서 어머님께 올린 글월」의 일부를 써서 어머니에게 보냈다고 한다. 당시 학적부 성적 사항은 수신, 국어(일본어), 조어(조선어), 한문, 창가, 음악, 체조 등이 평균점보다 상위를, 수학·이과(理科) 등에서 평균점보다 하위를 차지하고 있다.

1920년(20세) 흑석동 집과 가회동 장형 우섭의 집에 머물면서 문학수업을 하는 한편, 선배 이희승으로부터 한글 맞춤법에 대해 배웠다. 이 해의 1월부터 4월까지의 일기가 ≪사상계≫(1963.12)에 공개된 바 있으며, 이후 『심훈문학전집(3)』(탐구당, 1966)에 수록되었다. 그해 겨울 일본 유학을 바랐으나 집안의 반대로 중국으로 갔고 거기서 미국이나 프랑스로 연극 공부를 하고자 희망했다.

1921년(21세) 북경에서 상해, 남경 등을 거쳐 항주 지강(之江)대학에 입학하여 수학하였으나 졸업은 하지 못했다. 이 시기 석오(石吾) 이동녕, 성제(省齊) 이시영, 단재(丹齋) 신채호 등과의 교류를 통해 많은 감화를 받았으며, 일파(一派) 엄항섭(嚴恒燮), 추정(秋汀) 염온동(廉溫東), 유우상(劉禹相), 정진국(鄭鎭國) 등의 임시정부의 청년들과 교류하였다. (이 당시의 경험을 소재로 하여 장편 『동방의 애인』과 『불사조』를 창작함)

1922년(22세) 9월 이적효, 이호, 김홍파, 김두수, 최승일, 김영팔, 송영 등과 함께 '염군사(焰群社)'를 조직하였다.(이듬해에 귀국한 심훈이 염군사의 조직단계에서부터 동참을 한 것인지 귀국 후 가입한 것인지 불분명함)

1923년(23세) 중국에서 귀국. 귀국 후 최승일 등과 '극문회(劇文會)'를 조직하였으며, 조직구성원으로 고한승, 최승일, 김영팔, 안석주, 화가 이승만 등이 있었다.

1924년(24세) 부인 이해영과 이혼했다. ≪동아일보≫ 학예부 기자로 입사하였고 당시 이 신문에 연재되고 있던 번안소설 『미인의 한』의 후반부를 이어서 번안한 것으로 알려져 있다. 그리고 윤극영이 운영하는 소녀합창단 '따리아회' 후원회원으로 활동하면서 신문에 합창단을 홍보하는 활동을 하였다. 이 시기 후에 둘째 부인이 되는, 당시 12세의 따리아회원이었던 안정옥(安貞玉)을 만났다.

1925년(25세) 정확한 시기는 확인할 수 없으나 ≪동아일보≫ 학예부에서 사회부로 옮긴 심훈은 5월 22일 이른바 '철필구락부 사건'으로 24일 김동환 · 임원근 · 유완희 · 안석주 등과 함께 해임되었다. 그리고 조선프롤레타리아예술동맹(KAPF)에 가담하였다. 그리고 조일제가 번안한 『장한몽』을 영화화할 때 이수일 역의 후반부를 대역(代役)했다고 한다.

1926년(26세) 근육염으로 8개월간 대학병원에서 병상생활을 했다. 8월에 문단과 극단의 관계자들인 김영팔·이경손·고한승·최승일 등과 함께 라디오방송에 적합한 각본 연구 활동을 위하여 '라디오드라마 연구회'를 조직하여 이듬해까지 활발하게 활동하였다. 11월부터 ≪동아일보≫에 필명 '沈熏'으로 영화소설 「탈춤」을 연재하였으며 이듬해 영화화를 위해 윤석중이 각색까지 마쳤으나 영화화되지는 못했다.

1927년(27세) 2월 중순 영화공부를 위해 도일(渡日)하여 경도(京都)의 '일활(日活)촬영소'에서 무라타(村田實) 감독의 지도를 받으며 같은 회사의 영화 <춘희>에 엑스트라로 출현했다. 5월 8일에 귀국(≪조선일보≫, 1927.05.13.기사)하고 7월에 연구와 합평 목적으로 이구영·안종화·나운규·최승일·김영팔·김기진·이익상 등과 함께 '영화인회'를 창립하고 간사를 맡았다. '계림영화협회 제3회 작품'으로 심훈(원작·감독)이 7월말부터 10월초까지 촬영한 영화 <먼동이 틀 때>를 10월 26일 단성사에서 개봉했다.

1928년(28세) ≪조선일보≫ 기자로 입사하였다. 영화 <먼동이 틀 때>에 대한 한설야의 비판에 장문의 「우리 민중은 어떤 영화를 요구하는가」로 반론을 펼치는 등 영화예술 논쟁을 벌였다. 11월 찬영회 주최 '영화감상강연회'에서 「영화의 사회적 의의」로 강연하기도 했으며 미완에 그쳤지만 시나리오 <대경성광상곡>, 소년영화소설 「기남의 모험」 등을 연재하는 등 영화예술 활동에 적극적이었다. 1926년 12월 24일 개최된 카프 임시 총회 명부에 심훈의 이름이 보이지 않는 것으로 미루어 이 시기 이전에 카프를 탈퇴했거나 거리를 둔 것으로 보인다.

1929년(29세) 이 시기 스무 편 가까운 시를 썼다.

1930년(30세) 10월부터 소설 『동방의 애인』을 ≪조선일보≫에 연재하지만 불온하다는 이유로 검열에 걸려 2개월 만에 중단되었다. 12월 24일 안정옥과 재혼하였다.

1931년(31세) ≪조선일보≫를 퇴직하고 경성방송국 조선어 아나운서 모집에 1위로 합격 문예담당으로 입국(入局)하였다. 거기서 문예물 낭독 등을 맡아하다가 '황태자 폐하' 등을 발음할 때 아니꼽고 역겨워 우물쭈물 넘기곤 해서 3개월 만에 추방되었다. 8월부터 『불사조』를 ≪조선일보≫에 연재하지만 검열에 걸려 중단되었다.

1932년(32세) 4월에 평동(平洞) 집에서 장남 재건(在健)을 낳았다. 경제생활의 불안정으로 전 해에 낙향한 부모와 장조카인 심재영이 살고 있는 충남 당진군 송악면 부곡리로 내려가서 본가의 사랑채에서 1년 반 동안 머물렀다. 9월에 『심훈 시가집』을 출판하려 했으나 검열에 걸려 무산되었다.

1933년(33세) 5월에 당진 본가에서 『영원의 미소』 탈고하고 7월부터 ≪조선중앙일보≫에 연재했으며, 8월에 여운형이 사장인 ≪조선중앙일보≫ 학예부장으로 부임했다. 같은 신문사 자매지인 ≪중앙≫(11월) 창간의 편집에 간여했다.

1934년(34세) 1월 ≪조선중앙일보≫ 학예부장을 그만두었으며, 장편 『직녀성』을 ≪조선중앙일보≫에 3월부터 이듬해 2월까지 연재하였다. 그 원고료로 4월초 '필경사(筆耕舍)'라는 집을 직접 설계하여 짓고 본가에서 나갔다. '필경사'에서 차남 재광(在光)을 낳았고, 이 시기 장조카 심재영을 중심으로 한 부곡리의 '공동경작회' 회원과 어울려 지냈다.

1935년(35세) 1월에 『영원의 미소』(한성도서주식회사) 단행본을 간행하였으며, ≪동아일보≫ 창간 15주년 특별 공모에 6월에 탈고한 『상록수』를 응모하여 8월에 당선되었다. 이 작품은 ≪동아일보≫에 9월부터 이듬해 2월까지 연재되었다. 상금으로 받은 500원 가운데 100원을 '상록학원' 설립에 기부하였다.

1936년(36세) 『상록수』를 영화화할 준비를 거의 마쳤으나 일제의 방해로 실현되지 못했다. 4월에 3남 재호(在昊)를 낳았다. 4월부터 펄벅의 『대지』를 ≪사해공론≫에 번역 연재하기 시작했다. 8월에 베를린 올림픽 마라톤 우승 소식을 듣고 신문 호외 뒷면에 즉흥시 「오오, 조선의 남아여—마라톤에 우승한 손·남 양 군에게」를 썼다. 『상록수』를 출판하는 일로 상경하여 한성도서주식회사 2층에서 기거하다가 장티푸스에 걸려 9월 16일 경성제국대학병원에서 별세했다.

심재호가 작성한 『심훈문학전집(3)』(탐구당, 1966)의 '작가 연보', 이어령의 『한국작가전기연구(上)』(동화출판공사, 1975)의 '심훈' 부분, 신경림의 『심훈의 문학과 생애: 그날이 오면, 그날이 오며는』(지문사, 1982)의 '심훈의 연보' 그리고 『탄생 100주년 문학인 기념문학제 2001』(대산재단/민족문학작가회의)에 문영진이 작성한 '심훈—작가 연보' 등을 참고하여 편자가 수정—보완하였음.

1. 시

『심훈 시가집』(1932) 수록 작품			
제목	발표매체	발표시기	비고(창작일)
밤—서시	—	—	1923.겨울.
봄의 서곡	—	—	1931.02.23.
피리	—	—	1929.04.
봄비	조선일보	1928.04.24.	1924.04.
영춘삼수(咏春三首)	조선일보	1929.04.20	1929.04.18.
거리의 봄	조선일보	1929.04.23.	1929.04.19.
나의 강산이여	삼천리	1929.07.	1926.05.
어린이날	조선일보	1929.05.07.	1929.05.05.
그날이 오면	-	-	1930.03.01.
도라가지이다	신문예	1924.03.	1922.02.
필경(筆耕)	철필	1930.07.	1930.07.
명사십리	신여성	1933.08.	1932.08.19.
해당화	신여성	1933.08.	1932.08.19.
송도원(松濤園)	신여성	1933.08.	1932.08.02
총석정(叢石亭)	신여성	1933.08.	1933.08.10.
통곡 속에서	시대일보	1926.05.16.	1926.04.29.
생명의 한 토막	중앙	1933.11.	1932.10.08.
너에게 무엇을 주랴	—	—	1927.03.
박군(朴君)의 얼굴	조선일보	1927.12.02.	1927.12.02.
조선은 술을 먹인다.	—	—	1929.12.10.

독백(獨白)	—	—	1929.06.13.
조선의 자매여	동아일보	1932.04.12	1931.04.09.
짝 잃은 기러기	조선일보	1928.11.11.	1926.02.
고독	조선일보	1929.10.15.	1929.10.10.
한강의 달밤	—	—	1930.08.
풀밭에 누어서	—	—	1930.09.18.
가배절(嘉俳節)	조선일보	1929.09.18.	1929.09.17.
내 고향	신가정	1933.03	1932.10.06.
추야장(秋夜長)	—	—	1932.10.09.
소야악(小夜樂)	—	—	1930.09.
첫눈	—	—	1930.11.
눈 밤	신문예	1924.04.	1929.12.23.
패성(浿城)의 가인(佳人)	중앙	1934.01.	1925.02.14.
동우(冬雨)	조선일보	1929.12.17.	1929.12.14.
선생님 생각	조선일보	1930.01.07.	1930.01.05.
태양의 임종	중외일보	1928.10.26~29.	1928.10.
광란의 꿈	—	—	1923.10.
마음의 낙인	대중공론	1930.06.	1930.05.24.
토막생각—생활시	동방평론	1932.05	1932.04.24.
어린 것에게	—	—	1932.09.04.
R씨(氏)의 초상	—	—	1932.09.05.
만가(輓歌)	계명	1926.11.	1926.08.
곡(哭) 서해(曙海)	매일신보	1931.07.13.	1932.07.10.
잘 있거라 나의 서울이여	중외일보	1927.03.06	1927.02.
현해탄(玄海灘)	—	—	1926.02.
무장야(武藏野)에서	—	—	1927.02.
북경(北京)의 걸인	—	—	1919.12.
고루(鼓樓)의 삼경(三更)	—	—	1919.12.19.

심야과황하(深夜過黃河)	—	—	1920.02.
상해(上海)의 밤	—	—	1920.11.
평호추월(平湖秋月)	삼천리	1931.06.	
삼담인월(三潭印月)	—	—	
채련곡(採蓮曲)	삼천리	1931.06.	
소제춘효(蘇堤春曉)	삼천리	1931.06.	
남병만종(南屛晩鐘)	삼천리	1931.06.	
누외루(樓外樓)	삼천리	1931.06.	
방학정(放鶴亭)	—	—	
악왕분(岳王墳)	삼천리	1931.06.	
고려사(高麗寺)	—	—	
항성(杭城)의 밤	삼천리	1931.06.	
전당강반(錢塘江畔)에서	삼천리	1931.06.	
목동(牧童)	삼천리	1931.06.	
칠현금(七絃琴)	삼천리	1931.06.	

『심훈 시가집』(1932) 미수록 작품			
제목	발표매체	발표시기	비고(창작일)
새벽빛	근화	1920.06.	
노동의 노래	공제	1920.10.	
나의 가장 친한 유형식 군을 보고	동아일보	1921.07.30.	
야시(夜市)	계명	1926.11.	1925.07.
일 년 후	계명	1926.11.	
밤거리에 서서	조선일보	1929.01.23.	
산에 오르라	학생	1929.08.	1929.07.01.
제야(除夜)	중외일보	1928.01.07.	1927.12.31.
춘영집(春詠集)	조선일보	1928.04.08.	
가을의 노래	조선일보	1928.09.25	
비 오는 밤	새벗	1928.12.	
원단잡음(元旦雜吟)	조선일보	1929.01.02.	1929.01.01.
저음수행(低吟數行)	조선일보	1929.04.20.	1929.04.18.
야구	조선일보	1929.06.13.	1929.06.10.
가을	조선일보	1929.08.28.	1929.08.27.
서울의 야경	—	—	1929.12.10.
3행일지	신소설	1930.01.	
농촌의 봄	중앙	1933.04.	1933.04.08.
봄의 마음	조선일보	1930.04.23.	1930.04.20.
'웅'의 무덤에서	—	—	1932.03.06.
근음삼수(近吟三首)	조선중앙일보	1934.11.02.	12.11

漢詩	사해공론	1936.05.	
오오 조선의 남아여!(마라톤에 우승한 孫 南 兩君에게)	조선중앙일보	1936.08.11.	1936.08.10.
전당강 위의 봄 밤	심훈문학전집3	탐구당, 1966	04.08.
겨울밤에 내리는 비	심훈문학전집3	탐구당, 1966	01.05.
기적	심훈문학전집3	탐구당, 1966	02.16
뻐꾹새가 운다	심훈문학전집3	탐구당, 1966	05.05.

2. 소설 및 시나리오

제목	발표매체	발표시기
찬미가에 싸인 원혼	신청년	1920.08.
기남(奇男)의 모험 〔소년영화소설〕	새벗	1928.11.
여우목도리	동아일보	1936.01.25.
황공(黃公)의 최후	신동아	1936.01.
탈춤 〔영화소설〕	동아일보	1926.11.09~12.16.
대경성광상곡 〔시나리오〕	중외일보	1928.10.29~30.
5월 비상(飛霜) 〔掌篇小說〕	조선일보	1929.03.20~21.
동방의 애인	조선일보	1930.10.21~12.10.
불사조	조선일보	1931.08.16~ 1932.02.29.
괴안기영(怪眼奇影) 〔번안〕	조선일보	1933.03.01~03.03
영원의 미소	조선중앙일보	1933.07.10~ 1934.01.10.
직녀성	조선중앙일보	1934.03.24~ 1935.02.26.
상록수	동아일보	1935.09.10~ 1936.02.15.
대지 〔번역〕	사해공론	1936.04~09.

3. 영화평론

제목	발표매체	발표시기
매력 있는 작품: 영화 〈발명영관(發明榮冠)〉 평	시대일보	1926.05.23.
영화계의 일년: 조선영화를 중심으로	중외일보	1927.01.04~10
조선영화계의 현재와 장래	조선일보	1928.01.01~?
〈최후의 인〉 내용 가치	조선일보	1928.01.14~17
영화비평에 대하여	별건곤	1928.02.
영화독어(獨語)	조선일보	1928.04.18~24.
아직 숨겨가진 자랑 갓 자라나는 조선영화계 (여명기의 방화)	별건곤	1928.05.
아동극과 소년 영화: 어린이의 예술교육은 어떤 방법으로 할까	조선일보	1928.05.06~05.09.
〈서커스〉에 나타난 채플린의 인생관	중외일보	1928.05.29~30.
우리 민중은 어떤 영화를 요구하는가—를 논하여 '만년설 군'에게	중외일보	1928.07.11~07.27.
관중의 한 사람으로: 흥행업자에게	조선일보	1928.11.17.
관중의 한 사람으로: 해설자 제군에게	조선일보	1928.11.18.
관중의 한 사람으로: 영화계에 제의함	조선일보	1928.11.20.
〈암흑의 거리〉와 밴크로프의 연기	조선일보	1928.11.27.
조선 영화 총관	조선일보	1929.01.01~?
발성영화론	조선지광	1929.01.
영화화한 〈약혼〉을 보고	중외일보	1929.02.22.
젊은 여자들과 활동사진의 영향	조선일보	1929.04.05
프리츠 랑의 역작 〈메트로폴리스〉	조선일보	1929.04.30.

문예작품의 영화화 문제	문예공론	1929.01.
내가 좋아하는 작품, 작가, 영화, 배우	문예공론	1929.01.
백설같이 순결한 〈거리의 천사〉	조선일보	1929.06.14.
성숙의 가을과 조선의 영화계	조선일보	1929.09.08.
영화 단편어(斷片語)	신소설	1929.12
소비에트 영화, 〈산송장〉 시사평	조선일보	1930.02.14.
영화평을 문제 삼은 효성(曉星) 군에게 일언함	동아일보	1930.03.18.
상해 영화인의 〈양자강〉 인상기	조선일보	1931.05.05.
조선 영화인 언파레드	동광	1931.07
1932년의 조선 영화—시원치 않은 예상기	문예월간	1932.01
연예계 산보: 「홍염(紅焰)」 영화화 기타	동광	1932.10
영화가 산보: 연예에 관한 수상(隨想) 수제(數題)	중앙	1933.11
영화소개: 〈영원의 미소〉	조선중앙일보	1933.12.22
민중교화에 위대한 임무와 연극과 영화사업을 하라	조선일보	1934.05.30~31
다시금 본질을 구명하고 영화의 상도에로: 단편적인 우감수제(偶感數題)	조선일보	1935.07.13~17
영화평: 박기채 씨 제1회 작품 〈춘풍〉을 보고서	조선일보	1935.12.07.
조선서 토키는 시기상조다.	조선영화	1936.11.
〈먼동이 틀 때〉의 회고 〔遺稿〕	조선영화	1936.11.
10년 후의 영화계	영화시대	1947.05.

4. 문학 및 기타 평론

제목	발표매체	발표시기
『무정, 『재생』, 『환희』, 「탈춤」 기타	별건곤	1927.01.
프로문학에 직언 1,2,3	동아일보	1932.1.15~16.
『불사조』의 모델	신여성	1932.04.
모윤숙 양의 시집 『빛나는 地域』 독후감	조선중앙일보	1933.10.16.
무딘 연장과 녹이 슬은 무기 —언어와 문장에 관한 우감	동아일보	1934.6.15.
삼위일체를 주장: 조선문학의 주류론	삼천리	1935.10.
진정한 독자의 소리가 듣고 싶다 —『상록수』의 작자로서	삼천리	1935.11.
경성보육학교의 아동극 공연을 보고	조선일보	1927.12.16~18.
입센의 문제극	조선일보	1928.03.20~21.
토월회(土月會)에 일언함	조선일보	1929.11.05~06.
극예술연구회 제5회 공연관극기	조선중앙일보	1933.12.02~07.
총독부 제9회 미전화랑(美展畫廊)에서	신민	1929.08.
새로운 무용의 길로: 배구자(裵龜子)의 1회 공연을 보고	조선일보	1929.09.22~25.

5. 수필 및 기타

제목	발표매체	발표시기
편상(片想): 결혼의 예술화	동아일보	1925.01.26.
몽유병자의 일기	문예시대	1927.01.
남가일몽(南柯一夢)	별건곤	1927.08.
춘소산필(春宵散筆)	조선일보	1928.03.14~15.
하야단상(夏夜短想)	중외일보	1928.6.28~29.
수상록	조선일보	1929.04.28.
연애와 결혼의 측면관	삼천리	1929.12.
괴기비밀결사 상해 청홍방(靑紅幇)	삼천리	1930.01.
새해의 선언	조선일보	1930.01.03.
현대 미인관: 미인의 절종(絶種)	삼천리	1930.04.
도망을 하지 말고 사실주의로 나가라(기사)	조선일보	1931.01.28
신랑신부의 신혼공동일기	삼천리	1931.02.
재옥중(在獄中) 성욕문제: 원시적 본능과 청년수(靑年囚)	삼천리	1931.03
천하의 절승: 소항주유기(蘇杭州遊記)	삼천리	1931.06.01.
경도(京都)의 일활촬영소(日活撮影所)	신동아	1933.05.
문인서한집: 심훈 씨로부터 안석주(安碩柱) 씨에게	삼천리	1933.03.
낙화	신가정	1933.06.
나의 아호(雅號)—나의 이명(異名)	동아일보	1934.04.06
산도, 강도 바다도 다	신동아	1934.07.

7월의 바다에서	조선중앙일보	1934.07.16~18.
필경사잡기: 최근의 심경을 적어서 —K군에게	개벽	1935.01.
여우목도리	동아일보	1936.01.25.
문인끽연실	중앙	1936.02
필경사잡기	동아일보	1936.03.12~18.
무전여행기: 북경에서 상해까지	심훈문학전집3	탐구당, 1966.
독서욕(讀書慾)	심훈문학전집3	탐구당, 1966.
1920년 일기	심훈문학전집3	탐구당, 1966.
서간문	심훈문학전집3	탐구당, 1966.

참고문헌 목록

1. 작품집

『영원의 미소』, 한성도서주식회사, 1935.
『상록수』, 한성도서주식회사, 1936.
『직녀성 (상), (하)』, 한성도서주식회사, 1937.
『상록수』, 한성도서주식회사, 1948.
『영원의 미소 (상), (하)』, 한성도서주식회사, 1949.
『직녀성 (상), (하)』, 한성도서주식회사, 1949.
『심훈전집 (1): 상록수』, 한성도서주식회사, 1953.
『심훈전집 (2): 영원의 미소 (상)』, 한성도서주식회사, 1953.
『심훈전집 (3): 영원의 미소 (하)』, 한성도서주식회사, 1953.
『심훈전집 (4): 직녀성 (상)』, 한성도서주식회사, 1953.
『심훈전집 (5): 직녀성 (하)』, 한성도서주식회사, 1953.
『심훈전집 (6): 불사조』, 한성도서주식회사, 1953.
『심훈전집 (7): (시가 수필) 그날이 오면』, 한성도서주식회사, 1953.
『심훈문학전집 (1~3)』, 탐구당, 1966.
신경림 편저, 『그날이 오면, 그날이 오며는: 심훈의 생애와 문학』, 지문사, 1982.
백승구 편저, 『심훈의 재발견』, 미문출판사, 1985.
정종진 편, 『그날이 오면 (외)』, 범우사, 2005.
심재호, 『심훈을 찾아서』, 문화의 힘, 2016.

2. 평론 및 연구논문

1) 작가론

서광제 · 최영수 · 김억 · 김태오 · 이기영 · 김유영 · 이태준 · 엄흥섭, 「애도 심훈」, ≪사해공론≫, 1936.10.

김문집, 「심훈 통야현장(通夜現場)에서의 수기」, ≪사해공론≫, 1936.10.

이석훈, 「잊히지 않는 문인들」, ≪삼천리≫, 1949.12.

최영수, 「고사우(故思友): 심훈과 『상록수』」, ≪국도신문≫, 1949.11.12.

윤병로, 「심훈과 그의 문학」, 성균관대 『성균』16, 1962.10.

윤석중, 「고향에서의 객사: 심훈」, ≪사상계≫128, 1963.12.

이희승, 「심훈의 일기에 부치는 글」, ≪사상계≫128, 1963.12.

심재화, 「심훈론」, 중앙대, 『어문논집』4, 1966.

유병석, 「심훈의 생애 연구」, 『국어교육』14, 1968.

이어령, 「심훈」, 『한국작가전기연구 (上)』, 동화출판공사, 1975.

윤병로 , 「심훈론: 계몽의 선각자」, 『현대작가론』, 이우출판사, 1978.

유병석, 「심훈론」, 서정주 외, 『현대작가론』, 형설출판사, 1979.

백남상, 「심훈 연구」, 중앙대 『어문논집』15, 1980.

류양선, 「심훈론: 작가의식의 성장과정을 중심으로」, 『관악어문연구』5, 1980.

한점돌, 「심훈의 시와 소설을 통해 본 작가의식의 변모과정」, 『국어교육』41, 1982.

유병석, 「심훈의 작품세계」, 전광용 외, 『한국현대소설사연구』, 민음사, 1984.

노재찬, 「심훈의 <그날이 오면>」, 부산대 『교사교육연구』11, 1985.

전영태, 「진보주의적 정열과 계몽주의적 이성: 심훈론」, 김용성 · 우한용, 『한국근대작가연구』, 삼지원, 1985.

최원식, 「심훈 연구 서설」, 김학성 · 최원식 외, 『한국근대문학사의 쟁점』, 창작과비평사, 1990.

임헌영, 「심훈의 인간과 문학」, 『한국문학전집』, 삼성당, 1994.

강진호, 「『상록수』의 산실, 필경사」, 『한국문학, 그 현장을 찾아서』, 계몽사, 1997.

윤병로, 「식민지 현실과 자유주의자의 만남: 심훈론」, ≪동양문학≫2, 1998.08.

류양선, 「광복을 선취한 늘푸른 빛: 심훈의 생애와 문학 재조명」, ≪문학사상≫30(9), 2001.09.

한기형, 「습작기(1919~1920)의 심훈」, 『민족문학사연구』22, 2003.

정종진, 「'그 날'을 위한 비분강개」, 정종진 편, 『그날이 오면(외)』, 범우사, 2005.

주 인, 「'심훈' 문학연구 방법에 대한 서설」, 중앙대 『어문논집』34, 2006.

한기형, 「'백랑(白浪)'의 잠행 혹은 만유: 중국에서의 심훈」, 『민족문학사연구』35, 2007.
권영민, 「심훈 시집 『그날이 오면』의 친필 원고들」, 『권영민의 문학콘서트』, 2013.03.19. (http://muncon.net)
권보드래, 「심훈의 시와 희곡, 그 밖에 극(劇)과 아동문학 자료」, 『근대서지』10, 2014.
하상일, 「심훈과 중국」, 『비평문학』(55), 2015.
박정희, 「심훈 문학과 3·1운동의 '기억학'」, 명지대 『인문과학연구논총』37(1), 2016.

2) 시

M. C. Bowra, 「한국 저항시의 특성: 슈타이너와 심훈」, ≪문학사상≫, 1972.10.
김윤식, 「박두진과 심훈: 황홀경의 환각에 관하여」, ≪시문학≫, 1983.08.
김이상, 「심훈 시의 연구」, 『어문학교육』7, 1984.
노재찬, 「심훈의 「그날이 오면」, 이 시에 충만한 항일민족정신의 소유 攷」, 『부산대 사대 논문집』, 1985.12.
김재홍, 「심훈: 저항의식과 예언자적 지성」, ≪소설문학≫, 1986.08.
김동수, 「일제침략기 항일 민족시가 연구」, 원광대 『한국학연구』2, 1987.
진영일, 「심훈 시 연구(1)」, 동국대 『동국어문논집』3, 1989.
김형필, 「식민지 시대의 시정신 연구: 심훈」, 한국외국어대 『논문집』24, 1991.
이 탄, 「조명희와 심훈」, ≪현대시학≫276, 1992.03.
김 선, 「객혈처럼 쏟아낸 저항의 노래 : 심훈의 작가적 모랄과 고뇌에 관하여」, ≪문예운동≫, 1992.08.
조두섭, 「심훈 시의 다성성 의미」, 대구대 『외국어교육연구』, 1994.
박경수, 「현대시에 나타난 현해탄체험의 형상화 양상과 의미」, 『한국문학논총』48, 2008.
김경복, 「한국현대시에 나타난 관부연락선의 의미」, 경성대 『인문학논총』13(1), 2008.
윤기미, 「심훈의 중국생활과 시세계」, 『한중인문학연구』28, 2009.
신웅순, 「심훈 시조고(考)」, 『한국문예비평연구』36, 2011.
장인수, 「제국의 절취된 공공성: 베를린올림픽 행사 '시'와 일장기 말소사건」, 『반교어문연구』40, 2015.
하상일, 「심훈의 중국체류기 시 연구」, 『한민족문화연구』51, 2015.

3) 소설

정래동, 「三大新聞 長篇小說評」, ≪개벽≫, 1935.03.
홍기문, 「故 심훈씨의 유작 『직녀성』을 읽고」, ≪조선일보≫, 1937.10.10.
김 현, 「위선과 패배의 인간상: 『흙』과 『상록수』를 중심으로」, ≪세대≫, 1964.10.

유병석, 「심훈의 생애 연구」, 『국어교육』14, 1968.
홍효민, 「『상록수』와 심훈과」, ≪현대문학≫, 1968.01.
천승준, 「심훈 작품해설」, 『한국대표문학전집6』, 삼중당, 1971.
홍이섭, 「30년대 초의 심훈문학: 『상록수』를 중심으로」, ≪창작과비평≫, 1972.가을.
정한숙, 「농민소설의 변용과정: 춘원·심훈·무영·영준의 작품을 중심으로」, 고려대 『아세아연구』15(4), 1972.
신경림, 「농촌현실과 농민문학」, ≪창작과비평≫, 1972.여름.
김우종, 「심훈편」, 『신한국문학전집9』, 어문각, 1976.
이국원, 「농민문학의 전개과정: 농민문학의 새로운 방향을 위하여」, 서울대 『선청어문』7, 1976.
이두성, 「심훈의 『상록수』를 중심으로 한 계몽주의문학 연구」, 명지대 『명지어문학』9, 1977.
조진기, 「농촌소설과 귀종의 지식인」, 영남대 『국어국문학연구』, 1978.
최홍규, 「30년대 정신사의 한 불꽃: 심훈의 작품세계」, 『한국문학대전집7』, 태극출판사, 1979.
백남상, 「심훈 연구」, 중앙대 『어문논집』, 1980.
송백헌, 「심훈의 『상록수』: 희생양의 이미지」, ≪심상≫, 1981.07.
전광용, 「『상록수』고」, 『한국근대문학사론』, 한길사, 1982.
김붕구, 「심훈: '인텔리 노동인간'의 농민운동」, 『작가와 사회』, 일조각, 1982.
김현자, 「『상록수』고」, 서울여대 『태릉어문연구』2, 1983.
오양호, 「『상록수』에 나타난 계몽의식의 성격고찰」, 『한민족어문학』10, 1983.
이인복, 「심훈과 기독교 사상—『상록수』를 중심으로」, ≪월간문학≫, 1985.07.
송백헌, 「심훈의 『상록수』」, 충남대 『언어·문학연구』5, 1985.
최희연, 「심훈의 『직녀성』에서의 인물의 전형성과 역사적 전망의 문제」, 『연세어문학』21, 1988.
구수경, 「심훈의 『상록수』고」, 충남대 『어문연구』19, 1989.
조남현, 「심훈의 『직녀성』에 보인 갈등상」, 『한국소설과 갈등상』, 문학과비평사, 1990.
김영선, 「심훈 장편소설 연구」, 대구교대 『국어교육논지』16, 1990.
신헌재, 「1930년대 로망스의 소설 기법」, 구인환 외, 『한국현대장편소설연구』, 삼지원, 1990.
윤병로, 「심훈의 『상록수』론」, ≪동양문학≫39, 1991.
유문선, 「나로드니키의 로망스: 심훈의 『상록수』에 대하여」, ≪문학정신≫58, 1991.
김윤식, 「상록수를 위한 5개의 주석」, 『환각을 찾아서』, 세계사, 1992.
송지현, 「심훈 『직녀성』고: 그 드라마적 특성을 중심으로」, 『한국언어문학』31, 1993.
오현주, 「심훈의 리얼리즘 문학 연구: 『직녀성』과 『상록수』를 중심으로」, 한국문학연구회

편, 『1930년대 문학연구』, 평민사, 1993.
오현주, 「심훈의 리얼리즘문학 연구」, 『현대문학의 연구』4, 1993.
류양선, 「『상록수』론」, 『한국문학과 리얼리즘』, 한양출판, 1995.
류양선, 「좌우익 한계 넘은 독자의 농민문학: 심훈의 삶과 『상록수』의 의미망, 『상록수·휴화산』, 동아출판사, 1995.
김구중, 「『상록수』의 배경연구」, 『한국언어문학』42, 1995.
조남현, 「『상록수』 연구」, 조남현 편, 『상록수』, 서울대출판부, 1996.
윤병로, 「심훈의 『상록수』」, ≪한국인≫16(6), 1997.
곽　근, 「한국 항일문학 연구: 심훈 소설을 중심으로」, 동국대 『동국어문논집』7, 1997.
민현기, 「심훈의 『동방의 애인』」, 『한국현대소설연구』, 계명대출판부, 1998.
장윤영, 「심훈의 『영원의 미소』 연구」, 상명대, 『상명논집』5, 1998.
김구중, 「『상록수』, 허구/역사가 교접하는 서사의 자아 변화 연구」, 『한국문학이론과 비평』6, 1999.
신춘자, 「심훈의 기독교소설 연구」, 『한몽경제연구』4, 1999.
심진경, 「여성 성장 소설의 플롯: 심훈의 『직녀성』」, 『현대소설 플롯의 시학』, 태학사, 1999.
임영천, 「근대한국문학과 심훈의 농촌소설: 『상록수』 기독교소설적 특성을 중심으로」, 채수영 외, 『탄생 100주년 한국작가 재조명, 국학자료원, 2001.
박소은, 「새로운 여성상과 사랑의 이념: 심훈의 『직녀성』」, 동국대 『한국문학연구』24, 2001.
진선정, 「『상록수』에 나타난 여성인식 양상」, 『한남어문학』25, 2001.
채상우, 「청춘과 연애, 그리고 결백의 수사학, 동국대 한국학연구소 엮음, 『한국문학과 근대의식』, 이회, 2001.
이상경, 「근대소설과 구여성」, 『민족문학사연구』19, 2001.
김윤식, 「문화계몽주의의 유형과 그 성격: 『상록수』의 문제점」, 1993. 경원대 편, 『언어와 문학』 역락, 2001.
박상준, 「현실성과 소설의 양상: 박종화, 심훈, 최서해의 1930년대 장편소설을 중심으로」, ≪작가≫, 2001.
최원식, 「서구 근대소설 대 동아시아 서사: 심훈 『직녀성』의 계보」, 성균관대 『대동문화연구』40, 2002.
임영천, 「심훈 『상록수』 연구: 『여자의 일생』과의 대비적 고찰을 겸하여」, 『한국문예비평연구』11, 2002.
문광영, 「심훈의 장편 『직녀성』의 소설기법」, 인천교대, 『교육논총』20, 2002.
권희선, 「중세서사체의 계승 혹은 애도: 심훈의 『직녀성』 연구, 『민족문학사연구』20, 2002.
이인복, 「심훈의 傍外的 비판의식」, 『우리 작가들의 번뇌와 해탈』, 국학자료원, 2002.

류양선, 「심훈의 『상록수』 모델론: '상록수'로 살아있는 '사랑'의 여인상」, 『한국현대문학연구』13, 2003.
박헌호, 「'늘 푸르름'을 기리기 위한 몇 가지 성찰: 『상록수』 단상」, 박헌호 편, 『상록수』, 문학과지성사, 2005.
이진경, 「수행적 민족성: 1930년대 식민지 한국에서의 문화와 계급」, 동국대 『한국문학연구』28, 2005.
김화선, 「한글보급과 민족형성의 양상: 심훈의 『상록수』를 중심으로」, 『어문연구』51, 2006.
이혜령, 「신문 · 브나로드 · 소설」, 『한국근대문학연구』15, 2007.
남상권, 「『직녀성』 연구: 『직녀성의 가족사 소설의 성격」, 『우리말글』39, 2007.
김화선, 「심훈의 『영원의 미소』에 나타난 근대적 글쓰기의 양상」, 『비평문학』26, 2007.
이혜령, 「지식인의 자기정의와 '계급'」, 『상허학보』22, 2008.
김경연, 「1930년대 농촌 · 민족 · 소설로의 회유(回遊): 심훈의 『상록수』론」, 『한국문학논총』48, 2008.
한기형, 「심훈의 중국체험과 『동방의 애인』, 성균관대 『대동문화연구』63, 2008.
강진호, 「현대성에 맞서는 농민적 가치와 삶」, 『국제어문』43, 2008.
장영은, 「금지된 표상, 허용된 표상」, 『상허학보』22, 2008.
송효정, 「비국가와 월경(越境)의 모험」, 『대중서사연구』24, 2010.
정호웅, 「푸르른 생명의 기운」, 정호웅 엮음, 『상록수』, 현대문학, 2010.
정홍섭, 「원본비평을 통해 본 『상록수』의 텍스트 문제」, 『한국문학이론과 비평』47, 2010.
조윤정, 「식민지 조선의 교육적 실천, 소설 속 야학의 의미」, 고려대 『민족문화연구』52, 2010.
노형남, 「브라질의 꼬엘류와 우리나라의 심훈에 의한 저항의식에 기반한 대안사회」, 『포르투갈—브라질 연구』8, 2011.
박연옥, 「희망과 긍정의 열린 결말: 심훈의 『상록수』, 박연옥 편, 『상록수』, 지식을만드는지식, 2012.
권철호, 「심훈의 장편소설에 나타나는 '사랑의 공동체': 무로후세코신[室伏高信]의 수용양상을 중심으로」, 『민족문학사연구』55, 2014.
강지윤, 「한국문학의 금욕주의자들: 자율성을 둘러싼 사랑과 자본의 경쟁」, 『사이』16, 2014.
엄상희, 「심훈 장편소설의 '동지적 사랑'이 지닌 의의와 한계」, 대구가톨릭대 『인문과학연구』22, 2014.
박정희, 「'家出한 노라'의 행방과 식민지 남성작가의 정치적 욕망: 『인형의 집을 나와서』와 『직녀성』을 중심으로」, 명지대 『인문과학연구논총』35(3), 2014.
권철호, 「심훈의 장편소설 『직녀성』 재고」, 『어문연구』43(2), 2015.

4) 영화

만년설, 「영화예술에 대한 관견」, ≪중외일보≫, 1928.07.01~07.09.
임　화, 「조선영화가 가진 반동적 소시민성의 말살: 심훈 등의 도량(跳梁)에 항(抗)하여」, ≪중외일보≫, 1928.07.28~08.04.
G.　생, 「<먼동이 틀 때>를 보고」, ≪동아일보≫, 1927.11.02.
윤기정, 「최근문예잡감(其3): 영화에 대하야」, ≪조선지광≫, 1927.12.
최승일, 「1927년의 조선영화계: 국외자가 본(3)」, ≪조선일보≫, 1928.01.10.
서광제, 「조선영화 소평(小評)(2)」, ≪조선일보≫, 1929.01.30.
오영진, 「중대한 문헌적 가치: 심훈 30주기 추모(미발표)유고특집」, ≪사상계≫152, 1965.10.
김종욱, 「『상록수』의 '통속성'과 영화적 구성원리」, ≪외국문학≫, 1993. 봄.
김경수, 「한국근대소설과 영화의 교섭양상 연구: 근대소설의 형성과 영화체험」, 『서강어문』15, 1999.
전흥남, 「심훈의 영화소설 「탈춤」과 문화사적 의미」, 『한국언어문학』52, 2004.
강옥희, 「식민지시기 영화소설 연구」, 『민족문학사연구』32, 2006.
주　인, 「영화소설 정립을 위한 일고」, 『어문연구』34(2), 2006.
조혜정, 「심훈의 영화적 지향성과 현실인식 연구」, 『영화연구』(31), 2007.
박정희, 「영화감독 심훈의 소설 『상록수』 연구」, 『한국현대문학연구』21, 2007.
김외곤, 「심훈 문학과 영화의 상호텍스트성」, 『한국현대문학연구』31, 2010.
전우형, 「심훈 영화비평의 전문성과 보편성 지향의 의미」, 『대중서사연구』28, 2012.

3. 학위논문

유병석, 「심훈 연구: 생애와 작품」, 서울대 석사논문, 1965.

류창목, 「심훈작품에서의 인간과제: 주로 『상록수』를 중심으로」, 경북대 석사논문, 1973.

임영환, 「일제 강점기 한국 농민소설 연구」, 서울대 석사논문, 1976.

이주형, 「1930년대 장편소설연구」, 서울대 박사논문, 1977.

오경, 「1930년대 한국농촌문학의 성격 연구: 이광수, 심훈, 이무영의 작품을 중심으로」, 이화여대 석사논문, 1974.

심재홍, 「심훈 소설 연구」, 연세대 석사논문, 1979.

신상식, 「『흙』과 『상록수』의 계몽주의적 성격」, 고려대 석사논문, 1982.

오양호, 「한국농민소설연구」, 영남대 박사논문, 1982.

이경진, 「심훈의 『상록수』 연구: 작품 분석을 중심으로」, 고려대 석사논문, 1982.

정대재, 「한국농민문학 연구: 춘원, 심훈, 김유정, 박영준, 이무영의 작품을 중심으로」, 중앙대 석사논문, 1982.

이정미, 「심훈 연구: 「탈춤」, 『영원의 미소』, 『상록수』를 중심으로」, 충북대 석사논문, 1982.

김성환, 「심훈 연구」, 충남대 석사논문, 1983.

이정미, 「심훈 연구」, 충북대 석사논문, 1983.

이항재, 「뚜르게네프의 『처녀지』와 심훈의 『상록수』 간의 비교문학적 연구: Parallel study에 의한 시도」, 고려대 석사논문, 1983.

임무출, 「심훈 소설 연구: 작품 속에 나타난 작가의식을 중심으로」, 영남대 석사논문, 1983.

심재복, 「『흙』과 『상록수』의 비교연구」, 충남대 석사논문, 1984.

이병문, 「한국 항일시에 관한 연구: 심훈, 윤동주, 이육사를 중심으로, 공주사대 석사논문, 1984

오종주, 「『흙』과 『상록수』의 비교 고찰」, 조선대 석사논문, 1984.

고광헌, 「심훈의 시 연구: 그의 생애와 관련하여」, 경희대 석사논문, 1984.

조남철, 「일제하 한국 농민소설 연구」, 연세대 박사논문, 1985.

정경훈, 「심훈의 장편소설 연구: 인물과 배경을 중심으로」, 충남대 석사논문, 1985.

이재권, 「심훈 소설연구」, 전북대 석사논문, 1985.

임영환, 「1930년대 한국 농촌사회소설 연구」, 서울대 박사논문, 1986.

하호근, 「소설 작중인물의 행위양식 연구: 심훈의 『상록수』와 채만식의 『탁류』를 대상으로」, 부산대 석사논문, 1986.

한양숙, 「심훈 연구: 작가의식을 중심으로」, 계명대 석사논문, 1986.

백인식, 「심훈 연구: 작품에 나타난 현실인식의 변모양상을 중심으로」, 경북대 석사논문, 1987.

유인경, 「심훈소설의 연구」, 건국대 대학원, 1987.
이중원, 「심훈 소설연구: 『동방의 애인』, 『불사조』, 『직녀성』을 중심으로」, 계명대 석사논문, 1988.
박종휘, 「심훈 소설 연구」, 서울대 석사논문, 1989.
신순자, 「심훈 농촌소설의 재조명: 그의 문학적 성숙과정을 중심으로」, 경희대 석사논문, 1989.
김 준, 「한국 농민소설 연구: 광복 이전의 작품을 중심으로」, 경희대 박사논문, 1990
최희연, 「심훈 소설 연구」, 연세대 박사논문, 1991.
백원일, 「1930년대 한국농민소설의 성격연구: 이광수, 심훈, 이무영 작품을 중심으로」, 동국대 석사논문, 1991.
신승혜, 「심훈 소설 연구」, 고려대 석사논문, 1992.
최갑진, 「1930년대 귀농소설 연구」, 동아대 박사논문, 1993.
장재선, 「1930년대 농민소설 연구: 이광수의 『흙』, 이기영의 『고향』, 심훈의 『상록수』를 중심으로」, 동국대 석사논문, 1993.
백운주, 「1930년대 대중소설의 독자 공감요소에 관한 연구: 『흙』, 『상록수』, 『찔레꽃』, 『순애보』를 중심으로」, 제주대 석사논문, 1996.
박명순, 「심훈 시 연구」, 한국외국어대 석사논문, 1997.
이영원, 「심훈 장편소설 연구」, 경북대 석사논문, 1999.
이정옥, 「대중소설의 시학적 연구: 1930년대를 중심으로」, 서강대 박사논문, 1999.
김종성, 「심훈 소설 연구: 인물의 갈등과 주제의 형상화 구도를 중심으로」, 성균관대 석사논문, 2002.
김성욱, 「심훈의 『상록수』 연구」, 한양대 석사논문, 2003.
박정희, 「심훈 소설 연구」, 서울대 석사논문, 2003.
최지현, 「근대소설에 나타난 학교: 이태준, 김남천, 심훈의 장편소설을 중심으로」, 동국대 석사논문, 2004.
이호림, 「1930년대 소설과 영화의 관련양상 연구」, 성균관대 박사논문, 2004.
조제웅, 「심훈 시 연구」, 영남대 박사논문, 2006.
김 선, 「한국 현대시에 나타난 '밤' 이미지 연구: 이상화, 심훈, 윤동주의 시를 중심으로」, 경희대 석사논문, 2008.
조윤정, 「한국 근대소설에 나타난 교육장과 계몽의 논리」, 서울대 박사논문, 2010.
양국화, 「한국작가의 상해지역 체험과 그 문학적 형상화: 주요한, 주요섭, 심훈을 중심으로」, 인하대 석사논문, 2011.
박재익, 「1930년대 농촌계몽서사 연구: 『고향』, 『흙』, 『상록수』를 중심으로」, 연세대 석사논문, 2013.